LE LIVRE DE M

Diplômée en art, Peng Shepherd est une autrice américaine de science-fiction. Elle a vécu à Pékin, Kuala Lumpur, Londres, Los Angeles, Washington DC, Philadelphie, New York et Mexico. *Le Livre de M*, son premier roman, a été nommé en 2018 sur la liste des meilleurs livres de l'année de *Elle* et d'Amazon.

PENG SHEPHERD

Le Livre de M

ROMAN TRADUIT DE L'ANGLAIS (ÉTATS-UNIS)
PAR ANNE-SYLVIE HOMASSEL

ALBIN MICHEL

Titre original :
THE THERAPIST
Publié par HQ (Harper Collins), 2021.

ISBN : 978-2-253-10714-9 – 1re publication LGF

PREMIÈRE PARTIE

Orlando Zhang

Pour Ory, la fin du monde commença avec un cerf. À l'aube, il sortit, se rendit à l'orée du bois pour relever le piège à gibier. Suivit le fil du piège, écarta les feuilles, exhuma la cage en métal. Vide.

Ses mains déjà rougissaient dans l'air glacial lorsque, du bout du fusil, il repoussa les branchettes sur la cage. Le piège n'avait rien livré depuis deux semaines au moins. Aux marges de l'horizon, le ciel orange pâle se blessait de gris en une aurore gangréneuse. Ils n'avaient plus qu'un repas en réserve, lui et Max, sa femme, maintenant qu'il faisait trop froid pour attraper quoi que ce soit. C'était un bocal de sauce tomate découvert lors de son dernier raid, dans une maison abandonnée des quartiers ouest d'Arlington. Plus moyen maintenant de tergiverser. Il allait falloir retourner en ville pour récupérer de quoi manger. C'était ça ou mourir de faim.

Ce fut sur le chemin du retour qu'Ory le vit, figé en pleine marche dans les mauvaises herbes, à un ou deux mètres de l'orée du bois. Un cerf. Dans les pupilles immenses et sombres dirigées vers Ory passa une lueur calculatrice. L'hiver approchant, le cerf n'aurait pas dû porter de bois – il en arborait cependant encore une paire, plantée entre ses oreilles dressées. *Nous sommes sauvés*, songea Ory. Sans un bruit, il leva son Remington à deux canons et visa. Puis il comprit.

Des volutes de vapeur blanche enlaçaient le museau de la bête. Les paupières papillonnaient sur les yeux d'obsidienne. Ce qui avait semblé être un cerf n'en était pas un, Ory le voyait bien à présent. Oh, il s'en fallait de peu. Mais en lieu et place des bois osseux et fourchus qui auraient dû lui jaillir du front poussaient deux petites ailes brunes aux plumes mouchetées, incurvées comme des cornes.

Max.

Ory rentra en courant au refuge. Une fois à l'intérieur, il referma fébrilement tous les cadenas et coinça la planche sous la poignée de la porte sans perdre une seconde. Lorsqu'il était parti, Max dormait toujours, tout en ronflements discrets, les cheveux sur le visage. Ory se précipita dans leur chambre.

« Bleu », lui dit-il dès que les yeux de Max, encore chargés de rêves, s'ouvrirent, paupières battantes, pour croiser son regard.

Le souffle court, il attendit sa réponse. C'était leur test, leur méthode pour savoir si elle le reconnaissait encore.

« Cinquante-deux », répondit-elle dans un murmure endormi.

Ils s'étaient rencontrés au cours d'un match de football.

Orlando Zhang

Plus tard, dans la salle de bains, il aiguisa la lame de son couteau. Mieux valait éviter de se raser, maintenant, c'était plus raisonnable. Pour se protéger du froid et dissimuler sa maigreur nouvelle aux regards – quelle menace pouvait encore représenter ce corps émacié ? Pourtant, il n'était pas si facile de renoncer à cette habitude. Pour se souvenir d'avant, que lui restait-il ? L'électricité. Les téléphones portables. Le travail de bureau. Dans le miroir, Ory vit son bras passer devant son visage. Lumière abolie, ombre sombre portée sur ses pommettes et son torse.

« Je suis toujours là », se dit-il.

Il ferma les yeux un instant et attendit que s'apaisent les battements de son cœur. *Toujours là.*

L'Oubli avait commencé à ravager les États-Unis deux ans plus tôt. Max et Ory avaient été témoins de ses premiers effets. Ils avaient vu un homme sans ombre, pourtant parfaitement maître de la langue anglaise, marcher droit dans les flammes, ne se souvenant plus de ce qu'était le feu. Ils avaient entendu des enfants sans ombre demander à des fleurs le chemin du fleuve le plus proche, comme si les fleurs pouvaient leur répondre, puis, mystérieusement, se rendre droit sur les berges. Un jour, une femme orpheline de sa noire jumelle avait fait l'inventaire de toutes les pièces de leur monnaie. Et lorsqu'elle avait ouvert les mains, les pièces arboraient des formes jamais vues, des symboles et des devises d'aucun pays connu.

Pourquoi avait-il fallu que les ombres soient ce lieu du corps où gisent les souvenirs ? Pourquoi l'Oubli épargnait-il certaines personnes ? Et lorsqu'on en était affecté, pourquoi la disparition des souvenirs se produisait-elle à des délais aussi variables ? Et quand cet effacement s'accomplissait, pourquoi la terre elle-même semblait-elle oublier, de même que les hommes ? Lui revint l'image de l'étrange créature de la forêt. Lorsqu'un sans-ombre oubliait que les cerfs n'ont pas d'ailes sur la tête, pourquoi cet oubli devenait-il vérité ?

De ces questions, il ne discutait pas avec Max. Ou plutôt ne discutait plus. Depuis qu'elle avait perdu son ombre, sept jours auparavant.

« Monsieur Peau-Douce », dit Max en passant la tête dans l'embrasure de la porte de la salle de bains.

Sa chevelure frisée couleur de bronze flottait dans les airs, presque autonome, au-dessus de sa tête. Ory adorait ces cheveux rebelles. Ils étaient aussi doux, aussi indomptables que Max elle-même. C'était l'une des choses qu'il préférait chez elle.

« Tu veux dire monsieur Sexy », répondit Ory.

Elle cligna de l'œil. Il la regarda dans le miroir se pencher vers le chambranle, sa peau d'un brun chaud baignée de gris dans la lumière ténue. Et le vide au sol, entre ses pieds. Aucune forme sombre ne se mouvait plus dans son sillage.

Certes, la progression de l'amnésie variait suivant les personnes. Quoi qu'il en soit et même au bout d'une semaine, Max n'avait pratiquement aucun symptôme. Les adresses, les numéros de téléphone, la déclaration d'Ory, leur dernier anniversaire de mariage : elle avait encore tout cela à l'esprit. *Bleu, cinquante-deux.* Dans ses moments les plus optimistes, Ory essayait toujours de se convaincre qu'elle allait peut-être, oui, pourquoi pas, ne jamais... Car elle n'avait encore rien oublié d'important. Espoir impossible, il le savait bien. Il y avait des signes avant-coureurs. Infimes. Si discrets qu'il était plus facile de les ignorer que d'en prendre note. Lorsqu'il eut fini de se raser, Ory inspecta son couteau. Il l'avait trouvé dans un magasin d'articles de sport – rideau baissé, caisse enregistreuse à terre. C'était là, sous la caisse, que gisait le couteau au manche noir. Lequel était à présent vert, ce qu'Ory découvrit, perclus d'épouvante. La couleur préférée de Max.

Et ce matin, le cerf.

« Je n'ai pas envie d'y aller », dit-il.

Depuis qu'elle avait perdu son ombre, il ne l'avait pas quittée, avait renoncé à ses raids dans Arlington.

« Mieux vaut mourir de faim, en fait.

— D'accord », dit Max avec un grand sourire.

Elle s'éloigna, d'un pas que rien n'entravait.

« Je t'apporte ta gamelle. »

Un jour de sursis, voulut-il la supplier. Elle avait raison, pourtant. Risquait-elle réellement d'oublier quelque chose d'essentiel, de potentiellement destructeur, pendant qu'il était au loin ? Une seule réponse à cette question, rabâchée en ses sept jours de procrastination : demain, ça sera pire. D'après les infos, à l'époque où il y avait encore l'électricité, où l'on pouvait encore regarder la télé, c'était au septième jour, justement, que plus de soixante-dix pour cent des personnes touchées oubliaient leurs parents proches. Le lendemain, les mères oubliaient leurs enfants. Il était trop tard à présent. Tout ce qu'il pouvait faire, c'était partir aujourd'hui plutôt que demain, avant qu'elle oublie autre chose. Et que le mal ne se cantonne plus à la couleur d'un manche, aux plumes sur le front d'un cerf.

Tandis qu'il préparait son paquetage, Ory entendait Max dans leur salon – marcher, ranger. Il avait enfilé son manteau d'hiver pour se protéger du froid, se protéger tout simplement. Pourvu qu'elle ne s'en rende pas compte.

Au début, lorsque les magasins avaient fermé, Ory et Max s'étaient adonnés au pillage. Casser les vitrines, s'introduire dans les boutiques sans lumière, embarquer tout ce dont ils avaient besoin. Tous ceux qui avaient encore une ombre en faisaient autant. C'était leur dernière chance, ils en étaient conscients. En quelques jours, les rayonnages avaient été entièrement vidés. Les survivants s'étaient retrouvés avec deux cent cinquante bouteilles de shampoing dans leur cuisine ou vingt kilos de viande séchée dans leur grenier.

Puis l'Oubli avait gagné. Les survivants s'étaient mis à perdre leurs souvenirs, eux aussi. Ils avaient disparu. Ils sortaient, égarés, de chez eux, ne se rappelaient plus le chemin du retour, ou mouraient de faim dans un coin de leur maison, incapables de se souvenir de la manière dont on ouvre une porte, de la disposition des lieux. Puis les portes disparaissaient des murs, les escaliers devenaient couloirs, emprisonnant les sans-ombre. Comment retrouver le chemin de l'abri, comment utiliser un ouvre-boîte, qu'est-ce que la pluie ? Qui aurait pu penser une seconde qu'une ombre était nécessaire pour connaître le fonctionnement d'une serrure ou le nom de sa mère ? Ory avait traversé un jour un quartier, dans la périphérie, où une série de maisons, presque toutes jumelles, s'étaient désespérément massées sur un bout de pelouse, se métastasant les unes les autres. Certaines n'avaient plus de fenêtres, d'autres s'ornaient de cent sonnettes, d'autres encore avaient la cave à la place du toit, et inversement. Au centre de leur cercle, un squelette décharné, couché en chien de fusil. Deux rues plus loin, Ory découvrit ce qui devait être la maison d'origine, celle que le mort avait désespérément cherchée, incapable de s'en rappeler le chemin. Avec le contenu de son garde-manger, Max et lui purent tenir un mois de plus.

Ainsi Ory avait ratissé Arlington au cours de sa lente destruction, fouillant les maisons où d'ultimes provisions avaient été cachées et jamais retrouvées. Mais le monde depuis longtemps avait été nettoyé jusqu'à l'os. Il ne restait plus qu'un endroit à explorer, sans certitude d'y trouver quoi que ce soit.

« Tes mains tremblent, dit Max lorsqu'il revint dans le salon.

— Non, elles ne tremblent pas.

— Elles tremblent », répéta-t-elle.

Elle cherchait encore la gamelle. Ory inspira profondément et serra les poings, avant de se détendre. Ce qui n'eut aucun effet.

Tout allait bien se passer. Ces raids, il en avait une telle habitude. Marcher, ouvrir l'œil, se servir, rentrer à la maison. Et si Max cette fois-ci n'avait plus d'ombre, et s'il lui fallait aller à Broad Street, quelle importance ? Il serait revenu à la tombée de la nuit, comme toujours.

« Non, ça va, finit-il par dire.

— Je sais, Ory. »

Max se retourna vers la table. Elle avait retrouvé la gamelle.

« Je n'oublierai pas avant que tu rentres à la maison. Promis. »

Réponse absurde. Il n'était plus en son pouvoir de promettre quoi que ce soit. Ce qui ne les empêcha pas d'échanger un sourire. Max remplit la gamelle avec l'eau bouillie qu'ils gardaient dans un seau – leur réserve d'eau potable. Elle vissa le couvercle et tendit la gamelle à Ory.

Qui s'en saisit d'un geste lent.

« D'accord, j'admets qu'elles tremblent un peu », avoua-t-il.

Il fourra la gamelle dans son sac à dos. Elle riait. La tête renversée, la bouche grande ouverte. Pendant une ou deux secondes, son profil se figea, comme si quelque pinceau l'avait fixée dans le temps. Là, debout devant la table – mais nul drapé sombre sur le mur, nulle jumelle sur le sol.

Il n'aurait pas pensé autrefois que cela pouvait changer quoi que ce soit : mais voir quelqu'un se déplacer sans projeter d'ombre nulle part avait fini par se charger d'une intense épouvante. Cette étrange apesanteur... Ceux qui n'avaient plus d'ombre semblaient ne pas être vraiment là.

« Bleu, finit par dire Ory.

— Cinquante-deux », répondit Max.

Il baissa les yeux sur son sac avant qu'elle puisse lire le soulagement sur son visage. Que pensait-elle de ces vérifications si fréquentes ? En était-elle blessée, réconfortée ? Les assignait-elle à son amour ou à une méfiance nouvelle ? Impossible de se fier à l'une ou à l'autre réponse. Ory fourra la main dans son sac, cherchant à tâtons quelque chose qu'il finit par trouver.

« Avant que j'y aille, il y a un truc dont il faut que je te parle. »

Elle se retourna vers lui, son regard se concentrant sur ce qu'il tenait d'une main ferme. Un magnétophone à cassettes, à l'ancienne.

« Ory, reprit-elle d'une voix lasse. Tu ne vas pas recommencer.

— S'il te plaît, Max », supplia-t-il.

Il lui mit l'appareil dans les mains. Elle le manipula de ses doigts longs et sombres, un peu maladroitement, comme elle l'aurait fait d'un oiseau mort.

« On en a déjà parlé, finit-elle par dire. Je croyais que nous étions d'accord.

— S'il te plaît, essayons. Il le faut. »

Ils échangèrent un regard.

« Le cerf », dit Ory.

Ce qui signifiait : *Max, ton état empire. Tu ne vas pas tarder à oublier des choses plus graves.*

L'angle du magnétophone luisait dans sa paume d'un éclat sourd. Ory parvenait tout juste à distinguer la forme rouge du bouton enregistreur, sur le côté. Avant que cela ne vienne à les séparer, il avait espéré que l'Oubli de Max puisse les rapprocher. Mais leur vie devenait de plus en plus étrange. Chaque discussion en était venue à contenir un affreux calcul : à quoi bon ? N'étaient-ce pas autant d'heures perdues en perspective du long silence qui suivrait ?

« Soit, finit par dire Max. Bon. D'accord. Qui sait. Ça marchera peut-être. »

Ils contemplèrent un moment l'appareil sans rien dire. Puis Max essaya de le fourrer dans la poche de sa veste, bien trop petite.

« Ah, et ce n'est pas tout », ajouta Ory.

Il plongea la main dans la poche avant de son sac à dos et fouilla jusqu'à ce qu'il sente sous ses doigts une longue et fine boucle. C'était un morceau de câble en acier, récupéré sans doute dans le capharnaüm d'un magasin d'électroménager voué à l'abandon. Il y avait sur le boîtier en plastique du magnéto un orifice qui permettait d'y fixer une courroie de sécurité : il y inséra le câble. Résultat de ses efforts : la petite machine pendait, en sautoir, juste sous le renflement que faisaient les seins de Max : longueur idéale pour s'en saisir et enregistrer, et aussi pour la cacher sous ses vêtements à la première alerte.

Max serra Ory contre elle et pressa le front contre son épaule. Ils furent pris de vertige.

« Attends, dit-elle doucement. Je vais nous enregistrer. »

Elle souriait. Du pouce, elle pressa sur le bouton rouge – ça coinçait un peu – et pointa la machine vers les lèvres d'Ory.

« Bien, redis-le, maintenant, chuchota-t-elle.

— Bleu », dit Ory, mal à l'aise.

Il n'aimait pas être enregistré. Son « bleu », pourtant, sonna chaleureusement.

« Cinquante-deux », répondit Max en rapprochant la machine de sa bouche.

Elle appuya sur le bouton rouge, *clic*, avant de laisser retomber l'appareil le long du câble, sans lâcher Ory, qui la serra contre lui.

Elle avait froid, se dit-il tout d'abord, et voulait se réchauffer à la chaleur d'Ory, comme elle le faisait toujours le matin. Mais telle n'était pas l'intention de Max.

« Je ne vais pas être capable de pousser mes explorations bien loin si je ne..., commença-t-il.

— Et alors ? » l'interrompit-elle en dégrafant sa ceinture.

Il y avait une urgence nouvelle dans ses gestes. Avant qu'elle ait pu finir de le déshabiller, Ory se rendit compte qu'il s'en fichait, lui aussi.

Le cerf. Le magnéto allait-il vraiment changer quoi que ce soit ? *La couleur du manche du couteau.* L'avait-il confié à Max parce qu'il conservait un peu d'espoir, ou parce qu'il n'en avait plus ?

Il sentit quelque chose se déchirer tandis qu'elle tirait – une couture, un passant de la ceinture. Bruit qui se grava dans son esprit : il le reproduisit – et le reproduirait encore, pour se souvenir du crissement du fil, d'un son qu'il avait entendu à l'époque où elle le connaissait encore, où il était l'homme de ses désirs.

« Bleu, répéta-t-il dans un murmure.

— Ory, grommela Max, on baise, oui ou non ? »

Elle se passa le câble du magnétophone par-dessus la tête et le lança sur une pile de vieux vêtements.

Pas grave. Ils avaient le droit de se cacher des choses – tant qu'ils en avaient la possibilité. Ça ne durerait pas. Elle voulait bien essayer le magnétophone. Ory n'avait pas à lui avouer ceci : s'il tenait à la garder entière, c'était plus pour lui que pour elle ; il craignait qu'elle ne suive le chemin des autres sans-ombre, qu'elle se mette à lui préférer l'étrange magie de son amnésie, qu'elle arrête le combat pour sa mémoire. Et, de son côté, Max n'avait pas besoin de lui faire part de son avis sur ces questions.

Orlando Zhang

Leur hôtel, auquel ils ne donnaient plus ce nom car c'était devenu bien davantage un refuge, se dressait sur une haute cime du Great Falls National Park, au-dessus d'Arlington et des autres banlieues du nord de la Virginie. Ce qui signifiait deux choses : pour aller en ville, il fallait descendre pendant des heures. Et pour aller chez eux, les intrus des villes devaient affronter une rude montée. Ory passa devant le poteau duquel il avait arraché depuis bien longtemps la pancarte indiquant ELK CLIFFS RESORT, 300 M.

Après qu'ils avaient définitivement perdu le signal radio, Ory avait réaménagé les lieux. Personne ne devait soupçonner que l'hôtel était encore habité. Il avait obstrué toutes les fenêtres, sauf une, avec des bouts de carton, pour dissimuler leurs faits et gestes à la vue. Il avait administré le même traitement à quelques autres appartements, afin que celui qu'il partageait avec Max ne s'en distingue pas. Il avait entassé des meubles devant l'hôtel, avait cassé quelques poteaux de la clôture, allumé des feux devant les murs d'enceinte pour les scarifier. Toutes leurs provisions étaient stockées au rez-de-chaussée, dans la salle de bal, où ils avaient, une éternité plus tôt, baigné dans le tourbillon chamarré du mariage de Paul et d'Imanuel. Certes, si quelqu'un découvrait le refuge, ces réserves seraient perdues : mais peut-être n'auraient-ils que ce prix à payer, raisonnait Ory. Il avait tué un rat qui traînait dans les caves, avait répandu son sang sur le parquet du vestibule, avait laissé les taches s'incruster – langage très ancien que tous les hommes comprennent.

Et pendant un moment, ça avait marché. Ils avaient tenu deux ans selon ces règles. Certains jours, Ory se sentait même en sécurité. Tout avait volé en éclats, sept jours plus tôt, quand Max avait perdu son ombre.

Une fois leurs larmes séchées, ils avaient procédé à un ultime changement. Ils avaient rédigé des règles concernant les dangers qui menaceraient Max quand son Oubli s'aggraverait.

« *Si* l'Oubli s'aggrave, avait rectifié Ory. Pas *quand*. »

Max s'était contentée de secouer la tête.

« *Quand* », avait-elle répété.

Elle était allée chercher leur dernier bout de papier, parce que Ory ne voulait pas bouger.

Max n'avait pas encore besoin de ces règles : mais il valait mieux s'y mettre à l'avance, avait-elle dit. Ils sauraient quoi faire le moment venu. *Oui, d'accord, s'il venait jamais*. Ils avaient tout écrit. Puis elle avait plié la feuille avec soin et l'avait déchirée en fines bandes. Elle avait demandé à Ory de scotcher ces règles partout où elle en avait besoin : porte d'entrée, kitchenette de la chambre d'amis et ainsi de suite. Elle les aurait ainsi toujours sous les yeux, même si, les ayant oubliées, lui venait l'idée de commettre quelque interdit.

Ça n'était pas très rigoureux, ils le savaient, mais ils n'avaient rien trouvé de mieux.

RÈGLES DE MAX ET D'ORY

1. Max ne quitte jamais le refuge sans Ory.
2. Max peut se servir des petits couteaux pour préparer à manger toute seule, mais elle ne touche pas au feu.
3. Max a l'interdiction formelle d'ouvrir à quiconque.

Max reconnaissait encore Ory. Elle reconnaissait sa voix. Ory cependant ne partait jamais sans sa clef. Il en avait caché un double devant l'hôtel, à l'intérieur d'un rocher artificiel qu'il avait récupéré dans un magasin de décoration. Il n'avait pas la moindre envie de prendre l'habitude de frapper et d'attendre que Max lui ouvre, même s'il se sentait à bout de forces, même s'il était blessé, même s'il était trop lourdement chargé. Pour une simple raison : pour le moment, elle tenait le coup. Mais cela ne durerait pas. D'ici à quelques jours, quelques semaines, elle se rappellerait peut-être qu'Ory et elle avaient vécu ensemble. Mais pas qu'ils avaient vécu seuls, pas qu'il n'y avait qu'eux deux dans cet hôtel de montagne depuis longtemps déserté par ses autres clients. Oui, plus tard, s'il sortait chercher à manger, la laissant seule au refuge, il serait bien trop dangereux de lui demander de se souvenir que la seule personne à laquelle il fallait ouvrir, le soir, c'était lui, Ory.

4. Max a interdiction de se servir du fusil.

Ça, c'était au cas où.

Cette règle-là donnait la nausée à Ory. Il avait eu les pires difficultés à l'écrire. Il avait l'impression de la trahir – comme si le fait de croire que Max pouvait un jour oublier qui était Ory pouvait précipiter cet oubli.

Max cependant lui avait forcé la main. Au cas où.

Tout cela n'avait plus la même importance. Les fenêtres. Le sang, le fait d'avoir toujours sa clef sur lui, de ne pas demander à Max de lui ouvrir. Même si, dans les premiers temps, ça leur avait peut-être sauvé la vie. Les rues changeaient sans cesse alors, modelées par un souvenir imparfait, puis reconstruites par un autre. Autrefois, Ory devait préparer son chemin aux jumelles avant de franchir un seul pas. Le risque était double : survivants indemnes qui lui tendaient un piège, sans-ombre affolés qui cherchaient à le tuer. Mais des indemnes, il n'y en avait plus. Dans Arlington, tous avaient perdu leur ombre. Et les sans-ombre ensuite avaient presque tous disparu, car ils ne se souvenaient plus qu'ils habitaient en ville. Tout s'était figé. Rien ne mutait plus. Plus un bruit, plus une métamorphose. Il n'y avait plus personne pour opérer les reconstructions. Les boutiques étaient devenues des cimetières désertés, les maisons des monuments.

Il n'y avait guère plus de quartiers en ville où il puisse craindre de rencontrer des vivants. Broad Street, cependant, sa présente destination, comptait parmi ces lieux.

Lorsque Ory parvint à proximité de Falls Church, il se mit à accélérer le pas. Il délaissa les rues, préférant traverser les jardins abandonnés, ligne droite entre le refuge et Broad Street, pour compenser son départ tardif. La plupart des pavillons n'avaient plus de clôtures ; celles qui tenaient encore debout étaient vermoulues. *Même si, après l'amour, j'avais lambiné une demi-heure de plus au lit avec* Max, *j'aurais encore eu le temps de chercher*, se dit-il. Il écarta deux planches affaissées et se fraya un chemin dans les broussailles. Il avait toute la journée devant lui. Et si tel n'était pas le cas, il ne regrettait rien. *Il faut que je fasse plus de cadeaux à* Max, songea-t-il. Mais pourquoi ne pas se contenter de lui offrir sans cesse le même cadeau ? Était-ce parce que leur séance amoureuse l'avait mis de bonne humeur que la blague lui parut plus drôle qu'atroce ? Plaisir de Max assuré à chaque présentation !

Non, ça n'a rien de drôle, se réprimanda-t-il. *C'est immonde. Tu es un mec immonde.*

Ce qui ne l'empêcha pas de rire. Tout doucement.

Vingt minutes plus tard, il ne se trouvait plus qu'à une impasse de Broad Street.

Un an plus tôt, Max leur avait interdit à tous deux de remettre les pieds à Broad Street, après une ultime exploration des lieux. C'était également la dernière fois qu'ils avaient croisé un homme vivant.

Ory resta accroupi dans les buissons, l'œil fixé sur les immeubles résidentiels qui bordaient cette néfaste voie. Par-delà la pelouse vide et la chaussée, pas un signe de vie.

Ce dernier vivant de Broad Street était un sans-ombre que l'Oubli avait dû saisir quelques semaines plus tôt. Il avait encore assez de mémoire pour éprouver qu'il était terrible de ne pas avoir d'ombre mais, ne se souvenant plus de la manière dont elles s'attachent au corps, il avait voulu voler celle d'Ory.

Ory frémit à ce souvenir tranchant – contact de l'acier acéré, malpropre, contre sa peau. Avant la fin du monde, ce sans-ombre avait été pompier. Il portait encore son énorme veste ignifugée lorsqu'ils l'avaient croisé, errant. Sa veste, son casque, ses bottes – et sa hache de pompier, fermement serrée dans la main droite.

Ni Ory ni Max n'avaient été médecins, à l'époque où les gens travaillaient. Ory avait eu une chance inouïe de ne pas perdre son bras, de survivre.

Avant le pompier, ils s'étaient souvent disputés au sujet des raids. Après le pompier, Max avait eu gain de cause. Broad Street avait beau être une caverne d'Ali Baba, Ory dut promettre qu'il n'y mettrait plus jamais les pieds. Même si la situation devenait désespérée. Même s'ils mouraient de faim.

Mais que faire si Max oubliait la promesse arrachée à Ory ? Ils n'en avaient pas parlé.

Ory posa la main sur le manche du couteau, encore dans sa gaine, et traversa tête baissée la rue, vers l'entrée de l'immeuble. Le vent se levait. Un tourbillon de feuilles mortes croisa son chemin, bruissant. Ory franchit aussi vite qu'il le put la pelouse de la résidence et se dirigea vers la porte la plus proche. Il ne s'arrêta pas avant d'avoir atteint la façade, contre laquelle il se recroquevilla, l'épaule contre le mur de briques. Il plaqua l'oreille sur le battant de la porte, traquant le moindre son. Bruits de pas sur un plancher pourri, instructions chuchotées entre membres d'une même famille ou alliés de circonstance, crissement de la fermeture Éclair d'un sac de voyage, ronflement discret. Non, rien de tout ça.

Ory dégaina son couteau d'une main qu'il voulait ferme. C'était le moment qui lui répugnait le plus.

« Allez, vas-y, Ory », murmura-t-il pour se donner du courage.

Il essayait toujours de se dire ces choses-là avec la voix de Max.

« Il n'y a personne ici. Plus personne, depuis un bon moment. »

Il poussa la porte de tout son corps.

Le bois vermoulu céda. Il s'introduisit dans le vestibule, le couteau à la main.

Le vestibule était vide.

Ory referma ce qui restait de la porte : il ne voulait pas être vu de la rue. Il attendit que ses yeux se fassent à la faible lumière du jour où scintillait la poussière, que le martèlement qui faisait trembler ses côtes s'apaise. Le coutelas réintégra lentement sa gaine de cuir.

Des éraflures zébraient tout le plancher. Profondes, assez anciennes pour avoir eu le temps de se cicatriser, en partie grâce aux quelques gouttes de pluie qui perçaient les fenêtres brisées. Ory traversa le vestibule, puis le bureau du gérant, avant d'entamer son exploration. Tous les appartements du rez-de-chaussée étaient vides. Quelqu'un avait dû recycler ce qui restait du mobilier. Les cuisines avaient été aussi soigneusement pillées : portes de placard volées, tiroirs emportés. Dans l'un des appartements, Ory contempla un moment les étagères : à quoi ressemblaient-elles, du temps où elles étaient pleines de boîtes et de sachets ? L'évier avait même perdu ses robinets.

Le premier étage était dans le même état. Ainsi que le deuxième. Une fois parvenu au quatrième, impossible de franchir le seuil de la plupart des appartements, tant l'odeur était pestilentielle. Les dépouilles des habitants finissaient de se décomposer à l'intérieur. Ory passa à l'immeuble suivant. Incendie, inondation. Une salle de gymnastique où tous les appareils ressemblaient à des chevaux d'acier, scintillants, suspendus en plein galop. Les distributeurs automatiques qui continuaient à diffuser de la musique, bien que privés d'électricité depuis des années. Les colonnes d'ascenseur béantes, les portes forcées, tordues.

La porte d'entrée du troisième immeuble tenait encore debout. Ory s'y introduisit bien plus lentement, encouragé par ce détail. Il y avait encore des meubles, mais ni vêtements ni nourriture. L'un des appartements lui rappela le leur, à l'époque où ils habitaient Washington – qu'était-il devenu ? Y régnait le même style classique moderne cher à Max qui avait tant impressionné les parents d'Ory à la première visite. Il tapa sur les murs, à la recherche d'une cachette. Ce fut dans les chambres qu'il lut les noms sur les murs.

Il avait déjà vu ça : dans les premiers jours, juste après le mariage. Ils descendaient à plusieurs de la montagne pour se risquer dans Arlington à la recherche de provisions ou d'informations. Noms inscrits sur les étagères de magasins intégralement pillés, tagués à l'arrière des immeubles. Ceux qui faisaient encore assez confiance aux gens pour leur parler murmuraient leurs questions au détour de ruelles étroites. *Vous avez entendu parler du Patient ? De Celui Qui Rassemble ?* Ils troquaient les informations contre de la nourriture, rejoignaient des foules curieuses avec lesquelles ils entreprenaient des pèlerinages de masse vers des terres étrangères, pour en savoir plus. Ici quelqu'un avait griffonné *Celui Qui A Un Milieu Mais Pas De Commencement* à l'aide d'un bout de charbon, au-dessus de l'endroit où se trouvait jadis le lit. Ory doucement effleura de la main l'une de ces lettres, empoussiérant de gris sombre le bout de ses doigts. Ceux peu nombreux qui avaient gardé leur ombre étaient tout le contraire, songea-t-il. Pas de milieu, tout en commencement. Le milieu n'était plus qu'une apocalypse sans fin, en perpétuelle mutation.

Un craquement discret rompit le silence de l'immeuble. Ory sursauta puis se précipita d'instinct à terre, avant même de reprendre son souffle, son coutelas de nouveau dégainé.

Il compta jusqu'à cinq. Le bruit était étouffé, comme s'il venait du dehors, à quelque distance. Ory glissa un œil par-dessus un buffet renversé, vers le mur qu'aurait dû percer à cet endroit une porte-fenêtre coulissante donnant sur une petite terrasse. Des broussailles maladives, un autre immeuble mort surplombant la clôture affaissée.

« Des arbres, murmura Ory. Rien de plus. »

Les ronces avaient envahi la rue. Ça puait les mûres en décomposition. Quand il plissait les yeux, il distinguait celles qui, blanches, étaient tombées à terre avant de mûrir, pareilles à de petits asticots.

« Continue, Ory. Monte voir dans les chambres », s'encouragea-t-il.

Il consentit à lâcher le manche de son couteau de chasse et revint dans le vestibule. Puis s'approcha lentement de l'escalier.

Il progressait à l'écart des fenêtres, à genoux sur le sol. Son cœur fit un bond : sous la moquette crasseuse de la penderie, quelqu'un avait découpé une petite trappe dans le plancher. Hélas, il n'était pas le premier à l'avoir découverte. La cachette était vide – si tant est qu'elle ait jamais servi. Ory ne prit pas la peine de rabattre la moquette, ni de fermer la porte qui protégeait cette planque. Inutile de donner de fausses espérances à un autre explorateur – s'il y avait encore des indemnes en ville. Cela faisait si longtemps qu'ils n'avaient vu personne qu'Ory en était venu à se demander si Max et lui n'étaient pas les derniers habitants d'Arlington. Et de Virginie.

Ne serait-il pas bientôt le dernier ?

De nouveau, le craquement discret. Il se plaqua immédiatement au sol. La part animale de son cerveau – la conceptrice, la stratège – se mit au travail, fébrile : quelle échappatoire dans cette pièce ? Il y avait un sommier, mais plus de matelas. Une penderie, mais plus de porte. La fenêtre ? Trop haute. L'étage, quelle poisse. Trop loin du sol pour sauter.

Puis un hurlement : strident, aigu, hystérique. Ory se figea sur place.

Bon Dieu, ça, il connaissait. Très bien.

Il se rua dans l'escalier, sortit par la porte côté pelouse, se mit à courir, vers le lieu d'où venait le cri.

Un cri de lapin – de lapin à l'agonie. Pas d'erreur là-dessus.

Un renard, un coyote : ils fuiraient, ils laisseraient tomber leur proie, s'il parvenait à s'approcher. Il n'y avait plus un gramme de nourriture dans les immeubles, mais du diable s'il ne réussissait pas à grappiller quelque chose avant de rentrer au refuge. Ce soir, Max et lui mangeraient du lapin, fraîchement abattu – une viande bien juteuse, qui n'avait pas été séchée, salée et entreposée pendant trois mois dans leur garde-manger. S'il pouvait offrir à Max le souvenir d'un délicieux plat de lapin pour le temps qu'il lui restait, cela valait peut-être mieux que cinq boîtes de n'importe quel plat préparé, froid et sans goût. Aucune hésitation.

Ory passa au pas de charge devant la deuxième rangée d'immeubles, droit vers la piscine de la résidence, les mains déjà tendues, prêt à effrayer n'importe quel prédateur. Mais dès qu'il eut franchi le coin de l'immeuble, il s'immobilisa.

« Oh, merde », parvint-il à articuler, d'une voix qui tenait du couinement.

À une dizaine de mètres de l'immeuble, il y avait, rassemblés en un cercle lâche sur la plage de la piscine vide, toute une foule d'individus, les yeux braqués sur celle qui, au centre du cercle, extirpait le lapin d'un piège artisanal. Ils se retournèrent tous vers le nouveau venu, les uns après les autres, le regard glissant tranquillement de leur proie à Ory qui serrait les coudes, planté sur la pelouse.

« Oh, merde », répéta-t-il, stupéfait.

Ils étaient si nombreux. Cela faisait longtemps qu'il n'avait pas vu tant de monde. Depuis au moins un an, d'ailleurs, il n'avait pas vu âme qui vive à l'exception de Max.

Et tous ces gens étaient armés.

Réagis, se dit-il, fou de panique. Certains paraissaient surpris, d'autres amusés. Ils semblaient tous en bonne santé. Propres. Cheveux lavés, vêtements bien entretenus. Pas de joues creuses, d'os saillants. Les bras des hommes étaient assez bien nourris pour que leurs muscles se remarquent. Plus que les siens. *File, Ory. Putain, fous le camp*. Impossible. Impossible de bouger. Il pouvait tout juste les regarder, ébahi.

La femme au lapin finit par se redresser. Elle était assez âgée, le visage buriné, les cheveux grisonnants coupés en brosse. Ory l'observa, pétrifié : l'étreinte mortelle se relâchant doucement, le lapin retrouva sa liberté, comme si cela n'avait aucune importance, comme s'il y avait encore trois supérettes à chaque coin de rue. Elle ne daigna pas même suivre des yeux l'animal qui, terrifié, filait vers les broussailles pour y trouver refuge. Sans rien dire, la femme s'avança au-devant du groupe. Les yeux plissés, les lèvres pincées. Elle avait désormais dans les mains un fusil de chasse pourvu d'un mécanisme à verrou qu'elle avait déjà armé. D'un geste lent, elle braqua le long canon d'acier sombre sur Ory.

« Tu arrives trop tard », lui dit-elle.

Orlando Zhang

Ory, sous le choc, regarda la femme. Le vieux fusil de chasse qui se balançait tranquillement entre ses mains expertes, légères. La bouche d'acier qui flottait sur la gauche, visant le bas de son sternum.

« Tu arrives trop tard », répéta-t-elle.

Trop tard ? Mais pour quoi faire ?

« Il est à l'ouest, dit l'un des bien nourris, avant de cracher par terre.

— Non, il a son ombre. Regarde. »

La femme pointa le canon de son fusil vers le sol, derrière Ory, comme si l'arme constituait depuis toujours un prolongement de son bras. L'ombre d'Ory était recroquevillée sur la pelouse, silhouette rabougrie suintant la terreur.

« Trop tard pour quoi ? » parvint enfin à articuler Ory. Cela faisait si longtemps qu'il n'avait pas adressé la parole à quelqu'un d'autre que Max qu'il avait du mal à trouver ses mots, comme s'il avait oublié ce qu'était le langage et ne pouvait plus qu'émettre des sons au hasard – des sons qui n'étaient pas des mots. Le coutelas passé dans sa ceinture lui paraissait bien léger, tandis qu'il courbait les épaules.

Ils échangèrent tous des regards, comme pour essayer de comprendre ce qu'il avait voulu dire.

« Pour nous rejoindre », dit un homme qui se tenait près de la femme.

La fumée de sa cigarette roulée à la main était âcre.

« Il n'y a plus de place. Le groupe est constitué depuis longtemps.

— Je... »

Ory parcourut d'un regard nerveux les visages, essayant d'y lire la signification exacte de cette réponse.

« Douze, c'est le maximum, poursuivit ce dernier. Y a de la place que pour douze. »

Ory ne savait que faire. Il leva les bras au-dessus de sa tête, pour leur montrer sa bonne volonté.

La femme finit par abaisser le canon de son fusil de quelques centimètres.

« Toi, t'as pas dû mettre beaucoup le nez dehors ces derniers temps. »

Ory secoua la tête.

De nouveau la petite foule échangea des regards en silence. Ory glissa un regard à la plage de bois blanchi et craquelé sur laquelle ils s'étaient rassemblés. Douze personnes, quatre ombres. *Quatre* ombres. Il écarquilla les yeux. *Quatre*. *Ombres*.

Puis les regards, les uns après les autres, se portèrent tous sur la femme au fusil, attendant son verdict.

« Tu n'es pas seul ? » demanda-t-elle.

Elle était l'une des quatre indemnes.

« Non, répondit Ory. Et elle, euh... »

D'un geste maladroit, il désigna sa propre ombre.

Ce qui sembla les émouvoir. Les rides de la vieille femme se creusèrent un peu plus. Elle se frotta du dos de la main la brosse veloutée qui lui tenait lieu de cheveux.

« Depuis combien de temps ?

— Sept jours. »

Il s'efforça de ne pas penser au peu de temps qu'il restait à Max. Aux quelques jours encore où elle prendrait une voix de canard quand il se mettrait en colère, pour le faire rire. Où elle s'essaierait courageusement à concocter des repas avec leurs maigres provisions, elle qui était la plus mauvaise cuisinière de leur connaissance. Où elle viendrait s'asseoir près de lui, sans rien dire, le matin, pour regarder le soleil se lever à travers la fenêtre de leur minuscule cuisine. Comme il aimait ces aurores près d'elle.

« Je suis désolée. »

Ory secoua la tête. Il ne voulait pas de cette compassion. Elle rendait l'Oubli réel.

« Elle est très forte. Elle commence tout juste à oublier », dit-il.

Il s'efforça de ne pas fixer trop longuement les quelques sans-ombre au cœur du groupe. Questions qui lui brûlaient les lèvres. Que faire ? À quel point d'Oubli en étaient-ils ? S'étaient-ils donné des règles ? Comment les mettaient-ils en œuvre ? Et surtout : comment se faisait-il que ceux qui avaient encore leur ombre n'avaient pas peur de ceux qui l'avaient perdue ? De ce que ces derniers pouvaient accomplir à tout moment – comme le cerf, ou peut-être pire – lorsqu'ils oubliaient ?

« Au bout de sept jours ? Très impressionnant, siffla l'un des sans-ombre, dont les yeux bleus avaient une clarté surnaturelle.

— Il ne se rappelle même plus qui, parmi nous, est de sa famille », plaisanta la femme qui se trouvait au côté de l'homme aux yeux bleus.

Il y eut quelques rires dans le groupe. Le sans-ombre eut un sourire gêné. Une fois le silence revenu, deux femmes à la peau d'un noir de jais se tournèrent vers la femme au fusil.

« Il faut lui dire, marmonnèrent-elles.

— Tu devrais prendre le chemin du Sud. Aller à La Nouvelle-Orléans, reprit-elle au bout d'un moment. Il se passe quelque chose là-bas.

— Quoi ?

— Quoi exactement, on ne sait pas. Mais quelque chose, c'est sûr. Tout le monde y va. Il n'y a presque plus personne à Arlington. À notre connaissance, on est le dernier groupe. Nous, on attendait… »

Elle s'interrompit soudain. Ce ton-là, Ory le connaissait. Dans les premiers temps, on le percevait souvent dans les conversations. C'était celui de quelqu'un qui refusait de renoncer à des espérances qui n'avaient pourtant plus lieu d'être.

« On a entendu des tas d'histoires, finit-elle par expliquer. Des tas de noms. »

Ory songea à ceux qu'il avait déjà lus. *Celui Qui A Un Milieu Mais Pas De Commencement*. *Le Sans-Yeux*. *Le Patient*.

« Ce sont des rumeurs, dit-il. Des rumeurs, rien de plus.

— Mais elles viennent toutes du même endroit,

répondit la femme au fusil. Quelle que soit la signification de ces noms, ils désignent tous quelqu'un ou quelque chose qui se trouve à La Nouvelle-Orléans. Ça a un sens, forcément. »

Elle n'avait pas entièrement tort. Chaque fois qu'un de ces noms était mentionné, celui de La Nouvelle-Orléans suivait presque toujours. Mais le sens exact de ces noms – si tant est qu'ils en avaient un ? C'était cela qui importait aux yeux d'Ory.

La femme s'éclaircit la voix.

« Et puis on a également entendu dire qu'il se passait des choses à Washington D.C. Des choses horribles. Et c'est en train de se répandre. On a attendu autant qu'on pouvait.

— Des choses horribles ?

— Je ne sais pas quoi exactement. Mais les quelques réfugiés qui sont parvenus jusqu'à Arlington… maintenant, c'est fini, personne ne vient plus… Ces gens parlaient de choses horribles. Ils nous donnaient les mêmes noms, et ils allaient tous à La Nouvelle-Orléans. Et c'est ce qu'on va faire, nous aussi. »

Ory les scruta tous, les uns après les autres. Il percevait soudain avec une acuité décuplée le nombre et l'intensité des regards posés sur lui – sur sa montre, sur son coutelas, sur son sac à dos. Ou peut-être fixaient-ils simplement son ombre.

« Et vous faites confiance à ces gens ? demanda-t-il.

— Ça fait un bon moment que je campe dans cette résidence. J'ai appris à me fier à mes yeux plus qu'à mes oreilles. Je ne les ai pas écoutés : je les ai regardés. Et j'ai constaté ce que je viens de te dire. Les gens partent. D'Arlington, de Washington D.C. Et ils vont tous dans le Sud. En Louisiane. Parce qu'il s'y passe quelque chose.

— S'il faut se fier aux noms, dit Ory, je ne suis pas certain d'avoir envie d'y aller. »

La femme haussa les épaules.

« Eh bien, n'y va pas. Mais je préfère affronter la chose plutôt que la fuir. »

Derrière elle, les autres opinèrent du chef.

Ory étudia les traits de son visage, à la recherche de quelque signe. La femme au fusil semblait sincère. Elle était fatiguée, certes, et sans doute trop avisée pour espérer grand-chose, mais elle ne mentait pas. Les rumeurs, quel que soit leur contenu, circulaient vraiment. Les gens partaient bel et bien pour La Nouvelle-Orléans.

« Qu'est-ce que vous faites encore ici, dans ce cas ? demanda Ory.

— On part, justement. »

Elle posa la crosse de son fusil sur le sol, d'un geste lent.

« Aujourd'hui. Dès que notre ami aura fini sa cigarette de malheur. »

La fumée s'échappait lentement des fentes entre les dents de l'homme. Il affichait un grand sourire.

« C'est bon pour la mémoire », dit-il.

Ils patientèrent tous en silence tandis que l'homme portait une dernière fois à ses lèvres le mince et rougeoyant cylindre. Sur la plage de la piscine, l'ombre minuscule de la cigarette flottait, sans main pour la tenir. Après une longue et ultime bouffée, l'homme enfonça le mégot dans le sol avant de l'écraser de son pied, pour lui ôter définitivement la vie. Il était temps de partir.

« Comment y allez-vous ? demanda Ory, que tous regardaient de nouveau.

— On ne peut pas..., commença la femme.

— Oui, j'ai entendu. Ce n'est pas ce que je voulais dire... Je voulais seulement savoir comment vous y alliez. »

La femme croisa les bras.

« On a mis de côté. Il y a encore des voitures qui roulent, quand on cherche bien. Avant que tout parte en sucette, Victor, ici présent, était ingénieur. Il a tout calculé : la bouffe, l'eau, l'essence. On veut s'en sortir, mais on ne veut pas non plus se surcharger. Ce groupe, cette expédition, ça fait un an qu'on les prépare. On a juste assez pour nous véhiculer tous les douze. C'est pour ça que je t'ai dit tout à l'heure que tu arrivais trop tard. »

L'explication tenait lieu d'excuse.

« Vous n'êtes que deux », dit le sans-ombre aux yeux très bleus.

Une mèche blond pâle, soulevée par le vent, obscurcit un instant son froid regard.

« Vous voyagerez plus vite, comme vous êtes peu nombreux. »

Ses traits reflétaient une intense détermination.

« Trouvez une bagnole. Vous y arriverez.

— C'est juste que... »

Ory secoua la tête. Il regarda l'appartement en rez-de-chaussée le plus proche de cette piscine qui, visiblement, avait été le leur. Il y avait des vélos attachés à la grille, un barbecue, lui aussi fixé au mur par une chaînette, du linge qui séchait. Et ce petit groupe, installé autour de la piscine vide, fumant des cigarettes roulées à la main, dans la dernière tiédeur de l'automne. Une vie presque normale.

« Vous allez quitter tout cela – vous allez affronter *le dehors* – sur la foi d'une rumeur ?

— Il le faut », répondit la femme.

Elle tourna la tête vers le sans-ombre. Ils échangèrent un long regard.

« Parce que bientôt, de toute façon, il n'y aura plus rien. »

Le chemin du retour fut long, mais dès qu'Ory s'éloigna de Broad Street et qu'il eut retrouvé le raccourci par les jardins, le calme revint.

« Je m'appelle Ursula », lui avait confié la femme au fusil.

Ursula. La première personne pourvue d'une ombre qu'Ory ait croisée depuis que l'Oubli s'était emparé d'Arlington. Et sans doute la dernière.

Tout ce qu'ils laissaient dans l'immeuble, ajouta Ursula, était à la disposition d'Ory. Ça n'était pas grand-chose, mais il n'en avait pas espéré autant. Les douze avaient fini leurs préparatifs quelques jours plus tôt : ils renonçaient à tout le reste.

« Et, tant qu'à faire, mieux vaut que ce soit toi qui l'embarques plutôt que quelqu'un d'autre. »

Ory fouilla les lieux de fond en comble. Il n'y avait plus rien à manger, mais il put mettre la main sur deux des vélos, quatre petits couteaux qui n'avaient pas complètement perdu leur tranchant, une bouteille de vinaigre, trois bocaux en verre et tous les rideaux. Les vélos prenaient trop de place, il le savait, mais il les emporta quand même. L'un des deux ressemblait à s'y méprendre au vieux vélo hollandais de Max et il voulait voir son visage s'illuminer à cette vision. Ils pourraient peut-être circuler une ou deux fois sur la prairie, devant le refuge, comme autrefois. Lorsqu'il retrouva l'air libre, une fois son paquetage fini, il n'y avait plus personne autour de la piscine. Ils étaient déjà partis.

Il lui fallut plus de temps que prévu pour rentrer, avec son énorme sac et les deux vélos qu'il devait traîner chacun d'une main sur le guidon. Il était plus tard que d'habitude – le soleil avait presque entièrement disparu sous l'horizon et ses derniers rayons noyaient le paysage d'une lueur bleu-vert sombre. Ory pressa le pas : il fallait rentrer à l'heure qu'il avait indiquée à Max. Tout en marchant il baissa les yeux vers l'espace entre ses pieds. Son ombre progressait avec lui, rampant, déchiquetée, sur les pelouses embroussaillées, se désagrégeant sur les feuilles de chiendent. Toujours là.

Quitter Arlington, c'est absurde, songea-t-il. *Ils sont fous.*

Au moment précisément où le calme revenait. Au moment où il commençait à se sentir assez en confiance pour sortir du refuge et relever le piège sans crainte – plus besoin de sursauter au moindre craquement de branche, au moindre bruissement de feuille dans les buissons. Ils avaient fini par trouver un lieu où ils étaient à peu près en sécurité.

Et, franchement, maintenant qu'il savait que tout le monde ou presque, avec ou sans ombre, avait déserté Arlington, et qu'il n'avait désormais plus à redouter que d'ultimes et pathétiques sans-ombre et les quelques animaux sauvages qui s'aventuraient hors des bois tremblants, Ory n'avait qu'une envie – ne pas quitter le refuge, y rester le plus longtemps possible. Autrefois, c'était bien de voir du monde, oui, mais retrouverait-il jamais ce plaisir ? Pas sûr. Si les choses s'arrangeaient à La Nouvelle-Orléans, si les gens qui s'y rendaient trouvaient le moyen de contrôler la situation, peut-être. Dans deux ans, dans cinq ans, il y repenserait. Mais avec ce qui attendait Max, pas question de bouger. Il fallait rester au refuge, en sécurité, en attendant le moment fatal. Max serait certainement de son avis.

Ory venait tout juste de se convaincre de la véracité de cette dernière assertion lorsque son regard fut attiré par une curieuse ondulation de son ombre. Mais… Ce n'était pas son ombre, s'étonna-t-il, au moment même où un objet lourd et métallique s'écrasait sur l'arrière de son crâne.

Le bourdonnement s'apaisa peu à peu. Les confettis pleuvaient, scintillants, partout, dorés. Des bougies, un coucher de soleil. Au-dessus, un élan de fonte, franchissant d'un bond une falaise de fonte. Les invités, mirlitons aux lèvres, se remirent à souffler.

« Champagne ? »

Max passa le bras sous celui d'Ory. Elle parlait plus fort que le chœur strident. Elle se pencha vers lui et sa longue chevelure caressa sa manche de costume. Lavande, chauffée par l'air de l'été. Des bulles explosèrent contre la paroi de cristal.

« Les voilà ! » cria une voix.

L'orchestre entonna, tonitruant, la *Marche nuptiale* de Mendelssohn. Une autre main se posa fermement sur son épaule.

« Hé, témoin ! C'est à toi. »

Des serpentins explosèrent au plafond.

« Ory ? »

Max se retourna vers elle – et tout se figea. Les mouvements étaient ralentis, aquatiques. Le son du piano se réverbérait, saisi dans un temps suspendu. Des éclats tournoyants d'or piégé, flottant entre deux airs. Il l'aimait tant.

« Ory ? »

Ory ouvrit les yeux. Il n'y avait plus rien. Plus de musique, plus un bruit. Le monde était ténèbres. Ory était aveugle.

Il sentit l'herbe froide et humide sous son corps. Non. Il n'était pas aveugle. Il faisait nuit, c'était tout. Puis il comprit que son sac avait disparu.

Bien sûr. Le sac et le butin de Broad Street : c'était pour cela qu'on l'avait attaqué. L'absence du sac contre son dos le fit frissonner. Nu, comme si l'attaquant l'avait également déshabillé. Les ténèbres se brouillèrent et Ory comprit qu'il pleurait. Il avait tout perdu. Son coutelas, sa montre, la gamelle, sa trousse de secours, la lampe de poche. Son sac. Son sac, bordel. Et tout ce qu'il contenait, tout ce qu'il lui avait fallu tant de temps à acquérir. Tout ce qui lui garantissait la vie sauve quand il partait en reconnaissance. Plus rien. Ory voulut serrer les mains sur les lanières de son sac pour se réconforter, coudes plaqués au corps – puis, se souvenant que la chose était impossible, se mit à gémir encore plus fort.

Lorsque ses sanglots à demi étouffés se furent apaisés, il se releva sur son séant, aussi précautionneusement que possible. Son crâne palpitait de douleur. Le reste était comme engourdi. Impossible de dire si la blessure à la tête était la seule. D'une main, il se tâta la nuque : ses doigts se poissèrent d'un liquide chaud. Difficile à dire dans cette obscurité, mais ce devait être du sang. *C'est mauvais signe*, songea-t-il, l'esprit brumeux.

Puis il se pencha vers l'avant et vomit dans l'herbe.

Des minutes ou des heures plus tard, il parvint à se relever, les jambes tremblantes. Impossible de dire quelle heure il était. Il faisait noir, c'était tout. Si noir qu'il avait du mal à distinguer la main qu'il portait à ses yeux, bien que la lune se soit levée. La nuit n'était plus celle d'autrefois, où l'on se déplaçait dans la lueur vague et diffuse de l'éclairage urbain. La nuit était devenue effacement.

Avait-il été assommé par un sans-ombre, qui lui avait arraché son sac avant de s'enfuir à toutes jambes ? Ou bien par un indemne comme lui, qui l'aurait suivi depuis son entrée dans Broad Street ? Un frisson traversa son corps baigné d'une sueur glaciale. Était-ce l'un des douze ? Ils étaient sur le point d'entamer un périlleux voyage. Ils avaient vu son coutelas de chasse, son sac à dos. Ils n'avaient plus besoin de rien, disaient-ils, mais pourquoi ne pas accroître leurs chances de survie ? Il essaya de se représenter Ursula rebroussant chemin, ses cheveux ras, son visage aux traits graves, se faufilant tranquillement derrière lui, la crosse de son fusil levée avec la plus intense des résolutions. L'aurait-elle frappé, sachant qu'il prenait soin, lui aussi, d'une sans-ombre ?

Max, songea alors Ory.

Il fit quelques pas vacillants. À quoi bon perdre son temps à se demander qui avait bien pu l'attaquer ? Ça n'avait plus aucune importance. Il avait perdu son précieux sac à dos et le vélo qu'il voulait offrir à Max, mais il n'était pas mort. Et Max aussi était vivante et elle devait, à cette heure, être folle d'angoisse. Jamais Ory n'était rentré aussi tard dans la nuit. Pas même après sa toute première exploration – non seulement il avait failli mourir, mais encore il s'était perdu en revenant au refuge. Il aurait bien aimé se rasseoir et fermer les yeux. Il continua de marcher.

Il ne sut jamais vraiment comment il rentra à l'Elk Cliffs Resort. Il avait dû naviguer de mémoire, sans doute, retrouvant son chemin dans les faubourgs dévastés même en pleine nuit. Il crut bien, à une ou deux reprises, entendre quelque chose bruisser dans les buissons tout proches, mais la tête lui tournait trop pour qu'il puisse se concentrer sur une proie qu'il n'était, de toute façon, pas en état de combattre. Entre mourir et perdre ce sac, il n'y avait pas grande différence – ô tout son paquetage… Mais, lourdement chargé, il n'aurait peut-être pas survécu jusqu'au refuge.

Il se retrouva soudain au rez-de-chaussée de l'hôtel. Il était rentré. Il se pencha, vomit de nouveau, faillit glisser dans la flaque.

Encore deux étages et il serait chez lui. *Par pitié, faites qu'elle sache encore comment nettoyer une plaie,* songea-t-il. *Faites qu'elle se souvienne encore de tout, ce soir.*

Demain, il pourrait l'affronter. Mais pas maintenant. Si, en ouvrant la porte, il s'était trouvé face à une Max enfin amnésique, il n'aurait rien pu lui expliquer de cohérent, au vu de son propre état. Alors, la convaincre qu'ils étaient mariés depuis cinq ans et qu'il partait en expédition au risque de sa vie toutes les semaines de la même manière… La seule bonne chose, c'est qu'elle aurait oublié le sac à dos.

Il monta lentement l'escalier, les épaules plaquées au mur, pour empêcher le monde de tournoyer autour de lui. Une nouvelle sensation d'humidité lui poissait le cou. Max devait y jeter un coup d'œil – il fallait peut-être suturer. Cette éventualité le fit grimacer. Max lui rasant quelques centimètres carrés de cuir chevelu à l'aide de leur dernier rasoir, passablement émoussé. La piqûre sèche d'une des aiguilles à coudre de Max pénétrant dans sa peau, une fois, deux fois, dix fois – sensation qu'il ne connaissait que trop bien désormais. L'arrière de son crâne fut parcouru d'un picotement d'appréhension.

« Hé, toi, surtout, ne t'endors pas », se tança confusément Ory en arrivant devant leur porte.

Il avait lu ça quelque part – quand on a reçu un choc sur la tête, il ne faut pas s'endormir. Le risque, c'est de ne jamais se réveiller. C'était en fait sa seule envie du moment. Se coucher contre Max et garder les yeux fermés, jusqu'à ce que le monde retrouve son équilibre et sa précision.

Mais dès qu'il enfonça la clef dans la serrure et qu'il commença à tourner, tous ses sens se concentrèrent sur un point unique – cristallisé, bourdonnant.

La porte n'était pas verrouillée.

Non.

Non, non, et non.

Ory ouvrit la porte et se rua à l'intérieur du refuge sans perdre une seconde et sans plus penser à rien. Avant d'être submergé par les visions épouvantables de tout ce qui avait pu lui arriver – bandits, voleurs, animaux sauvages, sa mémoire. *Pitié, pitié, faites qu'il ne lui soit rien arrivé pendant que je n'étais pas là*, implora-t-il.

Quoi qu'elle ait subi, faites que ce ne soit pas parce que je suis parti à Broad Street, parce que je ne suis pas resté à la maison – parce que j'aurais pu alors la rattraper avant qu'elle oublie.

« Max ! » hurla-t-il en traversant d'un bond le salon.

Il investit la petite cuisine, la chambre, la salle de bains, puis hors de leur appartement, les couloirs de l'hôtel, d'autres chambres, le moindre recoin du refuge.

« Max ! *Max ! MAX !* »

Elle avait disparu.

Attends, j'appuie sur le bouton… Vas-y, tu peux le dire, là.
« *Bleu.* »
Cinquante-deux.

DEUXIÈME PARTIE

Mahnaz Ahmadi

Naz rêvait souvent de la nuit où tout avait commencé. Tant de joie, tant d'émerveillement ! Personne ne savait à cette époque ce que signifiait la perte de l'ombre. Et même si elle continuait d'en rêver en toute connaissance de cause, le rêve, cependant, ne devenait jamais cauchemar. Qu'est-ce que cela voulait dire ? Rien, peut-être.

Ce soir-là, Naz fêtait avec son entraîneur et ses coéquipières l'obtention de sa carte verte. L'équipe venait juste d'apprendre que le dossier avait été approuvé, que Naz maintenant pouvait rester s'entraîner aux États-Unis jusqu'à la fin des temps. Ce qui paraissait un peu idiot, car les éliminatoires n'auraient pas lieu avant trois ans : mais la carte verte rendait tout cela si tangible. Naz serait peut-être la première Iranienne à décrocher une médaille olympique au tir à l'arc. Et pourquoi ne pas viser l'*or* ?

Ils s'étaient tous retrouvés autour du sofa dans le salon de l'appartement de Naz, à Boston. L'entraîneur, penché sur la table basse, s'échinait sur le bouchon d'une bouteille de vin. Deux des coéquipières avaient fait imprimer une banderole : « Félicitations, Naz !

Faites gaffe, les JO, elle arrive. » Et cette autre : « En plein dans le mille. » Naz les avait fixées au mur, juste au-dessus de la housse qui contenait son arc de compétition.

Ils avaient bu, ri, grignoté – du fromage, un gâteau fait maison par Naz. Et pendant ce temps-là, les éclats de couleur floue qui giclaient de la télé ne dépassaient pas les confins de son champ de vision. Quelque chose pourtant finit par attirer son regard. Une bande rouge en haut de l'écran, où clignotaient ces mots : FLASH INFO. Et c'est là que, pour la première fois de sa vie, elle entendit parler de Hemu Joshi.

Il y avait une fête religieuse ce jour-là en Inde. Dans les grandes villes, y compris Pune, les équipes des antennes régionales étaient déjà sur place. Elles filmaient Hemu depuis sept bonnes minutes lorsque quelqu'un qui travaillait pour une télé internationale repéra leurs directs. Et ce fut une déflagration mondiale.

Dans les six heures qui suivirent, Hemu fit le tour de toutes les chaînes et de tous les sites des États-Unis. Des équipes de tous les pays du monde filèrent à Mumbai et prirent les agences de location de voitures d'assaut, pour se précipiter au marché aux épices de Pune – Mandai, comme l'appelaient les autochtones –, à trois heures de route, le tout dans un laps de temps qui semblait incroyablement court quand vous arrivez de l'autre bout de la planète. Naz, l'entraîneur et les coéquipières contemplèrent ce spectacle, fascinés, incapables de se détourner de l'écran.

Personne dans l'équipe ne se dit alors qu'il aurait fallu frémir d'épouvante. Non, ils étaient subjugués.

Complètement obsédés. Hemu, il faut le dire, leur en donnait pour leur argent. Pendant ces trois premières journées, il résista courageusement au milieu de la plus vaste travée de Mandai, exécutant ses numéros pour les curieux. Et nul ne s'en lassait jamais, même si c'étaient toujours les mêmes gestes. Naz pouvait le regarder pendant douze heures de suite, ne s'accordant des pauses que pour aller aux toilettes et faire réchauffer au micro-ondes des plats qu'elle avalait devant la télé.

Hemu commençait toujours par sourire et dire trois mots, pour faire comprendre qu'il était une vraie personne et qu'il intervenait en direct. Ce n'était pas une vidéo diffusée en boucle par les chaînes. Puis il tendait la main, ou se tenait à cloche-pied, l'autre jambe suspendue dans les airs. Les gosses de la rue qui le hantaient depuis le début comme autant de petits spectres se mettaient à rire et à lui courir autour. Du pain bénit pour les photographes. Les sites d'infos regorgeaient de ces clichés débordants de vie : les gamins hilares jouant avec Hemu, couronnés de poussière, les orange et les pourpres des étals des marchands d'épices palpitant avec une telle intensité que Naz en avait les larmes aux yeux.

À vélo, en rickshaw, les diseurs de bonne aventure affluaient de tous les quartiers de la ville pour contempler cette nouvelle merveille. Des familles amenaient leurs invalides à Hemu dans l'espoir de les voir guéris par son intervention. Des pères venaient au marché lui proposer à grand renfort de cris et de photos la main de leur fille. Dès le premier soir, Hemu avait déjà soixante-deux propositions de mariage émanant toutes de familles fortunées. Un cliché circula qui représentait la mère de Hemu, une vieille dame trapue, les cheveux noir de jais, comme ceux de son fils. Elle essayait de retenir contre elle les portraits de toutes ces possibles épouses. Elle avait défait le pan d'épaule de son sari pour en faire un panier improvisé, mais les clichés étaient si nombreux qu'ils échappaient à son étreinte. Visages minuscules de toutes ces belles jeunes femmes se répandant hors du sari comme autant de libellules et chutant sur la chaussée surpeuplée.

La veille, Hemu travaillait comme responsable de clientèle junior dans le centre d'appel d'une entreprise de téléphonie américaine. Il était joueur remplaçant dans l'équipe de cricket amateur du Maharashtra. Du jour au lendemain, il acquit un statut quasi divin. Un héros de conte de fées ou de film de SF. Le monde était à ses pieds.

Hemu Joshi fut le premier homme à perdre son ombre.

Autrefois, à Téhéran, lorsque Naz et sa jeune sœur Rojan étaient petites, leur père – c'était un an avant sa mort – leur avait acheté un télescope, pour un de leurs anniversaires. Elles étaient censées s'en servir la nuit, sur le toit de l'immeuble, pour observer les étoiles. Elles y allaient tous les soirs, mais pas vraiment pour les mêmes raisons. Naz, à vrai dire, se fichait bien des constellations. Elle avait l'âge requis maintenant pour fréquenter les salles spécialisées du gymnase, après les cours. C'était là que les arcs étaient entreposés. Dès le coucher du soleil, cependant, elle aidait sa sœur à hisser le lourd appareil sur le toit, car Rojan, elle, en était folle. Jamais Naz n'avait vu sa sœur à ce point ensorcelée. L'astronomie était pour Rojan ce que le tir à l'arc était pour Naz. Tous les soirs, donc, Naz attrapait le télescope par une extrémité et aidait Rojan à le monter dans l'escalier ténébreux de l'immeuble.

Ce qui faisait sourire les autres membres de la famille. Ça n'allait pas vraiment ensemble, le tir à l'arc et l'astronomie. Naz n'était pas du même avis. La voûte nocturne, les étoiles. L'or blanc du soleil. La flèche traçant entre les deux sa courbe. Elle aurait voulu contempler Rojan qui regardait les étoiles jusqu'à la fin des temps. Mais lorsque, à vingt-deux ans, Naz remporta le championnat d'Iran, et que l'homme qui deviendrait son entraîneur l'appela de Boston, à l'autre bout du monde, dans un anglais si rapide et si nasillard qu'elle avait du mal à le comprendre, et qu'elle finit par décrypter son offre – visa sportif, mécénat, les JO à moyen terme…

Naz n'était rentrée à Téhéran qu'une seule fois après son installation à Boston. Elle n'avait pas revu Rojan depuis. Au cours de sa visite, elle avait, sans y penser, mentionné ses fréquentations et son premier petit ami américain à sa mère. Une conversation rageuse avait suivi, durant laquelle elle avait, par dépit, tout déballé devant sa mère. Sur ce copain et sur ceux, nombreux, qui lui avaient succédé.

Après quoi, elle n'avait plus vraiment été la bienvenue dans la famille. Mme Ahmadi avait juré de ne plus jamais lui adresser la parole. Naz de son côté ne voulait plus lui parler. Ce soir-là, elle était partie en claquant la porte. Elle avait retrouvé Rojan à l'université. Où la petite sœur étudiait désormais (le cœur de Naz chantait à cette pensée) l'astronomie. Avec une bourse de recherche. Le lendemain soir, elles s'étaient introduites après les heures de bureau dans le labo où Rojan travaillait. Elle en savait mille fois plus à présent sur le ciel que Naz, qui fit de son mieux pour suivre ses explications. Elle n'oublierait jamais les heures volées, partagées avec sa sœur, les observations au télescope, l'éclat sourd des planètes lointaines, les trajectoires des comètes.

Naz se demandait souvent ce qui avait pu leur arriver, à tous ces télescopes. Ce serait curieux, non, de retomber sur eux – si tant est qu'ils avaient survécu dans ce nouveau monde. Les survivants qui les retrouveraient sommeillant sous leurs dômes silencieux colleraient l'œil aux viseurs minuscules en murmurant : « Magie ! » La science parfois avait cette apparence. Le spectacle de Hemu Joshi, l'homme sans ombre, relevait assurément de la magie.

Il y avait bien sûr eu quelques tentatives de donner à ce mystère une explication scientifique. D'ailleurs, il existait même un début d'élucidation. Un détail astronomique obscur que Rojan avait expliqué à sa sœur. Tous les ans, à une date fixe et dans certains pays, les ombres en effet disparaissaient.

Incroyable, non ? Mais c'était une simple question d'optique, d'angle du soleil, de saison – cela se produisait uniquement entre les tropiques du Cancer et du Capricorne, de la fin du printemps au début de l'été.

« Où qu'on vive, on a toujours l'impression que le soleil de midi se trouve juste au-dessus de sa tête.

Ce qui n'est pas vraiment le cas», lui avait expliqué Rojan à l'époque où Naz habitait encore Téhéran.

Ce que Naz avait tenté d'exposer à son tour à son entraîneur et à ses coéquipières devant le spectacle de Hemu. Leurs expressions ébahies la firent sourire. Et pourtant, c'était bien le cas. La Terre était trop volumineuse, trop incurvée. Même s'il donnait toujours cette impression à midi, le soleil ne se trouvait jamais exactement au-dessus de la tête des gens. Sauf en Inde, en un jour bien précis de la mi-mai.

Jour que les autochtones appelaient justement le Jour Sans Ombre.

Incroyable, absurde – et cela revenait tous les ans. Rojan aurait adoré se rendre sur place. Au fil du temps, le Jour Sans Ombre s'était transformé en un vrai festival que l'on célébrait sur plusieurs journées, l'angle de la Terre reproduisant le phénomène à chaque aurore en une localité nouvelle. Les réjouissances s'accompagnaient d'initiation à l'astronomie, de parades et de démonstrations de cerfs-volants. Tous les ans, juste avant midi, d'immenses foules se rendaient sur les parvis des marchés pour attendre le moment où le soleil passait si exactement au-dessus d'eux que leur ombre disparaissait pendant quelques stupéfiantes secondes. Les professeurs encourageaient leurs élèves à disposer divers objets sur la chaussée – des lampes de poche, des ballons de basket, des battes de cricket – pour voir s'il était possible de déjouer le soleil. Ce qui ne se produisait jamais. Au son des tambourins et des sitars, et tandis que la Terre et le Soleil s'alignaient, toutes les ombres de la ville, toutes les ombres sous les hommes se réduisaient lentement à de petites tavelures sombres sur le sol avant de disparaître – et de revenir peu à peu tandis que la Terre poursuivait son inexorable rotation.

Une explication parfaitement scientifique.

Impuissante, cependant, à répondre à la question de savoir pourquoi, après cette brève fenêtre astronomique, et tandis que tous ceux qui se promenaient au soleil ce jour-là avaient vu leurs noirs contours renaître sous leurs talons, Hemu Joshi, lui, garda sa liberté et ne retrouva pas son ombre. Oui, ce devait être de la magie.

Et donc, durant ces trois journées surnaturelles, le monde entier contempla Hemu Joshi qui dansait, sans entraves, sur la terre, fasciné par l'incompréhensible beauté de ce spectacle. De la magie. Les vols et les hôtels étaient plus que complets ; les gens dormaient dans les restaurants et sur les trottoirs ; les chaînes de télévision diffusaient sans cesse ses faits et gestes ; les poètes écrivaient des odes sur lui. Il était même apparu à Naz en rêve. La communauté scientifique était en émoi : aucun spécialiste, pourtant, ne put expliquer clairement ce qui se passait. Le lendemain du jour où Hemu perdit son ombre, on apprit qu'un groupe d'environ quatre-vingts personnes avait subi le même sort à Mumbai, au moment de la célébration de leur propre Jour Sans Ombre. Les médias se mirent à appeler ces gens les Anges de Mumbai. Ce qui ne sonnait pas si mal. Le troisième jour, à Ahmednagar, une quinzaine de personnes connut la même mésaventure. Puis douze personnes à Nashik…

Tard dans la nuit, en ce troisième jour, donc, d'autres occurrences furent rapportées dans tout l'État du Maharashtra. Famille après famille, village après village. Un miracle en direct. Lorsqu'elle entendit parler des Anges de Mumbai, Naz pensa même en fait qu'ils étaient tous en transition vers une existence meilleure. Et si absurde que cette idée puisse paraître lorsqu'on la prononçait à haute voix, le monde était dans un tel état de sidération admirative que Naz n'éprouvait aucune gêne. Non, pas du tout. Campée dans sa salle de bains, le drap de bain autour des reins, dégoulinante, gesticulante, elle exprimait cette pensée du jour à l'une de ses coéquipières, puis à la lunette des toilettes, tout en se brossant les dents... Sans se sentir une seule seconde théâtrale ou grotesque. C'est dire à quel point le monde s'était entiché du phénomène.

Puis, le quatrième jour, les choses commencèrent à se gâter. En beauté.

Hemu Joshi, sans doute, avait commencé à perdre la mémoire dès le début des festivités, ce qui ne transparut cependant pas avant le matin du quatrième jour.

Naz s'était levée tôt. Elle avait allumé la télé, pour regarder Hemu tout en se préparant des œufs brouillés. Le grésillement de l'huile dans la poêle rendait le commentaire du journaliste plus ou moins inaudible, mais le spectacle était désormais familier. Depuis le Jour Sans Ombre, Hemu était resté exactement à l'endroit où les télés l'avaient repéré – une des allées centrales du marché de Mandai. Il ne s'éclipsait que pour se changer, ce qui ne lui prenait jamais plus de quelques minutes, ou aller aux toilettes. Le premier soir, lorsqu'il avait voulu rentrer chez lui pour y dormir, les protestations avaient été si véhémentes que ses deux frères avaient cédé aux injonctions de la foule. Ils lui avaient rapporté à dos d'homme de quoi dormir, par les ruelles bondées et tortueuses de la ville. À présent, les trois frères campaient au centre de l'allée des textiles, entre les voiles qui tremblaient dans la brise. Dès le milieu de cette première nuit, ils avaient reçu tant de couvertures et d'offrandes en tout genre, fruits et soieries, que leur petit coin de béton poussiéreux ressemblait désormais à l'absurde alcôve d'un sultan.

Ce matin-là, pourtant, ne ressembla pas aux autres. Seuls les frères de Hemu apparurent à l'écran. Du prodige sans ombre, pas de trace. Naz détourna un moment le regard pour soulever les œufs de sa spatule. Lorsqu'elle revint voir Hemu, elle nota que les frères semblaient soucieux. Oui, beaucoup moins affables.

« Pas de vidéo », hurla l'un d'eux.

L'autre frère tendit la main vers la caméra et s'empara de l'objectif pour le tourner vers le sol. L'écran vira au noir.

« Vous venez de voir les dernières images qui nous soient parvenues de Mandai, il y a quelques minutes à peine. Nous étions en direct avec les deux frères de Hemu Joshi, Rahul et Vinay. »

Sur l'écran désormais, un présentateur au visage sévère, aux épaules carrées.

« Depuis cinq heures ce matin, heure de Mumbai, la famille Joshi interdit aux médias toute communication avec Hemu, après qu'il a été retrouvé errant en plein quartier des affaires de Pune, ne sachant visiblement plus où il se trouvait. De plus... »

Naz éteignit le gaz. Les œufs n'avaient pas fini de cuire et tremblaient, encore translucides, dans la poêle. Elle alla chercher son ordinateur portable. Les jaunes s'étaient déjà figés en une masse couleur de pisse lorsque Naz comprit enfin ce qui s'était passé. Lorsque les équipes de télé s'étaient réveillées, en ce quatrième matin, les journalistes avaient constaté que Hemu ne dormait pas au côté de ses frères. Il avait disparu. Rahul et Vijay, une fois réveillés, étaient rentrés chez eux : là non plus, pas de trace du jeune homme. Une battue avait été organisée : et c'était alors qu'ils avaient retrouvé Hemu à l'autre bout du marché, la démarche incertaine, l'esprit confus, gesticulant de manière incohérente. Il ne voulait plus qu'on le suive, hurlait-il à la foule. Il n'en pouvait plus de ces équipes télé (et qui n'aurait compati !). Mais lorsque ses frères émergèrent de la foule pour aller à sa rencontre, il se passa quelque chose de fort singulier. Hemu ne les reconnut pas.

Si Hemu concentrait sur lui l'attention de tous les médias – et celle de quelques milliards de Terriens, une chaîne people américaine avait eu l'idée d'envoyer son équipe B à Nashik, dans l'espoir de faire quelques points d'audience avec ces douze bambins qu'elle avait, en vain, essayé de surnommer les Chérubins de Nashik, triste référence aux Anges de Mumbai. Ce fut à Nashik que l'étrange devint tragédie.

L'équipe en question venait tout juste d'envoyer ses premières images au modeste QG de la chaîne, à Los Angeles. Il ne fallut que quelques minutes pour que l'info se propage comme une traînée de poudre sur les grands médias internationaux : les « Chérubins de Nashik » perdaient eux aussi la mémoire.

Orlando Zhang

Ory ôta la bande de papier fixée au Remington.

4. Max a interdiction de se servir du fusil.

Les cartouches se trouvaient dans une boîte, à même le plancher du placard, comme un tas de pièces détachées, inutiles. Il chargea le fusil avant de répartir les munitions, deux par deux, dans les poches de son pantalon. Puis il remit la main sur ses trois pulls, mangés aux mites, les enfila les uns sur les autres et compléta cet équipement avec le coupe-vent rouge floqué ELK CLIFFS RESORT – PERSONNEL qu'il avait déniché dans le bureau du gérant. Les vêtements de Max étaient toujours là, bien rangés – apparemment, il en manquait une partie. Une chemise ou deux, peut-être. Sur le point de quitter le refuge, elle avait peut-être eu, en passant devant le placard, la lucidité de se dire qu'elle aurait besoin de quelques vêtements de rechange. Pourvu que ce soit le cas, pria Ory. Il n'avait repéré aucune trace de sang, aucun signe de lutte. Elle avait dû partir d'elle-même. Personne ne la retenait en otage. Il n'avait plus qu'à lui remettre la main dessus. Et sans perdre une seconde.

Étape suivante, l'équipement. Des allumettes, une

trousse de secours, une lampe de poche. Là aussi, Max avait dû se servir au passage. N'y avait-il pas plus de boîtes d'allumettes dans le tiroir où ils les avaient amassées ? Pas sûr. Ou bien Max avait oublié le nombre de boîtes qu'ils détenaient et l'avait modifié – comme elle avait fait changer de couleur le manche du couteau ? Ory contempla l'évier inutile, le tiroir grand ouvert, les ciseaux qu'il contenait et l'espace vide où, il en aurait juré, se trouvait une seconde paire. Là aussi, difficile à dire.

Et pour finir, une photo de Max.

Il avait pratiqué une petite cachette sous l'une des planches du parquet, de son côté du lit. Il en sortit son vieux portefeuille, qu'il épousseta délicatement. Une carte de paiement, une carte de crédit, cinq billets, une carte de club de gym et son permis de conduire.

Ory extirpa le permis de sa poche plastique. S'il était rattrapé par l'Oubli, un jour, il s'en servirait comme Max du magnétophone à cassettes, se dit-il. Le nom, la date de naissance, la taille, le poids, une toute petite photo d'identité. Cela ne lui dirait pas grand-chose de ce qu'il avait vraiment besoin de savoir (Max était sa femme, il se serait jeté sous les roues d'un bus pour lui sauver la vie, ils n'avaient pas d'enfants, ils s'étaient rencontrés lors d'un match de football auquel il avait failli ne pas aller, puis qu'il avait failli quitter avant la fin, il skiait ridiculement bien, il avait une terreur secrète des abeilles). Mais au moins le permis lui rappellerait-il son nom. Et ce bout de plastique protégeait ce qui lui importait vraiment. La petite photo de Max.

Elle avait été prise en fin de journée, la veille du mariage de Paul et d'Imanuel – les ombres avaient seulement commencé à disparaître en Inde, au Brésil et au Panama. Ce soir-là, donc, les invités s'étaient rassemblés dans la salle de bal – au-dessus de laquelle il se trouvait en cet instant. Ils mangeaient, ils buvaient, chocolats et champagne. Les mariés avaient ouvert quelques cadeaux à l'avance – parmi lesquels un Polaroïd qui crachait de tout petits instantanés, de la taille d'un aimant de frigo.

L'appareil circula au cours de la soirée. Lorsqu'il parvint entre les mains d'Ory, ce dernier prit une photo de Max. Elle se tenait dans l'embrasure des portes-fenêtres qui donnaient sur le patio, mais il y avait assez de lumière dans la salle de bal pour que son visage, une fois qu'il l'eut hélée (« Une minute à me consacrer, madame ? »), soit nimbé d'une lueur jaune qui faisait briller ses yeux.

« Bleu », dit-il.

Il pressa sur l'obturateur au moment où le sourire s'épanouissait sur les lèvres de Max.

Avant que le cliché n'apparaisse sur le papier, Max s'éclipsa pour aller discuter avec une autre invitée. Ory resta planté là, au grand air nocturne, près des portes-fenêtres, secouant délicatement le petit bout de carton qu'il examinait toutes les deux ou trois secondes pour vérifier les progrès de cette Max de carton. Le temps qu'il retrouve la vraie (qui lui fourra une énième coupe de Dom Pérignon dans la main en lui chuchotant à l'oreille, le souffle brûlant, la voix rendue rieuse par le passage de la rumeur, « Tu ne vas pas croire ce qu'Imanuel vient de me raconter sur l'autre témoin... »), elle avait déjà oublié qu'il l'avait prise en photo.

Ory rangea la photo dans l'étui avant d'y insérer son permis de conduire. Sur l'image, elle était apprêtée, les cheveux tirés en un chignon flou, le visage maquillé. Mais la Max de maintenant avait à peu près la même tête. Lorsqu'il croiserait des gens à qui il demanderait s'ils avaient vu la femme sur la photo, le Polaroïd ferait l'affaire. Mais croiserait-il qui que ce soit ? Ou du moins, des gens qui se souviendraient de ce à quoi servent les mots ? Qui se rappelleraient ce qu'ils avaient fait la minute d'avant ?

Lorsqu'il revint dans le salon, son regard fut attiré par le bout de papier qu'ils avaient collé sur le battant intérieur de la porte. C'était la seule règle qu'ils se soient donnée tous les deux, bien avant que Max ne perde son ombre et qu'ils édictent les suivantes. D'ailleurs, à compter de ce moment terrible, la première règle avait reçu le nom de Règle Zéro. Ory détacha le bout de papier et le roula en une petite boule toute rabougrie. Max ne pouvait pas ne pas l'avoir vue avant de partir. Qu'est-ce que cela pouvait bien signifier ? À quel point était-elle atteinte à présent ?

Ils avaient rédigé cette Règle Zéro quand ils s'étaient retrouvés seuls dans l'hôtel. Ils avaient perdu l'électricité, puis l'eau courante, puis la radio. Puis le reste des invités. Ils ne pouvaient plus éviter ce sujet de conversation.

« C'est injuste, avait protesté Max. Si je disparaissais, tu irais me chercher.

— Non, pas du tout », avait répondu Ory.

Ce qui sonnait faux, même à ses oreilles.

« Mais si, tu me chercherais, avait-elle poursuivi. Et puis ce n'est pas la même chose. Tu es dehors toute la journée. Moi, c'est tout le contraire. Si je disparaissais, cela voudrait dire que j'ai perdu mon ombre et que j'ai oublié où se trouve ma maison. Et donc, bien sûr, tu n'essaierais pas de me suivre.

— Ne commence pas à… »

Il avait fait la grimace. L'évoquer ne serait-ce qu'en paroles, c'était tenter le sort, se disait-il.

« Tout ce que je veux dire, c'est que si tu ne rentrais pas, un soir, ce serait sans doute parce que tu es blessé. Auquel cas tu aurais besoin de mon aide.

— Si ce cas se présente, je ferai en sorte de mourir. Pour que tu restes où tu es, en sécurité.

— Ory », avait chuchoté Max d'une voix horriblement ténue.

Un silence de plomb s'était installé.

« Désolé », avait-il fini par souffler.

Ils avaient baissé les yeux sur leur repas du soir. Un sachet de chips. Qu'il avait déniché lors de son raid précédent.

« Non, je ne peux pas, avait dit Max. Si l'un de nous oublie, c'est une chose. Mais si tu ne reviens pas alors que tu es sorti pour nous trouver à manger, j'irai te chercher là où tu m'as dit que tu allais.

— Ce n'est pas ce dont nous sommes convenus, avait répliqué Ory.

— Je ne ferai aucune concession là-dessus, avait rétorqué Max. Sauf celle-ci : si l'un de nous oublie, l'autre ne va pas le chercher. C'est mon dernier mot. Marché conclu ?

— Marché conclu », avait lâché Ory.

Il déchira une page du livre d'or désormais inutile, écrivit la règle sans dire un mot et scotcha le bout de papier à la porte. *Si l'un des deux oublie et qu'il quitte le refuge, l'autre ne part pas à sa recherche.* Ils n'échangèrent plus un mot avant la fin de la soirée.

Ils ne pouvaient pas faire mieux. Pourtant, cela ne suffisait pas. Dans les semaines qui avaient suivi, Ory avait arrêté de donner à Max des détails sur ses expéditions. Lorsqu'elle se plantait devant la porte en le sommant d'expliquer où il allait, faute de quoi elle ne le laisserait pas passer, il lui mentait si éhontément qu'elle s'en rendait parfaitement compte. Elle finit par ne plus demander. Elle comprenait les raisons d'Ory.

Ce même soir, après qu'ils avaient rédigé la Règle Zéro, Ory s'était servi d'un tout petit morceau de leur précieux stock de gel douche. Le refuge regorgeait de cartons de fournitures variées qui dataient de l'époque de l'Elk Cliffs Resort. Au début, ils n'avaient pas économisé. Ils prenaient des bains à tout moment, se lavaient les cheveux au moins une fois par jour. Pour conserver une impression de normalité. Ils ne s'étaient aperçus que trop tard qu'ils étaient parvenus au bout des réserves apparemment inépuisables de l'hôtel. Il leur restait deux cents brosses à dents – et plus un tube de dentifrice. Neuf cents serviettes, mais un ou deux petits flacons de gel douche. À présent, ils faisaient tout durer, ne procédaient à leur toilette que tous les trois ou quatre jours – et s'en tenaient alors aux zones stratégiques. Il avait plongé l'index dans le flacon en plastique et s'efforça d'y remettre tout ce dont il n'avait pas besoin. Il avait baissé les mains – rien sur les cheveux, rien sur le visage – et étalé le film luisant sur ses testicules. Enfin, il se décalotta le pénis, savonna le gland avec ce qu'il lui restait de savon, s'efforçant de débarrasser son prépuce des bribes de smegma qui l'encombraient inévitablement.

Lorsqu'il s'essuya après cette toilette de chat et s'introduisit dans la chambre enténébrée, Max était déjà couchée. Il se faufila sous les couvertures, près d'elle, nu, maladroit. La respiration de Max se réverbérait doucement dans l'obscurité. Autrefois, lorsque le savon était inépuisable, se baigner n'avait pas de sens. Ne révélait rien de ce qu'on n'avait pas envie de faire comprendre trop clairement. Maintenant qu'il n'en restait pratiquement plus, et que l'eau du bain leur venait des seaux qu'ils posaient sur les toits, en guise de citerne, le geste avait pris une signification presque honteuse. Il n'y avait pas de nuances dans un monde sans savon. Plus la possibilité d'hésiter entre la nécessité absolue et le caprice, plus de « Oh, là, là, c'est grave » ni de « Tu fais comme tu le sens ».

Ory lui caressa le dos, sous la masse douce, hérissée, de sa chevelure. Ses doigts effleurèrent le tissu d'un tee-shirt. Max se retourna sous les draps, l'attira à lui en une embrassade paresseuse. Elle comprit qu'il était nu et pas tout à fait sec au cours de cette étreinte, il le devina – car elle se figea une seconde, bras suspendus, jambes à demi enserrées entre celles d'Ory, son corps se repositionnant à mesure qu'elle prenait conscience de son état. Ory débanda, ce qui ne l'empêcha pas de chercher à tâtons le bas du tee-shirt de Max, puis d'y fourrer les mains, de remonter le long de son torse jusqu'à ce qu'il retrouve les globes lourds et soyeux de ses seins.

Elle l'attira à lui et s'empara d'une main du membre flétri. Ses doigts le serraient, fermes ; elle plaqua l'autre main sur celle d'Ory qui caressait ses seins sous le coton du tee-shirt.

Il essaya d'oublier. Le savon. Le fait qu'ils étaient les derniers ici. La Règle Zéro. Tout le reste. Les mains de Max se posèrent sur ses épaules ; tièdes, elles l'attirèrent à elles.

Impossible.

Il eut fini son paquetage avant le lever du soleil, prêt à partir à la recherche de Max. La plaie qu'il avait à la tête ne saignait plus. Il s'assit sur le bord du lit en attendant les premières lueurs, trop nerveux pour dormir. *Si seulement*, se disait-il. *Si seulement.* Si seulement il était rentré trois heures plus tôt. Si seulement il n'avait pas suivi le cri du lapin. S'il n'était pas revenu à Broad Street. *Oui, si seulement. Max n'aurait pas quitté le refuge.*

Il ramassa la Règle Zéro transformée en boule de papier et lui infligea une seconde compression, la réduisant à la taille d'une noix. À l'époque où elle s'étalait, silencieuse, dans les recoins idoines de l'hôtel abandonné, elle avait la même allure que les autres règles. *Si l'un des deux oublie et qu'il quitte le refuge, l'autre ne part pas à sa recherche.* Mais cette règle avait été conçue pour ne s'appliquer qu'à lui. La réciproque n'avait jamais été prise en compte. Ce n'était pas – pour l'heure, certes – la manière dont la Règle Zéro était censée fonctionner. Jamais les événements n'auraient dû prendre ce tour hideux. Et ce n'était pas un accident de parcours – ou de chasse, comme on voudra. Non, Ory était pleinement responsable. Responsable du fait de n'avoir pu rentrer à temps pour empêcher Max de quitter le refuge, parce qu'elle avait oublié qu'il s'agissait, justement, d'un refuge.

Il refit une dernière fois le tour de l'hôtel. Plus il y pensait, plus il était certain de l'absurdité de la situation. Max était parfaitement consciente des dangers du dehors. Qu'elle soit partie signifiait sans doute que l'Oubli s'était aggravé, que les souvenirs commençaient à la fuir – grains de sable dans son esprit-tamis. Ça, au moins, c'était certain. Mais la manière ? Avant que les chaînes télé et les sites Internet ne cessent de fonctionner, Max et lui avaient vu les ravages de la maladie. Terrifiants, en général. La panique des victimes, les accès de violence, pas si rares : les sans-ombre ne comprenaient pas ce qui leur arrivait, ne savaient plus où ils étaient, ni même qui ils étaient, et cependant gardaient le contrôle de recoins étrangement lointains de leur cerveau.

Max, elle, n'avait pas cédé à l'affolement. Elle n'avait pas fouillé dans leurs affaires pour y trouver les indices nécessaires à la reconstitution de leur histoire. Elle avait fermé la porte en sortant. Elle avait peut-être même emporté quelques provisions, des ustensiles. Quelle étrange sensation.

Autre certitude, elle avait pris le magnétophone à cassettes. Ory avait fouillé le refuge de fond en comble. Aucun doute possible sur la question. L'appareil avait disparu.

Mahnaz Ahmadi

En été, Naz s'entraînait très tôt, avant que l'air ne devienne insupportablement humide. À Boston, de juin à août, on avait l'impression de vivre dans un tajine. C'était presque pire qu'à Téhéran. Naz devait se lever à quatre heures du matin, ce qui ne l'empêchait pas de regarder la télé tout en s'habillant dans le noir, histoire d'avoir les dernières nouvelles de Joshi avant de se traîner jusqu'au centre sportif.

Hemu Joshi allait de mal en pis. Au bout de quinze jours, il avait presque entièrement perdu la mémoire. Il ne reconnaissait plus sa mère. Quand on lui demandait s'il avait des frères et sœurs, il était incapable de répondre. Il pouvait encore donner son numéro de téléphone, mais plus son adresse. Il savait qu'il était natif de Pune, où il avait grandi – mais avait oublié que sa ville natale se trouvait en Inde, et que l'Inde était un pays. Après quoi, il oublia même le cricket.

Naz essayait de se concentrer sur les cibles mais le cœur n'y était pas. Devait-elle rentrer à Téhéran ? L'Inde en était proche – dangereusement proche. Non, lui conseilla sa sœur via e-mail. Mieux valait rester à Boston, ne pas abandonner l'entraînement.

Ça ne servait à rien de rentrer. Pas à sa famille, en tout cas. Naz cachait son portable dans sa brassière sport entre deux tirs. Elle se baissait, pour qu'on ne voie pas ses mains, et elle envoyait des SMS – à des voisins d'immeuble de Téhéran, à des amis de là-bas – peu importait qui au fond. Ils avaient tous le même sujet de conversation. Tu as vu cette expérience où HJ ne se souvenait que de quatre des sept jours de la semaine ? Ou bien HJ vient juste d'essayer de faire la liste des rues de son quartier. Tu l'as vu, ça ?

Oui. Et tu as vu la vidéo où ils lui montrent des photos de sa classe de lycée et il a du mal à retrouver leurs noms ? répondaient-ils. Ça n'arrêtait pas. Au bout de quelques jours, Naz fut saisie par la crainte. Elle allait être virée de l'équipe. Puis, en regardant les autres cibles, elle se rendit compte que ses coéquipières en faisaient exactement autant. Va voir le livestream de CNN, ils font des mises à jour.

Elle continua d'attendre des nouvelles qu'elle espérait meilleures. Raté, c'était de pis en pis. Les Anges de Mumbai bientôt subirent le même sort que Hemu. Tout comme les Chérubins de Nashik. Tous souffrant d'amnésie à des degrés divers, sans que semblent entrer en ligne de compte des caractéristiques telles que l'âge, le sexe, le niveau d'études ou l'origine géographique. S'il ne fallut que cinq jours sans ombre à l'un des adolescents de Nashik pour oublier toutes les péripéties de son enfance et sa langue natale, le marathi, l'une des femmes de Mumbai mit bien plus de temps à décliner.

Des experts du monde entier prirent d'assaut les chaînes de télévision, armés d'hypothèses et de propositions d'expériences visant à expliquer la disparition des ombres et la raison pour laquelle l'esprit, en l'absence de cet immatériel contour, se désagrégeait comme la cendre qui s'effrite d'une bûche carbonisée. Les docteurs indiens soumirent Hemu à des batteries de tests destinés à démontrer qu'il souffrait d'un Alzheimer précoce, d'une amnésie traumatique causée par les nombreuses balles de cricket qu'il avait reçues sur la tête, du stress causé par la célébrité, d'une dégénérescence de l'hippocampe causée par l'alcool, lui qui n'en buvait pas une goutte. Et cent autres explications. Les médecins comparèrent les résultats de ses scans du cerveau à ceux d'un patient américain, homme d'âge moyen qui, ayant été victime d'un accident de voiture quelques semaines avant qu'on ne commence à parler de Hemu, souffrait à présent d'une amnésie rétroactive intégrale. Pour respecter sa vie privée, les médias baptisèrent cet homme « ARI ». Détail singulier, les scans de Hemu étaient parfaitement normaux. D'après les médias, les deux malades s'étaient rencontrés – l'amnésique américain et l'attraction indienne. On avait fait venir ARI de La Nouvelle-Orléans jusqu'à Pune, où il était resté une semaine. En échangeant avec un malade souffrant de symptômes semblables aux siens, Joshi allait-il prendre conscience de… quelque chose ?

Rien de tel ne se produisit. ARI rentra aux États-Unis avec sa palanquée de médecins et réintégra sa clinique. Après cette expérience, les médias cessèrent de montrer des vidéos de Hemu. Pour quelle raison, exactement ? Naz ne le savait pas.

Et cependant, les sans-ombre de Mumbai et de Nashik continuaient à faire la une. Les experts s'arrachaient les cheveux et leurs expériences devenaient de plus en plus étranges. Électrochocs, hypnose, privation de sommeil, implantation de souvenirs dans des cerveaux pourtant délirants, interventions chirurgicales. Rien ne marchait. Même si la chose paraissait absurde, et à l'exception de toute considération sur l'angle de rotation de la Terre, ce qui arrivait à ces gens ne relevait pas du champ des sciences. Mais de la magie.

Pour autant, Naz ne pouvait toujours pas s'empêcher de regarder les flashs d'infos et les débats entre experts aux index doctement levés. La planète était dans le même état qu'elle. Et la planète espérait qu'ils se remettraient – les Anges, les Chérubins –, qu'ils se souviendraient de nouveau de leur nom, qu'ils reconnaîtraient de nouveau les membres de leur famille. Là aussi, raté : ils ne guérirent jamais.

Sans doute Naz aurait-elle continué de regarder les chaînes d'infos et de compatir au sort des malades. Il fallut cependant qu'elle arrête, car il n'y avait plus rien à voir. Les médias ne donnaient plus de nouvelles des sans-ombre. Les équipes télé déjà réduites au minimum finirent par rentrer. Les sans-ombre n'étaient plus d'actualité. Fin de l'histoire, selon toute vraisemblance.

Et puis, huit jours plus tard, un petit Brésilien aux cheveux frisés eut l'idée pendant la récréation de midi de regarder ses pieds. Il n'avait plus d'ombre. Le surlendemain, il avait déjà oublié son nom.

Cinq heures après cette révélation, le président du Brésil prononça une allocution sur toutes les chaînes du pays. Il s'apprêtait à fermer les frontières du pays, à suspendre les communications aériennes et navales avec le reste du monde, afin de stopper l'épidémie – quelle qu'en soit la nature. Les Brésiliens à l'étranger n'avaient plus le droit de rentrer au pays, les étrangers résidant au Brésil n'avaient plus que le droit de se rendre dans leur ambassade. Les protestations internationales furent unanimes : mais quel pays aurait osé exercer des représailles substantielles ou récupérer ses ressortissants par la force ? Il aurait fallu pour cela envoyer l'armée dans un pays où *les ombres disparaissaient.*

Le gosse et sa famille se volatilisèrent. On montra dans les flashs d'infos leur maison cerclée de bandes adhésives noir et jaune. POLICIA – NÃO SE CRUZAM. Le gouvernement publia un communiqué rassurant : ils étaient désormais sous la protection des autorités, qui leur prodiguaient « les meilleurs traitements possible ». Expression qui glaça Naz. Les voisins de ces malheureux s'imposèrent la quarantaine. Aucun d'eux ne perdit son ombre. Des Américains fous de rage firent le siège de l'ambassade des États-Unis à São Paulo. Les Australiens organisèrent un barbecue géant sur la pelouse de leur propre représentation. Naz par e-mail expliqua à Rojan qu'elle pensait toujours à rentrer, mais un aller coûtait désormais quinze mille dollars. Dans le monde entier, Brésil excepté, les aéroports étaient envahis de passagers à bout de nerfs qui voulaient à tout prix aller quelque part. Ou fuir un endroit. Si bien que Naz préféra prendre patience. Ça n'était peut-être qu'un phénomène passager.

Mais non. Un deuxième cas apparut au Brésil. À l'autre bout du pays, près de la frontière avec le Pérou, sans lien matériel avec le gamin aux cheveux bouclés. Et une semaine après cela, toutes les ombres du Panama, apparemment, disparurent en même temps.

Si je ne t'ai pas laissé de message, c'était que je pensais que l'effet serait pire. Dans l'hypothèse où, t'ayant oublié, j'étais allée me perdre au-dehors, tu aurais fini par ne plus t'en vouloir. C'est du moins ce que j'espérais. C'était conforme à notre première règle, écrite avant que nous adoptions les autres. La seule règle qui ait de l'importance maintenant. Celle qui dit que tu ne chercheras pas à me retrouver.

Je sais, Ory, je sais. Je sais que dans ton esprit, cette règle me protège. Tu n'as jamais pensé qu'un jour, ce serait moi qui ne reviendrais pas. Mais tu comprends, maintenant ? Tu comprends que je n'ai pas pu faire autrement, que j'ai dû te faire croire que je t'avais déjà oublié, pour que tu ne partes pas à ma recherche ? Je l'ai fait pour te protéger, Ory, pas pour te faire du mal. Si tu savais que non seulement je suis partie, mais qu'en plus je l'ai fait en pleine conscience, à un moment où je me souvenais très bien de toi… tu ne comprendrais pas. Tu n'as pas perdu ton ombre, toi. Tu ne peux pas savoir. Aucun message n'aurait pu te convaincre de ne pas partir à ma recherche. Te convaincre que je suis partie parce que je le devais. Vraiment, Ory. Pour te sauver.

Et donc, je suis partie. Je n'ai rien laissé. Je me suis volatilisée.

II

Difficile de dire où je me trouve. Rien ne ressemble plus à rien. Je pensais ne pas être prise au dépourvu. C'est-à-dire, j'ai vu l'arrière du refuge, l'endroit où se trouve notre piège, les collines aux alentours, si broussailleuses. Mais il y a toujours eu beaucoup de verdure autour de l'hôtel. Beaucoup d'herbe, plein d'arbres. Je ne suis pas sortie de la propriété depuis l'époque où les invités du mariage étaient encore tous là. Et quand je suis arrivée au pied de la colline et que j'ai regardé autour de moi, en essayant de retrouver des repères, ce que j'avais sous les yeux ne ressemblait absolument pas à Elk Cliffs Road. Impossible de faire le lien. Il a fallu que je ferme les yeux et que je réfléchisse à l'aspect que la route avait autrefois. Et au chemin qu'il fallait que je prenne. De mémoire. Ce qui, tout bien considéré, est assez rigolo. À pisser de rire, en fait.

Blague nulle. Désolée. Je crois que ça m'angoisse un peu plus que prévu, cette expédition en solitaire.

Ça fait quatre ou cinq jours déjà, mais je n'ai pas aussi faim que je le craignais. Tu te souviens de ce que disaient les experts au début : quand les sans-ombre se mettent à tout oublier, ils oublient aussi qu'ils peuvent avoir faim ou soif, ou même qu'ils ont besoin de respirer. Seigneur, pourvu que j'oublie de manger et de boire avant d'oublier de respirer. Je préfère mille fois mourir de faim que m'asphyxier. Tu imagines ? Cette douleur atroce, les poumons en feu, cette paralysie qui t'obscurcit peu à peu : alors qu'il suffirait que ton corps se souvienne de la manière dont il respire ?

Oh, désolée, Ory. Ça ne doit pas faire plaisir à entendre, ce genre de choses. J'ai des pensées de plus en plus bizarres. C'est peut-être un effet de la chose.

J'ai encore un peu de mal à croire à ce qui se passe – que je suis partie, que je t'ai vraiment quitté. Quand j'y repense (tant que j'en suis capable), j'ai l'impression d'emprunter les souvenirs d'une autre personne. Comme si je regardais faire quelqu'un qui me ressemble, mais qui n'est pas moi.

Le matin de ce septième jour, quand tu es enfin parti en ville nous chercher à manger, tu m'as dévisagée, inquiet, une dernière fois, avant de fermer la porte. La clef a tourné dans la serrure. J'ai attendu le moment où je n'entendrais plus le bruit de tes pas. Si toutes les fenêtres qui donnaient sur la zone que tu traversais alors n'avaient pas été recouvertes de carton, je t'aurais regardé marcher à grands pas dans les broussailles et les mauvaises herbes jusqu'à ce que tu disparaisses. À la place, j'ai compté jusqu'à cinq cents.

Puis je suis allée dans la penderie, j'ai attrapé le sac de pulls qu'on avait rangé sur l'étagère la plus haute et j'ai mis dans le sac à main que j'avais apporté pour le mariage de Paul et d'Imanuel les choses dont j'avais vraiment besoin : des sous-vêtements, des pansements et du désinfectant, une lampe de poche, notre second coutelas de chasse. Mon magnéto à cassettes.

Je suis allée vite. Exprès. Assez vite pour ne pas vraiment réfléchir à ce que je faisais. Si j'avais levé le pied, j'aurais fini par flancher. J'ai tiré la fermeture Éclair du sac à main, j'ai enfilé la bandoulière, me suis dirigée vers la porte, ai tourné le verrou. Puis je suis sortie. Et j'ai fermé la porte derrière moi. *Clac.*

Et là, je me suis arrêtée un moment.

Saisie par le caractère définitif de la chose. Dès que j'aurai perdu le refuge de vue, je serai incapable de le retrouver. J'oublierai son existence. Ou le moyen d'y retourner. J'avais franchi le pas. Pour de bon.

Et si j'ai fini par y aller, c'est à cause de l'idée qui m'a traversé l'esprit à ce moment-là. Jusqu'ici, je m'étais dit que j'irais vers l'est, que j'essaierais de rentrer chez nous, à Washington D.C. Pour revoir la maison une dernière fois avant de l'oublier. Avant de t'oublier. C'est sans doute ce que tu t'es dit quand tu as trouvé le refuge vide. Que j'avais pris la route de D.C., ou essayé, en tout cas, que je m'étais perdue et… Tu connais la suite.

Et puis là, j'ai pensé : *pourquoi, en fait ? Pourquoi ne pas faire le contraire ? Pourquoi ne pas aller voir quelque chose d'entièrement nouveau, pour les derniers jours que je vais vivre en tant que Max ?*

Et donc, je suis partie vers l'ouest.

Orlando Zhang

Ce fut sa dernière nuit au refuge, ce dont il ne prit conscience que plus tard. Ory, seul, assis sur un matelas étique, le fusil sur les genoux, et tout son paquetage réparti dans ses poches. Rien à voir avec la toute première nuit qu'ils avaient passée ici, Max et lui.

Des années plus tôt. Le parc de l'hôtel, l'après-midi. Ory, sur la pelouse, une coupe de champagne à la main. À cette époque, le refuge s'appelait Elk Cliffs Resort. Le soleil de fin de journée réchauffait la face gauche de tout ce qu'il éclairait – visages, tables et le moindre brin d'herbe. Non loin, Paul répétait son discours, ponctuant ses tentatives de jurons variés chaque fois qu'il lui fallait consulter son livre à la couverture poissée de sueur.

« Et merde merde merde, grommelait-il.

— Tu sais que pour un poète, c'est quand même assez faiblard, cette entame. »

Paul lança à Ory un bref regard. Son front luisait dans la lumière des hauteurs.

« Je n'arrive plus à me souvenir des paroles, dut-il admettre d'un ton gêné. On aurait pu penser que… Zut, c'est pour lui que j'ai écrit tout ça. »

Tout ça : le mince volume, les poèmes qui le composaient. C'était le deuxième recueil de Paul et il était dédié à Imanuel.

« N'être même pas fichu de me souvenir de celui dont j'ai besoin pour nos vœux.

— C'est un médecin. Il n'y verra que du feu », plaisanta Ory.

Rire de Paul. À l'autre bout de la pelouse, Max lui décocha un clin d'œil. Sa robe frémissait dans le vent léger. Ce fut à cet endroit précis qu'il installa le piège, plus tard.

« Tu vas y arriver, reprit Ory, rassurant. Allez, dernière tentative. »

Paul rangea le recueil dans la poche de sa veste et inspira profondément.

« Sept ans, et je suis nerveux comme un gosse, dit-il en plissant les yeux dans la lumière. C'est curieux quand même, non ?

— Ce serait de ne pas l'être qui serait étrange. »

Ory eut un grand sourire.

Ça paraissait si loin, cet après-midi d'avant mariage. Quatre petites semaines après que Hemu Joshi était sorti des griffes avides, étincelantes, véloces des caméras, et quelques jours seulement après le garçon du Brésil et toutes les ombres du Panama. Les États-Unis avaient annoncé une prochaine et probable fermeture des frontières. Mais hormis ces quelques cas en Amérique latine, l'Oubli semblait un bien lointain mystère. Vague, obscur incident, drame de là-bas et non pas d'ici. Jusqu'à l'irruption.

À y repenser, c'était presque risible. Ils étaient tous là, robes et vestes de smoking frémissant dans le vent léger de la montagne, le couvert magnifiquement mis, les bougies allumées avant le tiède crépuscule, se préparant à fêter le contraire précisément de ce qui allait se produire : l'union des souvenirs, la promesse de les faire durer longtemps après le départ des invités. Au lieu de quoi ils furent témoins, juste avant minuit, du débarquement de l'Oubli aux États-Unis.

La cérémonie fut belle. Imanuel et Paul vivaient ensemble depuis plus longtemps qu'Ory et Max. De l'histoire ancienne pour Ory, qui ne s'était pas attendu à pleurer lorsqu'ils se jurèrent fidélité. Mais quand les larmes coulèrent, il eut du mal à croire qu'il avait pensé un instant garder les yeux secs.

Ory était debout près de Paul au premier rang et ne voyait qu'un bout du visage de Max ; lorsque le rabbin Levenson déclara Paul et Imanuel unis pour la vie et que les hourras fusèrent de toutes parts, il se retourna. Max s'était levée d'un bond et, portant ses doigts à ses lèvres, émit un sifflement perçant. Paul et Imanuel s'étaient perdus dans un tendre baiser, mais le bruit fit sursauter Ory, lequel éclata de rire lorsqu'il comprit que Max en était la source.

Avec quelques autres, il dirigea les invités vers la salle de bal : y avaient été dressées des tables pour le dîner et une piste de danse. Quelqu'un avait distribué des canons à confettis aux invités : lorsque Paul et Imanuel firent leur entrée, derniers arrivants – Imanuel le visage cramoisi de bonheur, Paul sautillant comme un comique de music-hall et entonnant une chanson à thème qu'il avait composée pour l'occasion –, tous entrèrent en action. Un kaléidoscope de paillettes et de rubans de papier crépon dévala sur les mariés.

« Premier assistant à la chorégraphie », commenta Max un peu plus tard dans la soirée.

Elle ne voulait pas croire qu'Ory avait aidé Paul à concocter son numéro de danse. Ils étaient sortis sur la pelouse en pente douce, avec quelques autres invités, et contemplaient les étoiles et l'immense et sombre étendue des forêts.

« J'y croirai quand je te verrai la danser.

— Sans problème, la taquina Ory. Ce soir, je t'en ferai la démonstration. Dans notre chambre.

— J'ai hâte », dit-elle.

Et sa coupe de champagne heurta celle d'Ory.

Après un ou deux verres, elle serait prête à se déchaîner avec lui sur la piste de danse. Elle dansait comme un pied, trop d'angles, trop en coudes et en genoux : mais elle s'en fichait complètement, ce qui émouvait profondément Ory. Lequel était prêt à jouer les balourds, lui aussi, les ours danseurs. Les mains de Max dans les siennes tandis qu'ils tournoyaient – Ory qui la faisait plonger, les mille boucles de Max collées sur son visage baigné de sueur, tandis qu'il la récupérait. Ô les doigts de Max s'agrippant à son épaule, par crainte de tomber, alors qu'il tentait de la faire virevolter ! Il se pencha pour humer son parfum – et ce ne fut pas la nuque délicate de Max qui s'offrit à son nez, mais l'arrière de sa tête. Quelqu'un venait de la soulever en une irrésistible étreinte.

« Ah, le voilà. »

Ory, hilare, les serra tous les deux contre lui, Paul et Max : immense monstre à six jambes, tout à coup.

Le champagne jaillit d'une de leurs trois coupes pour disparaître bientôt dans les herbes folles.

« Mon témoin », fit Paul, réjoui.

Il décoiffa Ory d'une main ; l'autre, protectrice, se posa sur l'épaule de Max.

« Toi qui ne le connais que depuis quelques années, je vais te dire quelque chose sur notre jeune Ory… »

Paul fut interrompu dans ses révélations par Imanuel, lequel jonglait entre son verre de whisky et son portable.

« Doux mari ! » s'écria Paul en passant du coq à l'âne.

Et dans le nouveau baiser qu'ils échangèrent, la subite gravité d'Imanuel, quelle qu'en soit la cause, se dissipa.

« Un malade ? Une parturiente ? Imanuel, en plein mariage ? *Notre* mariage ? plaisanta Paul en reculant.

— N… non », concéda Imanuel avec un sourire embarrassé.

Que chassa aussitôt une inquiétude plus solennelle. Sur l'écran de son portable, Ory reconnut le logo d'un navigateur.

« Je suis allé me chercher quelque chose à boire et… j'ai entendu les serveurs parler de Boston. Le… C'est arrivé à Boston, en fait. »

De quoi voulait-il parler ? Il leur fallut un certain moment pour comprendre. Un ultime moment d'ignorance, probablement. Après cela, impossible de ne pas savoir.

« Les… les ombres ? » finit par demander Ory.

Ce qui paraissait tellement improbable. Certes, il y avait des rumeurs : l'Oubli était contagieux – c'était la peste ou l'Ebola du siècle nouveau. Craintes hystériques qu'il était encore facile d'évacuer. Personne n'avait d'infos fiables – dans les pays atteints par l'épidémie, les gens ne lançaient plus d'alerte, que ce soit par téléphone, par mail, par courrier ou par le biais des médias. Hormis quelques images par satellite ou par drones militaires – paysages immobiles où frémissait parfois une silhouette affolée battant les rues ou la jungle, il n'y avait rien à voir.

« C'est… Il y a des cas dans Boston ? demanda Max.

— Des cas dans Boston ? »

Imanuel secoua la tête.

« Tu n'y es pas. C'est presque tout Boston qui est en train d'y passer. »

La nouvelle n'attendit pas minuit pour faire le tour des invités. Il n'y avait plus personne sur la pelouse, jonchée de coupes à demi pleines. Tout le monde se rassembla dans la salle de bal. Il y avait quelques communications par téléphone ; le personnel de l'hôtel avait allumé la télévision qui occupait un coin de la pièce.

« Mais pourquoi ? »

Max posa la main sur celle d'Ory, qui s'apprêtait à lancer le navigateur de son propre téléphone, lové au creux de sa paume. Ils avaient quitté leur appartement de Washington D.C. tard dans la matinée ; comme ils ne voulaient pas être en retard, ils avaient oublié d'embarquer leur chargeur.

« Économie d'énergie – on ne sait jamais. »

Ce qui n'avait pas vraiment d'importance, en fait, car avant que la batterie ne se vide, le signal aurait disparu à Elk Cliffs, ce qu'ils ne pouvaient évidemment pas savoir. Ory, donc, salua cette remarque prudente d'un hochement de tête reconnaissant et enfouit le téléphone dans sa poche.

Pendant ce temps-là, sur la télévision de la grande salle, une vue aérienne de Boston montrait le centre-ville, puis l'une de ses grandes voies d'accès, avec un commentaire en voix off. La garde nationale contrôlait désormais tous les itinéraires. Boston était en quarantaine pour une durée indéfinie. Au coin inférieur droit de l'écran, une vignette vidéo diffusait en parallèle le discours du président, prononcé une demi-heure plus tôt, au moment où les nouvelles de Boston avaient été rendues publiques. Le président était en pleine envolée rassurante sur le courage et l'engagement des spécialistes, qui travaillaient jour et nuit pour essayer de comprendre le pourquoi et le comment de l'épidémie. C'était le nom que le monde entier lui donnait alors : « l'épidémie ». Comme s'il ne s'agissait que d'une étrangeté biologique, d'une protéine devenue folle ou d'un virus saisi par les mutations que guérirait le vaccin idoine. Le président déconseillait cependant les voyages, hors urgences de premier plan. « *Ne prenez pas de risques, limitez vos déplacements et les contacts avec les autres personnes autant que faire se peut*, ressassait sa grumeleuse image. *Nous faisons de notre mieux pour découvrir une parade à la contagion. Je vous le promets : dès que nous aurons découvert la molécule idoine, nous enverrons des agents de la Croix-Rouge et de la Fema distribuer l'antidote à tous les habitants, au porte-à-porte.* » La voix était calme mais le message des plus fermes. *N'allez pas aux urgences. N'allez pas à la supérette du coin. Restez chez vous. Attendez.*

Avec le recul, il était manifeste que l'Oubli n'était pas une maladie contagieuse. En tout cas, la contagion était loin d'être automatique. Lors de ses raids alimentaires, Ory avait été observé ou même attaqué par des dizaines de sans-ombre. Et il avait dans les premiers temps essayé d'aider nombre de survivants – morts par la suite. Ce qui ne l'empêchait pas d'être encore là. Indemne. Si l'Oubli avait été contagieux, il aurait perdu son ombre depuis des mois. Il n'avait toujours aucune idée de la nature du mal et, pour tout dire, il avait renoncé à y comprendre quelque chose. Mais le soir du mariage, tandis qu'ils s'étaient tous massés dans la salle de bal, saisis par la peur, devant l'écran qui montrait des soldats trop nerveux s'efforcer d'énoncer – puis de hurler, puis de mimer – leurs ordres aux sans-ombre affolés et confus qui s'approchaient d'eux – le soir du mariage, donc, personne ne savait si le mal ne se transmettait pas par la respiration ou le toucher. Comme les autres maladies du monde. À l'époque, qui aurait pu penser qu'il en était autrement ? Difficile de leur reprocher leurs réactions.

L'incrustation présidentielle disparut de l'écran. De même, sur l'écran divisé, les images du centre-ville. On ne voyait plus que l'autoroute. Et ce fut alors que les choses s'envenimèrent. Un sans-ombre s'était aventuré hors des faubourgs. Il avançait vers les soldats, les joues striées de larmes, incapable de prononcer un seul mot ni de comprendre, apparemment, les ordres qu'on lui criait. L'homme devait avoir la cinquantaine – encore vigoureux mais déjà chauve et légèrement ventripotent. Il portait un pantalon de velours marron, une chemise et un pull bleu marine, immaculé dans la lumière brutale des véhicules d'urgence. *On dirait un prof de fac*, songea confusément Ory. Un professeur de fac qui avait perdu son ombre.

Les soldats s'époumonaient à présent et multipliaient les grands gestes. Certains tendaient la main, paume vers l'avant – un geste universel qui n'a qu'un sens : Stop. *Putain, stop !* Stop, ou on va tirer. À balles réelles. Le sans-ombre semblait ne plus connaître la signification de ces mots et de ces gestes.

La chaîne d'infos ne coupa pas assez vite le direct. Il y eut des cris dans la salle de bal lorsque l'homme sans ombre s'immobilisa pendant une seconde sans fin, la tête bien droite, puis s'effondra sur la chaussée.

Le présentateur télé se matérialisa presque immédiatement. Confus, pris au dépourvu, bredouillant un texte qu'on lui susurrait à l'oreillette.

« Je vous présente les excuses de la chaîne pour cette vidéo au contenu violent… Nous n'avions pas l'intention de diffuser ces images susceptibles de choquer la sensibilité de nos… Malheureusement, il arrive parfois au cours d'un direct que… »

« Putain, Ory, chuchota Max, le corps traversé d'une immense tension. On connaît des gens à Boston ? Tu as de la famille ou des amis là-bas ? »

Dans la salle de bal, les conversations prenaient un tour plus abrupt. Certains essayaient de calmer le jeu, d'autres s'interpellaient d'un bout à l'autre de la pièce pour échanger des infos recueillies sur les portables. Un invité brancha son ordinateur sur le wifi de l'hôtel.

« Non, je ne crois pas », dit Ory, dont l'esprit se brouillait.

Il fut pris d'un vertige.

« Ça pue vraiment, ne cessait de répéter Max. Putain, ça pue vraiment. Vraiment. »

Ory aurait bien aimé la contredire, se montrer le plus fort, le plus calme des deux, celui qui parviendrait à leur garder les pieds sur terre. Il n'arriva pas à trouver les mots. Sur l'écran, de nouveau, un direct via l'hélicoptère qui survolait les confins de Boston. Le corps du sans-ombre était resté dans la rue – pixélisé, rendu méconnaissable par un technicien de la chaîne. Difficile à dire, songea Ory, mais son ombre, apparemment, ne lui était pas revenue dans la mort. Ce constat lui donna le frisson.

Les hommes de la garde nationale n'avaient pas bougé : épaule contre épaule, ils bloquaient la route. Mais leur mouvement manquait de puissance. Ils avaient l'air atterrés. L'un d'eux tenait une housse mortuaire noire ; le fusil en bandoulière, il n'avait visiblement pas eu l'autorisation de rompre les rangs pour aller recouvrir le cadavre – qui sait, le germe d'Oubli se transmettait peut-être par voie aérienne. Soudain, les soldats se redressèrent. Les fusils jusqu'ici pointés vers le sol furent braqués à l'horizontale, par des hommes dont la terreur était horrible à voir. D'autres sans-ombre approchaient. En courant, pour certains. En hurlant. Ou sans dire un mot.

La chaîne d'infos cette fois-ci ne perdit pas une seconde et rebascula immédiatement en studio. Le présentateur se débattait entre des notes griffonnées dans les dix dernières minutes et son oreillette suraiguë. Il fit de son mieux pour ignorer les détonations de la fusillade qui faisaient grésiller le minuscule appareil et se mit à bégayer en plein développement. Atroce et longue pause. Il ferma involontairement les yeux. Avant de les rouvrir et de poursuivre tant bien que mal.

Ory balaya la salle de danse du regard et déglutit, pour essayer d'apaiser sa tension. Puis il revint à l'écran. Le présentateur venait de prononcer le mot Denver. Ory attira Max à lui, l'enserra de ses bras, de toutes ses tendres forces. Un journaliste intervenait du Colorado. L'un des invités du mariage se mit à pleurer.

« Max », dit-il en l'étreignant à lui briser les os.

Le brouhaha stupéfait et de plus en plus sonore de toutes ces voix qui parlaient en même temps se réverbérait entre les murs de la salle de danse. Les cris, les sonneries de téléphone se fondaient en une harmonie étrange et cataclysmique. Ory aurait voulu prononcer des paroles réconfortantes, donner l'impression à Max qu'il saurait la protéger, que tout allait s'arranger. À dire vrai, la peur avait engourdi son esprit.

« Bleu, finit-il par articuler – et ce n'était guère plus qu'un murmure.

— Cinquante-deux », répondit-elle sur le même ton.

Difficile de continuer à tourner autour du pot, je pense. Ce n'est pas en refusant d'en parler que les choses vont revenir à la normale. Mieux vaut que je t'explique avant d'oublier la façon dont ça s'est déroulé. Je ne sais pas si tu m'as convaincue, Ory. Sur le fait de m'enregistrer. Est-ce que ça changera quoi que ce soit ? Si tel est le cas – bon, comme je ne sais pas encore exactement ce qu'il faut garder et ce qui n'a pas d'importance, je crois que je devrais dire en fait tout ce qui me vient à l'esprit. Y compris ceci.

Donc. Le jour où j'ai perdu mon ombre.

Ça fait déjà quinze jours. Vu les autres cas, c'est très long et c'est une sorte d'exploit d'avoir encore autant de souvenirs que moi. Cela dit, il n'y a pas un Oubli qui ressemble à un autre. Hemu Joshi a perdu la mémoire hyper vite, en quelques jours, mais à Mumbai, apparemment, il y a des gens qui ont tenu un mois avant de laisser filer des choses importantes. Il me semble que le laps de temps le plus long, c'est un mois et demi – aux dernières nouvelles, qui datent d'un moment. Quand l'électricité est tombée en panne, évidemment… Il faut souhaiter que je sois de ce côté-là du spectre. Pour un certain nombre de choses, ces deux semaines m'ont paru durer deux ans. Alors, un mois et demi avant de tout perdre, ça va peut-être me paraître une éternité.

C'est curieux de me parler et de te parler de cette manière. D'autant que je ne suis plus là-bas, avec toi. Il faut que je t'avoue un truc : je ne voulais pas me servir du magnéto, en dépit de mes promesses. Et puis j'ai quitté le refuge, et en fait… ça fait du bien de parler. Ça me donne le sentiment de continuer à exister.

C'est moi qui suis partie et tu n'entendras jamais ce que je te raconte ici, mais, avant que je m'y mette, je veux dire ceci, au cas où, simplement : Ory, si tu écoutes – on ne sait jamais –, ça n'a pas fait mal. Donc, pas de souci sur ce plan précis. Je n'ai presque rien senti.

⏸

Ce matin d'il y a deux semaines, il n'avait strictement rien de différent. Tu dirais la même chose, j'en suis sûre. Je ne sentais rien de spécial ; j'avais l'air normale. On s'est partagé une ration de maïs en conserve – les réserves commençaient à baisser dans le placard. Tu es parti voir le piège puis tu es descendu en ville. Depuis, je me suis creusé la cervelle pour retrouver un signe. Une petite variation. Un avertissement. Rien.

Après ton départ, j'ai compté nos réserves dans la kitchenette. Allumettes. Cartouches. Quelques cachets : Tylenol, amoxicilline, doxycycline, récupérés à droite et à gauche. J'avais l'impression d'être un écureuil qui compte ses noix dans son trou d'arbre pour voir s'il a de quoi passer l'hiver.

Tu le sais déjà, ça. La kitchenette, c'était l'endroit du refuge que je préférais, parce que la fenêtre était petite, que nous étions à l'étage et que du coup, personne ne pouvait rien voir de ce qui s'y passait du dehors. Donc, inutile de recouvrir les carreaux. Au début, c'est ce que tu voulais faire, tu trouvais ça plus sûr, mais j'ai réussi à te convaincre de ne pas mettre de carton sur celle-là. Je ne crois pas que tu te sois rendu compte du temps que je passais dans cette pièce quand tu partais à la chasse aux provisions, quand ce n'était pas une souris prise dans notre piège que tu dépeçais. Certains matins, je me couchais par terre et je prenais des bains de soleil.

Parfois, quand le soleil brillait vraiment très fort et que le vent ne soufflait pas, deux petits moineaux gris se posaient sur les branches de l'arbre, juste devant cette fameuse fenêtre. Je crois même que c'était un couple. Il y a quelques semaines, alors qu'il commençait à faire vraiment froid, l'un d'eux est arrivé avec des brindilles. Ça m'a mise dans un tel état d'excitation – si ça se trouve, ils allaient construire leur nid – que j'ai oublié mes corvées du jour, qui étaient pourtant assez substantielles. Il fallait recoudre trois de tes chemises : tu as cette manie de déchirer la couture entre la manche et l'épaule. Et il fallait aussi que je m'occupe d'une des fenêtres du rez-de-chaussée. Le carton était en train de se déliter et, quand il y avait du vent, frottait contre la vitre, laquelle était fêlée. Tu avais peur que ce mouvement n'attire les regards vers le refuge. Ce n'était pas faux, à mon sens. Mais à cause des oiseaux, ça m'est complètement sorti de la tête. Et nous avons eu une conversation vraiment désagréable à ce sujet le soir, quand tu es rentré. C'était avant que mon ombre disparaisse, à l'époque où tu ne mettais pas de gants avec moi. Maintenant, quand j'oublie de faire telle ou telle chose, tu ne dis plus rien. Ou juste : Non, ça va, et que tu es heureux de voir que je tiens encore le coup et que ma journée n'a pas été trop horrible. Mais l'expression de ton visage – elle me terrifie, maintenant. Je préférerais mille fois me disputer avec toi comme le jour des moineaux que de te revoir avec cette expression. Ce qui, je crois, ne sera de toute façon plus le cas.

Bon, ne fais pas cette tête-là. Je m'égare.

Je me souviens que j'avais mis la main sur un bocal de sauce tomate à mi-parcours de mon inventaire quand j'ai remarqué… ce curieux silence dans la kitchenette. Quand j'étais seule au refuge, c'était toujours très calme. Mais ce calme-là était différent. Il était plein et non pas vide ou absent.

J'ai baissé les yeux et j'ai vu mon ombre sur le sol. Et parce que la petite fenêtre laissait passer beaucoup de lumière, cette ombre s'étendait, parfaite, à mes pieds. Elle avait la même taille et la même forme que moi. Pas de distorsion due à l'angle des rayons du soleil, ou à une irrégularité du carrelage, pas de mur pour lui ôter un bout. Elle me correspondait exactement. *Parfaitement.* Au cil près.

J'ai soulevé le bocal. Mon ombre en a fait autant. Nous nous sommes penchées pour disposer les bocaux sur le plan de travail puis nous avons baissé les bras. C'était comme si je savais que quelque chose allait se produire. Que ce n'était pas le moment de détourner les yeux.

Effectivement, il s'est passé quelque chose. Tu vas penser que je raconte n'importe quoi, mais je te jure, c'est la pure vérité.

Je ne bougeais plus d'un millimètre, sous l'emprise de cette sensation. Je regardais mon ombre. Et elle en faisait autant, de son côté, dans l'expectative.

Puis je l'ai vue qui penchait presque imperceptiblement la tête sur le côté, d'elle-même.

J'ai senti comme un froid – l'impression que la température venait de baisser de quinze degrés. Je voulais respirer : impossible, j'étais pétrifiée. Elle n'était plus là.

II

Je n'ai pas versé une larme. Pas une seule fois de tout l'après-midi. J'ai continué à m'activer, j'ai fait l'inventaire de nos trousses de secours, un peu de ménage. J'ai vérifié que les cartons étaient bien fixés sur les fenêtres. J'ai recompté notre stock de munitions. J'ai nettoyé le piège et je l'ai actionné. J'avais soudain cette impression d'une tonne de choses à vérifier et de très peu de temps pour le faire. Comme si je n'en avais plus que pour quelques heures, que j'allais moi aussi me volatiliser, sans retour. Je n'arrêtais pas de me retourner pour regarder derrière moi. Je m'étais peut-être fait des idées, le ciel s'était peut-être simplement couvert un moment. Ou bien j'avais passé trop de temps enfermée dans ce fichu refuge. Mais j'avais beau vérifier toutes les minutes, j'avais beau tester le rayon de la lampe de poche sur ma main dans toutes les directions possibles, il fallait bien que je me rende à l'évidence. Je ne produisais plus d'ombre. Dans le carré de lumière sur le mur, on voyait juste une forme cylindrique flotter toute seule dans les airs et se trémousser comme une possédée dans tous les sens. Dès que je m'en suis aperçue, j'ai immédiatement reposé la lampe. Impossible de la reprendre, ensuite.

J'ai oublié de commencer à préparer le dîner. Mais j'ai sorti nos vêtements d'hiver de la malle pour les secouer et chasser les mites. Quand on en aurait besoin, ils seraient en bon état. Et je ne pleurais toujours pas.

Même quand je suis revenue dans la cuisine et que j'ai retrouvé le bocal sur le plan de travail, et son jumeau dessiné à l'encre noire sur le sol, je n'ai toujours pas craqué.

Ce n'est que quand la nuit est tombée et que je t'ai entendu qui ouvrais la porte.

Mahnaz Ahmadi

Ce soir-là, le soir où l'Oubli s'en vint à Boston, Naz passa l'après-midi au club avec son entraîneur, alignant des tirs tous plus mauvais les uns que les autres. Supplice qui se prolongea avec une telle régularité que l'entraîneur finit par y mettre fin, en lui conseillant de rentrer chez elle et de se coucher tôt. Pour une fois, elle ne lui reprocha même pas cette gentillesse qu'elle jugeait d'habitude coupable : c'était mauvais signe, se dit-elle. En fait, elle avait perdu toute concentration. Comme si elle avait pressenti ce qui allait suivre. *C'est dans tes gènes*, aurait dit sa mère. *On dit qu'il y a une mémoire génétique, d'ailleurs*. Que les souvenirs peuvent se transmettre par l'hérédité. N'importe quoi, aurait répondu Naz. Sauf qu'elles ne se parlaient plus depuis longtemps.

Lorsque l'Oubli frappa, après la tombée de la nuit, Naz pensa immédiatement à sa mère, ce qui la surprit fort. *Non, je ne peux pas*, se dit-elle aussitôt. Elle avait honoré sa promesse et ne lui avait pas reparlé depuis sa dernière visite à Téhéran. Sa mère en avait fait autant. Au bas de l'immeuble, des gens hurlaient dans le noir.

Naz remit la main sur son portable. Depuis quelques semaines, elle fréquentait quelqu'un. C'était peut-être assez sérieux. Elle ne savait pas trop. Elle retrouva son numéro sur l'écran mais son doigt fut paralysé par l'hésitation. Deux mois et deux semaines, qu'est-ce que ça veut vraiment dire ? Quatorze tête-à-tête, cinq séances de baise, dix-huit verres de vin, une virée à l'aéroport pour un week-end à deux. Il n'avait pas cherché à joindre Naz. Aucun message ne clignotait, impérieux, dans l'éclat bleuté de l'écran. Ce qui n'était pas si grave. Elle comprenait. Ils avaient tous deux des amis, des parents, plus importants.

Au premier essai, ça ne passa pas. Tous ceux qui avaient encore leur ombre devaient appeler fébrilement tous ceux qui l'avaient perdue. Elle raccrocha et recommença. Elle était sur le point de laisser un message sur le répondeur. *C'était juste pour te dire que j'allais bien. C'est tout.* Quelque chose dans ce goût-là. Mais ô surprise, sa mère décrocha.

« Tu es en sécurité ? »

Sa mère sanglotait. C'était déconcertant. L'avoir au bout du fil, au moment où des choses qui avaient eu une telle importance se volatilisaient. Qu'est-ce donc qui les remplaçait, qui justifiait le temps perdu ? Naz se mit à chercher fébrilement ses chaussures. Son portefeuille. Pourrait-elle payer les quinze mille dollars avec sa carte de crédit ? Et comment allait-on à l'aéroport ? Par quelle autoroute ?

Aucune importance. Sa mère lui apprit que l'aéroport de Boston avait été fermé. C'est ce qu'ils disaient aux infos. Naz ne pouvait pas rentrer chez elle.

« Mais tu es en sécurité ? Tu es sûre ? » gémissait Mme Ahmadi.

Naz la rassura sur ce point. Elle se vidait lentement – de son énergie, de tout le reste. Être courageuse pour deux, comme la minute d'avant, c'était une chose. Mais s'il ne fallait l'être que pour elle-même… Elle s'écarta des fenêtres, s'accroupit sur la moquette. Des gyrophares bleus et rouges alternaient dans la rue, projetant leurs lueurs spectrales sur le plafond. *Il faut que je dégage de Boston*, songea Naz, au moment même où sa mère lui expliquait que la ville était en quarantaine, que ceux qui voulaient franchir le cordon sanitaire se faisaient tirer dessus.

« Mahnaz, bon Dieu, hurla Mme Ahmadi, allume ta télé ! »

Le visage du président surgit sur l'écran, à dix centimètres de celui effaré de Naz, au milieu d'une mosaïque de vidéos filmées par des équipes héliportées dans divers quartiers. Elle reconnut même le sien.

« Qu'est-ce que je dois faire ? demanda-t-elle à sa mère. Mieux vaut les toits ou la cave ?

— Ne reste pas dans ton immeuble, hurla sa mère. Fiche le camp immédiatement. Tout le monde sait où tu habites. Tu es une cible. »

Ça faisait longtemps que Boston avait eu raison de la paranoïa de Mme Ahmadi. Que craindre dans une ville où personne ne faisait des détours inutiles pour parvenir en un lieu précis, histoire de semer les curieux ? Où personne n'apprenait jamais les numéros des plaques d'immatriculation, où personne ne s'était aménagé une cachette dans le placard de l'entrée ? Boston n'avait plus de secrets pour Naz. Mme Ahmadi, elle, aurait fait piètre figure dans la ville, plantée sur le trottoir, incapable de comprendre ce que racontaient les ados, les tee-shirts qui laissaient voir les nombrils, les démonstrations de réalité virtuelle dans des boutiques éphémères de Newbury Street. Sauf que ce Boston-là n'existait plus et que sa mère avait déjà vécu la vie du nouveau Boston. Elle avait vécu dans un monde où les assassinats et les arrestations étaient monnaie courante. Naz se surprit à opiner vigoureusement du chef à ce que lui assenait sa mère.

« Il faut que tu trouves un endroit où personne n'aura l'idée d'aller te chercher. Un endroit qui n'attire pas l'attention. »

Et ce fut ainsi que Naz atterrit dans le studio d'enregistrement de son petit ami potentiel.

Pas de vraies réserves de bouffe, se dit-elle. Pas d'armes. Pas de matériel de camping ou de survie. Un studio d'enregistrement bien isolé et complètement vide à l'intérieur d'un entrepôt quelconque dans une zone commerciale, ça n'intéresserait personne. Qui pourrait bien avoir envie de s'y réfugier, le temps que le chaos qui faisait rage à l'extérieur s'apaise ?

Naz entassa dans un sac de voyage le contenu de son garde-manger et du tiroir supérieur de sa commode, toutes ses affaires de toilette, son arc et son carquois.

« Tu vois des gens dans ton coin ? Allô ? Tu es déjà arrivée ? lui demanda sa mère.

— Par pitié, maman, tais-toi un peu », supplia Naz.

Elle avait inséré l'écouteur Bluetooth dans son oreille, avait glissé le portable dans l'étui fixé à sa ceinture : ainsi sa mère l'accompagnait dans sa course effrénée d'une ruelle à l'autre sur le chemin tortueux du studio. Une averse de balles s'abattit sur une intersection toute proche. Naz se plaqua au sol, tout contre le trottoir, derrière une voiture amochée. Il y avait un homme ou une femme à terre et un cri de joie retentit – comme dans un jeu vidéo. D'autres personnes passèrent en courant, juste devant la voiture. Trop vite pour que Naz puisse vérifier s'ils avaient encore leur ombre.

« D'accord, mais dans ce cas, c'est toi qui parles. S'il te plaît.

— Ça bloque pas loin. Un barrage de police. Ou une émeute, tenta Naz. Maman. Je ne peux pas… Ils vont m'entendre. »

Elle se releva, contourna la voiture. Même cirque dans la rue suivante. Et soit quelqu'un avait tiré sur les lampadaires, soit le courant commençait à manquer. Dans la lueur rouge des feux de circulation, elle parvint à distinguer des formes qui couraient, se frôlaient les unes les autres. Il y eut un choc – un fracas de verre brisé. Ou tout autre chose. Des hurlements, masculins.

« Police ! » crièrent d'autres voix.

Les flics. Des sirènes se déclenchèrent. Une voiture blanche se matérialisa dans la nuit. La foule partit à son assaut. Puis une autre bande surgit, armée de battes de base-ball en métal, qui s'attaqua à la première.

« Meeerde, souffla Naz.

— Mahnaz ? Tu es encore en ligne ? gémit sa mère.

— Maman, ferme-la !

— D'accord, d'accord. Écoute, j'ai un plan sous les yeux. Tu sais, celui que tu m'as envoyé quand tu t'es installée là-bas. Il n'y a qu'un quartier dont ils n'aient pas encore parlé sur les sites d'infos, c'est Dudley Square. C'est sur ton chemin ? Tu peux essayer d'y passer ? »

Naz étreignit son sac d'une main plus ferme.

« D'accord, maman. Mais tu la boucles, dans ce cas. »

Certes, Dudley Square était plus calme. Mais d'un calme terrifiant. Pas une seule lumière, y compris dans les maisons. Qui n'étaient pas inhabitées : par les fenêtres, Naz vit des prunelles écarquillées refléter les lueurs des bougies de secours. Elle avait si peu de force dans les jambes que ses muscles brûlaient à chaque foulée. Elle ne s'arrêta pas de courir pour autant. Elle avait trop peur pour ralentir le pas. *Ne me tirez pas dessus. Regardez bien : j'ai encore sur les talons une petite créature noire qui me suit partout.*

Il n'y avait qu'une voiture derrière l'entrepôt et elle était garée au beau milieu du parking. Naz se tapit dans la haie qui bordait la clôture, les yeux fixés sur le véhicule. Vide ? Ou occupé ? Ou bien les gens se trouvaient-ils dans l'entrepôt ? Allaient-ils lui tirer dessus ? Avaient-ils encore leur ombre ? Cette question-là était si aberrante, si anormale, si effroyable qu'elle faillit éclater d'un rire hystérique. Mme Ahmadi attendait à l'autre bout du fil, le souffle court. Il fallut à Naz un bon quart d'heure avant de trouver la force et le courage de se diriger vers la voiture, l'arc en main. Ce ne fut que le nez sur la portière, côté conducteur, qu'elle put voir l'intérieur du véhicule, calciné, le squelette au volant.

Son petit ami potentiel lui avait passé un double des clefs du studio. Elle monta deux étages dans l'obscurité la plus totale.

« Ça y est, tu es arrivée ?

— Oui », haleta Naz, sur le palier du deuxième étage.

Elle poussa la porte coupe-feu. Un couloir de moquette grise puis, visible dans la pénombre, la porte du studio, le nom du groupe écrit à la main sur une pancarte encore fixée au battant. Objectif atteint. Elle avait survécu au périple.

Elle descendit deux marches, pliée en deux, et vomit dans tout l'escalier.

Mme Ahmadi resta en ligne jusqu'à ce que Naz s'endorme, un peu avant l'aube. Elle savait que le petit ami n'était pas là – Naz, de toute façon, ne prononça pas son nom et il n'y eut pas d'autres questions. Elle était simplement contente d'avoir de la compagnie. En quelque sorte.

Lorsqu'elle se réveilla, le portable avait épuisé sa batterie. Elle s'était couchée derrière les énormes haut-parleurs. Elle s'étira, essaya de se relever. Elle avait mal partout. Comme si, la veille au soir, dans sa course acharnée, elle avait dû solliciter tous ses muscles, jusqu'au plus petit. Ce qui était peut-être le cas.

Elle alla à quatre pattes rebrancher son téléphone dans une des prises murales. Lorsque l'écran se ralluma, quelques minutes plus tard, elle avait reçu quarante-deux messages.

Ça va ?
Tu as le moyen de suivre les infos, du studio ?
Envoie-moi un sms pour me dire si ça va.
Aux infos, ils disent que la quarantaine est prolongée.
Dis-moi juste si ça va.
Appelle !!!

« Ça va », dit Naz en décrochant.

Mais sa voix était douce.

Mme Ahmadi resta en ligne toute la journée. Et la suivante. Le petit ami potentiel ne donna jamais signe de vie. Qui sait : peut-être était-il en ligne avec sa mère, lui aussi ? Ou avait-il perdu son ombre dès que l'Oubli était entré dans Boston ? Ça n'avait plus grande importance. D'ailleurs, de son côté, elle ne le rappela jamais.

Le troisième jour, sa sœur Rojan se joignit à la conversation. Leur mère et elle, penchées sur le téléphone maternel qu'elles avaient posé à la verticale sur la table de la cuisine, parlaient toujours d'une voix forte et lente, pour que Naz n'ait pas de mal à les comprendre. La première fois qu'elle entendit sa petite sœur, Naz éclata en sanglots. Rojan avait quitté son labo à la fac de Téhéran dès que possible, non sans avoir sauvegardé les résultats de ses recherches en cours. Elle avait pris le premier bus disponible pour rejoindre sa mère.

« Et tes études ? lui avait demandé Naz.

— Rien à foutre de mes études », répliqua Rojan.

Mme Ahmadi eut un claquement de langue réprobateur mais, pour une fois, ne pria pas sa fille de surveiller son langage.

« Naz, il va falloir accepter cette terrible vérité : pour une fois, tu as besoin de nous. »

Naz procéda à une exploration minutieuse du reste de l'entrepôt pour être certaine d'être seule à bord. Sa mère lui donna l'ordre de mettre la main sur les contenus de tous les réfrigérateurs des diverses entreprises présentes dans le bâtiment. Mieux valait commencer par ces provisions, avant de s'attaquer à celles non périssables qu'elle avait apportées de chez elle. En guise de petit déjeuner, Naz mangea une tranche de gâteau d'anniversaire, des œufs mimosa et des cornichons. Rojan lui conseilla d'allumer l'ordinateur qu'elle avait trouvé posé sur l'étui de la grosse caisse, mais la batterie était vide. Impossible de retrouver le chargeur, si bien que Rojan et Mme Ahmadi se relayèrent pour lui donner les nouvelles que fournissait leur propre télévision. L'Oubli avait fait son apparition dans le Wyoming, le New Hampshire, la Californie et le District of Columbia. Les avions ne décollaient plus, les autoroutes inter-États étaient fermées. Certaines villes étaient soumises à la loi martiale – ou tout comme. Parfois, elles ne se parlaient pas et restaient simplement en ligne, ensemble. Toutes les quatre heures, Naz rebranchait le téléphone à la prise murale et se couchait pendant que l'appareil se rechargeait, pour éviter toute interruption de connexion.

« Mais il est où, exactement, cet entrepôt ? demanda Rojan à plusieurs reprises. Dorchester Street… Comment tu l'écris ? »

Et la question revenait sans cesse, obsessionnelle. Il fallait qu'elle sache où se trouvait exactement l'entrepôt, le studio. Au dixième de degré près.

« À quoi ressemble l'immeuble ? Il fait combien d'étages ? Il a quelle forme ? De quelle couleur est la façade ? »

Elle posait tellement de questions que Mme Ahmadi finit par craquer.

« Mais fiche donc le camp, avec tes plans et tes stylos, ou je vais tout coller à la poubelle. »

Naz entendit un bruit qui ressemblait à celui que font des tas de papiers lorsqu'ils tombent d'une table. Le ton monta entre Rojan et leur mère.

« Rojan, je sais ce que tu as dans la tête. N'essaie pas de me rejoindre », chuchota Naz dans le micro du téléphone, tard dans la soirée.

Mme Ahmadi s'était endormie.

« Aucun risque, répondit Rojan.

— Je suis sérieuse. N'essaie pas de me retrouver. Ça n'arrangera pas les choses.

— Aucun risque, Naz », répéta la petite sœur.

Ce qui était un mensonge, Naz le savait bien.

« De toute façon, les billets sont hors de prix. Et les aéroports…

— Hors de prix, c'est-à-dire ?

— Je ne sais pas. Vingt mille dollars ou plus pour les États-Unis, parce qu'aucun pilote ne veut s'approcher de nous.

— *Merde*.

— Et l'aéroport de Boston est fermé et sous quarantaine, c'est sûr. »

Naz baissa encore la voix.

« Je ne plaisante pas, Rojan. Il y a des gens qui meurent dans les rues. Je les entends. C'est dangereux ici. Ne viens pas. »

Que pouvait-elle dire à sa sœur qui forcerait cette dernière à lui obéir ?

« Reste avec maman. Ne la laisse pas toute seule. Elle a déjà une fille ici, n'en rajoute pas. D'accord ? »

Rojan émit un petit son plaintif, comme si Naz lui avait donné un coup.

« Et toi, alors ? C'est quoi, ton truc ? Tu vas rester ici toute seule, à essayer de survivre comme une grande, sans personne ?

— En quoi ta venue y changerait quelque chose ?

— En quoi ? Je ne sais pas, mais je pense que ça pourrait servir. Mahnaz, tu es ma sœur.

— Reste où tu es, Rojan. Avec maman. »

Elle entendit Rojan à l'autre bout du fil respirer lentement. Comme si elle faisait tout pour ne pas pleurer.

« D'accord, finit par dire la petite sœur. Je reste ici.

— Jure-le, ordonna la grande sœur.

— Je le jure. »

Naz s'assit contre le mur, le téléphone coincé entre son oreille et son épaule. Elle n'était pas certaine encore de croire en la sincérité de Rojan ; mais à quoi bon essayer de la convaincre, si ce serment était un mensonge ? Elle préféra éviter les éclats de voix, le risque de réveiller leur mère.

« Est-ce que tu peux voir les étoiles ? demanda Rojan, rompant le silence.

— Si je monte sur le toit.

— Vas-y. »

Le lendemain, lorsque Naz se réveilla, une pluie légère tambourinait sur les fenêtres. *Je devrais recueillir toute cette eau pour la boire, non ?* se dit-elle, l'esprit encore engourdi, en se roulant sur la moquette pour débrancher son téléphone. Mais la batterie était très loin des cent pour cent.

Naz appela sa mère, qui lui répondit, en larmes. Il n'y avait plus d'électricité à Boston, c'est ce qu'elle et Rojan avaient appris le matin même.

« Il te reste combien de batterie ? »

Ce fut sa seule question.

« Sept pour cent », répondit Naz.

Naz garda l'écouteur dans l'oreille pendant des semaines, même s'il ne servait plus à rien. C'était un peu absurde, elle le savait très bien alors, mais elle continua à discuter avec elles, comme si le téléphone fonctionnait encore. C'était une nécessité.

« Oh, que c'est lourd », leur disait-elle en transportant les gros seaux qu'elle avait trouvés dans le bâtiment et qu'elle avait installés sur le toit, en guise de citernes.

Ou bien :

« Vous vous souvenez du jour où j'ai appris que je pouvais venir m'entraîner à Boston ? »

Ou encore :

« Mince, vous avez entendu ? »

Un bruit curieux l'avait réveillée en pleine nuit. Terrifiant. Mais ce n'était qu'un rat dans les conduits de ventilation, pas un être humain.

Naz demanda à Rojan dans quels bureaux elle

pourrait déménager le jour où le studio lui paraîtrait trop exigu, trop ennuyeux. Elle se répandit sur les avantages et les inconvénients des uns et des autres. Elle lui fit une description détaillée des autres étages.

À sa mère elle posa cette question : si Mme Ahmadi avait su ce qui allait se produire, se serait-elle quand même brouillée avec Naz parce que cette dernière fréquentait des garçons ? Si les gens avaient gardé leur ombre, se serait-elle entêtée jusqu'à la mort, ou aurait-elle fini par tendre la main à sa fille ? Elle lui demanda aussi d'être plus douce avec Rojan, le jour où la petite sœur voudrait autre chose, elle aussi. Peu à peu, Naz cessa de leur parler.

Orlando Zhang

Dès qu'il fit assez jour pour se déplacer, Ory partit au pas de course. Il quitta le refuge. Il descendit la montagne jusqu'à la route la plus proche. Ou ce qu'il en restait. Ce fut là qu'il s'arrêta, brusquement, au bord du ruban de goudron.

Il n'avait pas la moindre idée de la direction qu'avait prise Max.

Le soleil s'était levé : si brillant que tout semblait blanc, plutôt que jaune. Si violent que la bosse à l'arrière de son crâne palpitait, douloureuse. À l'est, vers le centre d'Arlington, puis le Potomac et D.C., c'était plus praticable. À l'ouest, en direction de Fairfax County et de toutes les localités qui s'y trouvaient – Falls Church, Oakton, Centreville –, ce n'était que broussailles et étendues sauvages. Ory, les dents serrées tant la douleur était vive, scruta la route, les buissons. Pas un seul indice. Il y avait trop de mauvaises herbes, trop de caillasse et pas assez de poussière pour voir si Max avait laissé des traces.

Qu'avait-elle déjà perdu de sa mémoire, au juste ? Même en cas de profonde amnésie, ne restait-il pas assez de logique pour lui faire choisir un chemin plutôt qu'un autre ? Une giclée d'oiseaux traversa le ciel d'un arbre à l'autre, en jacassant. Puis s'abîma dans le feuillage. Mais si ce qui restait de mémoire à Max n'était pas la part qu'il connaissait ?

Les oiseaux se remirent à piailler un bref instant. Les secondes qui suivirent lui semblèrent une éternité. Quelle distance peut donc bien franchir quelqu'un qui ne sait pas où il va ? Pas d'explication, pas d'indices, pas de carte. Elle avait disparu sans laisser de trace, aussi muettement, aussi mystérieusement que son ombre.

D'ailleurs, où allaient-elles, les ombres ? Il se fichait bien du pourquoi désormais. Ne se posait de questions que sur leur destination. Quant à la raison, elle restait parfaitement obscure. Ory ne croyait pas à la magie : mais au fond de lui-même, il savait fort bien que ce qui était arrivé au monde dépassait l'entendement des hommes. Ce n'était ni une catastrophe naturelle, ni une maladie, ni une arme bactériologique. Le terme le plus approprié qui lui soit venu aux oreilles, c'était *malédiction*. Car la chose n'épargnait personne, ne tenait compte de rien. Tous étaient frappés : ceux qui perdaient leur ombre et ceux qui aimaient des gens qui avaient perdu leur ombre.

Il serra les mâchoires. Même s'il était vain de l'espérer, il lui fallait continuer de croire que la personne à la poursuite de laquelle il était parti était toujours Max. Sinon, à quoi bon essayer de la retrouver ? Et tel était encore le cas, la seule direction que Max pouvait avoir prise était celle de chez eux. Pas le refuge, non. Leur vraie maison. Leur appartement de D.C., d'avant l'Oubli. D'avant le jour, si lointain maintenant, où ils avaient pris la voiture pour la Virginie, les montagnes, le mariage de Paul et d'Imanuel. D'avant la catastrophe.

Ory inspira profondément et se mit à courir vers l'est, droit devant lui dans la lumière rasante du matin, comme s'il pouvait distancer son épouvante. S'il poussait assez loin, le soleil levant deviendrait un pont pour D.C. Et lui, Ory, le franchirait. Et Max s'y trouverait. Forcément.

Du moins c'était ce qu'il se répéta jusqu'à ce qu'il n'ait plus la force de courir.

Odricks Corner avait muté en une forêt de saules ; partout des rideaux de feuilles. Pour une raison mystérieuse, les trottoirs désormais décrivaient des spirales. Ory se reposa le temps que la transpiration sèche sur son front. Il repartit, le fusil au bras.

Ni lui ni Max n'avaient pu retourner dans leur appartement après le mariage. Max le souhaitait ardemment, mais c'était bien trop risqué. Avant la fin des chaînes d'infos, ils avaient vu ce qui se passait à Boston, à San Francisco ou chez eux. Incendies, pillages, rues livrées aux gangs. À Elk Cliffs, il y avait des provisions en quantité, grâce au mariage, et la montagne leur procurait une protection naturelle.

Au fil du temps, les autres invités disparaissant ou tentant de rentrer chez eux, Ory en vint à se persuader que leur montagne était le seul vrai refuge. Qui savait les périls qui rôdaient à l'est, dans l'immense et silencieux trou noir qu'était devenue leur capitale ? Il se souvint un bref instant de l'étrange douzaine de personnes de Broad Street et de ce que leur cheffe, Ursula, lui avait dit. *Des choses horribles.*

Il entendit des bruissements dans les haies qui longeaient l'ancienne Cedar Road. Ory n'aimait pas beaucoup ce quartier d'Arlington. De chaque côté de la rue, il y avait des maisons, assez éloignées les unes des autres et entourées d'arbres aux feuillages tombants. Elles étaient toutes désertes, mais les stores derrière les carreaux clignaient tout seuls, de temps en temps, comme des paupières que le sommeil taquine. Sur l'un des garages, quelqu'un avait écrit à l'aide d'un bout de charbon *Celui Qui Ne Rêve Pas* et *Celui Qui Rassemble.*

Le bruissement persista. Une sorte de frottement nerveux. Ory plissa les yeux. Pas de forme sombre sous les feuillages tremblants. Il souleva le canon de son fusil et se mit à courir.

Il franchit le passage sous la I-495 en fin de soirée. En une journée, Max était-elle capable de marcher jusqu'à McLean ? Possible. Mais elle n'avait pas dû aller plus loin. Ory n'avait cessé de scruter le sol qu'il foulait à la recherche d'un signe de Max – un ustensile qu'elle aurait laissé tomber et qu'il aurait reconnu, le bout d'un de ses vêtements coincé entre deux branches, ou même une trace de pas : rien. Rien du tout. Ni de Max, ni de qui que ce soit. À part une chaussure qui traînait dans le caniveau depuis si longtemps qu'elle s'était fossilisée dans la boue. Puis, un peu plus loin, un bout d'os. Très vieux. Si vieux qu'Ory n'avait même pas eu besoin de détourner le regard.

Dans la nuit, Ory entendit quelque chose d'incroyablement lourd traverser l'autoroute. Cette chose emprunta le pont, ignorant les voies du dessous. Ory se pelotonna contre le béton humide. En dépit de la lune, l'obscurité était si profonde qu'il n'aurait pu voir si la chose avait ou non une ombre. Il ne se risqua même pas à regarder. Il se serra contre le mur. *Oh, faites que ce bruit s'éloigne*.

Le lendemain matin, il grimpa sur le pont pour essayer de comprendre ce qui était passé par là. Il n'y avait que des fleurs des champs et un pneu de voiture.

Le lendemain des événements de Boston, je me suis réveillée avec la pire gueule de bois de mon existence. Il me revenait de vagues images de la veille au soir : Marion, ma grande copine de lycée, qui était également devenue une des très bonnes amies d'Imanuel, et ses appels au calme. Jay « Rhino » White, le cavalier d'un des invités – mais lequel ou laquelle, nous ne l'avons jamais su –, se proclamant capitaine d'une escouade d'éclaireurs qu'il venait tout juste de créer. Paul braillant « Rien à foutre, je vais chercher le champagne », s'exécutant dans la foulée et rapportant toutes les bouteilles. « Si c'est vraiment la fin du monde, hors de question d'en gâcher une goutte. » Tu t'en souviens ? J'étais exactement du même avis.

À la huitième coupe, tout s'est brouillé. Dans la nuit, j'ai quand même réussi à remonter dans notre chambre, à ramasser notre couverture et nos oreillers, à les transporter dans la salle de bal et à nous trouver un petit coin tranquille, là où les deux cloisons se rejoignaient – le bois, le verre. Je me suis réveillée le nez dans ta veste de smoking, contre ton épaule. Le tissu sentait le Bollinger, la fumée de bougie et la cannelle, je ne sais pas pourquoi. Les arbres laissaient passer une lumière aveuglante. Des rayons acérés, perçants, qui, à travers les branches, gravaient des formes blanches dans l'herbe sombre.

La télé diffusait encore des flashs d'informations. Le son était si bas que seuls ceux qui s'en étaient rapprochés pouvaient l'entendre. Ce qui avait permis au reste des invités de dormir. J'ai secoué la tête, pour retrouver une vision plus nette du monde. Reconnu Capitol Hill, puis le Golden Gate l'a remplacé, avec un bandeau d'info en continu qui défilait en bas de l'écran.

« Ory. »

Je t'ai remué le bras.

« Réveille-toi. »

Il t'a fallu un moment pour refaire surface. Mais une fois sur ton séant, tu avais l'air bien réveillé.

« Que s'est-il passé ? Il y a d'autres endroits ? » as-tu demandé.

Toi et moi, nous nous sommes retournés vers la télé.

« Ah, vous êtes réveillés », a dit Rhino en nous voyant assis.

Paul, Imanuel et Marion étaient déjà debout tous les trois, près de lui, l'air un peu gêné, comme s'il les avait convoqués.

« Vous êtes partants ? » a-t-il ajouté, plein d'espoir.

Et c'est ainsi que s'est constitué le premier corps d'éclaireurs des survivants de l'Elk Cliffs Resort.

« On les garde pour les rares loups et ours qui s'aventurent un peu trop près de l'hôtel », nous a expliqué Gabe, le majordome, en ouvrant le local RÉSERVÉ AU PERSONNEL.

Il en a extrait deux fusils à canon lisse et un fusil de chasse.

« Que dis-je, rares. C'est plutôt rarissime. La chose est exceptionnelle », a-t-il aussitôt rectifié, d'instinct.

Nous étions encore des invités de marque, à ses yeux. Et peut-être encore aux nôtres.

« Et de combien de balles disposons-nous ? a demandé Rhino.

— Assez pour un raid d'exploration jusqu'à la plaine, a répondu Gabe.

— Assez pour nous mettre à chasser le jour où nous n'aurons plus rien à manger ?

— C'est peut-être anticiper plus qu'il n'est nécessaire », as-tu dit.

Rhino a haussé les épaules.

« Vraiment ? »

Je vous ai interrompus.

« Et comment vont se défendre les autres ? »

Nous étions six – toi, Rhino, Paul, Imanuel, Marion et moi – pour trois armes à feu.

« En fait, a dit Marion, je sais me servir d'un fusil. »

On l'a tous regardée.

« J'ai grandi dans un ranch au Texas. Un petit ranch. Mes parents étaient éleveurs. Et alors ?

— Bon, un pour Marion, un pour moi, a dit Rhino. Imanuel ? »

Lequel a poliment décliné.

« Non, passe-le plutôt à Ory.

— Passe-le plutôt à *Max* », a rétorqué Paul.

Tu t'es frotté la nuque. Et tu as rougi.

Ce n'était pas le meilleur moment pour éclater de rire. Paul et moi, on a fait de notre mieux. Sans succès.

« Ce n'est pas une partie de foot ! »

Tu n'étais pas content, mais ça manquait de conviction.

« Exactement, a dit Paul. C'est bien pire. Passe-le à Max, sans hésitation.

— Mais qu'est-ce qui te prend, Paul ? » a soufflé Imanuel, très sec.

Paul s'étranglait dans des rires qui ont fini par lui échapper, gargouillants, étouffés. Le fait est que tu avais été le seul dans votre collège à marquer contre sa propre équipe – non pas une fois, d'ailleurs, mais deux ! Ce que j'ai expliqué à nos éclaireurs pendant que l'hilarité avait raison de Paul.

II

Nous sommes descendus en silence de la montagne en longeant la route goudronnée qui conduisait d'Elk Cliffs Road jusqu'à notre pittoresque nid d'aigle. Paul, Imanuel et toi portiez, au lieu des fusils, d'énormes sacs à dos.

« Odricks Corner, a commenté Rhino durant la descente. C'est la première localité que nous allons traverser. »

Devant nous, le rideau d'arbres s'est ouvert.

Je m'étais préparée au silence étrange et dépeuplé dans lequel Boston avait plongé après les fusillades, à en croire les chaînes d'infos. Mais c'était le chaos qui régnait à Odricks Corner. Des conducteurs qui se klaxonnaient les uns les autres, des femmes qui transbahutaient leur famille d'une rue à l'autre, des cyclistes qui circulaient avec tous leurs biens matériels sur le dos. Des hommes sur des parkings qui risquaient leur vie pour sauver le contenu de leurs caddies.

« La bouffe », dit Marion en repérant une supérette.

Et la chose nous a soudain traversé l'esprit. Quel était l'état de nos provisions à l'Elk Cliffs Resort ? Imanuel avait loué les services de plusieurs traiteurs pour la cérémonie et la réception : il y avait des restes, mais quelle quantité, exactement ? L'hôtel avait-il des réserves dans ses congélateurs, pour sa consommation courante ? Combien de temps ces congélateurs tiendraient-ils si l'électricité était coupée ? Et d'ailleurs, le serait-elle ?

Rhino a monté la garde devant l'épicerie, avec nos armes. Il en a profité pour demander des infos aux passants. Le reste des éclaireurs est allé dépouiller le magasin de tout ce qui nous tombait sous la main. Paul, Imanuel et toi, vous faisiez les malabars pendant que je remplissais les sacs avec Marion. Les clients qui étaient venus seuls changeaient d'allée quand ils nous voyaient.

« Chope le riz », m'a sifflé Marion tandis que nous nous agglutinions à l'interminable file d'attente qui s'était formée devant les caisses.

J'ai pris tout le riz que je pouvais. Curieusement, cette aventure me rappelait le genre d'idioties que j'aurais pu faire à la fac avec mes potes de l'époque quand on avait trop bu : filer à la supérette du campus juste avant la fermeture et nous lancer des défis : réussir à s'installer sur le siège enfant du caddie, faire glisser tout le contenu d'une étagère dans le panier sans faire tomber une seule boîte ; être la première à finir ma liste de courses et à passer à la caisse. Sauf que cette fois-ci, ça ne faisait rire personne.

« S'il vous plaît… c'est pour mes enfants », a gémi une femme derrière nous.

Nous nous sommes retournés. Elle en avait trois fois moins que nous dans son caddie, et ce qu'elle avait déniché n'était guère calorique. Et il n'y avait déjà plus grand-chose dans les rayonnages.

« C'est pour mes enfants », a-t-elle répété.

J'ai eu l'impression de m'effondrer de l'intérieur.

« Nous aussi, on a des gosses », a menti Marion en nous prenant tous de court.

Elle ne me connaissait que trop bien, Marion. Elle s'est interposée entre la femme et moi. Je n'ai eu de choix que de reposer le riz dans notre caddie.

« S'il vous plaît, a insisté la femme, d'une voix encore plus tremblante. Non, c'est bon.

— Est-ce qu'il y a déjà des cas dans Arlington ? lui a demandé Paul, assez doucement. Tous les six, nous sommes… Nous sommes en vacances par ici. Avec les gosses. Nous venons d'apprendre ce qui s'est passé.

— Je ne sais pas, dit la femme. Dans le Maryland, je crois, au moins. En tout cas, c'est ce qu'ils avaient l'air de dire à la télé. C'est pour ça que je suis venue jusqu'ici. Mes fils sont restés à la maison.

— D.C. est touchée », est intervenu l'homme qui était juste devant nous dans la file d'attente.

Il nous a montré l'écran de son téléphone.

« Ils ont arrêté un type en centre-ville, ce matin, près du Verizon Center. »

La femme a poussé un gémissement. Elle qui n'était déjà pas très vaillante, elle a piqué du nez sur son caddie.

Et soudain je t'ai murmuré un truc à l'oreille.

« Dis-moi, comment on va payer ? Je n'ai pas mon portefeuille sur moi. »

Le contenu du caddie représentait un mois de courses. Il ne restait que quelques billets de un dollar dans la poche de mon jean, la monnaie du péage que tu avais dû payer sur l'autoroute entre D.C. et la Virginie.

« C'est pour moi, a dit Imanuel. Je le mettrai sur le budget de la noce.

— Oh, Seigneur ! » s'est soudain exclamée la femme derrière nous.

Nous nous sommes retournés. Elle tenait son portefeuille d'une main tremblante. Comme si le cuir s'était subitement transformé en porcelaine chauffée à blanc, trop précieuse pourtant pour qu'elle la laisse tomber.

« Oh, Seigneur. »

Par la fente du portefeuille, nous avons vu. Et compris. L'encre vert sombre des billets s'était mystérieusement effacée. Elle n'avait plus dans les mains que des bouts de papier vierge.

« Putain de merde, a sifflé Marion, horrifiée. Qu'est-ce que c'est que ce bordel ?

— Mes gosses, a gémi la femme. Il faut que je nourrisse mes gosses.

— Je vous donnerai ce qu'il faut », ai-je hoqueté.

J'étais morte de trouille, en larmes. J'ai sorti mes quelques dollars et je les lui ai fourrés dans les mains, contre la poitrine, frénétiquement. Loin devant nous, près des caisses, des clients ont commencé à se battre. D'autres se sont mis à hurler. Et c'est là que nous avons tous constaté que mes dollars avaient – chose impossible, délirante – subi le même sort que ceux de la femme.

Trois jours plus tard, nous avons appris que les habitants de D.C. étaient presque tous atteints. Nous nous sommes assis en cercle autour de la grande télé de la salle de bal, à mâchonner longuement des marshmallows coupés en petits morceaux, pour les faire durer. Impossible de lire le nom de la marque sur l'emballage. Il y avait des signes qui avaient l'air d'avoir pu former des mots autrefois, mais qui ne ressemblaient plus vraiment à des lettres. Rhino a évoqué les battues qu'il faudrait sans doute organiser dans les forêts autour de l'hôtel.

Philadelphie, Baltimore et maintenant Arlington. Après quoi l'électricité a été coupée à l'hôtel, car nous dépendions des installations d'Arlington.

Le lendemain de la panne, Rhino et Marion sont rentrés d'une expédition de l'autre côté de la montagne, courbés sous le poids d'un petit élan. Les musiciens du mariage ont fait une flambée dans le puits à feu décoratif du grand patio ; en guise d'étoupe, ils ont utilisé ces curieux billets vierges qui nous restaient. Nous les avons tous brûlés. Pas un seul d'entre nous n'a voulu garder le moindre dollar. Nous voulions en finir avec ce merdier. Ils ont fait rôtir l'élan pendant que toi, moi et deux ou trois invités de Paul avons fait le tri de ce qui restait de la bête dans la cuisine : « à consommer ce soir avant que ça pourrisse », « à manger dans les trois ou quatre jours qui viennent » et « à garder aussi longtemps que possible ».

Le chanteur du groupe n'a pas voulu chanter ce soir-là – il ne voulait plus chanter du tout, d'ailleurs. Ses collègues ont joué un morceau et nous avons partagé un vrai banquet : steak d'élan, crevettes, filets de poisson en vrac et une quantité astronomique de glace.

Demain, ça va être bien pire qu'aujourd'hui : c'était ce que je me disais vaguement devant le feu tout en plongeant la cuillère dans mes quatre litres de glace menthe et pépites de chocolat. Il y en avait de telles quantités à l'hôtel que chaque invité avait un seau pour lui seul. Et après-demain, ça serait encore pire que demain. Nous étions certainement en train de vivre notre dernière bonne journée. Une fois que j'aurais fini ma glace, une fois que je me serais glissée sous les couvertures, tout contre toi, et que je me serais endormie, ça ne pourrait qu'aller plus mal. De mal en pis.

Tu m'as proposé ton chocolat, caramel, amandes et guimauve. On a échangé nos seaux. Le caramel au chocolat était si crémeux, si sucré que les glandes du fond de mon palais se sont paralysées. Un mal de chien ! Ce genre de pincement, je l'éprouvais sans doute pour la dernière fois : un goût de sucre si chimiquement puissant que mes papilles hurlaient.

Et je me suis remise à pleurer sans même m'en rendre compte.

« Faut que j'aille pisser », t'ai-je dit d'une voix sèche, et je me suis éloignée vite fait du feu, avant que toi et les autres ne remarquiez que j'avais les yeux rouges.

Je crois que tu n'as rien vu.

Je me suis arrêtée aux limites du parc de l'hôtel : au-delà, c'était la folle nature, les arbres. Je me suis retrouvée à haleter comme une perdue, les paumes plaquées sur mes yeux. *J'aurais dû savourer plus longuement. J'aurais dû me battre pour choper mon parfum favori, comme une tigresse.* C'est alors que j'ai perçu une autre présence. Il y avait quelqu'un dans la forêt qui faisait sans doute la même chose que moi.

« La glace ? » a demandé une voix dans le noir.

C'était Marion. J'ai hoché la tête.

« Oui, et c'est juste que… »

J'ai essayé de me racler la gorge.

« … putain, c'était si bon. »

Marion a émis un renâclement approbateur. J'ai compris qu'elle creusait du talon dans la terre, au bruit que ça faisait.

« Moi, c'est les téléphones, a-t-elle murmuré.

— Merde. »

Son mari et sa fille étaient restés à San Diego. Ils avaient raté le mariage : la petite avait attrapé la grippe et le père était resté à son chevet.

« Merde, merde, Marion. »

Le chaos ambiant m'avait fait oublier ce détail et j'en étais soudain malade.

« Qu'est-ce que tu vas…

— Chut, a-t-elle répondu. Pour le moment, je ne peux pas y penser directement. Pas encore. »

J'aurais voulu aller la retrouver dans les bois, la prendre dans mes bras, comme nous le faisions autrefois, elle et moi, après une dispute avec un petit copain ou un examen raté. Mais je ne savais pas comment faire. Et nous sommes restées un moment dans le noir, à pousser des cailloux du bout du pied, sans rien dire.

Il n'y avait plus de glace. Ni des milliers d'autres choses. Mais toi, Ory, tu étais encore là. Avec moi. Et ce n'était pas rien. C'était mieux que l'espoir.

La silhouette de Marion était à peine visible dans la nuit. Adossée à un tronc, elle tenait une feuille d'arbre. Ou quelque chose qui y ressemblait. Il faisait tellement sombre qu'on ne pouvait pas savoir si nous avions encore nos ombres. Je crois que c'est la première fois que je me suis posé la question – et la dernière fois que j'ai pu le faire sans être saisie aussitôt par la nécessité de vérifier si elle était encore bien là, la mienne. Sans être frappée soudain de l'incapacité à faire quoi que ce soit – y compris respirer – avant d'avoir pu constater qu'elle était encore là.

« À ton avis, a demandé Marion tout à coup, d'où ça vient, ce truc ?

— Je ne sais pas. »

Je ne mentais pas. Je n'avais vraiment aucune certitude sur la question.

Marion a ri, d'un rire qui n'avait rien de joyeux.

« On a rompu, Rob et moi », a-t-elle fini par me dire.

J'en suis restée bouche bée.

« Il y a deux semaines. La petite n'est pas du tout malade. Je voulais t'en parler pendant la fête, une fois qu'on aurait été bourrées, toutes les deux. Et puis il y a eu Boston.

— Marion… »

Elle m'a interrompue.

« Je sais, je ne devrais pas penser au karma. Ça serait très con. Mais je ne peux pas m'empêcher de… »

Elle a inspiré, le souffle tremblant.

« Ory et toi, Imanuel et Paul – tant de bonheur. On se retrouve au bout du monde, et vous quatre, vous êtes ensemble. Je suis la seule qui ait des problèmes de couple – et tu as vu où ça m'a menée ? Et lui ?

— Ça n'a rien à voir avec le karma, j'ai protesté, affolée. D'ailleurs, ça n'existe pas, le karma.

— Je sais. Mais ça y ressemble, non ? »

Je ne savais pas quoi lui répondre, ce qui n'avait pas beaucoup d'importance. J'avais entendu ce qu'elle voulait me dire : que si elle avait su à l'avance que le monde était sur le point de finir – pas dans deux milliards d'années, non, mais dans les jours qui allaient suivre, autant dire maintenant –, elle n'aurait jamais quitté Rob. Elle aurait joui du moindre moment avec lui. Un silence est venu qui nous a paru durer des heures.

« Je remonte à l'hôtel », ai-je fini par dire.

Je ne savais pas comment la réconforter. Quoi

lui dire sans la confronter à la réalité de la chose. Comment lui redonner espoir sans lui rappeler, par la même occasion, qu'elle ne reverrait peut-être jamais son mari et sa fille ?

« Je reste », a dit Marion.

Quand je suis ressortie de la forêt et que je me suis rassise à côté de toi, près du feu, Rhino s'était levé et annonçait au groupe qu'il allait installer son lit sur la pelouse, une fois le feu éteint. Comme il n'y avait plus d'électricité et donc de climatisation, on allait sûrement crever de chaud dans la salle de bal, où nous avions tous décidé de camper.

En fait, ce n'était pas une annonce, ce que j'ai compris en l'écoutant parler. Il essayait plutôt de convaincre le reste du groupe d'en faire autant sans avoir l'air de les supplier. À plusieurs, on est plus forts. En fait, depuis Boston, personne n'était allé dormir dans la chambre qui lui avait été attribuée. Après l'interruption des festivités, nous nous étions tous regroupés dans la salle de bal – nous avions quand même pris le soin de descendre nos valises. La partie de la pelouse que Rhino voulait occuper se trouvait à une centaine de mètres de l'endroit où nous nous étions installés. Neuf jours plus tôt, c'était ma distance de sécurité minimale avec les gens que je ne connaissais pas. À présent, j'avais l'impression d'un quasi-exil.

« Excellente idée, as-tu dit. On devrait tous s'installer dehors. »

J'ai vu par-dessus les flammes le regard que t'a lancé Rhino. Il était si reconnaissant que les larmes me sont de nouveau montées aux yeux.

Mahnaz Ahmadi

Le soir où Naz songea sérieusement à en finir avec la vie, elle revit sa sœur.

Quelques semaines s'étaient écoulées depuis qu'elle avait finalement renoncé à son écouteur Bluetooth. Elle n'était pas certaine de la date : mais il s'était mis à neiger, ce qui signifiait qu'elle devait habiter le studio depuis quatre ou cinq mois. À se cacher, à parler toute seule, à commencer à mourir de faim. Elle avait été très prudente : mais il n'y avait plus rien à manger, ni dans l'entrepôt ni dans son sac de voyage. Elle était sortie deux ou trois fois sur le toit : au-delà du parking, immense et désert, il n'y avait que des ténèbres où luisaient les gyrophares des voitures de police. En guise de bande sonore, des détonations, des hurlements d'humains en train de crever. Elle avait bien son arc – mais il ne servait à rien dans ce genre de situation. Dans la nature, ou dans un contexte de duel, oui, mais pas en ville et pas contre des foules. À dix ou vingt mètres, elle ne pourrait jamais tirer assez rapidement pour empêcher un ou plusieurs malfrats de s'en prendre à elle.

Ce soir-là, pourtant, il y avait au beau milieu du parking une petite silhouette hésitante. Une femme.

Naz n'éprouva aucun sentiment de crainte. Ce n'était qu'un fantôme. Depuis que la communication téléphonique était coupée, Naz avait vu sa sœur à maintes reprises : dans le couloir, de l'autre côté du studio, ou à côté d'elle, endormie. Alors pourquoi pas errant dans le parking désert, les yeux levés vers elle ? Elle était sur le point de lui montrer des étoiles au ciel, en souvenir du bon vieux temps.

Elle constata alors que le fantôme avait une ombre.

« Mahnaz ? » fit le spectre d'une voix douce.

Naz parvint au rez-de-chaussée avant même de comprendre ce qu'elle faisait.

« Rojan ? » hurla-t-elle.

Avant même que Naz ait atteint la porte pour défaire le cadenas, Rojan était déjà en train de tirer comme une folle sur les poignées. Elles s'affalèrent dans la pénombre du vestibule, bras et jambes mêlés, puis se relevèrent aussitôt pour refermer la porte et la cadenasser.

« Tu m'avais juré ! Tu m'avais juré ! ne cessait de se lamenter Naz. Tu m'avais juré de ne pas le faire. Tu m'avais juré que tu ne viendrais pas. »

Rojan la serrait si fort contre elle que Naz sentit la peau de ses bras s'engourdir, privée de sang, sous l'étau des doigts de sa sœur. Elles s'embrassèrent jusqu'à ce que les larmes se mêlent et s'étalent sur leurs visages, jusqu'à ce que Naz ne puisse plus goûter, voir, respirer qu'un liquide âcre et salé.

« Dieu soit loué, tu es là. »

Rojan renifla et l'embrassa de nouveau.

« J'ai eu si peur. J'ai cru un moment que lorsque j'arriverais ici, il n'y aurait plus personne.

— Tu... tu... »

Naz avait peine à parler entre les sanglots qui lui soulevaient la poitrine. Le miracle de la venue de Rojan dissolvait lentement l'armure de sa colère.

« Tu es là. Bien là.

— Je suis désolée, murmura Rojan. Je sais, j'avais dit que... »

Elle sortit de ses poches des liasses entières : choses notées sur des bouts de papier, plans du quartier plus ou moins exacts qu'elle avait dessinés, descriptions du bâtiment qu'elle cherchait – tout cela issu de leurs conversations téléphoniques.

« Je ne pouvais pas te laisser toute seule, Mahnaz.

— Mais comment as-tu pu venir de Téhéran ? l'interrompit Naz. Je ne sais même pas comment tu as pu sortir de la maison sans que maman pète un câble.

— Qu'est-ce que tu veux dire par là ? »

Rojan secoua la tête.

« C'est grâce à maman que j'ai pu arriver jusqu'ici. Tu crois que j'ai assez de milliers de dollars planqués sous mon matelas d'étudiante pour m'acheter un billet pour les États-Unis ? »

Naz l'enveloppa du regard.

« Mais... »

Elle ne put finir.

« Le lendemain du jour où tu n'as plus eu de batterie, maman m'a donné tout ce qu'elle avait. Elle a vidé tous ses comptes en banque. Et elle m'a dit de partir à ta recherche. »

Naz tremblait comme une feuille.

« Elle… elle t'a aidée à venir en Amérique ? »

Elle ne cessait de tâter les bras de sa sœur, du haut en bas, des épaules aux poignets, fébrile, comme si, ce faisant, elle finirait par découvrir que Rojan n'était qu'une illusion. Ce qui n'était pas le cas. Rojan était là, à Boston, en danger de mort.

« En Amérique ? En Amérique, putain ? »

Naz hurlait, incapable de contrôler sa fureur.

« Elle ne m'a pas écoutée ? Elle sait ce qui se passe ici ? Pourquoi t'a-t-elle aidée à venir ici ? Pourquoi es-tu partie ?

— Il y a eu un cas à Téhéran », répondit Rojan d'une voix douce.

Les mots se gravèrent lentement dans son esprit, la plongeant dans un silence sidéré. *Il y a eu un cas à Téhéran. Il y a eu un cas à Téhéran.* Ils se réverbéraient sous son crâne, sans relâche. *Il y a eu un cas à Téhéran. Il y en a partout maintenant.*

Rojan baissa les yeux vers ses mains. Naz vacillait.

« Naz, c'est maman qui m'a forcée à partir. »

La grande sœur entendit ce que la petite sœur lui signifiait. *Parce qu'elle voulait que nous soyons réunies avant la fin.*

Elles restèrent assises dans le noir, sans rien dire. Naz s'empara de la main de Rojan et elles ne bougèrent pas pendant un long moment.

« On venait juste de l'apprendre… ce cas de sans-ombre, reprit enfin Rojan. L'aéroport n'était pas encore sens dessus dessous. J'ai pu arriver à Londres sans grande difficulté. Mais je ne m'attendais pas à ce qui s'est passé à Heathrow. Je suis restée coincée dans la zone des départs pendant presque deux mois. Il n'y avait pas un seul vol pour les États-Unis. Aucune compagnie ne voulait plus y aller. Je me suis nourrie aux distributeurs. Ils devaient être réapprovisionnés deux fois par jour : il y avait tellement de gens dans mon cas. J'ai fini par capter une conversation – quelqu'un disait qu'on pouvait peut-être encore partir de Suisse pour aller en Amérique, soit directement, soit en passant par un autre pays. J'ai réussi à embarquer pour Zurich une ou deux semaines plus tard, via Genève. À Zurich, j'ai vu que la destination la plus proche de Boston, c'était Providence, dans le Rhode Island, quelle que soit la compagnie. Bon, les panneaux disaient Boston, mais ils nous ont expliqué qu'ils atterriraient à Providence, parce que c'était plus sûr ; pour une raison que j'ignore, cette ville a été complètement désertée. Après Providence, c'était à nous de nous débrouiller. Le prix du billet... Je suis même incapable de te le dire. J'ai empilé les billets de maman sur le comptoir, devant la dame, jusqu'à ce qu'elle me file mon billet. Après quoi, quelqu'un a essayé de me braquer, mais les employés de l'aéroport lui ont cassé la figure. Je suis allée dans les toilettes et j'ai caché ce qui me restait dans mon soutien-gorge et ma petite culotte. Cela dit, je n'avais plus grand-chose.

— Et à Providence ? »

Rojan haussa les épaules.

« Mon voisin dans l'avion m'a dit que sa fille vivait à Boston. Je lui ai donné ce qui me restait pour qu'il m'embarque dans sa voiture de location. Enfin, la bagnole qu'il a trouvée sur le parking de l'agence et qu'il a fait démarrer en tripotant les fils. Nos chemins se sont séparés au barrage de l'autoroute, juste avant d'entrer en ville.

— Putain, dit Naz. Il aurait pu te tuer. Ou d'autres trucs.

— Euh, oui, reconnut Rojan. Je… j'ai un peu de mal à croire que j'y suis arrivée. Je ne savais pas comment faire autrement. »

Elles étaient assises l'une près de l'autre. L'une contre l'autre. Elles vidèrent le dernier sachet de cacahuètes de compagnie aérienne, survivant de la bonne douzaine dont l'hôtesse avait généreusement fait don à Rojan. La douleur grondait dans le ventre de Naz. Elle n'avait pas aussi bien mangé depuis des semaines.

« Et… Maintenant, on fait quoi ? » demanda-t-elle.

Elles décidèrent de partir pour New York. C'était la seule grande ville dont les chaînes d'infos n'aient pas parlé avant que Rojan quitte Téhéran. Ça avait un petit quelque chose d'ironique à leurs yeux, d'ailleurs – bien sûr, s'il y avait une ville qui devait tirer son épingle du jeu dans ce merdier, c'était New York.

« Tous les jours à New York, il se passe des choses bien plus bizarres que ça, plaisanta Rojan en tenant grand ouvert le sac de voyage, pendant que Naz y entassait le peu qu'elles pouvaient emporter du studio.

— C'est uniquement au ciné, ça », répondit Naz.

Et cependant cela lui avait donné de l'espoir. S'il restait un endroit aux États-Unis où les choses avaient encore du sens, c'était forcément New York.

Le fait est que même si tel n'était pas le cas, rien ne pouvait être pire que Boston.

« Tu devrais enlever tes colliers, ajouta-t-elle. Ils sont trop voyants.

— C'est ceux de maman, protesta Rojan. Je ne peux pas les laisser ici, quand même.

— Trouve de quoi les emballer et colle-les dans le sac. Il ne faut pas les porter. »

Rojan ôta les colliers et tendit la main vers un oreiller.

« À pied, on en a pour combien de temps à ton avis, Naz ?

— Si on ne traîne pas, dix jours, peut-être ? »

La petite sœur hocha la tête.

« Dieu soit loué, j'ai pris du savon. »

Sourire de Naz, qui n'eut pas le cœur de dire à sa sœur qu'elles ne s'arrêteraient jamais assez longtemps en chemin pour avoir le temps de faire sécher leur linge : inutile de penser aux lessives. Mais elles survivraient au périple, l'une et l'autre, avec quelques culottes et un seul soutien-gorge pour le trajet. Pour assurer leur sécurité une fois qu'elles ne seraient plus en ville, elle n'avait besoin que de son arc.

Reste qu'il fallait d'abord quitter Boston. Les barrages de la police et des militaires de l'état d'urgence encerclaient encore la ville. Toutes les artères étaient bloquées. Il n'y avait qu'une voie de passage que le gouvernement avait du mal à contrôler…

« Les fleuves et canaux. »

Rojan eut un grand sourire.

C'était la méthode qu'elle avait employée pour éviter les barrages et retrouver Naz, expliqua-t-elle.

Après avoir vu l'homme qui lui avait vendu une place dans sa voiture se faire refouler par des flics en tenue RoboCop et leurs énormes fusils, Rojan avait décidé de ne pas tenter le diable. Elle avait cherché – en vain – une voie d'accès qui ne soit pas bloquée. Tôt ou tard, elle retombait sur un barrage ou sur une patrouille dont les gyrophares rouges et bleus trouaient la nuit. Par pur hasard, elle se retrouva accroupie sous une barque retournée qu'elle avait trouvée à côté d'un tas d'ordures pour échapper à un groupe de policiers. Et c'est là que lui vint l'idée des voies d'eau.

« Je l'ai laissée sur la rive là où j'ai accosté. J'ai essayé de la cacher dans les buissons, dit-elle à sa sœur. Je vais te montrer, de là-haut. »

Lorsqu'elles furent prêtes à partir, elles montèrent sur le toit, une dernière fois. Rojan se dirigea vers la rambarde, et tendit le bras pour montrer la bonne direction. Dorchester Street n'était qu'à quelques rues de Old Harbor, qui devait être l'endroit où elle avait caché la barque. À une heure et demie du matin, précisément, elles coururent jusqu'au bout de la rue, aussi discrètement que possible dans la nuit d'encre. Ô miracle ! La petite embarcation à la coque métallique se trouvait toujours là, dissimulée sous les buissons. Elles la traînèrent sur les quelques mètres qui les séparaient du rivage. Là, Naz par accident posa le pied dans l'eau et gémit de douleur.

« Naz ! souffla Rojan, affolée.

— Putain, qu'est-ce que c'est froid ! se lamenta la grande sœur.

— Arrête ! J'ai cru qu'il t'était arrivé quelque chose.

— C'est bien le cas », répliqua Naz, qui s'en voulut aussitôt.

Rojan avait raison : elle aurait tout le temps d'avoir froid, dans cette affaire.

La petite sœur monta dans la barque, y déposa leur sac de voyage et son sac à dos, avant de tendre la main à Naz, qui portait son arc en bandoulière.

Elles relevèrent leurs manches et se mirent à ramer avec leurs mains, jusqu'à ne plus sentir leurs doigts – il n'y avait pas d'aviron. La barque dériva, plein sud. Et heurta quelque chose qui flottait dans les ténèbres. Un corps, commença par penser Naz – mais, Dieu soit loué, ce n'était qu'un gros bout de bois.

Lorsqu'elles trouvèrent un rivage qui leur semblait assez loin de la ville, elles s'extirpèrent de leur petit canot et se faufilèrent entre les carcasses à demi immergées d'autres bateaux, jusqu'à la route la plus proche.

Rojan déchiffra le panneau à voix basse.

« Heritage Drive. »

Elle se retourna vers sa sœur, impatiente : avaient-elles réussi à mettre à bonne distance Boston et ses barrages de police ?

« Ça devrait aller, je crois », marmonna la grande sœur, stupéfaite.

Elles avaient donc réussi à ramer jusqu'à Quincy ? *C'est à quelle distance de Boston, ça ? À la louche – neuf ou dix kilomètres ?*

« On va y aller lentement. »

Elle prit son arc en main, prête à tirer. Les rues étaient encore plus horriblement silencieuses que dans le quartier du studio.

Sur la façade arrière du bâtiment qu'elles dépassèrent, faiblement éclairé par la lumière tremblante de la veilleuse du toit, quelqu'un avait tagué quelques mots.

« "Celui Qui Rassemble" », lut Rojan dans un souffle.

L'expression donna le frisson à Naz. Rojan tendit la main pour effleurer les coulures. Sèches depuis bien longtemps.

« À ton avis, qu'est-ce que ça peut bien vouloir dire ? »

Naz secoua lentement la tête.

« Je n'en ai pas la moindre idée. »

Celui Qui Rassemble

Dans la suite des événements, il eut bien des noms. Celui Qui A Un Milieu Mais Pas De Commencement. Le Patient. ARI. Et le dernier, le plus important de tous – Celui Qui Rassemble.

Lorsqu'il fut assez guéri pour marcher seul, il fut transféré de l'hôpital à une clinique de suite de soins, pour y entamer une thérapie sous la direction d'un spécialiste, le docteur Zadeh. Tout cela datait de quelques années déjà, trois mois environ avant ce jour fatal de mai au cours duquel Hemu Joshi avait perdu son ombre, premier à subir ce sort. À La Nouvelle-Orléans, où l'homme vivait, c'était le début du printemps. Le soleil se levait tard encore et se couchait tôt dans l'air doux et sec de Louisiane. Le docteur Zadeh était venu lui rendre visite dès le premier jour – dès que les chirurgiens lui avaient annoncé le réveil de son nouveau patient aux soins intensifs.

Ces moments-là n'avaient été que confusion. Vide, effroi. Impossible de lever la tête. Impossible de parler. Les infirmières étaient si pressées qu'aucune ne comprit qu'il avait peut-être envie de savoir ce qui se passait – quant à prendre le temps de le lui expliquer... Et puis le docteur Zadeh était entré d'un pas ferme, avec son impeccable blouse blanche, son stylo à la main, son bloc-notes débordant de paperasses dans lesquelles se trouvaient certainement des tas de réponses. Et le docteur Zadeh l'avait considéré sans ciller. Sans examiner les constantes. Ni la cicatrice à la Frankenstein qui lui fendait le crâne. Non, le docteur Zadeh l'avait regardé, lui. L'homme en eut le frisson. Avant cet instant, il n'était pas complètement sûr d'être encore en vie.

« Je suis le docteur Zadeh », dit le médecin.

Sa diction était lente, distincte.

« Pour l'heure, vous vous trouvez au Ochsner Baptist Medical Center de La Nouvelle-Orléans. Victime d'un accident de voiture, vous avez subi de nombreuses plaies et fractures, dont certaines graves. Vous êtes resté une semaine dans le coma mais êtes désormais tiré d'affaire. Fermez une fois les yeux si vous m'avez compris. »

« *Vvvvh* », essaya de répondre l'homme.

Son esprit était impuissant à mouvoir sa langue.

Il finit par renoncer à la parole et cligna des paupières, une fois. Curieux : il avait la sensation de n'avoir cligné que d'un œil.

« Bien, reprit le docteur Zadeh avec un tel enthousiasme que l'homme eut l'impression d'avoir accompli quelque exploit surhumain. Je vais vous poser quelques questions pour mieux comprendre les progrès que vous faites. Après quoi je serai en mesure de vous donner de plus amples informations sur votre état. Chaque fois, je vous demanderai de fermer une fois les yeux pour dire oui, deux fois pour dire non. Nous sommes d'accord ? »

L'homme cligna des paupières une fois.

« Bien. Première question : souffrez-vous ? »

Il regarda le plafond. Qui s'assombrit lentement, puis réapparut dans la lumière, cela deux fois de suite pour dire non. *Clic/clac, clic/clac.* Les médicaments faisaient de l'effet. Tellement d'effet qu'il avait presque envie d'avoir mal, ne serait-ce que pour savoir qu'il était bien là, tout entier, sur ce lit.

« C'est parfait, parfait. Si vous ressentez la moindre douleur pendant notre entretien, je vous demande de cligner très rapidement des paupières, sans vous arrêter, jusqu'à ce que je le remarque. Je serai immédiatement en mesure d'adapter les doses que vous recevez par le biais de votre intraveineuse. Et j'irai chercher le médecin de garde. »

L'homme cligna de l'œil une fois. Compris. Le docteur Zadeh inspira lentement, pensif. L'homme attendit, curieux. Il n'arrivait pas à réfléchir à ce que ce médecin pouvait lui demander. Il n'arrivait pas non plus à bouger, ni à sentir, ni même à vraiment penser. Il lui semblait n'être capable que d'exister, sans plus.

« Vous souvenez-vous de votre nom ? » demanda le docteur Zadeh.

Ça alors, songea l'homme. *C'est curieux.*

« Je vous rappelle que vous devez me donner votre réponse en clignant, fit le docteur non sans douceur. Vous souvenez-vous de votre nom ? »

Clic/clac, clic/clac.

« Merci, répondit le docteur Zadeh d'un ton

professionnel, neutre. Question suivante : vous souvenez-vous du lieu où vous vous rendiez lorsque vous avez eu cet accident ? »

L'homme considéra les murs, puis le plafond. Ses paupières se fermèrent deux fois.

« Merci. Vous rappelez-vous le nom de la ville où vous avez passé votre enfance ? »

Clic/clac, clic/clac.

« Merci. Vous rappelez-vous le nom de vos écoles ? »

Il n'avait pas su qu'il existait des choses qui s'appelaient écoles, villes, avant que le docteur Zadeh lui pose ces questions. Mais dès qu'il entendit ces mots – ville, école –, les noms de cent écoles ou cent villes lui revinrent – mais rien sur lui-même. Sauf qu'il avait des paupières. *Clic/clac, clic/clac.* Il attendit la question suivante. *Clic/clac, clic/clac.* Puis celle d'après. *Clic/clac, clic/clac.* Peu à peu le plafond devint brûlant, puis se brouilla, liquide.

Lorsqu'il fut suffisamment remis pour se servir sans difficulté de sa langue, l'homme reçut de plus amples informations sur son accident. Il pleuvait : le véhicule qui venait en sens inverse avait dérivé sous l'effet de l'aquaplaning. L'homme avait donc donné un coup de volant pour éviter la collision de plein fouet ; son propre véhicule avait heurté le flanc de la colline. L'averse était si forte que l'autre conducteur ne l'avait pas réellement vu disparaître : c'est ce qu'expliquait le rapport de police. La voiture de l'homme n'était plus sur la chaussée obscure, se dirigeant tranquillement vers sa destination. Ce fut un autre conducteur qui remarqua les phares, deux étoiles dans les ténèbres

– trop proches de la terre, pourtant, pour se trouver au ciel. Le blessé portait sa ceinture de sécurité – mais elle n'avait pas pleinement joué son rôle. La tête de l'homme avait heurté le pare-brise à deux reprises : fracture du crâne, fracture d'une de ses orbites. Sous le pansement qui recouvrait la moitié gauche de son visage, il n'y avait plus d'œil, lui dit-on avant de procéder au retrait du pansement. Après le choc, plus rien à sauver. L'homme écouta tout cela, attendant que lui revienne à l'esprit quelque fragment de cet effroyable accident. En vain.

Le docteur Zadeh passa une semaine entière à l'examiner. Scans du cerveau, questionnements sans fin, nouveaux scans. Un jour, il entra dans la chambre sans son bloc-notes coutumier et s'installa sur le bord du lit blanc du patient. Amnésie rétroactive intégrale à compter du moment de l'impact, expliqua d'une voix douce le médecin. L'homme était né à quarante-deux ans. Homme sans commencement, mais pourvu d'un milieu.

La plupart des patients de la clinique étaient des malades d'Alzheimer. Le docteur fit en sorte de lui obtenir une chambre. Le docteur Zadeh était l'un des meilleurs neurologues du pays : c'est ce qu'un des patients confia à l'homme pendant une partie de bingo. L'hôpital finançait la clinique du docteur Zadeh et se remboursait sur ses recherches. L'homme devint son patient-vedette.

Tous les matins, le docteur le soumettait à une nouvelle expérience ou le regardait exécuter un exercice appris la veille pendant la séance de rééducation d'après-midi. L'homme avait acquis un certain talent en matière de récitation, détaillant sa biographie à partir des petites fiches qu'il avait rédigées. Mais à quoi bon ? Les informations étaient rabâchées, absurdes : elles auraient pu aussi bien se rapporter à un parfait étranger. Il n'avait aucune envie de savoir qu'il avait pratiqué la voile au lycée. Ce qu'il voulait, c'était se brûler les mains sur les écoutes, respirer l'air âcre du large. Savoir s'il avait aimé ou haï ces virées en mer.

Il aurait dû s'y cramponner : et pourtant, il en vint à mépriser le nom inscrit sur son permis de conduire. Ce n'était pas lui, mais quelqu'un d'autre qu'il ne pourrait jamais ni connaître ni tout à fait oublier.

Les autres patients n'y étaient pas insensibles. D'infimes parties de leur esprit compatissaient. Ils n'utilisèrent plus ce nom bientôt mais l'appelèrent *le nouveau. Le jeune. Le gars de l'accident.* Et surtout – car ce n'était pas la maladie qui lui avait volé son passé, mais le choc contre un pare-brise, *l'amnésique.* L'homme, l'amnésique, leur en était si reconnaissant.

Le troisième jour de la première semaine, Tilly – qui, à cent trois ans, pouvait s'enorgueillir du titre révéré de patiente la plus âgée de la clinique – lui adressa un grand sourire en passant devant lui dans son fauteuil que poussait son infirmière.

« Vous avez de la visite aujourd'hui, Hennykins, fredonna-t-elle.

— Ce n'est pas votre Hennykins », la reprit gentiment l'infirmière.

Hennykins était le surnom qu'elle avait donné à

la naissance à son plus jeune fils, Henry, dont elle se souvenait parfois.

« Mais bien sûr que c'est lui. »

Elle lança un regard à l'infirmière.

« Et vous, d'ailleurs, qui êtes-vous ?

— Elle a raison, cela dit, intervint le docteur Zadeh, qui venait de surgir derrière l'amnésique. Vous avez de la visite. »

De la visite ? Quelqu'un était donc venu le voir ? L'amnésique en perdit momentanément la parole. Sensation immatérielle, vertigineuse. Il y avait sous ce toit quelqu'un qui l'avait connu *avant*.

Comme il ne savait pas dans quelle direction se rendre, il se mit à marcher en rond, jusqu'à ce que le docteur le conduise en hâte dans un des salons.

« Restez calme, conseilla-t-il gentiment au patient. Si vous avez besoin de quoi que ce soit, je suis juste à côté, d'accord ? »

Dans le salon l'attendait une femme d'âge mûr, cheveux blonds mi-longs. Elle se leva d'un mouvement raide et vif lorsqu'il referma la porte derrière lui. Ils s'examinèrent pendant un moment. L'amnésique attendait que naisse en lui la sensation qu'on lui avait décrite sous le nom de « familiarité » – une onde, une vague de chaleur, un picotement, une décharge électrique. Rien.

« Mon Dieu », s'exclama la femme en plaquant sa main sur ses lèvres.

Oh, mon œil, comprit l'homme. Sans doute l'avait-elle connu à l'époque où il avait les deux.

« Bonjour, finit-il par répondre.

— Comment te sens-tu ? » demanda-t-elle.

Elle marqua un léger temps d'arrêt avant de se rasseoir dans le canapé. Elle avait dû se demander si elle pouvait le serrer dans ses bras, en déduisit l'amnésique. Cela et le tutoiement : ils devaient se connaître assez bien, par conséquent.

« Mais très bien, merci », répondit-il.

Il se dirigea vers un fauteuil situé face au canapé. La suite lui vint automatiquement, plus comme une longue mélodie que comme une suite de mots distincts – il l'avait si souvent répétée !

« Je suis certain que le docteur Zadeh vous l'a expliqué, mais il se trouve que je souffre de séquelles neurologiques consécutives à l'accident. Auriez-vous la bonté de m'apprendre votre nom et la nature de notre relation ?

— Euh. Bien sûr. »

La femme se tortillait sur le canapé, mal à l'aise. Elle se lissa les cheveux derrière l'oreille. Elle n'était pas jolie, décida l'amnésique. Ce n'était pas le terme qu'il aurait utilisé.

« Je m'appelle Charlotte. Nous étions ensemble à la fac.

— Ah, oui. J'ai un master en histoire », récita-t-il.

Il la considéra en silence pendant un long moment. Il y avait dans la réponse de la femme quelque chose d'étrangement incomplet. Elle n'avait pas menti : mais elle n'avait pas tout dit. Les petites fiches lui avaient appris qu'il n'avait pas de sœur.

« Vous aussi, vous étiez en histoire ?

— Non, en anthropologie. »

Elle sourit.

« Très vendeur.

— Vous êtes devenue anthropologue ? »

Charlotte eut un rire.

« Non, je travaille dans le marketing. Dans le stockage de données. »

Elle décroisa les jambes pour les recroiser dans l'autre sens.

« Et toi – vous –, tu n'as pas fait carrière en histoire, annonça-t-elle.

— Non. »

L'amnésique hocha la tête.

« Je me suis orienté vers le droit. »

C'est ce que disaient les fiches.

« Oui, je sais », fit-elle, tout sourires.

L'amnésique en fut tout excité.

« Et j'aimais ça ? Comment j'étais, en droit ?

— Il y a peu d'étudiants qui apprécient la fac de droit, répondit-elle, lèvres pincées. Il y a tellement de révisions, tellement de concurrence. Mais tu appréciais ton boulot. Tu en as toujours parlé avec passion.

— Je suis content », dit-il.

C'était une bonne chose, ça. Il était heureux d'avoir apprécié son métier. Charlotte se passa de nouveau les cheveux derrière l'oreille puis joignit les mains. Oui, c'était le mot juste. *Ancrée*. Il venait de trouver le mot juste. Et dans son esprit, c'était un compliment. Lui, il se sentait tournoyer dans le monde, sans attaches, gîtant éternellement. Charlotte, non. Le monde tournait autour d'elle. Il le ressentait profondément. Elle ne bronchait pas. Elle était le point le plus stable qu'il ait trouvé jusqu'ici.

« Je suis navrée de ne pas être venue plus tôt, bredouilla-t-elle soudain. Avant cela, je n'avais… Je ne savais pas que tu avais eu un accident. Le docteur Zadeh ne m'a prévenue que la semaine dernière. Il leur a fallu un certain temps avant de tout reconstituer ; ils n'avaient que ton permis de conduire pour savoir qui tu étais, qui contacter parmi les gens que tu connaissais.

— Ce n'est pas grave », dit-il.

Il ne mentait pas. Oubliée, elle ne lui avait pas manqué.

Charlotte fit de son mieux pour ne pas se tortiller. Elle essayait de le regarder en face sans pour autant le dévisager.

« Vous… tu peux me demander ce que tu veux, dit l'amnésique. Ça m'est égal.

— Tu ne te souviens donc de rien ? Rien de ce que tu as vécu avant de reprendre connaissance à l'hôpital ? »

Il secoua la tête.

« La première chose dont je me souviens, c'est de l'infirmière que j'ai vue quand j'ai ouvert les yeux. Elle était penchée sur moi et elle essayait de rajuster la poche de l'intraveineuse.

— Mais tu te souvenais de ce qu'était une intraveineuse.

— Oui.

— Et tu n'avais pas oublié ta langue.

— Effectivement.

— Tu pouvais encore marcher ? T'habiller, manger ?

— Au début, j'étais en trop mauvais état pour cela. Mais quand mes blessures se sont guéries, oui, en effet. »

Charlotte se carra contre le dossier du canapé.

« Bon, murmura-t-elle pour elle-même, perplexe. Bon. »

Aucun des deux n'avait touché aux petits gâteaux qu'un employé de la clinique avait disposés sur la table basse. L'amnésique eut l'impression que Charlotte allait pleurer.

Il comprit alors ce qu'elle attendait. Et la raison pour laquelle ses réponses, quoique sincères, étaient incomplètes. La réponse était non. Non, elle aurait beau rester toute la journée assise devant lui, il ne se souviendrait pas spontanément d'elle.

Le docteur Zadeh fit soudain son entrée dans un tourbillon de coton empesé et de paperasse. Lorsqu'il lui venait une nouvelle idée d'expérience à tenter avec son amnésique, il se mettait toujours dans cet état – excitation intense, vélocité redoublée. Il semblait avoir oublié la visite, voire la présence de Charlotte.

« Désolé de vous interrompre », parvint-il à articuler tout en récupérant la télécommande de la télévision assoupie dans un coin du salon.

L'écran s'alluma ; le docteur regarda l'amnésique. Des couleurs vives sur l'écran, un festival. Au beau milieu, un homme. Un homme qui n'avait pas d'ombre dans son sillage.

« Regardez. C'est incroyable. »

L'amnésique se carra dans le fauteuil et posa les bras sur les accoudoirs. Le siège était étroit, inconfortable.

« C'est la première fois que je prends l'avion ?

— Non, je suis sûr que vous l'avez pris des dizaines de fois », répondit le docteur Zadeh en bouclant sa ceinture.

L'amnésique hocha la tête, pensif. L'interminable vrombissement qui faisait vibrer la cabine lui donnait l'impression d'être de nouveau à l'hôpital, relié à quelque machine. Au bout d'un moment, il n'y penserait plus, lui avait garanti le docteur Zadeh.

« Et suis-je déjà allé en Inde ?

— Ah, ça, non. Lorsque j'ai fait votre demande de visa touristique, le consulat n'a pas retrouvé de dossier à votre nom. »

L'amnésique opina du chef.

« Bien.

— C'est-à-dire ?

— Ça va être ma première expérience de quelque chose que je n'ai jamais fait, expliqua l'amnésique en souriant. Mon premier vrai souvenir. »

Le vol fut long. Pas autant cependant que les jours passés prisonnier d'un corps en miettes sur un lit d'hôpital. L'amnésique se carra confortablement sur son siège. Si ça durait moins de trois semaines, aucun problème, se figura-t-il. L'avion traversait les cieux. L'amnésique patientait.

On lui apporta un plateau-repas. La nourriture ne ressemblait pas à celle de la clinique. Il n'avait jamais rien vu de tel. Ou si, peut-être. Il se dit qu'il poserait la question à Charlotte lors de sa prochaine visite. Elle savait peut-être.

« Agneau vindaloo, dit le docteur Zadeh avec un geste de la fourchette. C'est vraiment bon.

— C'est vrai. C'est un plat indien ?

— Pas du tout, fit le docteur avec un grand sourire. C'est la version compagnie aérienne d'un plat indien. »

Une heure plus tard, il avait vidé le gobelet de thé qu'on lui avait servi. Étrange chose tout de même que l'amnésie rétroactive. Il savait ce que voulait dire le mot « thé », ce qu'était l'Inde. Il connaissait les noms de toutes choses et leurs diverses significations. Il savait qu'à Pune, les gens parlaient anglais – et d'autres langues locales – car les cours en Inde étaient dispensés en anglais. Lorsqu'il avait appris que Hemu Joshi jouait au cricket, il se rendit compte qu'il savait ce qu'était le cricket ; il avait une vague idée des règles du jeu, il savait même à quoi ressemblait la balle. Mais, même avec un pistolet sur la tempe, il aurait été incapable de dire s'il avait déjà vu une balle de ses yeux. De son œil.

Il se demanda si Hemu Joshi avait le même genre d'impression. La perspective de la rencontre avec Joshi lui donnait des frissons d'impatience. Enfin quelqu'un qui comprendrait quel effet cela faisait d'être dans sa peau. Ou pas dans sa peau, justement. Pourvu que ça marche. Pourvu que l'un des deux puisse apprendre quelque chose à l'autre et résoudre l'énigme.

Il se retourna vers le docteur Zadeh, mais ce dernier s'était endormi en consultant pour la énième fois le dossier de l'amnésique. Dossier qui était resté ouvert sur la tablette du siège. L'amnésique le fit glisser vers la sienne.

Il relut le rapport de police sur son accident, les

témoignages de l'équipe de secours. Une collection de formes ovales et bariolées emplissait toute une page. *Mon cerveau*, songea-t-il. Pourtant, elles étaient toutes si vives. Il ne savait pas laquelle de ces couleurs décrivait la destruction de ses souvenirs. Le dossier contenait aussi la liste de ses visiteurs. Des éléments de base sur Charlotte. Son nom, son numéro de téléphone, la nature de sa relation avec le patient. Ex-femme.

Un autre fait à ajouter à ses fiches. Il avait été marié jadis. L'information lui sembla n'avoir aucun sens pendant un moment. Puis ce ne fut plus le cas.

« Charlotte », prononça-t-il.

Il s'attendait à ce que le nom sonne autrement désormais. Erreur.

Le docteur Zadeh bougea dans son sommeil. Ses paupières se soulevèrent. Il considéra l'amnésique d'un regard endormi. Puis le dossier sur la tablette. Tous les traits de son visage retrouvèrent leur acuité, leur conscience.

L'amnésique tendit l'index vers le dossier.

« Mon ex-femme, dit-il, avant de déglutir. Quelle cruauté de votre part. Quelle cruauté. »

Le docteur baissa les yeux.

« Désolé. J'aurais préféré que vous l'appreniez d'une autre manière. »

Piètre excuse.

« Que je l'apprenne d'une autre façon ? Comment avez-vous pu me faire un coup pareil ? Comment avez-vous pu me dissimuler cette information ?

— J'étais à mille lieues de penser qu'elle ne vous le dirait pas elle-même. Et comme elle ne l'avait pas fait, je… je n'ai pas voulu trahir sa confiance sans lui en toucher un mot.

— Sa confiance, rétorqua l'amnésique. Et la mienne, alors ? Je suis votre patient, oui ou non ? C'est moi que vous êtes censé aider. C'est moi qui ai oublié qui je suis. Même vous, vous en savez plus que moi sur mon compte.

— Je…

— Ne le niez pas. Vous saviez qui elle était ! Vous voulez que je guérisse ? Mais alors pourquoi me dire certaines choses et pas d'autres ? Vous ne seriez pas en train de me… de me mettre sous tutelle ? C'est la seule chose que vous m'avez cachée ?

— Non, je…

— Taisez-vous ! Je ne veux plus vous entendre !

— Monsieur ! s'écria l'hôtesse.

— Non, je vous en prie, ça va aller, dit le docteur Zadeh. Nous maîtrisons la situation. Nous sommes le cas médical que signale votre liste de passagers. Nous sommes invités par le Premier ministre du gouvernement indien. »

L'hôtesse plissa les paupières. Le docteur Zadeh lui avait tendu son passeport, pour qu'elle puisse vérifier son identité. Elle s'éloigna après lui avoir adressé un simple signe de la tête, en guise d'avertissement, sans même regarder ses papiers. Elle les avait déjà repérés, comprit l'amnésique. Il était le seul au monde à ne pas savoir qui il était.

Il inspira rapidement, histoire de se remettre à houspiller le docteur Zadeh, une fois que l'hôtesse se serait suffisamment éloignée. Puis, ayant pivoté sur son siège, il aperçut par le hublot un bout du ciel.

Le bleu pur, le blanc. Les nuages étaient si épais, si rebondis qu'ils dissimulaient la terre. Au-dessus d'eux, le vide ; au-dessous, un brouillard argenté et sans fin.

Il pressa le front sur le verre frais du hublot.

« Assez de... »

Il ne finit pas sa phrase. Les nuages fuyaient sous ses yeux. Eux non plus ne se souvenaient de rien. Ils voguaient, ils pleuvaient. Comment avait-il pu oublier leur beauté ne serait-ce qu'une seconde ? Ça, ça lui faisait mal, plus que tout le reste. Comment pouvait-on oublier ces splendeurs ?

« Je n'arrive pas à regarder les nuages et à avoir des pensées lucides en même temps.

— J'en suis désolé », murmura de nouveau le docteur.

L'avion piqua tranquillement du nez sur une nappe de courants chauds – un doux creux qui s'éternisa. Puis ils reprirent de l'altitude. Le docteur avait raison, constata l'amnésique. Il n'entendait presque plus le vrombissement des moteurs.

« Docteur Zadeh, souffla-t-il.

— Oui ?

— Est-ce que j'ai des enfants ?

— Non », fit le docteur, visiblement vexé.

L'amnésique le dévisagea.

« Non, je vous le jure. Non. »

Dans les premiers mois de cette période à l'Elk Cliffs Resort, les jours se confondaient. On avait beau être à la montagne, la chaleur était oppressante – il faisait humide et lourd, comme dans un bayou. Tu t'en souviens, Ory ? Ça n'était guère mieux la nuit. Comme si le vent avait disparu en même temps que les ombres. L'air était immobile, épais sous les arbres, l'herbe sous nous si chaude que je supportais mal le contact de ton corps quand nous dormions – et pourtant, j'avais tant besoin du réconfort de tes bras, de la solidité de ta chair. Je me suis mise à rêver de climatisation – des hallucinations plus vraies que nature qui me donnaient la chair de poule.

Les bons jours, ça ressemblait presque à des vacances sous la tente. On dormait à la belle étoile, en se servant de couvertures pour faire des sortes de dais. On s'était tous dit que ce n'était qu'un arrangement provisoire, dû à la chaleur, mais au bout d'un moment, pas un seul d'entre nous ne serait revenu dormir à l'intérieur, même s'il avait gelé dans la nuit. C'est, je pense, parce que nous étions tous à l'intérieur quand nous avons pris conscience que nous n'étions plus hors de danger. Le fait de rester entre les murs à la nuit ne nous le rappelait que trop violemment. C'était comme si l'hôtel lui-même se souvenait.

Au bout d'un mois, les choses ont commencé à changer. Les gens partaient. Trois invités sont partis dans la nuit, sans faire de bruit, trop lâches pour prendre congé des autres en bonne et due forme. Une quatrième – Libby, une amie de Paul – s'est mise à sangloter comme une perdue devant le feu de camp en essayant de nous expliquer la raison pour laquelle elle devait partir. Elle et Paul avaient fait partie de l'équipe de natation de leur lycée – c'est ce que tu m'as expliqué plus tard. Paul l'a accompagnée jusqu'à la route, en bas de notre montagne. Il est revenu en pleurs. Ce soir-là, autour du feu, j'ai entendu des conversations à voix basse où il était également question de départ. Y avait-il un bon moment ? Ou était-ce trop tôt, trop tard ? Habitaient-ils assez près pour que le voyage ne soit pas trop risqué ? Je t'ai vu à travers les flammes qui tendais l'oreille, toi aussi. Ta famille et celle de Paul se trouvaient encore à Portland, où vous aviez grandi, tous les deux. La mienne vivait dans le Maryland. Y aller ne tenait pas complètement du suicide. Avant de ne plus pouvoir capter aucune chaîne, nous avions vu des images de Baltimore. S'il restait du monde là-bas, les miens étaient peut-être du nombre. On pourrait peut-être y arriver.

Mais comment te convaincre ? J'ai attendu le bon moment pendant des semaines. Tu n'étais pas prêt à m'entendre. J'avais l'impression de n'avoir qu'une seule chance. Que je la gâche et nous étions condamnés à Elk Cliffs.

« La deuxième expédition n'est jamais revenue », a fait remarquer le rabbin Levenson quand Paul et Imanuel ont voulu en reconstituer une.

La deuxième équipe était partie une semaine après que nous avions perdu notre alimentation électrique. Après quoi, les débats avaient été vifs sur cette question d'une troisième tentative. On avait peur d'envoyer les derniers survivants de la catastrophe à une mort certaine. Ou pire, d'attirer sur notre refuge secret l'attention d'individus dangereux, indemnes ou sans-ombre. En fin de compte, il a bien fallu prendre des risques. Nous n'avions plus aucun moyen de savoir ce qui se passait dans la plaine. Ni télé, ni réseau téléphonique, ni Internet, ni radio. Rhino, encore lui, avait pris le commandement du deuxième groupe avec l'un de nos fusils. Et personne n'était revenu.

« Mais que peut-on faire d'autre, rabbin ? » a objecté une voix.

Le rabbin s'est entêté.

« Nous n'avons pas la moindre idée de ce qui se passe dans le reste du pays. Nous ne pouvons pas risquer des vies. Un tel sacrifice, ce n'est pas juste.

— Nous n'accepterons que des volontaires, comme la première fois.

— C'est trop dangereux. Nous n'avons plus que nos vies.

— Alors, rabbin, pour vous, on doit rester coincés ici jusqu'à la fin de nos jours ? »

Il y avait une pointe de menace dans la voix de Paul. Dire que quelques semaines plus tôt, il s'était présenté en tremblant devant le vieil homme, au bras d'Imanuel, le sourire aux lèvres, les joues striées de larmes de joie. Le voir toiser le rabbin maintenant, l'œil injecté de sang – c'était un choc. Certains ont essayé de le calmer ; d'autres criaient plus fort, exigeant eux aussi la formation de cette troisième équipe.

« Il faut qu'on sache ce qui se passe ailleurs !

— C'est trop dangereux !

— Si on reste ici, on finira par crever !

— Et d'ailleurs, qu'est-ce qu'on attend ?

— Mais le dernier groupe n'est pas revenu !

— Bon, j'y retourne », a dit Marion.

Personne n'a pipé mot. J'ai baissé les yeux avant qu'elle me cherche du regard. Moi, je n'avais pas le courage de repartir. Le feu s'est emparé en sifflant d'une branche de pin. Le silence est revenu.

« J'en suis aussi », a déclaré Jae-suk en se levant.

De l'autre côté du feu, Lauren et Pierce l'ont imité.

II

Ils sont revenus une semaine plus tard, tous les quatre. Je n'en ai pas cru mes oreilles quand on me l'a dit : je me suis précipitée sur la pelouse et je les ai vus qui surgissaient du chemin, par-dessus le joli muret de pierre de l'hôtel. Paul, Imanuel et toi, vous étiez déjà partis à leur rencontre. Vous leur fourriez des verres d'eau de rivière bouillie dans les mains. La femme de Jae-suk le serrait contre elle en pleurant des larmes de joie.

« Vous avez retrouvé des traces du deuxième groupe ? leur ai-je demandé une fois les retrouvailles finies.

— Une fois sortis de la montagne – non, rien, a répondu Jae-suk en secouant la tête.

— Mais on a rapporté des trousses de secours qu'on a trouvées dans un magasin abandonné, a annoncé Marion. Et un manteau. Nous avons trouvé un manteau. Pour plus tard, sans doute. »

Elle tenait son bras droit replié contre sa poitrine, comme s'il était fracturé ou foulé.

J'ai ôté ta chemise, que je portais sur mon tee-shirt pour me protéger du soleil, et je l'ai roulée autour de son bras, minutieusement, en guise d'attelle.

« Il faut qu'Imanuel y jette un œil », lui ai-je dit.

Imanuel était obstétricien – le seul d'entre nous à pouvoir vaguement servir d'infirmier.

« Tu confonds bras et bébé », a dit Marion, hilare.

Et on a tous éclaté de rire. Quelle bonne blague. Nous étions tellement heureux qu'ils soient revenus.

Ils n'avaient pas grand-chose de plus à raconter. Ils avaient marché jusqu'au centre-ville d'Arlington. Là, ils avaient fouillé toutes les maisons, toutes les boutiques, à la recherche de survivants. D'abord avec prudence, puis avec frénésie – puis cédant au désespoir. Bâtiments soit incendiés, soit dévastés, carreaux brisés, portes enfoncées. S'il restait des indemnes en ville, ils avaient trop peur pour se montrer. Il avait fallu plus de temps que prévu aux éclaireurs pour trouver le chemin du retour. Ils s'étaient perdus à plusieurs reprises car, étrangement, de nouvelles rues étaient apparues. À cette époque, aucun d'entre nous n'a compris la raison de ce phénomène.

II

Autour des braises du feu que nous n'avions pas encore ranimé pour la soirée, deux camps sont apparus, ce jour-là. Une moitié d'entre nous estimait la chose prématurée – les risques étaient trop grands. L'autre moitié considérait que le pire de la crise se trouvait derrière nous. Il fallait partir, maintenant ou jamais. La sueur me dégoulinait jusqu'aux reins, trempant la taille de mon pantalon. Je t'ai regardé qui scrutais les autres, qui cherchais à te décider. Partir ? Rester ? De même, j'ai épié Imanuel. Ta famille et celle de Paul habitaient trop loin. Mais Imanuel était un natif de Philadelphie – et Baltimore se trouvait sur le chemin. Nous quatre, au moins jusqu'au Maryland : on ne pouvait rêver mieux. Je voyais bien comment Imanuel considérait ceux qui avaient opté pour le départ, ces derniers temps. Il brûlait de quitter l'hôtel, tout comme moi.

Je devrais peut-être leur en parler, à Paul et à lui. À trois, nous pourrions peut-être te convaincre de partir.

Et c'est alors qu'un hurlement a retenti.

II

Je suis restée dehors. Paul, Imanuel, le rabbin Levenson, Gabe et toi, vous discutiez à voix basse dans la salle de bal. Vous m'aviez demandé de me joindre à vous, mais j'ai refusé. J'étais dehors et je regardais les ténèbres, j'écoutais les craquements des arbres qui bougeaient dans le vent. Pour une fois, je n'avais plus cette sensation de sauna nocturne. Je n'avais plus vraiment de sensations, d'ailleurs.

« Qu'est-ce qu'on va faire ? » t'ai-je entendu demander, de l'autre côté de la porte-fenêtre.

Marion avait perdu son ombre.

II

Les autres éclaireurs étaient indemnes, jusqu'ici. Mais les invités avaient trop peur pour prendre des risques. Ces gens avaient côtoyé Marion. Jae-suk a été bouclé dans la chambre 382, avec Ye-eun, sa femme, qui ne voulait pas le quitter. Pierce et Lauren se sont retrouvés respectivement dans la 390 et la 392 – il a fallu les mettre en joue. Marion est allée d'elle-même dans la 300.

« Marion », ai-je articulé juste avant que Gabe, un tee-shirt sur la bouche, ne claque la porte de la 300 avant de la fermer à clef.

Le regard de Marion a croisé le mien pendant quelques secondes. Il y avait quelque chose de terrifiant dans ces yeux, un désir féroce, désespéré, de se cramponner à ce nom. Marion.

Et je l'ai répété contre le battant de la porte, au bois silencieux et lisse.

Ory, je ne t'ai jamais raconté ce que j'ai fait pendant ces trois interminables journées, pendant que les gens du camp débattaient de la marche à suivre. Je n'avais rien à te cacher, mais tu te serais persuadé que j'avais été « contaminée » et tu aurais eu peur d'en parler à qui que ce soit, parce que tu n'aurais jamais eu la force de me condamner au même sort que Marion. Voilà : je ne voulais pas que tu t'inquiètes.

« Comment t'appelles-tu ? ai-je demandé à voix basse, contre la porte.

— Marion », a-t-elle répondu d'une voix étouffée.

Je l'imaginais assise dans la même position que moi.

« Où es-tu ?

— Dans la suite nuptiale, je crois. »

Ça m'a fait rire, en dépit de la gravité de la situation. Un rire qui avait tout du hoquet.

« Jusqu'ici tout va bien, a-t-elle ajouté au bout d'un moment. Mais ça ne fait qu'une journée.

— Une journée et une nuit.

— Et les autres ? Ils vont comment ? » a-t-elle demandé d'une voix hésitante.

Je me suis mordu les lèvres.

« Max.

— Je ne sais pas, ai-je dû avouer. Je ne suis pas allée voir. Leurs chambres sont trop proches les unes des autres. On repère plus facilement les gens.

— C'est surveillé ?

— En quelque sorte. Gabe mène la garde devant la porte d'entrée. Je passe toujours par l'arrière, par le salon. Comme personne n'a vraiment envie de s'approcher, on fait ce qu'on veut à l'intérieur. Plus ou moins. »

Je l'imaginais qui réfléchissait, de l'autre côté de la porte. Qui se demandait pourquoi je me tenais à vingt centimètres d'elle, dans ce cas-là.

« Donc, tu ne sais pas si… tu ne sais pas s'ils ont encore leur ombre. »

C'était une question et un souhait, dans sa bouche.

Je suis repartie et je t'ai retrouvé, assez rapidement

pour que tu ne remarques pas mon absence. Je suis remontée devant sa porte après dîner : je t'ai dit que j'allais donner un coup de main à l'équipe de cuisine, pour la vaisselle, qu'on faisait à la rivière.

Ory, il y a dans l'existence des événements horribles qui vous font perdre votre humanité. Par exemple, attendre que quelqu'un aplatisse de la nourriture pour vous la passer sous une porte, et vous mettre à quatre pattes pour la manger à même la moquette, en léchant cette surface sur laquelle tout le monde a marché.

« Je ne sais pas comment te faire passer de l'eau, ai-je dit à Marion, impuissante.

— Ne t'en fais pas, a-t-elle murmuré au bout d'un long moment. Il y en avait un peu… dans les toilettes. »

J'ai fermé les yeux, morte de honte. Elle avait dû boire dans la cuvette. Nous sommes restées sans rien dire pendant ce qui m'a semblé une éternité.

« Comment t'appelles-tu ? ai-je fini par lui demander.

— Je n'ai pas oublié, Max. »

Elle a bougé derrière la porte. Je l'ai entendue qui essayait de déglutir – elle y arrivait à peine, sa gorge était si sèche.

« C'est quoi, leur idée ? Nous faire crever de faim ou de soif !

— Je ne sais pas, ai-je répondu. Je pense qu'ils n'ont qu'une trouille, c'est qu'en vous ouvrant, vous sortiez en courant et… vous jetiez sur eux, pour les toucher ou je ne sais quoi. Ils ont peur que vous ne vouliez pas coopérer. Que vous ne restiez pas tranquillement dans vos chambres. Et donc on essaie juste de trouver une solution. »

Elle soupira, lentement, longuement.

« Tu m'as vue au moment où nous nous sommes rendu compte que ça m'était arrivé ?

— Non, Marion. Je n'étais pas là. »

Je l'ai entendue bouger de nouveau. Mais par la fente sous la porte, ai-je constaté, aucun mouvement. C'était si bizarre. J'en perdais mes sensations. J'avais l'impression d'entendre quelqu'un parler tout en regardant une autre personne bouger les lèvres.

« Oh, s'est enfin exclamée Marion.

— Oui ?

— Comment s'appelle cet hôtel, déjà ? J'ai oublié. »

II

Le lendemain soir, Marion, épuisée par la soif, ne parlait plus beaucoup. Elle avait dû finir depuis longtemps l'eau des toilettes. Il faisait une chaleur de fournaise, sans climatisation – et les fenêtres étaient verrouillées de l'intérieur. Il faisait grand soleil et, quand je me suis faufilée dans le couloir, je dégoulinais. Marion mourait de soif – et il pleuvait, mais seulement de son côté de l'hôtel. J'ai essayé de ne pas me creuser la cervelle à ce sujet. J'ai essayé de me chasser cette aberration de l'esprit. Et je n'en ai parlé à personne. Ils auraient compris mon manège.

Je n'avais qu'un souhait, soigner son bras. C'était tout ce que je pouvais faire pour elle. Je me sentais responsable de son sort. Elle était venue par ma faute. C'était mon amie, à l'origine. C'était moi qui l'avais présentée à Paul et à Imanuel, après que toi et moi avions commencé à vivre ensemble, pour de bon. Je voulais combiner nos cercles. Je l'avais suppliée de venir, de prendre l'avion, de nous revoir – ça faisait si longtemps. Mais je ne savais pas comment faire revenir son ombre. Je ne savais pas comment l'empêcher d'oublier. La chambre commençait à dégager une vague odeur de merde – elle devait se soulager dans un coin. Quand elle parlait, maintenant, c'était un drôle de mélange – détails acérés, colossales et vagues généralités. Elle se souvenait de son prénom, pas de son nom. Elle se souvenait que nous avions assisté à un mariage, mais plus du lieu, ni des mariés. Elle se souvenait que j'étais son amie, mais plus de mon nom.

« Qu'est-ce que je fais dans cette chambre ? m'a-t-elle demandé pour la troisième fois.

— Tu es… malade. »

Je n'ai pas trouvé mieux.

« Malade. »

Je l'ai entendue bouger, sans rien voir par-dessous la porte.

« Je ne me sens pas bien. »

Je ne lui ai pas expliqué qu'elle était en train de mourir de soif.

« Ils ont promis de prendre une décision demain matin. De faire quelque chose, puisqu'on sera au troisième jour.

— Ça fait deux jours ? »

J'ai repensé à Hemu Joshi. Comment ça s'était passé, avec lui ? J'avais l'impression qu'elle oubliait beaucoup plus vite que Hemu.

La dernière fois que je lui ai rendu visite, le

troisième jour, à l'aube, elle était déjà réveillée, ce qui m'a étonnée.

« Je vous connais ? m'a-t-elle demandé alors que je m'asseyais.

— Oui.

— Bon. »

Nous avons attendu un moment, jusqu'à ce que le sentiment d'une certaine normalité me revienne.

« Je suis Max, ai-je fini par lui dire.

— Max… », a-t-elle répété pour elle-même, comme si elle savourait cette syllabe.

J'ai été prise d'un frisson glacial. Elle m'avait complètement oubliée.

« Marion. »

Je m'étais collée à la porte. Je parlais très bas.

« C'est quoi, ça, une Marion ? »

Long silence. Et puis, toujours très bas, je lui ai demandé :

« Quelle impression ça fait de tout oublier ? Est-ce qu'on a peur ? »

Elle aussi se tenait contre la porte.

« Au début, peut-être. Là, non. Là, ça me paraît… simple. Ça a l'air affreux mais ce n'est pas le cas. C'est seulement que… Au début, j'étais furieuse. Mais plus ça va, plus j'oublie. Je vais peut-être finir par ne plus me souvenir de ce que j'ai perdu. Ou même que j'ai perdu quelque chose. Et ça ne me manquera pas. Ce qu'on a oublié, ça ne manque pas, non ? »

Tu te souviens de Hallie ? Tu te souviens de ta fille ? De ton mari ? C'est que j'ai failli lui demander.

« Tu sais ce que ça veut dire, karma ? ai-je fini par chuchoter.

— Non », a-t-elle répondu.

Je suis repartie par la petite porte du salon. Quand je suis sortie, le soleil brillait si fort que les brins d'herbe se recroquevillaient sous mes pas. J'ai contourné l'hôtel en prenant l'allure nonchalante de quelqu'un qui rentre d'une balade dans la forêt. En avançant vers notre pelouse et son patchwork de couvertures, je t'ai vu qui marchais dans ma direction. Dieu merci. Je suis partie au pas de course vers toi. Tu n'étais plus dans la salle de bal. Ce qui ne pouvait signifier qu'une chose : vous aviez pris une décision. Vous alliez tendre la main à Marion et aux trois autres éclaireurs. Tu m'as vue – tes épaules ont eu un sursaut –, j'ai voulu te sourire, dans mon soulagement, et puis j'ai croisé ton regard.

J'ai bien essayé de discuter. Personne ne m'a écoutée. Pas même toi. Il vous avait fallu trois jours pour trouver une solution, mais dès le début, je crois, vous saviez très bien de quoi elle serait faite. Ces trois jours, c'était juste pour lui donner une forme qui nous permettrait encore de nous regarder sans rougir les matins qui suivraient.

Celui Qui Rassemble

L'infirmière se pencha à nouveau en lui tendant la cafetière.

« Non, merci, répondit l'amnésique.

— J'en reprendrai, pour ce qui me concerne », fit le docteur Zadeh en tendant son mug.

Il se massa lentement le visage, comme pour lui donner une forme nouvelle.

« Décalage horaire. »

Il sourit, et elle le resservit en lui adressant un hochement de tête compatissant. La clim cliquetait au-dessus de leurs têtes, bombardant la salle d'attente de rafales glaciales. À la descente de l'avion, ils avaient plongé dans l'atmosphère de Pune, aussi chaude, poisseuse, humide que chez lui, à La Nouvelle-Orléans. Mais tous les lieux qu'ils avaient ensuite traversés – la voiture de maître que leur avait envoyée le gouvernement, leur hôtel cinq étoiles, la même voiture qui les avait emmenés au Maharashtra Regional Hospital, enfin le pavillon psychiatrique en quarantaine – étaient plongés dans un froid quasi arctique. Lui, il aurait bien voulu sortir et jouir du spectacle. Toutes ces couleurs. Ce mouvement. Pune était tellement plus vivant que la pelouse hygiénique et soigneusement tondue de la clinique.

« J'aimais le café, vous pensez ? demanda l'amnésique lorsque l'infirmière fut repartie.

— Aucune idée. Ni votre dossier ni vos e-mails ne fournissent de réponse à cette question. »

L'amnésique avala prudemment une petite gorgée du liquide sombre et fumant.

« Charlotte, en revanche… », fit le docteur d'une voix hésitante.

L'amnésique haussa les épaules. Au retour, il lui poserait la question. Mais cela lui importait-il vraiment ? Pas sûr. Le goût du café hérissait les papilles de celui qu'il était désormais.

« En tout cas, je ne l'aime plus. Est-ce à dire que je ne l'aimais pas avant ?

— Parfois, oui, fit le docteur Zadeh. Ça peut être le cas. »

Il n'aimait certainement pas le café autrefois. Il noterait la chose dans ses petites fiches.

« Peu de gens l'apprécient vraiment, poursuivit le docteur Zadeh, de peur que l'amnésique ne se sente exclu d'on ne sait quel rite social. Ils n'en boivent que pour éviter d'avoir l'impression d'avoir été battus comme un tapis. »

Le docteur avala une gorgée de café.

« Comme en ce moment.

— Je me sens bien, répondit l'amnésique.

— Ça, c'est tout à fait étrange. »

Ce qui les fit rire. L'amnésique ne pouvait pas en vouloir trop longtemps au docteur. Il n'avait que lui au monde.

« Pourquoi moi ? » finit-il par demander.

Le docteur leva les yeux.

« Pourquoi m'avoir choisi, moi, pour rencontrer Hemu Joshi ?

— À dire vrai, j'en suis en grande partie responsable, répondit le docteur avec un sourire gêné. Lorsque j'ai vu les premiers reportages concernant sa perte de mémoire, j'ai appelé la Indian Psychiatric Society. Je leur ai expliqué qui j'étais, leur ai envoyé des PDF de mes articles, de mes recherches sur vous. Ils ont réussi à me mettre en relation avec l'équipe qui s'occupe de M. Joshi. Et je leur ai parlé de mon idée.

— Tout ça, je sais, dit l'amnésique. Ce que je veux dire, c'est qu'il doit y avoir des centaines de cas d'amnésie rétroactive en Inde. Pourquoi ne pas s'en tenir aux nationaux ? Pourquoi nous faire faire tout ce chemin ?

— À cause de la masse de ce que vous avez oublié. Tout, vraiment tout. La plupart des cas d'AR ne sont pas aussi absolus que le vôtre. De plus, cela s'est produit à peu près en même temps que la maladie de Joshi. Vous êtes encore tous les deux confrontés aux effets ravageurs de vos diagnostics respectifs sur votre existence. Vous apprenez à vivre avec cette absence. Votre cas était celui qui se rapprochait le plus du sien.

— Vous pensez vraiment que je puisse lui venir en aide ?

— Je crois qu'il y a des chances que vous le compreniez mieux qu'aucun de nous. »

Le docteur finit par poser la main sur l'épaule de son patient.

« Parlez-lui, ça suffira. Rien de plus. Ne vous inquiétez pas du résultat. D'accord ? »

L'amnésique opina du chef.

« Si vous voulez bien m'excuser... nous sommes prêts, messieurs », fit une voix.

Qui provenait – les deux hommes se retournèrent – d'une femme en blouse violette, d'âge certain – la soixantaine. Sa longue tresse argentée scintillait contre la peau de son visage, d'un brun chaleureux.

« David Zadeh, annonça le docteur Zadeh en se dirigeant vers elle, la main tendue. Et voici... »

Il s'interrompit un instant. Comment expliquer l'aversion que l'amnésique éprouvait pour son identité officielle ?

« ... mon patient. Il préfère qu'on le désigne sous un terme descriptif, plutôt que par le nom qui était le sien avant son accident. Le "visiteur", peut-être, en l'occurrence ? Ou un équivalent qui soit aussi pertinent ?

— Cela fait partie de votre méthode de rééducation ? demanda la femme en violet.

— Pour ce qui le concerne, oui, je crois, répondit le docteur, pensif.

— Docteur Zadeh, Visiteur, reprit la femme en hochant la tête, je suis le docteur Avanthikar. Je dirige les recherches au sein de l'équipe chargée de M. Joshi. »

L'amnésique lui tendit également la main. Sa poigne était ferme – et impatiente, songea-t-il.

« Nous l'avons prévenu de votre arrivée, poursuivit-elle tandis que les deux hommes lui emboîtaient le pas dans le couloir. Il y a vingt minutes, lorsque je suis passée le voir, il s'en souvenait encore. »

Une assistante entendit la fin de cette déclaration

tandis qu'ils entraient dans une petite salle de contrôle et secoua la tête.

« Ah, zut, soupira le docteur Avanthikar. Bon, ça n'est pas grave.

— Je tiens à vous renouveler mes remerciements pour cette invitation, dit le docteur Zadeh. C'est un honneur que d'avoir la possibilité de vous être utile, même modestement.

— En espérant que vous le serez vraiment, répondit le docteur Avanthikar. Inutile de vous expliquer... Je veux dire, vous avez suivi tout cela par les médias.

— Et rien ne marche, compléta l'amnésique.

— En fait, je n'ai... »

Elle se tut un instant, cherchant ses mots.

« Je n'ai jamais rien vu de tel.

— Docteur, c'est bon. Le patient est dans la chambre, l'interrompit une autre assistante d'une voix douce.

— Bien. »

Le docteur Avanthikar se redressa.

« Bon. Je vais vous faire entrer, Visiteur, vous présenter... et une fois que vous serez tous les deux bien détendus, nous brancherons deux ou trois machines pour enregistrer quelques constantes. On va bien voir si vous pouvez susciter l'un chez l'autre des... enfin, des réactions, quelles qu'elles soient. »

L'amnésique n'avait aucune idée de ce qui allait suivre. Il se prépara intérieurement tandis que la doctoresse ouvrait la petite porte qui donnait sur la chambre d'observation.

« Oh ! »

L'amnésique cligna de l'œil, étonné. Il entra. Rien

à voir avec un hôpital, une clinique de soins ni même une chambre d'observation. La pièce ressemblait à un salon – ou du moins au salon d'une maison indienne. Il y avait des sofas, quelques fauteuils recouverts de tissus aux motifs éclatants, un tapis, des plantes en pot, aux fleurs splendides. Une vaste balancelle en bois était suspendue dans un coin. Les murs étaient d'un ocre chaleureux, tous ornés de photos sous verre. Au milieu du salon se trouvait un jeune homme vêtu d'une simple tunique blanche, assis en tailleur sur l'un des divans. Hemu Joshi.

C'est son salon, comprit l'amnésique.

Ils avaient recréé le salon de Joshi pour le stimuler durant sa thérapie.

« Vous avez de la visite », dit le docteur Avanthikar, derrière l'amnésique.

Hemu Joshi l'enveloppa d'un regard sans expression. Il attendait de plus amples informations. L'amnésique eut un sourire. Oh, sensation nouvelle et merveilleuse – rencontrer quelqu'un qui n'en savait pas plus sur lui, l'amnésique, que lui-même ! Qui, en fait, ne savait rien du tout sur lui.

« Ce visiteur a lui aussi perdu la mémoire. Tout a disparu, de sa naissance jusqu'à il y a un mois ou deux. »

Le regard de Hemu se fixa sur le tapis. L'ombre de l'amnésique se tenait, fidèle au poste, entre ses pieds.

« C'est à la suite d'un accident de voiture », précisa la doctoresse.

L'amnésique sentit la main de la femme se poser sur son épaule.

« Je vous en prie, installez-vous à votre aise. »

Elle tendit la main vers le seul élément qui trahisse la nature médicale des lieux. Un miroir sans tain rectangulaire, qui occupait le centre d'un des murs. Celui qui donnait sur la salle de contrôle.

« Nous sommes là, de l'autre côté, si vous avez besoin de quoi que ce soit. »

L'amnésique prit place dans un fauteuil en tissu peluche, face au divan qu'occupait Hemu.

« Bonjour, dit-il, une fois qu'ils furent seuls.

— Bonjour, répondit Hemu en scrutant attentivement le visage de l'amnésique. On se connaît ?

— Pas le moins du monde. C'est notre première rencontre. »

Hemu retrouva un peu d'entrain. Une nouveauté. Pas une redite.

« Et vous ne vous souvenez vraiment de rien ? Même si vous avez une ombre ?

— J'ai été blessé. À la tête ; elle a heurté le pare-brise au mauvais endroit. À ce qu'on m'a dit.

— Un pare-brise ? Qu'est-ce que c'est ?

— La vitre qui se trouve à l'avant d'une voiture. »

Hemu fronça le nez pendant quelques secondes, ne sachant trop que faire de ces nouveaux mots.

« Aucune importance, dit l'amnésique. Je me suis fait très mal à la tête et j'ai perdu la mémoire.

— Hmmm. »

Hemu étudia la cicatrice luisante qui remplaçait l'œil gauche de son visiteur.

« Et vous… Vous n'allez pas la récupérer, un de ces jours ?

— Mon docteur n'a pas perdu espoir. Mais c'est peu probable. »

Hemu regarda ses mains.

« J'espère quand même que ça reviendra.

— Pour vous aussi », dit l'amnésique.

Puis Hemu considéra son visiteur, pensif.

« Quand vous vous êtes réveillé, à quoi ça ressemblait ? Vous pouviez parler ?

— Oh, ça, oui, répondit l'amnésique. Ah ! C'est complexe, l'amnésie rétroactive. C'est le nom de ce que j'ai. En général, on se souvient de la manière dont les choses marchent, mais pas de l'expérience qu'on en a. Je sais ce qu'est une mère, mais je ne me souviens plus de la mienne. De comment on lit, mais pas de la manière dont j'ai appris à lire. Je connais les règles du football américain, mais je ne sais pas si j'y ai joué dans ma vie.

— C'est intéressant, médita Hemu. J'oublie, mais dans le désordre. Je ne me rappelle pas… Je ne sais pas comment on appelle ça. Entre l'école primaire et l'université. Ça, je m'en souviens. Il y a sûrement eu quelque chose entre-temps, mais c'est le vide dans mon esprit.

— Mais vous vous souvenez de plus de choses que moi », fit l'amnésique, souriant.

Hemu plissa le front, plongé dans la réflexion. Puis il se redressa, l'œil soudain intense et grave.

« Et le sexe ? Vous vous souvenez ? »

L'amnésique éclata de rire. Il était drôlement sympathique, ce Hemu.

Ils prirent patience, pendant que les assistantes du docteur Avanthikar ôtaient les films de protection des pastilles adhésives avant de les coller sur le front et les tempes des patients. À deux, songea l'amnésique, ça devenait plus normal. Les femmes avaient soulevé les cheveux de Hemu pour coller un de leurs petits disques blancs au-dessus de ses sourcils, avant d'y insérer un mince fil électrique.

« Vous le savez, bien sûr, précisa l'une des jeunes femmes aux patients. Mais pensez à vous déplacer sans brusquerie, pour ne pas arracher les fils. »

Hemu les regarda sortir l'une derrière l'autre et refermer la porte.

« Vu ce que vous me dites de votre amnésie, vous ne vous souvenez pas de vos plats préférés, non ? demanda-t-il à son visiteur.

— Non, malheureusement.

— C'est peut-être mieux pour vous. Moi, je me souviens de ce que j'aime le plus et quand je vois ce qu'ils me donnent à manger ici, c'est vraiment pénible. Ici, c'est tellement hygiénique. Tellement fade.

— J'aime la cuisine de chez vous. La cuisine indienne, je veux dire, répondit l'amnésique.

— Ça n'en est pas, soupira Hemu. Ce qu'ils servent ici, c'est une infecte bouillie médicinale. Je veux autre chose. Quelque chose qui ressemble à ce qu'on mange en Amérique. Oui, c'est ce que je veux. De la nourriture américaine.

— Mais de quel genre ?

— Tout ce qu'on mange dans les restaurants du centre-ville, ici. Des pizzas, des frites, du macaroni and cheese. »

Il s'interrompit, avant de reprendre.

« Vous savez, il paraît qu'à la fin, les sans-ombre oublient de manger. Apparemment, c'est ce qui est arrivé à certains des gens de Nashik. On a dû leur poser des sondes pour qu'ils ne meurent pas de faim ou de soif.

— Oh », murmura l'amnésique en baissant l'œil.

Quelle horrible pensée.

Hemu regarda autour de lui, mal à l'aise. Il esquissa des deux mains la forme d'une brique.

« J'ai, euh… j'ai rencontré un touriste américain près du terrain de cricket, un jour, reprit-il, pour essayer de détourner la conversation des noires régions qu'il avait évoquées. Il m'a parlé d'un type de sandwich que les petits Américains mangent toujours. Un sandwich au beurre de cacahuète ?

— Un sandwich au beurre de cacahuète et à la confiture. »

L'amnésique souriait. Il se le figura en esprit, ce sandwich dont il ne savait pas s'il en avait jamais goûté.

Hemu acquiesça.

« Voilà ! C'est exactement ça. Et c'est ça que je veux. Un sandwich au beurre de cacahuète et à la confiture.

— Je peux peut-être vous en trouver un, proposa l'amnésique.

— Non… Je suis désolé, s'excusa Hemu. Je ne veux pas vous ennuyer avec ça. Je me plaignais, c'est tout.

— Je ne crois pas que ça pose de problème », reprit l'amnésique.

Il songea à l'hôtel cinq étoiles, au restaurant qui se trouvait au rez-de-chaussée. S'il leur demandait, ils lui en prépareraient sûrement un. Ou du moins ils pourraient lui dire dans quel supermarché occidental trouver les ingrédients nécessaires à sa confection. Il irait faire les courses avec le docteur Zadeh.

« Je vous en suis reconnaissant, dit Hemu. Mais il ne faut pas que ça vous complique la vie. Ne vous donnez pas de peine.

— Mais ça me fait plaisir. Vraiment.

— Je voudrais partager quelque chose avec vous, reprit Hemu, pensif. Pour vous remercier du sandwich.

— Ce n'est pas nécessaire », protesta l'amnésique.

Hemu balaya cette objection d'un geste de la main.

« Ce n'est pas grand-chose. Au vu de... »

Il désigna la pièce d'un grand geste, pour faire comprendre la nature contrainte de son séjour à l'hôpital.

« ... Je ne peux vous donner que des souvenirs. Il ne me reste que cela. Pour le moment. »

L'amnésique s'inclina, solennel.

« C'est une vieille histoire tirée de notre mythologie. Et qui est plus ou moins liée à ce qui nous arrive. »

Hemu désigna l'ombre de l'amnésique d'un geste du menton.

« Avez-vous déjà entendu parler de Surya, le dieu hindou ?

— Hum, répondit l'amnésique. Dans ces quelques premières semaines de mon existence, non, je ne crois pas. »

Hemu se redressa sur son séant, visiblement requinqué. L'amnésique ne connaissait que trop intimement cette sensation – l'orgueil que vous donne le fait de savoir une chose que l'interlocuteur ignore. C'était l'ersatz de souvenir personnel le plus ressemblant qu'ils puissent savourer, Hemu et lui.

« Dieu très important. C'est le chef des Navagraha et c'est lui qui préside aux dimanches. Surya se déplace dans un char tiré par un cheval à sept têtes et il a quatre bras dans lesquels il tient… »

Hemu s'interrompit pour retrouver son calme, ayant compris qu'il s'était emballé.

« C'est l'un des dieux les plus anciens. Il est dans le Rigveda, notre plus vieux livre. Les souvenirs les plus anciens, on pourrait dire – nous n'étions pas là, bien sûr, mais nous connaissons tous ces histoires. Nous les connaissons tous pratiquement racontées avec les mêmes mots. Ça me fait plaisir d'y penser. De constater que je m'en souviens encore. »

Il leva l'index vers le plafond. Ce qui allait suivre était important, signifiait ce geste.

« Mais ce n'est pas ce qui compte. Ce qui compte, c'est que Surya est le dieu du Soleil. Et sa conjointe est née d'une ombre. »

Ah, ça, en effet, ça pouvait peut-être mener quelque part. *Quel dommage qu'ils ne m'aient pas donné un carnet, ni même un simple bout de papier*, regretta l'amnésique.

« Vraiment ?

— Oui, oui. Dans le Rigveda, Surya épouse Sanjna, la déesse des nuages, mère des jumeaux Asvin. Ces jumeaux, les Asvin, symbolisent l'éclat de l'aube et du coucher du soleil. Jour après jour, chacun dans son char traverse le ciel, apportant soit la lumière, soit l'obscurité. Ils… »

Hemu de nouveau s'interrompit et gratta, nerveux, l'un de ses détecteurs.

« Désolé. Les jumeaux ne comptent pas dans

l'histoire, eux non plus. Parfois, je me laisse… Je suis tellement content de voir le nombre de choses dont je me souviens encore, si vous voyez ce que je veux dire.

— Je comprends très bien, fit l'amnésique en secouant la tête. Franchement, ça m'épate qu'on puisse se souvenir d'autant de choses, même avec une ombre. Ici, vous connaissez tous ces légendes ?

— Mais vous, là-bas, vous connaissez les noms et les résultats des héros passés et présents de votre équipe favorite de football américain. Et les grands moments de leur carrière. C'est la même chose, à mon avis », fit Hemu avec un haussement d'épaules.

Pas faux.

« Mais vous disiez ? » reprit l'amnésique, qui se rappelait leur auditoire, de l'autre côté du miroir sans tain.

N'était-il pas censé les empêcher de perdre le fil de la conversation ?

« Oui, oui. »

Hemu eut un grand sourire.

« Et donc, Surya épouse Sanjna avec la bénédiction du père de cette dernière. Mais lorsque Sanjna arrive dans la maison de son mari, elle comprend qu'elle ne peut pas supporter l'éclat aveuglant de sa lumière, lui qui est le dieu du Soleil. Elle n'arrive même pas à rester dans la même pièce que lui. Affreux, hein ? »

L'amnésique fit oui de la tête.

« Et j'en viens au plus intéressant. Pour échapper à cet éclat insupportable, Sanjna fabrique avec sa propre ombre Chhaya, qui est son double, et se transforme en jument pour que Surya ne la reconnaisse pas. Elle s'enfuit dans la forêt et c'est Chhaya qui doit se charger des tâches domestiques. Dans le Rigveda, lorsqu'il est question de Chhaya, on utilise parfois le terme de Savarna, « la même sorte »... c'est-à-dire la même sorte que Sanjna, car elle est fabriquée à partir de son ombre. Chhaya cependant est mortelle. »

L'amnésique se rendit compte qu'il s'était tellement penché en avant que les deux pieds arrière du fauteuil s'étaient très légèrement décollés du sol. Des légendes, bien sûr. Mais il avait le sentiment que Hemu n'avait pas encore tout dit. Fragments du même puzzle, sans doute, même s'ils complétaient l'autre bout de l'image.

« Que s'est-il passé ensuite ? » demanda-t-il.

Hemu eut un geste désinvolte.

« Surya finit par comprendre que Chhaya n'est pas Sanjna. Il s'en va dans la forêt et y retrouve sa femme, qui s'y cache encore sous la forme d'une jument. Le père de Sanjna fait alors en sorte de réduire l'éclat de Surya d'un huitième, de sorte que Sanjna puisse le supporter. Elle rentre chez elle. »

Cette dernière phrase fut prononcée d'un ton définitif. L'amnésique lança un regard vers le miroir sans tain, perplexe.

« Mais, et Chhaya ? finit-il par demander.

— Dans certaines versions, elle s'en va. Mais dans la plupart des variantes, elle reste. C'est l'une des épouses. Les dieux parfois en ont plusieurs. »

L'amnésique cligna de l'œil.

« C'est tout ?

— Que voulez-vous dire ?

— Je veux dire, c'est la fin de l'histoire ? Il n'y a pas de suite ?

— Vous n'êtes pas content, fit Hemu, hésitant.

— Non, non. C'est juste que… que je me suis dit qu'il y avait peut-être autre chose. Quelque chose qui pouvait nous être utile. Je ne pensais pas que c'était une légende et rien d'autre.

— Ah, s'il y avait eu quelque chose là-dedans qui pouvait nous être utile, on y aurait pensé plus tôt, vous ne croyez pas ? »

Hemu, les yeux baissés, émit un grognement amer.

« J'aime bien la fin de cette histoire, c'est tout. Je me suis simplement dit, c'est bien, non, qu'à la fin Sanjna et son ombre se retrouvent ? Et que l'ombre reste ? »

Sa voix se fit ténue.

« Ça serait si bien. »

L'amnésique se redressa dans son fauteuil, déconcerté. Hemu, du revers de la main, lissa le tissu de sa tunique sur ses genoux, jusqu'à faire disparaître tous les plis. Il avait l'air un peu gêné. Il était encore si jeune, songea l'amnésique. Presque un gamin, à l'aune de la société indienne comme à celle des États-Unis. De l'autre côté du mur, les machines que nourrissaient leurs ondes cérébrales grésillaient faiblement.

« Hemu, excusez-moi », dit l'amnésique.

Même si la légende ne les avait conduits nulle part, Hemu n'avait pas tort. Pas de morale à l'histoire, certes, mais mieux que cela. L'écho qu'elle trouvait dans les étranges incidents du moment, la certitude qu'en Inde, au moins, des millions d'êtres humains se remémoraient les mêmes noms, les mêmes récits. Le docteur Zadeh lui avait demandé de discuter avec

Hemu, d'essayer de le comprendre. Pas de trouver des preuves scientifiques dans sa conversation. Lui, il était là pour écouter, c'était tout.

« Vous m'avez fait l'honneur de me raconter l'histoire de Surya. De m'inclure dans cet immense souvenir collectif. Je n'en aurais sans doute jamais eu connaissance autrement. Si… »

Il croisa les mains.

« Je ne crois pas que je me souvienne d'histoires de ce genre. Je ne peux rien vous raconter.

— Ce n'est pas grave, dit Hemu. Peut-être vous rappellerez-vous les miennes quand j'aurai oublié.

— J'espère que vous n'oublierez pas, dit l'amnésique.

— Mais vous, vous vous en souviendrez ?

— Bien sûr. De toutes celles que vous voudrez bien partager avec moi. »

Nous avons affublé trois employés des cuisines de l'hôtel et deux membres de l'orchestre – violon et violoncelle – de combinaisons de sécurité bricolées par nos soins avec des sacs-poubelle, des gants de vaisselle et des lunettes de plongée dénichées on ne sait où et tous les rouleaux de ruban adhésif renforcé sur lesquels nous avons pu mettre la main. Le reste de la troupe a creusé les tombes.

Toi et moi nous sommes occupés de celle de Marion, armés d'une pelle et d'un seau. De l'autre côté de la montagne, loin de l'hôtel. Je ne suis pas allée la revoir : une fois la décision prise, il a fallu que tu me retiennes pour que je ne revienne pas devant sa porte en quatrième vitesse. Ce qui n'aurait servi à rien, sans doute. Elle ne se souvenait certainement plus de moi. J'ai fait ce que je pouvais pour ne pas penser à ce qu'on peut ressentir quand on doit ouvrir une porte – ou quatre – et abattre la personne – les cinq personnes – qui se trouve derrière. Puis de porter ces cadavres lourds, silencieux, sur une telle distance. J'ai préféré me concentrer sur la fosse. Je crois que je n'ai jamais rien creusé d'aussi profond. Je n'avais pas fait la moitié du travail que je ne sentais déjà plus mes bras. À la fin, je ne sentais plus rien.

J'aurais voulu me coucher dans la fraîcheur humide de la terre, à ce moment-là. Le trou était si profond que je me noyais dans l'ombre de ses parois. Ce frisson humide sur ma peau, c'était ma sensation la plus glaciale depuis des mois. Marion était-elle morte avant sa fille, son mari ? Ou leur avait-elle survécu de peu ?

Le soleil se couchait. Tu étais penché sur le rebord de terre et tu me regardais, moi qui étais assise dans sa tombe. Lentement, tu m'as tendu la main. Je l'ai prise et tu m'as ramenée à la surface.

« Ils sont prêts à les apporter. »

C'est tout ce que tu m'as dit. Les corps.

II

Ce soir-là, autour du feu, personne n'a dit grand-chose. Personne ne voulait poser la question de savoir si nous avions pris la bonne décision. L'éventualité contraire aurait été insupportable. Toi et moi étions serrés l'un contre l'autre, bras enlacés. Nous regardions tous les flammes.

Le lendemain matin, nous avons retrouvé le rabbin Levenson mort dans la salle de bal. Il était adossé au comptoir du bar. Dans sa main gauche, un flacon de pilules, vide. Le nom de Ye-eun figurait sur l'étiquette de la pharmacie.

L'ombre du rabbin ne l'avait pas quitté, figée à jamais sous son corps immobile.

Dans les trois semaines qui ont suivi, personne au camp n'a perdu son ombre.

II

Il a plu pendant deux ou trois jours. Nous nous sommes réinstallés à l'intérieur. Puis le soleil est revenu, si éclatant, si propre. Nous avons immédiatement réélu domicile sur la pelouse. Ce matin-là, tu es venu nous retrouver, Paul, Imanuel et moi, qui nous étions mis dans la tête de planter un jardin.

« Je ne pense pas que ce soit la peine de les enterrer aussi profondément. »

Paul a ôté une bonne moitié de la terre sous laquelle j'avais semé les graines que nous avions trouvées en explorant les zones de la montagne qui ne présentaient pas de danger.

« Il ne faut pas que la pluie puisse les déloger, ai-je objecté.

— La saison des moussons est presque finie, Max. »

Ses cheveux avaient poussé : il s'était fait une couette frontale avec un élastique pour qu'ils ne lui retombent pas dans les yeux. À quoi ressemblait ma tignasse ? Un cumulonimbus au-dessus de ma tête, sûrement.

« Ça ne risque rien. Inutile d'ajouter toute cette terre.

— Non, elle a raison », as-tu dit.

Ton ombre t'a précédé. Elle avait les mains sur les hanches et penchait la tête, comme à ton habitude. J'ai regardé cette forme sombre sur la terre pendant un moment et me suis demandé : si je la voyais errer seule, la reconnaîtrais-je comme tienne ? Ou serais-je incapable de la différencier d'autres ombres ?

« Tout va bien ? » ai-je fini par te demander.

Paul s'est redressé puis il s'est essuyé les mains sur son jean. Imanuel en a fait autant. Vous avez échangé des regards qui ne laissaient guère de doute sur la réponse. Non, ça n'allait pas.

« Hé, les amis, ai-je dit.

— Suis-moi », as-tu répondu.

Du menton, tu m'as montré le petit ruisseau qui, partant de la propriété, s'enfonçait ensuite dans les bois.

« On en a pour une minute. Il faut que je te parle d'un truc. »

Tu as hoché la tête à l'attention des deux autres.

« On revient tout de suite.

— Très bien », a dit Paul.

Il y avait quelque chose de curieux dans son intonation. Le « Très bien » sonnait comme une capitulation plutôt que comme un simple commentaire. Vous avez échangé un long regard. Puis il est revenu à nos travaux de jardinage.

Tu m'as accompagnée dans les bois, le long du ruisseau. L'eau avait une odeur presque sucrée. J'ai enlevé une de mes chaussures et j'ai fait glisser quelques cailloux de la berge dans le courant qui gargouillait tout bas. Tu en as fait autant.

« Bleu », as-tu dit après un long silence.

Il y avait de la tension dans ta voix.

Et tandis que tu me prenais la main et entrelaçais tes doigts aux miens, je me suis figée et je t'ai regardé.

Tu pleurais et j'ai compris pourquoi. Tu pleurais

parce que Paul et Imanuel avaient enfin pris leur décision. Ils allaient partir. Ils allaient quitter Elk Cliffs. Ils voulaient que nous partions avec eux. Toi, non, tu voulais rester.

« Ory. Ça peut marcher, si nous sommes prudents. Si nous…

— Nous ne partirons pas. »

Ta voix s'est enrouée.

« Ça mérite quand même discussion, non ? »

J'ai baissé les yeux. La panique a gagné. Il fallait te convaincre. Il fallait partir avec eux. *Si nous choisissons de rester, nous finirons par être les derniers ici. Nous n'en sortirons jamais. Nous mourrons ou nous perdrons notre ombre.*

« Nous pourrions convaincre d'autres personnes. Notre groupe sera plus important, nous serons plus en sécu…

— Nous ne partirons pas. »

Il y avait une telle détermination dans ta voix que je n'ai pas su que répondre. Des dizaines d'idées me traversaient l'esprit, toutes plus bancales les unes que les autres.

« Mais ça fait un bon moment que je leur ai dit que nous partions avec eux, ai-je fini par proférer, la gorge serrée. Et que tu étais d'accord. »

Tu n'as pas répondu. Tu t'es contenté de secouer la tête et les larmes se sont mises à couler sur tes joues. Et tu as regardé la montagne, les arbres en contrebas, le soleil couchant.

Je n'avais pas compris. Pas compris pourquoi nous avions fait tout ce chemin pour discuter. À présent, les disputes étaient toutes publiques. Personne ne se souciait plus d'intimité. La lueur du soleil a empli tes yeux, enflammé tes larmes.

Et puis j'ai eu une illumination.

Tu avais déjà réglé la question avec Paul et Imanuel, bien avant que je leur parle. Ils avaient essayé de te convaincre de partir avec eux, de faire le chemin tous les quatre, pour retrouver ma famille, peut-être, ou celle d'Imanuel. Et tu leur avais dit non. Tu leur avais dit non, pour nous épargner, à toi et à moi, les périls du dehors. Au risque de ne plus jamais les revoir. Tu leur avais demandé de ne rien dire si je leur faisais part de mon intention de partir avec eux. De me mentir. Et, le jour venu, de ne pas prendre congé. Pour que je ne puisse plus rien entreprendre, une fois que j'aurais compris.

Il était inutile de discuter avec toi, d'essayer de te convaincre. Ils étaient déjà partis.

Orlando Zhang

Le soleil de midi brillait sur la terre, frais, certes, mais assez étincelant pour mettre Ory en nage. Il n'avait toujours pas repéré la moindre trace de Max.

Il s'épongea le front puis traversa le chemin pour marcher à l'ombre, sous les arbres. McLean avait pris l'aspect d'une jungle tropicale et torve. Le long des voies, des membres humains, étirés en d'étranges formes et illustrant tous les stades de la décomposition ; des pâtés de maisons dont il ne restait que cendres noircies ; des autels singuliers, effrayants, objets du quotidien que l'on avait disposés au hasard en de curieux endroits – dernières tentatives de sans-ombre pour se reprendre, se souvenir de ce qu'ils avaient été ; des tunnels creusés sur un mètre ou deux dans l'herbe ou le goudron, tous vides.

Ces autels constituaient les signes les plus réconfortants et les plus inquiétants qui soient. Il y en avait bien plus ici que dans les banlieues d'Arlington, ses terrains de chasse ordinaires. Plus d'autels, cela signifiait plus de monde à interroger. Même si ceux qui érigeaient ces autels n'avaient plus d'ombre.

Le petit mémorial qui se dressait devant lui sur le trottoir défoncé semblait très récent. S'y amoncelaient des objets dont le regroupement n'avait aucun sens. Appartenant à la même personne, ils avaient été trouvés au même endroit : c'était leur seule parenté. Leur propriétaire ne se souvenait plus de leur importance. Ils existaient ; ils détenaient les réponses à un passé qu'il ou elle ne se rappelait plus. Il y avait un vieil ours en peluche, un livre de poche à la couverture décolorée, un caleçon ou ce qui y ressemblait, un marteau, une boîte de préservatifs et un petit tas de piles AA usagées.

Ory se pencha sur le livre. Couverture poussiéreuse, pages gondolées par une interminable alternance d'averses et de soleil. Les livres, on n'en voyait plus beaucoup. Les gens s'en servaient peut-être pour allumer des feux. Chaque fois qu'il en retrouvait un, il pensait à Paul – dont les recueils aux si belles couvertures croupissaient sur les rayonnages de librairies dévastées. Poèmes que personne ne lirait plus jamais. Oh, pourvu qu'elle ait été douce et rapide, la fin qu'Imanuel et Paul avaient connue après avoir quitté la montagne.

Le dos se décolla presque entièrement lorsque Ory souleva la couverture. BOOKSTOP USED BOOK. Page de garde vierge de tout nom.

Il entendit le sans-ombre avant de le voir arriver. Bruissement de feuilles dans la verdure, juste devant lui. Ory recula lentement et se retourna, prêt à détaler. Mais la voie n'était pas libre. Un homme se tenait devant lui, un pied de table à la main.

« Les arbres jouent des tours », dit le sans-ombre.

Sa voix, sirupeuse, lui collait à la langue.

« Les saules, très trompeurs. »

Les arbres de nouveau frémirent autour d'eux, réverbérant les sons, de sorte que, cette fois-ci, le bruissement vint de la gauche. Pendant une fraction de seconde, Ory crut voir un visage – d'écorce et non de chair. Les feuilles bruissaient bien qu'il n'y ait pas un brin de vent. Elles avaient l'air de rire.

« Je ne vous veux pas de mal », murmura Ory, qui avait cependant mis l'homme en joue.

Le sans-ombre ricana. Nul jumeau sombre sur le goudron.

« Pas de mal, mais vous avez l'orage. »

Ory fit la grimace – trop tard. Il songea au cerf près du refuge, au manche du couteau. Le Remington avait toujours le même aspect, mais qu'allait-il cracher, maintenant, s'il appuyait sur la détente ? Que pouvait bien devenir le souvenir de l'orage ?

« D'accord », dit-il en baissant le fusil, sa main libre tendue en signe de paix.

L'homme ne regardait plus Ory.

« Ombre », prononça-t-il d'une voix douce.

Elle ne se détache pas, faillit répondre Ory. *Je serais bien incapable de vous la donner.*

« Je veux seulement poursuivre ma route, dit-il, le sourire aux lèvres. Dans cette direction.

— On échange, dit le sans-ombre.

— Pardon ?

— On échange. »

Les saules bruissèrent. Le sans-ombre montra la route puis tendit la main.

« On échange. »

Le sans-ombre voulait prélever son octroi, finit par comprendre Ory.

« Ah ! »

Il fouilla dans toutes ses poches, pris de panique. Proposa tout ce qu'il avait trouvé, hormis le fusil et ce qui lui restait de viande séchée. Un nécessaire à couture, un bout de savon – le dernier –, une trousse de secours et quelques stylos siglés Elk Cliffs Resort.

Le sans-ombre le regarda faire, impassible.

« Non. Pas bon.

— Je n'ai que ça », répondit Ory.

Un picotement lui parcourut les jambes. Il était prêt à piquer un sprint.

« Et l'ombre ? L'ombre, elle sait des choses.

— Non, répondit Ory.

— Si », insista le sans-ombre.

Le pied de table fut brandi – tant à l'intention d'Ory que de son noir jumeau.

« Le sans-ombre a des questions. L'ombre a des réponses. Demande à l'ombre qui je suis. Tu passeras.

— Ça ne marche pas comme ça, gémit Ory, désespéré. Elle ne sait rien des autres gens. Elle ne peut parler que de moi.

— Demande-lui quand même », cracha le sans-ombre.

Il brandit son arme vers l'ombre.

« *Demande-lui.* »

Ory leva les mains au ciel, en signe de capitulation. Que pouvait-il déduire du seul aspect de cet homme ? Moins de trente ans, à vue d'œil. Plus petit qu'Ory, hispanique, peut-être, et à l'époque où il y avait encore des cuisinières pour préparer des plats chauds, probablement athlétique et bien nourri. Des cicatrices barraient son front. Il arborait un anneau en or à l'éclat terni. Pas une alliance : ce n'était pas le bon doigt.

Il se mit à gronder. Ory se retourna, son ombre sous les yeux. Comment la dévisager, elle qui s'étalait sur le goudron, comme s'il avait pu avoir une vraie conversation avec elle ?

« Tu peux me donner quelques informations sur cet homme ? » lui demanda-t-il.

Il se tut quelques secondes, feignit de tendre l'oreille. S'il voulait donner sa réponse au sans-ombre et filer le plus vite possible, il avait lui-même une question à lui poser. Avait-il croisé Max ? Où allait-elle ? Dans quel monde allait-il mettre les pieds ? La femme de Broad Street avait parlé « des choses horribles » qui se passaient à D.C. – rien de plus précis.

« Je vois. »

Le sans-ombre faillit tomber à genoux. Une lueur passa dans ses yeux.

« Oh… Qu'est-ce qu'elle a dit ?

— Elle a dit qu'elle n'était pas très sûre, mais que oui, elle savait peut-être deux ou trois choses sur vous. »

Ory leva la main.

« Mais elle a une question à vous poser, d'abord. Auriez-vous vu passer une femme sans-ombre par ici, ces derniers temps ?

— Non », répondit le sans-ombre.

Ce qui ne voulait rien dire. Max avait pu passer pendant qu'il dormait. Ou pendant qu'il était occupé ou simplement ailleurs.

« Bien. Autre chose…

— Pas d'autre chose, menaça le sans-ombre.

— L'ombre veut être sûre que c'est bien vous », dit Ory en tendant les mains vers son ombre.

Le sans-ombre brandit son pied de chaise, l'air mauvais. Impossible de ne pas comprendre le message.

« Bon, d'accord », fit Ory entre ses dents.

Le pied de chaise dans la main impatiente de l'homme – il le sentait frémir dans les airs. Tous les pores de sa peau avaient perçu la menace.

« Alors, elle dit quoi ? » reprit le sans-ombre.

Il approcha d'un pas traînant comme un gosse qui veut s'asseoir sur les genoux du père Noël. Les arbres émirent un sifflement d'excitation. De nouveau, Ory aperçut un visage – celui d'une femme, sculpté dans le bois, des feuillages en guise de chevelure.

« Mon ombre est sûre de ne pas se tromper maintenant », dit Ory avec un sourire qu'il voulait confiant.

Le sans-ombre se souvenait-il de la réponse à sa propre question ? Impossible de le savoir. Le seul but d'Ory était de désarçonner l'homme assez longtemps pour qu'il ait le temps de filer – pendant que l'autre méditerait sur ses révélations.

« Elle me dit que vous vous appeliez Jeff et que vous aviez appris la langue des hommes aux arbres. »

Ils échangèrent un long regard. Ory et son ombre firent un pas de côté, pour se préparer à la fuite.

« Mensonge ! Mensonge de l'ombre ! » hurla soudain le sans-ombre.

Et les arbres se joignirent au chœur, furibonds.

« Attendez… »

Ory leva les mains.

« Mensonges ! C'était la femme qui parlait aux arbres !

— Mais attendez ! » gémit Ory tandis que l'homme courait vers lui.

Les saules grondèrent. Leurs branches se tendirent en craquant. *Le fusil !* songea Ory.

« Arrêtez ! »

Le sans-ombre ne l'écouta pas. Ory enfonça les cartouches dans la culasse. *Allez, allez.*

« Stop ! »

ALLEZ ! Il referma le mécanisme à bascule avec un bruit sec. Les cartouches se mirent en place, *clic*. Le sans-ombre, gourdin à la main, se rua sur sa proie.

Lorsqu'il atterrit, un ou deux mètres derrière l'endroit d'où il avait entamé sa course, il resta quelques secondes debout. La détonation se réverbéra dans le silence. Le sans-ombre ne savait pas encore si le tir avait fait mouche. Et Ory ne savait pas encore comment le fusil faisait mouche.

Puis le sans-ombre s'effondra.

Ory le rejoignit d'un bond. Écarquilla les yeux. La poitrine de l'homme s'était fendue en deux. Deux parties qui s'éloignaient l'une de l'autre, comme nuages au ciel. L'intérieur de son torse n'était pas rouge, mais bleu – bleu foncé, tournoyant. Il y eut un coup de tonnerre au creux du sternum, un jaillissement de vrilles blanches, avides, des lueurs aveuglantes qui s'échappaient de la plaie et crépitaient en douloureuses explosions.

« Mon Dieu, articula Ory.

— Orage », geignait le sans-ombre entre deux spasmes.

Il avait continué à suivre l'ombre d'Ory du regard, l'ombre qui respirait au même rythme qu'Ory et frémissait sur la terre. Il la surveillait comme il surveillait Ory, attentivement, ne sachant pas vraiment qui contrôlait qui, qui avait tiré. Les yeux du sans-ombre étaient de petites mares d'ambre, mouchetées d'or au plus profond des iris, étincelles qui s'animaient lorsque le courant les traversait. Les saules alentour chuchotaient, comme si les arbres avaient une âme, comme s'ils avaient pris peur. Ou pleuraient-ils l'homme ? Si ce fragment de la femme qui avait jadis été l'épouse du mourant se souvenait encore de quoi que ce soit.

Ory ne pouvait pas l'abandonner dans cet état, le condamner à une interminable agonie. Mais il avait trop peur de se resservir de son fusil. Il porta une main fébrile à son coutelas.

Je suis encore ici, Ory. Je suis encore vivante. Je n'ai pas oublié.

Je suis arrivée à Oaktown. J'ai marché toute la nuit – à l'aube, j'étais déjà arrivée à la sortie de Chain Bridge Road, sur la I-66 West.

C'est bien calme, dans ce coin. Mais les maisons sont si mignonnes ! Dans le temps, c'est ce que j'aurais voulu qu'on achète un jour. Avant la fin du monde, il devait y avoir des gosses qui faisaient du vélo sur les routes si joliment goudronnées, et des mères agglutinées devant les pelouses, avec des poussettes, ou relevant le courrier que le facteur avait laissé dans les boîtes en fer forgé, ou plantant des tulipes le long de l'allée qui conduisait au garage. C'était ce genre d'endroit. Tu sais, j'ai même vu, un peu plus tard, un vélo solitaire qui roulait tout seul sur lui-même, lentement, lamentablement, en une ronde égarée, en attendant que son petit propriétaire revienne. C'était si triste à voir, Ory.

Un peu plus à l'ouest, il y avait un lycée. Oakton High School, si j'ai bien compris l'inscription sur ce qui restait de la pancarte. Je sais, les écoles, c'est dangereux quand on explore en solo. Trop de couloirs, de salles, trop de possibilités de cachettes. Mais j'étais à bout de forces, après cette nuit, cette aube humide. J'ai traversé le terrain de football et ses mauvaises herbes et je me suis retrouvée en plein campus.

L'endroit avait été habité, j'en étais sûre. Par des tas de gens. Ils avaient laissé des traces partout : des lambeaux de vieux vêtements, des tas d'ordures soigneusement empilés sur le côté, des éraflures sur le béton, comme si on y avait traîné des objets lourds – des tables ou des chaises, peut-être ? Les portes de certaines salles étaient fermées. D'autres avaient été retirées de leurs gonds, pour que le soleil et le clair de lune puissent entrer dans les petites pièces. Devant quelques fenêtres, il y avait des barricades rudimentaires.

Et c'est alors que j'ai vu les dessins.

Le camp n'avait pas abrité des survivants indemnes. Je l'ai compris en déambulant dans le silence. C'étaient des sans-ombre qui avaient vécu ici. Ils avaient dû se regrouper – entre amis, en famille, je ne sais pas, avant d'être atteints. Ou bien ils s'étaient rassemblés une fois les ombres perdues. Pour ne pas être seuls, pour être plus en sécurité. L'un d'entre eux était un artiste de grand talent. Je dis l'un, parce que le même homme apparaît dans toutes les fresques, une forme pâle, les cheveux courts et blonds, deux taches bleues en guise d'yeux. Il me semble que c'est un autoportrait.

Il n'y avait rien d'écrit sur la plupart de ces signes. Pas comme nos règles du refuge. Je dis signes : car les images constituaient des signes. Elles avaient été composées de manière minutieuse, soit au feutre, soit à la peinture. Toutes les couleurs étaient utilisées : noir, bleu, rouge, vert, violet, orange et marron. Il y en avait partout : partout où il fallait expliquer à ceux qui ne se rappelaient plus ce que pouvait être telle ou telle chose. Allumer un feu, l'éteindre, ne pas le toucher ; enfiler un pull lorsqu'il faisait froid ; éviter les indemnes, car ils représentaient un danger pour les sans-ombre. Je suis restée longtemps devant celui-là, à étudier le moindre détail de cet avertissement. Il était peint à côté de l'entrée de l'école. Les sans-ombre devaient le voir chaque fois qu'ils allaient au portail repérer d'où venaient les bruits, le cas échéant.

À l'autre bout du campus, les dessins étaient plus simples, moins pédagogiques. Apparemment, ils ne décrivaient plus telle ou telle tâche, tel ou tel danger : mais, je crois, tenaient lieu d'une histoire visuelle aux membres du groupe. Douze personnes, en tout. Des hommes et des femmes. Parmi lesquels l'homme aux yeux bleus, près d'une personne à l'allure sévère. Leur guide. Sur le côté, une autre femme aux longs cheveux blonds qui enlaçait un homme brun. Ils se regardaient en souriant. Ce qu'avait voulu leur faire comprendre l'artiste, c'est qu'ils étaient ensemble. Qu'ils s'aimaient.

La dernière illustration représentait ce même homme blond aux yeux bleus. C'était peut-être aussi la première qu'il ait dessinée. L'image était plus grande et plus détaillée que les autres, peut-être parce qu'il voulait être sûr de se reconnaître plus tard et qu'il fallait faire figurer dans ce portrait assez d'indices pour que ce soit le cas. Il s'était représenté en pied, de face, les bras pendant à ses côtés. Son expression était sereine.

À ses pieds, une forme noire sur laquelle on ne pouvait se méprendre s'étendait à angle doux sur un sol imaginaire. Elle affectait la même et paisible attitude, les bras le long des cuisses, les cheveux hérissés des mêmes épis. Les chaussures de l'homme et de l'ombre étaient si soigneusement liées qu'il n'y avait pas le moindre millimètre de mur blanc entre leurs paires de semelles.

J'ai presque collé mon visage sur ce pan de mur sombre où l'homme avait peint son jumeau d'ombre. Il l'avait doté d'yeux bleus – deux taches couleur saphir, tranchantes, flottant dans une mer noire et sans expression.

Naz Ahmadi

Six. En chemin, Naz dut supprimer six personnes. Trois qui avaient leur ombre, trois qui l'avaient perdue. Parfois, elle se rappelait leurs visages, même ceux qu'elles n'avaient vus qu'un instant. Ou moins encore. De temps à autre, leurs traits se faisaient plus réels dans son esprit que d'autres qu'elle connaissait pourtant bien mieux – ceux de Rojan, de sa mère, de son entraîneur. La mémoire est une étrange chose.

Les quatre premiers, elle les tua tandis qu'elle et sa sœur traversaient le Connecticut en direction du sud et de New York. Deux sans-ombre, deux indemnes. Les sans-ombre les attaquèrent par surprise lorsqu'elles passèrent devant leurs cachettes : ils mordaient, ils griffaient. Des fous – affamés. Elle aurait préféré ne pas les tuer, ça lui faisait même peur ; Rojan et elle avaient bien essayé de s'enfuir, mais les sans-ombre n'avaient pas lâché prise.

Les indemnes avaient faim – d'autre chose. Naz, ces deux fois-là, n'hésita pas.

Juste après Hartford, la situation s'améliora légèrement. Elles n'avançaient que de nuit, évitaient les grandes villes, restaient dans les campagnes. Naz n'avait aucune idée de ce à quoi ressemblaient New Haven ou Springfield.

Elles survécurent grâce à l'arc. Naz, prudente, chassait avec soin des animaux que Rojan pouvait récupérer, de même que les précieuses flèches. Elle tirait sur de petits animaux – des rats, des pigeons – qu'elles mangeaient crus, craignant qu'un feu puisse attirer d'autres hommes. Leurs sous-vêtements pour l'essentiel n'y résistèrent pas. Elles ne moururent pas – mais il s'en fallut de peu. Certains soirs, les proies avaient un goût si infect que l'une ou l'autre vomissait une fois le repas fini puis pleurait devant ce gâchis dans les bras de sa sœur. N'allaient-elles pas finir par mourir de faim ? Un soir, alors que les sœurs s'étaient arrêtées pour camper au nord de Poughkeepsie, dans une zone très boisée, Naz n'y tint plus. Rojan tremblait comme une feuille et elle-même se sentait presque trop faible pour tirer sur la corde de l'arc. Pour une fois, elle alluma un petit feu.

Elles furent repérées au bout de vingt minutes.

Ce fut Naz qui l'entendit la première, à sa gauche. Une branche qui craquait. Elle se plaqua contre un tronc d'arbre et dirigea son arme vers les broussailles.

« Tu le vois ? Moi, rien du tout », murmura Rojan, cachée derrière un autre tronc.

Des branches. L'obscurité. Un autre craquement, dangereusement proche. Naz essaya de viser – mais dans quelle direction ? Impossible de rien distinguer. L'éclat du feu l'aveuglait, éclairant la nuit de manière que son assaillant puisse voir le camp, mais qu'elle-même ne puisse voir au-delà des lueurs. Elle racla le sol d'un coup de pied, pour que la terre étouffe les flammes.

« Oh, Seigneur ! Non, hurla une voix. Non, non, non ! Mais pourquoi ? *Pourquoi ?* »

Rojan poussa un cri et Naz faillit lâcher les plumes de la flèche. Un homme surgit, vacillant, hystérique, des ténèbres, droit sur Naz, et s'effondra à genoux. Ce fut au tour de Naz de hurler. La flèche partit de travers, manquant l'homme de trois longueurs. Naz paniquée en sortit une seconde de son carquois – elle hurlait, l'homme rampait.

Les deux sœurs avaient pris un tel luxe de précautions pour ne pas attirer l'attention, persuadées d'être traquées par des prédateurs à tous les coins de forêt. En vérité, cependant, sur des kilomètres à la ronde, il n'y avait sans doute qu'elles et cet homme, ce qu'elles comprirent plus tard. Sur le moment, elles firent assez de boucan pour réveiller tout un comté. Rojan hurlait, Naz vitupérait, tournant en rond autour de son ennemi, la pointe d'ardoise scintillante de sa flèche dirigée vers la tête de l'homme – et lui, gémissant, grattant la terre de ses mains, tant sa terreur était grande.

« Reste assis ! Reste assis, hurlait-elle. Putain, mais c'est quoi, ton problème ? Tu bouges d'un centimètre, je te tue. Je te le jure.

— Le feu, gémissait l'homme. Le feu. »

Naz en fin de compte finit par lui accorder assez d'attention pour comprendre qu'il avait encore son ombre. Éclairée par un faible clair de lune, accroupie près de lui sur la terre.

« Le feu. »

Il regarda Naz comme si elle avait tué un enfant sous ses yeux.

« Pourquoi, pourquoi avoir éteint le feu ? »

Naz finit par demander à sa sœur de rallumer leur pauvre flambée. L'homme leur donna son nom de famille, Wright, sans vouloir y adjoindre un prénom.

« Je ne veux pas en parler, ajouta-t-il. Je vous en prie, ne me posez pas de questions là-dessus. »

Elles n'essayèrent pas. Après une heure à lui soutirer des informations, Naz se sentit suffisamment en sécurité pour baisser son arc. Les muscles des bras si raides qu'elle eut du mal à remuer les doigts pendant un bon moment. Wright ne savait ni chasser ni allumer un feu, mais il avait des quantités d'eau, qu'il transportait dans une énorme vessie de camping en caoutchouc qu'il avait trouvée dans ses pérégrinations. Naz et Rojan lui offrirent un tiers de l'écureuil qu'elles étaient en train de faire rôtir ; en échange, elles purent boire à sa gourde jusqu'à plus soif. Le lendemain, la pisse de Naz n'était pas jaune de chrome, contrairement à ces dernières semaines ? Derniers mois ?... Elle n'aurait pas su le dire.

« Je viens du Bronx. J'ai pris vers le nord, dit Wright tandis qu'ils rongeaient les petits os pour ne pas y laisser un gramme de viande, avant de se mettre à les sucer. Il s'est passé quelque chose en centre-ville. Près de l'Empire State Building. Quelque chose de colossal. C'est ce qui m'a fait comprendre qu'il fallait que je parte. À mon avis, il ne reste plus grand-chose là-bas.

— Merde, c'est là qu'on voulait aller », dit Naz.

Elle passa l'arc par-dessus son épaule et se plaqua les paumes sur les yeux. Il lui vint sur les paupières des brumes de couleurs flottantes. Ce n'était pas désagréable. Et maintenant, alors ?

« Du coup, on va où, à la place ?

— Moi non plus, je ne sais pas, dit Wright. Je peux vous accompagner ? »

Non, dit Naz ; pourquoi pas, répondit Rojan. Et ce fut la petite sœur qui l'emporta. Wright pouvait porter des litres d'eau dans sa gourde élastique, assez pour trois personnes. Et il pouvait rendre leurs interminables tours de garde nocturne plus supportables.

Leur progression en fut grandement facilitée. Naz ne lui faisait toujours pas confiance. Mais elle devait bien admettre que, mieux hydratées, plus reposées, Rojan et elle marchaient plus vite. Comme leur chemin passait par Hoboken, dans le New Jersey, ils allèrent sur le bord de l'Hudson pour regarder Manhattan. Juste pour voir. Ils étaient sur Sinatra Drive, à quelques mètres du rivage, les yeux fixés par-delà les eaux sombres. La lune brillait et son reflet se réfractait dans la mer.

« Est-ce que c'est… vraiment… ? »

Naz, les yeux écarquillés, ne finit pas sa phrase.

« Oui, fit Wright. C'est ça, c'est ce que les gens décrivaient en beuglant pendant qu'elle les écrabouillait par rues entières. »

Ils étaient sans voix. Sous leurs yeux, New York était détruite par son propre monstre. La femme d'émeraude, qui avait triplé de taille, se dressait entre les gratte-ciel. Sa torche brûlait d'un vrai feu. Avec un rugissement assourdissant, elle souleva la tablette qu'elle tenait dans l'autre main et s'en servit pour écraser un immeuble. Les ondes de choc se propagèrent sur la mer tandis que les mains vertes fouillaient dans les décombres.

« Je ne comprends pas comment vous avez pu sortir de là vivants, dit Rojan d'une voix douce.

— Je sais. »

Ils s'attardèrent encore un peu.

« Dire qu'à un moment, je me disais que je n'avais qu'à patienter en me faisant le plus petit possible. »

Naz ne comprenait pas le spectacle qu'offrait New York.

« C'est presque beau », finit-elle par souffler tandis que la femme géante tirait derrière elle la traîne de sa robe, écrasant tout sur son passage.

Les immeubles s'effondraient dans des giclées de verre et de métal. Au coin sud de Central Park, que la statue avait déserté quelques minutes plus tôt, une explosion fit lever un nuage noir et rageur. Sa couronne luisit dans le crépuscule orangé.

« Horrible, mais beau. »

Cette nuit-là, ils campèrent sur le rivage et mangèrent des écrevisses qu'ils y avaient pêchées. Wright ne voulait toujours pas leur donner son prénom – ce qu'il compensa par d'autres informations. Le jour où il avait vu Boston à la télévision. Le jour où l'Oubli était apparu à New York. Les amis qui voulaient partir dans le Sud sur des motos volées (il aurait dû les suivre).

« Vous avez déjà entendu parler de Celui Qui N'A Qu'Un Œil ? leur demanda-t-il, alors qu'ils se serraient les uns contre les autres près de leur petit feu.

— Celui Qui N'A Qu'Un Œil ? répéta Naz.

— Ou peut-être que c'était le Sans-Yeux. C'est le nom que mes potes donnaient à ce type… ou à ce… truc. Qui qu'il soit. Ou qu'il ait été. »

Wright soupira.

« Celui Qui Rassemble. Ça, j'en suis sûr. C'est un des noms qu'ils lui donnaient. »

Naz hocha la tête – le souvenir du graffiti qu'elle et Rojan avaient vu tagué sur un mur, à la sortie de Boston, venait de lui revenir. L'homme se pencha vers elle.

« Il est à La Nouvelle-Orléans. C'est ce que disaient mes amis. »

Alors, La Nouvelle-Orléans, pourquoi pas ? Puisqu'il n'y avait plus ni New York, ni Boston, ni Téhéran. Les amis de Wright y avaient peut-être survécu. Ils arriveraient peut-être à les rejoindre auprès de celui « qui rassemblait » – si cette connerie avait du sens. Ça n'était pas une décision très structurée, mais c'était toujours mieux que ce qui les avait amenées à New York. Naz croisa le regard de Rojan par-dessus les flammes. Oh, le grand sourire satisfait de sa petite sœur ! *Qu'elle aille se faire foutre*, songea Naz, désabusée, avant de lui sourire en retour. Rojan accordait toujours trop vite sa confiance. Et Naz, elle, était toujours trop réticente. Elles avaient de l'eau, maintenant. Et un plan d'action. Ce Wright n'était peut-être pas si mauvais que ça.

Ils ne croisèrent pas un seul sans-ombre avant Wilmington en Pennsylvanie. Celui-là rôdait dans un recoin de la supérette qu'ils avaient commencé à fouiller. *Pourvu que ce soit un trouillard*, songea Naz lorsqu'elle l'eut repéré. Elle allait le contourner, le faire reculer vers la porte. Sauf que, lorsqu'il vit Naz, il chargea. Sans aucune intention de s'arrêter en chemin, visiblement. Il était en colère – une colère absolue, qu'il n'avait aucun moyen d'exprimer. Ni par la parole, ni par l'écrit, ni par les gestes. Il ne pouvait que détruire. Comme le monstre de New York, peut-être. Cette femme d'émeraude qui ne comprenait rien à rien et à laquelle personne n'avait rien pu dire.

Wright et Rojan se trouvaient à l'autre bout de la supérette mais, une fois passé le choc de la surprise, Naz retrouva son calme. Le sans-ombre apparemment ne savait plus ce qu'était une flèche. Naz la plaqua d'un geste rapide contre la corde, qu'elle tira sans trembler. L'homme poursuivit sa course, droit vers elle. Parfait. Elle allait pouvoir lui infliger une mort instantanée et sans douleur. La cinquième de ses six victimes.

« Qu'est-ce qui se passe ? » s'écria Wright, qui venait d'apparaître au bout de l'allée.

Rojan suivait sur ses talons.

« J'ai entendu l'arc, je… Oh ! Seigneur.

— Tout va bien », dit Naz.

Rojan la serra dans ses bras. Et Naz n'avait qu'une pensée en tête, tout contre sa sœur : quelle chance que le sans-ombre se soit attaqué à elle. Si ç'avait été Rojan, la frêle Rojan qui avait déjà du mal à porter son sac à dos… alors, un combat singulier… *Dieu soit loué, elle était avec Wright.*

« Bon, fit ce dernier simultanément. Maintenant, quand on fouillera une maison ou un magasin, ce sera tous les trois ensemble, même si ça nous fait perdre du temps. C'est plus sûr. »

Naz, pour une fois, était d'accord avec lui.

Sa sixième et dernière victime, Wright, succomba un soir sans lune en pleine cambrousse, au sud de Baltimore.

Comme Wright allait prendre son tour de garde après Rojan, déjà partie au pays des rêves, Naz, au côté de sa sœur, dormait profondément. Elle avait, pour une fois, posé son arc à terre, plutôt que de le garder en bandoulière, ce qui l'obligeait toujours à des contorsions douloureuses pour son cou et son dos.

Elle se réveilla parce qu'elle entendit son nom prononcé à voix basse. Puis une autre voix chuchota :

« Ta gueule. »

Naz ouvrit les yeux.

« Putain, gronda Wright. Tu compliques les choses. »

Naz n'avait pas encore recouvré tous ses esprits. De la main elle tâta la terre, à la recherche d'une forme familière – même si elle avait sous les yeux cette curieuse scène : Wright, arc maladroitement en main, visant Rojan de sa flèche. Son cerveau soudain en comprit le sens.

« Mais tu sais bien ce que nous avons, disait Rojan. On partage toute notre nourriture avec toi. Et nos vêtements sont trop petits, de toute façon.

— Arrête tes conneries, gronda Wright en tendant la main vers les sacs des deux filles. Il y a de l'or. Je l'ai vu. Il est là, dans vos fringues.

— Ce sont des bijoux de pacotille, répondit Rojan.

Les bijoux de notre mère. Ils n'ont qu'une valeur sentimentale.

— Alors pourquoi tu ne me les donnes pas ?

— Parce que notre mère est morte », dit Naz.

Wright se retourna vers elle, l'arc à la main. Elle sursauta.

« Ah, fit-il, hilare. On fait moins la maligne, hein ?

— Tu ne sais pas t'en servir, répondit-elle. Tu vas faire de grosses conneries, si tu continues.

— Franchement, c'est déjà la merde. »

Du menton, il désigna le sac de voyage.

« File le sac. Perds pas de temps.

— Non », gémit Rojan.

Mais sa grande sœur la rejoignit d'un pas lent et se pencha vers le sac de voyage.

« Oh, les bijoux de notre mère, souffla Rojan.

— Moi aussi, ma mère est morte, ricana Wright avec un haussement d'épaules.

— Baisse l'arc », dit Naz.

Wright fit non de la tête.

« Baisse l'arc et je te lancerai le sac. »

Il finit par obtempérer. Naz lui lança le sac. Il le rattrapa d'une main et s'empara de la bandoulière, sans quitter les sœurs des yeux. Sans lâcher l'arc et les flèches. Rojan s'était affaissée, à bout de forces, mais Naz se sentait parcourue de vagues électriques. Elle était remontée comme un ressort à présent, prête à bondir à la première occasion. Le sac n'en valait pas la peine – mais c'était plus fort qu'elle. La bandoulière de leur sac passa par-dessus la tête de Wright. Elle avait baissé la garde ; il les avait trahies. Il avait tenu Rojan en joue. Elle ne pouvait pas laisser passer une telle insulte. Même au risque d'une blessure.

Sa main gauche désormais libre, Wright reprit fermement l'arc en main. Pour les mettre en joue, assurer sa fuite.

« Naz, n'essaie pas de… », commença Rojan.

Trop tard.

« *Fils de pute !* » gronda Naz en se jetant sur l'homme.

Ils se mirent tous à hurler. Naz, de l'index et du majeur, visa les yeux de Wright, pour les lui arracher. Rojan se recroquevilla, les mains sur la tête. Wright était pris entre deux feux : soit se débarrasser de la jeune femme, soit prendre assez de recul pour encocher la flèche. Ce qui ne pouvait que donner un piètre résultat – la cible était trop proche.

Mais Rojan ?…

« Putain de merde », grommela Wright.

Les muscles de ses bras se détendirent.

« Putain de merde… »

Naz se laissa tomber près de sa petite sœur. La flèche était partie de travers. Wright l'avait décochée sans le faire exprès, ayant dans sa lutte contre Naz trop tiré sur la corde. Le projectile avait pourtant trouvé Rojan. Au sommet de sa cuisse, une longue et fine baguette se dressait désormais, droite comme un mât.

« Oh, non ! » gémit la petite sœur.

Sous elle, partout, le sol se poissa d'un sirop épais et rouge. Elle était en choc hémorragique, Naz le comprit immédiatement. Son visage était blanc comme une lune, vernissé de sueur.

« Appuie. »

Naz, d'une main tremblante, ôta sa ceinture et essaya d'en ceindre la cuisse de Rojan.

« Il faut faire un point de compression. Pour arrêter l'hémorragie. Tu comprends ? Il faut appuyer.

— Mais pourquoi tu n'as pas donné… pourquoi t'as voulu te défendre…, bredouilla Wright, dans le noir.

— Naz, murmura Rojan.

— Appuie, appuie, répéta Naz.

— Naz », souffla Rojan, lèvres tremblantes.

Naz se retourna dans la direction qu'indiquait le regard chaviré de sa sœur. Wright, agrippé au sac, contemplait avec effroi la jeune blessée. Il avait laissé à terre l'arc et le carquois de Naz, flèches éparpillées en tous sens.

La pensée traversa leurs esprits respectifs au même moment. Naz et Wright bondirent, mains tendues vers la terre – et Wright, comme la première fois, se méprit sur le recul dont un archer a besoin pour tirer.

Naz, elle, savait. Elle n'eut besoin que d'une flèche.

Après quoi Rojan et Naz ne progressèrent plus que très lentement. Il fallait à Naz porter leurs deux sacs et soutenir sa sœur. Elles s'arrêtaient souvent : Naz, parce que le manque de sommeil, la nécessité obsessionnelle de monter la garde l'arc en main la faisaient délirer. Rojan, parce qu'elle était trop affaiblie. Elles ne faisaient plus de feu, comme avant le premier mort.

Elles n'arrivèrent jamais à La Nouvelle-Orléans. Ne dépassèrent jamais Washington D.C.

Orlando Zhang

Ory franchit Roosevelt Bridge une heure après s'être réveillé. Il était aux portes de D.C. Aux portes de Max.

Mais lorsqu'il eut achevé sa longue et silencieuse traversée, le Washington qu'il eut sous les yeux ne ressemblait plus en rien au Washington d'autrefois.

Il ne restait qu'une ville incendiée jusqu'au moindre trou à rat et plongée ensuite dans une mort hivernale. Partout, les noires cicatrices du feu. Les rues, la terre, les flancs des immeubles, les toits : tout revêtait le même manteau d'obscurité carbonisée. Et du ciel ne cessait de tomber une pluie, crachin glacial qui, mouchetant les épaules d'Ory, lui sembla bientôt plus lourd que l'eau. La ville aurait scintillé, masses d'onyx calciné incrustées de fins diamants, sans cette voûte d'épais nuages ardoise qui filtrait le moindre rayon.

Ory était un touriste parvenu à la fin du monde.

Juste après le Kennedy Center, il tomba sur un groupe de femmes qui campait sur ce qui avait été jadis le garage en rez-de-chaussée d'une résidence de luxe. La porte rétractable avait été relevée – ou peut-être arrachée. Et les femmes se tenaient devant la cavité, à converser tranquillement en serrant contre elles les couvertures qui leur servaient de châles. Trois ombres, quatre paires de jambes. La sans-ombre était au cœur du groupe et ce dont elle parlait à voix basse faisait hocher la tête aux autres, pensives. Elle était petite, maigre et vigoureuse, les cheveux en bataille, d'un roux si vif qu'il en paraissait orange. En d'autres temps, l'effet aurait été splendide. *On la repère à cent mètres*, se dit seulement Ory.

Une de ses compagnes répondit ; elles éclatèrent toutes de rire. Trois ombres. *C'est bon, ça, peut-être*, songea-t-il, inquiet. *Elles pourraient bien avoir vu Max. Elles se souviendront peut-être.* Sous ses aisselles, le tissu de sa chemise était si humide qu'il lui aspirait la peau.

Ory baissa les yeux sur sa ceinture. Il portait son couteau à l'arrière, loin des regards. Bien. Et son fusil – son *orage* – était ouvert sur les deux canons vides.

Allez, on tente sa chance, songea-t-il en se redressant. *À cent contre un.*

« Ah, bonjour, déclara-t-il d'une voix forte. Je ne vous veux pas de mal. Je cherche ma femme. Elle s'appelle… »

Un petit caillou acéré siffla contre sa tempe droite.

Ory se recroquevilla. Le deuxième caillou s'écrasa devant lui et rebondit sur le béton.

Non, non, non, ça n'allait pas du tout. Une violente brûlure lui déchira l'épaule ; par une infime déchirure de sa chemise s'offrait aux regards une fente rouge vermillon. Le sang fleurissait dans la trame. Ory leva les mains vers son visage pour se garder du projectile suivant tout en reculant, jambes tremblantes.

Deux des femmes sortaient de pochettes fixées à leurs ceintures des pierres qu'elles avaient aiguisées, les lançant vers Ory avec une précision mortelle. Les deux autres filèrent dans le garage, à la recherche sans doute d'armes moins artisanales. La sans-ombre, les mains en porte-voix, se mit à crier :

« Mike ! Jim ! Intrusion devant le garage ! »

Une nouvelle pointe atterrit sur le sol, aux pieds d'Ory. Puis il entendit un vrombissement – impossible de s'y tromper, c'était une moto que l'on venait de démarrer, quelque part dans les décombres de la résidence.

Ory fit volte-face et se mit à courir de toutes ses forces.

Lorsque le son du moteur ne fit plus vibrer ses tympans, il se faufila dans le premier recoin qu'il put trouver et se tâta l'épaule non sans hésitation. La coupure était profonde – oh, pourvu que ça puisse cicatriser sans points de suture. De toute façon, il n'avait pas de quoi recoudre. Il essaya de faire se joindre les deux bords de la plaie, par-dessus le muscle à nu. Ils ne cessaient de s'écarter comme les paupières d'un œil rouge et gonflé.

La rue suivante grouillait de la même sorte de faune, tout aussi armée.

Cailloux, marteaux, haches, branchages qu'on avait taillés pour en faire des lances, des gourdins. Ces gens n'avaient qu'une crainte : qu'Ory leur vole leurs provisions ou s'en prenne à leur vie. D'autres ne savaient plus s'ils avaient connu cet homme ou s'ils devaient le craindre. Soit ils détalaient, soit ils le fixaient, muets de terreur, jusqu'à ce qu'il abandonne la partie. Une vieille femme sans-ombre finit par lui offrir un poisson qu'elle avait pêché dans le Potomac et fait sécher.

« Depuis combien de temps ? demanda-t-il entre deux bouchées avides.

— Neuf », dit-elle.

Puis, le sourire aux lèvres, elle ajouta :

« Je vais vous laisser, maintenant. Car si j'oublie que je vous ai donné ce poisson… »

Son repas fini, Ory se débarrassa à coups de langue de l'odeur âcre d'huile de poisson qui enduisait ses doigts. Son estomac se ressentait déjà de cet écart, son premier vrai repas depuis des jours.

« Vous n'auriez pas croisé une femme dans les parages ? demanda-t-il à la sans-ombre qui s'éloignait déjà. J'ai sa photo sur moi.

— Mon garçon, je ne me souviens même pas de mon nom. J'espère que vous la retrouverez.

— Moi aussi. Je pense qu'elle a dû se diriger vers l'est de la ville. Nous habitions près de Dupont Circle, dans le temps.

— Ah, non, grinça la vieille femme en dévisageant Ory. Ne vous aventurez pas là-bas. Il se passe des choses horribles. Vraiment horribles. Restez sur la côte, comme nous tous. Ou encore mieux, remontez vers Arlington. Ou au-delà. C'est ce que font les plus jeunes. »

Elle secoua la tête.

« Si votre chérie est allée en ville, vous ne la retrouverez pas. Et si vous y allez, vous n'en reviendrez sans doute pas.

— Quelles choses horribles ? »

Le visage de la femme se vida de toute expression. Puis il lui vint un spasme d'effroi. Il s'éloigna avant qu'elle ne rebrousse chemin, pour récupérer son poisson.

Plus il s'approchait de Dupont Circle, plus le vacarme régnait. Il percevait des mouvements furtifs. De la fumée. Des tourbillons de poussière qui s'échappaient d'immeubles en ruine. Du sang frais. Des cris qui venaient du fond des contre-allées. Et des sans-ombre qui traversaient les carrefours entre des moments d'étrange immobilité. Des sans-ombre qui couraient en ligne droite.

Autrefois, durant ses premières explorations, Ory avait vu nombre de gens courir – avant de tous disparaître. Il y avait une différence entre des gens qui couraient les uns à côté des autres, parce qu'ils se rendaient par hasard au même endroit, et des gens qui couraient ensemble. Ory observa le spectacle pendant quelques instants. Ce n'était pas comme à Arlington. Ces sans-ombre couraient comme s'ils savaient où ils allaient. Et comme s'ils y allaient tous en même temps. Lignes droites, tournants précis. Qu'est-ce que cela pouvait bien signifier ? Rien de bon : de cela, il était certain.

« Bon, Max, j'arrive », murmura-t-il.

Il était presque arrivé à bon port. Au coin de la rue, sur un mur, des lettres peintes dans un rouge éclatant – peinture, autre pigment ? – formaient ces mots, *Celui Qui Rassemble*. Ory s'engouffra en courant dans la rue. Dans sa rue.

Hier, j'ai trouvé un autre dessin, dans un autre campement abandonné. J'ai l'impression que c'est le même artiste que celui des signes vus au lycée d'Oakton. J'ai l'impression d'être sur le bon chemin, Ory. Savoir où il va, c'est autre chose – mais il y va. Et cet autre dessin – c'était le plus curieux de tous.

Ce qui m'a frappée, d'abord, c'étaient les cendres. Le feu était récent : on avait dû l'éteindre dans la matinée, ce que j'ai constaté quand je me suis accroupie. Et tout autour du feu, des endroits dégagés, où les gens avaient dormi. Puis j'ai vu le dessin. Juste derrière le campement, sur un bout de trottoir encore pratiquement intact. Il y avait une ombre peinte sur le ciment. Une ombre, sans personne. C'est encore plus bizarre qu'une personne sans ombre.

Je me suis installée au-dessus d'elle, dans la même position, un bras levé, comme si je parlais à quelqu'un, et l'autre sur la hanche. Et j'ai ouvert grands les yeux. Je suis restée des heures dans cette position. C'était une drôle de chose, en fait. Je ne me suis pas sentie particulièrement reconnectée – je n'ai pas senti que je récupérais une partie de moi que j'avais oubliée.

J'aurais adoré, pourtant, Ory, mais ça ne s'est pas produit. J'avais seulement cette impression complètement singulière – comme si je portais des vêtements qui ne m'appartenaient pas. Ou comme si, au cours d'une fête avec des tonnes de gens, quelqu'un qui n'a pas bien compris mon nom à cause du bruit m'avait appelée Lax ou Mox pendant toute une nuit de musique et de vibrations.

Si je n'ai rien senti, c'est peut-être parce que ce n'était pas un dessin de mon ombre, mais de celle de l'homme aux yeux bleus.

Celui Qui Rassemble

Le lendemain, lorsque le docteur Zadeh et l'amnésique retournèrent au Maharashtra Regional Hospital pour une nouvelle rencontre avec Hemu Joshi, les assistantes du docteur Avanthikar leur montrèrent les kilomètres de papier recouverts de zigzags qu'elles étaient en train d'imprimer. Des ondes cérébrales, songea l'amnésique lorsque la doctoresse se détourna de ses données suffisamment longtemps pour l'étreindre avec chaleur et serrer la main du docteur Zadeh.

« Des heures et des heures de données, leur dit-elle. Qui recèlent, je l'espère, de bonnes nouvelles. Beau travail, Visiteur. C'est la première fois depuis son hospitalisation que Hemu discute aussi longtemps avec qui que ce soit. D'habitude, il perd patience.

— Ils se comprennent, dit le docteur Zadeh, tout sourires.

— Je crois qu'il se sent à l'aise avec moi, dit l'amnésique. Nous avons oublié un certain nombre de choses, tous les deux. Nous sommes égaux. Amis, même, peut-être.

— Oh, cela me rappelle que… Un sandwich. Un seul, d'accord ? »

Le docteur Avanthikar le désignait d'un index amusé. Elle avait retenu leur conversation de la veille et décidé de permettre à l'amnésique d'honorer sa promesse. Hemu aurait son sandwich à l'américaine.

« Un seul. »

Le ton de sa voix réjouit l'amnésique. Ce n'était plus le médecin qui contrôle le régime de son patient, mais la mère qui permet à son fils de prendre quelques libertés avec le règlement, par pure affection maternelle. Elle avait pour Hemu la même affection que le docteur Zadeh pour son amnésique.

« Compris, dit l'amnésique. Un seul sandwich. »

Elle lui décocha un clin d'œil puis lui ouvrit la porte. Du divan, Hemu dévisagea le docteur Avanthikar si longuement tandis qu'elle procédait à de nouvelles présentations, puis les équipait, comme la veille, de capteurs reliés aux machines de la salle de contrôle, que l'amnésique fut envahi par l'inquiétude. Hemu avait-il donc tout oublié déjà des discussions de la veille ? Mais une fois qu'elle fut sortie du salon et que le doux murmure des machines eut fait comprendre à l'amnésique que l'enregistrement avait commencé, Hemu se mit à sourire.

« J'ai eu peur que vous ne vous souveniez pas de moi, avoua l'amnésique.

— Mais je ne vous ai pas oublié, dit Hemu. C'est cette femme qui vous accompagnait : qui est-elle ?

— C'est une doctoresse. Qui s'occupe de vous. »

Il s'efforça de ne pas penser à la femme, de l'autre côté de la cloison. La femme qui les écoutait. La réflexion de Hemu l'avait-elle vexée ? Ne pas y penser.

« Mais vous, Hemu ? Comment allez-vous aujourd'hui ? Comment vous sentez-vous ?

— Ça va, ça va. J'ai pas mal réfléchi, hier soir. À ce que vous m'avez dit, au fait que vous vous souviendriez pour mon compte de tout ce que je vous dirai. Je n'étais pas certain, au début, de discuter de tout cela avec vous, mais je pense en fait que c'est préférable. Nous ne nous connaissons pas depuis bien longtemps – et nos maladies ne sont pas similaires, je sais. Mais je pense que vous êtes mieux à même de comprendre que n'importe qui. Vous êtes, je crois, la personne idéale pour ce que j'ai à dire. »

L'amnésique leva la main.

« C'est un honneur pour moi que de pouvoir entendre ce que vous avez à partager. Mais nous avons beaucoup de temps, Hemu. Je ne veux pas que vous vous sentiez obligé de partager des informations d'ordre intime avec moi si vous ne vous sentez pas encore à l'aise. Le gouvernement indien m'a donné la permission de travailler avec vos médecins pendant tout un mois, et prévoit même la possibilité d'allonger ce laps de temps. Nous…

— Mais cela ne signifie pas nécessairement que vous ayez un mois », l'interrompit Hemu.

Avant de hausser les épaules.

« Vous êtes au courant ? »

Oui, il était au courant. Il baissa les yeux, incapable de soutenir le regard de Hemu.

« J'espère que nous aurons plus de temps que cela.

— Moi aussi, dit Hemu. Mais si tel n'était pas le cas, voici quelque chose d'une très grande importance. J'y travaille depuis que je suis ici – en fait, depuis que je me suis rendu compte que je devenais amnésique. Je veux que vous m'aidiez à m'en souvenir. »

Il inspira profondément.

« Gajarajan Guruvayur Kesavan. »

L'amnésique se contenta d'opiner du chef, désarçonné par cette cascade de syllabes.

« Est-ce encore un dieu ? » finit-il par demander.

Hemu fit non de la tête, le regard grave ; les fils des capteurs lui faisaient une tiare.

« Guruvayur Kesavan, c'est un éléphant. Gajarajan – le roi des éléphants. Il vivait dans le Kerala. Dans l'enceinte du temple de Guruvayur. »

L'amnésique fit une tentative de remise au point.

« Dans ce temple de Guru… Guruvayur, est-ce qu'on adore le dieu du Soleil, Surya ? se risqua-t-il, non sans optimisme.

— Non. »

Hemu se retourna pour tapoter les coussins du sofa.

« Le temple de Guruvayur est dédié au culte de Vishnou, dans son avatar de Krishna. Son huitième et dernier avatar, précisa-t-il, les yeux dans le vide, en soulevant l'un des coussins.

— Il y a tellement de noms dans le Rigveda, soupira l'amnésique.

— Non, sortez-vous le Rigveda de l'esprit. Ce que je vous raconte ne relève pas des textes anciens. Gajarajan a vraiment existé. C'était un éléphant en chair et en os, bien réel, bien vivant. Qui a vécu dans les années 1970 ! Je ne suis pas en train de vous parler des légendes séculaires de l'hindouisme !

Mais de recherche. De recherches scientifiques. Contemporaines. Mes recherches.

— Vos recherches ? » répéta l'amnésique.

Hemu avait perdu le fil.

« Mais où est-il passé ? marmonna-t-il en soulevant les coussins les uns après les autres. Hé ! »

Hemu, visiblement, était en train de reconstituer ce qu'il avait pu dire du docteur Avanthikar à l'amnésique avant de l'oublier complètement.

« Vous, la doctoresse… avec les beaux cheveux gris ? »

La porte s'ouvrit au bout de quelques minutes. Le docteur Avanthikar passa la tête par l'embrasure. Sa tresse argentée se balançait devant son épaule.

« Vous l'aviez laissé dans votre chambre, Hemu. »

Une assistante apparut derrière la doctoresse. Elle était allée, de toute évidence, récupérer ce que Hemu cherchait si fébrilement.

« Le voilà. »

La doctoresse se dirigea vers les deux hommes, un paquet sous le bras.

À sa vue, l'amnésique fut envahi par la tristesse.

« Merci, docteur Avanthikar. »

Il prononça lentement son nom. En guise d'excuse, peut-être, pour avoir rendu manifeste le fait que Hemu l'avait, d'un jour sur l'autre, déjà oubliée.

« Ce n'est pas grave », répondit-elle avec un bon sourire.

Elle avait deviné ce que l'amnésique cherchait à lui faire comprendre. Elle tendit à Hemu un classeur à trois anneaux, plein à craquer, avant de retourner dans la salle de contrôle. D'innombrables petits bouts de papier dépareillés hérissaient la tranche du classeur – articles ou photos que Hemu avait découpés ailleurs et collés dans son recueil.

Lorsqu'ils furent de nouveau seuls, Hemu déposa le classeur d'un geste précautionneux sur la table basse.

« Oui, mes recherches. Tout ce que j'ai pu recueillir sur la question. La… »

Il ne se souvenait déjà plus de son nom.

« La femme a bien voulu que j'y travaille. Elle dit que ça me fait du bien. Vous êtes prêt ? »

L'amnésique hocha la tête. Hemu avait pris du plaisir à lui raconter l'histoire du dieu du Soleil, mais ceci n'avait rien à voir, il en était bien conscient. Plus de Rigveda ni de mythes. L'éléphant était visiblement beaucoup plus important aux yeux de Hemu.

Qui ouvrit le classeur comme il l'aurait fait d'un manuscrit ancien.

« Voici Gajarajan, l'éléphant le plus sacré de tout le pays. »

Collé sur la page de garde du classeur, un éléphant les regardait. Énorme visage gris sombre, qu'encadraient en éventail deux oreilles aussi ténébreuses. Bien plus sombres que ce qu'étaient devenus les éléphants dans l'esprit de l'amnésique. Celui-là semblait presque noir, comme sculpté dans le charbon. La longue étendue de son front, tout aussi large, et que prolongeait une musculeuse trompe, était considérablement plus claire, comme si l'animal avait trempé son visage et son interminable nez dans une mare de peinture gris perle.

« Oh ! » s'exclama l'amnésique, abasourdi.

Il y avait quelque chose de presque humain dans

l'expression de l'éléphant, l'angle patient de sa tête. Ses yeux noirs étaient si vastes ! Ils ne regardaient pas le photographe, par-delà l'appareil, mais bel et bien l'objectif, comme si l'animal avait compris le principe de la photographie.

« Quelle majesté, hein ? »

Hemu fit pivoter le classeur et décocha à Gajarajan un sourire affectueux.

« Saviez-vous que le mot dont on se sert pour désigner une troupe d'éléphants est *mémoire* ? Une mémoire d'éléphants. C'est ce qu'on dit.

— Une mémoire d'éléphant, en effet », répondit l'amnésique sans réfléchir.

C'est ce que les gens disaient. Les éléphants n'oublient jamais. Comment s'était-il souvenu de cela ? Il lança un regard vers le miroir sans tain. Pourvu que le docteur Zadeh soit bien là, à les observer. S'il avait surpris ce regard, il le noterait. L'amnésique avait-il déjà vu un éléphant, un vrai ?

Hemu tourna les pages du classeur. Gajarajan dansait entre elles, yeux de jais, trompe de nacre courbe.

« Ce n'est pas tout, poursuivit-il. Saviez-vous qu'ils partageaient la même mémoire ?

— C'est-à-dire ? Deux éléphants qui partagent la même expérience ?

— Non, fit Hemu en secouant la tête. Un éléphant fait une certaine expérience – et c'est un autre qui s'en souvient. »

L'amnésique eut un moment d'hésitation – puis décida de répondre ce que le docteur Zadeh invariablement répondait à ses malades d'Alzheimer lorsqu'ils confondaient deux choses.

« Je vois.

— Ah, ricana Hemu, qui se remit à feuilleter le classeur. N'allez pas penser que je déraille, insista-t-il. C'est attesté. »

Il s'arrêta sur une vieille coupure de presse.

« Regardez. »

L'article datait des années 1950, époque où Gajarajan était déjà d'âge mûr. Il était né, expliquait le journaliste, dans la forêt. Tout jeune, il avait été capturé par des chasseurs alors qu'il traversait un gué avec les siens. À cette époque, il n'était pas rare que les bonnes familles fassent don d'un éléphant à un temple hindou. Les animaux vivaient près du temple et, magnifiquement ornés, participaient à des rites et à des festivals. La famille royale de Nilambur fit cadeau du jeune Gajarajan – qui à cette époque ne s'appelait encore que Kesavan – au temple de Guruvayur.

Des dizaines d'années plus tard, alors que Gajarajan était devenu l'un des éléphants les plus célèbres du pays, de par son dévouement presque surnaturel aux rites de son temple, quelques-uns de ses frères et sœurs furent capturés par des trafiquants d'ivoire. Avant qu'ils ne soient mis à mort, les villageois qui, par respect pour Gajarajan, gardaient un œil sur sa famille sauvage, firent fuir les malfrats en les menaçant de leurs machettes. Ces tentatives étant devenues trop fréquentes, les villageois comprirent que la seule manière de protéger la famille de l'éléphant était de la transférer vers une réserve animale, à des centaines de kilomètres de leur forêt natale. Ce fut dans l'une de ces réserves qu'une sœur de Gajarajan, née quelques années *après* sa capture et son transfert au temple de

Guruvayur, croisa le chemin d'une biologiste américaine, une bénévole de la réserve qui lui apprit à peindre après l'avoir vue gratter la terre avec des bouts de bois.

Tous les vendredis, lors de la visite hebdomadaire de la biologiste, qui lui apportait une nouvelle toile et des pots de peinture, la sœur de Gajarajan peignait. Pour l'essentiel, des portraits de la biologiste, qui avait de longs cheveux noirs et une jambe artificielle en métal – elle était née avec une malformation qui la privait d'une partie de sa jambe gauche.

La même année, un peu plus tard, les prêtres de Guruvayur effectuèrent des travaux de rénovation dans le temple en prévision d'un festival. Gajarajan fut transféré dans la cour intérieure, le temps que son enclos soit réparé. D'après l'auteur de l'article, l'éléphant se mit à déambuler dans la cour, aussi paisiblement qu'à son habitude, examinant d'une trompe délicate les outils et les bâches nécessaires aux travaux. Son humeur changea lorsqu'il tomba sur une caisse qui contenait des pinceaux et des pots de peinture. Pinceau à la trompe, il pressa sur un des pots de tout son poids jusqu'à ce que le couvercle saute. Lorsque les prêtres s'aperçurent de son manège, l'éléphant s'était déjà mis au travail. Il s'était servi de la peinture destinée à la rénovation du temple pour barbouiller sur le mur le plus proche le portrait, malhabile, certes, mais bien reconnaissable, d'une femme – une femme brune dont l'une des jambes était couleur argent.

« Impossible, dit l'amnésique en levant les yeux du classeur.

— En effet, dit Hemu, dubitatif. Gajarajan n'a

jamais quitté le temple après y avoir été envoyé en cadeau. Il n'a jamais rencontré la biologiste américaine – seuls les hindous peuvent entrer dans l'enceinte du temple. Personne ne lui a montré ce qu'avait peint le… la… (Hemu ne se souvenait plus du terme de sœur, non plus d'ailleurs que de ses deux frères) l'autre éléphant. »

L'amnésique rendit le classeur à son propriétaire. Il ne savait que dire. Une étincelle s'était mise à crépiter au fin fond de son esprit – un infime électrochoc. Des impulsions électriques entre les synapses, lui disait toujours le docteur Zadeh. Mais la sensation était plus intense, pourtant. Les contes du Rigveda partagés par tout un pays, la légende de Surya, de sa femme et de l'ombre de celle-ci, Gajarajan, sa troupe, leurs tableaux. L'électrochoc se propageait dans des régions lointaines et l'amnésique s'efforça de le suivre. Tout ce que lui disait Hemu – sur les dieux, sur la légende urbaine dont l'éléphant était le héros – finissait toujours par dériver – récits fragmentaires, incomplets. Pourtant son bavardage n'était pas sans but, de quelque manière qu'on l'entende. Hemu tournait autour du pot – autour d'un sujet qu'il savait essentiel mais qu'il ne parvenait pas à aborder.

« Un éléphant ne peut sans doute jamais faire l'expérience d'une amnésie complète, murmura Hemu pour lui-même. Les autres éléphants se souviennent toujours pour vous. »

Il posa la main sur le portrait de Gajarajan.

« Quel dommage que nous soyons des hommes. »

L'amnésique scruta le visage du jeune Indien. Certes, sur les écrans de contrôle du docteur

Avanthikar, leurs cerveaux offraient le même aspect – éruptions de couleurs qui envahissaient en tous sens un arrière-plan ténébreux : mais ici, dans le salon, ils n'avaient rien de comparable. L'amnésique avait déjà oublié. Il n'avait pas, comme Hemu, à vivre l'Oubli.

« Hemu, avez-vous peur ? demanda-t-il d'une voix douce.

— Oui », avoua Hemu.

L'amnésique voulut lui répondre d'un sourire.

« Il ne faut pas. Je sais que ce n'est guère réconfortant mais je… Je veux dire, je ne vais pas si mal que ça. Vous non plus, vous verrez.

— Non, vous ne comprenez pas », dit Hemu en secouant la tête, les yeux écarquillés.

Sa voix était à peine audible. Les capteurs collés à leurs fronts pouvaient enregistrer les impulsions électriques, mais pas les mots employés. L'amnésique comprit que Hemu ne voulait pas qu'on l'entende de l'autre côté de la paroi. Il jeta un bref regard alentour – y avait-il des micros, des caméras ? – tandis que le jeune homme se penchait vers lui.

« Ce n'est pas la même chose, murmura Hemu.

— En quoi ?

— Parce que vous n'avez pas fait exprès d'oublier, vous. »

Il y eut un bref moment où l'amnésique crut bien que la porte allait être enfoncée par les assistantes, qu'elles allaient bondir dans le salon. Ce qui ne fut pas le cas. Il avait l'impression d'être plus léger – ou était-ce la gravité qui avait imperceptiblement diminué ? Il se pencha, lui aussi, aussi près que possible de Hemu.

« Que voulez-vous dire ? “Pas fait exprès” ? Vous avez fait exprès, vous ? »

Hemu enveloppa l’amnésique d’un regard terriblement insistant.

« Quand votre ombre s’en va, dit-il, il y a une tentation.

— Qui vous pousse à quoi ?

— À *oublier*. »

Il n’y avait plus un centimètre cube d’air dans la pièce.

« La perte de l’ombre vous rend amnésique », articula lentement l’amnésique.

C’était ce que disait le docteur Avanthikar. C’était la conclusion provisoire à laquelle son groupe de chercheurs et l’ensemble de ses consultants étaient parvenus jusqu’ici – il y avait une corrélation entre ces deux faits, même si personne n’en connaissait la nature.

Hemu hocha la tête.

« Non, non, je ne crois pas. Ce n’est pas tout à fait exact. »

Il baissa les yeux sur le divan. Où il était assis sans nulle compagnie.

« La perte de l’ombre rend l’amnésie possible. Mais pas nécessaire. Un éléphant dont on a détaché les chaînes ne quitte pas nécessairement le temple. »

Hemu rendit son regard à l’amnésique, qui se mit à trembler. Même s’il n’y comprenait absolument rien, il savait que Hemu essayait de lui transmettre quelque chose de beaucoup plus important que ce qu’il lui avait expliqué jusqu’ici. Et peut-être était-ce la chose la plus importante du monde, en cet instant.

« Il y a un *sentiment*, souffla Hemu. Une tentation. J'y ai cédé parce que je ne comprenais pas ce qui se passait. Et chaque fois je me sentais mieux. Et quand j'ai compris ce qu'était la monnaie d'échange – mes souvenirs – c'était trop tard. Et maintenant, la tentation est devenue tout simplement trop forte. Je ne peux plus y résister. »

Il déglutit avec bruit.

« Je ne sais même pas si j'en ai envie, d'ailleurs.

— Mais que vous procure le fait de vous oublier vous-même ? » demanda l'amnésique.

Hemu d'un geste sec ôta tous ses capteurs. L'alarme fixée au plafond se mit immédiatement à sonner, rendant leur conversation plus inaudible encore.

« *Des pouvoirs magiques*. »

Si tu pouvais encore me poser la question, tu voudrais certainement savoir quand je me suis décidée. Décidée à m'enfuir. C'est bien compréhensible.

Réponse : la veille du jour où je suis partie. C'est là que je me suis dit que c'était nécessaire.

Au début, j'étais morte de peur à l'idée que tu partes toute une journée. Je ne sais pas ce qui m'arrivera quand je commencerai à oublier les choses vraiment importantes, mais ça ne sera sans doute pas très joli. Toi non plus, tu ne voulais pas partir. Tu n'avais qu'une envie, rester au lit, avec moi, toute pelotonnée dans tes bras – ton nez dans mes cheveux. Les quatre premiers jours, c'était comme ça que nous avions réagi – couchés l'un contre l'autre. Comme si ne rien faire, ne plus bouger, nous figer dans le temps aurait pour effet d'arrêter son cours, de m'empêcher d'oublier. Je resterais à jamais suspendue dans ces quelques heures qui avaient suivi la perte de l'ombre.

Évidemment, ce n'est pas comme ça que ça marche. Ça a peut-être ralenti le processus, émoussé la tentation d'oublier, pendant un jour ou deux. Mais ça n'aurait pas pu durer bien longtemps. Le temps est toujours plus rapide que vous.

Si mon état s'était dégradé à toute allure, nous serions restés au lit jusqu'à ce qu'il ne reste rien de moi, je crois. Mais comme au quatrième jour, nous avons bien dû admettre que j'étais encore à peu près entière, il n'y avait plus vraiment de discussion possible sur ce point : il fallait que tu ressortes, que tu ailles chercher à manger, parce qu'il fallait survivre. Et donc, nous avons décidé alors que dès qu'il ferait assez clair, tu sortirais, tu retournerais ciel et terre pour nous récupérer la réserve de bouffe de la dernière chance, celle qui nous permettrait de passer ensemble ces ultimes… jours – semaines ? Là, me disais-tu, là, tu pourrais ne plus me quitter, être là, avec moi, quand je basculerais vraiment.

Quand tu t'es endormi – quand tu as sombré dans cette profonde, intense inconscience qui te tient lieu de sommeil quand tu dois partir en chasse le lendemain, j'ai soulevé un petit bout du carton qui bouche la fenêtre de notre chambre – je sais, je sais… Mais j'ai fait bien attention à ne pas le plier – et j'ai regardé la lune, un long moment.

Tu ne le sais pas, Ory. Mais depuis la perte de l'ombre, je ne dors presque plus. C'est peut-être un effet secondaire. Je reste avec toi dans le lit, nos jambes et nos bras emmêlés, mais tandis que tu ronfles doucement, je garde les yeux ouverts. Je lève les mains au-dessus de ma tête et je les fixe. C'est tout. Ou plutôt, je fixe l'obscurité où elles se trouvent certainement. Les ténèbres sont si denses – j'ai tant de mal à y distinguer quoi que ce soit que j'ai l'impression, durant ces quelques heures de nuit, que j'ai toujours mon ombre. Jamais je n'aurais pensé qu'on puisse se sentir différent lorsqu'on n'en a plus. Pourtant, c'est le cas. Et le seul moment de la journée où je peux de nouveau ressentir mes impressions d'avant, c'est dans cette obscurité nocturne, quand je ne peux plus me voir – sans parler de la forme subtile que je devrais laisser dans mon sillage.

Je suis restée à la fenêtre à regarder la lune qui traversait très lentement le ciel jusqu'à ce que je t'entende bouger. Je suis allée à quatre pattes me recoucher près de toi – et j'ai fourré mon nez dans ton cou. Même après six jours sans un bain, tu sentais encore assez bon, une vague odeur de vanille qui commençait juste à piquer.

Tes mains se sont saisies de moi, sans précision – à demi réveillé que tu étais –, tu m'as attirée à toi d'une jambe que le sommeil alourdissait encore.

« Mais j'ai un truc à t'avouer… Ce match… », as-tu murmuré, perdu dans le rêve, le visage tendu vers mon épaule où tu voulais l'enfouir.

Ory, tu ne le sais pas non plus, mais, quand quelque chose t'inquiète, tu parles dans ton sommeil. Parfois, nous avons de longues conversations dont tu ne te souviens pas du tout. Ta version, infime, de l'absence d'ombre.

« J'ai un truc à t'avouer.

— Je sais », ai-je chuchoté, pour te rasséréner.

Je savais où tes souvenirs t'avaient conduit. Tu parlais du match de football au cours duquel nous nous étions rencontrés.

Ce jour-là, le ciel était d'un gris tranchant. Nous

étions massés les uns contre les autres sur les gradins, grelottant dans nos coupe-vent, tandis que de minuscules taches de couleur zigzaguaient à toute allure sur le terrain, très loin en contrebas. Tu t'étais penché vers moi, avec un mélange gamin de nervosité et d'audace. Un coup de sifflet avait retenti. Sous la houlette de Marion, mes amis s'étaient dissous dans la foule comme la brume s'évapore au-dessus du lac à la fin du matin. Les tiens ne s'étaient éloignés que pour te regarder perdre ta dignité à bonne distance. Je ne les connaissais pas encore à cette époque, mais Imanuel et Paul faisaient partie de ces cyniques spectateurs. Des armures en plastique s'étaient percutées.

« En fait, je ne connais vraiment rien… au football. »

Ta phrase s'est achevée sur un doux ronflement.

« Si je suis là, c'est que mon copain Paul m'a… »

J'ai bougé et rajusté ton oreiller, sans te brusquer.

« Ça t'embêterait qu'on parte maintenant ? »

C'était la question que tu m'avais posée ce jour-là. Plus tard, tu m'as avoué que c'était l'invitation à dîner la plus téméraire, la plus bête que tu avais jamais adressée à une fille. Persuadé que tu étais qu'il fallait paraître désinvolte pour m'impressionner mais, sitôt les mots sortis de tes lèvres, terrifié à l'idée que tu avais tout gâché.

« Chut », ai-je fredonné à ton oreille, mais cela ne t'a pas calmé.

Pour cela, il aurait fallu que je répète ce que je t'avais répondu. Chaque fois que tu faisais ce rêve, tu ne t'arrêtais jamais avant que je te le redise.

« Je suis toujours prête à partir », ai-je fini par souffler.

Tu t'es immobilisé, un vague sourire sur le visage. Je t'ai caressé les cheveux jusqu'à ce que tu te sois – pensais-je – profondément rendormi.

« C'est tellement curieux », as-tu soudain marmonné.

Ta voix était si nette que je t'ai regardé, abasourdie, dans le noir. Mais tu dormais, les yeux fermés. Tu as levé les mains, empoigné maladroitement le col de ta chemise, là où ta chaîne d'argent – tu ne portes que cela au cou – disparaissait sous le tissu.

« Je ne trouve plus ma bague.

— Quelle bague ?

— Ma bague de mariage… Mon alliance. »

Au fond de mon esprit, une horrible sensation a fleuri. De crainte – et je m'y noyais. Tout entière.

« Mais comment est-ce possible ? »

Tes paupières palpitaient.

« Je ne sais pas comment j'ai…

— Tu l'as peut-être enlevée et posée quelque part ? »

Pourvu, me disais-je, que ma voix ne trahisse pas mon épouvante.

« Je ne l'enlève jamais. »

Tu m'as souri, de ton côté du sommeil.

« Tu sais bien.

— Bien sûr que je sais. »

Mensonge, mensonge – car je ne savais pas.

« Je ne comprends pas, poursuivais-tu. Si elle n'est plus là, c'est que la chaîne… est cassée… mais la chaîne n'est pas cassée. »

Le rêve suivant t'a fait plonger plus profondément.

« La chaîne n'a pas bougé. »

Les mots devenaient de plus en plus indistincts.

« Tu ne crois pas que… Que j'ai pu… »

Ta jambe s'est mise à tressauter. Tu n'as pas fini ta question. Puis tu as été libéré de ton souci, promptement conduit vers un lieu plus profond et plus paisible.

« Peut-être… »

Lorsque tu t'es remis à ronfler, j'ai soulevé délicatement ta main gauche, qui reposait dans le noir, sur les couvertures ; j'ai caressé ta paume et suis remontée vers la racine de ton annulaire.

Pourvu qu'elle soit là. Pourvu qu'elle n'ait pas disparu.

Prière non exaucée. Il n'y avait pas d'anneau d'argent vieilli à ton doigt. Car, bien sûr, tu l'avais… oui, ça tombait sous le sens. Bien sûr, tu l'avais ôté, tu l'avais accroché à ta chaîne d'argent, pour ne pas être gêné pendant tes explorations, pour ne pas attirer l'attention d'une personne qui aurait pu vouloir te le voler. Tu ne l'avais pas perdu, bien sûr.

Sauf que si, car, ne l'ayant plus sous les yeux, tous les jours, j'avais oublié que tu avais réussi à garder ton alliance, que tu ne l'avais pas perdue à l'hôtel ou lors d'un de tes raids en centre-ville. J'avais oublié que tu l'avais passée à ta chaîne – quand, je n'en ai aucune idée –, j'avais oublié tout simplement que tu avais une alliance.

J'ai reposé ta main sur les couvertures avec les plus grandes précautions. Ta main aux doigts nus. Ta main sans alliance.

« Cinquante-deux », ai-je dit à cette chair en sommeil qui était aussi toi.

C'est à ce moment-là que j'ai su que je devais partir. Avant qu'il ne soit trop tard.

Et c'est à ce moment que j'ai compris comment l'Oubli procède. Pourquoi nous, sans-ombre, nous contentons parfois d'oublier et pourquoi parfois quelque chose change. Il y a une différence entre l'oubli de l'esprit et l'oubli du cœur. Le souvenir a plus de signification quand il a plus de valeur pour soi et pour ce que l'on est. Le cœur a plus de mal à abandonner la partie. Mais que se passe-t-il lorsque vous refusez de lâcher un objet fragile que l'on vous retire ? Il s'écartèle, Ory. Puis il se déchire.

Sais-tu ce qui a le plus d'importance pour moi, Ory ? De tout ce qui reste en ce monde ? Comprends-tu maintenant pourquoi je n'avais pas le choix, pourquoi je devais partir à tout prix ?

Sais-tu ce qui pourrait arriver si je t'oubliais, toi ?

Orlando Zhang

Ory s'assit quelques instants sur le dernier bout de trottoir de la rue.

Bien sûr, la probabilité pour que Max ne soit pas là était considérable. Dix contre un ? Simplement, il s'était refusé à y penser. Dans le cas contraire, la logique l'aurait contraint à renoncer. Il ne pouvait que croire en cette possibilité – oui, elle était rentrée chez eux – et lui emboîter le pas. Quel autre choix ? La laisser partir ? L'abandonner à l'Oubli, même si c'était sa faute ? S'il n'était pas allé à Broad Street, elle serait restée au refuge. Qu'était-il censé faire ? Continuer de vivre et la laisser mourir ? Ory lança le caillou et le regarda rebondir sur le goudron.

Leur appartement n'existait plus. L'immeuble s'était entièrement effondré : n'en restait plus qu'un tas d'acier et de gravats. Ory leva les yeux à un ou deux mètres au-dessus du sol. Là, c'était la porte d'entrée. Qu'il aurait dû franchir pour récupérer Max.

« Elle n'est pas là », dit-il à voix basse, pour lui-même.

Soit elle était venue et repartie lorsqu'elle avait eu ce spectacle sous les yeux. Soit elle n'était jamais venue. Ory ramassa une poignée de sable gris et la fit couler entre ses doigts.

« Où es-tu, Max ? »

Il soupira. Le sable siffla.

« Où ? »

Sa blessure à l'épaule lui faisait encore mal. Dans la lumière de la fin du jour, les rues avaient pris un aspect plus menaçant. Il allait devoir trouver un endroit plus sûr pour camper. Il appuya sur l'éraflure pour l'étancher, esquissa une grimace de douleur.

« Vous avez croisé les quatre sœurs, à ce que je vois », fit une voix.

Le canon du fusil se releva aussitôt.

« Les quoi ? » fit Ory.

Un homme grand et mince apparut devant la demi-porte d'une boutique abandonnée, à une dizaine de mètres. Une ombre le suivait.

« Les quatre sœurs, répéta-t-il en tendant la main vers l'épaule d'Ory. Vous venez de débarquer, vous ? »

Ory hocha lentement la tête. Le cacher aurait été absurde : l'homme, de toute façon, connaissait la réponse.

« Leur hospitalité est légendaire », poursuivit l'homme avec un sourire.

Et un regard insistant vers les poches du pantalon d'Ory.

« Vous avez de la chance d'avoir encore vos affaires.

— Ce n'est pas comme ça que ça s'est passé. C'est moi qui me suis approché d'elles. Je voulais simplement savoir si elles n'avaient pas vu ma femme. Elle est peut-être passée par ici. »

L'homme plissa les yeux.

« Une sans-ombre qui se serait égarée ?
— Il y a une semaine environ. Elle a pu… Nous habitions ici, autrefois.
— Elle ressemble à quoi ?
— Vous pensez l'avoir vue ?
— Elle ressemble à quoi ? » répéta l'homme.
Ory plongea dans sa poche, à la recherche de son portefeuille.
« Elle fait à peu près un mètre soixante-cinq, peau noire, cheveux bruns en afro, yeux verts. Elle s'appelle Max, elle a une cicatrice sur le sourcil droit. »
Non, c'était un coup d'épée dans l'eau. L'homme connaissait-il donc l'apparence de toutes les femmes qui se cachaient dans les décombres environnants ?
« Si, c'est possible, déclara l'homme, comme s'il avait lu dans les pensées d'Ory. C'est que je suis un détecteur. »
Lorsqu'il comprit qu'Ory n'avait jamais entendu ce mot, il haussa les épaules et tendit la main.
« Faites voir. »
Ory s'exécuta.
« Elle s'appelle Max », répéta-t-il.
L'homme jeta un coup d'œil à la photo avant de hocher la tête.
« Oh ! Effectivement, j'ai vu une femme qui ressemblait à ça. »
Ory lui reprit prestement la photo pour fixer Max un moment.
« Vous en êtes sûr ?
— Oui, certain.
— Quand ?
— Il y a un ou deux jours, peut-être. »

Il réfléchit quelques secondes.

« Elle était toute seule.

— Vous lui avez parlé ? Elle avait l'air de bien aller ?

— Je ne parle pas aux sans-ombre. C'est une règle de la profession. »

Ory sentit la tête lui tourner.

« Par où est-elle passée ? Vous pouvez me montrer ? »

Il tendit la photo à l'homme d'une main tremblante.

« C'était bien elle, vous en êtes sûr ? »

L'homme regarda de nouveau la photo.

« Oui, dit-il en hochant la tête. C'était elle. Max. »

Le nom tarda à venir, comme s'il voulait l'essayer.

« Je vous en supplie. »

Ory se retrouva à genoux avant même d'avoir compris ce qui lui arrivait.

« Dites-moi où elle est partie. »

Mahnaz Ahmadi

Lorsque les sœurs Ahmadi arrivèrent à Washington D.C., Rojan, blanche et luisante comme un fromage, se consumait de fièvre. La blessure de sa cuisse sentait la viande pourrie. Détail plus horrible que tout : Naz parfois avait si faim que cette odeur lui semblait presque appétissante. Les sœurs agonisaient, n'ayant rien mangé depuis des semaines. Naz flottait dans son soutien-gorge, un modèle sport qui tenait désormais du tee-shirt sans manches. Et le pantalon de Rojan lui aurait depuis longtemps glissé des hanches si elle n'avait pas voyagé couchée sur une civière cuillère confectionnée par sa sœur. Elles espéraient, en sortant des bois, retrouver un milieu moins hostile. Mais en arrivant à D.C., elles durent déchanter. Il n'y avait rien à manger. Les magasins avaient été raclés jusqu'à l'os. Il n'y avait que des cadavres, des immeubles vides et des sans-ombre. La blessure de Rojan suppura de plus belle, s'étalant telle une horrible fleur de viande crue sur sa cuisse.

Voilà où elles en étaient le matin où elles croisèrent leurs premiers survivants indemnes depuis Wright. Mortes de faim. Littéralement.

Recroquevillées dans le taudis où elles avaient élu domicile, elles écoutaient les bruits des rues. En centre-ville, le réseau est dense – et l'activité était intense. La nuit, les hurlements qui se réverbéraient. Le jour, une pluie étrange qui ne tombait pas dans toutes les rues, curieux détail, et qui, à l'immense et perplexe terreur de Naz, suivait ses mouvements – la poursuivait peut-être. Des bruits de pas dont on n'arrivait jamais à déterminer l'origine. Et quel était maintenant le nombre de ses victimes ? Aucune idée, mais bien plus de six. À présent cependant, Naz craignait qu'à la prochaine confrontation – indemne ou sans-ombre – elle ne soit trop faible pour les affronter, même avec l'arc. Que ce ne soit tout simplement la dernière fois.

Et lorsque Naz entendit les bruits de pas, ce matin-là, elle songea que ce jour était venu.

Elle se plaqua contre le parquet poussiéreux de leur abri. Rojan souleva une paupière tremblante pour la regarder. Naz, aussi silencieusement que possible, tira une flèche de son carquois et l'encocha. Puis elle se redressa à demi pour regarder par-dessus le mur – et faillit s'étouffer. Ce n'était pas un sans-ombre qui approchait, ni même deux, mais une véritable horde.

« Des sans-ombre ? » chuchota Rojan.

Sa voix sonna comme le vent dans les feuilles mortes.

« Oui, fit Naz.

— Combien ? »

Naz baissa les yeux. Trop. Beaucoup trop. Ils allaient et venaient dans la rue, comme s'ils fouillaient le périmètre autour du refuge des sœurs.

Est-ce qu'ils nous sentent ? se demanda Naz.

Du haut des ruines s'échappaient des coulées de poussière qui restaient en suspension dans l'atmosphère et tournoyaient tandis que les sans-ombre passaient en filant, faisant naître des courants d'air. Deux d'entre eux étaient de tout jeunes gamins, constata-t-elle avec un frisson. D'énormes têtes ballottant sur de petits corps frêles, visages et bras glabres de l'enfance.

« Ça ira », dit Rojan.

Ça ira si tu cours vite.

« Hors de question que je te laisse ici », siffla Naz, rageuse.

Un sans-ombre passa tout près, babines retroussées.

« Je t'en supplie, dit Rojan, les yeux fermés. Du fond du cœur. »

Naz lança un regard dans la rue. Oui, c'était raisonnable. À la place de Rojan, à terre, mourante, elle aurait voulu elle aussi que sa sœur s'en sorte. Elle l'aurait si violemment souhaité qu'elle aurait sans doute essayé d'en finir pour lui rendre sa liberté. Si Rojan avait eu encore assez de forces pour ramper dans le refuge et trouver un instrument tranchant, elle l'aurait sans doute tenté, elle aussi.

Naz leva son arc et décocha sa première flèche.

« Naz », gémit la petite sœur.

Trop tard : la rue fut plongée dans le chaos tandis que Naz s'emparait d'une deuxième flèche.

Naz n'avait pas la moindre idée de ce qui l'incitait encore à tirer. C'était parfaitement inutile. Elle ne parviendrait jamais à tous les tuer. Peut-être était-ce parce qu'elle savait qu'elle ne quitterait jamais Rojan.

Rojan qui, pourtant, la quitterait : car elle allait mourir. Du moment où elle était devenue sœur, grande sœur, Naz n'avait eu qu'un but dans l'existence – protéger Rojan. Elle avait échoué. Elle ne pouvait plus rien faire pour les sauver. Au fond peut-être cherchait-elle à accélérer leur fin. Un sans-ombre surgit – et son corps s'arqua vers les cieux tandis que la flèche le transperçait. Il tomba, ne se releva pas.

« Vous avez votre compte, les gars ? » ricana-t-elle.

Les autres sans-ombre avaient fini par se remettre de leur surprise initiale. Ils se tournèrent tous vers le son de sa voix. Leurs regards croisèrent le sien. Elle plongea la main dans son carquois tandis qu'ils reprenaient leur approche, encocha une nouvelle flèche, la décocha, puis une quatrième, puis une cinquième. Quel plaisir, tirer. Les sans-ombre tombaient mais d'autres les remplaçaient. Elle continua à tirer. Ces gestes familiers, la mémoire de l'arc aussi puissante dans ses muscles que dans son esprit même. Reprendre pied, un instant, avant la fin.

« En cercle ! »

La voix, masculine, lui fit rater sa cible. Elle vacilla, revint dans le fil du temps. Le sans-ombre se retourna, grondant. Des corps couraient en tous sens. Des cris, plus nombreux. Puis des hurlements d'agonie. Quelqu'un combattait les sans-ombre pour son compte, constata Naz. Quelqu'un ou plutôt un grand nombre de personnes. Tout un groupe de survivants, qui poussaient les prédateurs à la fuite.

« Face à l'ennemi ! Dos à dos ! »

Le calme et le silence revinrent très lentement. La poussière se reposa bientôt dans les rues dévastées.

Naz restait près du mur, abasourdie, l'arc à la main, les yeux écarquillés. De l'autre côté de la rue, au milieu des cadavres, se tenaient six personnes, le souffle court. Les deux plus proches – deux hommes qui brandissaient leur bout de tuyau comme ils l'auraient fait d'une batte de base-ball. Un grand type au teint sombre, un blanc au teint pâle, torse puissant, cheveux bruns et clairsemés. Tous deux avaient leur ombre. Non, tous les six avaient leur ombre, compta-t-elle. Tous les six. Tous. Les. Six.

Lorsque le chauve au teint pâle se tourna vers Naz, tout lui revint en catastrophe.

Qu'est-ce que j'ai fait ? Putain, qu'est-ce que j'ai foutu ? Elle se recroquevilla derrière son pan de mur aussi vite que possible, mais c'était trop tard. *Ils savent exactement où nous sommes.*

« Ça va ? demanda l'homme d'une voix forte.

— Prudence, dit le grand type.

— Oh, Malik. Elle était dans la merde, tu vois bien. »

Mais Malik ne se laissa pas convaincre.

« On ne la connaît pas. »

Je peux en dire autant, songea Naz.

« Vous pouvez sortir, maintenant, fit le dégarni en se retournant vers le refuge de Naz. Êtes-vous blessée ? »

Malik eut un soupir amer, sans pour autant protester.

Donc le blanc chauve est le chef du groupe, songea Naz.

Elle savait maintenant qui viser de sa flèche, en cas de besoin.

« Ramassez les flèches pour qu'elle puisse s'en resservir », cria un autre survivant.

Il était désormais clair que le chef n'avait aucune intention d'attaquer Naz. *Enfin, pas tout de suite.* Naz les observa un moment, cherchant quelque signe de duplicité. D'autres membres du groupe, plus jeunes, s'avancèrent vers les corps et les flèches d'un pas tremblant, encore secoués par la bataille.

« Attention à ne pas les casser, quand vous tirez dessus.

— Petite ? ajouta une femme, de l'autre côté du champ de bataille. Vous avez eu du cran. »

Naz ne broncha pas. Aimables paroles, mais ça n'empêchait pas les gens de vous tuer pour vous voler vos chaussures. Comme Wright. Ces inconnus lui avaient sauvé la vie et cela ne voulait toujours rien dire. Elle ne savait rien d'eux.

« Plus que du cran, ajouta le chef. Il ne faut pas avoir peur de nous, cela dit. Nous ne vous voulons pas de mal. Nous ne sommes pas là pour vous tomber dessus.

— J'ai besoin d'une preuve, finit par hurler Naz sans sortir de sa cachette.

— Une preuve ? Hum. »

L'homme se retourna vers le petit groupe, qu'il embrassa d'un regard gêné. Une jeune fille se mit à fouiller dans son sac à dos. Elle ressemblait trait pour trait au dénommé Malik, constata Naz en la détaillant. Même nez, mêmes yeux, même haute taille. Naz déglutit rageusement pour ne pas penser à cette ressemblance.

« Oh », s'exclama le chef comme la jeune fille s'approchait de lui.

Puis il se retourna vers Naz. Dont les doigts s'étaient crispés sur la corde de l'arc, tandis qu'elle passait la tête par-dessus le mur. L'homme tenait quelque chose.

« Tenez. »

C'était un bout de viande séchée.

Comment ce crétin avait-il pu trouver dans cet enfer un bout de viande et comment avait-il pu le garder ? Il n'y avait plus rien ici, où qu'on cherche. *Nada*, peau de balle.

L'homme regarda aux alentours, craignant sans doute la venue d'un sans-ombre que l'odeur de la viande aurait attiré, avant de poser son offrande sur une pierre plate.

« Tenez. En signe de paix. »

Voilà qui était assez convaincant. Ici les gens prenaient toujours ce que vous aviez, même si ce n'était rien. Donner ? Impossible.

« Reculez », gronda Naz.

L'homme leva les bras et recula de quelques pas, sans protester ; puis, d'un geste vif de la main, il ordonna au groupe d'en faire autant.

Naz ne bronchait toujours pas. Trop tôt.

« Qu'est-ce que c'était, tout ce bordel ? demanda-t-elle à Malik.

— Des sans-ombre, sans plus. C'est leur méthode, ici. Dans le centre-ville, ils ont commencé à se regrouper.

— Ce n'est pas la même chose, cette fois-ci, dit Naz.

— C'est vrai, dit Malik, visiblement soucieux.

— Comment vous avez appris ce truc ? » demanda

la jeune fille, en essuyant d'une main une trace humide sur son front.

Du sang, songea Naz.

Mais ce n'était que de la crasse.

« Je pratiquais le tir à l'arc, finit-elle par répondre. Je m'entraînais pour… pour les Jeux olympiques. »

Aveu si curieux en ce monde nouveau.

Elle lut sur tous les visages l'effet que faisaient lentement ces quelques mots.

« Le tir à l'arc », murmura la fille à son père, comme frappée d'étonnement.

Leurs ombres se parlaient, elles aussi, mimes silencieuses. Naz regarda toutes ces formes sombres se retourner les unes vers les autres et se trémousser sur l'asphalte. C'était fascinant.

« On a une chance incroyable. »

Pendant la discussion, le chef s'était approché suffisamment pour pouvoir inspecter l'abri du regard. Il avait vu Rojan allongée sur le sol, exsangue, mourante. Naz surprit son regard attentif, observateur.

« Votre aide nous serait précieuse. Venez avec nous. Nous vous présenterons au Général, dit-il d'une voix douce.

— Non », gronda Malik, tout bas – un avertissement que le chef n'écouta pas.

Naz avait reconnu la lueur dans son regard. Elle l'avait déjà surprise dans celui de son entraîneur, lorsqu'il était allé la chercher à l'aéroport de Boston – elle, gamine effarée, cramponnée à son passeport. Si Malik avait été le chef, la troupe aurait déjà passé son chemin, les abandonnant, elle et Rojan, à leur sort. Malik ne faisait confiance à personne. Comme Naz.

L'autre, lui, se fiait à tout le monde. Comme Rojan. Il la considérait déjà comme un membre de la famille.

« Rejoignez-nous, dit l'homme pâle en avançant d'un pas. Toutes les deux.

— Attention », avertit Naz en tirant la corde contre sa joue.

Sa flèche cette fois-ci visait Malik. Elle regarda la jeune fille. Malik n'était pas le chef, certes, mais il constituait une monnaie d'échange plus convaincante.

Plus ils parlaient, moins l'hypothèse du piège semblait probable. Naz cependant était coriace. Ils étaient innombrables – elle était toute seule. Avec Rojan – et toutes deux mouraient de faim.

Il ne fallut pas moins d'un quart d'heure au chef pour la faire sortir de son trou. Et elle franchit la distance qui la séparait de l'offrande, sa flèche toujours braquée sur Malik, les muscles de ses bras brûlant du désir acide de tirer. Plus tard, en repensant à cette journée, elle trembla en songeant à l'inimaginable tourment de Vienna – la fille de Malik – devant le spectacle de son père, à la merci des doigts effarés, affaiblis, de l'archère. Naz ne se pardonnerait jamais d'avoir menacé si longtemps Malik de sa flèche mortelle, même s'il confessa, ultérieurement, que cet acharnement l'avait convaincu que Naz deviendrait un fleuron de leur armée.

Celui Qui Rassemble

« C'est la première fois qu'il se comporte de cette manière, apparemment », dit le docteur Zadeh.

Ils avaient repris place dans la voiture de maître qui les conduisait, pour la troisième fois, de l'hôtel à l'hôpital. L'amnésique n'était pas certain d'avoir dormi une seule seconde la nuit durant : et, cependant, il se sentait en pleine forme.

« La première fois qu'il parle de ses recherches sur l'éléphant, la première fois qu'il arrache ses capteurs. Le docteur Avanthikar espère qu'il s'agit là d'un bon signe. A-t-il dit quoi que ce soit qui puisse nous aider pendant que l'alarme sonnait ? On n'a rien pu enregistrer, à cause du bruit. »

Pouvoirs magiques.

« Non », mentit l'amnésique.

Le docteur fronça les sourcils.

« Pas un mot ? Vraiment ? De quoi parliez-vous pendant ce temps-là ?

— Oh, il m'a dit ce qu'il ressentait, expliqua l'amnésique. Il a peur de ce dont il ne se souvient pas – et cela s'accompagne d'une certaine honte. C'est un curieux sentiment que celui d'être environné par des gens dont vous savez qu'ils vous comprennent mieux que vous-même.

— La honte est une puissante émotion, fit le docteur avec un hochement de tête compatissant. Elle peut constituer un obstacle de taille. »

L'amnésique ne se méfiait pas tant que cela des deux docteurs, Zadeh et Avanthikar. Simplement, il ne voyait pas comment leur expliquer ce que Hemu lui avait confié. Le jeune homme, s'il espérait vraiment se tirer de l'Oubli, avait besoin de leur aide : mais n'était-il pas déjà pratiquement sous mandat d'arrêt, confiné qu'il était dans les deux pièces de l'hôpital ? Il était plus cobaye que patient. Comment traiteraient-ils Hemu si l'amnésique leur rapportait ces propos, qui donnaient de sa maladie une idée encore plus extraordinaire et plus confuse ?

« Maintenant que vous avez établi un lien avec Hemu, essayez, aujourd'hui, de le faire parler de son passé », suggéra le docteur Avanthikar.

L'amnésique avait ôté ses chaussures et s'apprêtait à faire son entrée dans le salon reconstitué de Hemu Joshi.

« Son enfance, sa famille, le Jour Sans Ombre, le moment où il s'est rendu compte qu'il oubliait. »

La doctoresse cliqua sur les images qui emplissaient l'écran de son ordinateur.

« Vous qui avez su créer cette bonne entente, vous serez peut-être en mesure de l'aider à mieux définir le point de bascule, le moment essentiel du processus.

— Je vais essayer », répondit l'amnésique.

Le docteur Avanthikar posa une main rassurante sur son épaule.

« Je sais que la dégradation de son état vous inquiète. Mais nous avons encore du temps devant nous. D'accord ?

— Pas de problème. »

Il voulut lui sourire. Elle ouvrit la porte.

« Mon ami américain ! »

Hemu le saluait d'un signe de la tête, au centre de sa petite toile ambulante. Maintenant qu'il avait pu transmettre son secret, il ne semblait pas s'émouvoir des fils qui lui hérissaient le front. Ou était-ce une feinte ? Et n'attendait-il que le moment propice ? Ou tout simplement n'avait-il pas oublié sa confidence de la veille ?

« Avec un bon plat américain ?

— Oh ! »

L'amnésique cligna de l'œil. Le sandwich !

« Je suis désolé, Hemu. Ce matin, nous n'étions pas en avance – et cela m'est complètement sorti de l'esprit. »

Hemu évacua la question d'un geste de la main.

« Je n'aurais même pas dû vous en parler. Ne vous faites pas de mauvais sang à ce sujet.

— Mais je vous l'avais promis, soupira l'amnésique. Demain, c'est sûr. »

Hemu déposa le classeur de l'éléphant sur la table basse pour s'étendre plus à son aise dans le canapé. L'amnésique, assis dans un fauteuil en face de son ami, patienta en silence, le temps que les assistantes fixent les capteurs à ses tempes. Ainsi rejoignait-il Hemu.

« Alors, de quoi veulent-ils que nous parlions aujourd'hui ? demanda Hemu. Gajarajan, encore ?

— Malheureusement non. Ils misent maintenant sur une approche plus... plus concentrée. Ils souhaitent que nous discutions de votre passé. »

Hemu, résigné, hocha la tête. Le silence se fit.

« Le pire, vous savez ce que c'est ? » finit par articuler Hemu.

L'amnésique leva les yeux.

« C'est oublier quelque chose et se souvenir du fait que vous l'avez oublié. »

Il tripotait le bord de sa tunique.

« J'aime mieux quand ça va de pair : non seulement on oublie, mais en plus on oublie qu'on a oublié. C'est plus grave, au fond, mais c'est moins cruel. »

Soupir de l'amnésique.

« Je suis désolé de devoir vous faire subir cela.

— Ne vous en faites pas. Je le sais, vous êtes plein de bonne volonté. C'est que cela me fait toujours mesurer précisément ce que j'ai perdu. »

Il inspira.

« Aviez-vous de la famille que votre amnésie a fait disparaître ? »

Charlotte, songea l'amnésique.

« Pas vraiment, dit-il. Ni frères ni sœurs. Je n'ai jamais connu mon père et ma mère est morte quelques années avant mon accident. »

Hemu plissa les yeux. Il réfléchissait.

« J'ai une mère. Je me souviens de ce mot, de ce qu'il signifie. Mais pas de qui elle est.

— Ma mère s'appelait Anne, m'a dit le docteur Zadeh.

— Les docteurs d'ici ne cessent de me rappeler le nom de la mienne. Mais mon cerveau ne le retient pas.

— Ce n'est pas votre faute.

— C'est ce qu'ils disent toujours.

— Vous vous souvenez de votre dernière rencontre ? poursuivit l'amnésique. Je veux dire… Je sais que non. Je voulais juste dire… Nous pourrions essayer de remonter le cours de vos souvenirs ? »

Il se sentait si mal équipé pour ce processus ! L'équipe du docteur Avanthikar avait certainement tenté cent fois l'expérience.

« Le docteur Zadeh – c'est lui qui me suit – le fait de temps en temps avec ses patients. Je l'ai vu au travail, bafouilla-t-il, non sans embarras.

— Je me souviens des appareils photo, répondit Hemu. Il y en avait des masses. Ils produisaient une telle lumière. Chaque fois qu'un flash finissait de vous aveugler, un autre prenait la suite. Je voyais tout blanc. »

Il retroussa les lèvres et se mit à imiter le bruit des obturateurs cliquetant par centaines : *tchoc tchoc tchoc tchoc tchoc tchoc tchoc tchoc tchoc*.

« La police voulait me faire monter dans un fourgon, que je puisse échapper aux appareils photo. Tout ce que je voulais, c'était fermer les yeux et me laisser installer sur la banquette arrière.

— Ah, oui : ça, c'est quand ils vous ont récupéré au marché aux épices pour vous emmener ici.

— Le… quoi ? »

Hemu dévisagea l'amnésique, perplexe, interrompu en pleine méditation.

« Le marché aux épices.

— Quel marché ?

— Le… comment on l'appelle, ici ? Le Mandai. Le marché aux épices, voulut expliquer l'amnésique. L'endroit où vous vous trouviez quand vous avez perdu votre ombre. »

Le regard brun sombre de Hemu se fit distant, comme s'il contemplait quelque objet lointain. Il essayait de se souvenir, songea l'amnésique.

« Je ne me souviens pas », finit par avouer le jeune homme.

Quelques minutes plus tard, ils entendirent un fracas métallique de l'autre côté du mur. Cela venait de la salle de contrôle : quelqu'un, peut-être, s'étant levé trop brusquement, avait fait tomber une chaise. L'amnésique leva les yeux mais la porte resta fermée.

Puis une voix cria : « *Mandai !* » Le mur étouffait les sons, mais les deux syllabes étaient reconnaissables. « *Mandai ! Mandai !* »

Hemu et l'amnésique fixaient la porte. Soudain, de l'autre côté, tout le monde se mit à crier.

« Que se passe-t-il ? fit Hemu, affolé.

— Je ne sais pas », dit l'amnésique.

Puis il arracha ses capteurs avant d'ajouter un : « Vous, vous restez ici ! » d'une voix assez forte pour recouvrir le vacarme des alarmes qu'il avait déclenchées. Il ouvrit la porte de la salle de contrôle d'un coup d'épaule. Le docteur Zadeh s'était rué vers lui – il fallait à tout prix empêcher Hemu de fuir – et recula lorsqu'il reconnut son patient. Le sans-ombre restait cloué sur son canapé, les yeux écarquillés, abasourdi. Les assistantes levaient les bras au ciel devant une télévision qui diffusait un flash d'information. Le docteur Avanthikar tenait à deux mains sa belle tête argentée. Sur l'écran, un plan aérien montrant une rue totalement vide. Ni magasins ni immeubles le long de la chaussée, qui avait également perdu son marquage au sol. La foule avait commencé à s'amasser des deux côtés.

« Que se passe-t-il ? » hurla l'amnésique, pour se faire entendre dans le tintement des alarmes.

On ne pouvait guère se tromper sur le ton paniqué du journaliste, même s'il vociférait en hindi. Le docteur Avanthikar répondit sans relever la tête.

« Le marché aux épices n'existe plus, dit-elle. Il… Il s'est volatilisé. »

Le lendemain, une des assistantes ouvrit pour la dernière fois la porte qui donnait sur le salon reconstitué de Hemu Joshi. Les docteurs Avanthikar et Zadeh adressèrent à l'amnésique un double signe de tête. Le sens était clair : *Cinq minutes, pas plus*. C'était tout ce qu'ils avaient pu obtenir. Après la disparition de Mandai avait suivi une longue nuit d'uniformes, d'insignes, d'interrogatoires. Interrogatoires de la doctoresse. Interrogatoires du médecin américain. Interrogatoires de l'amnésique, une fois, deux fois, dix fois. Aucun d'eux ne put donner la moindre explication au phénomène. Seul Hemu ne fut pas inquiété. Ils avaient trop peur que la catastrophe – quelle qu'elle soit – se reproduise. Ils l'observèrent par le miroir sans tain de la salle de contrôle pendant des heures avant de laisser le reste de l'équipe rentrer chez elle.

Le docteur Zadeh et son patient furent réveillés au petit matin par le téléphone de l'hôtel. Ils n'identifièrent pas le fonctionnaire qui les appelait mais saisirent parfaitement la teneur de son message : l'expérimentation conjointe menée par l'Inde et les États-Unis venait de prendre fin. Ils avaient moins de douze heures pour embarquer de leur plein gré sur un vol qui les ramènerait chez eux. Au-delà de cette limite, ce serait l'expulsion pure et simple. À peine le docteur Zadeh avait raccroché que le téléphone sonna de nouveau. Cette fois-ci, c'était le docteur Avanthikar. À midi, elle devait recevoir la visite d'autres fonctionnaires pour une évaluation des recherches en cours. S'ils pouvaient passer à l'hôpital avant midi, donc… C'était l'occasion de prendre congé de Hemu et de quitter le pays sans perdre la face.

« Hemu, articula l'amnésique.

— Bonjour », répondit Hemu en repliant les jambes sous lui, assis sur son éternel divan.

Ils échangèrent un long regard. Hemu se souvenait-il encore des événements de la veille – pas nécessairement de l'événement lui-même, mais de son caractère catastrophique et du rôle qu'il avait joué ? Ou attendait-il simplement que l'amnésique prenne la parole ? Si tant est qu'il se souvienne encore de son visiteur.

« Je quitte Pune aujourd'hui, finit par reprendre l'amnésique. Je dois rentrer chez moi.

— Oh ! »

Hemu baissa les yeux.

« C'est vraiment dommage. J'aime bien… J'ai bien aimé discuter avec vous. Surtout de Gajarajan. »

Un immense soulagement s'empara de l'amnésique.

« Vous n'avez pas oublié !

— Pas encore, fit le jeune homme avec un haussement d'épaules. Bientôt, je ne me souviendrai peut-être plus de votre visite.

— Ce "pas encore" me suffit amplement », dit l'amnésique en se dirigeant vers Hemu.

Qui leva les yeux vers lui, le sourire aux lèvres. Comme il avait l'air fatigué, constata alors l'amnésique. Une fatigue intense, qui ne datait pas d'hier.

« Mon cadeau de départ, dit-il en tendant à Hemu un sandwich au beurre de cacahuète dans son emballage plastique. Vous m'aviez demandé…

— Mais oui ! »

Le sourire de Hemu se fit rayonnant.

« Oui, je m'en souviens très bien. Merci. Je suis vraiment… C'est un immense plaisir. Que vous ayez pris le temps de… »

Sa voix s'empâta curieusement, comme s'il était au bord des larmes.

« Ce n'est rien, fit l'amnésique, que l'intensité de cette réaction surprenait. Vraiment rien. Le docteur Zadeh s'est contenté de demander aux cuisiniers de l'hôtel de nous le préparer. »

Hemu souleva l'emballage pour contempler la couche de beurre de cacahuète, la confiture violette qui coulait sous la croûte du pain.

« Comment ça s'appelle, déjà ? Je sais que je vous l'ai demandé, bien sûr, mais je ne me souviens plus du nom.

— C'est un sandwich au beurre de cacahuète et à la confiture, répondit l'amnésique.

— Beurre de cacahuète et confiture, répéta Hemu en glissant le sachet dans la grande poche de sa tunique. J'ai hâte d'être à ce soir pour le savourer. Ce sera une nouvelle expérience. Un bon souvenir – qui durera ce qu'il durera.

— Hemu, n'abandonnez pas la partie », fit l'amnésique.

Lui aussi avait la larme à l'œil. Il savait certainement mieux que quiconque à quel point cette injonction était absurde, mais il n'avait pu s'en empêcher.

« Je vous promets de ne pas vous oublier, Hemu. Quoi qu'il arrive. »

Le jeune homme se leva pour le prendre dans ses bras, avec douceur.

« Ah, si nous étions des éléphants, soupira-t-il. Nous pourrions nous entraider. »

Puis l'expression de son visage changea.

« Est-ce que je vous ai déjà parlé de… »

L'amnésique le serra un peu plus fort contre lui.

Dans l'avion du retour, le docteur Zadeh compara ses notes concernant la disparition du marché aux épices avec le brouillon du rapport que le docteur Avanthikar comptait adresser à son Premier ministre. Elle y écrivait ce que toutes les personnes présentes dans la salle de contrôle avaient constaté : ceux dont l'ombre avait disparu étaient également victimes d'une amnésie erratique, mais progressive et in fine permanente. Hemu Joshi, l'un de ces sans-ombre, avait été invité au cours d'une conversation avec « ARI » (un Américain qui, depuis un grave accident, souffrait d'une amnésie rétroactive presque intégrale) à se souvenir du lieu où son ombre avait disparu. Mandai était l'un des lieux préférés de M. Joshi, d'après les informations fournies par ses deux frères. Malgré tout, il était manifeste de par la réponse fournie à « ARI » que M. Joshi ne se souvenait plus du tout du marché aux épices. Au même moment, Mandai – et toutes les personnes qui s'y trouvaient alors – avait inexplicablement disparu de la surface de Pune.

« Quand rendront-ils publique la relation entre ces deux éléments ? demanda l'amnésique.

— Dès que… »

Le docteur Zadeh ferma la bouche, avant de glisser les doigts sous les verres de ses lunettes pour se masser les paupières.

« Le problème est dans l'explication. Ce qui vient de se produire est tout bonnement impossible. Il n'y a dans aucun champ de la connaissance humaine quelque chose qui puisse l'expliquer. Psychiatrie, neurologie, physique, biologie… Vous étiez là-bas avec nous, vous voyez ce que je veux dire. »

Il reposa le rapport de sa collègue sur la tablette.

« Je ne sais même pas ce que j'ai vu. Et vous, Visiteur ?

— Non plus », répondit l'amnésique.

Aucun d'eux ne comprenait. Et tous deux, pourtant, savaient.

L'amnésique s'empara du classeur de Gajarajan : non celui qui avait appartenu à Hemu, mais une photocopie complète que le docteur Avanthikar avait assemblée à son attention, un autre cadeau de départ. Il l'ouvrit sur le portrait de l'éléphant, dont il retraça le contour du bout de son doigt. Sa trompe pâle semblait fixer l'amnésique, fichée au milieu de son pâle masque.

L'amnésique fronça les sourcils. La photographie avait changé. Il feuilleta le classeur d'une main de plus en plus fébrile. Gajarajan avait viré à l'ivoire, de gris charbon qu'il était. Autrefois seule sa trompe était plus pâle : c'était désormais tout son corps. Il referma le classeur et feignit de s'endormir.

« Vous avez des frissons, dit le docteur Zadeh.

— Oh, j'ai un peu froid », mentit l'amnésique.

Un tintement retentit au-dessus de leurs têtes. Apparut une hôtesse à laquelle le docteur Zadeh demanda une couverture supplémentaire.

Le marché aux épices. L'aspect de Gajarajan. Un mystère, passe encore. Deux, c'était trop. *Des pouvoirs magiques*, lui avait murmuré Hemu, terrifié, certes, mais trop excité pour s'arrêter en si bon chemin.

« Il faut revenir immédiatement à Pune, dit l'amnésique.

— Nous n'avons plus de visa, répondit le docteur. Les douaniers de l'aéroport ne nous laisseront jamais descendre d'avion.

— Peu importent ces formalités. Hemu tient une piste, avec ces histoires d'éléphants.

— Vous dites ? » fit le docteur, perplexe.

L'amnésique ne savait comment l'expliquer : mais tout cela était lié. Les ombres qui se détachaient de leurs propriétaires. Le marché où Hemu avait tant aimé flâner. Ce qui était arrivé à Mandai lorsque Hemu l'avait oublié. Ce fait, aussi : lorsqu'un souvenir revêtait une importance particulière pour un sans-ombre, la réalité à laquelle il était attaché dans le monde semblait soumise au désir du sans-ombre. Et s'il y avait une façon de renverser la vapeur, de sorte que les pouvoirs magiques puissent, à la manière des éléphants, protéger ces réalités plutôt que de les mettre en danger ? L'amnésique se remit à feuilleter le classeur.

« Voilà, dit-il en fourrant une vieille coupure de presse sous le nez du docteur interloqué. Gajarajan le magicien. »

Lorsqu'ils atterrirent à La Nouvelle-Orléans, ils avaient décidé de reprendre sans tarder un avion pour Washington D.C. Peut-être obtiendraient-ils une audience auprès de l'ambassadeur d'Inde aux États-Unis, pour obtenir un nouveau visa. S'ils pouvaient tout simplement lui parler…

« Et si on piquait un sprint ? » suggéra l'amnésique.

Impossible : un employé de l'aéroport les attendait, raide comme un piquet, à l'autre bout de la passerelle d'embarquement. Il s'empara sans brusquerie du bras du docteur Zadeh.

« Mille excuses – vous êtes le docteur Zadeh, je crois ? »

Il tendit une mince enveloppe blanche au docteur.

« On m'a demandé de vous transmettre ceci dès votre arrivée à l'aéroport.

— Qu'est-ce ? »

Le docteur inséra le bout de son petit doigt entre l'enveloppe et le rabat.

« Aucune idée. Elle m'a été remise ainsi par le service clients », répondit l'homme.

Puis il s'éloigna, tête baissée.

Le docteur parcourut la lettre d'un œil de plus en plus nerveux sous le regard de l'amnésique.

« Qu'est-ce qu'ils vous racontent ? » demanda ce dernier.

Le docteur Zadeh garda le silence un long moment. Puis il leva les yeux, désorienté.

« Il s'est produit un... un accident. Hemu est mort. »

Non.

Pouvoirs magiques, souffla la voix du jeune Indien à l'oreille de l'amnésique. Qui se prit le visage à deux mains.

« Il était allergique aux cacahuètes, poursuivit machinalement le docteur. Le docteur Avanthikar n'en était pas informée. Le sandwich... Soit il avait oublié, soit... »

Il ne finit pas sa phrase, incapable de donner forme à l'alternative.

Pouvoirs magiques. L'amnésique regarda les autres passagers défiler en silence sous leurs yeux. Il en était certain, cette fois-ci : Hemu n'avait pas oublié. Simplement, le sandwich était arrivé trop tard.

L'unité de recherche du docteur Avanthikar ayant été fermée, toutes les demandes d'intervention qu'ils transmirent au Premier ministre via l'ambassade d'Inde à Washington finirent au panier. Le docteur Avanthikar était injoignable – elle avait été assignée à l'un des autres cas de sans-ombre en Inde, soit à Mumbai, soit à Nashik. Les deux affaires étaient désormais traitées sous le sceau du secret-défense.

De retour à la clinique, le docteur Zadeh rappela Charlotte, comme il l'avait promis. L'amnésique essaya de ne pas écouter leur conversation. Il fallait être patient, maintenant. Son regard se dirigea vers la télévision, allumée. Le présentateur venait d'évoquer le premier cas de sans-ombre hors du sous-continent indien : un écolier brésilien, pendant sa pause déjeuner.

L'appel fini, le docteur fit son rapport. Charlotte reviendrait d'ici à quelque temps, quand elle se sentirait capable de supporter la situation. Le temps n'avait pas d'importance, songea-t-il. L'essentiel était qu'elle vienne un jour ou l'autre. Il ne se souviendrait de rien sans elle : un jour, un mois, c'était pareil. Ce fut alors que l'Oubli s'abattit sans ménagement sur Boston. Si le temps d'avant l'accident s'était figé, celui qui suivit galopait comme un cheval fou. Le docteur Zadeh l'autorisa à rappeler Charlotte. Trop tard : il y avait maintenant des cas de sans-ombre dans les États du Sud, à Atlanta, à Baton Rouge. L'amnésique ne revit jamais Charlotte.

Quelque chose que je ne te dirai jamais.

Au début, quand l'ombre de Hemu Joshi a disparu comme par magie et que cela a été interprété non comme un signe de la fin du monde mais comme un miracle, j'ai souhaité, en secret, perdre la mienne, Ory. C'était bien avant que d'autres cas se manifestent en Inde. Il n'y avait que lui et les Anges de… les Anges de… Enfin, les Anges. À l'époque où c'était seulement lui et les Anges. C'était magique. Et moi aussi, j'avais envie de goûter à cette magie. Je ne devais pas être la seule. Toi aussi, j'en suis sûre, ça t'a tenté. Mais mon désir était d'une autre intensité. J'en avais envie comme le noyé se cramponne à l'air. J'en avais une telle envie qu'à la nuit, quand toi et tous les habitants de Washington D.C. dormiez, je sortais discrètement de notre chambre, descendais au rez-de-chaussée et rallumais la télé, pour baigner dans la lueur bleue de l'écran, dans les vidéos spectrales qui montraient Hemu Joshi dansant au cœur du marché aux épices. Et je regardais mon obscure copie s'étirer silencieuse à mon côté.

« Va-t'en », l'ai-je même suppliée à voix basse, un soir.

J'attendais un frisson glacial, un signe, je ne sais quoi, mais elle est restée là, à trembloter dans les lumières chatoyantes de l'écran. Elle n'écoutait pas.

« Allez, fiche le camp. »

Quand j'y repense – tant que j'en suis capable –, je suis prise de frissons. Mais qui se doutait de ce qui allait suivre ? Qui en avait la moindre intuition, en ces premiers jours ?

Et puis, bien sûr, nous n'avons pas tardé à comprendre. Hemu qui perdait la mémoire… J'ai eu honte de ma bêtise. Après quoi, il y a eu des sans-ombre au Brésil, au Népal, en Turquie, partout. Je n'ai parlé à personne de mon désir idiot. J'étais morte de peur. Nous sommes partis dans la montagne, toi et moi, pour le mariage de Paul et d'Imanuel et… c'est arrivé à Boston. Je l'ai pris pour moi, puisque je l'avais souhaité. Pensée absurde : nous étions tous visés. Mais j'avais l'impression d'être en ligne de mire. J'avais l'impression d'avoir été *entendue*. J'ai prié Dieu, l'univers, le karma – enfin tout ce qui administre les conséquences de l'horrible adage, « *Toujours se méfier de ce que l'on souhaite* » – de me prendre en pitié. J'avais péché par égoïsme, par avidité : pourquoi vouloir améliorer une vie déjà si belle ? Les magasins, les lampadaires, les lignes téléphoniques, tout fermait, tout s'éteignait. Les gens erraient en larmes sur les trottoirs d'Arlington, perdus, affolés, parce qu'ils avaient oublié où ils vivaient, parce qu'ils ne se souvenaient même plus des mots qu'il faut prononcer pour demander de l'aide. La première fois que tu es allé seul forcer la porte du Fresh Shoppe pour voler à manger, tu as failli te faire tuer. Et moi, je n'avais qu'une pensée : j'ai voulu tout cela. Je l'ai souhaité.

Suis-je assez loin maintenant pour que tu sois à l'abri de mes désirs ? Pas sûr. Je ne serai jamais assez loin – même si je courais jusqu'à la côte Ouest. Tu t'es tellement creusé la cervelle, après que j'ai perdu mon ombre, à te demander pourquoi l'Oubli arrive à certains et pas à d'autres. Pourquoi moi et pas toi. Chaque fois que tu posais la question, je te répondais invariablement que je n'en avais aucune idée. Que je doutais d'ailleurs qu'il y ait une réponse. Et c'est plus ou moins vrai. Personne ne sait quoi que ce soit. Mais ce que je crois et ce qui me rend folle de terreur, ce que j'ai tellement peur de te dire à voix haute, Ory mon amour, c'est ceci : si j'ai perdu mon ombre, c'est peut-être qu'à un moment, j'ai souhaité la perdre… Et que mon ombre le savait.

Orlando Zhang

Il fallait remonter New Hampshire Avenue tout droit, jusqu'au bout, lui expliqua le détecteur. Ce qui n'était pas sans danger. Il y avait quelques sans-ombre dans le secteur, qui, parfois, oubliaient les rues, les carrefours. Il faudrait courir. Ce qui n'émut pas Ory.

Le détecteur n'avait qu'un conseil à lui donner :

« Te laisse pas semer. »

Ils se mirent à courir.

Ils traversèrent des étendues de gravats et longèrent des immeubles peut-être encore occupés, à en croire le détecteur. Ory perçut des mouvements dans les recoins des allées et se prépara à l'embuscade à chacune de ces occurrences. *Te laisse pas semer*. Le refuge en montagne, c'était une chose. Mais comment Max pourrait-elle survivre dans un enfer de ce genre – seule, et commençant, peut-être, à oublier l'essentiel ? Ça tenait du miracle.

« Voilà ! » cria le détecteur.

Les ruines de la George Washington University avaient surgi à l'horizon – squelette gris et monstrueux. Des rideaux effrangés voletaient à une fenêtre, dans les étages.

Ory ralentit le pas sans s'en rendre compte. Quelque chose clochait dans cette affaire. Jamais Max ne se serait aventurée seule jusqu'ici. Les ruines de l'université étaient trop colossales, trop sombres, trop dangereuses. Même frappée d'amnésie, elle aurait évité ces lieux.

« Ça ne va pas ? » demanda le détecteur en lui lançant un regard par-dessus son épaule.

Pas question pour autant de s'arrêter dans sa course.

Ory dut presser le pas pour ne pas se laisser distancer. Ils contournèrent sans ralentir une toile de chantier sous laquelle on devinait la forme d'un corps.

« Je ne sais pas, haleta Ory.

— Vous tenez à retrouver votre femme ? »

Le détecteur leva le bras tout en s'approchant des auvents de ciment.

« Je vous l'ai dit. La dernière fois que je l'ai vue, c'était ici. Commençons à chercher.

— Max ne s'aventurerait pas dans ce genre de coin, objecta Ory. Ça ne lui ressemble pas.

— Justement. »

Ory ne s'en formalisa pas. Il savait déjà que cet homme, qui n'avait jamais rencontré Max, avait peut-être plus de chances que lui de la retrouver – car elle n'était plus tout à fait sa femme. Plus complètement. Il continua à courir. Et se dit qu'il était inutile d'en vouloir au détecteur.

« Ici même, hier ou avant-hier, dans l'après-midi, ajouta le détecteur en se volatilisant au bout de ce qui avait été une zone commerciale.

— Attendez ! »

Ory bondit derrière l'homme pour le rattraper.

Lorsqu'il se fut engouffré à sa suite, le détecteur avait disparu.

Ory fit halte quelques minutes. Que faire ?

« Max ? »

Il avait sous les yeux des bennes à ordures, sens dessus dessous. Des blocs de béton.

« Hé ho ! »

Un immense parvis, désert. Il finit par comprendre.

« Je n'ai que ce fusil sur moi. Rien à manger. »

Des mouvements dans les recoins. Et la réapparition du détecteur dans le campus silencieux. Le souffle encore coupé par la course, il s'avança vers Ory.

« Vous êtes nombreux ? » demanda ce dernier.

Les ombres au pied des bâtiments lui firent comprendre qu'il était encerclé. *Détecteur*, songea-t-il, amer. *Détecteur de pigeons, oui.* Combien s'étaient laissé prendre avant lui ? Il aurait voulu ressentir de la colère, de la honte : mais à quoi bon ?

« Cinq, six ?

— Assez pour ce qu'on a à faire », dit le détecteur.

Ory déposa le fusil à ses pieds puis sortit toutes ses cartouches de ses poches.

« Et pas un gramme de bouffe », insista-t-il.

Un homme rejoignit le détecteur, une batte de base-ball à la main. Puis un deuxième. Puis un troisième. Le ciel était d'un gris de cendres.

« C'est ce qu'on va vérifier par nous-mêmes. »

TROISIÈME PARTIE

Cette tente est si jolie. Il fait chaud et sec, dessous. Chaque pan de tissu est d'une couleur différente. Quand le soleil couchant filtre à travers les arbres, on se croirait à l'intérieur d'un splendide kaléidoscope en mouvement.

Nous sommes neuf maintenant, au total. Ils étaient douze, avant, mais quatre d'entre eux étaient trop atteints. Et je les ai rejoints. Quand je suis tombée sur eux, ils ont débattu. Pouvaient-ils prendre le risque de m'accueillir ? Et finalement, comme ils avaient à manger pour douze survivants, ils ont bien voulu partager ce qu'ils avaient en trop.

Cela peut sembler facile, mais ça n'a pas été le cas, Ory. Pas du tout. Parce qu'au début, j'ai eu peur qu'ils me tuent.

C'était le soir. Je marchais dans les bois, à l'écart de la route, aussi silencieusement que possible – à cause des animaux, des sans-ombre qui s'y trouvaient peut-être. Je cherchais un abri où passer la nuit, me reposer, dormir quelques heures. Un mur, un tronc auquel m'adosser : ainsi, je n'avais à surveiller que trois points cardinaux au lieu de quatre. C'est alors que je l'ai vue. Une lueur douce, orangée, loin dans les arbres. Un feu de bois.

Je sais, Ory. Je n'aurais pas dû approcher. Mais j'étais si curieuse. Allumer un feu, ça demande du courage. Ce ne devait pas être un voyageur isolé, mais un groupe. Et qui dit groupe dit souvenir de ce qu'apporte le groupe, et ombre sans doute. Je n'en avais pas vu depuis si longtemps… Je me suis approchée.

J'avais vu juste. C'était un groupe, en effet. Mais qui ne ressemblait guère à l'image naïve que j'en avais eue de loin – joyeux campement d'amis prêts à partager leur repas à la chaleur des flammes tout en se remémorant le bon vieux temps. Non, les visages n'exprimaient que méfiance, les regards jugeaient : « Ennemie ou simple passante ? À nous d'en décider. » Je n'étais à leurs yeux qu'une femme sans ombre qui errait dans la nuit. Rien de plus. Quand j'ai commencé à répondre à leurs questions, je crois qu'ils ne s'attendaient pas à quelque chose d'aussi… structuré. Et quand je leur ai dit que je vivais sans ombre depuis seize jours et que je n'avais toujours pas oublié mon nom, leur ton a changé.

« Je m'appelle Max », ai-je dit d'une voix douce, les mains en l'air, pour leur montrer que je ne leur voulais aucun mal.

La femme au fusil a plissé les yeux.

« Ton nom de famille ?

— Webber. Je m'appelle Maxine Webber. »

Deux jeunes femmes – elles se ressemblaient

comme deux gouttes d'eau – sont apparues derrière la femme armée. De belles femmes, grandes, élancées, les pommettes saillantes, la peau noire, le nez long et mince. L'une a dirigé vers moi ses grands yeux de gazelle. L'autre s'est penchée vers l'oreille de leur cheffe. Cette dernière avait les cheveux en brosse, presque ras. J'ai vu les lèvres de la jeune remuer, tout contre l'oreille de la femme. Le canon n'a pas bougé d'un millimètre.

« Seize jours, tu dis », a fait la jumelle de gauche, avec un accent qui évoquait vaguement le Moyen-Orient.

J'ai hoché la tête. Elle a lancé un regard intrigué à la femme armée. Il y avait cinq autres personnes qui ne me quittaient pas des yeux, assises qu'elles étaient en cercle autour d'un feu de bois guère impressionnant. Un homme aux cheveux si blonds qu'ils en paraissaient transparents dans le crépuscule a porté la main à sa bouche, comme s'il méditait. Ses doigts étaient couverts de taches – de la boue, de l'herbe écrasée ? – jusqu'à la deuxième phalange. Et aucun d'eux n'avait d'ombre. Aucune de ces neuf personnes. Tu imagines, Ory ? Nous étions tous les neuf dans les bois, et pas une seule main noire ne dansait sur le sol, près du feu, pas un seul profil ne se tordait sur l'écorce ou dans les feuillages. Il n'y avait autour de nous que les ombres des arbres, des labyrinthes de lignes noires et contournées. Mais d'humains, sur le sol, pas une trace.

La cheffe a considéré l'une des jumelles du coin de l'œil, pour ne pas tourner la tête. Et me garder en joue. La jumelle a opiné du chef. La cheffe lui demandait de me poser une question.

« Seize jours », ai-je répété d'un ton que je voulais encourageant.

Elle a fini par baisser son fusil de quelques centimètres. J'ai croisé son regard par-dessus le canon.

« Tu sais encore lire ? » a-t-elle fini par demander.

Quelques secondes plus tard, je me suis retrouvée entre les jumelles. L'une me tenait par les épaules, l'autre brandissait une branche d'arbre transformée en torche. Sous leur escorte, j'ai traversé la forêt au pas de course. La femme au fusil marchait près de nous. Je faisais de mon mieux pour respirer régulièrement mais, Ory – j'étais morte de peur. Certaine de savoir encore lire, bien sûr, mais je n'avais rien déchiffré depuis quelques jours. Et le dernier poteau indicateur. Et si ma certitude était illusoire ? Si, au moment de déchiffrer le livre ou le texte dont ils avaient besoin, je constatais que les lettres n'avaient plus de sens ? Je n'avais jamais réfléchi à cette question-là : on pouvait donc oublier qu'on savait lire ? Visiblement, c'était ce qui était arrivé à ces gens. Et si j'avais subi le même sort ? J'ai essayé de former les lettres de mon nom en esprit, mais le chemin était si traître et nous marchions si vite que je ne pouvais me concentrer que sur les obstacles et la nuit. Soudain, devant nous, a surgi la colossale silhouette d'un énorme camping-car coiffé d'une bâche et garé sur un tapis de feuilles mortes. Ils avaient un camping-car ! J'ai baissé les yeux sur le sol : les traces semblaient récentes. Ce n'était pas un véhicule embourbé, en panne. Ils l'avaient caché à l'abri des regards et de la route pour la nuit.

« Voilà. »

La femme au fusil a fait soudain halte, le bras tendu, pour me barrer la voie. Les jumelles se sont arrêtées, elles aussi, les yeux tournés vers moi. Loin derrière, la lueur orangée du feu de camp et les autres, en rond, épaules voûtées.

« Qu'est-ce que je suis censée faire ? »

Je n'étais pas rassurée. La femme au fusil a chassé une mouche posée sur son crâne rasé avant d'adresser un signe de tête à l'une des jumelles, celle qui me tenait le bras.

« Monte. »

La fille a contourné le camping-car au trot. Elle a bondi sur la petite échelle et s'est battue un instant avec une corde fixée au toit. Sa sœur se tenait derrière le véhicule, portant la torche à bout de bras.

« Je ne… », ai-je commencé.

Elle a réussi à défaire le nœud et la bâche a glissé avec un long sifflement, avant de s'affaler sur le sol.

« Oh ! » ai-je murmuré, fascinée.

Je me suis sentie avancer d'un pas, confusément.

Sur le flanc du camping-car étaient peintes d'immenses lettres, sur les fenêtres, entre le capot et l'arrière du véhicule. D'immenses capitales noires qui recouvraient partiellement les vitres. Les traits étaient épais comme mes bras. J'ai longuement fixé ces courbes vigoureuses.

« Qui a peint cela ? » ai-je fini par demander à celle des jumelles qui n'était pas sur le toit.

La cheffe lui a lancé un regard d'avertissement qui n'a pas échappé à la jeune femme. Laquelle s'est contentée de secouer la tête, plutôt que de me répondre. J'ai eu le temps d'entrevoir une lueur d'expectative dans ses yeux. Cette décoration était leur œuvre. C'était la seule façon pour elles de comprendre si je savais encore lire. Elles, elles avaient oublié : mais elles se souvenaient de ce que le mot signifiait.

« Quand l'avez-vous peint ? » ai-je demandé, histoire de gagner du temps.

Les femmes, elles, ne voulaient plus m'en donner.

« Ursula », chuchota la jumelle sur le toit, le regard fixé sur sa cheffe.

Ursula. J'ai gravé ce nom dans ma mémoire au fer rouge, le plus profondément possible.

« Alors, tu peux lire ? »

La voix d'Ursula trahissait pour une fois son espoir et son impatience. Le fusil s'est levé. Vers moi, de nouveau. Le message était clair. *Lis ce qui est écrit. Ou bien tu ne te souviendras vraiment plus de rien.*

J'ai vigoureusement opiné du chef.

« Mais oui, je peux, bien sûr. »

Je me suis tournée vers le camping-car. Vers les immenses lettres noires. Qui étaient encore – je ne sais pas pour combien de temps encore, Ory –, qui étaient encore des lettres. Et ces lettres formaient des mots, des mots que je comprenais.

« *La Nouvelle-Orléans* », ai-je déchiffré.

Orlando Zhang

Lorsqu'il ouvrit les yeux, la lumière lui brûla les rétines. Une douleur cuisante, aveuglante, qui se propagea immédiatement au fond de son crâne. Ory poussa un gémissement et baissa aussitôt les paupières. Des images lui revenaient par saccades : il courait, quelqu'un sifflait en brandissant une batte de base-ball dans les airs, le campus désert, la fine poussière qui recouvrait le sol du parking où il s'était effondré en se débattant des pieds, des mains, le détecteur et ses hommes qui lui flanquaient des coups de bâton.

Ory porta la main à sa poche. Le portefeuille ! Il était encore là. Ils n'avaient pas dû pouvoir le lui voler avant qu'il parvienne à prendre le dessus, Dieu soit loué. Le fusil, les munitions, quelle importance, s'il avait encore sur lui la photo de Max ?

Il faisait encore assez jour pour qu'il puisse retrouver ses marques. Et même s'il en avait la possibilité, il ne rebroussa pas chemin pour voir comment il avait pu retrouver la liberté. Il avait survécu : peut-être était-ce le cas de l'un ou l'autre de ses adversaires. Ou pas, ce dont il se fichait.

Il lui fallut tout un crépuscule pour retrouver le tas de décombres qui avait été leur immeuble. Max ne s'y trouvait pas – mais si elle avait laissé la moindre trace de son passage, ce ne pouvait être que là.

J'ai tellement de choses à te dire, Ory. Il faut absolument que je les enregistre avant de commencer à les oublier. Je veux te dire tout ce que je sais des gens avec lesquels je me trouve à présent : qui ils sont, ce qu'ils font, où nous allons.

Je ne dis pas cela pour te faire du mal, Ory – j'espère que ce n'est pas comme ça que tu le prendras –, mais jusqu'à ce que je les rencontre, jusqu'à ce qu'Ursula me propose de rejoindre leur groupe, je n'avais pas compris à quel point j'étais seule. J'étais trop obsédée par la nécessité de trouver, nuit après nuit, un abri où dormir en sécurité, de ne pas circuler sur les routes principales, d'éviter les maisons qui avaient l'air encore habitées. Trop occupée à essayer de rester en vie. Mais j'étais si seule, Ory. Et cette autre chose que je ne t'avais jamais dite, parce qu'elle est si cruelle… Mais je peux l'avouer maintenant. J'étais seule dans cette jungle monstrueuse qu'était devenue la Virginie, mais j'étais seule, également, au refuge, avec toi. Pas tout le temps, bien sûr. Cela ne concerne que la dernière semaine.

Ce n'est pas ta faute. Tu as fait du mieux que tu

pouvais. Mais tu avais encore ton ombre et tes souvenirs. Tu savais toujours qui tu étais. Moi, j'avais beau tout essayer, j'allais bientôt commencer à m'oublier. Je sais, je sais – tu penses qu'en théorie, on peut résister à l'Oubli. Ça, je ne peux pas l'entendre. Tu ne sais pas, Ory. Tu ne *sais* pas. Moi non plus, je ne savais pas. Jusqu'à ce que ça m'arrive. Je ne savais pas à quel point il était dur de résister. À quel point l'esprit travaille pour combler les trous, au lieu de les laisser en l'état. Et bien qu'il sache que chaque fois qu'il compense, il se trompe, et finit par concéder des parties de lui-même dont l'absence laisse des trous plus béants encore.

Ici, cependant, avec des gens qui sont comme moi, je me sens à nouveau légère. Ils comprennent. Je n'en suis pas complètement sûre, mais j'ai le sentiment que d'être avec eux m'aide à ne pas oublier plus de choses – c'est que nous voulons tous nous souvenir. J'aimerais que tu puisses les rencontrer.

Lorsqu'ils se sont mis en route, quatre d'entre eux étaient encore indemnes. Maintenant, plus aucun n'a d'ombre. Quel dommage, vraiment : mais j'en sais assez désormais pour me dire que ce n'est pas la peine d'essayer d'en comprendre la raison. La dernière à avoir été atteinte, c'est notre cheffe, Ursula. Je crois que tu l'aimerais bien, Ory. Elle doit avoir autour de cinquante ans. Elle est brune, avec déjà pas mal de cheveux blancs – elle se rase les cheveux, régulièrement, et porte souvent une casquette de base-ball. Et un fusil. Elle l'a toujours sur elle. Je pense que c'est la seule arme à feu du groupe. Un fusil pour neuf. Je les ai rejoints depuis deux ou trois jours et n'ai pas entendu Ursula rire une seule fois. Ne l'ai pas vue une seule fois se détendre. C'est une femme d'acier. La seule fois où je l'ai vue sourire, c'est lorsque j'ai lu « La Nouvelle-Orléans » peint sur les flancs de leur camping-car. De *notre* camping-car. Je suis des leurs, maintenant.

Et puis il y a les jumelles – Dhuuxo et Intisaar, des réfugiées somaliennes. Elles sont arrivées à Washington adolescentes. Ce sont elles qui nous ont accompagnées, Ursula et moi, au camping-car, le premier soir. Seigneur, Ory. Elles sont si belles. Et se ressemblent à un tel point, c'est presque effrayant. Quand elles se regardent, on a l'impression d'un miroir. Elles pourraient presque se servir d'ombre l'une à l'autre. Tu imagines, être le portrait craché de quelqu'un ? Parfois, quand je les regarde travailler l'une à côté de l'autre, à décrasser un vêtement dans le baquet ou à calculer nos portions du dîner, exactement au même rythme, je dois reconnaître qu'il y a une pointe de jalousie dans mon admiration. Ce qui me brise le cœur quand je pense à nous deux, c'est que si tu perdais ton ombre, mon amour, nous finirions tous les deux par ne plus savoir que nous avons vécu ensemble, que nous avons eu une si grande importance l'un pour l'autre. Il n'y aurait aucun indice, aucune preuve matérielle. Mais ces deux-là, Dhuuxo et Intisaar, elles sauraient, elles. Même si elles perdent tous leurs souvenirs, il leur suffirait de se regarder l'une l'autre pour comprendre qu'elles sont liées. C'est une immense consolation, hein ?

Mais ce que je meurs d'envie de savoir, ce que

j'espère avoir le courage de leur demander un jour – avoue, toi aussi, tu aimerais avoir la réponse... Tu crois qu'elles ont perdu leur ombre en même temps ? Ce n'est pas tout : tu crois qu'elles oublient les mêmes souvenirs en même temps ? Ou que ce n'est pas synchronisé et qu'elles pourraient à elles deux constituer une personne indemne ?

Des autres, je sais moins de choses : Wes, qui est immense. Lucius, qui n'est pas vilain à regarder. Ysabelle, qui a de beaux cheveux blonds, magnifiques, très longs. Victor, qui a sur l'épaule un tatouage de bonne taille, représentant un lion. Et le mystérieux Zachary, dont j'ignore presque tout. Ils sont moins bavards qu'Ursula et que les jumelles. Comme ils ont perdu leur ombre depuis plus longtemps qu'Ursula, ils se souviennent de moins de choses. Intisaar m'a raconté la triste histoire de Victor et d'Ysabelle. Ils se sont rencontrés au lycée et se sont enfuis tous les deux dès leur diplôme en poche. Ils venaient tout juste d'envoyer leur plus jeune enfant à la fac quand l'Oubli est arrivé dans le pays. Ils ne se souviennent même plus d'avoir été mariés. La seule raison pour laquelle ils se rappellent encore leur amour est celle-ci : Ursula, qui les a rencontrés quand ils étaient encore indemnes, ne cesse de le leur répéter.

Je m'égare, mais j'ai encore tant de choses à te dire. Dieu soit loué, je savais encore lire quand j'ai croisé leur chemin – c'est tout ce qui me vient à l'esprit. Je n'ose pas imaginer ce qui leur serait arrivé si nous ne nous étions pas rencontrés, s'ils avaient continué dans la même direction. Ils allaient droit vers l'ouest depuis quelques jours, complètement désorientés. Ils ne seraient jamais arrivés à La Nouvelle-Orléans, même s'ils avaient eu un siècle devant eux.

« Max, m'appelle Ursula de la cabine du camping-car, tandis que nous progressons lentement sur la route creusée de nids-de-poule. Viens un moment. »

Je me suis accroupie à côté de son siège en me servant de l'accoudoir pour garder mon équilibre. Ici, tout le monde a quinze boulots – sauf moi, qui n'en ai qu'un seul. Mais lire les cartes, c'est vraiment important. Après chauffeur du camping-car, c'est peut-être le plus essentiel. C'est ce que je n'arrête pas de me répéter. Cela dit, je n'en ai qu'un. Chaque fois que nous nous arrêtons pour camper, Wes suit Victor et Lucius, qui ramassent le bois. Il en fait autant, en copiant leurs gestes. Dhuuxo et Intisaar répartissent la nourriture et l'eau. Ursula vérifie nos stocks, nous compte et nous recompte toutes les dix minutes jusqu'à ce que nous nous retrouvions tous autour du feu – elle a si peur de perdre d'autres membres du groupe. Ysabelle m'aide à monter ma tente après avoir dressé la sienne. Je sais. C'est la honte. La première soirée, j'étais trop tremblante et trop gênée pour l'avouer : et donc, je me suis battue une bonne demi-heure avec les piquets et les pans de tissu avant qu'Ysabelle ne me pousse sur le côté, un soupir aux lèvres. Puis elle a rejeté sa chevelure dorée en arrière. Et monté en moins d'une minute ce piteux abri.

« Tu apprendras vite », a-t-elle réussi à me dire avant de se diriger vers sa propre tente.

J'avais les joues en feu.

Je sais écorcher les lapins ! Je leur tords le cou pour

les faire passer de vie à trépas sans broncher, aurais-je voulu lui dire.

Ce qui n'aurait fait qu'aggraver mon cas, je crois. D'ailleurs, ce talent n'est pas particulièrement utile dans notre groupe, car nous en sommes tous capables. Ça n'a rien de spécial.

Je t'ai dit que j'avais vraiment une très jolie tente ? Il y fait chaud et sec. Elle est si colorée, quand la lumière traverse la toile. Le matin, c'est magnifique.

Le seul qui semble travailler encore moins que moi – en fait, lui, il ne fait vraiment presque rien –, c'est Zachary. L'étrange et silencieux Zachary.

Quand je me suis accroupie tout contre Ursula, il occupait justement le siège du mort. J'ai essayé de croiser son regard – rien à faire. L'esprit ailleurs, il regardait par la vitre de ses yeux pâles, sans ciller. A-t-il déjà tellement oublié qu'il ne sait plus comment parler ? Mais je n'ose pas poser la question. C'est peut-être impoli. Je ne connais pas les règles. Si tant est qu'il y en ait.

Quand Ursula s'est avisée que j'étais près d'elle et que j'attendais, elle a ouvert la boîte à gants et en a sorti notre carte routière, pour me la donner.

« Mieux vaut que tu l'aies tout le temps sur toi, maintenant.

— Je n'y manquerai pas. »

Elle s'est de nouveau tournée vers le pare-brise et j'ai discrètement retourné la carte. Pourvu qu'elle n'ait pas remarqué qu'elle me l'avait donnée sens dessus dessous.

Je me suis concentrée sur la carte. Où étions-nous, exactement ? Non que je ne sache pas m'en servir – tu vois bien ce que je veux dire, Ory. Mais c'est qu'entre naviguer sur le réseau ferré de Washington D.C. (il suffit de trouver la bonne ligne et de s'y tenir) et essayer de repérer les points communs entre une carte routière et une jungle en constante évolution qui n'y correspond plus, il n'y a pas grand rapport. Surtout dans notre cas, où se perdre – et passer quelques heures ou quelques jours à tourner en rond – signifie que nous pourrions tout simplement ne jamais arriver là où nous voulons aller, parce que nous aurons oublié entre-temps ce que nous voulons. Je sais : enfant, dans l'Oregon, tu étais scout. Mais essaie donc de te servir d'une carte quand tous les panneaux sont soit à terre, soit envahis par les vignes vierges, soit claquant à tous les vents, tentés à chaque rafale de prendre leur envol comme un oiseau enchaîné au poteau par une seule de ses pattes. Tu serais fier de moi, en fait. J'ai fini par comprendre où nous étions sans doute, juste au sud de Fairfax Station – c'était là où je les avais rencontrés, là où Ursula m'avait demandé de lire ce qui était peint sur son camping-car. J'ai attendu quand même de trouver un panneau à peu près entier. Ursula ne se souvient plus de la manière dont les cartes représentent le monde ; mais elle sait qu'il y a un lien entre les lignes sur le papier et ce qui se passe de l'autre côté du pare-brise. Elle a donc patienté aussi calmement que possible.

J'ai fini par poser ma paume à plat sur les lignes colorées qui partaient en tous sens.

« Nous n'avons pas perdu notre chemin, l'ai-je rassurée. Demain, en repartant, il faudra rester sur cette route assez large. Elle devrait nous conduire presque jusqu'à La Nouvelle-Orléans, si nous ne nous en écartons pas. »

Nous nous trouvions sur ce qui restait de la I-85 Sud.

« Tu en es sûre ?…, m'a-t-elle demandé, pour que je confirme mon intuition.

— J'en suis certaine, ai-je répondu, ce qui n'était pas un mensonge cette fois-ci. Je peux encore lire une carte. »

Ursula a hoché la tête.

« Tu devrais t'installer sur ce siège-là, pour mieux voir la route.

— Mais Zachary ? »

Elle s'est retournée vers lui, qui a aussi hoché la tête. Avait-il vraiment compris ce qu'elle lui disait, ou deviné le sens de ses paroles ? Il a détaché la ceinture et s'est levé de son siège, presque en transe.

« Ça lui est égal », a commenté Ursula tandis qu'il me contournait pour aller s'asseoir devant la table pliante de l'habitacle.

Dhuuxo et Intisaar se sont poussées, pour qu'il puisse s'installer près de la fenêtre. Et regarder dehors.

« Il peut dessiner n'importe où, Zachary.

— Dessiner ?

— Zachary fabrique tous nos signes. Nos panneaux, m'a expliqué Ursula. Ce qui nous aide à nous souvenir de ce qui compte. »

La main levée, elle a joint les doigts, les a frottés les uns contre les autres, pour me faire remarquer les taches qui marquaient en permanence les phalanges de Zachary.

« C'est de l'encre. »

Elle a sorti une feuille de papier de la boîte à gants et me l'a tendue. Un dessin, les représentant tous les huit dans le moindre détail. Aucun n'avait d'ombre.

« Il l'a fait la veille du jour où nous t'avons trouvée. »

Je me suis retournée vers lui, suffoquée. Ses cheveux couleur paille, ses yeux bleus. Ory, c'était lui, l'artiste de Oakton High School, le type qui avait dessiné partout. L'autoportrait à l'ombre, les deux amoureux qui étaient sans doute Victor et Ysabelle – une femme aux longs cheveux blonds, un homme dont le biceps s'ornait d'un lion tatoué. Les deux silhouettes sombres aux attitudes similaires, qui n'étaient pas, je m'en rendais compte maintenant, des ombres mal dessinées, mais les jumelles somaliennes. Il essayait de chroniquer leurs souvenirs de la seule manière qui lui soit encore accessible.

Nos regards se sont croisés. Il a suivi des yeux le cordon métallique que j'avais au cou. Jusqu'au petit magnétophone qui y était suspendu. J'ai baissé les yeux et l'ai pris dans la main, pour qu'il arrête de tournoyer dans les airs. Lorsque je suis revenue vers Zachary, il a hoché la tête. Comme pour me dire que s'il ne savait pas comment le magnéto fonctionnait, il en comprenait l'utilité. C'était la même chose que ses dessins.

Ursula conduit. Je veille à ce que nous restions sur la route. L'habitacle est doucement secoué par nos passages sur les nids-de-poule et je garde l'index collé sur le papier huilé. Ça lui fait plaisir, à Ursula. Je le vois bien. Elle ne se souvient pas qu'on peut se servir d'une carte rien qu'en la regardant. Elle pense qu'il faut la toucher. Alors, je la touche. C'est le moins que je puisse faire pour elle, qui nous véhicule tous autant que nous sommes.

Quand nous nous sommes arrêtés pour que Victor fume et que les autres aillent se soulager dans les mauvaises herbes, de chaque côté de la route, Zachary est revenu côté conducteur et s'est installé sans rien dire sur le siège qu'Ursula avait laissé vacant. Il a regardé la carte que j'avais dans les mains, puis le paysage : Ursula, à l'ombre d'un tunnel, attendait que tous les passagers remontent. Zachary a sorti un bout de papier de sa poche et s'est mis à dessiner, le front plissé, pendant quelques minutes. Une fois son croquis fini, il me l'a tendu avec un sourire. C'était une représentation fidèle du vieux panneau de la I-85 sous lequel se tenait Ursula. Zachary ne se souvenait plus de ce à quoi servent les signes, ni même de ce qu'est une autoroute, mais il avait deviné le rapport avec ma carte, l'importance du panneau. Longtemps après qu'il a été se rasseoir dans l'habitacle, j'ai regardé son dessin – le petit écusson bleu gansé de rouge. Les petites formes blanches au centre du panneau. Ory, j'aurais bien aimé que tu voies ça. La différence entre une lettre écrite et une lettre dessinée est infime, mais fascinante.

« Il est fort, hein ? m'a demandé Ursula quand nous nous sommes remis en route.

— C'est sûr. »

Elle ne pouvait plus la voir, cette subtile différence.

J'ai plaqué la feuille contre la carte, dont j'ai plié un coin, pour assembler les deux papiers.

« Je peux te demander quelque chose, Ursula ?

— Pas de problème.

— Pourquoi allons-nous à La Nouvelle-Orléans ? Précisément, je veux dire ? »

Ursula a inspiré profondément. J'ai attendu sa réponse, mais elle se contentait de fixer la route, l'horizon – le visage sévère.

J'ai fini par baisser les yeux sur la carte que j'avais étalée sur mes cuisses. Les routes, comme un réseau veineux, les parcs nationaux en vert clair.

« Tu as oublié, on dirait.

— Pas du tout. C'est que ce n'est pas facile à expliquer. Tu as déjà entendu parler de Celui Qui Rassemble ?

— Celui qui quoi ?

— Avant de prendre la route, on habitait tous ensemble, a commencé Ursula en désignant les autres d'un geste de la tête. Dans un endroit vraiment bien, qu'on avait trouvé. Il a fallu le nettoyer, d'abord, mais ça valait le coup, en dépit du danger. On avait un bon toit sur nos têtes, des armes, plein de guetteurs pour nous protéger, plein de petites mains pour rapporter ce dont nous avions besoin. Et nous avons tant accumulé que nous avons commencé à troquer avec les gens qui passaient. Quand ils pouvaient nous apprendre quelque chose – sur n'importe quel sujet, vraiment, nous leur donnions un peu à manger. La rumeur s'est répandue. Les gens venaient nous apporter de l'info. Au bout d'un moment, on a remarqué qu'il y avait des noms qui revenaient toujours.

— Celui Qui Ne Rêve Pas », me suis-je souvenu.

C'était toi qui m'avais parlé de ces curieux graffitis que tu voyais parfois sur les murs en cherchant à manger, Ory. Gravés dans le ciment ou dans le bois. « L'Ami ».

« L'Ami. Ah, oui, je l'ai entendu, cela. »

Ursula consulta la jauge à essence.

« Mais celui que j'ai entendu le plus souvent, une fois même dans la bouche de gens qui venaient du fin fond du Montana, c'est Celui Qui Rassemble.

— Et la source de tout ça est à La Nouvelle-Orléans ? lui ai-je demandé.

— Pour ainsi dire, oui. »

J'ai hoché la tête. Pas besoin d'en dire plus. J'avais compris. Peu importe que les histoires soient décousues ou qu'elles se contredisent, ce qui arrivait parfois. L'important, c'était l'existence de ces rumeurs. Elles voulaient dire qu'il se passait quelque chose là-bas. Quelque chose de particulier. Bon ou mauvais, ça, mystère : mais ça valait le coup de savoir quoi, plutôt que d'abandonner la partie. Je l'ai regardée. Je voulais comprendre, moi aussi. Je ne voulais pas me contenter d'attendre la fin sans rien tenter. Même si j'y laissais ma peau.

« On le saura bien assez tôt. On y arrivera.

— Mmh », a murmuré Ursula.

Ce qui voulait dire oui.

Je me suis carrée contre le dossier du siège, le cœur battant.

« On va peut-être retrouver tous ceux qui ont encore leur ombre », ai-je dit.

Ce n'était pas exactement ce que je pensais, mais

ça me permettait de lui dissimuler ma soudaine excitation.

« Ou tous ceux qui ne l'ont plus. Ils ont peut-être transformé La Nouvelle-Orléans en une ville qui nous est réservée. À nous, les sans-ombre.

— Ou bien une ville pour nos ombres. »

Ce qui l'a fait pouffer de rire un petit moment. C'était absurde et nous le savions bien, elle et moi. Les ombres ne vont nulle part. Elles disparaissent. Mais la blague a atteint son but. Elle a fait baisser la tension. Ursula ne m'a rien dit de la raison pour laquelle nous nous dirigions vers cette ville des rumeurs en morceaux. De ce qu'elle espérait vraiment, car la possibilité que cet espoir se réalise était si ténue que les mots pouvaient en avoir raison. Je le savais bien : en écoutant son histoire, j'avais conçu le même espoir. D'une guérison à La Nouvelle-Orléans. Qui nous empêcherait d'oublier. Au lieu de courir, au lieu d'essayer de m'empêcher de te faire disparaître avant de mourir moi-même, je peux peut-être nous sauver tous les deux. Et te retrouver.

Orlando Zhang

Au matin, Ory fut réveillé par des bruits de pas qui faisaient crisser l'asphalte en désagrégation.

« Max ? » s'écria-t-il d'une voix enrouée.

Il émergea de l'immeuble où il avait passé la nuit sur un tas de gravats, en face de ce qui restait de leur maison.

« Max ? »

Ce n'était pas Max. Il aperçut un pied – dont le propriétaire presque aussitôt disparut en courant au carrefour suivant. Pas d'ombre, certes, mais c'était un pied d'homme et non de femme. Passa un autre sans-ombre, à une telle vitesse qu'il était impossible de reconnaître quoi que ce soit – des jambes aux mouvements frénétiques, des épaules voûtées et des bruits de pas qui se réverbèrent dans le lointain.

Ory attendit que le calme revienne avant de s'aventurer vraiment dans la rue.

Qu'est-ce que c'est que ce cirque ? Désormais, lorsqu'il y avait un excès d'activité dans la zone, ce n'était plus bon signe. Mais ces sans-ombre couraient-ils pour fuir, ou pour rejoindre ? Il se hasarda jusqu'au croisement – ou ce qui en restait – à la recherche des sans-ombre.

« Pas un geste ! » hurla une voix.

Ory porta les mains à son épaule, cherchant le fusil qui n'y était plus. Un homme brun en treillis, coiffé d'un casque de cycliste, se recula, tête baissée, comme s'il s'attendait à être visé par un coutelas, avant de braquer son fusil vers Ory.

Ils échangèrent un regard horrifié pendant quelques secondes, puis considérèrent leurs pieds. Ce qui traînait à leur suite.

Il a son ombre, songea Ory, au moment où l'inconnu se faisait la même réflexion.

« Frère », finit par dire l'homme brun.

Le canon du fusil se baissa. Un sourire de soulagement lui fleurit sur les lèvres.

« Mais aussi, qu'est-ce que tu fous avec ça ? »

Ory baissa le menton vers sa chemise, la caressa à l'endroit vers lequel était braqué le doigt de l'homme. Il avait passé par-dessus son épaule ce qui restait de son vieux coupe-vent – trempé, sale. On pouvait encore lire, floquées en marron sur le tissu rouge, les trois ou quatre premières lettres du mot PERSONNEL, surmontant le logo de l'Elk Cliffs Resort.

« Je ne comprends pas », marmonna Ory.

Mais l'homme ne l'écoutait plus. Son visage se durcit.

« Baisse-toi, fissa ! »

Ils se plaquèrent à plat ventre contre les bennes remplies de sable qui leur faisaient face. Un caillou ricocha sur le bord, explosant en mille petites pointes. Puis un deuxième, qui fit pleuvoir des éclats de pierre sur leurs têtes.

« Qu'est-ce qui se passe ? hurla Ory.

— L'accord a foiré aujourd'hui, glapit le type brun tandis que d'autres projectiles sifflaient à leurs oreilles. Le Rougeroi a essayé de nous refiler quatre exemplaires du même bouquin... Ils ne comprennent pas ça, eux. Que quatre exemplaires du même livre, ce n'est pas la même chose que quatre livres. Et nous voilà à nouveau dans la merde. Le rouge... (il tendit la main vers le marquage du coupe-vent), c'est ça que je voulais te dire. La couleur de l'ennemi ! »

Une autre salve s'écrasa sur les bennes.

C'*est une barricade*, finit par comprendre Ory. Quelqu'un avait construit une tranchée surélevée le long de son ancienne rue.

« La dernière fois que ça s'est produit, ils en ont brûlé tout un tas. Ça a saigné. Pourvu qu'ils soient trop à court de bouffe et de médocs pour nous refaire le même coup.

— Mais de quoi parlez-vous ?

— C'est la guerre ! hurla l'homme.

— Mais quelle guerre ?

— La... »

L'homme s'interrompit une seconde.

« Euh, qu'est-ce que tu veux dire par "Quelle guerre" ? Tu sors d'où, toi ?

— Arlington, répondit Ory.

— Arlington ! »

Visiblement, il s'était attendu à ce qu'Ory lui donne le nom d'un quartier proche du centre, à quelques minutes de marche. Au pire, à une banlieue de la capitale. L'Oubli avait modifié les distances.

« T'as traversé le fleuve ? »

Les deux hommes baissèrent la tête tandis qu'un caillou sifflait dans les airs.

« Putain, frère, t'as des couilles.

— Je m'appelle Li. »

Ory s'était contenté de son deuxième prénom, au cas où.

« Li. D'accord. Moi, c'est Malik. James Malik. »

Il ôta son casque de cycliste, sous lequel son crâne d'un brun profond s'était nappé de sueur, et le tendit à Ory.

« Enfile-le. J'en prendrai un autre. On en a quelques-uns dans la réserve. C'est là qu'on trouve le matos pour les nouvelles recrues.

— Euh, non… »

Ory fit de son mieux pour rassembler ses idées.

« Si je suis ici, c'est que je cherche ma femme. »

Malik le considéra un moment, ne sachant trop que faire de lui s'il refusait de participer à sa guerre – quelle qu'elle soit.

« Ça m'étonnerait que je puisse faire quelque chose pour toi », finit-il par répondre.

Ce qui ne l'empêcha pas de fourrer le casque dans les mains d'Ory.

« Ce qui est certain, c'est qu'elle n'est pas dans les parages. C'est le front, ici. »

D'un geste du menton, il indiqua la direction d'où le projectile le plus récent avait jailli.

« Tu connais Logan Circle ?

— Bien sûr. P Street ?

— Le carrefour de la P et de la Treizième, fit Malik avec un hochement de tête. Il y a cette résidence de luxe, l'Iowa… C'est impossible de remettre la main sur les gens, maintenant, mais si tu tiens vraiment à chercher, c'est là qu'il faut commencer. Le Général te donnera peut-être un coup de main. Si tu lui rends quelques services. »

Ce n'était pas grand-chose, mais tout de même : un début de piste. La première qui se soit offerte à Ory.

« Les gens, à l'Iowa, ils ont leur ombre ?

— Ouais. Nous sommes une quarantaine. C'est notre QG. »

Il y eut une accalmie soudaine dans la pluie de pierres. Malik se fourra deux doigts dans la bouche et émit un sifflement strident. Quelques secondes plus tard, un choc sourd retentit derrière eux, accompagné d'un nuage de poussière de béton. Une femme était apparue – les cheveux noirs, le teint olivâtre, en treillis, comme Malik. Son ombre la suivait, accroupie, maigre, le nez aquilin. Ory la regarda, bouche bée. C'était une véritable armée. Une armée de gens qui n'avaient pas perdu la mémoire.

« Ahmadi, je te présente Li. Li, je te présente Naz Ahmadi, déclara Malik. Li arrive à l'instant d'Arlington. Je l'emmène voir le Général. Tu tiens la position jusqu'à mon retour ?

— Frère. »

La fille adressa un signe de tête à Ory tout en lui tendant la main. Sa poigne était ferme – si ferme qu'Ory comprit qu'elle était aussi soulagée que lui de croiser un autre indemne. Elle fut assez polie, cependant, pour ne pas relever la stupéfaction dans laquelle le plongeait cette rencontre avec non pas un, mais deux humains pourvus de leur ombre. Il finit par fermer la bouche et lui rendre sa poignée de main.

Lorsqu'ils s'écartèrent l'un de l'autre, elle se retourna vers Malik.

« Repars par la Dixième. Il y a un paquet de Rouges qui vient d'envahir la G, débita-t-elle à toute allure, avec une pointe d'accent chantant.

— Merci », fit Malik en portant deux doigts à sa tempe.

Elle lui adressa un salut en retour et s'accroupit en attendant une nouvelle pause dans le déluge de pierres. Malik s'approcha d'Ory.

« Quand Ahmadi te dira d'y aller, tu fileras vers ce coin de rue et tu prendras à gauche. Ne t'arrête pas avant d'y être. Pigé ? »

Ory sentit les doigts de Malik pianoter sur le casque.

« Tête baissée. Compris ?

— Compris. »

Ory faillit même les saluer mais s'interrompit à temps.

« Partez ! » hurla Ahmadi.

Malik détala à la vitesse d'un boulet de canon. Ils cavalèrent comme des dératés jusqu'au coin de la Dixième, qui leur offrait un certain répit. À chaque impact de caillasse sur la barricade, Ory portait les mains à son casque.

« Quand tu te déplaces, montre-leur bien que tu as une ombre », cria Malik sans s'arrêter de courir.

Ory se risqua à lancer un regard par-dessus son épaule tandis qu'ils s'engouffraient par la rue adjacente. Qui étaient-ils, ces lanceurs de cailloux que combattaient Malik et Ahmadi ? Mais il courait si vite que le monde lui semblait flou. Avant qu'ils s'engagent complètement dans la Dixième, il eut tout de même le temps d'apercevoir une immense construction en béton, recroquevillée dans le crachin et entièrement repeinte en rouge sang.

La guerre. Le Rougeroi. Le Général. En serpentant dans les rues glaciales à la suite de Malik, il ne cessait de penser à ces trois termes. Que signifiaient-ils ? Avaient-ils le moindre rapport avec l'ancien monde ? Ça, c'était peu probable.

Était-ce l'excitation, la joie qui le faisaient trembler à l'idée d'avoir retrouvé des compagnons indemnes, ou la peur qu'ils ne se montrent cruels ? Quel sort était préférable – Arlington, ce désert hanté, ou Washington, grouillant de survivants qui ne cherchaient qu'à s'entretuer ? Les fantômes n'en voulaient jamais assez. Et les vivants en voulaient toujours trop.

Et pourtant : il avait retrouvé des semblables. Des souvenirs et des envies. Cette troupe de l'Iowa – ils voulaient quelque chose. Lui aussi. Le Général allait peut-être accepter un échange de bons procédés.

« Donc, c'est la guerre... », commença-t-il.

Malik l'interrompit d'un bref sifflement.

« Pas un mot », chuchota-t-il.

Ils poursuivirent leur progression.

« Pour écouter. À cause des embuscades des Rouges.

— Désolé », fit Ory sur le même ton.

À chaque intersection, il scrutait brièvement la rue adjacente. Parfois passait une ombre obscure, presque floue dans la froide brume : rien qui le change des sans-ombre d'Arlington, qui se cachaient au moindre bruit.

« T'en fais pas, reprit Malik à voix basse. On est presque arrivés. Le Général t'expliquera tout ça. »

Il se retourna une nouvelle fois vers son compagnon.

« T'as pas un truc d'une autre couleur à te mettre ? »

L'Iowa ne ressemblait plus à une résidence de luxe, mais bel et bien à un fort en ruine.

Ory suivit Malik sous un portail que gardait une maigre troupe.

« Tu m'attends là. »

Et Malik l'abandonna dans le vestibule à la surveillance de deux autres soldats qui ravaudaient un manteau déchiré.

Ory leva les yeux vers les fenêtres, toutes ornées de barreaux de fer – travail grossier mais solide. De toute façon, où aurait-il pu aller sans leur autorisation ? Docile, il adressa un signe de tête aux deux soldats, qui le lui rendirent. L'un avec le sourire. *Et si je leur montrais la photo de Max ?* Mais il valait mieux attendre ce fameux Général. Si tout se passait bien, la photo circulerait. Tous la verraient. Les quarante survivants. *Quarante*. Quarante ombres, ce qui n'était pas si facile à imaginer.

Les lourdes portes de bois qui conduisaient dans les profondeurs du bâtiment s'ouvrirent enfin.

« Garde à vous… Fixe ! » s'écria un autre garde.

Ory leva les yeux. Malik était de retour avec ce soldat. Quelques pas en arrière suivait un troisième homme, en partie dissimulé par les deux autres.

« Debout, frères ! Le Général arrive. »

Ory se redressa de toute sa taille, prenant soin de

montrer ses mains nues, en signe de paix – même si les soldats l'avaient soigneusement fouillé avant de le laisser entrer.

« Li, fit Malik en avançant vers lui. J'ai le plaisir de te présenter le Général de l'Iowa, chef de tous les indemnes de Washington D.C., et commandant de nos forces dans la guerre contre les Rouges. »

Et ce disant, il fit un pas de côté, révélant au regard d'Ory un homme vêtu d'une tunique rapiécée, flanqué par quelques gardes.

L'espace d'une seconde, Ory ne le reconnut pas.

« Impossible ! hoqueta-t-il, abasourdi.

— *Ory* », éructa le Général, tout aussi sidéré.

Le Général n'était autre qu'Imanuel.

« On voulait revenir vous chercher. »

Ce fut la première phrase que prononça Imanuel une fois qu'ils eurent séché leurs larmes.

« Je n'ai pas besoin d'explications, tu sais, répondit Ory.

— Mais si, reprit Imanuel, le regard soudain farouche. Il faut que je t'explique. Il faut que je te dise que nous avons fait ce que nous avons pu. *Ce que nous avons pu*, Ory. La première fois que nous avons traversé le pont, il n'y avait pas un chat. Mais lorsque nous avons compris que nous n'atteindrions pas Philly, qu'il fallait renoncer à retrouver ma famille, nous sommes revenus vers Arlington. Vers vous. Mais les sans-ombre avaient envahi la zone. Traverser à la nage, c'était trop dangereux. Nous avons essayé de contourner l'obstacle pendant des mois. Et puis nous nous sommes dit que vous aviez dû partir, Max et toi.

Que vous n'aviez sans doute plus vos ombres. Mais il faut que tu le saches, Ory. On a tout fait pour vous retrouver. Et Paul m'en voudrait à mort si je ne te le disais pas.

— Qu'est-il arrivé à… Qu'est-il arrivé… »

Ory n'avait pas besoin d'en dire plus.

« Il a… »

Les yeux d'Imanuel s'embuèrent.

« Tu sais comment ça peut se passer. Il a oublié. Et puis… il a disparu. »

Ory, bien sûr, l'avait deviné, au moment où il avait reconnu Imanuel. Si Paul avait encore été de ce monde, si Paul avait encore eu son ombre, il serait là, avec eux, à palabrer. Le cœur d'Ory se serra. Il détourna le regard. Les deux hommes passèrent un certain temps à regarder le plafond.

Après quoi, ils ne parlèrent plus de Paul. Imanuel demanda des nouvelles de Max. Et lorsque Ory parla de son ombre perdue, de Broad Street, de leur immeuble de Washington qui n'était plus qu'un tas de décombres, il comprit, à regarder Imanuel, que ce dernier savait. Savait qu'Ory n'avait pas perdu l'espoir de retrouver Max vivante. Il comprit aussi qu'Imanuel jugeait cet espoir absurde. Et qu'il n'en dirait rien. Depuis le jour où Hemu Joshi avait perdu son ombre, personne ne lui avait démontré autant de délicatesse, songea Ory.

« Ah, tu m'excuseras pour la pompe du moment, finit par dire le Général. L'entrée solennelle, le cortège, tout ça. Je serais bien arrivé sans escorte, mais Malik tient à ce que les troupes se livrent à ces usages. Les rituels, c'est bon pour le moral, dit-il.

— Mais c'est la vérité », protesta Malik.

Il pleuvait de nouveau. À l'autre bout de la salle, un coin de mur s'était mis à luire faiblement, comme couvert de larmes.

« On est bien, ici, dit Ory.

— C'est ce qu'on peut trouver de mieux dans tout le centre-ville. Mieux, même, que la Maison-Blanche, répondit Imanuel.

— Elle est encore habitée ? s'étonna Ory.

— Oh, par de seconds couteaux », dit le Général.

Le tonnerre grondait, de plus en plus lointain.

« Ce n'est plus vraiment la Maison-Blanche. Personne n'a plus envie d'être président. »

Au cours de la soirée, Ory eut droit à d'autres informations. Lorsque Paul et Imanuel avaient fait halte à Washington après avoir fui Elk Cliffs, ils avaient réussi à mobiliser les quelques habitants encore présents dans le complexe de l'Iowa et avaient, avec leur aide, transformé l'immeuble en place forte. Les quatre derniers étages avaient été condamnés – portes et cages d'escaliers murées avec des parpaings. Imanuel et ses troupes occupaient les trois niveaux inférieurs : le vestibule, les appartements et la chambre forte, où ils avaient entreposé les objets de valeur. La forteresse du Rougeroi – qu'Ory avait aperçue en courant sur les talons de Malik – n'était autre que l'ancienne Martin Luther King Jr Memorial Library, entièrement repeinte en rouge.

La porte s'ouvrit sur Ahmadi, qui apportait toute une liasse de pages manuscrites. Elle avait, Ory le remarqua, la même habitude que Max, qui disposait les feuilles en éventail pour en faciliter la consultation.

« Le rapport de la journée, dit-elle en tendant la liasse au Général.

— Merci, Ahmadi. »

Elle s'éclipsa après un salut militaire.

« Nous sommes quarante, reprit Imanuel. Quarante et un avec toi, maintenant. Autrefois, nous étions plus nombreux. Soixante-dix, au début. Y compris Paul. »

Son soupir se transforma en un rire amer.

« Quarante et un, c'est énorme », dit Ory.

Il n'avait pas tort : c'était même une quantité inimaginable.

« Washington est peut-être la ville la plus peuplée du monde.

— J'espère que tu te trompes, fit Imanuel en se tournant vers son ami. J'espère qu'il y a d'autres groupes ailleurs. »

Il y a quelque temps, j'ai entendu des bruits qui courent sur La Nouvelle-Orléans, faillit répondre Ory.

Mais la porte se rouvrit sur la même Ahmadi, venue ajouter une page à son rapport précédent. Elle repartit tout aussi vite.

Après y avoir jeté un coup d'œil, Imanuel en fit cadeau à Malik.

« Franchement, si les nouvelles sont mauvaises, je préfère ne pas le savoir. En ce moment, c'est la catastrophe.

— Je suis désolé de ne pas avoir donné mon nom complet à Malik, dit Ory.

— Si, comme toi, j'avais traversé la Virginie pour arriver ici, je serais tout aussi méfiant », répondit Malik, les yeux baissés sur le rapport.

Son front se plissa quelques secondes avant que son visage ne reprenne le masque austère qu'il arborait à tout moment. L'expression n'avait pas échappé à Imanuel.

« Le Rougeroi est de moins en moins coopératif, confia-t-il à Ory. Au début, on s'en sortait à peu près avec ce système d'échange. Mais plus ça va, plus il recourt à la force. Pourquoi troquer, quand on peut prendre sans rien donner ? »

Malik secoua la tête.

« *Vey is mir*, marmonna Imanuel en se massant les paupières du bout des doigts. Oh, désolé, Ory. Ça n'est pas très poli. »

Il se leva.

« Bon, il est temps que je te montre ce pour quoi nous nous battons. »

« Attention à ne pas tomber », avertit Imanuel tandis qu'ils parvenaient au deuxième étage, celui de la chambre forte.

Loin devant, Malik avait ouvert une porte à l'autre extrémité du couloir, qu'éclairait faiblement un mince rayon de lumière provenant d'une lampe torche.

Ory suivit le mouvement, perplexe. Qu'allait-il découvrir ? La caverne d'Ali Baba ? Un cachot ? Un objet mystérieux créé au fil de l'Oubli ? Les deux premiers niveaux de l'Iowa se ressemblaient : planches carbonisées, portes et fenêtres bouchées, murs renforcés par des étais de fonte. Le troisième niveau avait gardé l'aspect qu'il devait avoir avant la catastrophe de Boston, hormis le fait qu'il n'y restait plus un seul meuble.

« Doux Jésus », souffla Ory sur le seuil de la chambre forte.

Du sol au plafond, des livres. Des piles et des piles de livres.

« C'est notre trésor de guerre, dit Imanuel.

— Doux Jésus, s'entendit de nouveau bredouiller Ory.

— C'est une idée de Paul, dit le Général avec un sourire. Et si je continue, c'est pour lui. »

Ory posa une main sur l'épaule de son ami et se donna le temps de réfléchir à cette révélation. Paul n'était plus des leurs, mais il n'avait pas complètement disparu. Aussi longtemps qu'Imanuel se battrait pour récupérer des livres, le souvenir de Paul demeurerait. Une partie de lui demeurerait. De même qu'il restait encore au monde une partie de Max. À la différence que cette partie encore présente de Max n'était pas un livre : elle était vivante, elle. Égarée, certes, mais vivante. Et s'il était à Washington, c'était pour la retrouver. Des recherches qu'il lui faudrait reprendre bientôt.

Au moment où Ory se retournait vers le Général, ce dernier tendit la main vers la porte.

« Entre. On peut passer entre les livres. Tu verras quand tu y seras. »

Ory s'engagea d'un pas hésitant entre les tours de livres. On aurait dit une forêt géométrique. Une soldate plongée dans son inventaire leva un instant les yeux.

« Combien en avez-vous rassemblé jusqu'ici ? demanda Ory en ramassant un livre de poche à la couverture fatiguée.

— Trois mille, environ », répondit Imanuel, non sans fierté.

Mais combien y en avait-il eu dans la ville ? songea Ory. Cent mille ? Un million ? Trois mille, c'était une simple section dans un département. Vingt étagères, tout au plus. La sélection du mois devant laquelle on passait en allant prendre l'ascenseur. Mais aussi, dans ce Washington de l'Oubli, une pièce *entièrement remplie* de livres. La dernière bibliothèque au monde, peut-être. Et où que le regard porte, ce n'était que livres – trois mille, mais innombrables.

« Et combien aimeriez-vous en rassembler ? demanda-t-il, rompant le silence.

— Nous n'en aurons jamais assez avant de les avoir tous retrouvés, répondit Imanuel. En vérité, cependant, un seul m'importe. »

Ory baissa les yeux. Il lui sembla qu'ils étaient de nouveau dans la montagne, au milieu de tables recouvertes de nappes blanches qui tremblaient dans la brise. Ce livre, Ory en avait possédé un exemplaire, dans leur appartement de Washington qui n'était plus qu'un tas de cendres. Il en avait vu un autre circuler le jour du mariage – Paul en avait lu quelques vers pendant l'échange de vœux. Où était-il passé, celui-là ? Dans les mois qui avaient suivi Boston, alors que les invités disparaissaient les uns après les autres, Ory ne l'avait jamais revu gisant dans un couloir désert, la couverture blanche de poussière.

« C'est un bon livre, Imanuel.

— Tu peux le dire, répondit le Général avec un sourire attristé.

— C'est bien, ce que vous faites.

— Après ce qui est arrivé à Paul, je ne savais pas si j'allais pouvoir continuer. Et puis je me suis souvenu que le recueil devait figurer dans la plupart des bibliothèques. S'il y en a un dans celle-là, s'il n'a pas été brûlé ou anéanti d'une manière ou d'une autre – c'est cette pensée qui me fait me lever le matin. »

Paul avait dédicacé l'exemplaire d'Ory. Lequel essaya de se rappeler les termes de cette dédicace. Il était question de constellations – Paul écrivait sur le soleil, le ciel, la nuit. Ory aurait dû y accorder plus d'attention. Mais comment savoir alors qu'il aurait besoin un jour de s'en souvenir avec autant de précision ? Qu'il ne pourrait plus jamais, s'il en éprouvait le besoin, le sortir de son étagère et l'ouvrir à la page de garde, tout simplement ?

« Général ! »

La voix d'Ahmadi résonna entre les colonnes de papier. Ils accoururent à temps pour la voir saluer Malik, de l'embrasure de la porte.

« Les Rouges se sont calmés. Ils ont battu en retraite de l'autre côté de la porte de la bibliothèque. Ils brandissent leurs grands drapeaux rouges.

— Ah, c'est l'heure du troc », fit Malik, hilare.

Le clin d'œil qu'il décocha à Imanuel n'échappa pas à Ory.

« Non, gronda le Général.

— Je voudrais bien », s'interposa Ory, même s'il n'avait aucune idée de ce que le troc signifiait dans ce contexte.

Il s'en fichait. Ce qu'il voulait, lui, c'était aider Imanuel et obtenir en retour son assistance. Pour Max.

« Ory, merde, je ne veux pas te perdre le jour où je t'ai retrouvé.

— Imanuel, je t'en supplie… Je veux t'aider. En souvenir de Paul. »

Ory vit la mâchoire d'Imanuel se crisper. Mais comment le Général aurait-il pu refuser une demande exprimée de cette manière ?

« Bon », finit par céder le Général, avec un bref signe de tête à Malik.

Ory baissa les yeux. Il ne voulait pas donner à son ami la moindre possibilité de rebrousser chemin. Il ne voulait pas voir non plus ce qu'exprimaient en cet instant les traits d'Imanuel.

Ory, en toute sincérité, avait le désir de venir en aide aux hommes de l'Iowa, même s'il avait ses propres objectifs. Pourtant, ce n'était pas la culpabilité qui hantait Imanuel, ni la réticence à fournir les moyens et les troupes pour retrouver Max. Non, c'était, à voir son expression, une peur aveugle.

« Il est toujours aussi nerveux, avant vos missions ? » demanda Ory à Malik tandis qu'ils descendaient au rez-de-chaussée.

Ahmadi, loin devant eux, avait disparu dans les détours du couloir.

« T'es le meilleur ami de son défunt mari, répliqua Malik avec un haussement d'épaules. Moi non plus, je n'aimerais pas envoyer mes proches chatouiller la barbe aux Rouges.

— Mais je me suis porté volontaire, corrigea Ory.

— Exact. Et ce n'est pas moi qui vais décourager les bonnes volontés. »

Le bras de Malik se glissa sous celui d'Ory, histoire de ralentir leur progression.

« Quand je t'ai dit qu'on pourrait sûrement te donner un coup de main, j'avais pas compris que ta Max n'était plus à Washington et que tu avais perdu sa trace très loin d'ici. J'avais pas capté non plus que c'était une sans-ombre. Si tu t'es porté volontaire pour que le Général te rende la pareille, je suis désolé de te dire que ça ne sera sans doute pas le cas. Une sans-ombre paumée depuis plus de dix jours… »

Malik eut une toux gênée.

« Je ne pense pas que ta femme ait pu passer le fleuve. Et je crois que le Général est de mon avis. Il ne pourra pas justifier le fait de te filer des gars pour une mission aussi risquée. »

Ory se dégagea de l'étreinte de Malik.

« Max est en vie, dit-il. Et elle est revenue à Washington.

— J'espère que tu dis vrai. Mais je suis juste en train de te dire qu'on pourra sans doute rien faire pour toi. Si tu veux rester, si tu veux tenter le coup, c'est ton problème. Mais si tu préfères laisser tomber, là, maintenant, je ne te retiendrai pas.

— Je le fais pour Paul. C'est ce que j'ai dit au Général. Pour la suite, on verra. »

Malik reprit sa progression.

« Bienvenue sur le champ de bataille, Ory. »

Lequel lui emboîta le pas.

« Pourquoi se fait-il appeler le Rougeroi ? demanda Ory une fois au premier étage.

— C'est notre petit nom à nous, répliqua Malik. Lui, on ne sait pas comment il s'appelle. »

La pluie n'avait pas cessé. Ahmadi, à quelques pas devant eux, serra les pans de son manteau sur sa poitrine en grommelant un juron.

« Et ces Rouges, donc… Ils sèment la destruction en ville par pur plaisir ? » demanda Ory, sous l'auvent de béton.

Derrière eux, dix soldats, après avoir vérifié leur équipement de fortune, se mirent en double file. L'un d'eux avait sur les bras une tenue de rechange et des armes.

C'est pour moi, se dit Ory.

« Pas vraiment, reprit Malik. Il y a des tas de sans-ombre qui en font autant. Mais ils sont mal organisés et attaquent n'importe qui n'importe où. Le Rougeroi, ce n'est pas la même chose. Il s'est créé une petite armée, un territoire. Ils se peignent tous le corps en rouge et vivent ensemble dans ce qui reste de la bibliothèque.

— Curieux, dit Ory. On dirait presque…

— On dirait presque qu'ils se souviennent de quelque chose. Ou qu'il s'en souvient pour eux. »

Malik lui avait ôté les mots de la bouche.

« Mais quelle chose ? »

Ahmadi, qu'ils avaient rejointe, haussa les épaules.

« On n'en sait foutre rien. »

Soupir d'Ory. L'idée que les Rouges puissent ne pas avoir tout oublié, qu'ils puissent avoir encore une chose – la même ? – à l'esprit, était-ce encourageant ? Ou particulièrement effroyable ? Il ne le savait pas. Il se retourna sur les soldats.

« Cela va vous paraître idiot, mais…

— … Mais pourquoi prenons-nous le risque de

faire ces échanges avec eux plutôt que de les exterminer, tout simplement ? compléta Malik. C'est ce qu'on ferait, si on pouvait. Ils sont dix fois plus nombreux que nous. Notre seule chance, c'est de leur faire croire que nous avons une vraie monnaie d'échange pour leurs livres. Des provisions – ou du savoir. Malheureusement, on sera bientôt à court de trucs qu'ils n'ont pas déjà réintroduits dans la réalité en les modifiant.

— Nous n'allons jamais pouvoir gagner la guerre, dans ce cas, constata Ory.

— Effectivement, conclut Ahmadi. On va perdre. Et il faut récupérer le livre de Paul avant que ça ne se produise. »

J'espère, Ory, que tu seras la dernière chose que j'oublierai. J'espère que je t'oublierai après avoir oublié où nous allons. Je préférerais qu'on poursuive cette route éternellement, sans jamais atteindre La Nouvelle-Orléans, et me souvenir encore de toi.

Il faisait assez froid ce matin pour qu'en me réveillant, j'aie pu voir un petit peu de givre sur la tente, à l'extérieur de la toile. Quand j'ai baissé la fermeture Éclair, le givre s'est craquelé – on aurait dit des milliers d'émerillons microscopiques. C'était si joli, comme impression sonore, que je suis sortie faire le tour de la tente. Et j'ai plié tout doucement les piquets pour que tous les pans se froissent, les uns après les autres, en faisant cette musique. Quand j'ai fini mon tour, j'ai vu Dhuuxo devant sa tente, bien couverte dans ce matin frisquet. Elle s'était enroulé une écharpe autour de la tête. On ne voyait plus que ses yeux et l'arête de son nez. Quand nos regards se sont croisés, elle a cligné de l'œil.

« Menus plaisirs », a-t-elle remarqué.

Je lui ai répondu d'un sourire. Ce n'est que ma sixième nuit avec eux. Je me sens encore un peu timide comme si je n'avais pas droit de cité définitif, que mon passage n'était que temporaire. C'est le cas, en fait. Mais pour d'autres raisons.

Dhuuxo a marché sans bruit sur l'herbe morte. Elle venait vers moi, une rose à la main, qu'elle venait de cueillir. Depuis qu'il refait froid, c'est la première fleur que je vois – et une rose, en plus ! Aussi jolie que si elle l'avait achetée chez le fleuriste.

Je l'ai regardée, hésitante. La rose, je le savais, ne pouvait pas venir de ces forêts. Mais le savait-elle, elle ? Difficile à dire.

« Quand je suis arrivée de Somalie, les premiers temps, il y avait toujours un bouquet de ces fleurs sur le comptoir du centre d'accueil pour réfugiés. J'en volais toujours, pour frotter les pétales entre mes doigts. Jusqu'à ce qu'ils se déchirent, m'a avoué Dhuuxo. Je ne pouvais pas m'en empêcher. Ils étaient tellement doux au toucher. Comme ceci. »

Ses joues se sont plissées. Elle devait sourire, sous l'écharpe. Elle s'est mise à caresser un des pétales : elle le faisait délicatement rouler entre les bouts de son index et de son pouce. Un geste apaisant, presque méditatif. Puis elle m'a tendu ce qui restait de la rose.

« Tiens, essaie. Je vais aller m'occuper du feu. »

Elle avait raison, Dhuuxo. Impossible de s'arrêter, une fois qu'on a commencé. De toute la journée, je me suis attachée à ce cadavre de fleur, jusqu'à ce que nous nous retrouvions dans le camping-car, à rouler lentement sur les nids-de-poule de la route défoncée. C'est là que Dhuuxo a remarqué que j'avais gardé sa rose. Elle a éclaté d'un rire si joyeux qu'Intisaar n'a pu que l'imiter. Elles pleuraient des larmes de rire, ces filles aux beaux yeux sombres, d'un brun si profond qu'il en paraît violet. Une fois calmée, Dhuuxo m'a redonné une rose toute fraîche. J'ai vu alors qu'il y en avait toute une brassée près d'elle, posée sur le petit évier du camping-car. J'ai regardé Intisaar, qui a détourné les yeux, comme pour dire : *Laisse tomber. Je ne sais pas si elle les a trouvées ou si*... Ursula avait-elle la réponse ? J'aurais voulu lui poser la question, Ory, mais je ne sais pas comment. Ni quand.

« Max, tu peux venir une seconde ? »

La voix d'Ursula, justement. Soulagée, je suis allée m'installer près d'elle, sur le siège du passager.

« On en a encore pour longtemps, tu penses ? » m'a-t-elle demandé quand je me suis laissée tomber sur la banquette.

Je notais régulièrement notre progression sur la carte.

« On a dû faire un quart du trajet, pour le moment, Ursula.

— C'est plus rapide que je ne le pensais », a-t-elle répondu machinalement, comme si elle n'avait pas enregistré ma réponse.

Elle a eu une profonde inspiration. Sereine. Devant nous, la route traversait à présent un champ immense. L'herbe était haute – plus de un mètre, au moins. Les tiges frottaient sur la carrosserie métallique de notre camping-car dans un doux bruissement, un peu sifflant.

Ursula s'est retournée vers moi. Nous avions ralenti.

« Je suis gravement blessée », m'a-t-elle dit à voix basse.

J'ai oublié la question des roses.

« N'en parle pas aux autres. »

Nous nous sommes garées sur le bord de la route. Les deux roues droites étaient dans l'herbe, les deux roues gauches à la limite de la chaussée.

« Arrêt pipi », ai-je annoncé au reste du groupe, installé dans la cabine.

Les jumelles et Ysabelle étaient déjà en train de mettre en file indienne les quatre hommes, Victor, Wes, Lucius et Zachary, pour les guider, maternelles, vers la porte. Même si le fait de vivre ensemble nous permet de résister à la pression, il faut dire que l'état des hommes se dégrade de plus en plus vite. Nous autres femmes, nous oublions, c'est vrai, mais pas à leur manière. Je ne sais pas si cela fonctionne ainsi dans d'autres groupes, mais il me semble que les sans-ombre mâles oublient plus vite que les sans-ombre femelles. Je ne sais pas pourquoi.

Ursula est descendue à son tour du camping-car et je l'ai suivie. Nous avons contourné le véhicule, avant de nous aventurer dans le champ, dans les herbes si hautes que leurs pointes nous chatouillaient les mains. Le champ virait au doré et, lorsque le vent soufflait, l'herbe se mettait à ondoyer comme une mer, une marée pâle et scintillante qui allait et venait. Ory, la panique s'était emparée de moi. De quelle blessure Ursula pouvait-elle bien souffrir ? En était-elle atteinte depuis longtemps ? Avant mon arrivée ? Pourquoi ne pas m'en parler ? Pourquoi ne pas avoir essayé de se faire aider ? Avions-nous une trousse de premiers secours, au moins ? Tout en marchant, je faisais le compte de mes vêtements : lequel pouvait nous procurer le garrot le plus solide ? Lorsque nous

nous sommes retrouvées à bonne distance – les autres étaient encore en vue, mais hors de portée de nos voix –, elle s'est retournée vers moi, la main tendue. Oui, c'était bel et bien du sang, sur le bout de ses doigts, sombre, poisseux, rouge, comme si elle avait plongé la main dans sa plaie.

J'ai fixé sa main, épouvantée. Qui saurait nous conduire, si Ursula mourait ? J'ai voulu ôter ma veste ; mes doigts tremblaient, paralysés par la peur.

« Où es-tu blessée ? me suis-je entendue bafouiller.

— Là, a répondu Ursula, l'index désignant la source. Ça ne fait pas mal, mais je sens que le sang coule depuis une bonne heure. »

Sa main s'est posée sur son entrecuisse. Une petite tache d'un rouge profond étoilait lentement le tissu de son jean.

Je n'ai ressenti ni gêne ni pitié. Mais un soulagement si intense, si envahissant que je me suis effondrée au sol, que j'ai laissé, quelque temps, la terre me porter.

« Tout va bien, ai-je fini par lui dire. Ce n'est pas grave.

— Je ne vais pas en mourir ?

— Non. »

Elle s'est assise près de moi.

« J'ai oublié quelque chose, a-t-elle dit d'une voix douce.

— Oui, Ursula, mais ce n'est pas grave. »

Ory, tu crois que je pouvais lui répondre ça ? Est-ce que ça avait la moindre importance ? Avait-elle eu des enfants, autrefois ? Les avait-elle désirés ? Avait-elle déjà oublié leurs noms ?

Là-bas, près du camping-car, Dhuuxo et Intisaar guidaient les hommes dans les hautes et blondes herbes. Ils auraient voulu partir à l'aventure, visiblement. Autrefois, ça n'aurait pas posé problème. Mais à présent, chaque fois qu'il se présentait quelque zone que les roues du camping-car ne pouvaient affronter, nous y allions à pied, tous ensemble, en nous tenant par la main. Le risque était trop grand de perdre l'un d'entre nous – et que cet égaré oublie même qu'il s'était perdu.

« Ça va s'arrêter de saigner ? m'a demandé Ursula.

— Oui, dans quelques jours. Dans l'intervalle, il faudrait nettoyer ton pantalon et mettre un peu de tissu à l'endroit qui saigne. Pour absorber le sang. Sinon, tu en auras plein sur toi. »

Elle a fait oui de la tête, lentement. Là-bas, dans l'ombre du camping-car, Zachary, qui se tenait au côté d'Ysabelle, dessinait quelque chose sur une feuille qu'il avait emportée.

« Et ça va se reproduire, tu crois ? »

Que lui répondre, Ory ? Quelle était la réponse la plus exacte ? Oui, ou non ? Je me suis demandé ce que tu lui aurais expliqué, à ma place. Et j'ai fini par lui répondre que non. *Dans vingt-huit jours*, me disais-je, *personne ne se souviendra plus de rien*.

Quand nous sommes rentrées au camping-car, j'ai donné ta chemise à carreaux à Ursula, pour qu'elle la découpe en petites bandes. J'ai gardé le col. Ça fait si longtemps que la chemise croupit dans mon sac que la seule partie qui a gardé ton odeur, c'est le col, justement. J'y ai fourré mon nez et j'ai essayé de me souvenir de ton visage. Puis j'ai eu un tel accès de panique que j'ai rouvert les yeux.

Ory, c'est atroce. *Atroce*. Tu me manques tellement, toi que je ne peux ni voir ni entendre – mais je ne peux même pas *penser* à toi. Pas dans des détails les plus importants. Chaque fois que je cède à la tentation, j'ai envie de hurler. Tu comprends l'effet que ça peut faire ? Tu imagines à quel point c'est horrible de ne pas avoir le droit de noyer son chagrin dans le souvenir… Parce que si je me trompe… Que se passera-t-il ? Quelle distance dois-je mettre entre nous, avant de pouvoir penser à toi sans risquer de te faire du mal ? J'ai levé les yeux en réprimant mes larmes et me suis aperçue alors que Zachary s'était assis devant moi.

« Salut », a-t-il fini par articuler.

J'étais sidérée.

« Tu peux encore t'exprimer par la parole ?

— Oui, mais… »

Il s'est interrompu. Les mots lui venaient lentement, maladroitement, comme si sa langue était trop engourdie.

« Fer. Roc. »

Je l'ai fixé un long moment, avant de comprendre qu'il avait oublié l'adjectif « dur ».

« Ah, je comprends ce que tu veux dire », ai-je répondu avec toute la gentillesse dont j'étais capable.

Il a regardé ses mains et les taches d'encre, si fréquentes que certaines s'étaient incrustées sous sa peau. Comme s'il s'était fabriqué une ombre permanente.

« Les mains, c'est mieux, a-t-il dit.
— D'accord. »
J'ai opiné du chef.
Il a levé les mains, en guise de réponse, poings serrés, comme s'il faisait tourner un volant.
« Ursula ?
— Ursula. »
Un silence a suivi tandis qu'il faisait le tri dans les mots dont il était encore maître.
« Qui est Ursula ?
— La conductrice.
— Conductrice. Oui.
— Ursula ? »
Je l'ai appelée pour qu'elle nous rejoigne. Elle était près du camping-car. Zachary, lui, restait assis devant moi, comme en transe. Ory, il n'est quasiment plus avec nous. L'expression de son visage… C'est celle que je n'ai pas voulu que tu surprennes un jour sur le mien. C'est le reflet du vide. Du vide absolu.

Quand nous l'aurons vraiment perdu, ce sera affreux. Il aura oublié la dernière chose qui l'habite – le dessin. Hier, il a fait mon portrait. Puis il m'a montré le résultat. Je n'avais pas pris conscience du laps de temps qui s'était écoulé depuis que je ne m'étais pas regardée dans un miroir. Mais quand il m'a montré son travail, quand je me suis attardée sur le moindre détail du portrait, si détaillé… Mes taches de rousseur, la courbe de mon nez, la petite cicatrice que j'ai au-dessus du sourcil droit. Tu te souviens, Ory ? Toi, oui, bien sûr. Moi, j'avais presque oublié.

Ursula nous a rejoints et s'est accroupie près de nous. Elle rajustait sa petite culotte.

« Que se passe-t-il, Zachary ? »

Il s'est contenté de désigner la fenêtre de la portière.

On a regardé. Les champs, verdoyants, le ciel, et un nuage vague qui dérivait au-dessus du rétroviseur, côté conducteur.

« C'est de la fumée ? » ai-je demandé.

Ursula a fait passer son fusil par-dessus son épaule.

« Non, c'est de la poussière. »

II

Nous n'avons pas eu le temps de redémarrer. Ils nous sont tombés dessus avant que nous puissions réintégrer nos places.

Ils étaient vraiment nombreux. Trente ou quarante. En rangs dispersés, pour commencer, à courir dans tous les sens comme des dératés – avec dans leur sillage cette traînée de poussière que Zachary avait aperçue. Et ils avaient tous leur ombre.

« Mon Dieu, s'est écriée Ysabelle. Je n'en avais jamais vu autant. »

Une femme a repéré le camping-car garé au bord du champ.

« Ross ! Regarde, une camionnette ! »

Et la bande a serré les rangs ; et ils se sont mis à courir en une masse bordée d'ombre. Droit sur nous.

« Qu'est-ce qu'on fait ? ai-je crié.

— Victor, Wes, Lucius, vous sortez tout de suite », a hurlé Ursula.

Les trois hommes sont brusquement sortis de leur rêverie et ont empoigné ce qui leur tombait sous la main – couteau, batte de base-ball, clef anglaise – avant d'ouvrir la porte du camping-car.

« Essayez toujours », a beuglé Wes en brandissant la batte.

Nous nous sommes répartis derrière lui, en essayant de donner une impression de nombre.

« Des sans-ombre ! » ont proféré deux ou trois voix.

Certains de ces envahisseurs se sont enfuis immédiatement lorsqu'ils ont vu le sol lumineux entre nos jambes. Les autres étaient trop désespérés pour renoncer si vite. Ils se sont approchés. Un projectile de petite taille a sifflé à mon oreille. Lucius a lancé une clef anglaise sur leur groupe. Une femme menait la troupe, visiblement prête à tout. Elle fendait l'air de sa hache, tout en courant.

Je ne savais pas comment on tue, Ory. Ce dont je me suis rendu compte avec épouvante. Je ne savais pas comment arrêter quelqu'un d'aussi acharné. Elle était sur le point de nous tailler en pièces.

Tout ce que j'avais à l'esprit, c'était le sifflement lugubre de sa hache tranchant l'air. Elle a bondi sur Wes, un hurlement aux lèvres.

« *Wes !* » a crié Intisaar tandis que s'abattait la hache.

C'est alors qu'Ursula, après avoir franchi notre ligne de défense d'un pas tranquille, a abattu la femme d'une balle en pleine poitrine.

La détonation a fait trembler le champ comme une bombe. Puis les sons se sont tous effacés. Il a fallu pour qu'ils me reviennent que la réverbération s'apaise. L'impact avait rejeté la femme en arrière. Au passage de la balle, son dos a explosé en un jet rouge vif. Foudroyée, la femme s'est écroulée dans l'herbe. Et ne s'est pas relevée.

L'homme qui la suivait en courant a hurlé :

« Seigneur ! »

Une tempête électrique s'est formée au-dessus du cadavre en feu. La chair a noirci – puis l'orage s'est apaisé.

« Seigneur Dieu ! »

L'homme s'est agenouillé en hâte, tête courbée, tandis qu'Ursula braquait le canon de son fusil vers lui. Deux femmes, à portée des balles, se sont recroquevillées presque aussitôt, tremblantes de peur. Les autres indemnes sont partis en hurlant dans leur affolement, abandonnant leurs compagnons aux griffes d'Ursula.

« Non, a crié l'homme. On n'est… on n'était pas avec eux. On est désolés. Ne… ne nous tuez pas.

— Levez-vous », a craché Ursula, pleine d'une froide colère.

L'homme s'est crispé, n'attendant que la détonation. Puis il a ouvert les yeux.

« Quoi ?

— J'ai dit : "Levez-vous." »

Ils se sont tous relevés, les jambes tremblantes. Je faisais de mon mieux pour dissimuler le fait que j'étais à deux doigts de m'évanouir. Dans la plaie qui creusait la poitrine de la femme morte, des vrilles, minuscules, grotesques, ne cessaient de frémir – elles étaient de plus en plus petites. J'aurais voulu étudier le visage d'Ursula – était-elle responsable de ces phénomènes, savait-elle même ce qui était arrivé à son fusil ? – mais il m'aurait fallu pour cela avancer d'un pas, ce dont mes jambes ne semblaient pas capables.

« Tu t'appelles comment ? a demandé Ursula à l'homme.

— Pitié, a-t-il gémi.

— Tu essaies de tuer tous les sans-ombre que tu croises, hein ? Tu les chasses en meute ?

— Non, ce n'est pas du tout le cas… C'est une pure coïncidence. »

Il se laissa retomber dans l'herbe, machinalement. Ses joues ruisselaient de larmes.

Ils ont peur de nous. Une peur bleue, me suis-je dit. *Peur de notre puissance.*

« Mon cul, a sifflé Ursula en armant le fusil.

— Non !

— Vraiment ? »

Elle a visé, sans trembler.

« Vous vouliez nous piquer notre camping-car !

— C'était seulement pour fuir plus vite, s'est lamenté l'homme.

— Attends, Ursula », ai-je dit.

Elle s'est immobilisée.

« Fuir plus vite… Pourquoi ?

— C'est Transcendance », a chuchoté l'homme.

Les deux femmes ont frissonné à ce mot.

Nous avons échangé des regards entre sans-ombre. Ce terme nous disait-il quoi que ce soit ?

« Transcendance, a fini par répéter une des femmes. Des gens qui s'habillent tous en blanc.

— Jamais vus, a répondu Ursula en secouant la tête.

— C'est bizarre, a dit l'homme en se redressant de nouveau, les jambes encore tremblantes. Ils ont envahi toute la région. Ils se sont répandus dans les deux Caroline, le Tennessee, l'Alabama. Ça fait des jours qu'on est sur la route, à essayer de garder de l'avance sur eux. Vous devriez en faire autant. Dégager d'ici, filer vers le nord. Le plus au nord possible.

— Mais non, nous allons plein sud, a objecté Ursula.

— C'est une très mauvaise idée, a dit l'homme. Vraiment pourrie. Repartez vers le nord.

— Ils sont indemnes ? Ou ils ont perdu leur ombre ? » j'ai demandé.

L'homme a cligné des yeux.

« Hein ?

— Les gens de Transcendance, j'ai précisé. Ils ont encore leur ombre ou pas ? »

Les trois inconnus m'ont regardée, ébahis, pendant un moment. Puis les épaules de l'homme ont été saisies d'un mouvement irrépressible. Il m'a fallu une ou deux minutes avant de comprendre qu'il riait. Nerveusement, presque hystériquement.

« Ça suffit », a grondé Ursula.

Il a fallu que l'une des deux femmes le prenne dans ses bras pour le calmer.

« Je suis désolée, a-t-elle chuchoté tout en essuyant les yeux de l'homme, comme si Ursula n'avait pas hésité à lui tirer dessus pour le faire taire.

— Lauri, ne fais pas ça. J'ai pigé. Ça va, *j'ai compris, je te dis.* »

Il s'est écarté d'elle, se dégageant de son étreinte. Puis il a eu une toux gênée et s'est lissé les cheveux, a rajusté sa veste.

« Désolé. »

Ursula a tracé une ligne droite du bout de son canon, sous leurs yeux.

« Foutez le camp, tous les trois. Si vous voulez que je vous laisse en vie, foutez le camp tout de suite et ne revenez surtout pas. »

L'homme a hoché la tête, l'air résolu.

« Ça me va. »

Il a regardé alentour, pour retrouver ses repères. Son ombre en a fait autant. Nous autres, nous avons essayé de ne pas le fixer bouche bée, mais nous étions fascinés. Ça faisait si longtemps que je n'avais pas vu d'ombre, Ory.

« Merci. Et désolé, pour la camionnette. On n'avait pas vu que vous étiez dedans.

— Maintenant, vous savez, a répondu Ursula.

— Vous devriez nous rejoindre, s'est interposée Lauri.

— Lauri…

— Quoi ? Ils ne sont pas comme la plupart des sans-ombre, tu vois bien. Ils auraient pu nous coller une balle dans la peau. Vous n'êtes pas comme la plupart des sans-ombre, a-t-elle répété, non sans embarras.

— Nous faisons de notre mieux », ai-je dit.

Qui sont les miens, Ory ? Ceux avec qui je voyage ou ceux avec lesquels je voudrais être ?

« Nous faisons de notre mieux pour ne pas oublier.

— Partez avec nous, vers le nord, dit Lauri. N'allez pas au sud.

— Non, dit Ursula. C'est le sud, pour nous. C'est là que nous devons aller.

— Mais vous allez tomber droit sur eux », a dit l'autre femme.

Ursula a baissé les yeux. Nous n'avions pas le choix.

L'homme a fini par hocher la tête.

« J'espère que vous allez vous en tirer, a-t-il dit. Quel que soit votre choix. »

Il a fait signe aux deux femmes de se remettre en route avant lui. Elles sont parties au trot.

« Méfiez-vous de l'eau. »

Il s'est retourné vers nous une dernière fois.

« Je sais que ça n'est pas possible, bien sûr, mais gardez ce conseil à l'esprit : ils traînent toujours autour des points d'eau. Si vous voyez un lac, foutez le camp. »

II

Nous avons passé la nuit dans ce coin. Nous n'avions pas le choix : la nuit allait tomber avant que nous puissions vraiment prendre de l'avance. Aucun de nous n'a pu fermer l'œil. Mais nous n'avons croisé ni signe de la Transcendance ni survivant indemne s'efforçant de la fuir.

Le lendemain matin, nous avons poursuivi notre route jusqu'à midi avant que je puisse repérer ne serait-ce qu'un vestige de panneau.

« Ah ! Voilà ! »

Et sa surface usée, d'un bleu d'usine, a surgi, scintillante, devant l'horizon. Depuis des jours, nous évitions les grandes villes. Ce n'était que champs, arbres et route ; il me fallait à tout prix pouvoir réévaluer ce qui liait le paysage à notre carte. Je me suis penchée vers le tableau de bord, puis sur le côté, mais le soleil me gênait. Pas moyen de lire le panneau.

« Arrête-nous un moment, Ursula. Il faut que j'aille

voir ça de près. La lumière est trop aveuglante, là où je suis. »

Elle a ralenti en douceur et coupé le contact. Je suis descendue du véhicule, puis j'ai couru le long de la route, dans les graviers, jusqu'à la pancarte, la main en visière sur les yeux. Ursula suivait, le fusil à la main. À un mètre ou deux, le reflet aveuglant a soudain disparu. Et j'ai compris pourquoi j'avais tant de mal à déchiffrer ses indications. C'était le dos de la pancarte qui s'offrait à nos regards. Une étendue bleue et vierge.

« L'autre côté ! »

J'ai contourné en quatrième vitesse ses longues jambes de métal.

« Et de l'autre côté... »

AIRE DE REPOS, 1 500 MÈTRES

J'ai laissé retomber mon bras.

« Aucune indication pour La Nouvelle-Orléans, ai-je murmuré, déçue.

— On n'est pas sur la bonne route ?

— Non, ce n'est pas ce que ça veut dire. C'est juste un panneau qui signale une aire de repos. »

Au vu de la lueur déconcertée dans les yeux d'Ursula, j'ai compris qu'elle avait oublié le sens de cette expression.

« Tu sais, c'est une zone à l'écart d'une grande route, avec une station-service, en général, deux ou trois restos et une épicerie ou un magasin de souvenirs. C'est souvent là que les gens qui voyagent se retrouvent.

— Mieux vaut l'éviter, dans ce cas. Dans la mesure

du possible, je préfère ne pas rencontrer d'autres fuyards. Sans parler de ceux qu'ils fuient, a répondu Ursula. Mais nous sommes toujours sur la bonne route, non ?

— Je crois. »

Elle a posé son fusil au creux de son épaule.

« Tu parlais de restos. Qu'est-ce que c'est ?

— Un resto ? C'est… »

Je me suis interrompue. Moi aussi, j'avais oublié ce que le mot voulait dire.

« Ce n'est pas grave », a dit Ursula.

Et tandis que nous repartions vers le camping-car, j'ai été saisie de l'envie presque irrépressible de revenir contempler le panneau. Non pas du côté face, mais de l'autre – pour me plonger dans cette surface vide, couleur saphir.

« Tu me laisses une minute, Ursula ? »

Elle a fait halte, tout en désignant le camping-car du canon de son fusil.

« Les autres…

— C'est bon. Retournes-y. Je vous rejoins dans la minute.

— Max ? »

Elle a froncé les sourcils.

« Je t'en prie. Une minute, pas plus. »

Elle allait sûrement refuser. Les événements de la veille nous avaient mis sur les dents. Elle a regardé le panneau un moment, paupières plissées. Puis elle a fini par hocher la tête.

« Mais tu te grouilles, hein ? »

Et tandis qu'elle reprenait dans les graviers le chemin du camping-car, je me suis plantée sous le panneau, du côté saphir. *Vite*. Je n'avais pas un centilitre de peinture sur moi, contrairement à Zachary. Mais quelques cailloux à mes pieds. J'en ai ramassé un très pointu et l'ai plaqué sur le métal. J'ai tracé une petite ligne, lentement. La peinture bleue s'est écaillée en éclats microscopiques, laissant une fine cicatrice argentée. J'ai recommencé. Une fois, deux fois, trois fois. Une fois le travail fini, j'ai laissé tomber le caillou, avant de lever la main à mes yeux.

Ory, si tu avais été là, ça t'aurait fait sourire. Très malhabile, certes, mais tout à fait clair. Deux chiffres gravés à gros traits sur un fond bleu saphir.

Je ne l'ai pas dit depuis des semaines mais je m'en souviens, Ory. J'ai peur, en un sens, de le prononcer à voix haute, de peur que ce ne soit la dernière fois. Mais je n'ai pas oublié. C'est ce que je voulais te montrer.

Quand j'ai enfin rouvert la portière pour me hisser près d'elle, Ursula fixait le paysage de l'autre côté du pare-brise, les sourcils froncés. On distinguait tout juste les courbes du 5 et du 2, luisants dans le soleil. Ursula ne pouvait plus déchiffrer ce que j'avais gravé, mais n'ignorait pas qu'il s'agissait d'un signe d'écriture.

« Pour le souvenir ? m'a-t-elle demandé.

— Pour le souvenir. »

Elle a tourné la clef de contact.

II

La route était moins cahoteuse. Victor montait la garde avec sur le visage une expression aussi concentrée, aussi prédatrice que celle du lion tatoué sur son bras. Je ne cessais de m'assoupir et de me réveiller, bercée par le vrombissement du moteur. J'ai peut-être rêvé de toi. Je n'en suis pas sûre. Ça m'ennuie, ça, quand j'y pense – pourrais-je t'oublier dans mes rêves ? –, mais qu'y puis-je ? Je ne peux pas ne pas dormir. Et qui sait combien de temps il m'est encore donné de rêver ? Au-delà d'une certaine quantité d'oubli, je ne serai peut-être plus en mesure de rêver.

Une heure est passée ; nous roulions dans la forêt, l'interminable forêt, ce qui inquiétait de plus en plus Ursula. Jusqu'à ce qu'un nouveau signe surgisse devant nous. Elle m'a donné un coup de coude et m'a montré le panneau, de l'autre côté du pare-brise. Je me suis redressée sur la banquette, me suis massé le visage, prête à travailler pour la communauté. Elle m'avait sans doute tirée d'un sommeil profond, car il a fallu que je cligne les yeux plusieurs fois pour rajuster ma vision. Mais les lettres sur le panneau me semblaient toujours aussi brouillées. Tout autour, jamais je n'avais vu avec une telle netteté les petites feuilles vertes se recroqueviller dans l'air frais de la fin de l'automne.

Tandis que nous nous rapprochions du panneau, j'ai regardé la carte, pour me repérer. J'avais sous les yeux des formes vagues et tremblantes, ces mêmes lignes sinueuses et colorées qui se tortillaient sur le papier entre des rangées de petits points. Les taches vertes, là où les lignes se raréfiaient, s'étiolaient. D'épais rubans bleu clair.

J'ai lentement reposé la carte sur mes genoux. Un des plis se rebellait. Je l'ai lissé du plat de la main, le plus délicatement possible.

« Ursula, ai-je ensuite dit. Il faut que je te fasse un aveu. »

Ma voix était si calme ! J'en étais la première surprise. Ou étais-je encore sous le choc ? Le moteur du camping-car ronronnait sous nos pieds.

« Ursula, je ne sais plus lire. »

« Ça, c'est en cas de force majeure, expliqua Ahmadi en remettant une batte de base-ball en aluminium à Ory. Uniquement quand ta vie est en jeu. Pour un Rouge bousillé, ils font brûler des centaines de livres. »

Ory hocha la tête en lançant un regard par-dessus les barricades. Ils étaient revenus sur la ligne de front et frissonnaient sous la pluie glaciale. Un roulement de tonnerre résonna, sépulcral, au-dessus de leurs têtes. De l'autre côté de la rue surgissaient de temps à autre des têtes aux chevelures rouge vif – pour disparaître aussitôt. Plus loin, la bibliothèque du Rougeroi luisait, grotesque, dans ce jour d'argent sombre. La peinture avait l'air fraîche, comme si le ciel avait saigné directement sur les murs.

Malik désigna la moitié de la troupe d'un geste de la main.

« Vous cinq, avec moi. Les autres, y compris Ory, avec Ahmadi. On reste ensemble, sauf s'il y a nécessité à se séparer. Le cas échéant, vous suivez votre chef de mission. Compris ?

— Compris. »

Ils se mirent au garde-à-vous. Ory les imita quelques secondes plus tard, timidement.

« T'es prêt ? » lui demanda Malik.

Ory avala sa salive et opina du chef.

« Oui, mais j'ai juste… Avant d'y passer. Qu'est-ce qui vous motive, tous ?

— Pour sauver ces livres ? devina Malik.

— Exactement. C'est bien, les livres, tant qu'on a une ombre. Mais quand on la perdra à notre tour ? »

Il lança un regard aux Rouges en patrouille.

« Je comprends les motivations d'Imanuel… du Général. Mais vous autres, Paul, vous ne l'avez pas connu très longtemps. Alors, pourquoi prendre autant de risque pour le plaisir de goûter à la littérature quelques semaines de plus ?

— Ce n'est pas pour la littérature qu'on sauve les livres, dit Malik.

— Pour quoi, alors ? »

Ory cligna des yeux, perplexe.

« T'occupe. C'est le problème du Général », répliqua le chef de mission.

Puis il enfla la voix.

« À mon commandement… »

Les soldats se mirent en rangs. Ils étaient prêts.

« Commence par survivre à cette opération, Ory. Ensuite le Général te donnera des explications, dit Ahmadi. Pour le moment, tu restes dans les parages et tu attends nos ordres, à Malik ou moi. Et quand on te demande quelque chose, tu le fais dans la minute, même si tu ne comprends pas pourquoi. Pigé ?

— Pigé.

— Bon, au moins, toi, tu écoutes. Rien à voir avec Paul, conclut Ahmadi avec un petit rire.

— On y va », hurla Malik.

Il se leva lentement, les bras en l'air.

Du côté des Rouges, ce fut une explosion de couleurs. De tous côtés surgirent des formes de feu. Elles se précipitèrent dans le no man's land avec force cris et ululements. Cheveux maculés de rouge, lambeaux de tissus rouges accrochés aux coudes, poitrines couvertes de marques de mains rouges – ces apparitions se confondirent bientôt en un tourbillon orageux.

« Tous debout », ordonna Ahmadi à ses hommes.

Elle sortit à son tour, les mains levées. Les soldats, Ory compris, l'imitèrent. Il s'efforça par tous les moyens d'ignorer le fait qu'à tout moment, un objet tranchant pouvait traverser les airs et lui transpercer la carcasse. Ahmadi s'avança vers les lignes ennemies.

« Attends, chuchota-t-il.

— Avance, gronda Ahmadi. C'est au milieu que nous devons les rencontrer. »

Les jambes d'Ory n'obéissaient pas à sa crainte. Elles suivirent le mouvement, lui firent contourner les obstacles. Paniqué, il embrassait du regard toutes ces têtes rouges.

« Et le Rougeroi ? Il est où ?

— Il ne sortira pas, répondit Ahmadi. Il ne sort jamais, sauf s'ils ont vraiment besoin d'un truc essentiel. Le Général est le seul à l'avoir vu de près. »

Tandis qu'ils approchaient du milieu du no man's land, Ory, frôlé par les plus audacieux des Rouges, ne put s'empêcher de sursauter.

« Où trouvent-ils cette peinture ? cria-t-il, pour se faire entendre par-dessus le brouhaha des Rouges.

— Aucune idée, répondit Ahmadi. Attention au géant.

— Au quoi ?

— Au géant ! beugla Malik. C'est le Rouge qui négocie les échanges. Un colosse. »

Aussitôt cette explication fournie, une créature s'avança à leur rencontre, venue du côté des Rouges. Géant, il l'était dans tous les sens du terme. Très grand, très large d'épaules, la tête rasée, une véritable armoire à glace. Il avait peut-être, avant de perdre son ombre, été sumo ou culturiste. Les Rouges lui avaient peint sur tout le corps d'énormes rayures rouges, du sommet du crâne jusqu'aux chevilles. Il portait par ailleurs une sorte de long pagne mal ajusté – sans doute le seul vêtement qu'ils avaient pu lui trouver, étant donné sa carrure. Mais, à vrai dire, il n'était pas le moins vêtu des Rouges.

« Le voilà ! » hurla Ahmadi d'une voix stridente.

Elle leva les bras plus haut encore, pour attirer l'attention du colosse. Les Rouges se mirent à mugir. Les soldats du Général les repoussaient à coups de crosse lorsqu'ils approchaient trop près, mais ils ne cessaient de déferler.

« Par ici ! » cria Malik, ce qui leur redonna courage.

Le géant s'arrêta, vacillant, devant Malik et tendit la main, en signe de reconnaissance. Les Rouges autour de lui piaillaient.

« Quelle est la monnaie d'échange ? Comment le savons-nous ? demanda Ory à Ahmadi.

— On ne le sait jamais à l'avance. Il faut deviner. »

Devant la forteresse du Rougeroi, sur le parvis, gisaient des dizaines de Rouges blessés. Des Rouges qui, quelques heures plus tôt, avaient parcouru les rues en lançant des pierres. À présent, ils gémissaient sur le béton dans des postures évoquant divers stades de la douleur.

Le géant se mit à grogner en gesticulant dans leur direction. Il joignit les poings puis les sépara, réitéra ce geste à cinq ou six reprises. Il fallut à Ory un certain temps pour comprendre qu'il voulait des pansements.

« Tiens donc, grommela Ahmadi en donnant l'ordre à un de ses soldats d'ouvrir son sac. Aujourd'hui, ils nous demandent des premiers secours, à nous qui les avons réduits en purée. »

Elle brandit un rouleau de bandages de confection artisanale. Les gesticulations du géant se firent frénétiques. Elle avait vu juste.

« Livre, gros tas de merde rouge », fit Malik.

Il s'était saisi d'un autre rouleau et tendit sa main libre au géant.

« Montre d'abord les livres que tu as. »

Il y eut un concert de sifflements et des danses. Les Rouges se rapprochèrent. Le géant gronda en se tournant vers eux. Quelques-uns filèrent vers l'escalier qui montait à la forteresse du Rougeroi. Du no man's land, Ory apercevait vaguement l'intérieur de la bâtisse – un sol de marbre, les contours obscurs de quelques rayonnages – et des silhouettes, encore des silhouettes, dans les profondeurs du vestibule que n'éclairaient plus les fenêtres, aux carreaux peints en rouge.

« Livre, livre », se mit à psalmodier Ahmadi à son tour.

Des Rouges réapparurent devant la forteresse. Chacun tenait un ouvrage grand format. Ory en eut la chair de poule.

« Parfait », dit Malik en leur adressant des gestes rassurants.

Mais les Rouges les apportèrent à leur colossal négociateur.

« Le livre de Paul est du nombre ? » hurla Ahmadi.

Le géant rouge se mit à jongler avec les livres. Malik faisait de son mieux pour déchiffrer les titres.

« Non ! Pas du tout !

— Merde, soupira Ahmadi. Ça va nous prendre dix ans, cette affaire.

— Attends, fit Ory, stupéfait. Ce sont eux qui choisissent les bouquins ?

— Eh oui, c'est une vraie roulette russe, répondit un des soldats.

— Qu'est-ce qu'il a, ce coup-ci ? »

Malik avait entamé une lente progression vers le géant, pour essayer d'identifier la livraison sans risquer d'être blessé par le négociateur. Lequel, ne se souvenant plus qu'un ouvrage ne doit pas bouger si l'on veut en percevoir les caractéristiques, ne cessait de balancer la pile dans ses bras, craignant que Malik ne s'en empare.

« Putain, arrête de bouger », lui ordonna Malik.

Le gros homme émit un sifflement hostile, lèvres retroussées sur une dentition de fauve, jaunie, pointue. L'espace d'un instant, les livres s'immobilisèrent.

« *L'Encyclopédie mondiale des insectes*, annonça

Malik, un bouquin de diététique, un polar, un manuel d'initiation au Coran et un recueil de nouvelles de vampires.

— Chope le roman et le manuel coranique, cria Ahmadi. Tout sauf les insectes.

— Cette fois-ci, fais le truc à l'envers, vociféra un autre soldat. Fais semblant de vouloir un de ses bouquins de merde, qu'on puisse récupérer ceux qui sont vraiment bien.

— Ah, oui, essaie, approuva Ahmadi. On va voir si on peut leur baiser la gueule.

— Ça a intérêt à marcher, votre plan », rétorqua Malik.

Il tendit l'index vers *Les Insectes* et le recueil vampirique. Le colosse éructant les attira d'un geste vif à lui, avant de les fourrer sous les replis protecteurs de ses énormes biceps, ne gardant dans les mains que le livre de cuisine, le polar et le manuel coranique.

Ahmadi à son tour se mit à lui débiter des absurdités en gesticulant, désignant les livres qu'il avait dissimulés à la vue de l'ennemi.

« C'est ça qu'on veut », répétait-elle.

Et les Rouges ne cessaient d'essayer de les assaillir. Un soldat de l'Iowa fit brutalement reculer un des sans-ombre. Une escarmouche s'ensuivit, durant laquelle Ory se réfugia dans un coin du no man's land.

« Ça suffit, bordel », hurla Malik, au moment même où le géant se mettait à rugir.

Ahmadi s'efforçait de séparer deux combattants – un de ses hommes et un Rouge – sans prendre de coups. Le Rouge voulut lui mordre le bras ; elle le frappa au visage. Il s'écarta en hurlant. Après quoi, elle tendit les bras au ciel en signe de paix.

« On arrête, maintenant, on arrête ! Compris ? vociférait-elle, en fusillant les deux adversaires du regard.

— Bordel, haletait Ory, les mains sur les oreilles. C'est n'importe quoi, putain. »

Comment avaient-ils pu rassembler trois mille livres de cette manière ?

Malik et le géant marchandaient frénétiquement. Malik feignait de s'intéresser aux deux livres dont il ne voulait pas ; le géant les serrait contre son torse pour un échange plus fructueux. Malik finit par pouvoir s'emparer du manuel coranique et de l'ouvrage de diététique.

« Tiens. »

Ahmadi les fourra dans les mains d'Ory.

« Tu les prends, tu les gardes précieusement et tu nous laisses bosser tranquillement jusqu'à la fin de la mission. Si un Rouge essaie de voler ton sac, tu files en vitesse à l'Iowa. Et tu ne t'arrêtes sous aucun prétexte, même s'il y a des blessés de notre côté. Pigé ?

— Ce sont des bouquins qui comptent ? »

Ory, à genoux, glissa d'une main tremblante les livres dans le sac à dos à armature qu'on lui avait prêté.

« Il y a des tonnes de souvenirs dans le Coran », répondit Ahmadi d'un ton grave.

Dans la semaine qui suivit, ils rapportèrent un manuel d'histoire des Amériques, un policier classique et un essai sur les dieux égyptiens. Ory se foula la cheville, blessure sans gravité. Un des soldats, surnommé Smith Tres – car ils avaient trois Smith dans leur armée, Smith le Premier, Smith Dos et Smith Tres, donc –, reçut un coup de couteau. Imanuel inspectait sa blessure toutes les heures ou presque, y compris la nuit. Il la recousit à l'aide d'un fil qu'il avait patiemment extrait d'une manche de veste et fait bouillir, pour éliminer les germes.

« Tiens, tu vas me le tenir, pour que ça ne s'emmêle pas », pria-t-il Ory après s'être lavé les mains.

Le fil était encore chaud au contact de sa peau.

« Et passe-le-moi lentement. »

Ahmadi les regardait faire de son recoin, en se rongeant les ongles. Ory fut troublé de la voir à ce point bouleversée. La fille de Malik, Vienna, traînait derrière la lieutenante en essayant de voir ce que faisait Imanuel. Malik s'approcha d'elle pour lui prendre le bras, rassurant. À les voir tous les deux regarder Imanuel à l'œuvre, le cœur d'Ory se gonfla. Ils avaient encore leur ombre, le père et la fille. Ils n'avaient pas été séparés.

La journée avait été sanglante. Explosive. Ils avaient été à deux doigts de déclencher un bûcher de représailles, qu'ils avaient, au dernier moment, réussi à éviter en calmant les Rouges. Ils leur avaient donné tout ce qu'ils avaient apporté dans le seul but d'empêcher un autodafé. Ils rentrèrent les mains vides à la forteresse.

« C'est l'autre raison qui nous retient de ne pas conquérir la bibliothèque de force, expliqua Imanuel à Ory devant Smith Tres endormi. Ils n'auraient qu'une chose à faire : allumer un bel incendie et nous regarder battre en retraite avec un grand sourire. »

Il se passa la main dans les cheveux avec un lourd soupir. C'était la première fois qu'ils se retrouvaient en tête à tête depuis l'arrivée d'Ory à l'Iowa. L'effet de surprise dissipé, Ory se rendait à présent compte qu'Imanuel avait vieilli de vingt ans depuis la catastrophe de Boston.

« Le premier, j'y pense presque tous les jours, tu sais.

— Le premier livre qu'ils aient brûlé ?

— Il me hante en rêve. Parce que je ne saurai jamais ce que c'était. »

Les deux hommes regardèrent le feu de bois dans la cheminée, les flammes qui crépitaient et léchaient les branches carbonisées.

« Imanuel, dit Ory. Il faut que je te parle.

— Tu veux savoir le pourquoi du comment, Ory, c'est cela ? Je veux dire, ce que nous ferons des livres quand nous aurons récupéré celui de Paul ? Ahmadi m'en a touché un mot.

— Non. Enfin, ça, bien sûr, ça m'intéresse. »

Il inspira profondément.

« Mais c'est de Max que je voudrais te parler.

— Ory. »

L'expression d'Imanuel se fit plus douce.

« Je n'ai pas besoin de grand-chose. Un ou deux hommes, quelques provisions. Pas plus. »

Ory prit son ami par les épaules. Pour l'empêcher de se retourner.

« Et quand je l'aurai retrouvé, Imanuel, nous reviendrons. Et je t'aiderai à mettre la main sur tous les putains de bouquins que tu veux. Je n'ai même pas besoin de savoir pourquoi. Je te livrerai toute leur bibliothèque, si tu m'aides à retrouver Max.

— Ory, elle…

— Non, le coupa Ory. Ne dis pas ça. »

Pouvait-il tout simplement supporter d'entendre ces mots à haute voix ? Surtout prononcés par Imanuel ?

« Ne dis pas ça, par pitié.

— Même si elle a encore des souvenirs, Ory, soupira le Général, tu as vu dans quel état est la ville ? Tu vois ce dans quoi elle a pu mettre les pieds ? Votre appart s'est volatilisé. Paul et moi, c'est un des premiers endroits où nous nous sommes rendus. On voulait savoir s'il restait… des souvenirs. Il n'y avait plus qu'un tas de gravats.

— Je sais.

— Et si elle a pu arriver jusque-là, qu'a-t-elle fait ensuite ? Où est-elle allée ? Les Rouges ne sont pas…

— Max n'est pas une Rouge.

— Je sais ! C'est bien ce que je veux dire. Les Rouges ne recrutent pas les sans-ombre en masse, Ory. Ce n'est pas l'Armée du salut. La plupart du temps, ils les tuent. Comme les indemnes. »

Il s'interrompit soudain, les yeux écarquillés.

« Je ne dis pas que c'est ce qui lui est arrivé, Ory. Seigneur. Je suis désolé. »

Ory se prit la tête à deux mains.

« Imanuel, je t'en prie. Je ne peux pas l'abandonner comme ça.

— Ory…

— Non. »

Il y avait dans la voix d'Ory une note aiguë, effrénée, qui les fit sursauter tous deux.

« Alors, après, on fait quoi ? »

Soudain, tout ce qui s'était passé ces derniers temps – le retour à Washington, les retrouvailles avec Imanuel, tous ces espoirs nouveaux – lui glissait entre les mains. Du sable dans un tamis.

« Et si je t'aidais jusqu'à ce qu'on retrouve le livre de Paul ? Tu me prêterais des soldats, ensuite ? »

Ils échangèrent un long regard. Puis Ory détourna la tête.

« Ory. Regarde-moi dans les yeux », reprit le Général.

Impossible. Ory sentait bien à quel point sa requête était absurde. Les chances de survie de Max dans Washington étaient déjà si minces. Alors, d'ici à quelques jours, quelques semaines, quelques mois – le temps qu'il faudrait pour retrouver le livre de Paul... Lorsqu'il releva enfin la tête, ce fut cette crainte qu'il lut sur les traits d'Imanuel. Imanuel avait compris qu'Ory, dans les profondeurs de son âme, ne croyait plus à la présence de Max dans la ville. Qu'il ne pensait plus pouvoir la retrouver, en dépit de tous ses efforts. Simplement, il ne s'agissait pas tant de retrouver Max que de ne pas arrêter de la chercher. Tant qu'il était en quête, elle se trouvait encore du côté du réel.

« Ça t'arrive parfois de... »

Imanuel s'interrompit un instant.

« ... de ne pas vraiment savoir qui tu es, sans elle ? »

Ory le regardait, immobile.

« Ça m'est arrivé avec Paul. Le jour où l'Oubli s'est déclenché, à Boston. Pendant notre mariage. »

Un mince sourire éclaira un instant son visage.

« Le mariage. Ces horribles smokings. »

Ory finit par sourire, lui aussi. C'était plus fort que lui.

« Je me souviens, j'étais dans la salle de bal, avec Paul, devant la télé, et je me suis dit : Ça va nous arriver, un jour. L'un de nous deux va perdre son ombre. Ce sera moi. »

Il chercha Ory du regard.

« J'étais sûr et certain que ce serait moi. Paul était si fort. Tellement... plus vrai que nature. Toujours sûr de tout. J'étais le timoré, l'hésitant. Celui qui ne prenait jamais de risques. Et devant la télévision, je me suis demandé comment je pourrais faire sans lui. C'était inimaginable. Et je me suis dit que ça avait sûrement un sens. Cette faiblesse. »

Imanuel haussa les épaules. À ses pieds, l'ombre en fit autant.

« Mais je suis là. »

Ory baissa la tête. Même s'il ne pouvait pas le formuler à haute voix, il était d'accord avec Imanuel.

« J'ai d'autres choses à te dire, finit par poursuivre le Général. Écoute-moi, ne dis rien, c'est tout. »

Il s'approcha de son ami et reprit à voix basse.

« Ces deux dernières années, j'ai entendu quelques histoires. Oh, pas grand-chose, des bribes par-ci, par-là. Ça relève de la rumeur, mais les gens sont si nombreux à parler des mêmes choses qu'il y a peut-être du vrai là-dedans, finalement. »

L'excitation le faisait parler de plus en plus vite.

« Ils disent que...

— Ah, La Nouvelle-Orléans », fit Ory, avec une grimace.

Imanuel cligna des yeux, surpris. La neige fondue martelait les ruines, au-dehors.

« Donc tu sais, toi aussi ?

— J'en ai entendu parler à Arlington. »

Les voyageurs endurcis qu'il avait croisés dans Broad Street, autour d'une piscine vide : il les revit en esprit, héros d'un court-métrage muet. Le visage buriné de leur cheffe, ses cheveux en brosse, son fusil. Ursula. Avaient-ils accompli le voyage ? Combien d'entre eux avaient gardé leur ombre ?

« C'est pour cela que nous récupérons les livres. Celui Qui Rassemble… La rumeur dit que ce sont des gens qu'il veut rassembler, mais pas seulement. Il veut autre chose. Des souvenirs. Les livres ont des souvenirs, bien sûr ? »

Imanuel regardait ses paumes.

« D'une certaine manière.

— Oui, et les livres ont une ombre. »

Imanuel l'enveloppa d'un regard plein d'espoir.

« De même, les merdes de chien sur un trottoir.

— Ory !

— Et les oiseaux morts, les poubelles, les immeubles en ruine.

— Arrête ! fit Imanuel, frémissant.

— Ce que je veux dire, c'est que vous frôlez la mort tous les jours pour arracher des milliers de bouquins à un gang de cinglés. Et que vous allez prendre encore plus de risques pour les trimballer à l'autre bout du pays, tout ça sur la vertu d'une rumeur délirante.

— Je ne pense pas que ce soit une simple rumeur », s'obstina Imanuel.

Ory continua d'éviter son regard. Impossible de le croiser. Ils savaient parfaitement, tous les deux, ce qu'il allait demander au Général.

« Ory, c'est fini », fit ce dernier d'une voix douce.

Sa main se posa sur l'épaule d'Ory.

« Elle a commencé à oublier il y a des semaines. Elle a disparu. Elle est partie. Elle est partie depuis longtemps. À quoi bon rester ici ?

— Non, dit Ory.

— Ory…

— *Non !* »

Imanuel leva les bras avant de reculer de quelques pas, en signe d'apaisement. Puis il inspira profondément. Dans la clarté obscure du feu, Ory vit son ombre sur le mur, se déployer puis se replier, comme l'Imanuel de chair et de sang.

« Je n'ai pratiquement aucune chance, je le sais », dit Ory.

Le feu crépita.

« Mais je ne peux pas renoncer. »

Il fixa longuement les épaules affaissées d'Imanuel.

« Si j'étais à ta place, Imanuel, que me demanderais-tu ? S'il y avait la moindre chance pour que Paul se trouve encore à Washington, en vie ? Que voudrais-tu que je fasse, bon Dieu ? »

Imanuel fit volte-face. Il sortit de ses lèvres quelque chose qui ressemblait fort à un sanglot. Et ce son était venu de si loin qu'Ory avança brusquement, en réflexe, les bras tendus, pour retenir l'ami qui allait s'effondrer. Oui, ce gémissement témoignait d'une douleur trop lourde pour un seul individu. C'était le gémissement d'une âme mourante qui ne laisse derrière elle que des échos moléculaires, errant entre des spasmes infimes qui s'éteindront avec la vie. Ory attendit longtemps. Que le cri enfle. Qu'Imanuel s'affale. Mais rien ne suivit. Et ses bras tendus ne retinrent nulle chute.

« J'aurais voulu que tu me dises d'abandonner », finit par dire Imanuel.

Étaient-ce encore des mots ? Ory n'entendait plus qu'une lamentation.

Ory regarda son ami se recroqueviller dans la lumière du feu. Trop loin. Il était allé trop loin, avec cette comparaison. Imanuel gardait les mains plaquées sur le visage. Impossible de déchiffrer son expression. Leurs ombres tressautaient, faiblement, dans les flammes.

« Je n'aurais pas dû te dire cela, reprit Ory. Je… »

Imanuel tendit la main : cette fois-ci, pour lui intimer le silence.

« Plus tard, fit-il d'une voix plus nette. Quand nous aurons obtenu le livre de Paul, je mettrai à ta disposition quelques soldats, pour que tu puisses chercher Max. Mais je leur ai promis à tous, en échange de leur aide, de les emmener à La Nouvelle-Orléans. Je ne peux pas trahir une parole donnée. Toi, tu feras ce que tu veux. Mais mes soldats ne resteront que deux semaines auprès de toi. Au bout de ce laps de temps, ils partiront à La Nouvelle-Orléans.

— Merci », chuchota Ory.

Imanuel hocha la tête. N'allait-il pas sortir de la pièce, le laisser seul ? Mais le Général s'attarda un long moment, tête baissée.

« J'espère que ça te donnera le temps de changer d'avis. Pour La Nouvelle-Orléans.

— Mais je ne peux pas, Imanuel.

— Tu ne peux pas ? Ou tu ne veux pas ? »

Ils échangèrent un long regard.

« Je ne veux pas oublier », dit Ory.

Cette expression sur le visage d'Imanuel ! Il n'y avait pas de douleur plus terrible.

« Je n'ai jamais parlé d'oublier, murmura-t-il d'une voix que la tristesse rendait pâteuse. Je n'aurais jamais prononcé ce mot. »

Celui Qui Rassemble

Le premier de ses sans-ombre s'appelait Michael.

Un adolescent, dix-huit ou dix-neuf ans. Pas si grand que ça, et d'une maigreur qui faisait peine à voir, après des semaines de privation. Une tignasse brune, soyeuse, et des taches de rousseur toutes pâles sur un visage encore plus blême, effaré. Il fouillait dans les poubelles de la clinique de soins, vides depuis des lustres. Il cherchait quelque chose à manger. C'était le bruit qui les avait attirés. L'amnésique, le docteur Zadeh et sœur Marie, l'infirmière, s'étaient regroupés dans l'impasse dont ils bloquaient la sortie de leurs corps bien avant que le sans-ombre ne les remarque.

« Un jeu d'enfant », murmura l'amnésique lorsque le sans-ombre finit par se retourner.

Puis par sursauter, rapide, précis, comme un animal traqué. L'amnésique lança un regard au docteur Zadeh, qui s'efforçait, tout en adoptant une attitude pleine de bienveillance, de faire rempart de son corps.

« Vous parlez encore anglais ? poursuivit l'amnésique. Vous comprenez ce que je vous dis ? »

Le sans-ombre se crispa. Ses doigts se contractèrent.

Il était prêt à griffer pour se défendre. L'amnésique sentit le poids du couteau de cuisine qu'il portait à la ceinture dans une gainc fabriquée avec du plastique et du scotch de déménagement. Avant de sortir de la clinique, il s'était exercé : plaquer la main sur la gaine, sortir le couteau. Il ne voulait pas se mettre en situation d'avoir à manier cette lame. Non, il voulait juste être capable de la manier. Au cas où.

« Vous avez l'air affamé », dit le docteur Zadeh.

Une lueur de lucidité passa dans les yeux du garçon. Le sens de ce mot, l'espoir suscité.

« Comment vous appelez-vous ? »

Le sans-ombre les regarda. Ses paumes lentement s'ouvrirent. Ses yeux scintillèrent – des larmes, comme des miroirs.

« J'ai oublié, gémit-il.

— Ce n'est pas grave, dit le docteur avec un bon sourire. On va vous donner un nom. Vous vous appelez Michael.

— Michael, répéta le sans-ombre. Michael », ajouta-t-il d'une voix plus décidée – une intonation que l'amnésique avait entendue tant de fois !

Désir éperdu : non pas de se cramponner à quelque chose, mais surtout d'avoir quelque chose à quoi se cramponner.

« Michael, nous sommes vos amis, poursuivit le docteur. Nous sommes ici pour vous aider. Je suis docteur. Vous pouvez m'appeler docteur Zadeh, si vous voulez.

— Quelle sorte de docteur ?

— Un neurologue. »

Mais le docteur Zadeh ne pensait pas que ce

terme puisse évoquer quoi que ce soit dans l'esprit de Michael. L'amnésique le comprit à l'expression du sans-ombre.

« Je travaille sur le cerveau, poursuivit le docteur, le doigt vissé sur la tempe. En particulier sur la mémoire, les souvenirs. »

Le mot resta suspendu dans les airs entre eux quatre, comme un objet tangible. *Souvenirs*. Sous le regard de l'amnésique, Michael s'avança vers eux, comme pour se soumettre à l'aura de ces syllabes encore résonnantes.

« Vous pouvez m'aider à me souvenir ? » demanda-t-il avec un désir horrible à voir.

Non, aurait voulu répondre l'amnésique. Dans quel état se trouvait la mémoire de Michael ? se demanda-t-il. Avait-il déjà fait usage de ses pouvoirs magiques ?

« On va essayer, Michael. »

Michael s'installa à la clinique. L'amnésique lui fit faire les exercices pour malades d'Alzheimer auxquels le docteur Zadeh l'avait soumis à son arrivée. Cela ne servait presque à rien, mais il fallait bien commencer quelque part. Le protocole était scientifique, répétait le docteur Zadeh en élaborant sa stratégie de traitement. S'ils voulaient guérir l'Oubli, il fallait le faire dans les formes. Ils avaient besoin de patients. Et d'un protocole.

« Mais nous ne savons même pas ce qui cause la disparition de l'ombre, avait protesté l'amnésique. Comment voulez-vous mettre un protocole en place alors que vous ne connaissez pas la vraie racine du mal ?

— Ça, c'est ce qui va nous faire échouer », avait

répondu le docteur Zadeh en pointant l'index vers l'amnésique.

Lequel le regarda en retour, perplexe.

« C'est-à-dire ?

— Le doute. »

L'amnésique ne se fiait pas vraiment à ses propres certitudes. Il s'efforça de n'y plus penser. Après cette conversation, il ne voulut plus remettre en cause la stratégie du docteur Zadeh. Il fit tout ce qu'on lui demandait et tout ce dont il était capable pour assurer la sécurité des patients. Depuis un mois déjà, les ombres avaient commencé à disparaître à La Nouvelle-Orléans. Lorsque l'Oubli était arrivé dans les faubourgs, l'amnésique avait aidé le docteur à ôter tous les panneaux de la clinique. La plaque métallique indiquant le numéro de l'immeuble sur le mur d'enceinte, la plaque du docteur Zadeh près du portail, le grand panneau sur le toit. Tout ce qui pouvait signaler à ceux qui savaient encore lire qu'il y avait un médecin dans les locaux – et peut-être des médicaments et de la nourriture. Ils avaient ajouté des cadenas, installé des planches devant les fenêtres. La clinique avait le même aspect désormais que tous les immeubles environnants – déréliction, dévastation.

Une fois ce point acquis – la clinique, ne se remarquant plus, offrait un véritable refuge à ses habitants –, le docteur, l'amnésique et sœur Marie effectuèrent quelques nouveaux raids pour se procurer des sans-ombre. Un peu plus téméraires chaque fois, ils pénétraient de plus en plus profondément dans la ville. Les sans-ombre se laissaient convaincre. Ou partaient en courant. Puis ils décidèrent d'emmener Michael, que sœur Marie tenait fermement par la main pour qu'il ne s'égare pas, et cela leur facilita grandement la tâche. L'amnésique eut également l'idée d'emporter de la nourriture. C'était non seulement un geste de confiance, mais une manière toute simple d'empêcher les sans-ombre de prendre leurs jambes à leur cou sans même entendre ce que le groupe avait à leur dire.

Le docteur Zadeh n'abandonnait pas la partie. Même lorsque l'électricité fut coupée, même lorsque la ville fut livrée aux émeutiers. Même lorsque la police déserta ses commissariats, les uns après les autres, même lorsque les cadavres – avec ou sans ombre – commencèrent à s'entasser dans les rues.

« Combien de patients nous faut-il encore rassembler ? lui demanda un soir l'amnésique, après la distribution des rations.

— Le plus possible, répondit le docteur Zadeh. Mais disons, huit, au moins. C'est assez pour constituer deux groupes, en y intégrant nos propres patients. Un groupe expérimental et un groupe témoin. C'est une bonne base de travail. »

L'amnésique baissa les yeux sur le classeur – le cadeau d'adieu du docteur de Hemu Joshi. Il y avait inséré, en guise de page de garde, une liste de noms. Les noms de tous les pensionnaires de la clinique : dix infirmiers et infirmières, un médecin, dix malades d'Alzheimer, un cas d'amnésie rétroactive intégrale consécutive à un accident de la route et les trois nouvelles recrues, Michael y compris. L'amnésique avait dessiné des étoiles devant six de ces noms : les trois nouveaux, deux des malades d'Alzheimer et l'une des infirmières. Une étoile, plus d'ombre. Plus d'ombre, mais encore vivant.

JOURNALISTE D'INDIA NEWS, INC : Et vous êtes… ?
ELIZABETH HERRERA : Catholique. Depuis toujours.

L'amnésique souleva la liste pour accéder à la page suivante. Qu'il connaissait quasiment par cœur. Y était reproduite une vieille interview avec la biologiste américaine. La femme brune, l'unijambiste qui avait appris à la sœur de l'éléphant Gajarajan à peindre.

JOURNALISTE : Comment pouvez-vous nous garantir que vous n'avez jamais rencontré de votre vie Gajarajan Guruvayur Kesavan ?
HERRERA : Les règles du temple de Guruvayur sont formelles. Seuls les hindous peuvent y entrer. J'ai bien essayé de m'y introduire lorsque la presse s'est emparée de l'histoire de Gajarajan. Je les ai appelés, je leur ai dit qui j'étais. Ils ont compris avant même que je puisse finir. Quel émoi ! Ils criaient tous. Ils sont allés chercher le grand prêtre. Mais je n'ai pas pu entrer.
JOURNALISTE : Et que s'est-il passé ensuite ?
HERRERA : Des idées stupides, dont aucune n'a donné de résultat. J'ai essayé de corrompre les gens du temple, de joindre des fonctionnaires haut placés, j'ai même songé à m'introduire dans le temple par effraction… Je n'avais besoin que d'une preuve. Que les prêtres me le disent. J'avais réussi pour la première fois dans l'histoire de l'humanité à apprendre à peindre à une éléphante sauvage née

en 1998, vingt ans après que son frère aîné avait été capturé et offert à un temple, où il vivait depuis. Et quelques jours avant la fin de ma mission en Inde, ce frère aîné avait, sans que personne le lui demande, peint… mon portrait.
JOURNALISTE : C'est étrange.
HERRERA : On peut dire ça. Il y a un autre mot. Magie.
JOURNALISTE : Ce n'est pas moi qui vais vous contredire.
HERRERA : La suite est encore plus… étrange. J'avais fini par renoncer à rencontrer Gajarajan et il ne me restait plus qu'une semaine à passer à Thiruvananthapuram avant l'expiration de mon visa de chercheuse. Après quoi, retour aux États-Unis. J'avais à peine le temps de boucler mes dossiers, mais le dernier jour, j'ai consacré une heure à Manikam. Pour lui faire mes adieux. Manikam, c'est le nom de l'éléphante à laquelle j'ai appris à peindre. La très jeune sœur de Gajarajan.
JOURNALISTE : Ça n'a pas dû être facile.
HERRERA : Effectivement. Mais c'est toujours comme ça. Il n'y a pas tant d'éléphants que cela dans le monde, comme vous le savez. Pour collecter des données en quantité suffisante, il faut sans cesse voyager entre les réserves. En Inde, en Thaïlande, dans le Tennessee.
JOURNALISTE : Et ensuite ?
HERRERA : Nous étions toutes les deux toutes seules dans la grande prairie. Et là, Manikam a fait ces gestes de la trompe et des oreilles qui signifient toujours qu'elle veut peindre. J'ai appris à les reconnaître. Je lui ai installé son chevalet, sa toile, ses peintures. Parfois, Manikam sait ce qu'elle va

peindre. Parfois non. Cette fois-ci, elle avait quelque chose en tête. Comme si elle n'attendait qu'une chose : ma venue et l'installation de son matériel pour se mettre au travail.

JOURNALISTE : Elle a peint quelque chose ?

HERRERA : Mais oui. Sans perdre une seconde. D'habitude, ça lui prend du temps. Elle a parfois du mal à tenir le pinceau avec sa trompe. Elle n'y arrive pas… Elle le laisse tomber. Cette fois-ci, elle a commencé à tremper les poils dans les tas de gouache avant même que j'aie eu le temps de tout étaler sur son immense palette. Elle peignait… comme une folle. Oui, c'est le mot qui convient. Et elle s'est arrêtée d'un coup. D'habitude, j'ai du mal à dire quand elle finit, parce qu'elle prend son temps. Parfois, je lui enlève la toile trop tôt et elle n'est pas contente. Cette fois-ci, non. Ç'avait été une vraie tempête de couleurs… Et puis plus rien. Elle s'est reculée, elle m'a regardée, comme pour me dire : Viens voir.

JOURNALISTE : Et qu'avez-vous vu ?

HERRERA : Au début, je n'ai pas bien compris. C'était un tableau très détaillé. J'ai pensé à un motif. Quasi géométrique, répétitif. Oui.

JOURNALISTE : Je ne comprends pas.

HERRERA : J'ai eu la même réaction. Mais le soir même, une des stagiaires est venue me rendre visite dans notre labo principal. J'avais installé le chevalet près de mon bureau pour que la peinture puisse sécher. La stagiaire a regardé la toile et m'a demandé si c'était bien l'œuvre de Manikam. Pourquoi cette question ? lui ai-je demandé. Elle m'a alors expliqué que ce motif lui rappelait celui des murs du temple auquel elle se rendait souvent avec sa mère, quand elle était enfant. Dans un comté voisin. À Guruvayur.

JOURNALISTE : Non…

HERRERA : Moi non plus, je n'arrivais pas à y croire. J'ai scanné le tableau et je leur ai envoyé une sortie papier.

JOURNALISTE : Et est-ce que la stagiaire…

HERRERA : Elle ne s'était pas trompée. Manikam avait, dans le moindre détail, peint le mur nord de l'enceinte du temple où habitait Gajarajan.

JOURNALISTE : Ce n'est pas… Non, ce n'est pas…

HERRERA : Je sais.

JOURNALISTE (après un long silence) : Et que s'est-il passé ensuite ?

HERRERA : J'ai dû partir. Mon visa de chercheuse avait expiré.

JOURNALISTE : Oh ! Ça n'a pas dû être facile.

HERRERA : Non, vous savez, ça n'était pas le problème, ça. Je ne suis pas neurologue et je me fiche bien de ce que les autres peuvent penser : mais à mes yeux, c'est la preuve. La preuve que ce qui se disait de Gajarajan était exact. Les éléphants sont donc vraiment capables de se souvenir de choses dont ils n'ont pas fait directement l'expérience, mais qui leur viennent d'autres éléphants. Ils peuvent… Je ne sais pas.

JOURNALISTE : Je vous en prie !

HERRERA : Comme si les souvenirs étaient amovibles. Partageables. Peut-être pas tous. Mais au moins un. Un souvenir. Un élément qui persiste, dans le temps et dans l'espace.

L'amnésique referma le classeur et regarda le docteur Zadeh.

« Vous pensez vraiment que nous allons finir par guérir l'Oubli ? »

Le docteur s'abîma dans un si long silence que l'amnésique en conclut qu'il ne répondrait pas – car la réponse ne pouvait être que négative et qu'il n'aimait guère à mentir.

« Il le faudra bien », soupira enfin le docteur Zadeh.

Ils sortaient tous les jours. Le matin, pour se procurer de la nourriture et divers équipements. L'après-midi, pour recruter des sans-ombre. Il se passait quelque chose – mais ils n'auraient su dire quoi. Des gens vivaient encore en ville, c'était visible : des objets changeaient de place dans ce naufrage généralisé, apparaissaient, disparaissaient. Mais les humains, les humains en vie, étaient de moins en moins détectables. Les traces de sang séché étaient plus fréquentes, plus visibles que naguère. La petite troupe aperçut à deux reprises d'autres survivants indemnes – mais pas du tout le genre de personnes avec lesquelles l'amnésique avait envie de converser. La première fois, ce fut un trio ; un duo la seconde. Que des hommes. Vêtus de tenues bricolées et sans doute destinées au combat. Armés jusqu'aux dents. L'équipe du docteur Zadeh se réfugia dans un coin de rue pour les laisser passer. Le trio et le duo. Ce que ces hommes cherchaient ? Mystère. Et ils n'avaient aucune envie de l'élucider.

Ils purent recruter quatre autres sans-ombre dans

les quelques semaines qui suivirent. Les deux premiers étaient si atteints déjà qu'ils se méfièrent à peine. La troisième tremblait de peur.

Elle courait, en nage, les vêtements collés au corps. Elle courait depuis des heures, des jours.

« Vous êtes en sécurité, maintenant », ne cessait de lui répéter le docteur Zadeh au pied de l'immeuble en ruine dans lequel elle s'était engouffrée à leur approche.

L'amnésique lui lança à manger par la fenêtre. C'était la première fois qu'ils s'aventuraient si loin dans le centre-ville.

« Nous sommes là pour vous venir en aide. Je suis médecin », poursuivit le docteur Zadeh.

Ce fut en fin de compte Michael, le sans-ombre, qui parvint à la convaincre.

« Je m'appelle Letty, leur confia-t-elle d'une voix douce sur le chemin du retour.

— Et que fuyez-vous, Letty ? lui demanda sœur Marie.

— Les exterminateurs.

— Les exterminateurs ? » reprit l'amnésique.

Il sentit Michael sursauter à son côté. Cela n'échappa pas non plus au docteur.

« Vous aussi, Michael, vous les connaissez ?

— C'est... ce que je croyais que vous étiez. Quand vous êtes venu vers moi, dit Michael. Ils... »

Le jeune homme haussa les épaules, impuissant.

« Ah, j'ai oublié. Tout ce que je me rappelle, c'est qu'ils sont méchants.

— Ils ont des ombres et ils tuent ceux qui n'en ont pas », poursuivit Letty.

Elle semblait incapable de parler à voix haute.

« Ils patrouillent. Ils nous cherchent.

— Pourquoi ? demanda le docteur Zadeh d'une voix sèche.

— Pour l'argent. Pour la nourriture, fit-elle en secouant la tête. Et puis sans doute qu'ils aiment ça. »

L'amnésique eut une grimace de dégoût.

« Qui les paie ?

— Des gens à la mairie. Des gens qui veulent encore essayer de diriger la ville. De la nettoyer avant qu'il y ait trop de sans-ombre qui puissent… »

Elle s'interrompit brusquement, lèvres closes, et considéra la petite équipe d'un regard effaré. *Pouvoirs magiques*. La voix tremblante de Hemu résonna aux oreilles de l'amnésique. La prière muette dans les yeux du jeune homme, son effroi, sa lassitude.

« Ne vous inquiétez pas, dit le docteur Zadeh. Nous sommes au courant. La… *tentation*. Oui. »

Le regard de Letty se posa sur l'amnésique, vif comme l'éclair.

« Oui, nous sommes au courant. Ce n'est pas une légende. »

Une image surgit dans son esprit. Mandai, le marché aux épices de Pune. Ou plutôt son souvenir, car le marché n'existait plus.

« Nous l'avons vue en action. »

Ce fut par le biais de Letty qu'ils rencontrèrent leur quatrième sans-ombre. Et leurs premiers exterminateurs.

« Elle était… C'est difficile à dire. Je sais qu'avant d'oublier pourquoi, nous étions ensemble. Alors ce doit être quelqu'un d'important », expliqua Letty à l'amnésique tandis que l'équipe du docteur Zadeh traversait prudemment Lafayette Square.

Ils s'étaient aventurés au cœur du Central Business District, juste au sud du quartier français. Ils cherchaient une rue que Letty, espéraient-ils, pourrait reconnaître. Ils étaient loin de leurs territoires habituels mais le docteur, en désespoir de cause, commençait à prendre des risques. Les sans-ombre disparaissaient, se faisaient fantômes : et ceux qui leur apparaissaient encore s'enfuyaient à leur vue. Impossible de les approcher. La présence de Michael n'y suffisait plus. Si cette sans-ombre avait gardé un vague souvenir de Letty, peut-être pourraient-ils la convaincre de les suivre.

Letty, visiblement, n'était guère rassurée par cette incursion dans le centre-ville. Le moindre bruit, le moindre craquement la faisait bondir – une aiguille appliquée sur un coin de peau à vif. L'amnésique lançait des regards nerveux alentour – l'effroi de Letty était communicatif. Il ne connaissait pas les lieux, les angles morts, les rues qui ne finissaient pas en cul-de-sac, interdisant la fuite. Ils poursuivirent leur exploration.

La sans-ombre qu'ils traquaient était encore vivante. Elle se cachait entre deux immeubles vides, à quelques mètres de l'endroit où Letty, d'après ses dires, avait perdu sa trace avant de se mettre à courir. Des jours plus tôt. Une éternité.

« Tu as survécu », hoqueta Letty à sa vue.

Accroupie entre deux bennes à ordures, la sans-ombre leva les yeux vers l'équipe. L'amnésique vit luire dans ses yeux un éclair de lucidité. Elle n'avait pas oublié Letty.

« Chut », siffla-t-elle.

L'équipe ne broncha pas – hormis Letty, qui fila immédiatement se cacher vers une autre benne.

« Planquez-vous », chuchota Letty.

Et ses lèvres articulèrent silencieusement le mot *exterminateurs*.

Ils se répartirent tout de suite entre les gravats, les débris de meubles – tout ce qui était susceptible de les dissimuler à la vue de ceux dont ils entendaient déjà les pas résonner. Trop tard. Les deux exterminateurs les avaient repérés.

« Tiens, tiens », dit le balafré au géant – en tout cas, l'homme le plus grand qu'il ait jamais été donné à l'amnésique de voir.

Le balafré dégaina son revolver.

« Des petits nouveaux. Vous savez que vous êtes dans le quartier de Jackson, tous autant que vous êtes ?

— Le quartier de Jackson ? »

Le géant regarda le balafré, les paupières plissées.

« Putain, j'en ai ma claque de ces gens qui sortent de leurs terriers pour venir faire les malins chez nous. »

Il braqua son arme sur l'amnésique. Le docteur Zadeh et sœur Marie se mirent à protester de concert – un concert discordant, car ils ne cessaient dans leurs implorations absurdes de s'interrompre l'un l'autre.

« Vous ne pouvez pas débarquer ici et nous piquer nos proies. Ça ne se fait pas.

— Je suis désolé, fit l'amnésique d'une voix chevrotante. Nous ne savions pas.

— Ouais, à d'autres, ricana le géant. Qui c'est, ceux-là ? »

Du canon de son revolver, il désigna Letty et les autres sans-ombre, qui se recroquevillèrent en poussant des petits cris.

« Des cousins à nous, s'écria l'amnésique. Ils ont perdu leur ombre la semaine dernière. Nous sommes tous de la même famille. Nous cherchons à manger, c'est tout.

— Par ici, la bouffe, elle est également réservée à Jackson, répliqua le balafré. Idem pour les gens de ta famille. Ce qui est bien plus important pour nous.

— Non, dit le docteur Zadeh.

— Dès qu'ils perdent leur ombre, ils nous appartiennent.

— Et quand vous perdrez la vôtre ? » demanda le docteur au balafré.

Le géant désigna son compère d'un geste de la tête.

« Je lui collerai une balle dans le crâne et j'irai toucher ma récompense.

— Et vice versa, ajouta le balafré avec un grand sourire.

— Je vous en prie, s'interposa l'amnésique. Nous allons partir. Et nous ne remettrons pas les pieds ici.

— Dans tes rêves, dit le balafré en avançant d'un pas. Mon pote, c'est pas ton petit mensonge qui va redonner une ombre à tes prétendus cousins. Et vous êtes sur notre terrain de chasse. »

Le sourire se volatilisa.

« En plus, tu me racontes des craques.

— Les sans-ombre se sont presque tous barrés. Ou ils se planquent, dit le géant. Il y a des mecs qui viennent depuis des mois nous faire chier sur notre territoire, nous piquer nos sans-ombre. Nous avons entendu tous les bobards possibles. Le tien y compris. Ça ne peut pas durer.

— S'il vous plaît, je… »

À peine le docteur Zadeh avait-il ouvert la bouche qu'un objet volant traversa sans bruit les airs au-dessus de leurs têtes. Si silencieusement qu'ils ne le remarquèrent qu'au vu de l'énorme carré noir sous lequel il les noya un moment.

Au même moment, l'amie de Letty et les deux exterminateurs se voûtèrent, les mains sur la tête. Ce n'était pas une réponse instinctive à une menace proche, non – ceci, l'amnésique le comprit avec un frisson glacial –, mais une réaction réfléchie. Une *habitude*.

« Qu'est-ce que c'est que ce truc ? fit-il, sidéré.

— Hé, on y va, lança au géant le balafré qui venait tout juste de détaler.

— Mais les sans-ombre ? éructa l'autre, furieux.

— Pas le temps, cria le balafré, qui avait déjà parcouru la moitié de la rue. Aucune envie de passer l'arme à gauche aujourd'hui. »

Une bourrasque fit sursauter tout le groupe. Les sans-ombre se mirent à gémir de terreur et se plaquèrent au sol.

« Putain, vieux, faut qu'on y aille, hurlait le balafré. Jackson, putain ! Amène-toi !

— C'est votre jour de chance », fit le géant à l'équipe de Zadeh.

Il braqua un index menaçant vers le sternum du docteur.

« La prochaine fois qu'on vous chope dans notre zone, vous y passez, mes potes. »

Le docteur Zadeh garda le silence.

« On vous a entendus, fit l'amnésique.

— Et n'oubliez pas, hein ? »

Le géant, un sinistre rictus aux lèvres, désigna les ombres encore présentes avant de rejoindre son compère au pas de course, les yeux tournés vers le ciel.

Dès que les exterminateurs se furent éclipsés, la petite équipe retrouva son souffle.

« Qu'est-ce que c'était ? » s'écria sœur Marie en essayant de se cramponner simultanément au docteur et à l'amnésique – lesquels, au même instant, échappèrent à son étreinte pour lever la tête.

Ils pivotèrent lentement sur eux-mêmes pour mieux observer le ciel entre les immeubles. Mais entre les toits rapprochés, la bande de ciel était trop étroite. Letty se rua vers la sans-ombre, Michael sur les talons.

« C'était... un avion ? Un avion ? » hurla Zadeh.

L'amie de Letty tremblait comme une feuille, prête à se désagréger sur l'asphalte crevassé.

« Hé. »

L'amnésique s'accroupit près d'elle, pour ne pas l'inquiéter.

« Savez-vous ce qui s'est passé ? »

Les yeux de la sans-ombre le transpercèrent sans ciller.

« Elle va revenir. »

Elle ne parvenait pas à se calmer.

L'amnésique tourna les yeux vers le docteur Zadeh, qui n'avait pas quitté le ciel du regard.

« Qu'est-ce que c'était ? Pourquoi dites-vous que ça va revenir ? »

Elle avait trop peur pour lui répondre.

« Si c'est un avion qui vient de nous survoler... S'il y a encore des avions et des pilotes, reprit le docteur, frémissant d'excitation, il faut leur faire des signes.

— Attendez, dit l'amnésique à Letty. Si vous pouviez vous occuper d'elle... »

Il se rua vers une échelle de pompiers dans la ferme intention de monter sur le toit.

« Faites attention, s'écria sœur Marie, qui le regardait grimper les barreaux, le front soucieux. Ne vous approchez pas du bord ! Avec un seul œil, on perd le sens des distances. »

Lorsqu'il était arrivé à la clinique, après son accident, tout juste capable de se traîner sur deux béquilles, c'était sœur Marie qui l'avait pris en charge. Il était encore à ses yeux un patient fragile.

« J'y suis presque », hurla-t-il des hauteurs.

Il se hissa sur la terrasse qui surmontait l'immeuble. Le crépuscule approchait et tout était barbouillé d'une brume d'un orange violacé. Loin vers l'horizon – si loin qu'on aurait cru qu'elle survolait la zone ouest de Métairie –, une forme sombre ondulait dans les cieux.

« Je ne vois pas vraiment... », commença-t-il.

Ce fut alors qu'il entendit les hurlements.

Le temps qu'il revienne vers le bord du toit pour se pencher vers ses compagnons, sœur Marie avait rejoint le docteur, sans pour autant lâcher un Michael tremblant de peur – elle lui serrait si fort la main que ses phalanges avaient blanchi. Letty était recroquevillée contre l'autre femme sans-ombre.

« Qu'avez-vous vu, Visiteur ? » demanda le docteur Zadeh d'une voix douce.

La chose noire repassa au-dessus de leurs têtes. Elle était grosse comme une maison et les angles de ses ailes étaient acérés comme des lames. Un chœur de hurlements monta de l'endroit vers lequel elle s'était dirigée.

« Jésus Marie Joseph », fit sœur Marie.

Le docteur Zadeh s'agenouilla devant l'amie de Letty et lui prit le visage dans ses mains.

« Regardez-moi dans les yeux. Qu'est-ce que c'est ? » demanda-t-il de ce ton sans réplique qu'il cultivait depuis des dizaines d'années.

Un ton qui dégageait une autorité souveraine, un ton qui transperçait la peur et la douleur – et même, parfois, la brume effarée d'une crise d'Alzheimer –, un ton auquel aucun patient ne pouvait résister.

« Qu'est-ce. Que. C'est ? »

Le regard de la sans-ombre finit par se poser sur le docteur Zadeh.

« Une mort-volante », chuchota-t-elle.

Et l'amnésique, de son perchoir, vit cette chose prendre un virage dans le vent et revenir vers eux.

« Il faut se réfugier dans le bâtiment, souffla-t-il. Là, tout de suite. »

Plus tard, lorsqu'ils eurent raccompagné à la clinique Letty et son amie, qu'ils avaient baptisée Jo, l'amnésique se souvint de ce que Hemu lui avait raconté, un jour. Le Jour Sans Ombre, on avait coutume en Inde de faire voler des cerfs-volants. Une fois passé le moment joyeux de la disparition de l'ombre et de sa réapparition, l'après-midi du festival était consacré aux collations et aux jeux. Le jeu préféré des petits garçons, c'était les cerfs-volants – ou plutôt, les batailles de cerfs-volants. Le gagnant était celui dont le cerf-volant restait le plus longtemps dans le ciel. Dans leur désir effréné de gagner, les garçons enduisaient souvent les ficelles des cerfs-volants de poudre de verre. Ainsi, ils pouvaient scier les ficelles de leurs adversaires lorsque les ailes de tissu se croisaient. Ils allaient même jusqu'à dissimuler des lames de rasoir sur les cadres de bois, de manière à lacérer le cerf-volant du voisin.

Et écoutant Hemu, l'amnésique s'était dit qu'il aurait bien aimé voir une bataille de cerfs-volants. Ce vœu venait d'être exaucé. En un sens. *Était-ce l'œuvre de Hemu ?* La question lui revint souvent dans les mois qui suivirent, chaque fois qu'il vit tourner dans le ciel les morts-volantes. Merveilleuses machines qui s'étaient transformées par accident en pourvoyeuses de meurtre et d'épouvante. Était-ce l'œuvre de Hemu ou d'un autre magicien ?

« Sœur Marie ? »

La voix de Vivi retentit dans le couloir chichement éclairé. L'infirmière, l'amnésique et le docteur se retournèrent. La vieille dame était apparue à l'embrasure de la porte. Il y avait des bougies à chaque angle de mur, mais comme les fenêtres avaient toutes été obturées par des planches à l'époque des émeutes, il régnait dans la clinique une éternelle lumière de crépuscule. Dans cette maigre lueur, Vivi avait l'air encore plus fragile qu'en plein jour.

« Je crois qu'il faut que vous veniez.

— Que se passe-t-il, ma chérie ? »

Sœur Marie s'était levée. Son genou faisait encore des siennes, constata l'amnésique.

« Tout le monde va bien ?

— Oui, tout le monde », répondit Vivi.

Le silence revint. L'amnésique entendit le lourd et las soupir du docteur Zadeh. La vieille dame baissa les yeux.

« Cette fois-ci, c'est Edith. »

Il ne manquait plus qu'un sans-ombre à leur groupe lorsqu'ils furent de nouveau repérés par deux exterminateurs. Le docteur Zadeh avait posé un biscuit devant la pauvre petite chose en haillons qui tremblait au pied du mur de béton, tandis que Michael et Letty la rassuraient à voix basse. Était-ce un homme, une femme ? Un enfant, un vieillard ? L'amnésique ne le sut jamais. La pauvre créature était sur le point de s'emparer du biscuit – une main squelettique, des yeux réduits à une simple fente entre deux pans de tissu crasseux – quand elle disparut soudain dans un tourbillon de vieilles hardes.

« Nom d'un…, gronda le docteur Zadeh, furieux.

— Nom d'un…, comme tu dis, fit une voix derrière eux. Je pourrais en dire autant. Qu'est-ce vous foutez là, nom d'un… »

Ils se retournèrent tous, le cœur battant la chamade. L'amnésique sentit une sueur glacée lui napper la peau. Les intrus étaient deux. Un homme, une femme. En tenue de RoboCop. Des exterminateurs.

« J'ai bien l'impression qu'ils cherchaient à choper le sans-ombre qui vient de se tailler », dit la femme.

Son regard se posa, impavide, sur le docteur Zadeh.

« Ce n'est pas ce que vous croyez… », commença ce dernier.

Le docteur et son équipe essayèrent d'expliquer leur projet. Leurs espoirs. Une guérison de l'Oubli. L'amnésique lut dans le regard des exterminateurs une formidable indifférence. Que le docteur Zadeh sauve les sans-ombre ou qu'il les massacre, c'était, pour eux, sur leur territoire, une perte sèche. Un corps en moins, qui ne leur rapporterait rien.

Le docteur se retourna vers les sans-ombre, leur ordonna de fuir. Le plus vite possible, le plus loin possible. Négocier leur survie avec ces exterminateurs ? Impossible. Ils avaient trop de valeur. L'amnésique entendit des détonations, assourdissantes. Il ne pouvait pas se retourner, accroupi qu'il était devant les deux exterminateurs, les paumes plaquées sur le visage, pour ne pas prendre de coups. Il n'entendit ni cri ni chute de corps.

Sœur Marie, à genoux, implora les exterminateurs d'épargner le docteur.

« Je vous en supplie ! *Je vous en supplie !* »

Mais rien de ce qu'ils pouvaient proposer aux deux bourreaux ne convenait à ces derniers.

Qui tuèrent le docteur Zadeh.

Mahnaz Ahmadi

Smith Tres, le soldat que les Rouges avaient poignardé lors de la dernière tentative d'échange, resta entre la vie et la mort pendant au moins une semaine. La fièvre ne s'était pas emparée de lui, mais le Général s'inquiétait. Tres avait survécu à la première nuit – quel soulagement pour Naz ! Exsangue, les lèvres bleuies par l'hémorragie, il claquait des dents, en hypothermie malgré toutes les couvertures qu'elle avait arrachées à son propre lit et à ceux de tous les soldats sous ses ordres. Ils avaient perdu tant d'hommes, ces derniers temps. Victimes de la guerre, victimes de l'Oubli. Elle avait même, quelques jours plus tôt, aperçu du côté des Rouges un homme qui, un an auparavant, était des leurs. Il avait perdu son ombre, oublié ses compagnons de naguère. Avant l'Oubli, ç'avait été un éclaireur hors pair, comme Tres, d'ailleurs. Ils étaient aussi courageux, aussi téméraires l'un que l'autre. Et l'un comme l'autre, ils avaient failli périr au cours de missions qu'elle leur avait assignées. Supporterait-elle de perdre encore un soldat de son groupe ? Non, sans doute.

Tres enfin tiré d'affaire, restait à savoir qui le

remplacerait pendant sa convalescence. Leur armée se réduisait comme peau de chagrin. Elle avait déjà dû pallier tant bien que mal la perte de son premier éclaireur. Mais deux ! Non, il fallait faire quelque chose.

« Continue. Ne fais pas attention à moi, glapit Ory, couché à terre. Sauve ta peau ! »

Avec un sourd grognement, Vienna, la fille de Malik, passa le bras d'Ory par-dessus sa propre épaule pour essayer de le soulever.

« *Sauve ta peau*, gémit Ory, avec toute l'emphase dont il était capable.

— Vienna, putain ! gronda Naz tandis que la jeune fille éclatait de rire. On n'est pas au cinéma.

— Ahmadi, allez ! »

Ory se releva sur son séant en s'époussetant les genoux.

« Quand tu te feras défoncer la tronche par un Rouge parce que tu n'as pas pris l'entraînement que te prodigue Malik au sérieux, tu rigoleras moins, rétorqua Naz. Quant à toi, ajouta-t-elle en fusillant Vienna du regard, je ne te confierai aucune mission si tu continues à faire l'andouille.

— Non ! Pardon, Ahmadi », s'écria Vienna.

Elle joignit les talons et porta la main à sa tempe. Naz se mordit les lèvres. Surtout, ne rien exprimer de la tristesse qui l'avait envahie. Avec l'Oubli, il était devenu si difficile de donner un âge aux survivants. La faim, les cicatrices, le fardeau des souvenirs qu'on devait porter seul, au lieu de les partager avec les siens. Il lui arrivait d'oublier que Vienna n'était qu'une gamine de seize ou dix-sept ans au plus. Elle semblait plus âgée, en bien des aspects. Le même âge que Rojan. Et elle lui ressemblait tant, parfois, que c'en devenait une blessure.

« Je vais recommencer, lieutenant. Je suis prête. »

Naz détourna le regard. *Non, Vienna n'était pas sa sœur*, se répéta-t-elle pour la énième fois. Rojan, qui avait tenu jusqu'au bout. Pour finir par succomber à la fièvre causée par l'infection de sa plaie. *Vienna n'était pas sa sœur*. Rien à faire, ça ne marchait pas.

« Et toi ? fit-elle à Ory. C'est bon, tu as fini ton numéro ?

— Lieutenant, répondit-il en s'adossant de nouveau à Vienna, si je me fiais aux apparences, je dirais que vous avez une dent contre moi.

— Tu es trop sensible, répliqua-t-elle. Allez, on recommence. »

Ils poursuivirent leur entraînement sous son regard impavide. Lorsqu'elle leur autorisa enfin une pause, après les avoir poussés à bout, Ory l'évita, prenant soin de ne pas lui adresser la parole pendant tout le reste de la soirée. Il n'avait pas apprécié la désinvolture avec laquelle elle avait évacué sa remarque. Elle avait vraiment une dent contre lui. De bonne taille.

Ce en quoi il se trompait. Naz ne lui en voulait absolument pas. Bien au contraire. Elle l'aimait bien, cet Ory, parce qu'il était, comme elle, un proche du Général et de Paul. Et surtout de Paul. Paul lui avait tellement parlé de son meilleur ami Ory, perdu dans la catastrophe. Et d'avoir Ory sous les yeux, si semblable dans son apparence physique, dans son comportement, au portrait qu'en avait dressé Paul, racontant de son point de vue les mêmes histoires que Paul, cela lui donnait l'impression de connaître Ory depuis des années. Comme s'ils avaient été amis, comme si elle l'avait, elle aussi, abandonné sur la montagne.

Lorsque Ory, escorté par Malik, avait retrouvé le Général, ce dernier lui avait expliqué que Paul et lui avaient voulu revenir les chercher, lui et sa femme, Max. Effectivement. Mais ce qu'Imanuel n'avait jamais confié à son ami, c'était qu'une fois leur armée constituée, Paul et lui avaient, disposant enfin des forces nécessaires, décidé de tenter une *seconde* mission de sauvetage.

Si le Général n'en avait rien dit, c'était qu'il avait horreur de parler de ce qui pouvait, de près ou de loin, réveiller les souvenirs des derniers jours de Paul. La douleur était trop profonde. Et cette discrétion convenait à Naz. C'était plus simple, ainsi. C'était elle, Naz, qui aurait dû prendre la tête de la mission qui devait se rendre dans les montagnes de Virginie, à la recherche de cet Orlando Zhang et de sa femme, Maxine Webber, pour les ramener, sains et saufs, à la forteresse.

Ils s'étaient entraînés pendant des semaines. La mission ne concernait qu'un petit nombre de personnes – Naz et une poignée de soldats –, de manière à pouvoir avancer dans la rapidité et la discrétion. Paul et le Général le leur avaient rappelé : lorsqu'ils avaient voulu emprunter eux-mêmes le pont, ils l'avaient trouvé envahi par des hordes de sans-ombre. La traversée était trop risquée, à cette époque. Mais le pont ne s'était pas écroulé et Naz disposait des forces nécessaires. Ça valait le coup d'essayer, maintenant.

Les ordres de Paul à Malik étaient formels : il fallait envoyer les meilleurs soldats. Malik s'obstina : il ne prendrait que des volontaires. Personne ne se dévoua, au début. Lorsque Naz vit passer dans le regard de Paul une lueur de désespoir, elle repensa à leur première rencontre. Il aurait été si facile de les laisser crever, elle et Rojan, dans leur trou, après l'attaque des sans-ombre. Il les avait aidées, ces deux filles qui ne lui étaient rien – lui qui avait déjà charge de tant d'âmes. Il s'était fié à elles, qui auraient pu, qui sait, exagérer la gravité de leurs blessures. Il aurait pu jouer la sécurité de ses propres troupes, les abandonner à leur sort. Si Naz s'était trouvée dans la situation de Paul, elle aurait filé sans même lui présenter des excuses.

Paul, lui, les avait regardées, Naz et sa sœur, droit dans les yeux. Pourtant, elles étaient tellement emmaillotées dans leurs haillons qu'on avait de la peine à remarquer ces yeux sombres, ces nez aquilins, si semblables. Lorsque Malik avait manifesté sa méfiance – « Paul, on ne les ramènera pas à l'Iowa ! » –, Paul avait simplement répondu :

« Merde, Malik. Regarde-les. C'est tout ce que je te demande. Elles sont sœurs, Malik. »

Et Paul avait sauvé Rojan – même s'il ne restait que quelques jours à vivre à la petite sœur.

La situation s'était inversée. Cette fois-ci, tous les soldats présents regardaient Paul et non l'archère. C'était lui, cette fois-ci, qui cherchait de toutes ses forces à sauver la vie de quelqu'un qu'il aimait.

Naz fut la première à lever la main. Sans trembler.

Sauf que cela ne servit à rien. La veille de leur départ, Malik annula la mission. Paul venait de perdre son ombre.

« La mission ne se justifie plus, Ahmadi », déclara Malik le lendemain de cette catastrophe.

Ils se trouvaient dans le couloir qui conduisait à la chambre que partageaient Paul et le Général. Malik avait monté la garde toute la nuit. Si la voix étouffée de Paul avait gardé son calme, de l'autre côté du mur, les sanglots du Général étaient rauques d'épuisement. Il était inconsolable.

« Je n'ose pas bouger d'ici, soupira Malik. Au cas où Paul… J'ai besoin de quelqu'un qui puisse me remplacer pour les expéditions à la bibliothèque. En attendant que le Général retrouve ses esprits. »

Mais le Général ne retrouva pas vraiment ses esprits. L'état de Paul se détériora ; Imanuel se laissa envahir par le chagrin. Malik faisait de son mieux pour le cadrer – et Naz faisait de son mieux pour encadrer l'armée. Peu de temps avant de perdre son ombre, Paul s'était entiché des rumeurs qui couraient sur La Nouvelle-Orléans. Et d'une idée qui lui était venue : et si Celui Qui Rassemble cherchait aussi à rassembler… les livres ? Malik donna à Naz l'ordre de poursuivre la collecte, aussi rapidement que possible. À cette époque, les Rouges n'existaient pas. La bibliothèque était ouverte à tous les vents, ses livres la proie des toiles d'araignées. Ils y avaient bien croisé un ou deux sans-ombre – isolés, des corps errants heureux d'avoir trouvé un endroit sec et chaud. Comme les habitants de l'Iowa, en somme. Ils purent, sous la direction de Naz, récupérer quelques belles prises avant que l'état de Paul ne s'aggrave.

La dernière parole qu'elle put recueillir de ses lèvres concernait Ory.

« Retrouvez-le », suppliait Paul.

En larmes, Naz lui promit de se remettre à sa recherche, tout en sachant la chose impossible. Le lendemain, Paul avait perdu le souvenir de la parole.

Le Général à présent craignait que son mari ne s'enfuie, ne s'égare. Il le fit enfermer dans les étages supérieurs. Il fallait le changer de chambre tous les jours, car, désireux de fuir, il cherchait à tout détruire.

Naz savait que ceux qui perdent leur ombre finissent par oublier, ce qui était déjà assez effroyable. Mais c'était la première fois qu'elle en faisait l'expérience immédiate. Paul devenait autre. Autre chose. Elle n'avait jamais conçu l'Oubli que comme un événement extraordinaire, inexplicable : c'était la seule manière de lui conserver un vague sens. Les derniers jours auprès de cet homme qu'elle avait naguère connu renforcèrent sans aucun doute possible son opinion. Paul, dans son épouvante, accomplit des actes surhumains. Il fit brûler les murs, il transforma les briques en cubes de glace. Certaines parois de couloirs devinrent fines comme le papier, tremblant au moindre courant d'air. D'autres passages donnèrent naissance à des embranchements infinis, à des labyrinthes insensés.

« C'est tout Paul ! Quelle obstination », plaisantait tous les matins un Général quelque peu délirant, lorsque les soldats parvenaient à changer le malade de cellule.

Naz, par compassion, s'efforçait de rire. En vain. Il n'y avait rien de distrayant dans ces déménagements matinaux. Extraire Paul d'une pièce, le piéger dans une autre sans qu'il puisse fuir ou blesser quelqu'un, c'était une atroce corvée. Aucun n'avait le courage de supplier le Général de les en délivrer, de mettre Paul à mort avant qu'il ne soit trop tard. Paul allait tous les mener à la tombe, et ils ne savaient pas comment l'en empêcher.

En fin de compte, la solution ne vint pas d'eux.

Comment le Général avait-il pu, sous couvert de la nuit, tirer Paul de sa nouvelle cellule, lui faire descendre l'escalier et franchir la porte de l'Iowa sans que personne s'en aperçoive ? Paul se souvenait-il encore un petit peu de lui ? Un matin, Malik et Naz découvrirent le Général dans sa chambre, silencieux, les mains et les vêtements couverts de sang séché.

Ils ne lui demandèrent pas ce qu'il avait pu faire. Trop douloureux.

Et ce fut Malik qui, bien plus tard, osa parler de Paul au Général. Il lui demanda le livre de Paul – l'exemplaire qu'ils avaient utilisé pour le mariage et qu'ils avaient rapporté d'Elk Cliffs. L'armée voulait l'ajouter à la collection déjà constituée, avec la permission du Général. Pour honorer la mémoire de Paul.

« Je n'ai pas pu le sauver », murmura le Général d'une voix qui n'était guère plus qu'un souffle, les yeux perdus dans l'infini.

Naz ne comprit jamais exactement le sens de cette réponse.

Elle repensa souvent à ce livre, après cette scène.

Presque tous les jours, en fait. Mais lorsque Ory se joignit à eux, elle se rendit compte qu'elle n'avait jamais pensé aux textes que contenait le recueil. Le livre jusqu'ici n'avait été qu'un objet, qu'elle avait pu remarquer en des temps plus heureux à l'Iowa. Mince volume, papier couleur ivoire, au toucher lisse, couverture bleu marine frappée d'un soleil d'or. Une idée de livre, de même qu'Ory et Max étaient des idées d'amis. Sauf que, tout à coup, Ory, en chair et en os, se trouvait parmi eux. Ory, sans Max. Le Général, sans Paul.

Quelques semaines après que le Général les avait sauvés de son époux, ils purent se détourner assez longtemps de leur chagrin pour se souvenir qu'il existait peut-être un autre exemplaire du livre de Paul dans la bibliothèque qu'ils avaient commencé à piller. Le temps qu'ils puissent réorganiser leurs raids, les Rouges avaient fait leur apparition.

Et c'était la raison pour laquelle Naz gardait ses distances avec Ory. S'il avait vent de cette seconde tentative, peut-être la tiendrait-il pour responsable de la fuite de Max. Accusation injuste, bien sûr, mais que Naz elle-même tenait pour vraie. Si Naz avait pu partir plus tôt pour Elk Cliffs, ils seraient tous les deux à l'Iowa, Max et Ory. Et si Naz avait pu reprendre plus tôt ses raids dans la bibliothèque, ils auraient pu récupérer le livre pour lequel ils déployaient maintenant tant d'efforts.

Ursula est descendue du siège du conducteur puis elle a refermé la portière sans bruit. Il était bien trop tôt pour nous arrêter, d'autant que, n'ayant pas exploré les environs, nous n'avions aucun moyen de savoir si nous étions vraiment seuls. Mais continuer la route… Je ne savais plus lire. Il fallait trouver une idée de génie pour ne pas nous perdre. Et vite.

« Dhuuxo, Intisaar, vous montez la garde. Ys et Lucius, vous prenez Wes et Victor : corvée de bois. Et surtout, qu'aucun de vous ne quitte le camping-car des yeux », a-t-elle commandé.

Elle avait empoigné son fusil avec plus de fermeté que de coutume, comme si le contact du métal lui donnait de la force. Ory, je crois que c'est la première fois que j'ai distingué dans son regard cette espèce de légèreté que je voyais chez les autres membres de notre petite troupe. Zachary lui a posé la main sur l'épaule. Il avait peut-être la même impression que moi.

« Toi, tu restes avec nous », a poursuivi Ursula.

Zachary a rassemblé son matériel. Il avait compris que nous avions besoin de ses services. Qu'il allait devoir fabriquer un signe qui nous permettrait de comprendre sans savoir lire. Il a étalé ses pinceaux et ses tubes sur l'herbe, pour que nous puissions voir les couleurs.

« Zachary, si on reste sur cette très grande route qu'on suit depuis le début, ai-je essayé de lui expliquer en soulignant mes paroles avec des gestes, on arrivera à La Nouvelle-Orléans. »

Je n'avais aucune idée de la manière dont il allait procéder, mais c'était ce qu'il devait nous faire comprendre en image. Une sorte de carte sans mots qui signifiait : on reste sur la route, plein sud, la très grande route, et à la fin, on arrive dans une très grande ville.

C'était en tout cas ce que nous espérions. Qu'elle serait assez vaste, assez remarquable pour attirer notre attention. Nous qui ne pouvions plus déchiffrer les panneaux. De toute façon, si tel n'était pas le cas, à quoi bon s'y arrêter ? N'importe quelle vaste et remarquable ville ferait l'affaire.

Zachary a hoché la tête, lentement. Tous les trois, on a reculé pour mieux voir les grands traits de peinture noire qui recouvraient les flancs du camping-car. Pendant ce temps-là, il réfléchissait à une solution. Nous tirer le portrait, comme il le faisait souvent, c'était une chose. Mais dessiner une ville et surtout nous faire comprendre que tel était notre but et nous indiquer la bonne direction, c'était plus compliqué.

Soudain, il s'est avancé vers le camping-car en fermant l'œil droit, comme s'il prenait une mesure.

« Ursula, ai-je soufflé, il a compris comment faire. »

Je l'avais interrompue dans ses pensées. Elle a levé les yeux. Zachary a caressé la paroi d'aluminium, les paupières plissées. Lorsqu'il a écarté la main, j'ai vu paraître des traînées de couleur – et pourtant, il n'avait pas encore ouvert ses tubes.

« Tu as vu, Ur...

— Oui, a-t-elle répondu à voix basse. Ça fait longtemps qu'il opère de cette façon. »

II

Wes est plus grand, mais Victor est plus fort. Nous avons aidé Zachary à grimper sur ses épaules. Ysabelle est restée près d'eux, le matériel de peinture dans les mains, pour qu'il puisse s'en servir sans redescendre.

« Tu vas tenir ? a demandé Ursula à Victor.

— Ouais. »

Le lion tatoué a enflé sur son biceps.

« De toute façon, il ne pèse rien. »

Il a fallu tout l'après-midi à Zachary pour dessiner son plan. Demain, il mettra les couleurs. Son travail fini, il s'est couché dans l'habitacle du camping-car, à même le sol, épuisé. À peine avait-il fermé les yeux qu'il a sombré dans un profond sommeil.

Moi, c'était tout le contraire. Une fois la nuit tombée, je n'ai pas pu fermer l'œil, même si ce n'était pas mon tour de garde. Je n'ai même pas pu rester dans le camping-car. Quand je suis sortie, vers deux heures du matin, pour rejoindre Lucius à l'endroit où il surveillait les environs, il m'a lancé un regard surpris, et même amusé, mais n'a fait aucun commentaire. Il avait les yeux fixés sur la ligne sombre et lointaine des arbres, attentif aux mouvements. Et moi, je surveillais le camping-car.

Pourvu que ça marche, me suis-je dit. Il faisait trop noir, depuis le coucher du soleil, pour voir ce que représentaient les lignes tracées par Zachary. Mais, assise sur l'herbe, à côté d'un manteau qui appartenait à Lucius, j'ai quand même continué à contempler la forme sombre du camping-car jusqu'à ce que le ciel retrouve de la clarté.

II

J'ai essayé au matin de comprendre ce que Zachary avait dessiné. Les lignes, tracées au crayon, étaient trop fines et la carrosserie trop cabossée pour qu'on reconnaisse quoi que ce soit. D'ailleurs, le dessin n'était peut-être pas fini. Ou ce n'étaient que des indications pour le passage à la couleur.

De l'arrière du camping-car ont surgi Ursula, Dhuuxo et Zachary. Ils marchaient lentement, avec, dans les bras, les pots de peinture qu'ils avaient apportés d'Arlington. Je les ai regardés s'approcher : j'avais une drôle d'impression. Comme si je les connaissais depuis aussi longtemps que toi, Ory. Depuis combien de temps sommes-nous en chemin ? Depuis combien de temps t'ai-je quitté ? J'ai l'impression d'être partie du refuge hier, mais je sais que ce n'est pas vrai. Je sais que j'ai oublié un certain nombre de choses – ne plus savoir lire, c'est une preuve. Combien de jours entre celui-ci et celui où je t'ai vu pour la dernière fois ai-je perdus ?

« Mal dormi ? a demandé Ursula en me voyant.

— Aucun souvenir », ai-je plaisanté.

Ce qui a fait glousser Dhuuxo. Ursula a bien tenté de sourire, mais ça n'a pas duré longtemps.

« Ça va marcher », a-t-elle dit, le visage sérieux.

Elle a posé les pots de peinture par terre et s'est frotté les mains.

« Il le faut. »

J'ai hoché la tête. Il fallait bien croire.

Zachary a préparé ses peintures, puis il a donné à Ysabelle les pinceaux dont il avait besoin. Une fois sur les épaules de Victor, il a lancé un regard à Ursula. La main tendue dans le vide, en attente.

« Bon, a-t-elle dit. On va tous le laisser travailler tranquille. »

D'un pas lent, nous sommes allés attendre de l'autre côté du camping-car. Lucius a fait la sieste à l'ombre, pour rattraper le sommeil perdu pendant son tour de garde. Il avait encore la corde à la cheville. C'est la corde avec laquelle celui ou celle qui veille s'attache. S'il oublie, s'il s'éloigne, la tension de la corde finit par lui rappeler qu'il veut rester près du camping-car et non pas s'en aller. Je me suis assise contre un arbre. Je me suis détendue, au contact de l'écorce qui était rugueuse et fraîche. Dhuuxo et Intisaar étaient assises en tailleur sur l'herbe, plus loin. Elles se parlaient à voix basse. À un moment, j'ai cru voir une nouvelle rose dans la main de Dhuuxo, mais elle a vite disparu. Ursula patrouillait dans les environs, d'un pas lent. Elle cherchait à voir s'il y avait du mouvement, loin.

J'ai entendu un bruit – un objet mou qui s'enfonçait dans les feuilles mortes. Je me suis penchée de l'autre côté du tronc, pour voir ce que c'était. Un loup, petit et maigre, me fixait, la tête inclinée. Ses yeux jaunes ont scintillé. Ils étaient presque lumineux.

Nous nous sommes regardés pendant un moment, sans bouger.

« Nous sommes trop nombreux pour que vous m'attaquiez, ai-je fini par l'avertir.

— Je sais », a-t-il répondu, tout simplement.

Très bien, dans ce cas. Je me suis réinstallée contre l'arbre.

Nous avons regardé le camping-car, tous les deux. Entre le sol et le bas du véhicule, je voyais les pieds de Victor et ceux d'Ysabelle. Ils étaient de l'autre côté du camping-car. J'ai entendu un autre bruit dans les arbres. Ce devait être le reste de la meute. Ils attendaient que le loup revienne, une fois sa curiosité satisfaite, pour repartir avec lui.

« Vous vous construisez une tanière ? a demandé le loup.

— En un sens. Mais quand on aura fini, on la transportera ailleurs.

— Une tanière qui bouge, fit le loup, songeur. Ça m'intéresse, ça.

— La vôtre est dans les environs ?

— Non, pas du tout. Mais c'est bien, ici. Beaucoup moins d'humains ici que là où nous sommes installés, surtout si vous repartez. »

Ce qui m'a fait dresser l'oreille. Je me suis accroupie contre le tronc, tête penchée. Où était passée Ursula ?

« Vous avez vu d'autres humains, ces derniers temps ?

— Oui, par là, là où la brise chaude croise la

troisième brise froide », a répondu le loup en se servant de ses oreilles pour m'indiquer la direction.

Elles pivotaient sur le haut de son crâne. Et sa tête, elle, restait immobile.

Je ne savais pas à quoi correspondaient les brises, mais ça ne devait pas être bien loin d'ici. Dix, quinze kilomètres ? À portée de loup.

« Ces humains, ils portaient des vêtements blancs ?

— Blancs ? C'est-à-dire ? » a répondu le loup.

J'ai regardé autour de moi : que du vert et du marron.

« Ah ! Comme la neige. Est-ce qu'ils avaient l'air couverts de neige ? »

Le loup a secoué le museau.

« Non. Ils vous ressemblaient, en fait. »

Il a levé une de ses pattes avant d'un geste précautionneux et l'a tendue, jusqu'à ce qu'apparaisse, dans l'herbe, devant son poitrail, une réplique sombre et délicate de sa forme.

D'autres sans-ombre. Des égarés ? Ou bien, comme nous, avaient-ils un but ?

« Au début, il y en avait pas mal, a poursuivi le loup. Mais ils se sont tous séparés. Ils sont allés dans tous les sens. Drôle de manière de voyager. Je ne sais pas pourquoi ils ne se déplacent pas en meute. C'est mieux d'être ensemble que seul. Nous autres loups, nous le savons bien.

— Et près d'ici, il y en a ? C'est une question importante.

— Un seul, et deux autres par là. »

Il m'a indiqué une autre direction avec ses oreilles, en les tordant sur le côté.

« Vous voulez les faire venir dans votre meute ?
— Non. On préfère les éviter.
— Si vous restez encore quelques heures par ici, vous ne croiserez pas leur chemin.
— Vous êtes sûr ? »
Le loup a hérissé le poil, comme pour dire *Bien sûr que je suis sûr.*
J'ai hoché la tête. Le loup s'est approché d'un pas ou deux pour mieux me flairer. Puis il s'est rassis.
« C'est gentil à vous de nous raconter tout ça », lui ai-je dit.
Le loup a haussé les épaules.
« Quand les autres seront partis, vous allez vraiment déménager votre tanière ?
— Demain dès l'aube. »
Il fallait que Zachary finisse de peindre sa carte et que la peinture sèche pendant la nuit.
« Et vous, vous allez construire la vôtre ici, quand nous serons partis ?
— J'y songe, a répondu le loup, perdu dans ses pensées. J'y songe très sérieusement. »
Puis il a plissé ses yeux aux iris liquides et m'a de nouveau regardée.
« Je crois que c'est la première fois que je discute avec un humain.
— Et merde, ai-je dit.
— Mais non, a dit le loup. Je l'aurais senti. »
Ory, voilà que ça revient. Le cerf, le manche du couteau, ton alliance, et maintenant ce loup. Et zut ! Je fais tout ce que je peux pour m'en empêcher. Mais ça ne marche pas à tous les coups.

« J'ai oublié quelque chose », ai-je voulu expliquer au loup.

À présent la perspective d'avoir oublié toutes ces choses me terrifie, mais je ne sais pas ce que j'ai oublié. J'espère que tu vas bien, Ory. Et que tu resteras sain et sauf, jusqu'à ce que nous arrivions à La Nouvelle-Orléans.

« Sauriez-vous par hasard si nous allons dans la bonne direction ? ai-je demandé au loup.

— Quelle direction ?

— La Nouvelle-Orléans. C'est une… une immense tanière avec des milliers de gens.

— Je ne sais pas. »

Sa fourrure s'est hérissée.

« Nous ne connaissons pas les noms que les humains donnent à leurs tanières, vous savez. Nous les identifions grâce à leurs odeurs. Vous ne savez pas ce que sent cette tanière, j'imagine ?

— Non.

— Désolé, dans ce cas.

— Pas de problème. »

J'ai voulu sourire. Le loup s'est retourné vers le camping-car. Le soleil avait couché son ombre de canidé poilu sur l'herbe, devant moi, vers moi – elle était si proche que j'aurais pu lui caresser les oreilles, qu'elle avait aplaties et sombres. Et l'herbe sous elle ondulait dans la brise, en avant, en arrière, et l'ombre, elle, restait parfaitement immobile.

« Oh, a soudain dit le loup. Il faut que j'y aille. Un lièvre.

— Euh, ai-je bafouillé. Eh bien… Bonne chance.

— Ne demandez jamais votre chemin aux

moineaux, a ajouté le loup en filant. Ce sont des menteurs. »

II

Enfin, alors que le soleil déclinait, Zachary a fait sa réapparition de notre côté du camping-car, les mains barbouillées jusqu'aux poignets. Il nous a adressé un signe de la tête, épuisé. Il avait fini. La nouvelle carte était finie. Nous sommes allés la voir du pas le plus lent possible, pour ne pas trébucher, tant nous étions excités.

Ory, qu'est-ce que c'était beau ! J'aurais voulu que tu sois là pour la voir. Sur tout le côté du camping-car – là où Ursula avait écrit autrefois ces mots que nous ne pouvions plus lire – sur tout le flanc du camping-car, du toit au passage de roue, recouvrant ces lettres qui ne servaient plus à rien, Zachary avait peint une énorme fresque. Elle nous représente tous les neuf. Nous sommes dans le camping-car, qui circule sur une grande route avec plusieurs voies. Il se dirige vers une ville qu'on distingue au loin. Mais l'idée de génie de Zachary, c'est cela : il a trouvé le moyen de nous faire comprendre que nous devions toujours rouler vers le sud, sans panneaux, sans carte, sans personne pour nous montrer le chemin. Il nous a représentés le soir, manifestement, au coucher du soleil. Le ciel n'est que nuances d'orange et de jaunes, avec toute une bande au sommet violet sombre, presque noir. Le soleil est en train de se coucher à la droite du camping-car ; on ne voit plus que sa moitié supérieure. Et l'ombre du camping-car – il a peint une ombre magnifique, Ory – s'allonge vers la gauche.

Ce n'était peut-être pas approprié, mais j'ai pris Zachary dans mes bras, avec tous les autres plantés devant la fresque. Nous allons y arriver, Ory. À La Nouvelle-Orléans. Même si nous ne pouvons plus lire les panneaux, ni même distinguer les routes. En dépit de ce qui peut arriver à nos mémoires, nous ne pouvons plus nous tromper sur la direction à prendre, maintenant.

Orlando Zhang

L'armée effectua huit nouveaux échanges. Récupéra six livres, que des daubes, estima Imanuel. Ce n'était pas ce dont ils avaient besoin. Des cours de médecine, des manuels techniques, pourtant, se disait Ory, voilà qui pouvait servir, bien plus que tout le reste. Ils avaient non seulement des ombres, mais aussi du savoir, des références utiles. Imanuel secouait la tête. Lui, il voulait des romans, des recueils de nouvelles, des biographies, des livres d'histoire, des mémoires. Et le livre de Paul, bien sûr. Ils se rendirent au neuvième échange.

« Tenez bon ! » hurla Ahmadi tandis que les Rouges se faufilaient entre les soldats de l'Iowa.

Ils venaient d'entrer dans la cour de la forteresse du Rougeroi au coude à coude, ce qui n'était pas chose facile, avec les Rouges, pour protéger les provisions emportées en guise de monnaie d'échange. Les dernières semaines, les échanges s'étaient bien passés. Cette fois-ci, pourtant, quelque chose clochait. Mais quoi ? Ory fouilla du regard la scène chaotique qu'il avait sous les yeux. Rien ne sortait de l'ordinaire.

« Malik, qu'est-ce qui se passe ? demanda Ahmadi.

— Je ne sais pas, Ahmadi. Ce qui est sûr, c'est qu'ils sont particulièrement agités. On serre les rangs.

— On serre les rangs, confirma Ahmadi en retour d'une voix forte.

— Ahmadi. »

Ory était arrivé à hauteur de l'archère.

« Je vais essayer un truc, lui chuchota-t-il.

— Hors de question.

— Fais-moi confiance.

— Tu n'as pas assez d'expérience, gronda-t-elle. Ne fous pas ta merde.

— Je ne foutrai pas ma merde, dit Ory.

— Très bien, tu t'abstiens, dans ce cas », siffla-t-elle en faisant reculer un Rouge.

Ory cependant avait déjà contourné les rangs de ceux de l'Iowa pour s'approcher de l'entrée de la bibliothèque, de laquelle s'échappait une avalanche de Rouges. Il n'avait qu'une batte à la main, ce qui le rendait presque invisible dans la foule. Son ombre ondoyait le long des quelques marches du parvis de béton.

Un curieux gémissement résonnait dans les profondeurs du bâtiment. Étouffé, mais plus distinct à mesure qu'Ory avançait. Chaque fois qu'un Rouge remarquait sa présence, Ory feignait l'essoufflement ou l'effroi et, courbé sur les marches, attendait de reprendre le contrôle de ses nerfs. Ahmadi les frappait à coups de crosse pour détourner leur attention et les ramener au chaos. Ory avait eu droit à un regard assassin – après tout, il lui avait désobéi –, mais elle ne pouvait guère plus que lui souhaiter le succès.

L'intérieur de la bâtisse sentait l'humidité et le

renfermé, ce qu'il constata lorsqu'il fut parvenu devant la porte. Les vitres étaient barbouillées d'une peinture rouge qui semblait noire en contre-jour ; elles ne laissaient presque rien passer de la lumière grisâtre et nuageuse du dehors. À l'intérieur, une foule encore plus compacte aux mouvements spasmodiques, surexcités.

Une silhouette massive franchit alors le seuil, obscurcissant toute lumière. Ory comprit avec un long frisson qu'il venait de voir le Rougeroi en ombre chinoise.

La plainte se fit de nouveau entendre. L'énorme masse cramoisie du Rougeroi se précipita dans la direction du son.

Pour se redresser, pour regarder à l'intérieur, Ory ne disposait que de quelques secondes.

Par pitié épargnez-moi, pria-t-il muettement en se penchant vers l'avant. *Par pitié. Ne me tuez pas.*

Il s'était attendu à avoir une bibliothèque sous les yeux. Il lui fallut un moment avant de comprendre ce que contenait réellement cette pièce. Les Rouges l'avaient presque entièrement dégagée en poussant les rayonnages vers les murs extérieurs. Parfois c'était par couches de cinq ou six. Parfois une seule. Certaines étagères, vidées, retournées, transformées, servaient de tables ou de placards. Le sol était jonché de pages solitaires, lesquelles, ayant perdu depuis longtemps leur livre d'origine, avaient été piétinées à d'innombrables reprises. Cependant, la plupart des rayonnages semblaient avoir été préservés ; des ouvrages s'y alignaient encore par centaines.

Au centre de la bibliothèque s'étalait tout un

camp de réfugiés – petits amas de couvertures et de boules de tissus disséminés sur le sol. Ory distinguait à peine dans l'obscurité ambiante le Rougeroi accroupi devant une femme. Laquelle, couchée, eut un spasme involontaire. Puis elle ouvrit les yeux et le regarda droit dans les yeux, par-delà la porte grande ouverte. Son ventre était si gonflé qu'on aurait dit qu'il allait engouffrer le reste de son corps.

Un bébé, se dit Ory, juste avant que deux Rouges ne l'empoignent de leurs mains cramoisies et ne le repoussent dans la foule déchaînée.

« C'est trop risqué, dit Malik.

— Nous n'avons pas le choix, dit Imanuel.

— L'un de nous peut toujours se faire passer pour toi.

— Pour effectuer un accouchement à haut risque ? Il y avait une spécialisation obstétrique pour les policiers de Washington ? Si ça tourne mal, le Rougeroi fera tout cramer.

— Tu n'as qu'à m'apprendre comment on fait, dans ce cas. Une formation rapide, et j'irai, insista Malik.

— Le problème, c'est que nous n'avons pas quatre ans devant nous, Malik, mais quatre heures, vu ce qu'Ory nous a dit de l'état de la mère. Et même moins, si ça se trouve. Non, Malik. J'ai accouché des centaines de gosses. C'est à moi d'y aller. »

Il serra le poing.

« C'est une incroyable chance. Si ça marche, ce sera l'occasion ou jamais de pouvoir entrer dans la bibliothèque pour retrouver le livre de Paul.

— Tu crois vraiment que le Rougeroi nous laissera choisir un livre, même pour sa… femme, ou ce qu'elle est pour lui ? » demanda Ory.

Ahmadi le fixait par-dessus la table de réunion. C'était la première fois qu'ils échangeaient un regard depuis qu'il avait défié ses ordres en connaissance de cause.

Les regards ne tuent pas, songea-t-il.

Il baissa la tête au bout de deux secondes et s'absorba dans la contemplation de ses paumes. La culpabilité qu'il ressentait après leur anicroche le surprit. Il la connaissait, cette sensation – douloureuse habitude. C'était celle qui l'envahissait autrefois quand il se disputait avec Max.

« Dans le cas qui nous intéresse, oui, finit par déclarer Imanuel.

— Quoi qu'il en soit, reprit Malik, il est hors de question que tu y ailles seul.

— Tu crois que le Rougeroi laisserait entrer un bataillon, les armes à la main ? Tu plaisantes.

— Il le faudra bien, s'il veut sauver la vie de cette femme et de ce bébé », insista Ahmadi.

Ory eut une vision fugitive : le visage de la Rouge, lacéré par la douleur. Savait-elle encore ce qu'était un bébé ? Et à quoi pourrait ressembler la vie d'un enfant dans cet antre rouge ? Que ressentirait-il lorsqu'on l'enduirait pour la première fois de peinture rouge, qu'on teindrait d'écarlate le doux duvet de son crâne ?

« Sinon, il mettra le feu à la moitié de la bibliothèque, soupira Imanuel.

— Ça ne se discute pas, les interrompit Malik. Je

ne permettrai pas que notre Général puisse faire une incursion en terrain ennemi sans renforts ni armes.

— Ce ne sont pas nos ennemis, murmura Imanuel. Ils ont oublié, c'est tout. »

Malik enfouit son visage dans ses mains avec un lourd soupir. Ahmadi semblait tout aussi lasse. Au bout de presque une heure de palabres, ils n'avaient toujours pas réussi à se mettre d'accord.

« Je suis le seul ici à être entré chez les Rouges, poursuivit Imanuel. Je me suis plongé dans ce bain d'acide et j'en suis ressorti vivant.

— Mais c'était il y a au moins un an, objecta Ahmadi. Le Rougeroi venait tout juste d'arriver. Depuis, son armée a doublé. Et sa température était si élevée, disais-tu, qu'il était au bord du délire. Il ne se souviendra peut-être même pas de toi.

— Mais si, répondit Imanuel.

— Général, fit-elle, votre détermination est admirable. Mais ce n'est pas une raison suffisante pour entreprendre une mission qui tient du suicide. Même si vous êtes le seul d'entre nous qui détienne les qualifications nécessaires. Notre armée ne fonctionne pas à l'émotion. Il me faut de la stratégie. Il me faut un argument tactique. Pourquoi y aller seul ?

— Un argument tactique ? D'accord. »

Imanuel se tourna vers Ahmadi.

« La Nouvelle-Orléans. Dès demain. »

Ory était pétrifié.

La Nouvelle-Orléans.

Malik et Ahmadi échangèrent un regard par-dessus la table, à l'affût chacun de la réaction de l'autre. Ils dégageaient tous les deux une excitation si frémissante, si contagieuse, si puissante qu'Ory en eut le souffle coupé.

Ce fut Malik qui parla le premier.

« Tu veux rire ?

— Non. Si cette femme est déjà en train d'accoucher, ce qui est vraisemblable, au vu de la description qu'en a donnée Ory, nous ne pouvons pas nous permettre de mobiliser des hommes pour une escorte. Le fait est que vous allez avoir besoin de toute notre troupe pour préparer notre départ avant que je revienne avec ce putain de bouquin. »

Malik et Ahmadi avaient l'air en lévitation. Ory avait du mal à faire entrer l'air dans ses poumons. *La Nouvelle-Orléans*. Enfin, enfin. Imanuel allait lui prêter ses deux soldats pour deux semaines. Il allait pouvoir reprendre sa quête. Il allait… Non. Inutile de penser à la suite. Soit il trouvait Max, soit il continuait à la chercher. Il n'y avait pas de troisième solution.

« Malik, fit le Général, au travail. Tu donnes les ordres. Début des opérations, maintenant.

— Oui, mon Général. »

Malik se leva et adressa un ardent salut à son chef.

Ahmadi avait posé la main sur le bras du Général.

« Tu es sûr ? fit-elle, tandis que Malik se ruait pratiquement hors de la pièce.

— C'est le moment », répondit le Général.

Il posa la main sur celle de la jeune femme, la tapota, rassurant.

« Tu me laisses un moment en tête à tête avec Ory ? »

Elle hocha la tête, comme dans un rêve et ferma la porte en sortant.

« Tu... »

Ory ne finit pas sa phrase. Les deux hommes étaient seuls maintenant. Ory contourna la table pour rejoindre son ami. Il aurait préféré ne rien dire, de peur qu'Imanuel pense qu'il ne lui faisait pas entièrement confiance. Mais il fallait dissiper les doutes.

« Tu as toujours l'intention de...

— À une seule condition, répondit Imanuel.

— Tu peux tout me demander.

— Cette fois-ci, hors de question de désobéir à Ahmadi, fit Imanuel en croisant les bras. Interdiction formelle de me suivre. »

Déclaration qui prit Ory par surprise. Imanuel s'attendait à ce qu'Ory essaie de s'introduire, lui aussi, dans le territoire du Rougeroi : rien d'étonnant à cela. Le détail surprenant était ailleurs : Ory aurait pu filer chez l'ennemi sans attirer l'attention des soldats de l'Iowa. Mais Imanuel ne voulait pas de son aide.

« Où est le problème, si je suis seul à te couvrir ? demanda Ory. Une personne en plus ou en moins pour les préparatifs, ce n'est rien. Mais là-bas, tu ne seras pas seul.

— Je ne te donnerai aucune explication. Je ne te demande que ton accord. »

Et son visage revêtit la même expression de terreur que lorsque Ory, le premier jour, avait voulu suivre Malik et Ahmadi chez les Rouges, pour un échange.

« Imanuel. »

Ory s'avança d'un pas vers son ami. Qui sursauta, visiblement. *Que craint-il ? De me perdre, après avoir déjà perdu Paul ?* se demanda Ory. Qu'avait donc fait le Rougeroi à Imanuel, aux soldats de l'Iowa ? Que leur avait-il fait subir dont ils ne pouvaient se venger de même manière ?

« Imanuel, je ne suis pas un de tes soldats. Je suis ton ami.

— Ça ne se discute pas, trancha Imanuel. Si tu veux que je t'aide à retrouver Max, il faut que tu t'engages à suivre les ordres d'Ahmadi et à lui rendre compte de tes faits et gestes. Sinon, je ne te prêterai pas tes deux soldats. C'est ça ou rien. »

Ory le regarda très longuement.

« D'accord », finit-il par dire.

Imanuel s'en fut préparer ses instruments. Ory, lui, partit chercher son armure dans la pièce qui leur servait de baraquement. Les autres soldats étaient déjà dans la grande salle, amassés devant Malik.

« Tu reviens dans cinq minutes », ordonna Ahmadi au jeune homme lorsqu'elle le vit passer.

Sans ralentir, il la salua.

Une fois au baraquement, il passa ses quelques possessions en revue, au cas où il n'aurait pas le temps de rentrer après avoir reçu ses deux soldats. Il contempla de nouveau le portrait de Max, dissimulé dans un des compartiments de son portefeuille. À l'étage inférieur retentirent des cris de joie. Il se pencha vers le portrait, pour en étudier tous les détails dans la chiche lumière de l'Iowa.

Oh, si elle avait été là, avec eux. Tout ce qui était arrivé ces derniers temps lui donnerait matière à réflexion. Les retrouvailles avec Imanuel, ce qu'était devenu Washington, le Rougeroi, la mission d'Imanuel – échanger un accouchement réussi contre le dernier souvenir de son défunt mari, enfermé sous une couverture de papier bleu. Ory savait exactement ce qu'elle lui demanderait dès qu'ils pourraient discuter seuls. C'était la question qu'il lui aurait lui-même posée :

« *Le bébé, tu crois qu'il va naître sans ombre ?* »

Il a fait si chaud aujourd'hui, Ory. Le soleil a brillé toute la journée sur nous, dans un ciel sans nuages. À l'intérieur du camping-car, tout brillait. Et brûlait : il ne fallait pas approcher la peau de ces surfaces.

« Allez, juste une minute », a supplié Ysabelle.

Elle ne supportait plus la chaleur.

J'ai lancé un regard excédé à Ursula, qui m'a répondu d'une grimace qui me rappelait les tiennes, quand tu es inquiet ou pas content. Elle n'avait pas plus envie de s'arrêter que moi.

« On avance bien, lui ai-je répondu.

— On n'avancera plus du tout si le moteur chauffe », a répliqué Victor.

Il avait les traits terriblement tirés. Ursula aussi l'a remarqué – avant de se concentrer sur la route.

« Tu sauras encore le réparer, si ça arrive ? a-t-elle demandé à voix basse.

— Non, a reconnu Victor.

— Dans ce cas, pause, a dit Ursula. Deux heures. »

Juste devant nous, il y avait un croisement avec un chemin de terre. Nous nous y sommes engagés. Quel soulagement, lorsque le camping-car s'est faufilé entre les arbres – de l'ombre, pour la première fois de la journée. Nous nous sommes garés dans une clairière, au bas de l'embranchement.

« Je me charge de monter la garde », ai-je proposé.

Ursula m'a adressé un signe de tête reconnaissant avant de se diriger vers le capot de notre véhicule en compagnie de Victor. Ils ont soulevé le capot pour faire refroidir le moteur. La vapeur les a engouffrés au moment où elle installait la barre.

« Wes », s'est écriée Intisaar à notre compagnon qui commençait à s'écarter.

Puis elle m'a regardée avec un léger haussement d'épaules qui voulait dire : *Je reviens tout de suite*. Ils ont disparu derrière un arbre.

J'ai attendu. Ils ne sont pas revenus.

— Ursula ?

Je voulais l'alerter. Penchée sur le capot, elle a relevé sa tête de velours. On y voyait déjà comme des plumes, les mèches de ses cheveux qui repoussaient. C'est alors qu'Intisaar a poussé un cri. Et Dhuuxo, en écho :

« Inti ! »

On s'est tous mis à courir vers les arbres. Et on a compris ce qui l'avait fait hurler.

« Oh, regardez ! » criait Intisaar, plus bas sur la pente.

Wes courait déjà.

Ory, c'était un don de Dieu. L'eau sombre et transparente, les rayons du soleil à sa surface, les arbres de tous les côtés. C'était notre lac à nous. Notre propriété privée.

« Le premier arrivé », a crié à son tour Lucius.

Il est parti au trot avant que Victor puisse répondre.

« Elle est si claire, a chuchoté Ursula, à mon côté. Quelle splendeur. »

Ils me dépassaient de tous les côtés, pour se précipiter vers le lac. Moi, pendant un moment, j'ai ressenti une sorte d'inquiétude, au fond de mon âme. Le lac avait quelque chose de mauvais. J'avais oublié quoi exactement. Victor a plongé dans l'eau. Quand il est revenu à la surface, il riait. Le soleil scintillait sur les vaguelettes.

Puis mon inquiétude a disparu. J'ai souri, j'ai dévalé la pente, pour les rejoindre au bord de l'eau.

II

Ils nous ont suivis pendant des heures après cette pause.

Ursula conduisait, comme d'habitude, et je m'étais installée sur le siège du passager avant, la carte à la main. J'ai oublié comment m'en servir, je sais, mais j'aimais bien l'avoir sur les genoux. Ça me donnait une impression de sécurité, d'une certaine façon. Comme si j'étais encore capable de nous guider jusqu'à La Nouvelle-Orléans. L'après-midi était bien entamé, mais il faisait toujours aussi chaud et j'avais mis ma main en visière sur mon front, pour me protéger de la lumière aveuglante, les épaules collées au dossier. Quand le camping-car roulait sur les nids-de-poule, les clefs de voiture cliquetaient.

« Tu as entendu ? m'a demandé Ursula. On dirait des moteurs.

— Quoi ? »

J'ai relevé la tête, les paupières plissées. Le soleil

était si fort, le monde si plat. La lumière semblait se réfléchir sur la terre, comme sur un miroir. Au début, je n'ai rien vu.

Puis une jeep décapotée a surgi devant le capot.

« Tous à plat ventre », a hurlé Ursula.

Quand elle a appuyé sur le frein, le camping-car s'est cabré sous nos pieds. J'ai poussé un cri ; les pneus ont crissé. Ory, soudain, nous étions encerclés. Soit ils étaient restés dans notre angle mort, soit ils nous avaient tendu une embuscade et s'étaient cachés dans des fossés, ou je ne sais quoi.

« Il y en a partout ! ai-je crié à Ursula.

— Ils sont combien ? a-t-elle braillé en retour.

— Je ne sais pas ! »

J'ai essayé de compter.

« Cinq véhicules, au moins.

— Sept, a corrigé Lucius. Non, huit.

— Dhuuxo, prends le fusil », a crié Intisaar.

Une jeep poussiéreuse nous a frôlés en crissant des pneus. Un objet a fracassé la vitre de mon côté. J'avais des bouts de verre partout.

« Putain, a grondé Ursula tandis que je baissais la tête, les mains sur le visage, pour me protéger des éclats.

— Accélère ! » a gémi Intisaar.

J'ai regardé le conducteur de la jeep.

« Sans ombre », m'a-t-il dit, par la fenêtre brisée.

Il a tendu la main vers moi, comme s'il pouvait me toucher. J'étais morte de peur – mais les sombres contours de l'ombre de son bras me fascinaient. Il le tenait au-dessus du sol brun clair, entre nos deux véhicules ; l'ombre ondoyait à cause de la vitesse. J'ai entendu des détonations de l'autre côté du camping-car – Dhuuxo ; puis des cris et des jurons. Elle a brandi le fusil d'Ursula, triomphante, et a désigné la fenêtre grande ouverte.

« J'en ai eu deux.

— Fonce », a dit un homme sur une moto – leur chef, apparemment.

Le méchant qui roulait de mon côté s'est collé contre nous pour nous donner des coups de boutoir. Derrière moi, Ysabelle et Victor se sont mis à hurler. Ils essayaient de garder leur équilibre, pour se défendre. Mais la jeep nous a de nouveau percutés sur le flanc. Ils se sont affalés dans un recoin de l'habitacle en un chaos de bras et de jambes emmêlés.

« J'en tiens une », a hurlé le bandit de la jeep.

Il a repassé le bras par la fenêtre pour m'attraper.

« Non ! »

J'ai essayé de le frapper au visage. Mais sa poigne s'est refermée sur mon bras, juste au-dessus de mon poignet. Des doigts de fer.

« Ursula », ai-je hurlé.

Puis :

« Ory ! »

Entre les deux véhicules, sur la surface couleur de sable de l'accotement, il y avait l'ombre de son bras qui tirait, tirait, tirait… sur rien.

« Il faut arrêter ce type ! » hurlait Ursula.

Elle s'est emparée du fusil que Dhuuxo avait laissé tomber lorsqu'elle avait trébuché. Mais le camping-car a fait une embardée et elle a dû reprendre le volant.

Je me suis sentie soulevée de mon siège et tirée par la fenêtre. Et c'est là que j'ai enfin remarqué la manière dont l'homme était habillé. Plusieurs couches, pour se protéger du soleil, de la chaleur. Et chaque vêtement, de la tête aux pieds, d'un blanc pur, spectral.

Juste avant que le type ne m'assomme de la crosse de son arme, j'ai eu le temps de hurler :

« C'est Transcendance ! »

II

Ça va, Ory. Ça peut encore aller. Jusqu'ici.

J'espère que je ne parle pas trop bas pour le micro. Ton appareil est caché sous ma chemise. J'ai relevé le col devant mon visage pour pouvoir parler sans être vue. Peut-être que les gardes s'en fichent, mais je ne veux pas prendre de risque. Je ne sais pas ce que je ferais s'ils me le prenaient. Si je ne pouvais plus te parler. C'est pour toi que je ne laisse pas tout tomber.

Même si c'est bien enregistré, tu dois te demander de quoi je parle. Ce qui se passe. C'est normal. Moi, je commence tout juste à comprendre.

Quand je me suis réveillée, il n'y avait ni bruit ni lumière. Mais quelque chose qui flottait devant moi. Un visage dont seuls les yeux étaient visibles. Le reste était caché sous un voile de gaze blanche. Une voix inconnue me parlait tout doucement. Elle essayait de me faire revenir à la conscience. J'ai senti qu'on me touchait la tête, à l'endroit où j'avais mal.

« Arrêtez, j'ai dit.

— Il faut que je fasse un point de compression.

— Elle vous a dit d'arrêter. »

C'était la voix d'Ursula, juste derrière moi.

« Ursula », j'ai dit.

Elle m'a serrée par les épaules. Pour me faire comprendre qu'elle était bien là.

J'ai commencé à y voir plus clair. Nous étions tous ensemble, Dieu soit loué. Tous vivants. Pas de blessés graves.

« Arrêtez, ça suffit », j'ai répété en repoussant la main de la personne qui me touchait.

Nous n'étions pas ligotés.

Le visage voilé de blanc s'est penché sur le carré de tissu qui avait été pressé sur mon crâne. La petite tache rouge était déjà sèche.

« Parfait ! »

C'était une voix de femme.

« Qu'attendez-vous de nous ? » a demandé Ursula.

La femme en blanc a posé le carré de tissu avant de passer les mains à travers les barreaux. *Les barreaux*. J'ai découvert que nous nous trouvions dans une salle immense, une vraie grotte. Vu l'aspect des murs, ce devait être la partie centrale d'une église, même s'il n'y figurait plus un seul accessoire religieux. Les murs de briques étaient encore debout, et les fenêtres, de même qu'une nouvelle construction. Une seule : une énorme cage aux barreaux de fer, posée au centre de la salle. Et nous étions tous dedans.

« Je suis profondément désolée du traitement que vous avez subi. Ils n'auraient pas dû, a déclaré la femme, comme si Ursula ne lui avait rien demandé. C'est l'excitation d'avoir trouvé un groupe aussi nombreux.

— Nous sommes vos prisonniers ? » a demandé Lucius.

La tête me tournait.

« Mais bien sûr que non, a répondu la femme, énergiquement.

— Donc, nous pouvons partir », a dit Ursula.

La femme s'est trémoussée.

« Nous espérons que vous n'en aurez pas envie.

— Donc, nous sommes prisonniers.

— Vous êtes des invités de marque. »

Elle a souri sous son voile, la main tendue vers les barreaux.

« Je sais que ce n'est pas l'impression que ça donne, mais cette cage est une protection, et non pas une prison. Dans cette région, les indemnes sont tellement violents… Nous voulons vous protéger de ces gens. Nous voulons vous aider. Vraiment. »

Je lui ai lancé un bref coup d'œil. Elle avait une ombre.

« Et vous voulez aider des sans-ombre ? j'ai demandé, méfiante.

— Demandez ce que vous voulez. N'importe quoi. On se débrouillera pour vous l'avoir.

— Nous voulons repartir », a dit Ursula.

Victor s'est levé, imité par Wes et Lucius. Avant qu'ils puissent tendre les bras vers la femme, une porte s'est ouverte derrière elle. Cinq autres personnes en blanc se sont disposées dans la salle, autour de la cage. Des gardes.

« Des invités de marque ? a repris Ursula, sarcastique.

— C'est toujours la manière dont les gens réagissent, a dit la femme en blanc avec un sourire si bienveillant que j'en ai eu le frisson. Vous verrez, je vous le promets. »

Mahnaz Ahmadi

Naz remonta lentement jusqu'au parvis de l'Iowa. Ory et Malik s'y trouvaient en compagnie du Général. Le ciel au-dessus de leurs têtes commençait tout juste à s'illuminer – ce n'était pas le rose pêche chaleureux de certaines aubes, mais un bleu foncé écrasant, hivernal, strié de gris et d'un crachin glacial.

« Quelle belle journée pour cette mission, la plus importante de toutes », soupira le Général.

Il désigna le ciel d'un grand geste tandis qu'Ahmadi se joignait aux trois hommes, et leva le pied de quelques centimètres au-dessus du sol.

« Il fait si sombre qu'on pourrait nous prendre pour des Rouges. »

Naz sourit, en dépit de la gravité du moment. Il régnait ce matin-là une de ces lumières d'orage qui illuminent les contours des paysages mais qui, par leur absence de vitalité, semblent chasser les ombres, les confinant aux recoins les plus profonds, les plus inaccessibles du monde. Duquel semblait ne subsister qu'une version à deux dimensions.

« Prêt, Imanuel ? demanda Ory.

— Je suis toujours prêt », répondit le Général, sans réfléchir, avant de faire la grimace.

Saisis d'étonnement devant le souvenir qui leur était revenu, les deux hommes esquissèrent un sourire doux-amer. « Je suis toujours prêt » : c'était ce que disait toujours Paul.

Naz baissa les yeux. Quelle plaie, ces moments. Ces souvenirs si tristes. En des temps meilleurs, elle avait entendu Paul prononcer ces quatre mots, autour du feu, à l'Iowa, avec tous les autres. En général, c'était pour pimenter une anecdote de son enfance, mettant en scène un Ory très prudent asticoté par un Paul « toujours prêt » aux bêtises. Puis l'histoire s'était répétée quand Ory avait rencontré Max. Max aussi avait été « toujours prête » : quand Ory, par inadvertance, lui avait fait une proposition trop prématurée, alors qu'ils dînaient en tête à tête ; quand ils étaient allés faire du saut en chute libre ; et la première fois où ils avaient, en tremblant, abordé la question des enfants. Le jour fatidique du match, lorsque Ory lui avait proposé de quitter le stade en cours de route pour aller dîner quelque part, c'était également la réponse que Max lui avait faite. Ce qui faisait dire à Paul qu'elle était la femme idéale pour Ory.

Elle avait l'air bien, cette Max. Une sorte de Paul au féminin, songea Naz. Si elle avait pu apparaître à l'Iowa, elle aussi, Naz l'aurait sans doute appréciée.

Malik rompit enfin le silence gêné qui s'était installé.

« En tout cas, c'est l'impression que tu donnes ! »

Tous se tournèrent vers lui, soulagés. Le Général avait enfilé une tenue légèrement renforcée ; il portait à l'épaule une sacoche en cuir qui contenait ses instruments. À l'aller – au retour, le livre de Paul, espéraient-ils. Et sur son gilet pare-balles, il arborait le vêtement le plus propre que Naz ait pu voir en deux ans – une blouse de médecin, blanche comme neige.

« Incroyable, hein, d'avoir pu la garder pendant tout ce temps dans cet état », fit Imanuel.

Il pencha la tête vers la manche d'une propreté aveuglante.

« Franchement, oui, incroyable, répondit Ory, souriant. Tu as une arme sur toi ? »

Le Général secoua la tête.

« Je ne veux pas les indisposer. »

Il posa la main sur l'épaule d'Ory.

« Je serai bientôt de retour. »

Puis il regarda Malik et Naz.

« Oui, bientôt. »

Elle baissa vivement les yeux. Ses paupières la piquaient. À présent, il les étreignait, les uns après les autres, Malik et Ory lui donnaient des tapes dans le dos tout en clignant des yeux. Comme elle. Et son corps se déplaça contre son gré lorsque ce fut son tour, lorsqu'elle s'avança, bras tendus, comme si cette embrassade pouvait avoir le moindre effet.

Tu n'as pas compris, aurait-elle voulu lui dire. *Tu ne peux pas y aller seul. J'ai fait une promesse à Paul, avant sa mort. Je lui ai promis que je réunirais Max et Ory. Et que je te protégerais. Je ne veux pas me renier une deuxième fois.*

Mais avant qu'elle puisse ouvrir la bouche, il se dirigeait déjà vers la ligne de front.

Il partait. Il *partait*. La panique la submergea, écrasante. Il partait. Et elle n'y pouvait rien changer.

« Malik, gémit-elle.

— Je sais. »

Elle sentit le bras de Malik la prendre par l'épaule, la retenir.

Le Général se retourna une seule fois, pour leur faire un geste de la main. Puis il disparut au détour d'une rue. Et ce fut soudain le silence.

Naz finit par se tourner vers Malik. Ory et lui semblaient aussi affolés qu'elle, plantés qu'ils étaient sur le trottoir, contemplant la rue déserte les yeux écarquillés.

« Qu'est-ce qu'on fait, maintenant ? » demanda Ory, comme engourdi.

Il fallut l'arrivée de Vienna pour qu'ils consentent à bouger.

« Papa, dit la jeune fille d'une voix douce, ils t'attendent, tous. »

Malik finit par retrouver ses esprits et se retourna vers leurs hommes.

« Bon ! Soldats, nous ne savons pas combien de temps nous avons. Donc, pas une minute à perdre ! Lorsque le Général reviendra, il aura peut-être tous ces tarés de Rouges sur les talons. Il faut qu'on soit prêts à décamper dans la seconde. C'est clair ?

— Oui, chef ! s'égosillèrent-ils à l'unisson.

— Les hommes de mon groupe iront emballer les bouquins. Vous vérifiez tout deux fois. Hors de question d'abandonner un seul volume ! Les hommes d'Ahmadi, vous filez au sous-sol. »

Il frappa dans ses mains.

« Rompez les rangs ! »

Le sous-sol – ou le garage, comme l'appelait toujours Naz, même si cette fonction n'était plus remplie depuis deux ans. Les véhicules de luxe avaient disparu depuis longtemps. Une rangée d'attelages d'époques diverses les avait remplacés. Perpendiculairement au mur d'en face, les soldats de l'Iowa avaient confectionné des parois avec du matériel de récupération, transformant les places de parking en stalles. Le garage était devenu une écurie.

« C'est ce truc ? haleta Ory, quelques kilos de cuir et de chrome sur les bras.

— Non, les brides, répondit Naz avec un geste excédé. Les fines lanières en cuir marron avec une boucle en métal au milieu. »

Sous l'œil critique de Naz et de Vienna, Ory s'interrompit provisoirement dans sa tâche pour contempler les chevaux qui renâclaient et tapaient du pied dans leurs stalles. Naz savait fort bien ce qu'Ory voulait leur demander : où les chevaux pouvaient-ils se nourrir ? Avaient-ils assez d'herbe ? Pourquoi ne les avait-il jamais vus à l'exercice ? Et d'ailleurs, d'où venaient-ils, tout simplement ? Mais il était, comme elle, conscient des urgences du moment. Ces questions, c'était une perte de temps, denrée dont ils manquaient cruellement. D'ailleurs, la seule interrogation qui valait était ailleurs.

« Pourquoi ne pas circuler en voiture ? »

Elle sourit. Elle ne s'était pas trompée sur les questionnements d'Ory.

« Ah, si seulement, répondit Vienna en disposant les rênes sur l'encolure d'une des montures avant de hisser la selle sur son dos avec un grognement d'effort.

Le jour où les Rouges ont compris que l'essence attise les feux, ils sont tombés dessus…

— … comme les mouches sur un crottin », conclut Naz en tendant la main pour récupérer une bride.

Ory alla immédiatement chercher le harnais qui devait aller avec, ce qui lui valut un grognement approbateur. Naz s'occupa du cheval suivant : de gestes précis, elle installait rênes et lanières, ajustait les selles, circulant entre ces colosses aux flancs musclés. Ory, lui, apprenait vite.

« Il doit rester tout juste assez d'essence à Washington pour faire deux bornes à moto », ajouta Vienna.

Elle était moins inquiète qu'eux des risques pris par le Général – encore assez jeune, assez naïve pour croire un adulte, lorsqu'il promet de revenir quoi qu'il advienne. Elle était presque aussi confiante que Rojan.

« Du coup, ces attelages, c'est ce qu'on a trouvé de mieux. On les a volés au Smithsonian avant que le Rougeroi y colle le feu.

— Concentrez-vous », finit par leur ordonner Naz, non sans douceur.

Elle et Vienna se dirigèrent vers la stalle suivante en même temps. Ory fit de son mieux pour suivre le rythme, mais il trouva sur son chemin un énorme bai brun dont il cogna le nez de son épaule. C'était un cheval de trait, les jambes épaisses comme des troncs d'arbre. Un hennissement irrité retentit sous le plafond de béton.

« Ça, c'est Holmes », fit Vienna, une fois qu'Ory se fut remis de ses émotions.

D'un geste du menton, elle désigna la stalle suivante, où patientait une bête de même taille, gris clair, les sabots argentés.

« Et ça, c'est Watson.

— Ah, parce que ce sont des étalons particulièrement logiques ? fit Ory, encore traumatisé par le hennissement.

— Ce sont deux juments, précisa Vienna. Non, je leur ai donné ces noms parce qu'elles aiment bien être l'une près de l'autre. »

Ils se remirent à harnacher les chevaux en silence – *très bien*, songeait Naz. *C'est ce que je veux.*

Mais plus elle s'affairait d'une stalle à l'autre, plus sa nervosité allait croissant. Elle avait laissé le Général s'aventurer seul chez les Rouges. Elle s'était laissé convaincre par lui, elle avait renoncé à sa promesse – celle qu'elle s'était faite à elle-même de protéger Rojan, Paul, Ory, Max. Les protéger à tout prix. Chaque fois, elle avait fait serment. Et la défaite, de nouveau, menaçait.

Elle reposa la bride. Au diable les ordres du Général. Il était hors de question qu'elle perde encore un être aimé.

« Vienna, ça t'ennuie de finir seule ? J'ai besoin d'Ory pour un autre boulot.

— J'ai encore… »

Mais lorsque Vienna eut décrypté la lueur dans le regard de Naz, elle se tut et la salua d'un doigt à sa tempe.

Naz s'inclina, reconnaissante.

« Ory, tu remontes, dit-elle. Je remets la main sur Malik et on se retrouve là-haut. »

Naz passa la tête dans l'embrasure de la porte du baraquement. Le silence régnait dans la pièce où Ory l'attendait déjà. Elle fit entrer Malik et ferma soigneusement la porte.

« Je ne prends pas les choses à la légère, commença-t-elle, enflammée par ses propres arguments. Je sais que le Général nous a donné l'ordre de ne pas bouger avant son retour, mais ce n'est pas bien. Nous ne pouvons pas...

— Pas de problème », la coupa Ory.

Elle cligna des yeux, ébahie.

« Je suis déjà convaincu, Ahmadi. Le Général m'a dit de ne pas bouger, mais il a précisé ceci : "Cette fois-ci, tu obéis à Ahmadi." Donc, tu peux me demander ce que tu veux. Si ça vient de toi, je suis forcé d'obéir. »

Naz ne put s'empêcher de sourire, bien malgré elle. Max et Paul avaient peut-être réussi à lui mettre du plomb dans la cervelle, à ce garçon.

« Très bien, dans ce cas, dit-elle, soulagée. Ory, tu as ordre de t'introduire chez les Rouges, d'aider le Général à mettre la main sur le livre de Paul et de rentrer ici en quatrième vitesse.

— Oui, chef. »

Et Ory se mit au garde-à-vous.

« Et moi ? Quand est-ce que tu me demandes si j'en suis ? fit Malik.

— Toi ? Je t'ai croisé dans l'escalier : tu descendais au garage pour me poser la même question. »

Malik écarta les mains, paumes tournées vers le ciel.

« Le seul problème, s'interposa Ory, c'est celui-ci : comment vais-je faire pour entrer dans leur forteresse sans qu'ils me remarquent ? Imanuel sera le seul non-Rouge là-bas. Un deuxième, ça se verra comme le nez au milieu de la figure. »

Malik croisa les bras.

« En descendant au garage, dit-il, j'ai eu une idée. Vous n'allez pas apprécier, mais c'est peut-être notre seule chance. »

Tu te souviens, Ory, de ce long week-end qu'on avait passé dans un chalet des Poconos, il y a des années de ça ? On buvait des litres de rhum au beurre, ce qui nous rendait gentiment pompettes. Il y avait un feu dans la cheminée. La télé était allumée dans un coin. Il y avait tout le temps des publireportages. Et on jouait à « Avec des si ». « *Et si quelqu'un te donnait une petite boîte avec un bouton qui te permettrait ces deux choses : chaque fois que tu appuierais sur le bouton, tu recevrais un million de dollars. Mais quelqu'un que tu aurais croisé une fois au moins dans ta vie – ça pouvait être l'employé d'une épicerie à l'autre bout du pays, ou un vieux copain de classe, ou ta propre mère – perdrait immédiatement la vie. Ce serait la boîte qui choisirait cette personne au hasard. Tu appuierais sur le bouton ? Plus d'une fois ?* »

On a bu à la santé l'un de l'autre et on a vidé nos mugs de rhum, tout fiers d'être capables de renoncer à cet argent virtuel. Ça ne faisait pas le poids avec la vie d'un être humain. Surtout si cette vie était soumise au hasard. Jamais je n'aurais touché à ce bouton, j'en étais certaine, Ory. Un million de dollars ? Rien à foutre. Ça ne pesait rien dans la balance. Mais si c'était pour se racheter soi-même ? Récupérer ce que tu es en train de perdre, minute après minute ? Si cette vie prise au hasard pouvait te libérer de cette cage de fer ? Si c'était la seule chose qui pouvait te conduire jusqu'à La Nouvelle-Orléans ? Si…

On vient. Je vais cacher le magnéto.

II

Je ne sais pas ce qui se passe ici. Où nous sommes exactement, Ory. Difficile de s'accrocher. Est-ce que c'est le fait d'être enfermée dans le même endroit tout le temps. Si vide, si invariable. Ou les questions. Les questions qu'ils posent tout le temps.

Les blancs viennent seuls ou par deux. Parfois c'est la femme du premier jour. Ou une autre femme. Ou des hommes. Les gardes vident régulièrement le seau où nous faisons nos besoins, mais ce sont les autres qui nous apportent à manger. Beaucoup. Ils coupent tout en petits morceaux pour les passer par les barreaux. C'est la première fois depuis l'Oubli que je mange si bien. Quand nous avons le ventre plein, ils posent les questions.

« Qu'avez-vous ressenti en perdant votre ombre ?

— Que faisiez-vous au moment où votre ombre a disparu ?

— Quand les événements du marché de Pune ont débuté, que pensiez-vous de Hemu Joshi et des premiers sans-ombre ? »

Ce ne sont pas des interrogatoires, non. Quelles que soient nos réactions – hurler, ne pas les écouter –, eux ne crient jamais, ne nous font aucun mal. Ne refusent jamais de nous nourrir. Ils continuent de nous poser leurs questions avec une patience d'ange. On a fini par décider qu'Ursula devait être la seule à répondre. Et donc, elle a commencé à leur parler en notre nom. Sauf qu'elle ment. Constamment. C'est la seule force qu'il nous reste.

« Vous souvenez-vous du moment précis où vous avez perdu votre ombre ?

— J'étais en train de tuer quelqu'un », a répondu Ursula.

Faux : elle conduisait très prudemment le camping-car sur une route du nord de la Virginie.

« Dans votre groupe, quelles sont les premières personnes à avoir perdu leur ombre ?

— C'est moi. »

Faux. Elle est la dernière à l'avoir perdue, juste avant que j'arrive chez eux.

Peu importe. Ils continuent à poser leurs questions. Les jours varient, les personnes, mais ce sont toujours les mêmes questions, comme si Ursula ne leur répondait jamais.

« Est-ce que ça vous a fait mal ?

— Avant de perdre votre ombre, craigniez-vous cette perspective ?

— Avez-vous ressenti ce qui vous a paru être un avertissement ? »

Les questions sont incessantes, à tel point qu'au bout de quelques jours, je ne me souviens plus de ce qu'Ursula leur a répondu. À vrai dire, je me souviens à peine de la manière dont ça m'est arrivé. C'est si vieux, après tous ces détours.

« Ils sont peut-être en train d'essayer de nous guérir », m'a dit Intisaar un soir, tandis que nous étions adossées aux barreaux.

Les bougies s'étaient presque toutes éteintes avant minuit, mais comme les questionneurs ne revenaient pas avant le matin, les gardes nous ont laissés dans la pénombre. Ils nous surveillaient de leurs recoins obscurs, pendant les patrouilles.

« Non, s'est interposée Ursula.

— À part la cage, ils sont… vraiment gentils, a repris Dhuuxo. Quand ils voient des sans-ombre, les indemnes s'enfuient toujours. Ou nous tuent sans sommation. Ces gens nous parlent, ils nous nourrissent, ils nous donnent des vêtements propres et des couvertures quand nous en avons besoin. Ils *nous veulent*.

— Et leurs questions ressemblent beaucoup à celles que les chercheurs posaient à Hemu Joshi, quand il s'est retrouvé en quarantaine. Enfin, ce que les médias en ont dit », a ajouté Victor.

La fumée de la cigarette que lui a offerte la femme en blanc a flotté devant ses yeux. Il a baissé la tête, gêné.

« Mais les chercheurs n'ont rien trouvé de concluant », a répondu Ursula d'une voix dure.

Zachary a bougé, parcouru de frissons. Elle a posé un bras sur ses épaules. Elle avait peur, ça sautait aux yeux. Peur que la patience attentionnée de Transcendance ne vienne à bout de notre résistance.

« Ils nous traitent bien, je sais, a-t-elle repris plus doucement. Mais nous sommes tout de même dans une cage. »

II

La femme du premier jour faisait partie du couple qui est venu nous parler aujourd'hui. Nous étions assis bouche close à les regarder fixer les murs de l'église pendant qu'Ursula débitait ses mensonges.

C'était l'autre qui posait les questions, un homme emmailloté de voiles blancs. La femme s'est contentée d'écouter et de nous sourire béatement pendant tout ce moment, comme si nous étions ses enfants. Pour casser la routine, Ursula a refusé de répondre à une des questions.

« Avez-vous éprouvé de la peur lorsque vous vous êtes rendu compte que vous n'aviez plus d'ombre ? a poursuivi l'homme après la pause, sans aucune marque d'impatience.

— Il faudrait être idiot pour ne pas avoir peur », a fini par dire Ursula.

L'homme a fait oui de la tête, un assentiment factuel. Il ne commentait pas, il enregistrait.

« Avez-vous ressenti la tentation immédiatement après avoir perdu votre ombre ?

— Non. »

L'homme a de nouveau opiné du chef. Puis la femme, quelques secondes plus tard. Je me suis concentrée sur ses yeux. Elle ne regardait pas Ursula.

« Qu'avez-vous ressenti lorsque votre ombre a disparu ? »

Intisaar et Dhuuxo ignoraient ouvertement les blancs. Zachary fixait ses paumes d'un œil vide. Moi, Ory, je surveillais la femme le plus discrètement possible. Elle scrutait la cage, mais pas vraiment Ursula. Lentement, sans me faire remarquer, j'ai détourné le regard. Lucius, Victor, Wes et Ysabelle étaient adossés aux barreaux, au fond de la cage. Ils étaient plus ou moins assoupis, tellement ils s'ennuyaient. Sauf Lucius.

« Avez-vous ressenti quelque chose quand votre ombre s'est séparée de vous ?

— Rien du tout », a répondu Ursula d'une voix traînante.

Mensonge. Mais Lucius, lui, avait hoché la tête. Presque imperceptiblement.

Vite, j'ai fixé la femme. Elle avait incliné la tête – un mouvement si discret qu'il aurait pu passer inaperçu, dans tous ces voiles blancs.

Je comprenais mieux. Ils se fichaient bien des réponses d'Ursula. Ils savaient très bien qu'elle mentait. Ils voulaient simplement savoir combien de temps elle tiendrait. Combien de temps nous la ferions parler, jusqu'à ce que l'un de nous se pose des questions sur la cage et les autres moyens d'en sortir. Combien de temps jusqu'à ce que le reste du groupe ait envie de leur donner des réponses sincères.

Je voudrais tant que tu sois là, Ory. Il faut que j'en parle à Ursula, mais je ne sais pas comment. La cage est assez grande pour que je puisse m'asseoir dans un coin et te parler tout bas sans que Lucius entende – de toute façon, ils savent tous que je parle avec toi ; personne n'y fait attention. Mais si je me lève pour parler à Ursula, il me verra, il comprendra que quelque chose ne va pas. J'attends qu'il s'endorme, mais comme nous passons pas mal de temps couchés, c'est difficile de faire la différence entre les moments de sommeil et les moments de veille. D'ailleurs peut-être qu'il n'essaie pas de tricher, mais seulement de nous aider, à sa manière, puisque avec Ursula, nous n'avançons plus ? Oui, il essaie peut-être de gagner leur confiance. Au bon moment, il se retournera contre eux. Toi, tu saurais quoi faire. Tu pourrais y réfléchir, en tout cas. Ensemble, on pourrait trouver une solution.

Ursula s'est mise à faire les cent pas autour de la cage. Elle teste les barreaux. Lucius est couché de l'autre côté mais lorsqu'elle est passée près de lui, il a ouvert les yeux. Ce n'est pas le moment. Pas encore.

II

Ce matin, les pleurs d'Ysabelle nous ont réveillés.

« J'ai oublié, j'ai oublié, ne cessait-elle de répéter. J'ai oublié à quoi ils ressemblaient.

— Ys, a répondu Victor en se précipitant vers elle. Qu'est-ce qui se passe ?

— Mes parents. »

Elle a enfoui son visage dans ses mains.

J'ai frissonné, Ory. Ça empire. Le stress, la peur. Nous allons perdre des morceaux de plus en plus gros de notre mémoire, désormais, parce que nous perdons espoir. Avant, nous avions cette idée de La Nouvelle-Orléans pour nous tenir ensemble. Notre bouée. Maintenant que nous sommes piégés ici, que nous ne pouvons plus avancer – non, nous ne pouvons pas nous laisser aller de cette manière.

« Je ne le voulais pas, mais j'ai essayé de me souvenir d'eux et puis j'ai… »

Ysabelle sanglotait, la voix étouffée par ses mains. Victor l'avait prise par les épaules. Il faisait ce qu'il pouvait, Victor, pour faire son travail de mari. Consoler une femme qu'il ne se rappelait plus avoir aimée.

« Mais j'en ai eu, pourtant. Je le sais. Je le sais. Un père et une mère. Et maintenant je ne sais même plus à quoi ils ressemblent. J'ai oublié leurs noms.

— Et si nous faisions semblant d'avoir un problème urgent ? » a soudain proposé Victor en lissant de la paume la pâle chevelure d'Ys.

Il y avait plus de colère dans sa voix que je n'en avais jamais entendu. Colère à l'idée d'être pris au piège. Colère devant la panique de sa femme, qu'il ne pouvait pas calmer. Colère à l'idée qu'il ne la savait sa femme que parce que Ursula le lui avait rappelé.

« Tu crois qu'ils ouvriraient la cage si l'un de nous était en train de mourir ?

— Mais il leur restera tous les autres, a remarqué Lucius.

— Il faut qu'on sorte d'ici. Il faut qu'on reparte. Le temps nous manque », gémit Ysabelle.

Ursula faisait les cent pas dans la cage, comme une tigresse. Les gardes étaient en alerte, prêts à lutter contre des événements impossibles. J'ai touché le barreau derrière ma tête d'une main hésitante pendant qu'ils suivaient Ursula du regard. Non. Il avait l'air aussi solide que jamais, ce barreau. Les barreaux de cage sont rarement malléables, ça, je m'en souvenais. Surtout ceux-là. Ils avaient l'air encore plus incassables que des barreaux d'acier.

« Tu pourrais ? a murmuré Zachary, tandis qu'Ysabelle continuait à gémir.

— Non, j'ai répondu. Et toi ?

— Non, même tous ensemble… C'est pas encore assez.

— Encore assez ? »

Il a fixé Ursula de son curieux et lointain regard. Elle, elle fusillait tous les gardes des yeux, les uns après les autres.

« Il y a un de nous qui cède à la tentation, je sais. Pour avoir du pouvoir. Un peu plus, tous les jours. »

Avait-il remarqué le manège de Lucius ? Ou était-ce quelqu'un d'autre ?

« Zachary, j'ai murmuré. Tu sais qui c'est ? »

Il a secoué la tête.

Je me suis rassise contre les barreaux. Je sais que tu me conseillerais de ne pas essayer, Ory, même si j'en avais la capacité. Que quoi que j'y perde, c'est trop cher payé.

Ce que je ne donnerai jamais, c'est toi. Si je m'évadais sans me souvenir de toi, ça ne vaudrait pas mieux que de mourir ici.

II

Ory, nous avons compris. Nous savons maintenant ce que Transcendance veut faire avec nous. Ils n'ont aucune intention de nous guérir. Tu ne pourrais pas y… Même moi, j'ai du mal à y croire.

J'étais encore à moitié ensommeillée quand j'ai entendu ces bruits. On fredonnait. On chantonnait tout bas des sortes de psalmodies. J'ai ouvert les yeux.

Les gardes n'avaient pas bougé : raides comme des colonnes d'albâtre tout autour de la salle. Cependant, de l'autre côté des barreaux, il s'était formé une mer ondulante et blanche qui recouvrait le sol. Il m'a fallu un bon moment pour comprendre ce que j'avais sous les yeux. Des corps. Des centaines de corps humains. Tous prostrés devant nous, le front plaqué sur le sol, les bras tendus. Et tous avaient une ombre.

« Ursula, j'ai sifflé tout en lui empoignant l'épaule. Réveille-toi !

— Jésus Marie Joseph, a chuchoté Lucius en se recroquevillant. Regardez-les tous…

— Mais qu'est-ce qu'ils foutent ? »

Il y avait de l'effroi et du dégoût dans la voix d'Ursula.

« Est-ce qu'ils… Est-ce qu'ils…

— Ils prient », dit Lucius d'un ton tout autre.

Il était presque émerveillé.

« Ils nous prient. »

II

Après la prière, il a changé. Très vite.

Lorsque la femme en blanc est revenue nous voir, dans la soirée, après que les centaines de visiteurs avaient fini leurs psalmodies pour repartir les uns après les autres, nous nous sommes regroupés dans un coin de la cage, le plus loin possible d'elle. Elle nous a offert un paquet de biscuits secs, qu'elle faisait passer un par un par les barreaux. Presque frais : si ça se trouve, ils avaient encore du goût. Tous les huit, nous avons refusé l'offrande. Seul Lucius l'a acceptée.

« Vous comprenez, vous, lui a-t-elle dit.

— Vous voulez devenir comme nous », a-t-il dit en mastiquant son biscuit, pensif.

Elle a hoché la tête.

« Oui, a-t-elle répondu, presque électrisée. Nous voulons devenir comme vous. Nous voulons transcender.

— Vous êtes tous fous, a grondé Ursula. Complètement barges.

— Nous ne sommes pas fous, a répondu la femme. Ce sont les autres qui ne vont pas bien. Votre pouvoir ne devrait pas inspirer la crainte. C'est à cela que nous aspirons. C'est l'avenir et non pas la fin.

— Vous n'avez rien compris », j'ai dit.

Comment aurait-elle pu comprendre ? Elle en était incapable. Elle avait encore son ombre.

La femme en blanc s'est retournée vers Lucius. Qui a repris un cracker.

« Vos amis ne pourront pas sortir, a-t-elle dit. Ils ne seront pas maltraités pour autant. Mais ils ne peuvent pas sortir, sauf s'ils nous rejoignent.

— Très bien, a dit Lucius.

— Lucius, a soufflé Ursula, horrifiée.

— Les armes sont chargées », nous a prévenus la femme en blanc.

D'autres gardes étaient arrivés, les canons de leurs fusils braqués sur nous. Dix ou vingt. La femme a ouvert la porte de la cage.

« Lucius, a répété Ursula tandis qu'il retrouvait la liberté. *Lucius.*

— Arrête, Ursula. Arrête. »

Il s'est retourné vers nous.

« Vous avez fait votre choix. Personne ne vous a forcés à refuser leur offre. Ma décision est prise.

— Donc, tu laisses tomber ? Comme ça ?

— Ursula, c'était perdu d'avance. »

J'ai cru qu'elle allait hurler. Elle s'est contentée de secouer la tête. Et de reprendre la parole d'une voix plus calme.

« Tu te fais sûrement de belles idées sur le sort qu'ils te réservent – ah, être leur idole magique, adorée. Tu te trompes, Lucius. »

La femme en blanc a refermé la porte de la cage à double tour. Lucius, libre, a empoigné les barreaux.

« Je sais », a-t-il dit à voix basse.

Ses épaules se sont voûtées.

« Mais ça vaudra toujours mieux que cette cage, pendant un temps. Et si ça change, j'en aurai oublié assez, à ce moment, pour ne pas regretter ma décision. »

Orlando Zhang

« Je crois que ça colle, là. »

Ahmadi recula d'un pas pour étudier son œuvre.

« Tu te sens comment, Ory ?

— J'ai l'impression d'être couvert de fourmis. »

La peinture le démangeait atrocement. Ils lui avaient barbouillé les cheveux, une moitié du visage, les bras, le torse, le dos – il était recouvert de rayures et de spirales cramoisies. Ahmadi avait déchiré son jean et avait frotté ses chaussures avec des poignées de terre pour leur donner un aspect plus décati.

« Il est très bien, comme ça », dit Malik.

Il y avait une nuance d'espoir dans sa voix. Il lança un regard par-dessus son épaule – il n'y avait qu'eux trois sur le trottoir qui longeait la façade de l'Iowa. Tous les autres soldats étaient à l'intérieur, à préparer le départ pour La Nouvelle-Orléans.

« Ça pourrait marcher. »

Ory baissa les yeux sur les stries pourpres qui maculaient son torse. Très bien imitées : elles avaient la bonne épaisseur et les motifs qui convenaient. La partie la plus convaincante de son costume lui venait du ciel. Avec cette lumière, sans rien pour étendre son ombre, il ressemblait vraiment à un Rouge. Exactement comme Max.

Il lui vint soudain un frisson de peur. Il s'agenouilla, les mains disposées en dôme, juste au-dessus du sol. Ce qu'il voulait, c'était créer un espace assez petit entre ses mains et la rue pour qu'il puisse y avoir un certain contraste, même sans le soleil. Et là, il verrait.

Oui.

Il avait encore son ombre.

Lorsqu'il se releva, aucun sourire sur les visages de ses compagnons. Ils comprenaient. Ahmadi plaqua une paume sur sa nuque – c'était le seul endroit de son corps qui ne soit pas strié de peinture. Version la moins risquée d'une accolade : il ne fallait pas abîmer ce magnifique costume de Rouge.

« Elle est toujours là », dit-il.

Il avait le cœur horriblement serré. Il aurait voulu prendre Naz dans ses bras, la serrer fort contre lui. Impossible – à cause de la peinture rouge. Et de Max.

« Ory, tu fais l'impossible pour ramener le Général », fit Naz.

Il y avait du désespoir dans sa voix.

« Et tu reviens, toi aussi. Compris ? »

La bibliothèque était entièrement livrée au chaos. Les portes vomissaient des flots de Rouges aux bras chargés de livres, attendant l'arrivée des troupes de l'Iowa et cédant à la panique car ces dernières ne réagissaient toujours pas. Le géant rouge était du nombre, comme à son habitude, en compagnie cette fois d'une Rouge qu'Ory n'avait jamais vue, une femme d'une bonne cinquantaine ou soixantaine d'années, sa folle tignasse poivre et sel striée de rouge. Elle s'était revêtue d'un drap cramoisi qui lui faisait comme une toge, d'où émergeait négligemment l'un de ses seins, petit et flasque, tandis qu'elle tendait les bras vers ses comparses effarés. Puis une silhouette d'un blanc immaculé apparut derrière les barricades de l'Iowa, désertes. Imanuel.

Le calme revint quelques minutes, le temps que les Rouges rajustent leurs mouvements. Ceux qui couraient s'arrêtèrent. Les livres se figèrent dans les airs. Puis la femme se mit à l'invectiver. Chose étrange et presque impossible, les Rouges apparemment se souvenaient qu'Imanuel était le chef de l'Iowa. Ils se ruèrent vers lui pour déverser les livres à ses pieds – tous les livres qu'il voulait, jusqu'à l'ensevelir sous leur masse. Imanuel les empoignait les uns après les autres, les examinait brièvement – lesquels garder, lesquels refuser, il avait si peu d'espace dans sa sacoche ! Il tendit la main vers le QG des Rouges, leur signifia par geste qu'il voulait être conduit dans les profondeurs de la bibliothèque du Rougeroi, pour pouvoir choisir le livre qu'il voulait. Il ramassa un volume au hasard, le tapota de son index avant de désigner de nouveau la bâtisse, le tout sous les hurlements de la foule rouge.

Ory s'était juché sur le toit d'une pissotière publique – ou ce qu'il en restait.

Les Rouges se mirent à apporter au Général des livres de plus en plus volumineux, ayant oublié que la taille n'a rien à voir avec la valeur – un livre n'est pas un stock de nourriture ou de fusils, un livre n'est pas une armée. Imanuel fouillait dans la pile : n'y avaient-ils pas, par un heureux hasard, inclus celui qu'il désirait plus que tout ?

Pousse-les dans leurs retranchements, songea Ory. *Et rapporte le plus de livres possible.*

La vieille femme et le colosse semblaient de plus en plus fébriles. Puis, de la bâtisse plongée dans l'obscurité, un hurlement rageur retentit. Tous les Rouges courbèrent les épaules, par réflexe.

Le Rougeroi était sorti de sa méditation.

Lorsqu'il apparut au beau milieu de la rue, le silence se fit. Il scintillait, argent et brun-rouge, dans le crachin. Ory était trop loin pour distinguer les traits de son visage. Mais même à cette distance, le Rougeroi inspirait la terreur.

À quoi avait-il ressemblé avant de perdre son ombre, Ory ne le savait pas. Mais l'être qu'il avait maintenant sous les yeux était une montagne vivante. Le Rouge colossal avait des allures de géant – mais auprès de son maître, il semblait nain. Le Rougeroi était grand comme deux hommes. Il mesurait plus de trois mètres. Il portait un manteau écarlate aux innombrables basques et une armure disparate, confectionnée à l'aide de battants de porte métallique. Ses poings cramoisis aux phalanges balafrées étaient chacun gros comme un crâne d'homme. Il dégoulinait de rouge, laissait, partout où il allait, un sillage de sang.

Imanuel leva les bras. Souriait-il, grimaçait-il de terreur ? Ory n'aurait su le dire. Le Rougeroi rugit de nouveau et tendit les paumes. Elles étaient maculées de rouge, elles aussi. Mais un rouge humide. Un rouge qui venait de l'intérieur d'un corps humain. La femme enceinte était en danger de mort.

Imanuel avança d'un pas hésitant. Le Rougeroi s'empara de lui d'une main et se mit à le traîner comme une poupée de chiffon.

Vas-y, Ory. La voix de Max avait résonné à ses oreilles, comme il se l'imaginait toujours, pour se donner du courage, quand il fallait forcer une porte dans Arlington déserte, ou entrer dans un magasin condamné. Il s'y cramponnait avec ardeur, désormais – le souvenir du son de sa voix. *Vas-y !*

Il se mit à courir de toutes ses forces, aussi vite, aussi discrètement que possible. Les Rouges ne prêtaient attention qu'à leur chef, qu'ils escortèrent, certains surexcités, les autres en transe, tandis que le Rougeroi rentrait dans la bibliothèque avec Imanuel. Ory longea la foule. Pourvu qu'il donne le change ! Il traversa les décombres, le parvis, monta les marches – et franchit le seuil obscur.

Il était entré.

Cache-toi, Ory, reprit la voix de Max. Il s'accroupit derrière les premiers rayonnages venus et attendit, le temps que sa vision s'adapte à la pénombre. Au-dessus de sa tête, quelques livres planaient entre les poutres de la bibliothèque en cercles lents – funèbres oiseaux séparés de leur troupe, les pages frémissantes, comme des ailes. Le Rougeroi et Imanuel firent leur entrée, escortés par des guerriers cramoisis. À l'autre bout de la salle, la femme enceinte gisait, là où Ory l'avait vue la veille. Toujours grosse d'enfant et subissant les douleurs de l'accouchement. Mais il y avait plus de sang sous elle. Beaucoup plus. La femme était blême de fatigue, lèvres frémissantes, presque grises.

Plus Ory la regardait, de sa cachette, plus il se demandait ce qu'Imanuel pourrait faire pour elle, sans les ressources d'un hôpital. Rien, sans doute. Peut-être avait-elle encore la force de pousser l'enfant. Et après ? Les risques d'accident restaient considérables. Imanuel pensait-il vraiment pouvoir sauver cette femme ? Et mettre la main sur le livre ?

Ce n'est pas ce qu'il fait, Ory.

Ory refusa de croire ce que murmurait la voix de Max. Non, Imanuel n'était pas entré chez les Rouges dans le seul but de revoir une dernière fois le livre de Paul, sans se soucier de savoir s'il s'en sortirait. Sa vie valait plus que cela – que cette quête absurde, vouée à l'échec.

Alors il reste ici pour me chercher, dit la voix, que les gémissements de la femme rouge rendaient inaudible.

La procession passa lentement devant la cachette d'Ory. Venait en tête le Rougeroi, traînant derrière lui les cent pans de son manteau – capes cramoisies, tentures de velours, tapis afghans amoncelés sous son armure, le tout si lourd qu'Ory ne comprenait pas comment le monarque ne s'effondrait pas sous leur poids. Puis suivaient les Rouges, affolés mais pleins d'espoir, traînant, poussant, accompagnant un Imanuel aux jambes tremblantes.

La femme enceinte se remit à crier tandis que le cortège parvenait enfin à elle. Ory recula pour mieux se dissimuler aux regards dans le dédale de rayonnages et de livres.

« Bébé. »

C'était la voix d'Imanuel. Imanuel espérant que s'ils ne savaient plus parler, ils pouvaient peut-être encore comprendre.

Le mot apparemment n'eut aucun effet. Le Rougeroi poussa un rugissement.

Cherche le livre, dit la voix de Max.

Il se retourna vers la forêt des livres et sa noirceur de cauchemar. *Cherche, trouve, puis sauve Imanuel, tant que c'est possible. Avant que la femme ne meure.*

Ory se mit à ramper dans les profondeurs de la bibliothèque. Les rayonnages se tordaient – certains en impasse, d'autres partaient en spirales, d'autres encore étaient trop chargés pour lui livrer passage. Il essaya de se rapprocher des panneaux encore fixés aux murs, espérant y lire des indications sur la répartition des sections. Mais au moindre bruit, il lui fallait battre en retraite derrière une nouvelle étagère, un nouveau tas de livres – s'égarant un peu plus chaque fois.

Dépêche-toi, murmura la voix de Max. *Trouve le livre avant qu'il ne soit trop tard.*

Ory se retourna. Entre deux rayonnages vides à demi, il aperçut Imanuel, la blouse blanche déjà couverte de sang, scalpels, pinces, forceps éparpillés autour de lui, tâchant désespérément de maintenir la femme au sol, pour pouvoir tenter quelque chose. N'importe quoi. Elle gémissait, en proie au délire, les ongles plantés dans son ventre. Il y avait du sang partout.

Ce fut là enfin qu'il vit la pancarte. Sur le mur. « Poésie ».

Il pressa le pas, le cœur battant la chamade, tandis

que le hurlement de la femme rouge faisait à nouveau trembler les murs. Avec une urgence nouvelle, une vibration de mort. *Fiche le camp*, chuchota soudain Max. *Tu n'auras pas le temps*. Il ne l'écouta pas. Il se précipita sur le rayonnage et, le nez pressé contre ces centaines de dos moisis, se mit en quête de la lettre W. *Paul Jeremiah West. Paul Jeremiah West. Paul Jeremiah West.*

Ory, supplia Max.

Les W étaient tout en bas. *Wallace*, *Walter*, *Webb*, *Wepford*, *White*...

« Non », souffla-t-il.

Les secondes s'écoulaient si vite. Il plissa les yeux. Il n'y avait rien. Rien entre *Wepford* et *White*.

Le livre de Paul n'était pas là.

Ory se pencha. Les dos de Wepford et de White étaient maculés – vieilles taches, depuis longtemps séchées, comme si quelqu'un était venu en cet endroit de la bibliothèque, comme si quelqu'un y avait cherché quelque chose de bien précis. Quelqu'un qui dégoulinait de rouge.

« Oui ! »

De l'autre côté de la bibliothèque, la voix d'Imanuel avait retenti.

Ory se leva en sursaut et passa la tête entre les rayonnages brisés. Le Rougeroi avait tiré de son armure aux pans déchiquetés un objet plat et rectangulaire et l'avait tendu à Imanuel – tentative ultime et désespérée d'obtenir le sauvetage de la femme, la fin de son martyre.

Cet objet était un livre.

Non, songea Ory.

Le Rougeroi tendit la main. Ory put voir enfin la couverture.

Non.

Mais c'était bel et bien le livre de Paul. Ses poèmes.

Ory, subjugué, les yeux écarquillés, vit Imanuel tendre la main à son tour. Le Rougeroi rugit.

Mais comment le Rougeroi pouvait-il savoir que ce livre était précisément celui que les gens de l'Iowa cherchaient depuis si longtemps ? Il ne savait plus lire.

Ory n'avait plus le temps de réfléchir, cependant. La femme rouge haletait, affaiblie. *Ory, fiche le camp*, reprit Max, insistante. *Dégage, vite.*

Puis une immense clameur submergea la salle.

Trop tard, murmura Max.

Non, protesta-t-il. Il avait compris, pourtant.

La femme est morte.

Les hurlements des Rouges se firent clameur de guerre. Une masse vive et brûlante siffla par-dessus la tête d'Ory et heurta un rayonnage. *Le feu.* Ils allaient tout incendier. Ils allaient tout réduire en cendres.

« Imanuel ! » hurla Ory, en surgissant au galop des allées.

Des Rouges couraient dans tous les sens, égarés. La femme gisait inerte sur le sol. Dans ce chaos, aucune trace du Rougeroi, ni d'Imanuel.

« Imanuel ! »

Il les aperçut enfin dans la foule qui enflait. Il se fraya un chemin entre les guerriers grimaçants et cruels, se précipita vers l'autre bout de la salle, où Imanuel et le Rougeroi pataugeaient sur le parquet saturé de sang. Tentant de s'étrangler l'un l'autre d'une main tout en fouillant de l'autre leur armure.

Ory était si proche maintenant des deux hommes qu'il aurait pu les toucher, ou presque, quand le poing cramoisi du Rougeroi se referma sur un énorme éclat de verre. Si proche qu'il pouvait pour la première fois contempler le Rougeroi dans toute son effroyable gloire. Si proche que lorsque la lame dentelée chanta dans les airs, il aperçut enfin le visage du géant.

« Non ! » hurla Imanuel.

Tout s'immobilisa.

Était-ce parce que Imanuel savait que la lame ne pouvait être arrêtée ? Ou parce qu'il s'était aperçu de la présence d'Ory – Ory qu'il avait supplié de ne pas venir ?

Ory comprenait à présent pourquoi le Général avait si peur qu'il participe aux missions de l'Iowa. Et pourquoi les Rouges étaient à ce point obsédés par les livres. S'il était exact que les sans-ombre ont tous une bouée à laquelle ils se cramponnent jusqu'à la fin – bouée avec laquelle à partir d'un certain moment leur existence se confond – ; s'il était exact que la présence d'un chef puissant les aidait à garder un peu plus longtemps le peu de mémoire qu'il leur restait, alors il n'y avait que cette chose-là qui pouvait avoir du sens. Ory ne voulait toujours pas y croire – mais il était là, dans la bibliothèque, et c'était trop tard. Car il venait de voir.

Que Paul était le Rougeroi.

« Non », hurla de nouveau Imanuel.

L'éclat de verre plongea dans son corps et son crissement s'interrompit en un hideux hoquet. Le sang gicla à flots, fleuve écarlate – bientôt le Général et le Rougeroi eurent la même apparence.

Le cri d'Ory se réverbéra entre les murs. Il bondit sur les combattants.

« *Paul !* »

Le Rougeroi s'écarta d'Imanuel inerte pour se tourner vers Ory. Était-ce le son qui l'avait alerté – ou était-ce parce que ce mot était le dernier qui puisse encore prendre feu dans son esprit ? Ory aurait voulu lire la réponse dans les yeux du Rougeroi. Il fouilla, fouilla dans ce regard, tout en tirant de sa ceinture le Glock 13, relique de la police de Washington, que Malik lui avait confié. Il visa. Il continua de fouiller le regard du Rougeroi. Il n'y avait rien. Que du rouge.

Les soldats de l'Iowa se racontaient des légendes sur le Rougeroi. Il était impossible à tuer. Il avait oublié qu'il n'était pas immortel – et donc l'était devenu. Mensonge, cela. Il avait oublié son nom, il avait oublié qu'il écrivait de la poésie, il avait oublié qu'il n'avait pas la taille d'un rhinocéros. Qu'Imanuel avait été jadis son grand amour, et non un ennemi haï et craint. Mais il n'avait pas encore oublié qu'il pouvait mourir.

« C'est… c'est accompli ? » demanda Imanuel tandis qu'Ory s'accroupissait près de lui.

Le canon du Glock fumait. Il avait craché un orage meurtrier semblable à celui qui avait naguère possédé le fusil volé à Ory. Le tonnerre gémissait doucement, son grondement s'éteignant avec les dernières palpitations de la vie du Rougeroi. De la foule qui les entourait commencèrent à monter des hurlements horrifiés, incrédules.

« Oui, dit Ory.

— Je t'avais dit de ne pas venir, murmura Imanuel, le regard déjà vitreux.

— Je sais, chuchota Ory en passant la main sous la nuque de son ami.

— Je… ne voulais pas… que tu saches.

— Ce n'est pas grave, dit Ory. Tu as récupéré le livre. »

Paul était le livre. Pas cette créature. Qui n'avait jamais été.

« Livre », répéta-t-il.

Le livre gisait près d'Imanuel, enveloppé dans un vieux sac en plastique que le Général avait sans doute apporté de l'Iowa, pour ne pas abîmer la couverture. Ory le ramassa. Il y avait tant de sang qu'Ory ne voyait plus grand-chose. Il posa la main sur le cou d'Imanuel, pressa – dans l'espoir de stopper le flot rageur, palpitant, qui abandonnait le corps de son ami –, cela ne servit à rien. Les blessures étaient trop profondes. Il essaya également de redresser Imanuel sur son séant. Mais le Général était trop faible pour apporter la moindre contribution à cet effort. Tandis que les Rouges se massaient autour d'eux, ils retombèrent tous les deux sur le sol.

« Fous le camp », murmura Imanuel.

Ory secoua la tête. Les Rouges approchaient. Il ne pouvait pas bouger. Il ne pouvait pas abandonner Imanuel.

Ahmadi surgit à son côté. Le gifla vigoureusement, pour le tirer de son hébétude. Ory leva les yeux : Malik souleva le corps inerte, exsangue, du Général, de l'autre côté. Eux aussi, ils avaient désobéi aux ordres. Ils étaient venus.

« On évacue, Ory, en vitesse. »

Le monde retrouva son acuité. La voix de Malik lui hurlait cet ordre en boucle.

« On évacue, putain. »

Les jambes d'Ory obéirent à ces trois mots avant même que son cerveau les comprenne. Elles se mirent à courir tandis qu'avec Malik, il transportait Imanuel vers les portes grandes ouvertes. Derrière lui retentissaient à intervalles réguliers les chocs mats des flèches pénétrant les chairs des Rouges qu'Ahmadi tuait les uns après les autres.

« Je n'arrive pas à arrêter l'hémorragie », hurla Ory à Malik.

Ses mains ne cessaient de chercher le point de compression, guidées, il le sentait, par celles affaiblies et tremblantes du Général. *Il est si calme*, songeait Ory, hystérique, qui ne parvenait pas à étancher ce flot brûlant et sirupeux sans bloquer la respiration d'Imanuel. *Comment peut-il rester aussi serein ?*

Les murs étaient presque tous en feu ; le bois craquait dans la chaleur étouffante. Des cailloux lancés par les Rouges éclataient à leurs pieds. Ory aurait voulu se protéger le crâne – c'était hors de question. Il ne pouvait que courir de toutes ses forces, sans lâcher Imanuel, tout en priant pour qu'aucun projectile de taille ne les atteigne.

« Ory… »

Imanuel fut pris d'une quinte de toux.

« Le livre…

— Je l'ai sur moi, hurla Ory, pour qu'Imanuel puisse l'entendre. Je l'ai sur moi, ne t'inquiète pas. »

Il l'avait sur lui, en effet – ou plutôt, il l'avait

coincé entre son biceps et sa cage thoracique, situation précaire car il lui fallait également supporter le poids d'Imanuel, de plus en plus inerte. S'il lâchait Imanuel, les Rouges les rattraperaient avant que Malik et lui puissent le reprendre dans leurs bras. S'il lâchait le livre, il le perdrait à jamais. Malik ne le laisserait pas le ramasser.

Comme s'il avait pu lire dans les pensées de son ami, Imanuel se cramponna un peu plus à son poignet.

« Si… tu ne peux pas… tout porter…, parvint-il à articuler, prends… le livre. »

Celui Qui Rassemble

Deux mois après le meurtre du docteur Zadeh, un habitant de La Nouvelle-Orléans dut oublier que l'alimentation électrique avait été détruite lors des toutes premières émeutes, dans la panique générale. L'électricité revint – même si le système ne fonctionnait plus tout à fait comme avant. Ce n'était plus un générateur qui fabriquait l'électricité dans une centrale, mais les fils qui se croisaient d'eux-mêmes et qui, montant en bouquet vers le ciel, absorbaient l'énergie des orages de passage – nul n'avait plus besoin de les alimenter. Irrégulier, mais assez efficace. La plupart des villes ne pouvaient se targuer d'un tel système. D'après le vieil homme que l'amnésique avait extrait de la gare routière où il avait décidé de mourir, San Diego et Oklahoma City s'étaient mises à sauter. Des portions variables de ces deux villes, du simple immeuble au quartier entier en passant par la rue et le pâté de maisons, se soulevaient, parfois de quelques dizaines de centimètres, parfois de plusieurs étages, avant de retomber à terre – toujours inopinément. Il y avait sans doute dans ces villes des sans-ombre qui craignaient les tremblements de terre.

Le vieil homme avait quitté San Diego car son fils n'avait pas survécu à la chute occasionnée par l'un de ces sauts de ville. Si seulement ces sans-ombre avaient pu oublier l'existence même des tremblements de terre, s'ils ne s'étaient pas imaginé que les villes pouvaient sauter pour s'en défendre.

« Vous êtes le chef, ici ? » lui demanda le vieil homme en soulevant la tête de son oreiller.

Son crâne chauve avait l'aspect du cuir. Il eut une faible quinte de toux.

« Le chef de La Nouvelle-Orléans ? Ou celui de la clinique ?

— Pensez aux ouragans, poursuivit le vieil homme sans répondre à la question. Quelqu'un devrait faire attention, car la saison va revenir. N'attendez pas qu'il vous en tombe un dessus. »

Le vieil homme grelottait de fièvre. Ils l'avaient installé dans l'un des nombreux lits vacants de la clinique. L'amnésique songeait à tous les extraordinaires avatars qu'un ouragan pouvait adopter – toutes les interprétations tortueuses des souhaits, réalistes ou non, que les hommes pouvaient avoir d'arrêter les plus redoutables. La respiration du vieil homme était irrégulière, trop rapide.

« Il va mourir ? » demanda Buddy.

L'amnésique leva les yeux vers le jeune sans-ombre, qui venait d'apparaître à la porte.

« Je le crains. Avant la fin de la nuit, sans doute. Il est très affaibli. »

Buddy écarta de son front une mèche rebelle. L'amnésique l'avait recueilli un mois plus tôt. Même si la tâche était plus dangereuse, désormais, il essayait encore de poursuivre l'entreprise du docteur Zadeh, dans la mesure de ses moyens.

« Quel dommage, soupira le garçon. Lui qui avait encore son ombre, et tout ça.

— Tu vas bien, toi, pourtant.

— Ouais. »

Mais ce n'était pas vraiment une réponse – tout juste une onomatopée distraite que l'on introduit dans une conversation à laquelle on ne prête pas attention. Buddy fixait, nostalgique, la réplique mince et sombre du bras osseux du vieux monsieur, couchée sur le drap.

Cela faisait longtemps qu'un survivant indemne n'avait pas séjourné à la clinique, hormis l'amnésique. Tous les autres résidents avaient perdu soit leur ombre, soit la vie. Curieuse chose que de partager la vacuité des murs avec la réplique amaigrie du vieil homme.

« Quel dommage, répéta Buddy, l'air absent.

— Buddy, fit l'amnésique. Buddy.

— Oui ?

— Où sont les autres ? »

Et si Buddy allait lui répondre : *Quels autres ?* Mais le garçon finit par cligner des yeux et sortir de sa transe.

« La pluie. Marie dit que d'après les nuages, on va bientôt avoir la tempête. On ne peut pas attendre, dit-elle. Il faut descendre au sous-sol. »

Ils s'étaient postés dans le petit patio central, les yeux levés vers le ciel qui bouillonnait et se creusait.

« Vous voyez ? Quand ils ont cette forme, ça veut

dire que l'ouragan est à une journée, moins peut-être », dit Marie, l'index tendu vers le ciel.

Elle le baissa. Plus personne ne l'appelait sœur Marie, mais Marie tout court. Elle n'était plus infirmière. Lorsque son ombre l'avait quittée, elle avait oublié cette partie de son existence. Elle se mordillait le coin de la lèvre – elle était fière de se souvenir de la manière dont on déchiffre les nuages mais essayait de ne pas le montrer.

Les autres sans-ombre se tenaient derrière eux – tous les vingt.

« Vous parvenez à voir si l'ouragan sera dangereux ? demanda l'amnésique.

— Il le sera, dit-elle. Pas autant que Katrina, mais pas loin.

— Qui c'est, Katrina ? » demanda Buddy.

Marie leva la paume vers lui d'un mouvement souple du poignet, comme pour évacuer gentiment la question. Les sans-ombre de la clinique avaient adopté ce geste et l'utilisaient entre eux, lorsque l'un d'eux oubliait quelque chose qui ne valait pas la peine d'être expliqué. Un signe aimable qui signifiait : *Ne t'en fais pas, ce n'est pas grave*.

« Combien de temps avons-nous ? s'enquit l'amnésique.

— Pas une minute », répondit Bouclettes.

Il rassembla la tignasse qui lui valait son nom en une queue-de-cheval rabougrie et l'attacha, pour ne plus avoir les cheveux dans les yeux.

« Le temps qu'on déménage tous nos stocks, toutes nos provisions au sous-sol, l'ouragan sera là.

— Laissons-le passer, soupira Marie. Si c'est un

vrai ouragan, parfait. Mais ce n'en est peut-être pas un. C'est peut-être un souvenir d'ouragan.

— Je sais, fit l'amnésique sans se démonter. Mais que pouvons-nous faire de plus ?

— Est-ce que ce sera… le moment ? demanda Buddy. La fin ?

— On a survécu aux émeutes. »

Il posa la main sur l'épaule de Buddy.

« Et aux exterminateurs. Et à la faim. À des tas de choses.

— Oui, mais ces… »

Buddy fronça les sourcils, ne trouvant plus ses mots. Était-ce la peur ou l'absence d'ombre qui le rendait aphasique ? Difficile à dire. Ah, si le docteur Zadeh avait pu être encore des leurs.

« Ces choses étaient nouvelles. Personne ne peut les oublier : autrefois, elles n'existaient pas. L'ouragan, ce n'est pas la même chose.

— Bon, ça suffit. C'est mauvais. Mais il nous vient dessus. Il faudrait s'occuper de ce qu'on peut faire avant de s'asseoir pour discuter de ce qu'on ne *peut pas* faire », estima Centre-Ville.

Ce n'était pas son vrai nom, bien sûr. Mais c'était là qu'ils l'avaient trouvée. Ce sobriquet, songeait-elle, lui en apprenait plus sur elle-même que le patronyme d'autrefois, l'officiel. Il lui était donc resté. Les sans-ombre étaient de plus en plus nombreux à adopter cette méthode, pour se souvenir de ce qui leur importait le plus.

« D'accord, répondit l'amnésique. On va s'en occuper sans perdre de temps. Nourriture, eau, couvertures, vêtements et médicaments. Je me charge des dossiers médicaux. Travaillons en groupe : tout le monde est là pour rappeler la tâche aux autres. Comme dans nos exercices. Continuez à vous rappeler.

— Continuez à vous rappeler », chantonna Buddy.

Les résidents, répartis en petits groupes de trois ou quatre, s'engouffrèrent dans les couloirs.

« Nourriture, grande salle ! » s'écria Marie alors que son équipe filait vers la cafétéria.

Les réserves à rassembler, le lieu où les transporter.

« Nourriture, grande salle, répéta le résident le plus proche.

— Couvertures, grande salle ! »

La voix de Centre-Ville avait retenti dans un autre couloir. Chaque personne de l'équipe répétait la consigne après l'avoir entendue de celle qui la précédait – chœur circulaire. Tandis qu'ils s'égaillaient dans les ailes de la clinique, les injonctions se mêlèrent les unes aux autres ; on aurait dit une chanson lointaine.

L'amnésique remonta dans le bureau du docteur Zadeh. Les dossiers étaient soigneusement alignés près de la lampe éteinte. L'amnésique décrocha la sacoche en cuir du portemanteau et y rangea les dossiers. CENTRE-VILLE (F), SŒUR MARIE (F), BOUCLETTES (M), BUDDY (M). Les étiquettes rédigées à la main défilaient sous ses yeux tandis qu'il les insérait dans le compartiment de la sacoche. Les dossiers étaient d'inégale épaisseur ; certains ne comportaient qu'une feuille. Cela dépendait de l'état dans lequel ils avaient trouvé les sans-ombre, de ce que ces derniers avaient pu transmettre au docteur Zadeh ou à l'amnésique. L'œuvre du docteur – la mise au point d'une méthode de lutte contre l'Oubli – ne serait jamais achevée. Les dossiers cependant contenaient des éléments sur ce que les patients avaient été. Si le vrai nom de Centre-Ville était définitivement perdu, le dossier mentionnait son âge – quarante-trois ans – et son dégoût profond pour les carottes.

Au fond de la pile, le dossier le plus ancien, bien plus épais que les autres. Le regard de l'amnésique se posa sur l'étiquette et ses nombreuses ratures. Si nombreuses qu'il n'y avait presque plus de place. Un sourire aux lèvres, il secoua la tête. Le docteur Zadeh avait fait de son mieux pour répercuter les divers surnoms dont les malades d'Alzheimer, puis les sans-ombre, avaient aimé affubler l'amnésique. Mais l'étiquette était trop petite – et le docteur avait abandonné la partie sur une ultime et rageuse giclée de minuscules majuscules. L'amnésique relut ce dernier nom écrit en pattes de mouche et se remit à sourire – sans joie aucune. Il sentit ses épaules s'affaisser, posa le dossier dans la sacoche et se rassit dans le fauteuil poussiéreux du docteur.

GAJARAJAN (M).

Tout d'abord il eut le sentiment que le docteur Zadeh allait franchir le seuil d'une minute à l'autre. Cela dura un bon moment. Une éternité, même, à souhaiter revoir son vieil ami une dernière fois.

Il se leva et se dirigea vers l'autre extrémité de la pièce. Une table, bien moins imposante que le secrétaire du docteur Zadeh, se dressait près de la fenêtre. Y était posé un volumineux classeur. L'amnésique avait poursuivi ses propres recherches, c'était déjà cela, même s'il ne pouvait achever celles du docteur

Zadeh. Son exemplaire du recueil de Hemu avait quadruplé de volume depuis le jour où le docteur Avanthikar lui en avait fait cadeau.

Il ne put résister à la tentation, bien malgré lui. Ses doigts, sans qu'il leur en ait donné l'ordre, se mirent à feuilleter les pages si familières – articles, coupures de presse qu'il connaissait par cœur et dans tous les sens. Au milieu du classeur se trouvait une page arrachée à un livre. Une pièce de théâtre, *Peter Pan*, écrite en 1904 par un certain J. M. Barrie.

MME DARLING (qui prend soin de ne pas être entendue par Michael) : La première fois remonte à une semaine. Nana avait son congé et je m'assoupissais tranquillement près du feu lorsque soudain, j'ai senti un courant d'air, comme si la fenêtre était ouverte. Je me suis retournée et j'ai vu ce garçon – dans la pièce.

M. DARLING : Dans la pièce ?

MME DARLING : J'ai poussé un cri ! Et Nana est revenue en ce moment précis, et elle lui a immédiatement sauté dessus. Le garçon a bondi vers la fenêtre. Elle l'a aussitôt baissée mais n'a pas eu le temps de l'attraper.

M. DARLING (qui sait bien, lui, qu'il aurait été plus vif) : Rien d'étonnant à cela !

MME DARLING : Ce n'est pas fini. Le garçon s'est enfui, mais son ombre n'a pas eu le temps de sortir. La fenêtre est descendue et l'a découpée, très soigneusement.

M. DARLING (d'une voix grave) : Mary, Mary, mais pourquoi ne pas l'avoir gardée, cette ombre ?

Mme Darling (qui marque un point) : Mais je l'ai gardée, George, bien enroulée. La voici.
Elle l'extrait d'un tiroir. Ils la déroulent et l'examinent : chose ténue, guère plus substantielle qu'une bouffée de fumée. Libérée, elle irait certainement flotter sur le plafond sans l'assombrir. Et cependant elle a forme humaine.
[...]
M. Darling : Je ne connais pas cette personne, qui me paraît être une canaille.
Mme Darling : Je crois qu'il vient récupérer son ombre, George.

« Une canaille ». L'amnésique eut un sourire. Il savait pourquoi Hemu avait adjoint ce dialogue – si absurde, si inutile soit-il – aux éléments bien plus sérieux, bien plus impérieux de sa recherche. L'idée qu'il reflétait était si charmante ! Si seulement les ombres pouvaient être tangibles – des objets que l'on pouvait toucher, rouler et ranger dans des tiroirs, comme des affiches. L'amnésique soupira. Si seulement la vie était aussi simple que cela.

L'amnésique referma le classeur, de peur que sa lecture ne lui fasse perdre le sens du temps. Le visage pâle et grave de la page de garde semblait le regarder d'yeux sombres qui planaient au-dessus de la longue et molle trompe. Il posa le classeur sur les dossiers et ferma la sacoche en sortant du bureau.

« L'eau, grande salle. »

L'amnésique perçut cette mélodie ténue en traversant la grande salle pour se rendre dans l'infirmerie.

« L'eau, grande salle. »

Dehors, un coup de tonnerre retentit qui fit trembler la clinique. Quelques petits cris effarés s'égrenèrent dans les couloirs.

« Beau travail, tous, s'exclama l'amnésique de la voix la plus forte possible. Faites de votre mieux et retrouvons-nous rapidement dans la grande salle.

— Nourriture, grande salle ! répondit la voix tout aussi tonitruante de Marie – ainsi voulait-elle redonner à son équipe du cœur à l'ouvrage.

— Infirmerie, grande salle », murmura l'amnésique pour lui-même.

Il franchit le seuil : sol carrelé, une rangée de lits.

« Vieil homme, il est temps d'y aller.

— Soif, articula le patient.

— Nous avons des stocks d'eau. Mais il va falloir descendre si vous voulez boire. Pouvez-vous vous lever ? »

Le vieil homme cligna des paupières, hébété.

« Je suis à l'agonie, je crois, finit-il par répondre. J'en ai… trop fait. Plus de forces. »

L'amnésique remonta la bandoulière de sa sacoche. Le vieil homme, assez grand de taille, ne pesait cependant plus grand-chose.

« Pouvez-vous vous redresser sur votre séant ? Si la chose est possible, je pense pouvoir vous faire adopter une position qui me permettra de vous porter. »

Le vieil homme essaya de se redresser sur ses coudes. Ses bras tremblaient. Ses doigts squelettiques se refermèrent sur le bord du matelas et il poussa, non sans courage.

« Allez-y doucement », dit l'amnésique.

Il fit pivoter la sacoche sur son ventre et glissa les bras sous la bandoulière.

« Je vais vous hisser tout doucement sur mon dos. Vous êtes prêt ?

— Vous devriez me laisser ici, dit le vieil homme. Je n'en ai plus pour longtemps, je pense.

— Croyez-moi, ça ne va pas être facile, à l'étage », répondit l'amnésique.

La pluie s'abattait déjà en rafales sur le toit.

« Même si vous mourez cette nuit, il vaut mieux que ce soit au sec et au chaud, avec quelqu'un à votre chevet. Je l'ai fait déjà un certain nombre de fois. Veiller ceux qui partent. Mieux vaut que ce soit en compagnie – même si vous ne me connaissez que de la veille.

— Vous êtes un type bien, souffla le vieil homme.

— Peut-être, dit l'amnésique en haussant les épaules. J'ai oublié. »

Toutes les équipes avaient convergé dans la grande salle, chaque résident portant ou traînant des cartons. Une colossale bourrasque assaillit le mur est. Surpris, ils se recroquevillèrent tous. L'amnésique les compta rapidement.

« Tous présents. Bien. On y va. Sous-sol !

— Sous-sol ! Sous-sol ! »

Ils adoptèrent tous ce nouveau mot d'ordre. Marie brandissait un bout de bois qu'elle avait transformé en torche et allumé on ne sait comment, pour les éclairer dans leur progression. Les cartons, lentement, portés ou poussés, se dirigèrent vers le jardin du patio central : c'était là que se trouvaient les portes d'évacuation vers l'abri anti-ouragan. Alors que l'amnésique se préparait à leur emboîter le pas, fermant la marche, quelqu'un se mit à marteler la porte d'entrée de la clinique.

« Merde ! » éructa l'amnésique.

Il trébucha, se redressa, manquant de lâcher le vieil homme sur son dos.

« Excusez-moi. Ça va ? lui demanda-t-il à voix basse.

— Oui, murmura le mourant. Il y a quelqu'un dehors ?

— Non, cracha Marie, devant l'escalier. N'ouvrez pas ! »

Des indemnes en quête de nourriture ? Quelques sans-ombre de plus ? Ou simplement des objets volants dans la tempête ?

Les cadenas s'entrechoquaient avec bruit. *Pourvu qu'ils tiennent*, songea l'amnésique. Dehors, le vent rugissait avec assez de force pour qu'on puisse l'entendre se réverbérer de l'autre côté des parois de béton.

De nouveau, les coups sur la porte.

« Je vous en supplie, gémit une voix – une voix de femme. Je vous en supplie ! Il y a quelqu'un là-dedans ? Au secours ! L'ouragan… »

Le vent avala le reste de la phrase.

« Des piégeurs, peut-être ? suggéra Centre-Ville. Ou des mômards ? Ou bien des morts-volantes qui traîneraient par ici ? Rien n'est sûr. »

Bouclettes apparut au côté de l'amnésique.

« On n'a plus le temps. »

Ils ont raison. Il faut y aller. Protéger les nôtres. C'était la mission de l'amnésique, l'engagement qu'il avait pris auprès du docteur Zadeh. N'en perdre aucun, veiller sur tous, les aider à se souvenir, tant qu'il en serait capable. Il tendit l'oreille. La femme tapait sur la porte et continuait à gémir. Les arbres à cette heure devaient sans doute être couchés ; tout ce qui tenait encore debout dans la ville se penchait, comme dévoré par un gigantesque aspirateur céleste. Les piégeurs utilisaient toutes sortes d'appâts – des gosses, des femmes, des chiots volés à des chiens errants. Les mômards n'avaient pas besoin de ça – ils étaient si horribles que ce n'était pas nécessaire. La veille, l'amnésique avait surveillé le vieil homme pendant quatre heures dans sa gare routière, pour être certain que personne ne s'en servait comme d'un appât. Impossible de soumettre cette femme à la même vérification. Dans quelques minutes, les vents furieux auraient raison d'elle. Mais la laisser mourir toute seule, dans la tempête ?

« Je suis désolé, cria-t-il. Nous ne pouvons pas vous ouvrir. Trouvez un autre abri, tant que vous en avez encore la possibilité.

— Je vous en supplie ! »

La porte tremblait sous les coups répétés de la femme.

« Docteur Zadeh, c'est vous ? »

Docteur Zadeh.

Ils reculèrent tous d'un pas. L'amnésique lança un regard à Marie, qui fixait la porte, soupçonneuse. Rien n'indiquant plus ce qu'avait été la clinique, cette question ne pouvait avoir qu'un sens : la femme qui cherchait refuge avait connu personnellement le docteur.

« Et maintenant ? murmura Marie.

— Je ne sais pas », dit l'amnésique.

Il fit glisser la bandoulière de la sacoche par saccades jusqu'à ce qu'elle se pose à terre avec un choc mou, puis transféra précautionneusement le vieil homme sur le dos de Bouclette. Il lui fallait avoir les mains libres. D'un geste, il demanda à Marie son coutelas.

« On va vraiment lui ouvrir ? demanda-t-elle.

— Êtes-vous une sans-ombre ? fit l'amnésique contre le battant en serrant le coutelas de toutes ses forces.

— Non… J'ai encore mon ombre ! J'ai encore mon ombre ! »

La femme grattait désespérément la porte tandis que le vent mugissait.

« Ouvrez !

— Comment vous appelez-vous, en ce cas ? »

L'amnésique évidemment ne se souvenait que des très rares personnes rencontrées après son accident, mais il ne lui était pas venu de méthode plus subtile.

« Comment vous appelez-vous ? Si vous avez encore votre ombre, vous vous rappelez certainement votre… »

La réponse lui parvint en un hurlement paniqué. Le premier mot fut avalé par le vent ; le second qu'elle répétait sans relâche lui parvint enfin aux oreilles.

« Avanthikar ! Avanthikar ! »

Il ne comprit sa propre réaction que lorsque tout fut accompli. Il traversa le vestibule en courant, ouvrit la porte, tendit les bras, aussitôt fouetté par une pluie glaciale, agrippa la pauvre chose recroquevillée dans la tempête et la fit entrer, sans reprendre son souffle. La torche de Marie gronda, irritée par la rude caresse du vent. L'amnésique posa son coutelas sur la gorge de la femme avant que celle-ci ait pu reprendre ses esprits.

« Il me faut une preuve, dit-il. Désolé, mais je ne vous croirai pas sur parole. J'ai charge d'âmes, ici.

— C'est vous ? » bafouilla-t-elle.

Les sans-ombre s'étaient mis à hurler, d'excitation ou de terreur. Il faisait trop sombre pour distinguer de la femme autre chose qu'un visage sale, des doigts osseux et le soupçon d'ombre entre ses pieds.

« Il faut une preuve, répéta l'amnésique. De quoi est-il mort ? »

Non pas le docteur Zadeh, mais l'autre. Celui qu'ils avaient tous deux connu et tant aimé.

La femme dévisagea l'amnésique pendant un long moment. Le temps de comprendre sa question malgré le coutelas, le vent, la pluie qui noyait tout. Puis les souvenirs se remirent en place, quelle que soit la distance qu'il leur avait fallu effectuer pour rejoindre la femme.

« Une allergie au beurre de cacahuète », chuchota-t-elle.

Maintenant que Lucius est des leurs, Transcendance ne nous pose plus de questions. Ils ont eu ce qu'ils voulaient. Un dieu, une mascotte. Je me demande combien de temps il leur faudra pour comprendre que Lucius ne peut pas leur transmettre sa malédiction. Il ne fera pas mieux que leurs prisonniers précédents, en dépit de tous ses efforts. Je me demande combien de temps il faudra à Lucius pour se rendre compte qu'il n'est pas le premier et se demander ce qu'il est arrivé à ceux qui l'ont précédé.

Le lendemain de son départ, un bruit m'a réveillée. Quelqu'un grattait les barreaux. Puis un choc plus sourd. J'ai ouvert les yeux : les sept autres s'étaient regroupés à l'autre bout de la cage, bras et jambes mélangés.

« Ah, tu es debout, m'a dit Ursula. Viens nous aider à tirer. »

Ils avaient attaché la ceinture de Victor sur un barreau. Le bout de cuir pendait, mollement, comme s'il n'attendait que leur nouvelle tentative.

« C'est comme ça qu'on va pouvoir s'enfuir ? j'ai demandé, tout en me levant.

— Il faut juste que le point de force soit plus concentré, a dit Ursula, et qu'on tire davantage. Ça vaut bien mieux que de tirer chacun sur un barreau à mains nues.

— Si la ceinture ne se casse pas », a ajouté Ysabelle.

Les gardes en patrouille nous ont lancé un regard méfiant pendant que nous nous mettions tous à tirer sur la ceinture. Visiblement, ils ne pensaient pas que ça puisse marcher. Mais ils avaient déjà fait l'expérience des incidents involontaires que peuvent produire les colères des sans-ombre.

« Allez », nous encourageait Ursula.

Nous avons tous tiré, les muscles chauffés à blanc. Le cuir s'est distendu.

« Allez, allez !

— Putain de *merde* ! » a beuglé Victor.

La ceinture venait de glisser. Nous nous sommes écroulés sur lui de toutes nos forces.

« C'est aussi crétin que toutes nos tentatives précédentes, a gémi Victor.

— Il n'a pas tort », a prononcé une voix.

La femme en blanc. Elle venait de franchir le seuil de l'église abandonnée, légère comme un spectre.

« Vous venez pour le petit déjeuner ou pour le catéchisme ? ricana Ursula. Parce qu'il n'y a qu'une de ces éventualités qui nous intéresse. »

La femme s'immobilisa juste devant la cage.

« Je voulais vous épargner ces efforts bien inutiles. Vous ne serez jamais en mesure de faire plier ces barreaux. »

Elle courba la tête avec une expression pieuse.

« Il y a bien longtemps, l'Immense se rappela qu'ils étaient indestructibles. Rien au monde ne peut les briser. »

Et j'ai compris soudain qu'elle disait la vérité. Je l'avais senti dès que nous y avions été enfermés. Et tous les autres avec moi – mais nous avions refusé de l'admettre à haute voix. Ce sentiment que les barreaux étaient plus que des barreaux. Et à écouter la femme, j'ai mieux saisi. C'était comme si les barreaux étaient à la fois la chose et le terme qui désigne la chose. Nous aurions pu réussir à plier un simple bout de métal en y mettant toutes nos forces, mais que peut l'humain devant d'« indestructibles barreaux » ?

Ursula sans doute l'avait compris aussi, mais n'a pas voulu le montrer.

« L'Immense. C'est le nom que vous avez donné à Lucius ? a-t-elle ricané.

— Pas du tout, a répondu la femme. L'Immense avait un pouvoir bien plus grand que lui. Une reine parmi les sans-ombre. C'est la première que nous ayons trouvée. C'est le modèle de nos aspirations.

— Vraiment ? a poursuivi Ursula. Quel dommage de devoir parler de cette déesse au passé. »

Elle a eu un sourire insolent.

« A-t-elle perdu la vie par accident, bêtement, parce qu'elle avait tout oublié, votre grande reine toute-puissante ? Ou s'est-elle suicidée pour vous échapper ? »

La femme en blanc a plissé les yeux. Sans rien répondre.

Ouvre, me suis-je mise à prier. *Ouvre la cage, tends les bras à Ursula. Tu ne la refermeras plus jamais.*

Ça n'a rien donné. La femme a détourné le regard puis s'est accroupie. Les voiles blancs dont elle était couverte ondulaient sur le sol en un petit lac couleur ivoire. La femme a regardé Zachary, lequel était encore affalé parmi nous, un bras replié sur la poitrine – il s'était fait mal en tombant.

« Comment ça va ? » lui a-t-elle demandé.

Elle a tendu le bras pour lui effleurer l'autre main. Il ne s'est pas rebiffé, pour une fois. Il a fixé les doigts de la femme, puis son visage. Ses yeux.

« Vous avez un tel pouvoir, a-t-elle murmuré, abasourdie. Vous n'êtes pas loin de la Transcendance.

— Ça suffit, dit Ursula en s'avançant vers la femme. Il va bien. »

La femme a tourné les paumes vers le haut avant de se relever.

« Il est d'une grande importance pour vous, n'est-ce pas ? »

Ursula est restée muette.

« Pour nous aussi, il compte énormément.

— Bah », a renâclé Ursula.

La femme en blanc s'est retournée vers Zachary.

« Pourquoi vous battre ? »

Son ton avait quelque chose de la prière.

« Choisissez plutôt l'apaisement. Plus de lutte. Vous êtes en sécurité ici. Vous êtes chez vous.

— Non, nous ne sommes pas chez nous.

— Pensez-vous que La Nouvelle-Orléans soit votre foyer ? »

Les yeux de la femme se sont rétrécis par-dessus son voile.

« La ville est infestée de bandits. Il n'y a plus que cela.

— Comment savez-vous que… »

Ursula m'a coupé la parole d'un seul mot :

« Lucius. »

Bien sûr. Ils l'avaient interrogé. Il leur avait tout dit. Notre périple, nos espérances.

« S'il a parlé, c'est qu'il s'inquiète, a dit la femme en blanc. Sachez-le : je ne sais pas ce que vous attendez de cette ville, mais vous ne l'y trouverez pas.

— N'écoutez pas cette femme, nous a dit Ursula. Elle ne sait pas. Elle ment. »

La femme a croisé les bras.

« Le jour n'est pas loin où vous comprendrez, a-t-elle dit.

— Vous vous méprenez sur notre capacité à résister, a répondu Ursula.

— Oh, je ne crois pas, a dit la femme avec une certaine hésitation, comme si elle n'avait pas envie de nous révéler ce qui a pourtant suivi. J'ai reçu l'ordre de ne plus vous nourrir.

— Quoi ? » a rugi Victor.

Le lion sur son bras avait l'air aussi furieux que lui.

« Vous allez nous faire crever de faim, tout simplement ? Mais vous êtes des monstres !

— Vous ne mourrez pas de faim. Nous nous y opposerons, a dit la femme. Vous nous rejoindrez avant que cette éventualité ne se produise. »

Ursula l'a fusillée du regard sans rien dire. Les Transcendants n'étaient pas des sans-ombre, mais ils avaient suffisamment compris comment nous fonctionnions pour avoir quelques idées sur le mécanisme de la tentation. Ils savaient aussi que le jeûne et la douleur accéléraient la venue de l'Oubli. Leur plan ne pouvait pas échouer : d'abord aimables, ils nous offraient à manger, nous protégeaient du monde extérieur dans l'espoir que nous puissions nous joindre à eux de notre plein gré. Si cela ne marchait pas, ils n'avaient qu'à attendre que nous ayons oublié qu'ils étaient nos geôliers. Nous les prendrions alors pour nos sauveurs.

La femme en blanc a fini par nous regarder dans les yeux.

« Aujourd'hui, demain, après-demain, nous sommes prêts à vous recevoir. »

Victor, écœuré, a lancé son paquet de cigarettes vides vers la femme qui s'apprêtait à repartir. Nous autres, nous avons regardé sans rien dire les gardes s'approcher des barreaux et défaire la ceinture. Mieux valait ne pas prendre le risque de nous blesser ou, dans la bataille, de nous faire oublier quelque chose d'important. Et la ceinture n'avait de toute façon servi à rien.

« Laissez-moi la nuit, a prié Ursula une fois le calme revenu.

— Pour quoi faire ? a demandé Ysabelle. Nous ne pouvons pas casser les barreaux. Nous avons essayé je ne sais combien de fois et nous ne sommes jamais arrivés à rien. »

Elle a passé la main dans sa toison blond paille.

« Je ne sais pas si je peux survivre à la nuit, souffla-t-elle. Je ne sais pas si je peux tenir encore bien longtemps. Et même si nous parvenons à fuir, est-ce que cette femme ne dit pas vrai ? Cette Nouvelle-Orléans n'existe peut-être pas. Nous avons peut-être fait tout ce chemin en vain.

— Arrête, a dit Ursula. La Nouvelle-Orléans existe parfaitement. Et c'est là que nous allons.

— Vraiment ? » j'ai rétorqué, avant même de réfléchir.

C'était la première fois que je m'opposais à Ursula. Ce qui a brisé quelque chose dans le groupe, je crois. Nous avons commencé à nous bagarrer. Tout le monde se hurlait dessus.

Dans ce chaos, Ursula a cherché mon regard. Nous étions au bord des larmes, toutes les deux.

« Ça va aller », a-t-elle dit d'une voix douce dans le vacarme.

Mais en fait, Ory, ça ne va pas aller. Imagine qu'il n'y ait pas de Nouvelle-Orléans. Ou qu'en y arrivant, nous nous rendions compte que ce n'est pas ce que nous voulions. Ce serait la fin de tout. Tout ce que j'ai accompli, les espoirs que j'avais commencé à ressentir, après tout. Ça ne servirait à rien. Et je ne saurai jamais – il n'y a aucune chance pour que je – merde, Ory. Merde. Je pleure. Je ne veux pas que tu m'entendes dans cet état.

Mon amour, c'était le bon choix, à mes yeux. Partir de chez nous. Si tu pouvais écouter tout ce que je t'ai dit, tu comprendrais. Je ne voulais pas que tu me voies dans cet état. Je ne voulais pas que tu sois obligé de vivre avec ce qui restait de moi. Et si le pire arrivait – si je t'oubliais –, je ne veux pas être celle qui t'a fait mourir ou disparaître – ou qui t'a transformé en quelque chose qui n'est pas toi. Je ne pouvais pas être la cause de ce malheur. Tu en aurais fait autant à ma place, tu le sais bien.

II

Les disputes et les pleurs se sont calmés. Ursula alors est venue s'asseoir près de moi dans un coin de la cage.

« Ory, ai-je murmuré. Il s'appelle Ory.

— Je sais. »

Elle a pointé le menton vers la bosse que faisait le magnéto sous ma chemise.

« J'ai peur de l'oublier, ai-je avoué, morte de honte.

— Tu ne l'oublieras pas.

— Comment le sais-tu ?

— Je vais nous sortir de ce trou, a-t-elle répondu sans trembler. Et je vais nous faire arriver à La Nouvelle-Orléans avant qu'il ne soit trop tard. Je ne sais pas comment, mais je vais le faire. Promis juré.

— Mais cette femme, pourtant, elle n'a pas tort ? Les barreaux sont vraiment indestructibles.

— C'est un fait, a fini par concéder Ursula. Mais ce n'est pas grave. Nous nous sommes trompés de méthode.

— Qu'est-ce que ça veut dire ? »

Elle a empoigné un barreau avec, cette fois-ci, ce qui ressemblait à de la tendresse.

« Nous n'avons peut-être pas besoin de les casser pour nous évader. »

Je l'ai vue se concentrer, mettre à contribution ce qu'il lui restait d'esprit. Se demander si elle avait encore la force de faire ce qu'elle voulait, réfléchir à ce à quoi elle allait renoncer en cas de succès. Question qui valait pour nous tous. Car même si c'était Ursula qui allait opérer et subir la destruction d'une partie indéterminée de ses souvenirs en donnant libre cours à la tentation dans sa révolte contre nos geôliers, nous y perdrions tous des plumes. Nous ne serions pas les spectateurs de son fait d'armes, mais le chœur qui l'accompagnerait : quoi qu'elle tente, elle ne pouvait en payer seule le prix. Nous chanterions à l'unisson, car la laisser seule pouvait la conduire à la mort.

Ursula m'a lancé un regard déterminé.

« Laissez-moi la nuit », a-t-elle répété.

Je ne pensais pas être capable de dormir. Je voulais attendre et voir ce qui allait se produire. Ursula cependant s'est contentée de rester assise, les yeux fermés, comme plongée dans une profonde méditation. Je m'attendais constamment à ce qu'elle se dresse brusquement comme une diablesse hors de sa boîte, qu'elle entreprenne quelque chose d'absurde. Mais elle était là, assise ; elle se souvenait. Ou faisait de son mieux pour ne pas se souvenir. Nous étions déjà si las sans compter que nous n'avions rien mangé depuis la veille au soir : il a été impossible de résister au froid engourdissant qui régnait dans la cage. Je me suis assoupie. Et j'ai dérivé longuement avant de rêver.

Et quel rêve, Ory. Magnifique. Si chaleureux, si rassurant, si tranquille. Si réel. Presque tangible.

Nous étions tous de retour dans le camping-car. Certains couchés en chien de fusil sur le vieux sofa, si confortable. D'autres étendus de tout leur long sur le sol. Ursula conduisait, comme d'habitude, une main sur le volant, l'autre sur le levier de vitesse. J'étais à côté d'elle, sur le siège avant du passager, lovée dans les coussins. Dehors, une route solitaire qui s'étendait sous la voûte étoilée, traversant de ses méandres tranquilles les plaines obscures et infinies. Pour une fois, les pneus roulaient sans rencontrer d'obstacle. Si doucement qu'il était difficile de croire que nous avancions.

« Max », me disait Ursula à voix basse, derrière son volant, tandis que je me retournais.

Le ciel sombre défilait de l'autre côté du pare-brise.

« Je voudrais que tu me rendes un service.

— Bien sûr. »

Je souriais, encore assoupie.

« Il va falloir que tu te cramponnes à ton siège de toutes tes forces. Je ne voudrais pas que tu te fendes le crâne sur le tableau de bord.

— Quoi ? »

J'ai cligné des yeux.

« Là, maintenant, Max, a insisté Ursula. Tout de suite ! »

Je me suis cramponnée des deux mains à l'appuie-tête tandis que le camping-car défonçait les lourdes portes de l'église déserte dans un cri d'écorché, bois fendu et briques pulvérisées. Le mur a explosé : peu importe, car il s'est effondré après notre passage. Nous avons dévalé une rampe – quelques marches, même, peut-être, puis soudain le monde s'est ouvert. Ory !

Nous étions dehors. Vraiment dehors, pas seulement dans mon rêve. Le camping-car accélérait sous le ciel percé d'étoiles, se frayant un chemin à travers un dédale de tentes blanches et de toutes petites torches aux flammes vacillantes. Ursula faisait tout son possible pour éviter de percuter les gens et les choses. Il était hors de question pourtant de ralentir.

« Qu'est-ce qui se passe ? » j'ai hurlé.

Mais je savais. Je me suis tournée vers elle, bouche bée. Elle avait retourné la puissance de Transcendance contre Transcendance, en leur donnant ce qu'ils voulaient. Elle avait *oublié*. Oublié que nous étions prisonniers de cette cage depuis des jours, que nous avions perdu notre liberté, que nous n'étions plus en route vers La Nouvelle-Orléans dans notre camping-car – et Dieu sait quoi d'autre. Elle n'avait pas essayé de détruire les indestructibles barreaux de la cage. La femme en blanc, de ce point de vue, avait raison. L'Immense s'était rappelé que les barreaux ne pouvaient être brisés. Mais quant à les métamorphoser – de cela, elle ne se souvenait pas. Grâce à Ursula, la cage était devenue notre camping-car, avec nous à l'intérieur.

« Tous aux fenêtres », nous a-t-elle ordonné en contournant une énième tente.

Nous avons aperçu d'autres torches, une foule qui s'amassait devant une sorte de gigantesque autel. Les croyants se sont tous retournés avec une infinie lenteur, des dizaines de rangées de petits fantômes, voiles flottant dans le vent léger.

« Je ne sais pas qui sont ces gens, mais ils m'ont l'air plutôt hostiles ! Il va falloir se battre.

— *Ilaahayow*, a juré Intisaar en tendant le cou entre Ursula et moi, regard fixé sur le pare-brise. Il y en a des centaines ! »

Le camping-car a foncé dans une tente tandis que des silhouettes vêtues de blanc s'écartaient sur notre passage, pieds nus.

« *Les fenêtres*, bordel », a hurlé Ursula à l'attention d'Intisaar.

Derrière nous, des moteurs se sont mis à rugir, prêts à entamer la poursuite. Le camp des blancs s'étendait sous nos yeux comme une vaste toile d'araignée, labyrinthique, grumeleuse. Certaines tentes, habitées, luisaient doucement, éclairées aux bougies ; d'autres n'étaient que des masses sombres et solitaires dont les locataires se pressaient au-dehors. Des blancs qui nous voyaient foncer sur eux s'étaient armés de pierres, de bâtons, de couteaux. Ils se sont précipités sur notre véhicule, essayant de lui infliger quelque dommage sans passer sous les roues.

« Il ne faut pas qu'ils touchent aux pneus ! »

Si seulement nous arrivions à sortir de leur camp, à trouver une route, nous serions sauvés, me disais-je.

Nous finirions par semer leurs éclaireurs, lesquels à un moment ou à un autre devraient réintégrer le camp. Nous, nous pouvions aller aussi loin que nous le souhaitions.

Ursula a secoué le levier de vitesse et nous sommes passés à toute allure près d'une masse haute et anguleuse, les flancs enfoncés, dévastés par l'extrême chaleur d'un feu de décharge. Ce doit être un container de bateau, me suis-je dit.

Puis j'ai vu les pneus fondus et les vestiges d'une

fresque peinte sur l'un des flancs. N'en restait que le coucher du soleil, qui n'avait pas été craquelé et réduit en cendres par l'ardeur du brasier. *C'est notre camping-car*. Je l'ai vu passer sous nos fenêtres, trop stupéfaite pour réagir. *Le vrai*. *Pas celui que nous avons réimaginé*. Je me suis penchée à la portière pour regarder la carrosserie de notre véhicule qui poursuivait sa course erratique. Je n'ai vu que le métal peint en marron, sans rien.

Le plan d'Ursula avait parfaitement fonctionné. Sauf sur un point, sans doute fatal. Ursula, la propriétaire du camping-car – c'était elle du moins qui l'avait trouvé – n'avait pas peint notre fresque. Son travail de réimagination n'était pas complet.

« La fresque ! j'ai crié. Sans la fresque, on n'y arrivera jamais. »

Son visage s'est décomposé pendant quelques secondes – j'avais parlé de quelque chose qui devait se trouver sur le camping-car ; elle ne se souvenait pas pourquoi la chose en question manquait. Pour l'heure, nous avions aux trousses trop de croyants aux voiles blancs pour qu'elle accorde à cette question plus de trois secondes de réflexion. Elle n'avait pas envie de risquer nos vies

« On s'en fiche, pour le moment, s'exclama-t-elle. L'essentiel, c'est de ne pas les laisser approcher. »

J'ai franchi la banquette pour aider les jumelles à distancer nos poursuivants, côté habitacle. J'avais un couteau dans la main, un couteau au manche vert foncé surgi de nulle part, ai-je compris avec une sensation d'épouvante sourde. Mais que faire, si ce n'était le brandir par la fenêtre, frapper, hurler ?

Zachary était couché sur le sol, à nos pieds, les mains levées, attrapant frénétiquement des formes nées de l'air qui, saisies par lui, devenaient objets tangibles. Il m'avait entendue. Il essayait de se souvenir de ses pinceaux. Il pourrait ainsi repeindre notre fresque. Les taches sur ses doigts s'étendaient, rampantes, plus sombres : bientôt, la peau de ses bras s'est faite tourbillon d'encre, des phalanges presque jusqu'aux coudes.

« Ne faites pas ça », s'est écriée une voix que nous ne connaissions que trop.

La femme en blanc, qui nous hélait, du siège arrière d'une de leurs motos prête à fondre sur nous. Elle n'était pas armée, au contraire du motard.

« Il n'y a rien pour vous là-bas. Nous, nous pouvons tout vous donner – le pouvoir, le respect, l'amour, une armée... »

Zachary a plongé vers l'autre côté du camping-car, entre Victor et Wes, postés aux fenêtres. La couleur l'avait envahi jusqu'à la poitrine. Il avait l'air d'un condamné plongé dans le goudron. Quelle direction avions-nous prise ? Je ne le savais pas. Ursula ? Ce n'était pas sûr. *Pourvu qu'il se souvienne de la fresque. Même s'il doit aussitôt l'oublier.* Mais le camping-car roulait trop vite et les poursuivants étaient trop nombreux. Je le sentais bien – le temps lui manquait. Il lui était impossible de peindre quoi que ce soit penché à la fenêtre d'un véhicule lancé à pleine vitesse. Mais si nous parvenions à fuir... Le temps que nous nous sentions assez en sécurité pour nous arrêter, il aurait oublié la fresque.

« Ursula ! » j'ai hurlé.

Elle a crié au même moment, et baissé la tête – un caillou venait de briser la vitre de son côté.

« Pas peur, a dit Zachary d'une voix qui paraissait si calme, en dépit du chaos. Pas peur. Je peins. »

Je l'ai regardé. Il m'a répondu d'un hochement de tête serein. Il était presque entièrement recouvert d'un pigment sombre et luisant maintenant : mais j'ai quand même cru voir ses lèvres maculées de bleu marine esquisser un sourire. *Je peins*, a-t-il répété, bouche fermée. Je l'ai cru, Ory.

« Sur la gauche ! » a crié Intisaar.

Un quad nous a frôlés avec un hurlement strident, sauvage. Il n'est pas passé bien loin du pare-brise. Je me suis détournée de Zachary et, le bras passé par la vitre, j'ai recommencé à trancher dans le tas.

« Il n'y aura plus de cages », gémissait encore la femme en blanc, en désespoir de cause.

Sa moto a contourné un nid-de-poule à une vitesse effrayante.

« Si quelqu'un pouvait la tuer, cette bonne femme », a grommelé Ursula.

Elle est passée en quatrième vitesse.

« C'était idiot de notre part ! Plus de cages ! Vous aurez tout ce que vous voulez ! Nous… »

Elle s'interrompit sur un hoquet horrifié. Son motard avait sursauté sur son siège. J'ai cru entendre le grondement d'un orage, non loin de nous. La tête de l'homme est retombée en arrière avant d'adopter un angle qui signifiait clairement qu'il n'était plus en mesure de conduire leur moto.

« Je les ai eus ! »

Dhuuxo arborait un rictus de triomphe. Elle tenait

un pistolet au canon fumant. Puis, la seconde d'après, plus rien. Stupéfaite, elle a contemplé ses mains vides.

La moto n'a pu garder son équilibre que quelques secondes. Droite, bien droite, puis penchée, de plus en plus penchée vers la route – avant de disparaître dans une explosion de sable, de lambeaux de tissu blanc, de flammes.

« Angela ! »

Oh, ce hurlement, atroce, interminable !

« Angela, non ! »

Ce nom a rompu une sorte d'envoûtement. Elle n'avait pas eu de visage mais maintenant, elle avait un nom. Angela. Angela. Je pouvais l'imaginer autrement que comme une femme qui enfermait d'autres gens dans des cages pour leur briser l'esprit, un pion de Transcendance. Angela qui avait travaillé dans une banque. Angela qui courait sept kilomètres autour de chez elle, quand elle avait encore un chez-elle. Angela dont le mari était mort le premier mois. Angela qui avait confondu l'absence d'ombre avec une sorte de religion, Angela qui s'était bêtement persuadée de ceci : parce que l'Oubli était incontrôlable et inévitable, il ne pouvait être que juste. Angela qui était simplement une de ces Terriennes qui n'avaient rien compris à ce qui se passait. Comme nous.

« Ne les laissez pas s'enfuir. Tous les moyens sont bons », a enfin crié une autre voix, à proximité des phares arrière.

Transcendance l'a rejointe, s'est écriée en chœur : « Oui ! Ils reviennent avec nous, morts ou vifs.

— Plus vite, Ursula », j'ai crié.

Le camping-car a émis un effroyable gémissement. S'est précipité vers l'avant, de plus en plus vite. Encore une chose oubliée.

« Ou ils nous tueront !

— La lutte continue », a-t-elle répondu.

Les motos se sont rapprochées. Derrière nous, les canons des fusils, luisants par-dessus les pare-brise des jeeps postées sur les bas-côtés. Ils étaient si nombreux. Trop nombreux. S'ils parvenaient à nous arrêter, nous étions morts.

« Plus vite ! » j'ai crié.

Une main blanche essayait d'agripper notre rétroviseur. Le moteur du camping-car a rugi.

Ursula a conduit si longtemps et si vite pour nous débarrasser de la horde que nous ne nous sommes aperçus de la disparition de Zachary qu'une fois à l'arrêt.

Orlando Zhang

Il y avait tant de sang. Et Ory était impuissant à l'arrêter. Il avait gardé la main sur le cou d'Imanuel, mais la plaie était trop irrégulière, trop grande. Le sang coulait entre ses doigts, si chaud qu'il en frissonnait. Une flaque de bile se coagula au fond de sa gorge.

« Au premier étage », dit Malik.

À deux, ils avaient pu transporter Imanuel, de plus en plus faible, dans le vestibule de l'Iowa.

« Non, toussa le Général, la voix liquide. Couchez-moi ici.

— Il faut vous emmener en lieu sûr, Général, dit Ahmadi, qui leur emboîtait le pas.

— Pas grave, râla Imanuel. Vais mourir.

— Imanuel, protesta Ory.

— Je sais », lui fut-il répondu.

Ce qui signifiait – car Imanuel maintenant ne pouvait plus guère articuler qu'un mot ou deux par expiration – *Je suis médecin. Je sais ce que je dis.*

Ils essayèrent bien de le porter à l'étage, mais les quelques mots d'Imanuel avaient fait leur effet. Malik et Ory étaient bien forcés d'y croire. Lorsqu'ils furent prononcés, ces mots ralentirent leurs mouvements. Imanuel soudain était trop lourd, les marches étaient trop glissantes, leurs muscles trop las. Ils franchirent encore quelques mètres, guère plus. Ils ne voulaient pas reposer leur fardeau – mais soudain, il fut couché sur le sol de marbre, la tête sur les genoux d'Ory. Ory passa la main droite sur le front d'Imanuel pour que le sang ne lui coule pas dans les yeux. À chaque respiration, le cou de son ami se raidissait contre sa main gauche.

« Je t'en supplie. Reste avec nous, murmura-t-il. Moi qui venais tout juste de te retrouver.

— Je suis navré », articula Imanuel.

L'effroi écarquillait ses yeux.

« Je suis navré.

— N'essaie plus de parler.

— Navré pour Paul », continua le Général, ignorant la supplique d'Ory.

Sa voix était si ténue que ni Malik ni Ahmadi ne pouvaient l'entendre. Il voulut déglutir, s'étouffa.

« Navré pour Paul. Aurais dû te prévenir.

— Arrête, Imanuel.

— Je voulais. Le tuer. Failli mais. Pas pu. »

La douleur lui coupait le souffle.

« Si ça avait été Max, Imanuel, je n'aurais pas pu non plus. Tu as eu le courage d'aller plus loin. »

Les yeux d'Imanuel se remplirent de larmes.

« Laissé partir. J'ai fait. Tout ça. J'ai fait. Le roi.

— Mais non, tu n'as rien fait de tel. »

Ory posa son front contre celui d'Imanuel. Il s'efforça de ne pas penser à ce qui aurait pu se passer avec Max. S'ils avaient, eux aussi, atteint ce point où elle aurait tant oublié qu'elle ne se souviendrait plus qu'Ory voulait la protéger et non la garder prisonnière. Ou bien, chose inconcevable, si elle l'avait supplié, dans ses derniers moments de lucidité, de mettre un terme à ses souffrances – ce dont elle ne se souviendrait plus lorsque Ory aurait enfin trouvé le courage de lui obéir. Max était une ennemie de la peur. Cette passion animale qui corrompt tout et désigne de faux coupables. Ory comprenait maintenant les ressorts de la transmutation de Paul. Paul et Imanuel, dehors, en cette nuit où Imanuel avait compris qu'il ne pouvait plus attendre, au risque de mettre en danger la vie des habitants de l'Iowa. Imanuel essayant de reprendre son livre à Paul, avant de mettre fin à la noirceur béante de son amnésie. Imanuel essayant de donner l'amour et, par accident, obtenant le résultat inverse – seule chose qui soit restée à Paul.

Un colossal fracas ébranla le silence. Les Rouges qui les poursuivaient étaient arrivés aux marches de l'Iowa.

« Ory, dit Imanuel d'une voix pâteuse, qui semblait venir du fond des eaux. Rougeroi gagne. Ils sont trop. Tout brûle. »

Des bulles de sang étaient apparues au coin de ses lèvres.

« On n'a plus que les livres. Emporte-les. À La Nouvelle-Orléans. Sauve-les.

— Les portes vont bientôt céder, dit Malik dans leur dos. La barre est encore en place, mais il leur suffira de faire des trous dans les battants pour nous atteindre. »

Ils échangèrent un long regard.

Je ne peux pas partir sans elle, aurait voulu protester Ory.

« Ory », supplia Imanuel.

Et l'expression de son visage disait : *Max n'est plus là.*

« Sauve les livres. Va à La Nouvelle-Orléans. »

Elle n'est jamais revenue.

« Ils viennent de casser la porte », les alerta Malik.

Un choc sonore ébranla le vestibule dallé de marbre. L'éclat sourd du feu dansait dans les recoins.

« Soit nous fichons le camp, soit nous résistons jusqu'au dernier.

— Ory… »

Sois heureux, Ory : de ne pas l'avoir retrouvée. De ne pas avoir vu. D'avoir d'elle des souvenirs qui ne sont pas ternis par ce qu'elle a pu devenir avant sa fin.

Ory se pencha de nouveau sur son ami, front contre front.

« J'irai, dit-il. J'irai. »

Le corps d'Imanuel se fit plus lourd.

« Je suis navré, répétait-il, à bout de souffle. Je suis navré. Maintenant, c'est à toi. De te souvenir. De nous tous. »

Ses yeux se remplirent de larmes.

« Personne d'autre.

— Ne t'en fais pas pour ça. »

Ory essuya les traînées de sang sur son visage. *Max. Paul. Imanuel.*

« Ne t'en fais pas. »

Imanuel inspira une dernière fois, les yeux dans le vague. Puis la lumière les quitta.

Ory le garda un moment dans ses bras.

« Il faut partir, maintenant », dit Malik.

Il effleura l'épaule d'Imanuel. Ory entendit Ahmadi hoqueter, derrière Malik, pour étouffer un sanglot.

« Encore une seconde », supplia Ory.

Max. Paul. Imanuel. Il s'efforça de détailler du regard tous les traits de son visage. Et tous les contours de son ombre, noire et paisible. Parfaite réplique de son corps, elle était encore là, plate et froide, sur le sol. Ory regarda Imanuel jusqu'à ce que les couleurs du monde se brouillent. *Imanuel.*

« Je me souviendrai. »

Ils couraient.

« On n'y arrivera pas », haleta Ory.

Les Rouges, sur leurs talons, allaient envahir le vestibule.

« Mais si. »

Malik trébucha, avant de reprendre sa progression.

« Les livres sont tous en caisse. On n'a plus qu'à monter en voiture. »

Les torches vacillaient à chaque marche descendue, éclaboussant de lumière les murs de pierre. Ils couraient toujours.

« Tu as le livre de Paul ? »

Ory serra le livre contre ses côtes, à s'en briser les doigts.

« Oui, je l'ai. »

Le livre était encore tiède – sensation nauséeuse, mais le sac en plastique l'avait protégé du sang d'Imanuel. *Ne pas. Lâcher.*

« Attention ! À gauche », hurla Malik.

Un mur avait surgi devant eux qu'ils faillirent percuter. Ahmadi dut effectuer le même virage de dernière minute pour éviter le choc. Elle pleurait encore, constata Ory. Cela ne faisait qu'accroître son propre chagrin. Qu'elle soit aussi dévastée que lui, qu'elle ait aimé Imanuel et Paul autant que lui. Il aurait voulu faire volte-face, la prendre dans ses bras et pleurer avec elle jusqu'à ce que les Rouges les rattrapent et les tuent. Impossible, bien sûr. Il avait fait serment. Il lui fallait vivre assez longtemps pour apporter leur bibliothèque à La Nouvelle-Orléans. Ils dévalèrent l'escalier de marbre qui conduisait au garage.

« Alerte rouge », hurla-t-il.

Un hennissement strident lui répondit. Les soldats se levèrent tous les uns après les autres pour se mettre en ordre de bataille.

« Vienna ? Vienna ? hurla Malik, affolé, dans ce chaos soudain.

— Papa ! » répondit-elle, de l'autre extrémité du garage.

Des cadenas claquèrent, des gonds grincèrent. Les chevaux émergèrent de leurs stalles dans toute la splendeur de leur équipement, leurs vastes épaules harnachées, leurs dos musclés dûment sellés. Chaque chariot avait son cheval, qu'un soldat y attelait, tandis qu'un second équipier enfourchait la monture qui l'accompagnerait.

« Voiture numéro un, prêt !

— Voiture numéro deux, prêt ! »

Un choc sourd se fit entendre dans les hauteurs. Puis des hurlements étouffés.

« Ils sont entrés dans le vestibule, s'exclama Ahmadi. Ouvrez les portes du garage !

— Je ferme le ban. Ahmadi, en tête de cortège, avec… le Général », dit Malik.

Ahmadi, arc en main, enfourcha Watson.

« *Général ?* protesta Ory, enfiévré.

— On aura tout le temps d'en causer », l'interrompit Ahmadi.

Ses paupières avaient beau être encore rougies, son regard avait retrouvé toute sa meurtrière intensité.

« Pour le moment, on essaie de sortir entiers et avec tous nos livres.

— Montez », s'écria, haletant, le soldat qui servait de cocher à l'attelage le plus proche.

Son cheval poussa un hennissement assourdissant tandis qu'Ory se hissait sur le siège, à côté du jeune soldat.

« Holmes », fit Ory qui avait reconnu le cri de l'animal, on compte sur toi.

Une explosion retentit à l'étage supérieur. Des fissures apparurent sur le plafond. Et s'ils allaient périr écrasés ? Les chevaux s'ébrouèrent, ébranlant les attelages.

« On se taille, maintenant, beugla Malik, à l'autre bout du cortège, d'une voix si sonore qu'Ory avait l'impression d'être assis à son côté. Ouvrez les portes. Vite ! »

Un effroyable craquement fit de nouveau trembler les murs. Puis une immense clameur – des centaines de Rouges lancés à leur poursuite.

« Ils arrivent ! » fit Ahmadi.

Une lumière grise, aveuglante, submergea la douce

et chaude lueur des torches lorsque les portes enfin s'ouvrirent. Ory sentit Holmes plonger, paniqué, sous lui – voulant d'instinct s'extraire des ténèbres et foncer dans la lumière à présent souveraine. L'attelage se mit en branle comme un train de marchandises et roula de plus en plus vite vers le jour aveuglant et libérateur.

« On y va ! Allez ! On fonce ! criait Malik tandis que les attelages prenaient leur envol, les uns après les autres.

— Ahmadi ! Ahmadi ! » appela Ory, qui avait perdu l'archère de vue.

Le cocher fouetta le dos musculeux de Holmes ; les Rouges vociféraient. Malik, en queue de cortège, tira dans la foule – le tonnerre gronda. Ory se cramponna au livre de Paul comme à une bouée.

« *C'EST PARTI !* »

Celui Qui Rassemble

Bouclettes fut le dernier à descendre l'escalier, ralenti qu'il était par le poids du vieil homme. Les autres enfin refermèrent les battants anti-ouragan. Marie ferma le cadenas et fit glisser toutes les barres de protection. La porte désormais était intégralement renforcée.

« Comment vous appelez-vous ? » demanda l'amnésique au vieil homme.

Il venait de s'avouer qu'il ne le savait pas. Cette histoire des noms, ça devenait de plus en plus difficile. Lui n'en avait pas et les sans-ombre ne cessaient d'oublier les leurs.

« Harry, râla le vieil homme.

— L'un d'entre vous peut-il faire boire Harry et rester un moment avec lui ? demanda l'amnésique.

— Je veux bien, proposa Centre-Ville, emboîtant le pas à Bouclette, qui coucha Harry sur une pile de couvertures.

— Aucun de vous n'a d'ombre », murmura le mourant, émerveillé.

Son mal, quel qu'il soit – épuisement, maladie du cœur ou des poumons –, empirait visiblement.

Et l'amnésique l'entendait aussi dans sa manière de parler, en syllabes de plus en plus longues, comme un disque que l'on ralentit.

« Je voudrais bien vous donner la mienne, pour vous remercier de votre bonté. Je n'en aurai plus besoin, bientôt.

— Docteur Avanthikar, êtes-vous certaine que tout va bien ? s'enquit de nouveau l'amnésique. Aucune blessure, vous en êtes certaine ?

— Je vous en prie, renâcla-t-elle. Je ne suis pas si vieille que cela.

— Je suis navré. C'est que je pensais à nos résidents. Je suis… »

Elle balaya l'air de sa main.

« Arrêtez, avec ça. Vous avez fait ce qu'il fallait. J'aurais agi de même si j'avais eu des patients. »

Le déluge au-dehors était tel qu'on n'entendait plus aucun silence entre les gouttes. C'était un grondement immense et sans fin.

« Après la mort de Hemu, j'ai été transférée à Delhi, expliqua le docteur Avanthikar à l'amnésique une fois qu'ils eurent trouvé des lampes torches et un coin où s'installer. Ils y avaient ouvert un autre labo. Un soir que je rentrais chez moi, j'ai été assaillie et enfermée dans une camionnette par un groupe d'individus. La famille d'un sans-ombre que nous n'arrivions pas à guérir, ai-je pensé, un moment. En fait, ces types étaient des marines de l'armée américaine. »

Elle secoua la tête, comme si la chose lui paraissait toujours aussi surprenante.

« Ils m'ont fourrée dans un linceul en plastique et

m'ont fait sortir en douce par le dernier avion qui ait pu décoller d'Inde. C'était la manière la plus rapide et la plus sûre pour eux de contourner les douanes indiennes et d'éviter les foules déchaînées qui avaient pris l'aéroport d'assaut. Comme les gens étaient persuadés que le linceul contenait un sans-ombre, ils les ont laissés passer, morts de peur.

— Vous avez été kidnappée par des marines ? »

L'amnésique écarquilla son œil unique.

« Eh oui, soupira-t-elle. Nous avions tous le même objectif. Mettre fin à cette catastrophe. Quand je suis arrivée à Washington, j'ai eu droit aux excuses du président. Il avait demandé à notre Premier ministre de me faire venir – il avait d'autres spécialistes, déjà, des Allemands et des Japonais, et un immense labo secret-défense à Washington. Il voulait simplement régler le problème le plus vite possible. Notre Premier ministre a refusé. Et votre président a décidé qu'il valait mieux intervenir rapidement en faveur de cet aréopage international, histoire de mettre toutes les chances de son côté, plutôt que de renoncer, au risque d'un échec. Sur le plan diplomatique, c'était un désastre, certes, mais ça pourrait se régler plus tard.

— Au risque d'un échec, répéta l'amnésique avec un lourd soupir.

— Oui, nous avons échoué. Mais votre président a eu raison de prendre cette initiative, reprit le docteur Avanthikar avec une pointe d'irritation. Je ne voulais pas faire défaut à mon pays, évidemment. Mais nous n'étions que deux à partir, moi et une équipe de Mumbai. Et chez nous, il était déjà trop tard. La moitié de la population avait succombé. Votre président avait rassemblé cinquante des spécialistes les plus reconnus en la matière, il avait de l'argent et du matériel à foison. Ne pas partir, de toute façon, c'était aussi signer l'arrêt de mort de mon pays.

— Désolé, docteur. Je ne voulais pas vous vexer. »

Elle évacua cette réponse d'un petit geste de la main. Elle avait recouvré son calme.

« Nous avons tous fait ce que nous avons pu, poursuivit-elle. Mais je suis tellement contente d'avoir pu faire le chemin jusqu'ici, après la… la dispersion du labo. Je ne savais pas s'il resterait quoi que ce soit à La Nouvelle-Orléans, mais c'était le seul endroit où je pouvais aller. Je ne connais que le docteur Zadeh, dans ce pays. »

Elle se frotta délicatement les cheveux pour en détacher la boue qui y avait séché.

« Je me suis égarée dans le nord de la Floride. J'y suis restée six mois. »

Elle éclata de rire.

« Vous saviez qu'ils ont maintenant là-bas des crocodiles gros comme des bateaux de croisière ? D'ailleurs ils sont tout éclairés, eux aussi, et leur musique s'entend deux kilomètres à la ronde. Du coup, l'espèce est bien plus menacée que jadis, même si ce sont de véritables monstres. Ils ne peuvent guère que se manger entre eux.

— Je suis heureux de vous avoir retrouvée », dit l'amnésique avec un sourire.

La doctoresse le serra dans ses bras.

« Je suis si contente de vous voir en vie », chuchota-t-elle.

Ses bras étaient si minces et son étreinte était si puissante. Il la laissa faire, jusqu'à ce que son dos se mette à lui faire mal, tant il lui fallait se pencher.

« Et… le docteur Zadeh ? » finit-elle par demander après avoir rendu sa liberté à l'amnésique.

Il eut plus de facilité qu'il ne le craignait à répondre à cette question. C'était moins douloureux que d'entrer dans le bureau du docteur.

Une fois le récit de l'amnésique fini, le docteur Avanthikar se mit à examiner la porte et les nombreux cadenas qu'ils avaient réussi à installer.

« Des exterminateurs, murmura-t-elle, traversée par un long frisson. C'est atroce.

— Nous n'avons plus rien à craindre de leur part. Il demeure d'autres périls, mais celui-ci n'existe plus », commenta l'amnésique.

Elle lui lança un regard interrogateur, sourcils haussés.

« On ne sait pas qui les employait à la mairie ni qui les rétribuait, mais ceux-là aussi ont perdu leur ombre. Les exterminateurs ont fait leur boulot sans tarder. Et se sont retrouvés sans salaire. »

Le docteur Avanthikar dévisagea l'amnésique pendant quelques secondes, interdite, avant d'éclater d'un grand rire.

Il finit par l'imiter. Ils riaient si fort que des larmes brûlantes leur montèrent aux paupières. La doctoresse se plia en deux. Quelques sans-ombre, ceux qui avaient encore un peu de mémoire, se joignirent même à eux, gloussant, pouffant, même s'ils avaient du chagrin pour le docteur Zadeh.

« Oh, je suis désolée », bafouilla la doctoresse en s'essuyant les yeux.

Elle essaya de se redresser sur son séant.

« Je suis désolée, désolée, mon cher. Ça va aller.

— Fait peur », gémit Adam.

Il ne se souvenait plus que de quelques mots – les plus essentiels, à dire vrai.

« Fait peur.

— Il ne faut pas », le rassura Marie.

Le sans-ombre, frissonnant, vint se pelotonner contre elle.

« Fait peur. Qui c'est ? souffla-t-il en la dévorant des yeux.

— Moi ? Marie », répondit-elle, l'index sur le sternum.

Puis, Adam lui faisant comprendre du regard que la question ne la concernait pas, elle énonça, le montrant d'un geste :

« Adam. Et là, le docteur Avanthikar. »

Adam n'avait toujours pas l'air convaincu. Confus, il se serra contre elle.

« Qui… qui… », murmura-t-il en balayant le refuge d'un regard absent.

« Pauvre créature, soupira le docteur Avanthikar. Ça doit faire un moment qu'il est là ?

— C'était un malade d'Alzheimer, un des patients du docteur Zadeh, d'avant l'Oubli. Il a été le premier à perdre son ombre, répondit l'amnésique. Son état a nettement empiré, ces derniers temps. Je ne sais pas quoi faire. Le docteur Zadeh ne m'a pas expliqué ce que l'on doit faire quand l'Oubli est complet. Il était tellement certain de pouvoir trouver la bonne méthode à temps. Après sa mort, j'ai essayé de poursuivre ses recherches, mais je ne sais pas comment faire.

— Franchement, dit Marié-à-jane-sans-enfant, l'index désignant le plafond, c'est peut-être plus la peine avec ce qui nous tombe dessus.

— Tu es horrible, dit Marie.

— Parce qu'on n'essaie même pas, répliqua Marié-à-jane-sans-enfant. Si seulement on essayait. »

Marie leva les mains vers le même plafond.

« Et comment empêcher un sans-ombre de… »

Elle se mit à gesticuler dans tous les sens.

« À partir du moment où ça tombe ?

— Bon, ça suffit, maintenant », s'interposa sèchement le docteur Avanthikar.

Les sans-ombre sursautèrent simultanément, avant de la dévorer des yeux, extasiés. À l'effet de nouveauté se superposaient son âge, son titre, lesquels lui conféraient un air d'autorité. De plus, elle avait encore son ombre.

« Nous n'allons pas nous disputer dans ce petit espace. Nous sommes tous ici maintenant et nous n'en sortirons pas avant d'avoir une bonne idée pour le faire. Ça n'aurait pas de sens autrement. Donc, au lieu de nous donner des noms d'oiseau, nous allons tous consacrer notre temps à réfléchir à la manière de survivre si cet ouragan… change de nature. »

Elle les embrassa du regard. Il y avait de la maîtresse d'école chez le docteur Avanthikar. À la voir les traiter sans crainte, avec l'amour qu'elle avait accordé à Hemu, l'amnésique retrouvait le sourire. C'était une femme douce, en dépit des apparences.

« Compris ? »

Ils acquiescèrent tous.

« Vous aussi, vous êtes concerné », ajouta-t-elle en désignant l'amnésique d'un coup de menton.

Il écarta les mains en signe de capitulation. Dehors – le bruit venait du dessus et d'au-delà les murs – retentit un craquement étouffé de bois fendu. Quelque chose avait cédé dans le jardin – un arbre, peut-être. Que se passerait-il, songea l'amnésique, lorsque l'ouragan se déchaînerait de toutes ses forces sur cette ville où erraient encore des milliers de sans-ombre – en guerre permanente contre toutes sortes de factions minuscules d'indemnes tout aussi acculés – oh, la panique qui s'ensuivrait, la tempête noyant les zones vides de leur mémoire. S'ils n'étaient pas tués par les errements de leurs souvenirs, ils périraient dans les conflits créés par leurs pouvoirs magiques. Il se rassit pour réfléchir. Puis quelque chose lui revint à l'esprit.

« Oh, merde. »

Il souleva toutes les couvertures, inspecta toutes les caisses de nourriture.

« Merde, merde. »

Il ne la retrouvait pas.

« On a oublié quelque chose ? chuchota Buddy d'une voix que la peur rendait suraiguë.

— Non, vous n'avez rien oublié, dit l'amnésique. C'est moi, j'ai fait une bêtise. »

Marie s'approcha de lui. Il s'était adossé aux rations. Le tonnerre faisait trembler le plafond de l'abri.

« Attendez, fit Bouclettes en se levant brusquement. Où sommes-nous ? »

Marie posa une main apaisante sur son épaule.

« Je ne sais pas ce que c'est, mais il est trop tard de toute façon, dit-elle à l'amnésique d'une voix douce. Je doute que le bâtiment au-dessus de nos têtes puisse tenir bien longtemps.

— Je n'en ai que pour une minute, dit-il.

— Mais où sommes-nous ? demanda Bouclettes. Quelqu'un peut-il me répondre ?

— À La Nouvelle-Orléans », lui glissa Marie.

Et pendant qu'elle prononçait ces quelques mots, l'amnésique la vit lancer un regard à Centre-Ville, pour être certaine de ne pas s'être trompée – après tout, se disait-elle sans doute, l'Oubli lui jouait peut-être des tours.

Le docteur Avanthikar enveloppa du regard les bouteilles d'eau et les médicaments.

« Vous avez oublié quelque chose ?

— La sacoche, murmura l'amnésique. Avec tous les dossiers des patients. Et le classeur Gajarajan. »

Pas un mot. L'amnésique vit à l'expression de Marie qu'elle était d'accord avec lui à présent. C'était la seule chose qui justifiait de remonter au rez-de-chaussée.

« Je me souviens exactement de l'endroit où je l'ai oubliée », dit-il.

Au milieu de la grande salle, là où il avait transféré le vieil Harry mourant sur les épaules de Bouclettes, pour aller affronter les mains libres la femme qui tapait à la porte – le docteur Avanthikar.

« J'en ai pour une minute. Je reviens tout de suite, je vous le promets. »

Marie baissa les yeux. Puis lança un regard à Bouclettes, bien malgré elle.

« Ce n'est pas le problème, murmura-t-elle.

— Revenez, dit le docteur Avanthikar. C'est moi qui vous ouvrirai. »

L'amnésique la remercia d'un geste de la tête. Elle s'était occupée de Hemu. Elle comprenait. Elle savait ce qu'ils craignaient : non que l'amnésique ne revienne pas mais que, revenant, ils ne se souviennent plus qu'il fallait lui ouvrir, tant étaient grands le danger et l'inquiétude. Improbable, mais horriblement possible. Bouclettes déjà était en piètre état, l'ouragan rongeant ses faibles ressources. Et donc, le docteur Avanthikar avait pris les devants, pour épargner à Marie la honte d'avoir à avouer cette éventualité.

Le vacarme était bien plus fort : comme si l'ouragan soufflait directement dans la bâtisse et non hors les murs. Chaque craquement de tonnerre le faisait sursauter. L'amnésique traversa l'atrium en courant, droit vers la grande salle, qui se trouvait de l'autre côté. La sacoche était exactement là où il se souvenait de l'avoir laissée, petite masse sur le parquet constellé de flaques. Il fondit sur sa proie, enfila la bandoulière, serra la sacoche sur son cœur. La pluie avait trouvé le moyen de s'introduire dans la salle ; les flaques allaient bientôt devenir mares menaçantes.

Mauvais, ça, songea-t-il. Si la pluie était entrée dans cette pièce, elle allait pénétrer ailleurs. Et si elle envahissait la clinique en divers endroits, elle finirait peut-être par la détruire, juste au-dessus de leurs têtes.

Et l'immeuble se mit à gémir, comme si l'ouragan avait lu dans les pensées de l'amnésique. Il s'accroupit, les mains sur la tête, puis se releva.

Ça a tenu bon, soupira-t-il en baissant les bras.

Ce en quoi il se trompait. S'il n'avait pas été borgnc, il aurait pu remarquer la poutre que le vent avait délogée et qu'il malmenait si fort qu'elle finit par céder. Sa chute effrénée, tout en balancements, aurait peut-être fait trembler les franges de son champ de vision. Mais il n'y avait rien de ce côté : comme une chaîne stéréo dont on a débranché un haut-parleur. S'il ne vit rien, il entendit le gémissement du bois qui se fendait. Déjà la tranche irrégulière de la poutre achevait la première partie de l'arc de sa descente. S'il n'avait pas été borgne, il se serait protégé la tête, se serait écarté du point d'impact. Mais comme il était borgne, il leva l'œil pour identifier le son.

Ce fut tout d'abord indolore. Un grand éclair blanc, qui submergea tout, comme l'eau d'une piscine que le plongeur qui vient de faire un plat projette tout autour de lui. L'amnésique sombra dans cet éclat blanc tandis qu'il se propageait alentour. Puis il eut mal. Atrocement.

Il avait le visage en feu. Il vit du gris, du rouge, puis l'obscurité – une obscurité dont il ne pouvait se débarrasser d'un clignement de paupières. Le feu se propagea à sa joue, à son orbite, remonta les lignes de fracture de son os frontal. Il se rendit compte qu'il hurlait. Il essaya de se redresser, de fuir ce brasier de douleur, mais ne distinguait plus le haut du bas. Il poussa le sol des mains – ou était-ce le mur ? L'air qu'il fouettait des mains était-il au-dessus de lui, sous lui ? Il sentit obscurément la pierre sous ses pieds et non pas l'herbe inondée de l'atrium. Le choc avait dû le projeter à un ou deux mètres, loin de l'atrium. Il se trouvait encore dans la grande salle.

« Et la sacoche ? gémit-il. Où est-elle ? »

Les ténèbres s'approfondirent. Elles lui trouaient le crâne, horrible souffrance. Il n'y avait rien – ni la moindre couleur, ni la moindre nuance de lumière, ni la moindre perception de mouvement. Il n'avait plus le sens de la vue.

Au-dessus de sa tête, un craquement menaçant. Le toit qui continuait de s'écrouler. L'amnésique parvint à se mettre à genoux, se mit à ramper sans but en battant désespérément des bras, délirant de douleur.

La sacoche, bordel, la putain de sacoche.

Était-elle restée dans l'atrium ? Lui avait-elle échappé des mains dans sa chute, se trouvait-elle dans un recoin de la grande salle ? Ses doigts heurtèrent des morceaux de béton, des éclats de bois, s'enfoncèrent dans des flaques glaciales.

« Mais où est la sacoche ? » s'écria-t-il.

La voix qui s'était échappée de sa bouche le fit trembler d'horreur. Le sol de pierre, sous son genou, fut ébranlé par la chute d'une autre poutre.

« Gajarajan ! »

Il tournait la tête en tous sens, bien qu'il soit incapable désormais de rien voir de ce qui restait de son seul œil.

Et c'est ainsi que je vais mourir, constata-t-il.

Une coulée de ciment lui poudra le crâne. Une autre poutre se mit à grincer. Il ne pouvait plus s'arrêter.

« Gajarajan ! Gajarajan ! »

Et puis, le choc du cuir humide contre les chairs

dévastées de son visage. Il hurla. Ses mains, cependant, avaient une volonté propre. Elles agrippèrent la bandoulière, attirèrent le sac à lui en dépit de la douleur qui l'empêchait de penser. À sa grande surprise, il sentit deux mains de l'autre côté de la précieuse sacoche. Quelqu'un avait trouvé le sac, le lui avait collé dans les bras.

« Maintenant, debout, cria la personne à laquelle ces deux mains étaient rattachées.

— Debout maintenant *debout maintenant DEBOUT MAINTENANT !* »

Et ces deux mains le poussèrent violemment, et il roula en boule, et les dalles sur lesquelles il s'était accroupi volèrent en éclats.

« Gajarajan », sanglotait l'amnésique.

Les mains s'emparèrent de lui.

« Bon sang, vous êtes la seule personne que je connaisse dans ce monde de merde. Hors de question que vous claquiez à votre tour ! *Debout, maintenant !* hurla la voix, hystérique.

— Docteur Avanthikar… »

C'était bien elle. Elle était montée, elle avait quitté l'abri, elle avait trouvé la sacoche, elle l'avait ramassée et elle avait sauvé l'amnésique d'une averse de poutres.

« Docteur Avanthikar !

— Le toit s'effondre. »

Elle le secoua.

« Si nous ne redescendons pas immédiatement, nous allons y passer. »

Il ne pouvait lâcher la sacoche. Il sentit le docteur Avanthikar fermer le poing sur un pan de sa chemise et tirer. Le traîner derrière elle. Du toit crevé, une pluie glaciale les transperçait. L'amnésique trébuchait dans le sillage de la femme, essayant de ne pas se prendre les pieds dans des décombres qu'il ne voyait plus. Ils couraient entre des parois dont il percevait les gémissements de plus en plus sonores – maintenant que le plafond n'arrimait plus les murs, ils vacillaient dans l'ouragan. Herbe. Boue. La pluie, assassine.

« Ne vous arrêtez pas ! » cria la doctoresse.

Derrière lui, les murs s'écroulèrent peu à peu, centimètre par centimètre, les poussant devant eux comme un tsunami de béton.

Quand je me suis réveillée, je pleurais. Je sais que ça a duré longtemps : ma poitrine est endolorie par les sanglots et mon visage est gonflé. Les coins des yeux me piquent, là où les larmes ont coulé. Je suis assise contre la paroi du camping-car ; à mes pieds, la terre est grêlée de gouttelettes salées. Depuis combien de temps sommes-nous garés dans cette vallée aride, sans routes ? Tout est brumeux dans le soleil couchant. Ysabelle pleure encore. Elle émet des petits sons étranglés. Victor s'est assis près d'elle et lui a posé la main sur l'épaule, hésitant. Les autres sont rassemblés près de la roue arrière. Ils se réconfortent les uns les autres. Certains encore en larmes, comme Ysabelle, et d'autres – Ursula, Wes, Intisaar – voûtés par la tristesse, mais les joues depuis longtemps séchées. Au-dessus de ma tête, la fresque peinte sur notre camping-car éclate de couleurs bien plus vives que dans mon souvenir. Elle nous exhorte à continuer. Jusqu'à La Nouvelle-Orléans.

« Max, m'a dit Ursula lorsque nos regards se sont croisés, pourquoi sommes-nous tous en larmes ? »

Il y avait un horrible désespoir dans sa voix.

« La douleur est si grande, mais d'où vient-elle ? »

J'ai ressenti pendant un moment l'acuité d'une douleur qui avait un nom, la perte de quelque chose que je pouvais encore effleurer. Quelque chose d'extraordinaire. À quoi avons-nous renoncé, Ory ? À quoi venons-nous de renoncer et qu'avons-nous obtenu en retour ? Mais plus je m'évertuais à trouver la réponse à cette question, plus la douleur se faisait sourde. Pour finir, elle a battu en retraite, s'est faite épuisement, vide. Rien.

Je me suis rendu compte que j'avais, comme elle, oublié.

Il plut si longtemps ce soir-là que Naz ne put allumer un feu, même sous le couvert du bosquet.

« Mieux vaut trop d'eau que pas assez », dit Malik en disposant autour du campement des seaux pour la récupérer.

Ils la boiraient plus tard. Malgré tout, Naz déchiffra sans peine les regards inquiets qu'il lançait à tous les attelages. Lui aussi craignait les fuites. Les voitures semblaient en bon état ; chaque caisse était recouverte de plusieurs bâches imperméables. Mais comment reprocher à Malik son excès de prudence ? Elle contrôlait l'état du cortège aussi souvent que lui. Ils n'avaient plus que ces livres.

Naz n'appréciait guère le fait qu'ils aient recours aux grandes routes. Ils n'avaient pas le choix, en fait. Les attelages devaient rouler sur une surface lisse, surtout les deux plus vieux, des antiquités. Faire voyager trois mille livres dans la forêt sauvage, immense, qui s'étendait sur les États ? Ha ! Autant les abandonner aux torches des Rouges. Les essieux seraient brisés au bout du premier kilomètre.

Ils avaient fait galoper les chevaux vers le sud-est

jusqu'à Clinton, dans le Maryland, avant de ralentir le pas : les Rouges ne les avaient pas suivis. Watson haletait. À chaque pas, des gouttelettes d'écume voletaient de sa bride.

« Ça va aller », dit Vienna en se penchant de sa propre selle pour tapoter l'encolure de Watson, que montait Naz.

Elles escortaient la première voiture, dans laquelle voyageait Ory.

« Hein ?

— Oui, elle est fatiguée, c'est tout », répondit Naz à voix basse, le cœur serré par la culpabilité.

Pour échapper aux Rouges, il avait fallu pousser les chevaux à bout. Mais Vienna, elle le savait, adorait Watson.

« Watson, c'est ma jument », expliqua Vienna à Ory, comme il se devait.

Elle parlait pour combler le silence, pour leur épargner à tous d'avoir à l'affronter. C'était dans le silence que se trouvait maintenant le Général – ou plutôt simplement Imanuel.

« Enfin, elle ne m'appartenait pas : mais, avant l'Oubli, je prenais des leçons d'équitation aux écuries de Georgetown, et c'était ma jument. C'est cela d'ailleurs qui nous a permis d'aller les récupérer : nous savions où les trouver et comment les faire sortir. »

Ory voulut contribuer à la diversion.

« C'est sans doute grâce à cela, grâce à toi, que nous avons la vie sauve. Et les livres. »

Vienna rougit. Le compliment l'avait prise au dépourvu. Elle retrouva un instant la timidité de l'adolescente qu'elle n'avait pas vraiment cessé d'être.

Puis une gêne lui vint : Ory n'était plus le troufion de base qu'elle surpassait dans tous les compartiments de l'art militaire, mais le nouveau Général de leur petite armée. Naz se mordit la lèvre inférieure. Elle non plus, elle ne savait pas comment aborder la question. Malik ne parlait plus à Ory sur le même ton, elle le sentait bien ; quant aux autres soldats, ils n'osaient plus s'adresser à lui. Le matin, après l'avoir salué, ils baissaient les yeux, respectueusement.

Naz aperçut sur sa gauche un petit lac, qui se rétracta soudain et disparut, comme par magie, tandis qu'elle réfléchissait à la situation. Sous le lac, une flaque de boue. La bête qui s'y était accroupie pour boire sursauta et se retira aussitôt dans les bois. La veille, Naz donnait encore des ordres à Ory. Désormais, c'était l'inverse. Même si Ory donnait l'impression d'avoir encore besoin d'un supérieur.

« Qu'est-ce que... »

Vienna ne finit pas sa question. Elle aussi avait aperçu le lac et l'animal.

« Mais oui, qu'est-ce que c'était ?

— Aucune idée », dit Ory.

La créature avait tout de la chimère – lapin, cochon et grenouille mélangés.

« Cela dit, elle n'avait pas l'air carnivore. Nous ne risquons rien, je pense.

— Bien, Général », dit Naz.

Ory fit la grimace.

« Je t'en prie.

— Si tu veux. Bon, Ory. Ce soir, quand nous aurons dressé le camp, il faudra que tu t'adresses à tes hommes. Que tu te présentes à eux, que tu leur dises qui tu es. Si tu pouvais préparer quelque chose, là, maintenant...

— Ce n'est pas bête, se borna-t-il à constater.

— Ah, ça, c'est Ahmadi », soupira Vienna.

Elle sortit brusquement les pieds des étriers et les fit balancer dans les airs, le regard dans le lointain. Elle ressemblait tant à Rojan dans ces moments ! Naz détourna la tête. Elle était toujours au bord des larmes, ces jours-ci. Chaque fois qu'elle pensait à l'un des quatre. *Rojan. Maman. Paul. Imanuel.*

« Ahmadi ne pense qu'à bosser.

— Je ne pense pas qu'à bosser, répondit Naz au bout d'un long silence.

— Mais si. C'est pour ça que papa t'apprécie autant. »

« On a besoin d'au moins quinze sentinelles pour monter la garde cette nuit », déclara Ory aux soldats épuisés qui descendaient de cheval.

Une fin de crépuscule les fixait par-dessus l'horizon, à demi engloutie déjà.

« Ça ne durera pas. Dans quelques jours, nous pourrons lever le pied, mais nous ne sommes pas encore assez éloignés de Washington. Les Rouges peuvent nous avoir suivis. Je sais que vous n'en pouvez plus, tous. Mais jusqu'à ce que nous soyons réellement hors d'atteinte, je propose que nous nous contentions tous de quatre heures de sommeil. Je prendrai mon tour ce soir. Des candidats ? »

Lorsque plus de la moitié des mains se levèrent, Naz fit de son mieux pour ne pas sourire de la stupéfaction qui se lisait sur le visage d'Ory.

« Hors de question d'avoir traversé tout ce merdier et cavalé toute la journée pour me faire piéger la première nuit, commenta Malik. Je dormirai quand nous serons à La Nouvelle-Orléans. »

Elle avait pensé ne jamais pouvoir s'endormir. Mais lorsque des cris venus du fond des ténèbres la réveillèrent, la première pensée qui se forma dans l'esprit vaseux de Naz fut *Et merde, j'ai donc fini par craquer*. En trente secondes elle se fut levée, eut baissé la fermeture Éclair de sa tente, l'arc et le carquois à la main.

« Qu'est-ce qui se passe ? » hurla-t-elle.

Le petit feu de camp, éteint, n'était plus qu'une colonne de fumée hoquetante et furieuse. Où étaient donc les Rouges ? Elle balaya l'air de son arc, impérieuse.

« Général ! Malik ! Que se passe-t-il ?

— Le lac. »

Vienna venait de surgir à son côté.

« Laisse ton arc. Suis-moi. »

Au centre du camp, Ory et Malik, adossés à une des voitures, la poussaient de toutes leurs forces. Curieusement, dans cette obscurité, seuls leurs torses et leurs têtes étaient visibles. Les soldats en cohorte se précipitaient vers eux.

L'eau ! Ils sont à moitié dans l'eau, remarqua soudain l'archère.

« Ils… ils nagent ? bredouilla-t-elle, sans comprendre.

— Ça monte, ça monte, hurla Ory à la vue de Naz. Donne-nous un coup de main, avant que ça monte jusqu'aux livres ! »

Vienna et elle s'élancèrent dans la mare, hoquetant dans l'eau glacée. Dans le noir, bras tendus, elle trouva les montants de bois brut du véhicule. Des pieds et des mains, elle poussa tant qu'elle put pour mettre le chariot à sec.

Le véhicule sauvé, son précieux contenu vérifié, Ory les rejoignit, elle et Vienna, une couverture sur ses cheveux humides – ils n'avaient pas de serviette.

« Ce lac qui avait disparu hier s'est reconstitué sous nos yeux », dit-il en s'asseyant près du feu qu'un des soldats avait rallumé avec du bois sec.

Les soldats qui avaient participé au sauvetage tournaient lentement en rond autour du feu, les uns encore affublés de leurs uniformes, pour les sécher, les autres en sous-vêtements, ayant disposé sur leurs bras tendus, tels des étendages humains, leur chemise et leur pantalon.

« Dieu merci, nous n'avions pas garé les attelages les uns à côté des autres. Nous n'aurions jamais pu en sauver plus d'un, avec le temps dont nous disposions.

— Tiens, pose tes godasses là, elles sécheront mieux », lui dit Naz, l'index pointé sur un coin d'herbe, juste à côté du feu de camp.

Puis elle secoua la tête. Pour qui se prenait-elle ? Sa mère ? Son pantalon lui collait aux jambes à chaque mouvement, humide encore de la vase du lac. Apparemment, l'étang voyageur en traînait quelques tonnes dans ses périples. Hébergeait-il également des poissons ?

« Heureusement, on a été plus rapides. »

Il sortit les pieds de ses godillots trempés.

« Pourvu qu'il ait son territoire, ce brave lac. Pourvu qu'il en ait déjà atteint les limites.

— Oui, si possible », commenta Vienna.

Naz contempla le reflet du camp à la surface du lac et s'efforça de ne penser à rien. Ni à Vienna ni à Rojan. Ni surtout à Ory. Chaque fois qu'un obstacle survenait, elle confondait les deux jeunes filles. Elle n'avait pas besoin d'une troisième cause d'inquiétude.

« Ça va, Ahmadi ? » lui demanda Ory.

Elle ne répondit pas immédiatement.

« Oui, je… J'ai cru que c'étaient les Rouges. »

Le lac survécut à la nuit et semblait vouloir rester là où il s'était posé.

Ils repartirent à un train d'enfer. Trois jours passèrent sans qu'ils rencontrent qui que ce soit. Les éclaireurs ne parlaient que de champs déserts, de routes vides. Des vestiges humains, oui – mais anciens déjà. Ne restaient que les squelettes. Peu à peu, ils commencèrent tous à se détendre. Les habitants n'avaient pas voulu quitter les grandes villes du Nord : New York, Washington, Boston étaient devenues d'effroyables prisons dont nul ne pouvait s'échapper. Ici, dans le Sud, ce n'était pas la même chose. Il n'y avait plus âme qui vive, quelle qu'en soit la raison. L'Oubli avait-il accompli son œuvre ? Ou bien, ayant entendu parler de cette énigmatique nouvelle Nouvelle-Orléans, avaient-ils décidé qu'elle était assez proche pour qu'ils tentent leur chance ?

Le cinquième jour, alors qu'ils étaient sur le point de quitter la Virginie, ils passèrent devant une tombe, au bord de la route. Simple croix de bois fichée dans la terre, devant le monticule. Quelqu'un avait tracé un trait au charbon sur le montant horizontal – première lettre du nom d'un défunt, premier mot d'une prière. Ça n'était pas allé plus loin que cette trace sombre, incertaine. Le fossoyeur avait peut-être oublié le nom du mort. Ou ne l'avait jamais su. Ou bien avait songé, autre hypothèse, que ceux qui passeraient devant la tombe ne savaient plus lire. Ory fixa si longuement la tombe que Naz fut prise d'un frisson. Frisson redoublé par cet irritant constat : elle l'aimait bien. Elle s'était faite à l'idée qu'il était des leurs, alors que lui n'en était pas si certain. L'armée d'Ory n'avait que deux soldats.

Ce soir-là, alors qu'ils dressaient leurs tentes, elle lui annonça :

« Je crois qu'il faut aborder le sujet de la succession. »

Ce ne serait pas un moment facile, mais elle avait vu l'expression du visage d'Ory regardant la tombe. Le lendemain, ils entreraient en Caroline du Nord. Ils quitteraient à jamais l'État où il avait perdu la trace de Max. Il ne pouvait pas abandonner Max, elle le savait. Mieux valait donc régler rapidement la question par une conversation franche.

« À mon avis, ce devrait être Malik, puis moi, puis Smith Tres. Dans cet ordre. Tres ne parle pas beaucoup mais il sait ce qu'il fait.

— Je sais que je ne suis pas un très bon élément, mais à ce point..., répliqua Ory.

— Je me suis mal exprimée, bredouilla Naz, gênée. Je ne suis pas en train de dire que tu vas… y passer… cela dit… »

Ory emboîta son dernier piquet de tente et recula pour contempler le résultat de ses efforts, la mine sombre, en attendant la suite des explications de Naz.

« Je sais ce qu'on t'avait promis si tu nous aidais à récupérer le livre de Paul, finit-elle par reprendre. Si tu repartais à Washington ou à Arlington pour la chercher, je comprendrais. Tout le monde ici comprendrait. Mais si tel est ton désir, il faut le faire maintenant. Pas dans dix jours. Pas quand nous dépendrons de toi.

— Toi, dépendre de qui que ce soit ? fit-il, sceptique, le sourcil haussé.

— Malik est un bon candidat. Genre, dans dix ans. »

Ory pouffa. Au-dessus du camp, les curieux petits nuages musicaux qui se formaient en ces lieux – petites bouffées de brume tiède, guère plus grosses qu'un paquet de cartes, que les soldats avaient baptisées iizanges – voletèrent dans un doux concert de flûtes.

« Non, je reste, dit Ory. J'en ai fait la promesse à Imanuel.

— Imanuel est mort. Il ne se souvient plus de toi.

— De même Max », dit Ory.

Quelle douleur, le regarder au fond des yeux. Naz fit de son mieux, mais tout dans son corps se rétracta, des recoins de ses bronches au sommet de sa gorge.

« Je suis désolée, réussit-elle à articuler. Max…

— Non, je t'en prie. »

Non, n'aborde jamais plus le sujet, voulait-il dire.

Il inspira profondément.

« Qui sait ? Moi aussi, peut-être, j'oublierai un jour. »

Lui, oublier ? Jamais. Son ombre semblait plus sombre, plus profonde de cent degrés que celle de quiconque.

« Un jour, peut-être, dit Naz.

— Je reste. »

Il leva les yeux vers elle.

« Même si tu ne me crois pas. »

Ce qui était le cas.

Naz le lendemain enfourcha un hongre efflanqué, infatigable, du nom de Hannibal et, au petit galop, tourna autour des équipages en cercles de plus en plus larges. Elle cherchait des traces de pas, des coins d'herbe où des corps avaient reposé, des crottes enterrées. Du rouge. Des indices d'une poursuite acharnée.

À quelle vitesse une troupe pouvait-elle voyager, pour peu qu'elle soit mue par une colère suffisante ? Combien de temps leur fallait-il pour abandonner la poursuite – ou oublier leur but ? Tous les matins, elle aurait voulu croire que son armée était hors d'atteinte. Tous les soirs, elle se disait qu'aucune distance ne la conforterait jamais vraiment. Elle se demanda ceci : lorsqu'ils se répandaient à la poursuite de leur cohorte, quittant en foule la ville brisée, les sans-ombre coloraient-ils en rouge tout ce qu'ils laissaient dans leur sillage – le sol, les arbres, le ciel ?

Une semaine plus tard, Watson, au galop, se coinça le sabot dans un trou et se cassa la jambe. Vienna se retrouva coincée sous la jument, qui hennissait de douleur. Le temps que le cortège s'arrête et que tous accourent vers le lieu de l'accident, il y avait du sang partout et Vienna, sous le choc, essayait de se dégager. Son pied était coincé sous l'animal secoué de spasmes. Naz et d'autres soldats parvinrent à soulever Watson tandis que Malik aidait sa fille à sortir. Naz, terrifiée, une sueur froide lui enduisant le corps, tremblait si fort qu'elle avait du mal à ne pas lâcher prise.

Au visage de cette enfant qu'ils libéraient du corps brisé de la jument se superposa, pendant une seconde, celui de Rojan. Naz faillit hurler et aurait perdu toute force si Ory n'avait pas soudain surgi derrière elle pour lui prendre la selle des mains.

La jambe de Vienna était indemne, comme le reste de sa personne. Pas une égratignure, mais elle avait du mal à reprendre sa respiration. Elle écarta Malik puis s'agenouilla près de Watson, lui murmurant à l'oreille jusqu'à ce que la jument commence à s'apaiser. À l'ombre du premier attelage, Naz et Ory échangèrent un regard.

« Il ne nous reste pas tant de munitions que cela », bredouilla Naz, encore tremblante.

Elle se serra les bras contre le torse.

« Ahmadi, dit Ory d'une voix douce. S'il te plaît. On lui doit bien ça, à Watson.

— Je sais. Tout ce que je dis, c'est que nos réserves sont au plus bas. Malik ne donnera jamais cet ordre.

— Je le ferai, dans ce cas. »

Elle le regarda, surprise. Non, elle ne le croyait pas capable d'un tel geste. Elle ne s'en croyait d'ailleurs pas capable elle-même – regarder Watson au plus profond de son immense œil d'ébène, en effacer la lumière –, elle qui avait percé de flèches vingt ou trente humains de plus qu'Ory n'en tuerait jamais.

Soit il ne mesurait pas la difficulté de la chose, soit il faisait semblant.

« Quand Vienna sera prête, emmène-les de l'autre côté du camp, elle et Malik », poursuivit-il.

Naz fit lever Vienna en larmes et l'escorta de l'autre côté des attelages. Ni elle ni Malik ne surent qu'Ory avait emprunté un revolver à l'un de ses soldats.

« Qu'est-ce qu'on va faire ? se lamentait la jeune fille. On ne va pas la laisser dans cet état, quand même. On ne peut pas l'abandonner ici, sans…

— Ma chérie, murmurait Malik, impuissant. Je suis désolé. »

Il se pencha vers sa fille pour lui embrasser le front, la main de Naz sur son épaule. Elle vit entre deux attelages la longue encolure de Watson, toute de velours gris, frémissant contre la terre. Chose inattendue, Ory était à son côté, le visage grimaçant, le revolver à la main – accablé par ce fardeau. Du canon s'échappait l'éclat électrique de la tempête. Ory semblait ne plus savoir comment se servir d'une arme.

« Allez, murmura Naz. Tire, Ory. Pour Watson. Pour Vienna. »

Le revolver oscillait. Comme Ory. Pendant une minute – une éternité, sembla-t-il à Naz –, il promena la froide bouche du canon sur la tempe de la jument couchée, hennissant, sur le sol. Il avait peur de ne pas tirer au bon endroit, peur de rater, peur d'aggraver la situation, peur de soumettre Watson à la torture de ce tonnerre brûlant, carbonisant, peur de devoir utiliser d'autres balles, de gâcher leurs munitions, jusqu'à ce que quelqu'un lui retienne le bras – et Watson, toujours vivante, continuerait de souffrir. Elle poussa un long gémissement.

« Allez, Ory. Tire. Pour nous. »

Pour moi, voulait-elle dire – elle le savait bien. Ory ferma les yeux et tourna la tête.

Naz comprit qu'il allait rater sa cible. Qu'il avait trop peur de devoir tirer une deuxième fois, si bien qu'il ne pouvait appuyer une première fois sur la détente. Il n'en était pas capable. Il ne tuerait pas la jument, il ne les accompagnerait pas à La Nouvelle-Orléans. Il allait s'enfuir. Il allait revenir à Washington et remonter le fil de ses souvenirs. Jusqu'à la mort.

Mais lorsqu'il finit par tirer, une balle suffit.

« Je reste, répéta-t-il à Naz lorsqu'elle l'eut rejoint.

— Maintenant, oui, je te crois. »

Je suis désolée de ne pas avoir… Ça fait un petit moment. La dernière fois, nous avons tant perdu que je ne voulais rien enregistrer, pendant un moment. Je ne voulais même pas y penser. C'est tellement difficile de t'expliquer ce qui se passe. Cette idée que tu ne sais pas, parfois, que tu as oublié quelque chose et que parfois, tu le sais – mais ce n'est pas exactement ce que tu as perdu. Alors quand ça arrive, c'est plus facile de ne pas y penser. Comme ça, impossible de me retrouver à trébucher dans ce nouveau gouffre si froid, si tortueux de mes souvenirs. Pendant un moment, il vaut mieux ne pas essayer de se souvenir de quoi que ce soit.

Mais bien sûr, tu me manques. Et j'ai envie de me souvenir de toi, même si pour ce faire je dois affronter ces gouffres.

J'espère qu'on va y arriver, Ory. J'espère qu'on va y arriver avant que je t'oublie. Ils vont me réparer et je pourrai te retrouver. Et tout s'arrangera, par ma force, et je nous sauverai, tous les deux.

Sauf que ça empire. Vraiment, terriblement.

Les routes ne sont pas droites ici. Elles partent

dans tous les sens. Elles serpentent paresseusement de-ci, de-là, comme si un géant s'était penché sur le paysage et l'avait touillé doucement avec une immense cuillère. Chaque fois qu'on arrive devant un changement de direction, on se dispute, dans le camping-car. Il y a ceux qui veulent continuer tout droit, sur la non-route ; il y a ceux qui préfèrent suivre les courbes, ce qui est mieux pour les pneus, même si tout s'allonge alors, les distances, les heures, interminablement.

« On n'a qu'à la traverser », nous a dit Dhuuxo, les bras croisés sur le sommet du siège d'Ursula.

Devant nous, une grande mare sombre, trop profonde et trop large pour qu'on puisse y rouler sans noyer le moteur.

« Tout droit sur l'eau, comme un bateau.

— Mais non, a dit Ursula d'une voix ferme. On ne peut pas rouler sur l'eau.

— Mais si », a insisté Dhuuxo.

Je me suis retournée vers elle. Elle a ce regard lointain. Ces frontières qui s'effrangent. Ce fait de voir quelque chose qui nous est pour le moment invisible, mais ça ne va pas durer.

« Arrête, j'ai dit.

— Mais si, on pourrait, a-t-elle chuchoté.

— On n'arrivera jamais à temps si on ne fait pas quelque chose, a ajouté Wes, tout doucement.

— Et si nous en faisons trop, a répliqué Ursula, il ne restera plus assez de ce que nous sommes pour arriver où que ce soit. »

Parfois c'est Dhuuxo qui cède. Parfois c'est Ursula. Parfois, les deux s'entêtent ; le ton monte ; elles hurlent. Puis Intisaar se met à pleurer. J'ai peur d'elle, maintenant, Ory. J'ai peur de Dhuuxo. Lorsque Lucius a quitté le groupe, lorsque Ursula a réussi à nous faire évader de Transcendance avec un camping-car que son esprit avait fabriqué avec la cage, lorsqu'elle nous a sauvés… Et autre chose, dont je sais que je l'ai oubliée… Nous avons compris que nous pouvions remporter des victoires : il suffisait d'y mettre le prix. J'ai pensé alors que Dhuuxo était du même avis que nous, puisqu'elle nous avait suivis, qu'elle pensait elle aussi que c'était cher payé, tout de même. Je n'en suis pas sûre. Est-ce que Dhuuxo ne veut pas résister ou est-ce qu'elle ne *peut* pas résister ? Je ne sais pas. Ça n'a peut-être aucune importance. Le résultat est le même. Elle cède, de plus en plus souvent. Ce sont de petits riens : elle change la couleur de ses vêtements, la longueur de ses tresses si compliquées, elle fait fleurir des buissons de fleurs sur les bords de la route, là où rien ne poussait. Les arbres chantent à présent dans un langage que je ne comprends pas. Et puis, peu à peu, des choses plus importantes. La puissance de la chaleur dans notre atmosphère. La clarté de la lune, pour que nous puissions continuer notre route, même la nuit. Au début, Ursula ne disait rien. Chaque fois qu'il se passait quelque chose de cet ordre, elle lançait un regard à Intisaar. Intisaar hochait la tête en retour, histoire de lui faire comprendre qu'elle surveillait sa sœur, qu'elle ne la laisserait pas tomber amoureuse de ses pouvoirs.

Mais à chaque incident, Dhuuxo sombre un peu plus. Elle est si loin désormais que je ne suis pas certaine qu'Intisaar puisse la ramener parmi nous. Sans doute ne peut-elle plus que la laisser filer… ou bien la suivre.

II

Wes aussi. Je crois que nous allons le perdre. Tous les deux, maintenant, ils passent leur temps à étudier ce nouveau monde qu'ils ont sous les yeux. Ce n'est pas le monde qui est mais celui qui pourrait être. Pendant ce temps, Intisaar les regarde, muette de peur, adossée à l'arrière de mon siège. Chaque fois qu'ils soupçonnent Dhuuxo d'avoir oublié quelque chose, de l'avoir troqué dans ce hideux marché, Victor et Ysabelle se mettent à brailler. Pour prévenir Ursula avant qu'il ne se produise quelque chose. La tentation est si forte maintenant dans notre petit habitacle – cela ne concerne pas que Wes et Dhuuxo : chaque fois qu'elle oublie quelque chose, elle risque de nous engouffrer, nous aussi, même si nous ne voulons pas la suivre. Dans ce labyrinthe désert, notre camping-car s'arrête souvent, dans un grincement de freins ; Ursula descend de son siège, le poil hérissé comme une ourse en colère. Elle hurle sur eux, elle les secoue par les épaules. Une fois, même, elle les a giflés.

« Que Dieu me vienne en aide ! » a-t-elle craché tout contre le visage de Dhuuxo.

Dhuuxo a voulu se dégager ; Ursula lui a empoigné les tresses à la racine ; elle a tiré. Elles étaient joue à joue, comme si elles allaient s'embrasser – elles voulaient plutôt s'entretuer.

« Je ne te laisserai pas jouer avec nos vies. Si tu

cèdes encore une fois, je te vire de ce camping-car. Je t'abandonne dans ce trou.

— Je t'en supplie, a gémi Intisaar.

— N'aie pas peur, a murmuré Dhuuxo. Aucune raison d'avoir peur.

— Si tu recommences, a dit Ursula, tu verras si je ne tiens pas parole. »

Je me suis cramponnée à Intisaar. J'attendais un horrible événement. Une disparition, une métamorphose, un ajout à la réalité. La seule d'entre nous qui soit assez puissante pour contrer Dhuuxo, c'était Ursula, parce qu'elles en étaient au même point d'oubli. Mais il lui faudrait user de son pouvoir pour réparer ce que Dhuuxo aurait déformé – et aucun d'entre nous ne savait ce qu'il restait vraiment à Ursula. Et si cet effort lui coûtait sa capacité à conduire ?

« Désolée, a fini par céder Dhuuxo, les joues humides. Je ne sais pas si je suis encore capable de m'en empêcher.

— Mais si, tu peux. »

Et sur ces paroles, Ursula a désigné sa jumelle, et les deux sœurs ont longuement étudié leurs visages semblables.

« C'cst csscnticl. »

Elle a fait de son mieux. Intisaar la surveillait. Victor et Ysabelle surveillaient Wes. Nous avons continué à parcourir les terres circulaires. À chaque révolution, ils étaient de plus en plus nerveux, comme si chaque virage les faisait souffrir.

« Combien de temps encore allons-nous pouvoir tenir ? » a demandé Intisaar à Ursula, un soir, d'une voix douce.

Nous roulions de nuit, à la lueur irréelle de la lune de Dhuuxo. Tout brillait d'un éclat argenté presque aussi lumineux que le jour.

« Je ne sais pas, a dit Ursula. Ça va bien finir un jour.

— C'est peut-être une épreuve, ai-je suggéré. Ceux qui nous attendent à La Nouvelle-Orléans ont transformé le paysage de sorte que ne leur parviennent que ceux qui y tiennent vraiment.

— Ou c'est un avertissement », a déclaré Dhuuxo.

Sur son front las, plissé, la sueur coulait ; elle s'est épongée d'un revers de main.

« C'est peut-être qu'ils ne veulent pas qu'on vienne.

— Non, a répondu Ursula. On nous a parlé de Celui Qui Accueille, pas de Celui Qui Rejette. »

II

Au quatrième jour, le tortillon de la route s'est soudain transformé en une longue ligne droite. Au détour du dernier virage, nous avons tous poussé un petit cri. Ursula a dû s'arrêter pour que nous puissions contempler le paysage. Une étendue verte, infinie, traversée par un long ruban gris dont l'extrémité se perdait dans la distance.

« On a réussi, j'ai dit, après un silence. On ne doit plus être bien loin.

— Je ne vois rien du tout, a murmuré Ysabelle, rêveuse, les paupières plissées. Que du vert. »

Ursula a hoché la tête avec vigueur.

« La Nouvelle-Orléans est au bout de la route.

— La Nouvelle-Orléans… Qu'est-ce que c'est ?» a demandé Wes, derrière la banquette.

Il scrutait le paysage à l'ombre de sa paume.

« C'est là que nous allons.

— Non, nous n'irons pas », a dit Dhuuxo.

II

Nous nous sommes rassemblés en deux groupes, à l'extérieur du camping-car, chacun près de son phare, à bout de forces. Ceux qui voulaient se souvenir – Ursula, moi, Ysabelle, Victor et Intisaar ; ceux qui ne voulaient pas – Dhuuxo et Wes. Wes faisait les cent pas, traçant, absent, des cercles incertains, comme s'il poursuivait un aimant sans cesse mouvant. Mais Dhuuxo, elle, ne bronchait pas. Elle fixait Intisaar dans les yeux, calmement. Derrière nous, dans le sol, de minuscules ampoules électriques grosses comme des raisins poussaient dans la terre – comme le blé nouveau. Un peu plus loin, une tasse en porcelaine gravée de la taille d'un avion-cargo est passée sans un bruit dans le ciel, comme un nuage, son rebord lisse, charnu, gracieusement penché vers la terre.

« Je t'en prie, Dhuuxo, a supplié sa sœur. Arrête. »

Dhuuxo a secoué la tête.

« Fais-moi confiance, *walaashaa*. Transcendance avait raison. Pas lorsqu'ils nous demandaient de les rejoindre, ça non. Mais quand ils nous disaient qu'il y a bien plus de choses ici que ce qui nous attend là-bas. Je le sens.

— Dhuuxo, allons là-bas, d'abord. Si ça ne te plaît pas, nous repartirons.

— Intisaar, tu te trompes. Ça ne sert à rien de sauver ce que nous avions autrefois. Si nous avons ce pouvoir, c'est bien pour en faire usage, non ? Pour en faire quelque chose de neuf. »

Intisaar s'est essuyé les yeux d'un revers furieux de la main, avant que les larmes ne coulent.

« Et moi, Dhuuxo ? Moi ? Je ne veux pas être neuve, comme tu dis. Je veux me souvenir.

— Je sais que tu n'as pas encore compris, a murmuré Dhuuxo. Mais ça ne va pas tarder. Je te montrerai. »

Intisaar s'est retournée vers nous.

« Il faut aller plus vite. On y arrivera, a-t-elle repris d'une voix brève. Allons-y. Aidez-moi à la faire remonter. Je peux la retenir. Je peux me souvenir pour nous deux. »

Ursula a soupiré. Si la chose avait pu se faire, ç'aurait été avec ces deux-là, Dhuuxo et Intisaar. Mais il ne fallait plus y compter.

« On avait promis », j'ai fini par dire.

La théière passait dans le ciel, à son tour, poursuivant mollement la tasse. Des oiseaux sur le bec comme des grains de poussière. La porcelaine scintillait dans le soleil couchant.

« On avait promis d'emmener tout le monde jusque là-bas. Même s'ils oubliaient la destination.

— Je n'irai pas, a répliqué Dhuuxo d'une voix ferme. Si vous essayez de me forcer, je vais détruire le camping-car. »

Nous nous sommes tous figés sur place. Ursula a écarté les bras, comme si ses mains étaient un bouclier.

« C'est notre camping-car, a-t-elle grondé. Et nous allons à La Nouvelle-Orléans.

— Vraiment ? »

Dhuuxo a lancé un regard à Wes.

« Non, il va peut-être prendre une autre route. »

Derrière nous a retenti un petit soupir qui tenait de la plainte. Le début de quelque chose. Ou la fin.

« Non, Dhuuxo ! » a hurlé Intisaar.

J'ai senti mon souffle se coincer dans ma gorge. Je ne voulais pas me retourner sur ce que nous avions derrière nous. La mort, le vide. *Ory*. J'étais pétrifiée.

Mais pas Ursula. Soudain l'air est revenu. Le monde semblait plus léger de quelques strates, comme si j'avais ôté mon manteau et mon bonnet.

Je me suis retournée. Le camping-car n'avait pas changé. Il avait le même aspect. Il était comme dans mon souvenir.

« Fiche le camp ou je t'étripe », a dit la femme aux cheveux poivre et sel.

Dhuuxo a hoché la tête. Elle était luisante de sueur, en nage du front aux pieds. Des taches sombres qui fleurissaient sur ses vêtements au niveau de ses aisselles, de ses genoux.

« Je suis navrée, a-t-elle dit après un long silence. J'aurais dû laisser tomber. Ce n'était pas dans mes intentions de… Tout ce que ça t'a coûté.

— Fiche le camp ou je t'étripe. »

Dhuuxo s'est retournée lentement avant de partir vers les collines lointaines. Elle flottait presque au-dessus du sol. Wes l'a suivie des yeux un certain temps.

« Désolé, moi aussi », a-t-il chuchoté.

Puis il a emboîté le pas à sa nouvelle idole, sa reine liminale.

J'ai pris Intisaar dans mes bras, pour qu'elle se taise.

« Reste, j'ai dit. Reste et souviens-toi.

— C'est ma sœur, a murmuré Intisaar, impuissante. Je ne peux pas la laisser tomber.

— Je sais. »

Sa main s'est dégagée de mon étreinte.

Nous n'étions plus que quatre sous la lune étincelante de Dhuuxo.

Je me suis retournée, en fin de compte, et j'ai posé la main sur le flanc d'aluminium de notre véhicule. Il était bien tangible, bien réel.

« Le camping-car est en bon état ? Tout le monde est en bon état ? » j'ai demandé, le cœur serré.

Notre conductrice a hoché la tête, épuisée. Mais, au lieu de se diriger vers le camping-car, elle a marché vers le champ, vers les hautes herbes qui ondulaient, à l'écart de la route. Elle marchait de plus en plus vite.

« Attends ! »

J'ai couru après elle. Où allait-elle ? Personne ne savait le conduire, ce camping-car, sauf elle.

« Attends ! »

Elle a continué. De plus en plus vite. Elle courait.

« Arrête ! »

Elle a disparu.

Ah, non, elle s'était agenouillée, tout simplement, et les grandes herbes semblaient l'avoir engouffrée.

J'ai ralenti mon pas en arrivant derrière le trou dans la mer de plantes, là où son corps avait écrasé les tiges vertes. Elle ne bougeait pas. Elle était à genoux et regardait droit devant elle. L'herbe chuintait doucement autour de nous.

« Je suis désolée, a-t-elle dit, d'une voix épaisse. Simplement, j'avais besoin… J'avais besoin.

— Ça va, j'ai dit.
— C'est en train de s'accélérer terriblement.
— Je sais », j'ai soufflé.
Nous le sentions tous. L'énormité de ce que nous avions perdu pour sauver le camping-car. C'était un objet si important. Une ancre. Il ne nous en restait pas tant que cela.
« On va y aller, tu sais. On n'a plus de temps à perdre.
— Une minute. »
J'ai fait un pas vers elle et je me suis assise, aussi discrètement que possible.
« On a une minute. »
Elle a regardé ses mains.
« Bon, d'accord, a-t-elle concédé. Un moment. »
J'attendais qu'elle me dise ce qu'elle venait de donner. Puis j'ai compris ce que c'était.
« Moi aussi, je l'ai oublié. »
Elle l'avait oublié pour elle-même et puis pour nous tous, d'une manière ou d'une autre.
« Désolée.
— Ça n'est pas grave. »
Elle a secoué la tête.
Que faire, si ce n'était continuer d'oublier ? La femme s'est relevée. Elle scintillait faiblement au clair de lune.
« Ce n'était qu'un nom. De toute façon, il ne voulait plus dire grand-chose. »

II

Ça fait un moment qu'on avance sur la route, je crois. Je ne vois plus d'où nous sommes venus – il n'y a rien autour de la route depuis des kilomètres. De toute façon, c'est trop loin maintenant. Plus moyen de savoir ce que c'était. L'air est chaud, la route est droite.

Quand j'ai vu la femme qui conduit, à côté de moi, lancer un coup d'œil devant elle, je lui ai demandé où nous allions.

« C'est un endroit qui s'appelle La Nouvelle-Orléans, a-t-elle répondu avec patience.

— La Nouvelle-Orléans. »

Quel nom merveilleux, Ory, tu ne trouves pas ? Un endroit nouveau. Un endroit pour tout recommencer. Je ne sais pas ce que signifie l'autre mot, Orléans, mais ça ressemble à ton nom. Je ne croyais pas à ce genre de signe autrefois, il me semble – mais je peux me tromper, j'ai peut-être oublié. Quoi qu'il en soit, ça sonne comme un bon signe, non ?

« Et c'est encore loin ?

— Je ne sais pas vraiment, a dit la femme. Nous suivons les indications de la fresque.

— Quelle fresque ?

— La fresque sur le camping-car. »

Un long silence a suivi. Un silence de compréhension tacite. Elle non plus, elle ne savait pas d'où venait cette fresque.

« Si tu veux, on peut s'arrêter, que tu puisses la regarder, a repris la femme.

— Ça va aller. »

J'ai été prise d'une drôle de sensation, au fond de moi-même. Je ne connaissais pas l'existence de cette fresque, mais, pour l'autre femme, ça n'aurait pas dû être le cas. Je me trouvais dans ce grand camping-car, avec une fresque sur le côté. J'aurais dû la voir, cette fresque, quand j'étais montée dedans, non ? Je ne savais pas pourquoi je ne voulais pas la voir : était-ce parce que j'aurais dû m'en souvenir ? Ou parce que même si nous nous arrêtions pour que j'aille la voir, je savais que je l'aurais oubliée quelques minutes plus tard ?

La femme tripotait distraitement les bouts de cuir usé qui entouraient le volant. Nous avions le soleil dans les yeux.

« Où est-ce qu'on s'est rencontrées ? » j'ai fini par lui demander.

J'avais un peu honte de la question. J'étais assise à côté d'elle, sur le siège avant, confortablement, comme si nous nous connaissions depuis des années. Je l'ai dévisagée, pour voir si elle était en colère, ou vexée peut-être. L'expression que j'avais eu si peur de voir sur ton visage, le jour où j'aurais oublié quelque chose de si important que tu ne le supporterais pas.

Elle, elle a souri.

« Je ne m'en souviens pas non plus, a-t-elle avoué. Mais nous y voilà. »

II

Il n'y a vraiment presque plus rien, Ory. Tu es peut-être la dernière chose qu'il me reste. Je regrette de m'être enfuie. Je regrette de ne pas être restée avec toi dans ce petit refuge si sombre, cette salle de bal, obscure, un peu moisie – c'était dans un château ?

Une maison ? – à résister à la tentation aussi longtemps que possible. Et puis je pense à tout ce que j'ai oublié – bien sûr, je ne sais pas quoi exactement, mais ce qui est certain, c'est que c'est beaucoup trop – et je sais que je n'aurais pas pu rester. Si je t'avais fait le moindre mal, je ne l'aurais pas supporté.

« Tu pleures, a dit la femme au volant. Pourquoi ? »

J'ai éteint le magnétophone. Je te parlerai plus tard. Et j'ai essuyé mes larmes.

« C'est ta voix dans cette boîte ? Je la reconnais.

— Oui, je crois. »

Sous la carrosserie, les roues du camping-car léchaient lentement l'asphalte fendillé, encore et toujours. Je sentais la vibration régulière du moteur.

« Tu sais où on va ? j'ai demandé.

— Oui et non. »

Et je n'ai pas trouvé ça absurde.

« Et pourquoi on y va ? On… on connaît des gens là-bas ? » j'ai ajouté, avec espoir.

Tu y es peut-être, Ory ? Tu m'attends là-bas ?

Elle a secoué la tête.

« Non, je ne connais personne. Toi non plus, je pense. Pareil pour eux. »

J'ai lancé un regard derrière mon siège. Il y avait deux personnes assoupies dans la pénombre de la banquette arrière, un homme et une femme. Depuis combien de temps étaient-ils là ? Et moi ?

« Pas de problème, a dit la femme. Quand nous serons arrivés, ça ira mieux. Quelqu'un pourra nous dire pourquoi nous sommes venus. »

J'ai baissé les yeux sur cette petite boîte que j'ai dans les mains.

« Est-ce qu'ils pourront nous… »

Je ne sais même pas de quoi j'ai vraiment besoin. De l'aide, oui, mais laquelle ? Et comment ?

« … nous réparer ?

— J'espère bien, a dit la femme. Je le crois. Ils te répareront, oui. »

J'ai regardé par la portière. Je ne savais pas quoi lui répondre. Je crois qu'elle a fait exprès de dire *Ils te répareront* et non pas *Ils nous répareront*. Je me demande ce qu'elle a oublié. Pourquoi elle pense que c'est trop cette fois-ci. Est-ce que je le sentirai, quand soudain ce sera trop aussi pour moi ? Si… si je t'oublie, est-ce que je le saurai ?

Quand les portes de l'abri se furent refermées avec fracas, un calme relatif revint. L'obscurité, elle, était toujours aussi profonde. Ça sentait le vomi – le sien, comprit-il.

« Gajarajan », gémit-il de nouveau.

Il n'avait pas lâché la sacoche.

On l'aida à s'asseoir par terre. Une trousse de premiers secours fut ouverte. On lui glissa des comprimés dans la main.

« Il faut les avaler. Ça calmera la douleur », fit la voix du docteur Avanthikar juste au-dessus de sa tête.

Quelqu'un appliqua des compresses en coton sur sa blessure, avant d'enrouler une large bande de tissu autour de son crâne, pour maintenir ces compresses en place. La pression faisait du bien. Un peu.

« Jamais plus jamais, fit Marie d'une voix coupante. Il faut toujours quelqu'un avec une ombre dans ce groupe. S'il vous était arrivé quelque chose après ce qu'il a subi…

— Ce ne pouvait être que moi, répliqua le docteur Avanthikar. Vous le savez bien. »

L'amnésique palpa d'une main prudente la bande de gaze qui lui cerclait le visage. Elle était déjà poisseuse de sang. Ou de quelque chose d'autre, ce miroir mou et liquide que l'on a dans l'œil. Il avala les comprimés et se balança d'avant en arrière, en attendant que la pointe enflammée de ses souffrances assassines devienne simplement rageuse. Quant à espérer aller mieux ! Non, hors de question. Lorsque sa plaie cicatriserait, il resterait aveugle.

« Qu'est-ce qu'on va faire ? se lamentait Bouclettes. Qu'est-ce qu'on va faire ? Qu'est-ce qu'on va faire ?

— Ça ira », parvint-il à articuler.

Tout lui semblait si contraint – comme si ce qui restait de son œil avait tant gonflé qu'il écrasait le contenu de son crâne.

« Je continuerai à me souvenir pour nous tous. C'est juste que je n'y vois plus. »

Ce qui fit fondre en larmes Marie.

« Je vous en prie, dut-il la supplier. Je vous en prie, Marie. Ce bruit... Je le sens qui palpite dans mon crâne. »

Il se triturait la tête des mains et, ne pouvant atteindre son cerveau, se les plaqua sur les oreilles.

« Je l'ai sous le crâne.

— On va vous donner un sédatif », dit le docteur Avanthikar en posant ses mains sur celles de l'amnésique, pour l'aider à bloquer les sons.

Marie, non sans courage, fit taire ses sanglots. Cependant, et malgré l'écran des vieilles et douces mains de la doctoresse, il entendait encore le cliquètement sourd que les dreadlocks de Marie faisaient en s'entrechoquant sur ses épaules, à chaque mouvement de sa tête. *Taptaptaptaptap, taptaptaptap-tap, taptaptaptaptaptaptaptaptaptap.*

Elle ne sait plus lire, voulut dire l'amnésique. Il fut tout juste capable d'émettre un gémissement.

« J'y vais, j'y vais », dit Centre-Ville, qui se trouvait plus loin dans l'abri.

Des caisses raclèrent le sol. Des flacons de verre tintèrent les uns contre les autres.

« Ils sont intacts ? »

L'amnésique, après avoir ainsi prié les ténèbres, détacha ses mains de ses oreilles et les posa sur la sacoche.

« Le classeur, les dossiers ? »

Les doigts osseux de la doctoresse repoussèrent doucement ceux de l'amnésique. La fermeture de la sacoche crissa.

« Tout est en bon état », dit-elle au bout d'un moment.

Elle sortait les dossiers les uns après les autres, il le sentait, il l'entendait.

« La couverture du classeur est un peu mouillée mais l'intérieur est impeccable. Buddy, vous voulez bien poser ça sur les caisses de provisions, pour que ça sèche ?

— Mon livre… »

En entendant le bruissement des feuilles manipulées, triées, l'amnésique fut pris de panique.

« Tout est là », dit le docteur Avanthikar en posant le lourd classeur sur les genoux de l'amnésique, qui le serra sur son cœur.

Les mains du docteur se posèrent doucement sur la couverture.

« Je ne pensais pas le revoir un jour, ce classeur.

— J'ai ajouté des choses. J'ai fait toutes les recherches que j'ai pu avant que nous perdions la connexion Internet à la clinique. Après, j'ai volé les encyclopédies du centre de documentation de l'école du quartier. J'ai ajouté tout ce que j'ai pu.

— Vous voulez bien nous raconter l'histoire de Chhaya, encore une fois », chuchota Buddy, revenu se poster face à l'amnésique.

Sa voix venait d'assez bas, comme s'il s'était accroupi à hauteur du classeur, pour contempler le visage de l'éléphant.

« Buddy..., fit la doctoresse.

— S'il vous plaît, docteur. Il me la raconte toujours quand j'ai peur.

— C'est bon », dit l'amnésique avec une grimace.

Il ouvrit le classeur, le feuilleta d'une main tremblante jusqu'à la bonne page. Il n'avait pas besoin de ses yeux pour savoir où elle se trouvait. Il connaissait si bien le précieux recueil que la mémoire suffisait.

« Bon, jusqu'à ce que Centre-Ville trouve le sédatif, pas plus », concéda le docteur Avanthikar.

L'amnésique sentit le genou de Buddy se coller contre le sien. Buddy s'était assis à côté de lui pour mieux écouter et regarder le classeur en même temps. L'amnésique posa l'index sur la page – sur le dessin de Chhaya que Hemu y avait collé. L'illustration se trouvait à cet endroit précis, il le savait.

« Sanjna », commença-t-il.

Et la douleur le submergea, pétrifiante.

« Sanjna voulait fuir son mari, Surya, dieu du Soleil, et se dissimuler à ses yeux, car, bien qu'elle l'aimât, l'éclat de cet époux était tel qu'elle ne pouvait le supporter. Ses paupières étaient brûlées et sa peau chauffée à blanc ; elle ne pouvait le regarder sans perdre la vue. »

Il essaya de déglutir pour calmer ses souffrances. Elles étaient si intenses qu'il sentit la nausée l'envahir.

« Avant de s'enfuir, Sanjna ôta son ombre et la façonna en une image à sa ressemblance. Elle lui donna le nom de Chhaya, ce qui signifie "ombre" », récita soudain le docteur Avanthikar.

L'amnésique sentit la main de la doctoresse se poser sur son épaule. Il y reposa la tête, le cœur gonflé de gratitude. Son index se posa sur les lignes calligraphiées par Hemu ; il parcourut les mots, de mémoire. La doctoresse reprit là où il s'était arrêté.

« Elle donna ordre à Chhaya de rester au côté de Surya, la remplaçant en toutes choses, et put s'enfuir. Bien que Chhaya fût née en cet instant et n'eût jamais vécu l'enfance ni la jeunesse de Sanjna, elle en détenait tous les souvenirs – elle connaissait les noms des domestiques, les lieux où trouver toute chose en ce palais et les plats favoris de Surya. Car c'est le lieu où les souvenirs gisent. Dans les ombres. »

La doctoresse se pencha vers l'avant.

« Sa mémoire était si fidèle que le grand Surya lui-même s'y trompa.

— Que s'est-il passé ? demanda Buddy, comme il le faisait toujours à ce moment de l'histoire.

— Pendant des années, Surya prit réellement Chhaya pour son épouse Sanjna. Ils eurent même un fils ensemble – le dieu Shani. Il se peut fort que s'il ne s'était jamais rendu compte que Sanjna l'avait trompé, il aurait vécu jusqu'à la fin des temps avec Chhaya, sans prendre conscience de la fuite de Sanjna. Mais une nuit, alors qu'il avait couvert les lanternes et attiré Chhaya dans la chambre à coucher, il ôta les chaussures de cette dernière. Elle se mit alors à flotter dans les airs – car une ombre n'a point de poids. Sans ses chaussures, elle n'avait plus rien pour l'attacher au sol. Surya comprit alors qu'elle était une ombre et non pas la véritable Sanjna. »

L'amnésique entendit soudain un tintement – verre contre verre. C'étaient les flacons de la trousse de premiers secours. La douleur de nouveau jaillit dans son crâne, par anticipation – au bout d'un instant, il eut même l'impression de tournoyer sur lui-même. Il serra si fort le classeur que le carton émit un craquement.

« Que se passe-t-il ? » demanda Buddy.

Le son, bonheur, se fit plus proche.

« Ceux-ci conviennent ? s'interposa la voix douce de Centre-Ville. Je peux encore lire les étiquettes mais… (elle déglutit, déstabilisée) je ne comprends plus ce qu'elles veulent dire. »

Froissements de tissu. Buddy l'avait prise dans ses bras. L'histoire fut oubliée aussi vite qu'elle avait été désirée. Pour une fois, l'amnésique n'en avait cure.

« Oui, ça, c'est bien, dit le docteur Avanthikar. La douleur sera plus vive pendant un moment mais ensuite, elle s'apaisera. »

Il comprit qu'elle s'adressait à lui à présent – d'une voix à la fois douce et autoritaire. Le ton sur lequel elle parlait jadis à Hemu.

« Je vais vous endormir pour quelques heures, donc, maintenant. »

L'amnésique s'efforça de hocher la tête. Dans l'attente de l'aiguille, sa peau se hérissait. La moindre cellule de son corps réclama cet engourdissement chimique, ce sommeil vide qui le soustrairait enfin à la douleur.

« Je vous en prie, parvint-il à marmonner.

— Ne vous inquiétez pas », dit le docteur Avanthikar.

Des deux mains, elle plaqua le classeur contre le cœur de l'amnésique.

« Je veillerai sur tous les résidents. »

Orlando Zhang

La pluie se remit à tomber. Et cela dura quatre jours, sans une minute de répit, à tel point qu'Ory en vint à craindre qu'ils ne perdent la raison dans cette humidité constante. Puis elle s'arrêta aussi brusquement qu'elle avait commencé. La terre sécha avec une telle brutalité que la boue se fendit. Un vent chaud balayait le chemin en vagues ondulantes, étouffantes, brûlant le moindre centimètre de peau qui ne soit pas habillé. Ory s'attendait constamment à voir à l'horizon quelque chose qu'il aurait cru réel, et qui n'aurait été qu'un mirage, mais ce qui se matérialisait au-dessus de ce miroir scintillant ne prit jamais la forme d'une hallucination. Ce n'était qu'un souvenir horriblement déformé.

Dans la journée, il n'avait pas le loisir de penser. La nuit, c'était une autre histoire. Il faisait si chaud qu'il n'arrivait pas à dormir. Torse nu, il restait couché sur l'herbe, la transpiration perlant sur sa lèvre supérieure. Il écoutait les autres ronfler. Ça rappelait Elk Cliffs. Ça rappelait Max.

Il aurait bien aimé pouvoir lui parler de ce dernier jour à Washington. Du Rougeroi – qui avait été

Paul, et qu'Ory avait délivré. Il aurait aimé pouvoir lui dire qu'Imanuel était mort, lui aussi. Elle n'aurait pas voulu rester dans l'ignorance, où qu'elle soit. Et si, toutefois, elle se rappelait encore Imanuel et Paul.

Malgré la chaleur, Ahmadi et Malik partaient en reconnaissance tous les matins, avec une double ration d'eau, des vêtements à manches longues et des capuchons qui les protégeaient du soleil. Le jour de la pire fournaise, l'armée s'était arrêtée pour la nuit avant leur retour. Une heure plus tôt que d'ordinaire, car les hommes et les chevaux étaient trop épuisés pour poursuivre la route. Ory, dans la troisième voiture, vérifiait que les livres étaient bien à l'abri sous leurs bâches. Holmes se mit à hennir avant que les soldats ne les voient : puis Ahmadi et Malik apparurent à l'horizon, les épaules voûtées, les vêtements striés de sel.

« Toujours rien devant nous ? demanda Ory.

— Jusqu'ici, oui, confirma Malik une fois descendu de cheval. La zone est complètement déserte. Des champs, sur des kilomètres. À perte de vue.

— Et une drôle de pancarte, ajouta Ahmadi entre deux gorgées d'eau de sa gourde, goulûment avalées.

— Une drôle de pancarte ? répéta Ory.

— Quelqu'un l'avait gribouillée. C'est peut-être le dernier graffiti du vieux monde, dit-elle.

— "Mort aux ombres" ? »

Ahmadi éclata de rire.

« Non, c'était juste un numéro. Un bout de métal peint avec un numéro dessus.

— Quel numéro ?

— Je n'ai pas vraiment fait attention, dit-elle en

s'épongeant le front de l'avant-bras. Ça ne voulait rien dire... Vingt, ou cinquante, je crois. »

Le lendemain, il se remit à pleuvoir. La pluie chassa la terrible chaleur comme l'eau de la rivière débarrasse de leur saleté les vêtements qu'on y suspend.

Plus ils approchaient, plus il était difficile de trouver le sommeil. Ory, après le dîner, passait des heures dans tel ou tel chariot à vérifier l'inventaire d'Imanuel. Tâche importante, lui semblait-il, que celle qui leur permettrait de présenter une liste valide à ceux – ou ce – qui les attendaient peut-être à La Nouvelle-Orléans. Il veillait si tard qu'Ahmadi et Malik prirent l'habitude d'aller le chercher une fois minuit passé pour le prier d'aller se coucher et de dormir quelques heures avant qu'ils lèvent le camp.

« Tu as besoin d'assistants », lui dit un jour Vienna après l'avoir observé au-dessus de l'épaule de son père.

Les soldats qui s'étaient aventurés d'un peu trop près pour voir où il en était de son labeur se retirèrent bien plus vite qu'ils ne s'étaient approchés.

« Je vais m'en tirer, répondit-il avec un sourire. Je fais des listes, tu fais des reconnaissances.

— Le marché est avantageux », dit Vienna.

Elle porta deux doigts à son front.

« Va te coucher, Général, avant que ta tête ne tombe. »

Sa tête resta en place. Tout juste. Les cernes sous ses yeux faisaient jaser les soldats. Il aggrava la rumeur lorsque, le jour suivant, il chuta d'un des chariots en montant à l'échelle.

« Les lundis, quelle plaie », dit-il en s'époussetant les fesses.

Les soldats pouffèrent, mais l'inquiétude reprit vite le dessus.

« Général, vous avez besoin d'une pause, recommanda enfin Smith le Premier. Si je peux me permettre.

— Je sais. Ne vous en faites pas. Je la prendrai quand nous serons à La Nouvelle-Orléans. D'ailleurs, tout le monde aura droit à une permission.

— On ne s'en plaindra pas », dit Smith le Premier.

Ory remonta dans le chariot, cette fois-ci sans encombre, et se prépara à la longue chevauchée.

Ce soir-là, il avait entrepris de cataloguer une caisse de biographies lorsque quelqu'un frappa à la porte de bois du chariot, comme à l'habitude. C'était Ahmadi. Mais contrairement à la coutume, elle ne portait pas son arc. Elle avait un drôle d'air, sans arme. Plus amical.

« Il est déjà minuit, Ahmadi ?

— Onze heures et demie. »

Mais sa voix n'avait rien d'aimable. Il y avait même dans son ton une réserve supplémentaire, comme pour compenser l'absence de l'arc. Elle était, de tous ses soldats, la plus irritante. Elle aussi avait aimé Imanuel et Paul. Raison pour laquelle il aurait voulu sympathiser avec elle, comme avec Malik, Vienna, les Smith. Mais plus il apprenait à connaître Ahmadi, plus il avait l'impression de ne pas vraiment savoir qui elle était.

Elle avait les yeux fixés sur la petite pile de livres à côté des pieds d'Ory, ce dont il se rendit compte.

« Qu'est-ce que c'est ? » demanda-t-elle.

Il baissa les yeux. La pile était destinée à Max. Chaque fois qu'il passait du temps, le soir, à organiser leur bibliothèque, il ne pouvait s'empêcher de mettre de côté les livres qu'elle aurait appréciés. Cela ne durait que quelques heures, le temps de finir l'inventaire. Puis il les mélangeait de nouveau aux autres, pour les rendre aussi introuvables qu'elle. Mais le temps qu'il les laissait en piles, il avait l'impression qu'elle était encore avec lui.

« Rien », répondit-il.

Ahmadi haussa les épaules.

« Bon, très bien. Extinction des feux : c'est l'heure.

— D'accord. J'ai presque fini.

— Ory. »

Elle poussa un soupir excédé.

Il posa son bloc-notes et se frotta les yeux.

« Ahmadi, pourquoi vous tous ici vous faites appeler par votre nom de famille, comme les durs à cuire que vous êtes, alors que je n'ai droit qu'à mon prénom ?

— C'est ainsi que tu nous as été présenté, répondit-elle avec un haussement d'épaules. Même chose pour Imanuel et Paul. Le nom de famille pour les autres, c'est un truc de Malik pour la troupe – un vieux reste de sa carrière de flic, avant l'Oubli. Il s'est mis à appeler les hommes par leur patronyme pendant l'entraînement et ça nous est resté.

— Mais je fais partie de la troupe, protesta Ory.

— Tu es le Général.

— Un général fait partie de la troupe, même s'il la commande.

— Regarde Vienna : on l'appelle par son prénom, elle aussi.

— Si ce n'était pas le cas, on aurait deux Malik sur le dos. Et puis ce n'est qu'une gosse. »

Ahmadi leva les bras, en signe de capitulation.

« Tu veux qu'on t'appelle Zhang, Ory ? »

Et elle leva les yeux au ciel. Mais il y avait plus d'humour que d'irritation dans cette mimique.

« Eh bien, va pour Zhang. Allez, passe-moi cette lampe torche, *Zhang*. Que je n'aie pas à user de la manière forte pour la récupérer. »

Elle avait la ferme et sérieuse intention de l'empêcher de travailler. Mais elle l'avait exprimé avec le sourire. Cette dispute idiote les avait mis tous deux de bonne humeur – chose rare. Il y avait dans la voix d'Ahmadi une nuance de taquinerie inquiète qu'il n'y avait jamais perçue. Il se rendit compte qu'il souriait, lui aussi.

Zhang. Il y songea tout en ramassant la lampe torche. Que faire ? Il essaya de ne pas regarder le petit tas de livres à ses pieds. Ahmadi attendait au pied du chariot. Il y avait encore une ombre de sourire sur ses lèvres. Elle le scrutait de ses yeux sombres.

Zhang. Oui, ce n'était pas mal. Formidable, même. Ses doigts furent parcourus d'un léger picotement tandis qu'il cachait la lampe torche dans son dos d'un geste lent, non sans espièglerie : si Ahmadi voulait la récupérer, il lui faudrait se rapprocher. Pourquoi lui avait-il parlé du nom avec tant de sérieux ? Était-ce surtout parce qu'il voulait gagner quelque chose pour devenir des leurs ? Ou surtout parce qu'il voulait se débarrasser de quelque chose d'autre ?

Il tendit soudain la lampe torche à Ahmadi et se retira dans l'obscurité nouvelle de son chariot.

« Bonne nuit », dit-il en fermant la porte.

Pour s'empêcher de penser plus longtemps. Il ne voulait plus penser à quoi que ce soit désormais.

Hello ?

Hello ?

C'est ma voix. C'est moi qui ai fait ça ?

J'ai un ton différent dans cette petite boîte. Très assuré. Comme si je savais quelque chose que je ne sais plus maintenant. Je crois que je savais des tas de choses. Maintenant, je ne sais plus rien.

Nous sommes sur la route à présent. Nous sommes quatre. Moi, une femme avec des cheveux très courts, comme si elle avait été rasée il y a quelque temps et qu'ils avaient déjà recommencé à pousser, un homme avec un… un animal sur son épaule et une femme avec les cheveux blonds et ondulés. Il y a des signes qui me font penser qu'autrefois, nous étions plus nombreux. Des vêtements de femme trop petits pour nous, un sac à dos de plus que nous. Une énorme tache sombre par terre, du sang séché, alors qu'aucun de nous n'est blessé. Ou c'est peut-être de la peinture.

Nous sommes amis, je crois. Eux aussi, je crois qu'ils le croient. Mais, Ory, est-ce qu'ils n'étaient pas amis avec toi ? C'est pour ça que tu n'es pas là ? Je ne trouve rien qui soit à toi. Le sac à dos n'est pas à toi. Il y a un vêtement de poitrine dedans. Un vêtement qu'on porte sur la poitrine, pour qu'elle tienne bien. C'est pour les femmes. Je ne me souviens pas du nom que ça porte. Je ne veux plus regarder la tache de sang. Je ne crois pas que ce soit ton sang, mais je ne veux pas leur poser la question, parce que je ne veux pas savoir.

Je me sens… Je ne sais pas. J'ai mal. Au fond de moi. Quand je me lève, j'ai la tête qui palpite et des vertiges. Parfois, mes mains tremblent. Chaque jour qui passe, c'est pire. Les autres aussi sont malades. Parfois, la douleur est si forte que je me couche dans notre grosse voiture, par terre, les mains sur le ventre, pour attendre que ça passe. Je sais qu'autrefois, je faisais quelque chose pour que ça passe, mais je ne sais pas quoi.

À un moment, dans l'après-midi, l'homme avec un animal qui vit sur son bras s'est redressé soudain et il a posé une question à la femme qui conduisait, la femme aux cheveux courts. Il avait l'air inquiet.

« Où on va ? »

La bête qu'il avait sur le bras a grondé en lui entourant le bras. Elle évitait les taches de rousseur.

La femme aux cheveux courts a penché la tête. Et elle aussi, ses yeux se sont écarquillés. Elle a baissé le pied très fort et nous avons tous glissé, parce que la grosse voiture s'était arrêtée d'un coup.

« Je ne sais pas, a-t-elle dit.

— On devrait continuer, selon toi ? » a demandé la femme aux cheveux d'or.

Elle était assise derrière, comme l'homme à la bête.

Lui, il a regardé par les lamelles de la portière.

« On devrait sortir et regarder les alentours », a-t-il dit.

Dehors, l'air était doux et chaud. Il sentait le miel et la poussière. J'ai fermé les yeux, tout en tournant mon visage vers le haut, pour que ça me rentre bien dans la peau.

« On est sur une route, a remarqué l'homme.

— Mais elle va où ? a demandé la femme aux cheveux d'or.

— Là », a dit la femme aux cheveux courts.

Nous nous sommes retournés vers elle. Elle, elle ne regardait pas la route mais le côté de notre grosse voiture.

« Oh ! »

Nous avons tous poussé ce petit cri ensemble. C'était colossal. Le soleil, la route, la grosse voiture et sa longue ombre qui s'étirait par terre.

« C'est toi, j'ai dit en montrant une femme sur la peinture qui avait les cheveux très courts.

— Et là, c'est toi », m'a dit l'homme en me montrant une autre femme, qui avait la peau marron et une énorme masse de boucles très serrées qui partaient dans tous les sens.

Un autre homme avait clairement sur le bras le dessin d'un animal. À côté de lui, une femme aux cheveux très clairs. Ils se sont regardés, hésitants. Sur la peinture, ils se tiennent la main.

Il y avait d'autres personnes. Mais qui étaient-elles ? Nous ne le savons pas. Je t'ai cherché, Ory, mais tu n'y étais pas. Où es-tu ?

« C'est un message qui nous dit qu'il faut rester sur cette grande route jusqu'à ce que nous trouvions ça », a fini par dire la femme aux cheveux courts.

Ça, c'est un tas de formes noires et d'autres couleurs, au bout de la peinture.

« C'est là que nous devons aller.

— L'Endroit », a dit la femme blonde.

Elle a lancé un regard à l'homme à la bête, mais ils ne se sont pas rapprochés l'un de l'autre.

II

Il tombe du ciel des bouts d'eau qui flottent dans l'air. Ce n'est pas tout d'un bloc, comme un fleuve, mais des millions de tout petits bouts. Ça fait comme la pluie, mais je sais que ce n'en est pas – la pluie, je n'ai pas oublié. Quand ça tombe, ça brille, argenté. Tout devant nous scintille. Nous sommes tous accroupis dans la cabine, à côté de celle qui conduit, et nous regardons par la fenêtre avant.

« C'est… », a dit la bête sur le bras de l'homme, mais je ne me rappelle pas le mot qu'elle a prononcé.

La femme qui conduit a réussi à baisser la vitre et donc un bout du ciel a pu entrer dans notre maison qui bouge. Nous avons tous tendu les mains dehors, électrisés. Ory, tu ne me croirais pas – c'était froid ! Si froid qu'en atterrissant sur nos doigts, ces petits bouts d'eau nous brûlaient. Mais ce n'était pas de l'eau, c'était autre chose. La femme qui conduit a aussitôt retiré la main, avec un chuintement de surprise. Moi, je l'ai laissée. Je l'ai arrondie pour recueillir autant de ces morceaux que je pouvais. J'ai résisté un bon moment. Ma main était comme un feu blanc ! Mais quand je l'ai rentrée dans la grosse voiture, il n'y avait plus que quelques petits cristaux d'argent au creux de mes doigts. Le reste avait disparu et ma peau était recouverte d'une sorte de vernis léger, humide.

« Ça s'appelle comment, déjà ? »

J'ai posé la question à la bête sur le bras de l'homme. Elle m'a répondu mais j'ai oublié le nom aussitôt entendu.

II

La route est pleine de trous depuis des heures. Je ne sais pas pourquoi. J'ai failli faire tomber cette petite boîte en plastique alors que je l'examinais. À côté de moi, il y a une femme avec les cheveux très courts qui fait des grimaces en fixant la fenêtre avant de notre maison qui bouge. Elle n'arrête pas de presser le pied.

« Attendez », a dit une voix derrière nous.

Je me suis retournée. Il y a quelqu'un derrière – un homme. Il s'est levé et il a attrapé l'arrière de mon siège.

« Attendez. Où je suis, là ? Où on va ?

— Nous… »

La femme aux cheveux courts n'est pas allée plus loin. Elle a secoué la tête.

Ils m'ont regardée, mais j'ai haussé les épaules. En même temps, un pincement de peur m'a saisie à la poitrine.

« Je ne sais pas non plus. »

Nous avons fait ralentir la maison. Quand elle s'est arrêtée, nous avons vu que la porte était coincée, mais l'homme l'a ouverte en se servant de la tête de la bête qui vit sur son épaule. Nous sommes descendus tous les trois dans l'herbe. Tout est vert, partout. On aurait dit que nous étions venus de nulle part et que nous allions y retourner.

« C'est nous qui avons fait ça, tu crois ? »

Je me suis détournée de cet infini de vert et je l'ai vu qui regardait notre maison qui bouge. Sur le mur de cette maison, il y avait une énorme peinture, à couper le souffle.

« Sans doute, a dit la femme aux cheveux courts. Nous l'avons faite pour nous rappeler. »

L'homme s'est frotté le bras d'un air absent, comme si le vent chatouillait sa peau. Il y avait quelque chose emmêlé dans ses doigts, un long cheveu doré, soyeux.

« Je n'arrête pas d'en trouver sur mes vêtements, a-t-il dit en ouvrant grands les yeux. Je ne sais pas pourquoi. »

Je suis remontée après l'homme, et avant la femme qui conduit la maison. Elle a étudié la peinture encore un bon moment, pour être certaine que notre route ressemblait bien à ça.

« Tu crois qu'on a déjà fait ça ? je lui ai demandé, dans le vent léger.

— Fait quoi ?

— Oublié où nous allons, regardé la peinture et compris qu'elle nous disait où il fallait aller.

— Je ne sais pas. Mais – oui, sans doute.

— Et on l'a fait combien de fois, à ton avis ? »

Elle a passé la langue sur ses lèvres très lentement, les yeux dans le lointain.

« Dix fois, peut-être ? »

Elle a fermé les yeux.

« Ou mille ? »

Avant de m'installer à l'intérieur, je me suis penchée une fois de plus vers la peinture, pour être certaine de ne pas avoir manqué ce détail. Mais non. Il n'y avait personne qui te ressemblait sur la peinture.

Mahnaz Ahmadi

Naz quitta le camp à l'aube, bien avant le réveil de la plupart des soldats. Elle avait reçu ordre de Malik de partir en reconnaissance avec Smith le Premier et Dos. Il leur faudrait aller jusqu'à Chattanooga, pour vérifier l'état de la I-24 : était-elle en assez bon état pour qu'ils puissent l'emprunter ? Elle leur permettrait de traverser les décombres de la ville, ce qui valait mieux que de faire passer leurs cinq véhicules aux roues de bois sur les pistes irrégulières des montagnes.

« Je veux une disposition en triangle, six mètres entre nous à peu près. Soyons prêts à réagir au moindre problème », ordonna-t-elle aux deux Smith en fixant son arc en fibre de verre à l'arrière de sa selle. La surface noire et liquide scintillait dans la lueur du matin.

« Oui, cheffe. »

Les deux Smith se mirent au garde-à-vous.

« Attention à la boue, conseilla Malik en lui tendant un morceau de viande séchée enveloppée dans un fin tissu. Avec toute cette pluie et ces écoulements, le sol sera mou.

— Je te ramènerai tes chevaux en bon état,

rétorqua-t-elle, le sourire aux lèvres, juchée sur sa monture.

— Toi aussi, si possible. »

Ils partirent au petit galop, rétrogradèrent bien vite au trot, puis à la marche. Il fallait guider les chevaux vers la partie la plus ferme de la route, de plus en plus étroite – et qui bientôt n'exista plus. Un peu plus tard, le cheval de Naz heurta du sabot un petit objet incurvé. L'objet fut projeté sur l'herbe et s'y immobilisa – une calotte crânienne. Naz la scruta au passage. Quelque chose clochait, mais quoi ? Il lui fallut quelques secondes pour comprendre. Le crâne, qu'elle avait déjà perdu de vue, était celui d'un enfant. Qui ne devait pas avoir plus de cinq ans. Elle évita par la suite de regarder les ossements de trop près.

Dos lança un regard à sa boussole tandis que Naz et Smith le Premier surveillaient l'horizon, arc en main. Ils avaient emporté quelques fusils, mais ceux-ci étaient plus utiles au gros de la troupe qu'aux éclaireurs. Ory – ou plutôt Zhang – s'était disputé à maintes reprises avec elle sur ce point. Elle refusait mordicus les fusils, il tenait absolument à ce qu'elle en prenne au moins un. À d'autres moments, il semblait indifférent à la question. Parfois, ils ne s'adressaient pas la parole pendant des jours. Puis, soudain, la moindre des interventions de Naz provoquait en Zhang une terrible crispation des mâchoires, comme s'il avait du mal à supporter leur compagnie. Mais il lui était également arrivé de rentrer d'une mission, couverte de poussière des pieds à la tête et n'ayant plus qu'une envie – avaler toutes les provisions du camp et plaisanter avec Vienna à la lumière du feu : et ces jours-là, il pouvait surgir à son côté, l'œil quasiment humide, tant il était soulagé de la revoir. Et de recommencer avec son histoire d'armes à feu :

« Je t'en prie, Ahmadi, prends un fusil, un revolver, ce que tu veux, s'il te plaît, fais-le pour moi, je ne supporterai pas de perdre encore un soldat. »

Puis la roue tournait de nouveau et il se passait trois jours avant qu'elle se rende compte qu'elle ne l'avait pas vu depuis tout ce temps.

« Il y a quelque chose à onze heures, chuchota Dos en levant brusquement son arc.

— À manger, susurra Smith le Premier. C'est un cerf. »

Un cerf en effet les contemplait par-dessus les broussailles, le corps parfaitement immobile. Dos pourtant ne tira pas.

« Oh ! » finit par hoqueter Naz.

La tête du cerf avait une étrange apparence. À la racine de ses bois jaillissaient deux petites ailes de moineau ; dépliées, elles lui faisaient une couronne de plumes.

« Ne le tuez pas, murmura l'archère.

— C'est le même genre que cette drôle de bestiole qu'on a vue, le cochon-lapin-grenouille », fit Smith le Premier en abaissant son arc.

Pas vraiment. L'aspect absurde de ces bestioles pouvait encore amuser. Le cerf – le cerf, lui, avait de quoi terrifier, presque sublime dans sa métamorphose.

« Qu'il aille se faire foutre, ce machin du diable, siffla Dos en se signant. Et j'ose espérer qu'on ne va pas avoir droit à ce putain de lac qui s'en va et qui revient.

— Ça suffit. »

Naz détourna le regard et frappa de l'empenne

d'une de ses flèches le poignet mince de Smith Dos, afin que la jeune fille se concentre de nouveau sur le chemin. Flèche neuve, d'un bois encore clair. Tous les soirs, lorsqu'ils s'arrêtaient pour camper, elle apprenait au reste de la troupe à fabriquer des flèches. Ils n'en auraient jamais assez.

« Laisse tomber le cerf, Dos. On bouge. »

Puis, à voix plus basse :

« Ce coin ne me plaît pas. Il y a quelque chose de bizarre dans l'air. »

Lorsque les chevaux s'ébranlèrent, le cerf sursauta. Ses ailes se replièrent au bas des bois, disparurent. Il s'engouffra sous les buissons. Le regard que Dos et le Premier échangèrent lorsque le feuillage s'immobilisa après le passage du cerf n'échappa pas à Naz. Eux aussi percevaient ce trouble.

La bretelle qui conduisait à l'autoroute avait été détruite. Ils firent halte sur le parking d'un ancien restaurant de beignets. Loin devant eux, les décombres de la ville, prise sous un nuage de cendres qu'ils distinguaient même à cette distance.

« Qu'est-ce que c'est, exactement, à votre avis ? s'enquit Naz.

— Le centre-ville ? » suggéra Dos.

Elle frissonnait. Il faisait pourtant bien plus chaud qu'à Washington.

« Le centre-ville est à l'ouest de la I-24, non ?

— Je n'ai jamais fichu les pieds à Chattanooga, marmonna Smith le Premier.

— Ce qui n'a aucune importance, en fait », commenta Naz.

Elle ne se trompait pas. Vraiment pas. Chattanooga était en train de brûler. Aussi loin que le regard portait, du nord au sud, un feu rageur coagulait le contour des immeubles – des flammes jaunes et rouges vomissant d'énormes nuages noirs qui s'étalaient sur des kilomètres.

« Ça fait combien de temps, à ton avis ? demanda Smith le Premier.

— Aucune idée », répondit Naz.

Ils contemplèrent un instant le désastre.

« Si ça se trouve, depuis le début. »

Quelle cause pouvait avoir un incendie aussi colossal ? Et d'une telle durée ? Quoi qu'il en soit, il n'y avait rien à faire. Chattanooga n'existait plus.

« On fait quoi, maintenant ? s'enquit Dos. Hors de question de traverser par l'autoroute, j'imagine. Les chariots vont pouvoir passer dans la nature, le temps que nous trouvions une route pour contourner ce désastre ?

— Chaque chose en son temps », répliqua Naz.

Pas facile de détourner le regard, en fait.

« C'est joli », finit par murmurer Smith le Premier.

Juste au-delà des quelques gratte-ciel encore debout, une explosion projeta une vague scintillante de verre brisé sur le dédale anguleux des rues en contrebas.

« Drôle de sensation, hein ? »

Naz secoua lentement la tête, fascinée. Elle comprenait tout à fait.

« Je me demande si tout finira par brûler. »

Ce fut alors qu'une lance – le manche, peint en rouge, était orné de bouts de tissus cramoisis – se planta dans la gorge de Dos.

Lorsqu'il se réveilla, la douleur était toujours aussi vive. Si atrocement vive, en fait, que l'amnésique ne pouvait même pas hurler. Lorsque la possibilité lui revint, il préféra se mordre la langue et évaluer l'état des lieux sans user de sa vue. Le docteur Avanthikar et les sans-ombre étaient de l'autre côté de l'abri : à cette distance, ils pouvaient discuter sans le déranger. Il se redressa sur son séant aussi doucement que possible. La douleur émergea de sa masse acide pour se sculpter en une lance qui lui perçait le crâne. Il serra le livre de Gajarajan très fort dans ses bras pour ne pas gémir et fondre cette pointe – qu'elle redevienne simple acidité.

« … qu'un avant-goût, disait Marie d'une voix douce. À mon avis, l'ouragan est tout juste en train d'arriver.

— C'est trop tard, ajouta Centre-Ville. Même si les étages se sont effondrés, nous ne pourrons pas traverser la ville. Nous serons emportés par l'inondation.

— Merde », gronda Bouclettes.

Une main frappa une surface en plastique. Trois petits coups secs.

« Putain de… putain de *machins*.

— Lampes torches », dit Centre-Ville, lui offrant le mot qu'il avait oublié.

L'amnésique se demanda si son ombre avait elle aussi perdu ses deux yeux. Ou avait-elle conservé le sens de la vue, même si lui ne l'avait plus et ne le recouvrerait jamais ? Comment saurait-il à présent s'il avait perdu son ombre ? Le sentirait-il immédiatement ou continuerait-il d'errer pendant une durée indéterminée avant que quelqu'un ne s'en aperçoive et ne lui en fasse la remarque ?

L'amnésique l'imagina : elle était sur le mur, derrière lui, assise elle aussi et écoutant la même conversation que lui dans un silence affable. À présent Marie et le docteur Avanthikar débattaient avec ardeur et sur le plan statistique du choix qui s'offrait à eux : quitter la clinique et mourir ou rester dans la clinique et mourir. Centre-Ville suggéra un vote. L'amnésique inspira profondément et se représenta le mouvement similaire exécuté par son ombre. La forme charbonneuse enflant et se rétrécissant. Enfin, si tant est que Bouclettes ait rallumé les lampes torches. Y avait-il encore de la lumière ? Ou faisait-il noir comme dans un four ? Il n'avait plus aucun moyen de le savoir.

La prochaine métamorphose de l'ouragan, quelle qu'elle soit, détruirait sans doute La Nouvelle-Orléans et eux avec. Mais ce n'était pas tout. Il le sentait au fond de lui. Il y avait autre chose – qui approchait, ou qui croissait. Le classeur de Gajarajan était d'un poids si confortable sur son cœur. Il en tournait lentement les pages, glissant l'index sous chaque feuille et la soulevant délicatement. À chaque page, comme pour l'histoire de Surya et de Chhaya, il savait exactement quel article, quelle illustration, quelle annotation griffonnée par son vieil ami se trouvait sous sa paume. Des bouts de *Peter Pan*, des coupures de presse provenant du *Maharashtra Times* et concernant Hemu Joshi ; des notions mathématiques et astronomiques ; quelques pages du journal morcelé et désespéré de Hemu lui-même ; d'autres contes du Rigveda. Mais surtout, et de loin, des photographies de l'immense Gajarajan en son temple de Guruvayur et des articles rapportant les prouesses incroyables, inexplicables, de sa mémoire. Et des centaines de ces anecdotes, lues et relues jusqu'à être mémorisées – à comparer à ces quelques fiches sur l'ancienne vie de l'amnésique, laquelle était finie depuis si longtemps. D'ailleurs, elle n'avait jamais représenté grand-chose pour lui. Il connaissait Gajarajan plus intimement que celui qu'il était autrefois. Il avait l'impression parfois d'être presque plus éléphant qu'homme.

L'amnésique finit par constater qu'il n'écoutait plus vraiment les autres. Il était attiré par tout autre chose désormais, une subtile sensation dont il n'avait d'abord pas pris conscience – mais là, soudain, oui. Comme s'il s'était tiré d'un rêve océanique pour s'apercevoir qu'il flottait sur l'eau.

Il se passait quelque chose de singulier.

« Docteur Avanthikar », murmura-t-il.

Elle ne l'entendait pas, continuait à discuter.

« Docteur Avanthikar », répéta-t-il, sans se lever.

Il n'avait pas changé de position depuis qu'ils l'avaient aidé à s'asseoir.

« Docteur.

— Non, vous avez besoin de repos, vous… », commença-t-elle.

Mais lorsqu'elle se retourna vers lui, tout s'effondra. Sa voix, la colère, les sujets de leurs débats enflammés.

« Je ne sais pas », finit par murmurer l'amnésique.

Il ne savait pas. Il avait une impression, oui, effectivement, mais sans ses yeux, toutes les sensations lui semblaient absurdes. La doctoresse n'avait pas bronché. Elle ne disait plus mot. Les sans-ombre n'étaient pas plus loquaces. C'est tout juste si les gens continuaient à respirer dans l'abri.

Était-ce qu'il n'avait plus d'ombre ? Non, ils auraient fini par bouger. Ils auraient convergé vers lui pour le consoler. Ils avaient pris depuis longtemps l'habitude de voir disparaître les ombres. Ce devait être autre chose. Les secondes s'écoulaient si lentement. Ils étaient toujours pétrifiés par ce qu'ils avaient sous les yeux.

« Que dois-je faire ? finit-il par demander.

— Rien. »

Il entendit le docteur Avanthikar avancer d'un petit pas. Elle était la seule à bouger. L'amnésique ne faisait plus rien. Il attendait. L'atmosphère de l'abri lui semblait presque solide.

« Tout va bien, dit le docteur Avanthikar d'une voix douce.

— Quoi ? »

Il comprit qu'elle parlait à quelqu'un d'autre.

« C'est bon, reprit-elle.

— Oui », fit-il d'un ton qu'il voulait convaincant.

Derrière lui, le mur sur lequel son ombre s'allongeait

sans encombre lui donna l'impression de contenir le monde entier.

« C'est bon. »

L'amnésique s'efforça de rester parfaitement immobile.

« Vous avez vu ? » bredouilla le docteur Avanthikar.

Dans sa stupéfaction elle ne s'était pas souvenue qu'il ne le pouvait plus. Quelque chose s'était emparé d'elle – d'eux tous, d'ailleurs –, terreur ou émerveillement.

« Vous avez vu ? »

Elle n'était plus capable que de prononcer ces trois mots. Tous attendaient, cloués sur place, les yeux écarquillés.

Et puis cela lui revint. La sensation qu'il avait tourné la tête pour regarder autour de lui, alors que son corps était resté immobile.

« Vous avez vu ? »

La doctoresse était à deux doigts de céder à la folie.

Une voix qui, bien que ne provenant pas de la bouche de l'amnésique, ressemblait fortement à la sienne, prononça ces paroles :

« Je sais comment nous allons arrêter l'ouragan. »

Orlando Zhang

Le soleil de midi étincelait, accablant. Pas un nuage au ciel. Malik, sur sa monture, ôta l'arc qu'il portait à l'épaule pour l'accrocher à sa ceinture. Mais lorsque ses doigts nus atteignirent les taquets de fer martelé qui fixaient la corde, il lâcha prise, un juron aux lèvres. L'arc glissa le long de son dos et s'écrasa à terre.

« Saloperie ! C'est brûlant comme l'enfer, ce truc. »

Vienna, qui suivait à cheval le chariot de Zhang, claqua la langue.

« Oh, Ahmadi ne va pas apprécier. Il ferait mieux de bien nettoyer la corde. »

Elle et Zhang avaient discuté d'Ahmadi tandis que le cortège avançait au trot.

« Quand est-elle arrivée aux États-Unis ? » demanda Zhang.

Ahmadi avait évoqué Téhéran deux ou trois fois, mais il avait l'impression qu'elle ne considérait plus sa ville que de côté, sans jamais lui faire face – un peu comme lui et Max. Se confronter directement au souvenir aurait été trop douloureux.

« Oh, quand elle avait mon âge, à peu près », répondit Vienna, dont le cheval s'ébrouait.

Zhang y réfléchit un moment. Venir si jeune de si loin… La chose était désormais impossible. Sans ombres, l'Iran lui paraissait si inaccessible que cette terre lointaine aurait pu ne plus exister. Ce qui était peut-être le cas.

« Elle voulait participer aux épreuves de tir à l'arc des Jeux olympiques, poursuivit Vienna. Apparemment, avant l'Oubli, le meilleur entraîneur dans cette discipline habitait à Boston. Quand elle nous a rejoints, elle a donné des leçons de tir à tous les soldats. Et maintenant, elle nous apprend à fabriquer des arcs et des flèches.

— Et les armes à feu ? Tu sais t'en servir ?

— Ah, c'est plus facile, là. Mais je commence à savoir bien tirer à l'arc.

— Il faudra que tu m'apprennes, Vienna.

— À fond ! »

Puis cette explosion de joie la rendit plus réservée.

« Et vous, Général, vous êtes chinois, ou un truc comme ça ?

— Non. D'Arlington », répondit Zhang.

Il avait failli répondre *nous*. *Nous venions d'Arlington*. Mais il n'y avait plus de *nous*. Plus de Max.

« Et bien avant cela, de Portland. J'ai passé mon enfance dans l'Oregon, à Portland.

— Comme Paul », ajouta Vienna.

Il hocha la tête, le sourire aux lèvres.

« Moi, c'est Washington, dit-elle. Juste Washington.

— Mais maintenant, tu prends ton envol », suggéra-t-il.

Ce qui tomba à plat. Ce n'était plus la même chose. Il n'y avait plus rien vers quoi voler maintenant.

Vienna avait tourné la tête, les yeux fixés sur l'horizon.

« Nos éclaireurs », se contenta-t-elle de murmurer.

Zhang regarda, lui aussi.

Ils surent que quelque chose n'allait pas dès que les éclaireurs surgirent dans le lointain. D'abord, ils n'étaient plus que deux, sur deux chevaux, et non trois. Et ces deux chevaux allaient vite. Beaucoup plus vite que le trot nonchalant qu'ils adoptaient dans la journée, pour les longues distances. Ces deux-là galopaient, tête basse, oreilles plaquées contre leur encolure scintillante de sueur et d'écume, et labouraient la terre de leurs sabots furieux.

« Alerte rouge ! » hurla Malik derrière Zhang et Vienna.

C'était le cri de guerre qu'ils utilisaient naguère, à l'Iowa – et il fit le même effet au camp. S'ensuivit un grand désordre. Les soldats-cochers rapprochèrent leurs attelages et fouettèrent leurs chevaux, qui partirent en un frénétique grondement de sabots. Les cavaliers qui les accompagnaient se précipitèrent au-devant des éclaireurs survivants en brandissant leurs arcs.

Deux, mais lesquels ? faillit hurler Zhang à Malik, même si la question était horrible. *Ahmadi en fait partie ?*

Il était censé ne s'intéresser qu'aux livres, pas aux soldats. Ou bien s'il s'intéressait aux soldats, c'était à tous les soldats, équitablement. Zhang tendit le cou et regarda derrière le chariot, mais ils allaient si vite qu'il était impossible de distinguer quoi que ce soit. Malik beuglait : les chariots de tête devaient accélérer et les suivants ralentir, de manière qu'il puisse installer le véhicule du Général en position centrale, pour mieux le préserver. Dans sa terreur, le cocher de Zhang fouetta Holmes jusqu'à ce que les flancs de la jument crachent des étincelles rouges.

« Général, prenez un fusil ! »

Leur chariot dépassa celui qui le précédait dans le cortège et se prépara à s'insérer à sa nouvelle place. Holmes montra les dents au cheval de la voiture qu'ils longeaient – animal affolé, qui ne sentait plus la contrainte des rênes. Holmes lui donna un coup de tête et le mordit, jusqu'à ce que le malheureux, hennissant, finisse par ralentir.

« J'y suis, Malik ! s'écria le Général. J'y suis ! Serrez les rangs ! »

Le cheval de Malik parcourut le cortège en trombe, du début jusqu'à la fin. Malik, du bras, intima l'ordre aux cochers et aux cavaliers de serrer les rangs. Ce fut alors que les éclaireurs atteignirent la tête de la colonne.

« Ahmadi ! » cria Zhang.

Elle était là. Elle était en vie. Il ne fit même pas attention à l'autre éclaireur. La petite cavalerie de l'Iowa s'amassa autour d'eux pour les réintégrer à la caravane sans leur faire courir de risque. Loin, sur leurs talons, apparut ce qui les avait fait revenir si vite.

« *Les Rouges !* » hurla un des soldats.

Ces monstres avaient retrouvé leurs traces. Ceux de l'Iowa avaient péché par excès de confiance, pensé trop tôt les avoir distancés. Les sans-ombre en avaient décidé autrement. Ils approchaient. Par centaines. L'horizon luisait, cramoisi. Ils approchaient, à pied, à vélo, chevauchant des motos qu'ils avaient réimaginées pour ne pas avoir besoin d'essence – et certains même s'agrippaient à des gargouilles volées aux vieilles bâtisses de Washington : pour les éveiller à cette vie féroce, ils avaient cédé leurs derniers et précieux souvenirs. Sans doute leur restait-il à tous encore un désir conscient – le même, du reste –, tuer.

« Feu à volonté », vociféra Malik.

Ahmadi l'archère décochait comme le chirurgien tranche. Flèche après flèche, ne bougeant que le bras droit, même au galop, alignant ses projectiles destinés aux infortunés Rouges sans jamais quitter du regard la cible de l'arc immense et scintillant. La fibre de verre se ployait avec grâce et, dès qu'Ahmadi y encochait une flèche, se détendait dans un flou mortel et sifflant. Sur le champ de bataille, un autre Rouge hoquetait comme s'il venait d'avoir le souffle coupé, avant de s'effondrer.

Les chevaux de l'Iowa piétinaient des membres épars. Des combattants étaient déchiquetés par les roues des motos. Partout des détonations. Zhang entendit dans son dos un de ses hommes gémir. Puis un choc sourd – et le corps fut abandonné dans le poussiéreux sillage de la caravane. Il faisait de son mieux pour se servir de l'arme que lui avait confiée son cocher. Ahmadi chevauchait non loin, l'arc infatigable au bras, le sang coulant à flots sur toute une moitié de son visage. Elle avait récupéré le carquois de Malik, qui brandissait une hache. Le tranchant acéré scintillait dans les airs. Le bras de Malik était un enchevêtrement de veines et de sueur. Zhang détourna le regard lorsque les premiers cris retentirent.

« Général ! »

Le cocher de Zhang lui avait empoigné le bras.

« Qu'est-ce que c'est que ce truc ? »

Zhang se retourna vers la longue pente qu'ils avaient sous les yeux. Le sommet de la colline qu'elle formait était à présent recouvert d'une masse blanche, constituée de dizaines de rangées frémissantes. Et toutes blanches.

« Des humains ? demanda Zhang au cocher.

— Mais oui ! »

Ils se penchèrent, les yeux fixés sur le lointain, paupières plissées. Ils cherchaient à voir la même chose. Des humains, certes – mais avaient-ils encore leur ombre ?

« Des ombres ! » hurla le Général pour alerter ses troupes.

Son cœur se gonfla.

« Ils ont des ombres ! »

Juché sur le haut du chariot, il leur faisait des gestes désespérés tandis que la caravane roulait à grand train. Le vent faisait onduler leurs étranges tuniques blanc cassé.

« Plus vite », hurla Zhang au cocher.

Les Rouges étaient toujours sur leurs talons, infatigables, indifférents à cette apparition. Mais les soldats de l'Iowa poussèrent des cris de joie. Il y avait sur la cime toute une armée constituée d'indemnes, surgie par miracle, comme si ces gens avaient entendu les plaintes de leurs congénères et n'attendaient que leur passage pour descendre de la colline, s'interposer entre les Rouges et eux et leur sauver la vie. Il fallait juste arriver à leur hauteur.

Ce fut alors que ces blancs commencèrent à bouger. Bien avant que la tête de la caravane de l'Iowa ne soit parvenue en contrebas de leurs bataillons. Ils se répandirent sur le flanc de la colline, les premiers rangs s'étalant et formant un immense éventail blanc. Ils pointaient vers l'avant des armes rustiques. Étrange formation, qui n'allait pas faciliter le passage de la caravane. Ce que Zhang tout d'abord ne comprit pas. Puis la lumière se fit dans son esprit.

« Embuscade ! » hurla-t-il.

Un hurlement d'épouvante se propagea dans la troupe. Tous avaient saisi en même temps l'horrible vérité. Les blancs n'étaient pas venus à leur secours. Bien au contraire.

« On fait quoi ? demanda le cocher, hystérique.

— Ne t'arrête surtout pas, vociféra Zhang avec toute la vigueur dont il était capable, pour que le reste de la troupe l'entende en dépit des clameurs des Rouges. Baisse la tête et continue. »

Zhang et le cocher se recroquevillèrent du mieux qu'ils purent derrière le brise-vent de bois du chariot tandis que les chevaux se mettaient à charger. À présent, ils étaient assez proches des Blancs pour distinguer leurs silhouettes – hommes et femmes revêtus de couches innombrables de tissu d'une blancheur immaculée. La ligne de front s'incurva, prête à recevoir l'armée de Zhang comme un mur de la mort.

Holmes, en avant-garde, hurla comme un faucon avant le piqué.

« Ne vous arrêtez surtout pas ! » ordonna de nouveau Zhang lorsque le premier chariot fut parvenu sur l'ennemi.

Puis le sien percuta le mur blanc avec la même sauvagerie. Il entendit les hurlements des humains dont les os se brisaient sous les sabots et les roues. Les fusils de l'Iowa se déchaînèrent, foudre étincelant sur le ciel si clair.

« Mais ils ont des ombres, pourtant, haleta le cocher de Zhang tandis que les deux hommes se retournaient, pour être certains que le reste de la caravane avait suivi. Je ne comprends pas – ils ont des ombres, ceux-là ! »

Et de toutes parts, les combattants en blanc affluèrent derrière la ligne de front pour encercler les chariots qui se frayaient un chemin dans la multitude. Les Rouges se mirent à courir, enragés, s'attaquant à l'ennemi le plus proche, qu'il soit de l'Iowa ou de cette étrange tribu blanche. Et les emmaillotés continuaient d'inonder le champ de bataille avec la régularité cauchemardesque d'une intelligence collective insensible à la douleur.

La voix de Vienna tira Zhang de son hébétude effarée.

« Le feu ! criait-elle, juchée sur sa monture. Général – les blancs –, ils ont mis le feu à un chariot ! »

Elle tendit la main vers l'arrière. Sa monture accéléra le pas, pour ne pas se laisser distancer par le sprint de Holmes. Zhang fit volte-face, cramponné à l'arceau du chariot. Les blancs beuglaient, vociféraient, avec des accents de triomphe.

Vienna avait raison. Les flammes léchaient le dernier chariot de leur colonne au galop. Le ciel s'emplit de fumée noire. Qu'avaient osé faire ces étranges assaillants ? Et pourquoi ? Les Rouges paraissaient plus hésitants. La moitié décidée à occire tous les ennemis, hommes de l'Iowa ou spectres blancs, l'autre fascinée par le grondement familier des flammes et ceux qui les avaient fait naître.

« Malik, les livres ! » hurla Zhang à son lieutenant, qui revenait vers eux.

Il était à demi recouvert du sang rouge et luisant d'autres corps. La hache scintillait. Il était presque aussi formidable que le Rougeroi.

Ahmadi les rejoignit soudain, les yeux écarquillés de terreur.

« Le chariot est en feu !

— Ahmadi, hélas, nous ne pouvons rien faire, gronda Malik, dont le cheval s'efforçait de rester à la hauteur du chariot de Zhang. Si nous nous arrêtons, nous les perdrons tous. »

Zhang se retourna. Le cocher du chariot en feu ne cessait de hurler, implorant du secours. Zhang lui fit signe de poursuivre sa route, tout en flanquant un coup de pied à un guerrier en blanc qui cherchait à monter sur le siège du chariot. Un coutelas lancé d'une main sûre manqua sa tête de quelques centimètres tandis que l'assaillant s'écrasait au sol.

« Combien sont-ils ? cria Zhang à Malik.

— Les Rouges plus ces… connards venus de nulle part, c'est du dix contre un, au moins, Général.

— Pouvons-nous l'emporter ? »

La hache de Malik effectua un moulinet dans les airs, projetant une oriflamme de sang.

« Contre les Rouges et ces spectres de carnaval ? Ils auraient dû envoyer deux fois plus de troupes. »

Il brandit haut sa hache.

« Pour Imanuel, rugit-il.

— Imanuel ! » hurla la troupe, de tous les recoins du champ de bataille.

Ces cris aiguillonnèrent Zhang. Dans le feu de l'action, il ne valait pas grand-chose, mais cela n'avait aucune importance. Malik protégeait les hommes, le Général s'occupait des livres.

« Malik, occupe-toi de la bataille. Je me charge de l'incendie.

— Non, laisse tomber », beugla Malik.

Mais le chariot en feu était pratiquement à la hauteur de celui de Zhang. Assez pour qu'il puisse commettre la chose la plus stupide de son existence.

« Zhang ! cria Malik.

— File, Malik ! Empêche-les d'approcher, c'est tout ! »

Malik, résigné, hocha la tête et releva sa hache. Zhang se retira dans l'habitacle du chariot et se mit à chercher partout. De l'eau – ah, il y en avait, mais pas assez. Pas assez pour un incendie de cette ampleur.

« Je ne sais pas combien de temps il me reste », s'écria le cocher du chariot en feu en s'engageant dans l'espace qu'avait laissé le départ de Malik.

Son cheval était en nage, ruisselant de sueur. Pourquoi ne pouvait-il distancer les flammes derrière lui ? Il ne le comprenait pas. Le blanc de ses yeux luisait d'affolement.

« Tiens bon, lui cria Zhang. Je te rejoins. On tiendra le temps qu'on pourra.

— Quoi ? » gémit le soldat, qui avait blêmi sous le choc.

Il resta sur son siège, cependant, serra le poing sur les rênes et pinça les lèvres.

« Toi, ordonna Zhang à son cocher, écarte-toi le moins possible. »

Puis il ajouta à l'intention de l'autre cocher, en désignant l'animal à demi fou de peur qui galopait devant eux :

« Et toi, tu gardes l'œil sur ce cheval. Quand nous n'aurons plus le temps, tu lui sautes sur le dos, tu détaches le harnais et tu files.

— Mais, et vous, Général ?

— Moi, je… »

Zhang lança un regard à son cocher, qui faisait de son mieux pour ne pas s'écarter du chariot en feu tout en maintenant l'allure la plus rapide possible. Derrière eux, les Rouges se mirent tous à hurler – un cri aigu, funèbre qui, l'espace d'une seconde, effaça toute pensée de l'esprit de Zhang. C'était le cri que leur couleur aurait pu pousser si elle avait eu une gorge – un dévouement dont le but était unique, absolu. Les chevaux vacillèrent, fous de terreur.

« Je réintégrerai le premier chariot. »

Le soldat fixa son général un court moment, stupéfait, puis inclina la tête.

« Oui, chef ! » finit-il par s'exclamer, tout en saluant de sa main libre.

Ce fut la même main qu'il tendit à Zhang pour l'aider lorsqu'il effectuerait son changement de véhicule.

« On y va à trois, lui cria Zhang. Un, deux… »

Nous y allons. Je ne sais pas comment ça s'appelle. Mais il y a une peinture sur le côté de notre maison qui bouge pour nous montrer. Je viens de la voir : nous sommes tous descendus pour regarder, parce que nous ne savions plus pourquoi nous étions dans cette maison ni où nous allions. Nous avons vu la peinture et celle qui fait bouger la maison nous a dit, C'est là que nous allons. Donc, nous y allons.

Nous y allons et je ne sais plus pourquoi. Mais le fait d'y aller nous suffit parce que c'est tout ce qui nous reste. Il y a des choses qu'on ne peut pas savoir.

Je l'ai peut-être déjà dit. C'est une drôle de façon de vivre. Faire des choses parce que quelqu'un te dit que tu aurais pu les faire avant. Ce n'est pas comme ça qu'on connaîtra les raisons. On peut juste faire, pas comprendre.

Avant, je crois, je comprenais. Je ne sais pas comment ça se peut. Mais nous voyons trop de choses par ici pour que ce soit un hasard. Ces formes, ces images sur des plaques de métal, plantées dans la terre – quelqu'un les a installées là dans un certain but. Elles sont toutes différentes : et donc, elles doivent avoir un sens. Sinon elles seraient toutes pareilles ? Quand je les voyais, autrefois, peut-être que je ne comprenais pas. Peut-être qu'elles ne sont pas du tout pour nous.

II

ORY…

COMMENT

S'IL TE PLAÎT, TU M'ENTENDS ? JE NE…

JE CROIS QUE C'EST EN TRAIN DE SE PRODUIRE, ORY. LÀ, MAINTENANT.

Ory ! Mon Ory. J'ai tellement de choses à te dire et le temps manque. J'ai mal partout – une sorte de tiraillement horrible et creux. Chaque minute qui passe est un orage et je suis au centre, à me défaire. Je n'arrive presque plus à respirer. Quand tu oublies tout, est-ce que tu vas au même endroit que quand tu meurs ? Je voudrais tant que mes souvenirs soient restés dans un autre endroit de mon corps – n'importe où, les yeux, le bout des doigts, la plante des pieds. Les gens quand ils meurent ont si peur de perdre leur corps – mais à quoi ça sert, un corps ? À rien. Le corps ne se souvient de rien. De rien du tout. Ce n'est pas le corps qu'on devrait avoir peur de perdre.

Je n'ai plus que quelques secondes devant moi, je le sais.

Je voudrais dire quelque chose d'important dans

ce dernier moment de mémoire. Quelque chose qu'on puisse graver dans le marbre. Mais il me reste si peu, et j'ai trop peur d'en parler, de peur d'abîmer sa forme. J'ai surtout peur de penser à toi, même si je ne peux pas m'en empêcher. Où es-tu, Ory ? Pourquoi ne sommes-nous plus ensemble ? Est-ce par ma faute ou par la tienne ? Pour quelle raison t'aurais-je quitté ?

Je ne suis pas prête. Je ne suis pas prête, je ne suis pas prête, je ne suis pas prête. Je refuse d'oublier. Ça m'a tout pris, mais je refuse de céder la dernière chose, c'est-à-dire toi. Ory. Je me souviens de toi. Je me souviens de ton nom. Je me souviens que je t'ai caressé le visage, au front, au-dessus de ta cicatrice, je me souviens d'un match de foot, je me souviens de la nuit et d'une montagne, je me souviens que tu m'as donné cette boîte à paroles, mais je ne sais plus pourquoi, je me souviens d'une pièce sombre, de règles avec des chiffres que tu écrivais à la lueur de la bougie, et tu pleurais – pourquoi ?

Je me souviens qu'il y a quelque chose que nous nous disons toujours, quand ça va bien, quand ça va mal, quand le soleil se lève le matin et le jour où il ne se lèvera plus. Le jour où il n'y aura plus rien. Je veux te dire que je me souviens de ce que nous nous disons.

JE ME SOUVIENS, ORY.
CINQU…

QUATRIÈME PARTIE

Orlando Zhang

Ils perdirent dans l'embuscade neuf soldats et le dernier chariot – tout son contenu, sauf ce que Zhang avait réussi à récupérer et à lancer au cocher.

Un seul chariot, se répétait Zhang lorsqu'il retrouvait brièvement la conscience. *Un seul chariot*.

Il avait pourtant le sentiment de les avoir tous perdus.

Lorsqu'il rouvrit les yeux, il constata que le cortège ne bougeait plus. Ils s'étaient arrêtés depuis un certain temps : les poutres du chariot ne craquaient plus ; elles avaient retrouvé leur forme. Pas une flamme en vue. *Ah, ce n'était pas le même chariot*, songea-t-il. Il avait réintégré le sien.

« Nous avons gagné la bataille, dit la voix de Malik tandis que Zhang essayait de retrouver une vision nette des choses. Nous avons massacré les Rouges jusqu'au dernier et réussi à chasser ces types en blanc. Nous sommes hors de danger. »

Zhang voulut hocher la tête. Et demander des nouvelles d'Ahmadi : comment allait-elle ?

Mais ce fut le nom de Max que ses lèvres chuchotèrent. Il perdit de nouveau connaissance avant d'entendre la réponse.

Il revint à lui une nouvelle fois. Il faisait presque nuit. Il était adossé à quelqu'un. Il se dressa sur son séant, posa les coudes sur ses genoux. Ahmadi. C'était sa voix qu'il entendait tout contre son oreille.

« Nous avons presque fini », disait-elle.

Il n'entendait pas l'autre, celui qui avait été presque constamment à son chevet pour l'aider. Mais pourquoi parlait-elle de douleur ? Ah, si, il comprenait, subitement. Oh, la douleur.

« Pour le moment, on ne peut rien faire de plus, dit Fenton. Je vais panser la plaie. »

Zhang ouvrit les yeux et regarda ce qui restait de ses mains. Horrible vision. Elles étaient noires, violettes, couvertes de monstrueuses cloques. Le simple contact de l'air lui faisait monter des larmes de feu.

« Ce sont des brûlures au troisième degré ? s'enquit Malik.

— Aucune idée », avoua Fenton, un peu gêné.

De la troupe de l'Iowa, c'était celui qui avait le plus d'expérience dans le domaine médical : trois mois de formation aux premiers secours avant l'Oubli, ce qui n'était pas grand-chose. Il posa la main sur la casserole dans laquelle il avait fait bouillir de l'eau – avait-elle refroidi ? Vienna ouvrait les uns après les autres, avec précaution, des paquets de gaze trouvés dans leur pharmacie.

« Il me semble. Les cloques, c'est uniquement au troisième degré, je crois.

— Ça va aller », dit Zhang, ce qui tenait aussi de l'autosuggestion.

À présent, il était pleinement conscient. Ses

mains avaient un aspect si terrible qu'il commençait à craindre le pire : dans quelques jours, songea-t-il, paniqué, les brûlures se seraient infectées – la crasse du voyage – et il faudrait l'amputer. Ou du moins essayer.

« Il faut que ce soit le plus propre possible, dit Fenton.

— Mais pourquoi as-tu fait cela, aussi, murmura Ahmadi.

— J'ai pu sauver seize livres », dit Zhang, accablé.

Seize livres, deux mains. Qu'est-ce qui avait le plus de valeur ? Seize livres choisis, seize livres dont le mystérieux Rassembleur aurait pu avoir besoin, c'était mieux que seize livres choisis au hasard. Ceux que Zhang avait sauvés avaient dû leur salut à la proximité et non à leurs qualités intrinsèques – il avait plongé ses mains dans le feu à dix, vingt, trente reprises pour lui arracher ses proies les plus accessibles. Quels livres sur le point de partir en fumée avait-il récupérés ? Aucune idée. Simplement, il était heureux que le chariot en feu n'ait pas été celui qui transportait le livre de Paul. Si tel avait été le cas, il aurait sans doute sacrifié sa vie pour le retrouver.

« Noble réaction, finit par dire Malik. Même si ça n'était pas très futé. »

Un seul chariot, se répétait sans cesse Zhang, en s'évertuant à se convaincre qu'il s'agissait d'une victoire.

« Un, pas plus », lui confirma tel l'écho Ahmadi plus tard ce même soir.

Ils étaient tous sur la même longueur d'onde, apparemment. Ahmadi s'assit sur l'herbe avec Zhang et Malik. Elle avait apporté sa ration et celle du Général, peu généreuses.

« Il nous reste quatre chariots, lui dit Zhang avec un sourire peu convaincu.

— Exactement. Il nous reste quatre chariots, bredouilla-t-elle. Quatre. »

Elle laissa échapper un soupir tremblant.

Zhang d'abord ne comprit pas ce qui lui arrivait. Il lui fallut quelques secondes pour comprendre qu'elle avait éclaté en sanglots.

« Désolée, Zhang. »

Elle posa rapidement les assiettes sur l'herbe et se plaqua les paumes sur les yeux, ce qui échoua à calmer ses sanglots. Puis elle enfouit son visage contre l'épaule du Général, lequel la prit dans ses bras, comme il le put – il ne pouvait guère la serrer contre lui, avec ses mains bandées. Ils restèrent dans cette position inconfortable jusqu'à ce qu'elle ait recouvré son calme. Les larmes d'Ahmadi en coulant, tièdes, sur la manche de chemise de Zhang l'enveloppèrent d'une douce chaleur de ce côté-là.

« Mais qui étaient ces gens, au juste ? demanda-t-il une fois qu'Ahmadi se fut rassise près de lui, sur l'herbe, son couvre-chef rabattu sur ses yeux. Pas les Rouges, bien sûr. Les autres, cette armée blanche ?

— Pour le moment, soupira Malik, on ne sait pas trop. Nous sommes encore en train d'essayer de faire parler celui que nous avons chopé.

— Oh ! Nous avons un otage ? s'étonna Zhang.

— Général, allez-y doucement », protesta Ahmadi.

Mais Zhang se dirigeait déjà d'un pas vacillant vers les chariots.

Derrière lesquels une poignée de soldats montaient la garde devant un arbre. Au pied de cet arbre, une silhouette menue, recroquevillée. Un homme, que l'on avait assis de force avant de le ligoter au tronc, bras compris, de plusieurs tours de corde. De sa longue tunique émergeaient ses pieds nus, étendus immobiles sur l'herbe – et leur ombre au-delà.

« Voici l'otage », annonça Malik lorsqu'ils parvinrent à l'arbre.

Le prisonnier leva vers Zhang des yeux au regard insolent et las. Ses vêtements, naguère blancs, étaient rouges du sang de la bataille.

« Tu as peut-être un nom, lui demanda Zhang.

— Vérité, répondit l'homme.

— Très bien, soupira le Général. Bon, vous autres, les blancs, de quel côté êtes-vous ?

— Nous sommes tous vérité. »

Une quinte de toux l'interrompit.

« La vérité est Transcendance », reprit-il d'un ton solennel après avoir retrouvé son souffle.

Un vaste sourire découvrit ses dents ensanglantées tandis qu'il attendait la réaction de Zhang. Celle-ci ne venant pas, le sourire bientôt s'éteignit.

« Vous n'avez donc pas reçu cette bonne nouvelle ? Quel dommage. Je vous le dis, notre avenir de connaissance vous apportera la joie. »

Le crachat de Malik manqua de peu le pied de l'homme.

L'otage fronça les sourcils.

« Ce n'est pas en niant la vérité qu'on arrête sa marche.

— Oublie donc ta vérité un moment », répliqua Zhang.

Il fut soudain submergé par les terribles images du combat : l'arrivée des Rouges, la fuite effrénée de ceux de l'Iowa, l'apparition de cette armée d'albâtre au sommet des collines, leur espoir renaissant – puis l'épouvante causée par l'arrivée en masse des blancs.

« Pourquoi nous avoir attaqués ?

— Parce que vous vous en preniez aux Transcendés. »

Zhang cligna des yeux. Se tourna vers Ahmadi, puis vers Malik, puis à nouveau vers l'otage.

« Vous voulez dire… Les *Rouges* ? Cette horde sauvage qui a traversé la moitié du pays dans notre sillage pour nous massacrer ? »

Et à nouveau son regard se posa sur les pieds de l'homme : non, il n'avait pas fait erreur, l'otage avait bel et bien une ombre.

« Pourquoi vous en prendre à ceux qui ont *encore* leur ombre ?

— Nous ne nous en prenons pas à eux, fit l'homme. Nous les accueillons en notre sein pour peu qu'ils veuillent accomplir comme nous le périple de Transcendance. Ceux que nous tuons, ce sont les ennemis des Transcendés. »

Malik laissa échapper un très long et très profond soupir.

« Il n'y a pas à dire, ces types-là, c'est quelque chose.

— Que signifient les quolibets des ignorants ? Rien.

— Vous tous… », fit Zhang, incrédule.

Non, la chose était trop absurde.

« Vous tous, vous cherchez vraiment à perdre votre ombre ? À oublier ? Vraiment ?

— Nous aspirons à transcender », répondit l'otage.

La stupéfaction les rendit provisoirement muets. Ahmadi enfin croisa les bras.

« Ah oui ? Eh bien, si c'est pour devenir comme le Rougeroi, pas la peine de compter sur moi.

— Le Rougeroi ?

— Un sans-ombre horriblement violent qui s'est emparé de Washington et qui a fabriqué tous ces Rouges, expliqua Zhang. Mais ce n'est plus la peine d'y penser, ajouta-t-il en voyant un éclair de joie passer dans le regard de l'otage, qui en oubliait son extrême fatigue. Oui, inutile de vous rendre au nord pour lui jurer allégeance. Il est mort.

— Sacrilège, siffla l'otage.

— Ah ! Tu aurais dû lui faire croire que le Rougeroi était encore de ce monde. Lui et ses amis, ils auraient quitté leur forteresse pour aller se faire massacrer à Washington, ironisa Malik.

— Ce n'est pas notre forteresse, répliqua l'otage. Transcendance se répand en tous lieux et on ne peut lui résister. Nos troupes s'étendent bien plus loin que nos frontières initiales. Cela fait des mois que nous sommes en route vers le sud, car un signe nous a montré le chemin. Une perversion des œuvres de l'Immense – une sans-ombre qui nous a trahis. Ces fausses rumeurs circulent depuis trop longtemps. Il faut y mettre fin. Nous sommes en marche pour sauver le monde.

— Tu veux dire, pour faire la guerre », l'interrompit Zhang.

La guerre, encore.

« Je veux dire sauver le monde. L'ultime confrontation.

— Vous, les blancs, dit Ahmadi, vous êtes toujours aussi peu discrets sur votre stratégie ? Nous n'avons même pas besoin de vous taper dessus.

— Mais je ne vous révèle rien, rétorqua l'otage. La chose est évidente : nous allons tous au même endroit. Quand vous prenez la peine d'aller aussi loin vers le sud, c'est forcément à La Nouvelle-Orléans que vous allez. »

Prononcé par l'homme, ce nom avait de quoi faire frémir Zhang.

« Ce qui est tout aussi évident, c'est que nous y serons bien avant vous et votre énorme armée qui avance à deux à l'heure, ricana Ahmadi. Les gens de là-bas seront prévenus. »

L'otage haussa les épaules – ce qui, dans sa position, n'était pas chose facile. La douleur lui crispa brièvement le visage.

« Aucune importance. Si ce faux prophète détient ne serait-ce que la moitié de la puissance que lui prêtent ces mensongères rumeurs, ils sont déjà informés de notre venue. Ils savent aussi qu'ils ne peuvent rien faire contre Transcendance. Quand vous verrez ce qu'ils fabriquent là-bas, vous comprendrez. Et vous nous demanderez à genoux de faire partie des nôtres. »

Zhang n'avait aucune idée du nombre de gens qui vivaient encore à La Nouvelle-Orléans – ne savait même pas si la ville tenait encore debout, ni de quelles forces disposait réellement Transcendance. Mais à en juger par les bataillons venus à la rescousse des Rouges et l'indifférence avec laquelle l'otage parlait de leurs pertes humaines, les menaces proférées à l'encontre du prophète et de ses gens n'étaient pas sans poids.

« Eh bien, accordons-nous sur le fait que nous ne sommes pas d'accord », conclut le Général après un silence.

Ce que Malik et Ahmadi trouvèrent assez drôle, et qui les fit pouffer de rire dans son dos. Le prisonnier dans sa tunique maculée par le sang des morts était si catégorique que Zhang fit de son mieux pour ne pas se sentir vaciller. *C'est nous qui avons raison*, se disait-il. *Oui, vraiment*. Bien sûr, aucune des rumeurs qui couraient sur La Nouvelle-Orléans ne se recoupait tout à fait avec les autres. Mais les messages qu'elles portaient n'étaient jamais menaçants. Ça avait forcément un sens. Et c'était toujours mieux que rien.

« D'après ce que disent d'autres survivants – et nous avons recueilli un certain nombre de témoignages –, ce "faux prophète" n'a pas l'air d'un mauvais bougre.

— C'est que les rumeurs dont vous parlez proviennent de gens qui ne savent rien, en fait. Nous, nous détenons la vérité. Et cette Créature doit périr, pour le salut du monde.

— La Créature, répéta Zhang. C'est la première fois que j'entends ce surnom-là.

— C'est le seul véritable. Le seul qui compte », répliqua l'otage, dont les yeux commençaient à s'obscurcir.

Ah, ce signe trop familier du regard qui s'égarait. Il avait fallu cela pour que Zhang s'avise que le sang sur la blanche tunique de l'homme était en grande partie le sien.

« Il saigne, fit le Général, saisi d'inquiétude. Une blessure au ventre, je crois.

— Non. »

L'otage fut pris d'une quinte de toux.

« Mais…

— Je refuse les soins. Plus vite je serai débarrassé de vous, mieux ça vaudra. »

Zhang lança un regard à Malik, qui lui répondit d'un haussement d'épaules impuissant. Lequel signifiait clairement : *Pourquoi gâcher nos fournitures médicales pour quelqu'un dont nous ne voulons pas sauver la vie et qui d'ailleurs ne le souhaite pas lui-même ?*

« Vous n'avez donc pas envie de voir La Nouvelle-Orléans ? » demanda Zhang à l'otage, dont la respiration s'était faite plus brève.

L'homme utilisa ses dernières forces pour répondre ceci :

« Je sais ce qui s'y trouve. Et c'est en membre de Transcendance que je mettrai fin aux agissements de la Créature ; sinon, je n'irai pas. Vous ne me traînerez pas de force dans cette cohorte qui se dirige vers un châtiment mérité. »

Mahnaz Ahmadi

Le lendemain, ils comprirent qu'ils ne pouvaient plus attendre.

« C'est bon ? demanda Zhang, avec dans la voix un chevrotement qui trahissait sa peur.

— C'est bon, répondit Malik en appuyant de toutes ses forces sur la carotide du Général. Je ne te lâcherai pas avant que ce soit fini.

— Ça sera rapide », ajouta Fenton d'une voix grave.

Naz s'installa face à Zhang afin qu'il ne puisse voir ses propres mains. Elle avait cru trop tôt en une guérison rapide. Deux jours après l'embuscade, la nécrose avait saisi l'un de ses doigts – l'auriculaire de la main gauche, que les flammes avaient trop profondément brûlé. Le soir suivant, ils comprirent qu'il faudrait amputer, s'ils voulaient sauver la main de Zhang.

« Si je perds connaissance, fourrez-moi dans un des chariots, ne vous arrêtez surtout pas. Je recouvrerai bien assez vite mes sens, leur dit le Général.

— Mais c'est de repos que tu as besoin », rétorqua Naz.

Injonction qu'elle avait l'impression d'avoir

répétée cent fois déjà. Elle s'en voulait déjà de l'avoir réitérée. Le ton de sa propre voix lui donnait des boutons. Elle aurait tant voulu qu'il reste à la place qu'elle avait assignée à Imanuel, à Malik et au reste de la troupe. Elle ne voulait pas d'un nouveau Paul. D'une nouvelle Rojan. Bataille perdue d'avance.

« Ça ira, commenta Fenton. Tant qu'il est au chaud dans un des chariots et que le pansement est propre, inutile de faire une pause. »

Une façon comme une autre de régler la question.

« Ne me quitte pas des yeux », dit Naz au Général.

Elle glissa la main contre la joue de Zhang et serra les dents. Puis elle attendit qu'il se mette à hurler.

Après l'amputation, ils ne firent pratiquement plus halte. Ils ne mangeaient plus qu'une fois par jour. La nuit, ils dormaient tous au pied des chariots, dans l'herbe. À chaque attelage, un cheval restait harnaché – les brides assez lâches pour lui permettre de dormir, certes : mais dans l'éventualité d'un départ en catastrophe, les soldats n'avaient qu'à resserrer les sangles.

Trois jours avant d'arriver à La Nouvelle-Orléans, les éclaireurs épuisés s'évanouissant en selle, l'armée de Zhang s'accorda un répit. Malik recruta une poignée de sentinelles et Naz leur permit de faire un petit feu – une heure, pas plus. Les hommes étaient si las que certains pleurèrent de soulagement à cette annonce.

« Je n'ai pas le cœur à manger, murmura Vienna à Naz tandis qu'elles se serraient autour du feu avec les autres soldats. Tu veux ma portion ? »

Naz baissa les yeux sur l'offrande de la jeune fille, trois bouts de viande séchée rance et friable. C'était tout ce qu'il leur restait – derniers souvenirs des stocks de l'Iowa. À quoi bon chasser, puisqu'ils n'avaient plus le temps de faire cuire ni de fumer le gibier.

« Non, mange, il le faut », répondit Naz, bien qu'elle ressente la même réticence.

D'ailleurs, elle n'avait pas touché à sa propre ration, n'en avait aucune envie, trop épuisée pour avoir faim.

« Colle-toi ça dans le bec, mâche, avale : hop, fin du problème. »

Vienna fit de son mieux pour lui obéir, comme si la recommandation avait été un ordre.

« Merci, Ahmadi, souffla-t-elle d'une voix faible en essayant de bien mastiquer. Du coup, je vais pouvoir me présenter devant mon père sans rougir. "Commandant Malik, en fin de compte, j'ai dîné ce soir." »

Une fois la bouchée avalée, elle eut un grand sourire.

« Oh, s'exclama Naz en se levant. Moi aussi, j'ai un rapport à rendre. »

Elle s'épousseta les fesses, confuse. Elle n'avait pas signalé au Général, contrairement à son habitude, la distance qu'ils avaient franchie dans la journée.

« Ahmadi, détends-toi un peu, lui dit Vienna. Pour une fois, tu peux t'en passer. Le Général ne t'en voudra pas.

— C'est moi qui m'en voudrai. »

Ils étaient proches du but, certes, mais cela n'avait aucune importance. Si elle levait le pied maintenant, les conséquences seraient peut-être dramatiques. Il leur faudrait être d'autant plus vigilants une fois le but atteint.

« Je reviens dans trois secondes, dit-elle en se préparant à contourner la cohorte des chariots. Vous m'attendez pour éteindre le feu ? J'aimerais bien me réchauffer quelques minutes de plus. »

Loin du feu, dans la nuit, la température baissa immédiatement. Ou n'était-ce qu'une impression ? Elle se dirigea vers le chariot où Zhang passait la nuit : pour éviter les risques d'infection, il était le seul à ne pas dormir sur l'herbe. Par la porte entrouverte, elle aperçut une lumière provenant d'une lampe torche danser dans l'habitacle. Zhang avait-il vu Naz approcher ? Non, sans doute, car il ne regardait pas dans la direction de la porte. Elle était sur le point de prononcer son nom lorsqu'elle se ravisa à la vue du spectacle qu'elle avait sous les yeux.

Zhang avait ôté les bandages de sa main la plus gravement blessée et l'avait tendue devant lui. Son pouce, son annulaire, son majeur et son index étaient parfaitement visibles – puis suivait le replat de chair d'où son auriculaire aurait dû émerger. Un cliquètement retentit. Zhang souleva la lampe torche et la maintint contre sa main : et son ombre apparut sur le bord inférieur de la paroi du chariot. Ce que Naz comprit sur-le-champ. Tous deux retinrent leur souffle tandis que l'ombre se précisait.

Comment auraient-ils pu en douter ? Mais cette forme à quatre doigts était si rassurante !

« Hé, fit Zhang amusé à l'ombre de sa main. Pas mal, non ? »

Il remua les quatre doigts qui lui restaient non sans précaution, pour ne pas réveiller la douleur du cinquième, réduit à un moignon. Ils souriaient, tous les deux – Zhang à son ombre et Naz à Zhang – puis le visage du Général se fit plus grave. Il baissa le bras, posa la lampe torche à plat contre son torse. Une forme vague et sombre qui affectait son apparence se matérialisa dans les recoins du chariot. Il la regarda qui bougeait au rythme de sa respiration.

« Je n'ai pas été très sympa avec toi, ces derniers temps, hein ? dit-il à son ombre. Je t'ai affamée, je t'ai enrôlée dans l'armée, je t'ai coupé un doigt. Et pourtant, tu restes. »

Naz en silence recula d'un pas, ne voulant pas risquer d'être vue par le Général et d'encourir sa colère.

« Désolé si j'ai parfois regretté que tu ne sois pas partie à la place de l'ombre de Max. »

Il baissa les yeux vers la lampe torche.

« Et je comprendrais que tu aies envie de filer, après tout ce que je t'ai fait subir. Mais s'il te plaît, pas maintenant. J'aimerais tant voir la ville avant. Et mettre les livres en lieu sûr. Tu me laisseras le temps ? Le temps aussi de mettre tout le monde à l'abri là-bas ? Après, tu fais ce que tu veux, y compris partir. Je ne t'en voudrai pas. Je te comprendrai. Mais si tu veux rester, sache que tu as de l'avenir à La Nouvelle-Orléans. Et d'autres souvenirs en préparation. Je commence déjà à les fabriquer. Je peux… J'en ferai encore davantage, si tu veux. »

Il leva les yeux vers l'ombre.

« Si tu y vas, j'y vais. »

Naz, sans trop savoir quand elle avait rebroussé

chemin, se retrouva devant le feu mourant des soldats, à regarder sa propre ombre vaciller, incertaine, sur les braises. *Toujours là.*

Pourquoi certaines partaient-elles, pourquoi les autres restaient-elles ? La sienne appréciait-elle cet espoir nouveau et encore réticent que Naz lui avait préparé ? Car elle lui avait bel et bien fait ce cadeau, s'avoua-t-elle en songeant au Général. Quand bien même elle s'efforçait depuis des semaines d'obtenir l'effet contraire.

Orlando Zhang

Le jour où ils arrivèrent à La Nouvelle-Orléans, Zhang était réveillé depuis le petit matin, le regard braqué sur le ciel bleu marine. Il l'avait scruté depuis le coucher du soleil d'ailleurs, bien trop tendu pour pouvoir dormir. Dès que les chevaux cessaient de galoper, il se préparait à quelque horrible embuscade.

Ils étaient si près du but. Si près du but. Il suffisait de garder leur avance pendant vingt-quatre heures.

« Toi non plus, tu ne dors pas ? lui demanda Malik, marchant d'un pas lent dans l'herbe vers la porte du chariot de Zhang, grande ouverte.

— Pas fermé l'œil de la nuit », répondit Zhang.

Il leva les yeux vers les iizanges duveteux et tintinnabulants qui voletaient dans les cieux.

« Je sais qu'il fait encore noir mais… »

Il ne finit pas sa phrase. Il craignait presque de prononcer la suite, si colossale, à voix haute. *Mais il s'en faut de quelques heures, à présent.* Son cœur battait contre ses côtes comme un oiseau affolé dans sa cage. *Mais nous pourrons y être à midi si nous levons le camp maintenant.*

Malik gratta sa barbe de trois jours, pensif.

« Le repos, c'est capital. Les troupes en manquent. »

Zhang hocha la tête. Malik avait raison. Depuis une semaine au moins, ils étaient debout vingt-quatre heures sur vingt-quatre. Les cavalières montaient à deux désormais, l'une dormant et l'autre la soutenant, en alternance.

Malik empoigna son fusil plus fermement.

« Cela dit, tu connais l'adage. On ne fait pas boire...

— ... un âne qui n'a pas soif, compléta Zhang.

— Je te parie que pas un seul de nos soldats à l'heure qu'il est n'est dans son duvet. »

Zhang eut un grand sourire. Malik et lui firent le tour des chariots pour avoir un aperçu du camp. Les soldats prenaient des poses nonchalantes, négligemment adossés aux roues des chariots ou vérifiant, pensifs, leurs armes. Pourtant, dès que le Général et son bras droit apparurent en ombre chinoise sur le ciel obscur, ils se mirent tous au garde-à-vous. Tous autant qu'ils étaient, debout, en cinq rangées bien droites. Même les chevaux pointèrent les oreilles vers les nouveaux venus.

Zhang se retourna vers Malik, ému.

« On y va », s'exclama-t-il, aussitôt salué par des cris de joie.

L'armée, poursuivant vers le sud de la Louisiane, traversa les ruines de Bogalusa puis celles de Covington. La Old Pearl River était sortie de son lit et toute la zone était inondée : il y avait quinze à vingt centimètres d'eau sur les routes. Les chevaux avançaient prudemment, prenant soin de rester sur l'asphalte et d'éviter la vase. Partout, des maisons de bois affaissées dont les toitures avaient succombé depuis longtemps à la mousse et à l'humidité. Il n'y avait pas un souffle de vent. Une curieuse brume flottait au-dessus de l'eau, comme si la terre produisait une douce vapeur. *Les alligators*, songea Zhang, mais était-ce une crainte raisonnable ? Il n'en avait aucune idée. D'ailleurs, pourrait-il encore les reconnaître ? À quoi ressemblaient-ils, désormais ? Comme son chariot ouvrait la marche, il aurait la primeur de leur apparition.

« Si l'eau monte plus haut que les chevilles, vous rebroussez chemin, ordonna-t-il d'une voix douce à ses troupes. Pas de reconnaissance dans les maisons inondées ni dans les rues en pente. »

En restant à l'écart des eaux profondes, songeait-il, ils éviteraient ces dangers.

Malik et Ahmadi patrouillaient prudemment le long du cortège, à l'affût du moindre mouvement. Ils ne virent rien. Covington était absolument déserte.

« Ce trou me donne la chair de poule, dit Ahmadi à Zhang, le cheval de la jeune femme étant revenu à la hauteur de Holmes.

— Pareil. Visiblement, personne n'y a mis les pieds depuis des mois. »

Elle regarda Zhang, qui lui répondit d'un signe de tête. Nul besoin de l'exprimer à haute voix, ils se comprenaient fort bien. Le signe était soit excellent, soit de très mauvais augure pour La Nouvelle-Orléans.

« Après Covington, nous nous trouverons officiellement dans le périmètre de La Nouvelle-Orléans, dit Malik, qui chevauchait de l'autre côté du chariot du Général. Le vrai repère, c'est le lac Pontchartrain. Quand on l'aura vu, on sera arrivés. »

Là, une fois les dernières bâtisses dépassées, ils aperçurent soudain les murailles lointaines.

« Putain de… », siffla Ahmadi.

Ils écarquillèrent les yeux.

Par-delà le rivage et l'étendue scintillante du lac se dressait la ville. Des murs qui n'existaient pas avant l'Oubli l'encerclaient désormais comme des falaises chatoyantes. Elles étaient si droites, si régulières qu'on aurait dit une montagne de cristal, absolument lisse, née du rivage, de l'autre côté du lac. Et par-delà ces murailles, de fines volutes de fumée se tordaient dans l'air chaud et gris du matin. À cette distance, songea Zhang, difficile d'être précis : mais ces murailles assurément mesuraient bien douze à treize mètres et s'étendaient si loin que leurs extrémités se perdaient dans un lointain humide et étouffant. Sans doute encerclaient-elles la ville, à laquelle on ne pouvait plus accéder que par l'étroite et longue chaussée qui traversait le lac.

La Nouvelle-Orléans. Zhang sentit son cœur s'emballer. *Nous avons réussi*.

Sans un mot, ils se remirent tous en route. D'abord lentement puis de plus en plus vite, jusqu'à ce que tous les chevaux aillent au galop.

La chaussée du lac Pontchartrain comprenait deux larges routes séparées par un vide. D'instinct, ceux de l'Iowa s'engagèrent sur la route de droite, même si cela n'avait aucune importance. Il n'y avait qu'eux sur ce pont immense. Trois voies et un accotement, ce qui permit à Malik et à Ahmadi d'escorter le chariot de Zhang tandis qu'ils galopaient tous au-dessus des eaux sombres et houleuses du lac. Il était si vaste, le Pontchartrain : presque aussi large qu'un marathon, plus long, sans sortie de secours ni couverture possible.

« Armes en vue ? » s'enquit Ahmadi par-dessus le chariot tandis qu'ils approchaient des murailles.

Il fallut à Malik un moment pour répondre, dans le tonnerre de la cavalcade.

« Aucune idée ! »

Zhang de nouveau leva les yeux vers les murailles. Soit les gens qui vivaient de l'autre côté – du côté de Celui Qui Rassemble, du côté de « la Créature », cet autre surnom obligeamment fourni par leur otage – avaient gardé quelque civilisation et respectaient les obligations de la loi et de la sécurité, soit ils refusaient tout intrus et tireraient à vue. Une éventualité qu'il voulut ignorer tandis que le cortège, ayant franchi le milieu du pont, s'approchait à grand bruit du but.

« Ils ont sorti les armes ? » s'enquit un soldat inquiet quelques minutes plus tard.

Il leur était venu à tous la même idée qu'à Ahmadi. Ils n'étaient guère plus qu'à mille mètres de la muraille maintenant et Zhang en distinguait bien mieux les détails. Elle s'élevait de l'extrême bord du rivage et engouffrait l'extrémité du pont. Une fois qu'ils seraient à son pied, ils n'auraient aucune échappatoire – ni palier ni parvis avant les portes. Si les concitoyens de Celui Qui Rassemble décidaient de tirer, jamais ils n'auraient le temps de faire rebrousser chemin à leur cohorte. C'était le massacre assuré.

« Impossible de le dire, répondit un autre soldat.

— On sort les nôtres ? s'enquit une troisième voix, vers la fin du cortège.

— Papa, s'écria Vienna, près du deuxième chariot. Qu'est-ce qu'on fait de nos armes à nous ?

— Mais je ne sais pas, répondit Malik.

— Pas d'armes », hurla le Général.

Il se leva sur son attelage, le dos tourné à la muraille. Le regard fixé sur ses soldats, il croisa les bras puis les étendit droit devant lui, à l'horizontale, geste qu'il répéta à plusieurs reprises.

« Pas d'armes.

— J'espère que c'est la bonne option », dit Ahmadi.

La fin du pont approchait à toute allure. Soudain, Zhang vit quelque chose bouger au sommet de la muraille. Il y avait des plateformes de l'autre côté, chargées de guérites, de gardes, de torches. Un bruit assourdissant se fit entendre – Zhang comprit bien vite qu'il s'agissait d'une sirène d'alerte. *Nous vous avons vus. Nous vous avons vus. Vous êtes repérés.*

Et comme s'ils s'étaient concertés, les chariots ralentirent l'allure dans un fracas de sabots et un grand déséquilibre. *Par pitié, ne nous tuez pas*, supplia Zhang en son for intérieur tandis que le cortège s'arrêtait, inquiet, tremblant, devant deux immenses portes de bois et de fer.

Et le Général un instant oublia sa peur. Ils avaient fait halte à un ou deux mètres de la muraille, le nez de Holmes touchant presque l'immense charnière métallique qui la raccordait à la porte. Pour la première fois, il pouvait voir de près les remparts de La Nouvelle-Orléans.

Qu'est-ce que c'est que ça ? Il n'en croyait pas ses

yeux. Il aurait été bien en peine de décrire la matière dans laquelle étaient taillés ces murs – sorte de cristal poli aux nuances infinies, tourbillonnantes, allant de la transparence du diamant jusqu'au bleu le plus foncé. C'était la chose la plus splendide, la plus impénétrable qu'il ait jamais eue sous les yeux.

Une forme indistincte frôla brièvement la surface du mur à hauteur du regard avant de disparaître. Zhang tendit la main, hagard.

« Mais c'était…, bredouilla-t-il.

— Nom d'un chien, fit Ahmadi en sursautant.

— … un poisson, plutôt ? »

Tous les soldats de l'Iowa en restèrent bouche bée. Le mur, comprit alors Zhang, n'était pas taillé dans le cristal, non. C'était bien plus extraordinaire que cela. Le mur… était un mur d'eau, long de plusieurs dizaines de kilomètres, cent peut-être. Et si immobile, si lisse que sa surface luisait comme du verre.

« Mais on est où, là ? chuchota Ahmadi.

— Je ne sais pas, répondit Zhang. Un peu de patience, je crois. »

Des bruits en effet se faisaient entendre au-dessus d'eux. On marchait sur le faîte du mur d'eau. Le corps de Zhang prit conscience dans la moindre de ses molécules de ce fait : ils étaient devant les portes de La Nouvelle-Orléans depuis moins d'une minute et personne ne leur avait encore tiré dessus. Il leva lentement la tête.

« Qui êtes-vous ? Et que voulez-vous ? » rugit une voix dans les hauteurs.

Zhang tressauta.

« Des réfugiés, répondit-il. Nous… »

Comment croire qu'il avait fait tout ce chemin sur la simple vertu d'une rumeur colportée par une femme qu'il ne connaissait pas, au bord d'une piscine vide, puis qu'un ami mort l'avait supplié de croire ? Cette femme et ses onze compagnons de Broad Street étaient-ils arrivés à bon port, eux aussi, en dépit du grand nombre de sans-ombre que comprenait leur groupe ? Ou bien étaient-ils morts en route ?

« Nous avons entendu dire que La Nouvelle-Orléans résistait encore. Nous sommes venus nous joindre à vous. »

Était-ce une raison suffisante ?

« Nous pouvons vous aider. Nous avons… »

Des ingénieurs, des infirmières, des gardes, des juristes, faillit-il ajouter, même s'il n'avait aucune idée de ce que la plupart des soldats avaient été avant l'Oubli. Mais le grincement de la petite porte au bas du grand portail l'interrompit. Le long des gonds, l'eau fut parcourue d'un léger frémissement – une onde minuscule qui, après quelques dizaines de centimètres, finit par disparaître. Un petit groupe d'hommes et de femmes portant des armures hétéroclites apparurent – chacun muni d'une arme à feu, et d'une ombre. Malik se contracta, sans broncher d'un pouce. Zhang fixa les nouveaux venus. S'ils avaient assez de survivants indemnes pour qu'ils puissent risquer d'en envoyer quelques-uns au-devant d'inconnus, combien en restait-il dans la ville ? Des centaines ? Des milliers, plutôt ?

Dans le sillage de l'escouade avança une femme, une indemne elle aussi. Vêtue d'un sobre accoutrement bleu marine, elle tenait un bloc-notes. Elle était presque aussi grande que Malik et donc plus que Zhang, les cheveux brun-roux, le visage tavelé de taches de rousseur. Sa peau était si pâle qu'elle irradiait au soleil, comme si ç'avait été sa première sortie au grand jour. Lorsqu'elle s'approcha d'eux, escortée par sa petite troupe, Zhang se hâta de descendre du chariot. Ses lieutenants mirent pied à terre. Les vêtements de la femme, bien que visiblement usés, étaient propres et repassés. Pas d'os saillants. Lorsqu'elle ne fut plus qu'à quelques pas de ceux de l'Iowa, elle s'immobilisa et baissa la tête, en guise de salut.

« Bonjour », dit-elle.

Zhang s'efforça de retrouver sa langue : en vain. Il finit par se contenter d'un signe de tête. Une bourrasque née du lac traversa leur petite colonne, fit tinter les chaînettes des chariots, souleva le manteau en lambeau du Général et les feuilles du bloc-notes de la nouvelle venue.

« Êtes-vous le porte-parole de ce groupe ? » finit-elle par poursuivre.

Il y avait dans sa voix une très légère intonation – un accent français, peut-être, ou quelque chose qui y ressemblait.

« Euh, on peut dire ça. Je suis le général… Je veux dire, je suis Zhang… Zhang d'Arlington, en Virginie. »

La femme nota l'information sur son bloc-notes, non sans que se haussent légèrement ses sourcils. Elle s'abstint cependant de regarder le Général.

« Pouvez-vous me confirmer l'exactitude de ces déclarations ? s'enquit-elle.

— Parfaitement.

— Vous venez de loin. »

Son visage arborait désormais un grand sourire.

« Je suis heureuse de vous accueillir à La Nouvelle-Orléans. »

Zhang hocha la tête avec toute la réserve dont il était capable. Derrière lui, quelqu'un pleurait.

« Je me nomme Davidia, dit la femme sur un ton plus officiel. Je suis capitaine de la patrouille qui garde ces remparts. Je travaille pour la ville de La Nouvelle-Orléans. Nous avons besoin de noter toutes vos coordonnées avant de vous laisser entrer. Il nous faut également dresser l'inventaire de vos possessions.

— Ce sont des livres, dit Zhang. Nous en avons presque trois mille. »

La femme resta un long moment immobile.

« Vous avez apporté trois mille livres d'Arlington ?

— Non, de Washington, s'interposa Malik. De la bibliothèque municipale. Nous avons sauvé tout ce que nous avons pu. »

Davidia aussitôt se tourna vers un des gardes de son escorte pour le prier, d'une voix douce mais impérieuse, qu'il lui fallait informer une certaine personne de ce que « les nouveaux venus n'étaient pas venus les mains vides ». Le jeune soldat hocha la tête et décampa sur-le-champ. *Il est allé prévenir Celui Qui Rassemble*, se dit Zhang. Dans l'espoir de voir cette supposition confirmée, il tâcha de suivre le garçon des yeux, mais celui-ci disparut rapidement dans la foule rassemblée de l'autre côté des portes. Zhang en perdit un moment ses moyens. Ils étaient si nombreux. Leurs ombres se confondaient en un immense bloc sombre sur le sol, une masse indéfinissable.

« Nous avons reçu quelques informations de survivants venus comme vous du nord… Est-il vrai qu'il n'y a plus de président à la Maison-Blanche ? s'enquit Davidia, hésitante, lorsque le Général se retourna vers elle.

— En effet. »

Le vent reprit des forces et joua de nouveau avec les papiers de la jeune capitaine.

« Tristes nouvelles. Mais il est bon d'avoir des certitudes. Quant à votre chargement – quelle excellente acquisition. Elle nous sera peut-être très utile. Nous le saurons rapidement, ajouta-t-elle avec le sourire.

— Ce n'est pas tout », reprit Zhang, qui leva la main pour réclamer la parole.

C'était l'occasion ou jamais de la prévenir de l'arrivée imminente des blancs.

« Une armée est en route qui veut vous attaquer. Ils ne se déplacent pas vite, mais ils sont extrêmement nombreux.

— Oui, merci, répondit Davidia. Nous sommes au courant. »

Zhang n'eut pas besoin de regarder Ahmadi pour sentir les yeux de l'archère le fixer – lui vriller les tempes. *Si ce faux prophète détient ne serait-ce que la moitié de la puissance que lui prêtent ces mensongères rumeurs, ils sont déjà informés de notre venue.* L'otage n'avait pas eu tort. Mais quant à la suite des événements, disait-il également vrai ? *Ils ne pourront rien faire.*

La capitaine avait replongé le nez dans son bloc-notes.

« Avant que nous poursuivions cet entretien – puis-je vous demander le nom de vos compagnons ?

— Malik, répondit Malik.

— Ahmadi. »

La capitaine remonta lentement le long du cortège. Zhang patientait, envahi par la joie. À chaque nom, ceux de l'Iowa se laissaient submerger un peu plus par le soulagement – pleins d'un rire qui confinait désormais à la furie. Ahmadi dans cette clameur s'empara du bras de Zhang. Ses joues étaient striées de larmes, constata-t-il. Ils s'embrassèrent – il comprit en cet instant qu'il pleurait, lui aussi. Le nez dans les cheveux d'Ahmadi, il pleurait et riait dans le même élan.

« Et la sans-ombre ? s'enquit à haute et intelligible voix Davidia, histoire de surmonter le brouhaha.

— Hein ? »

Ahmadi fixa la capitaine, interloquée. L'espace d'une seconde, Zhang fut transpercé par une impression frissonnante et presque oubliée. *Max ?* faillit-il répondre.

« La sans-ombre », répéta Davidia, la main tendue vers la troupe.

Ils avaient tous été si bouleversés par la vision de La Nouvelle-Orléans qu'aucun d'entre eux ne s'était aperçu avant de la regarder que Vienna, durant ces quelques merveilleuses minutes, avait perdu son ombre.

Celui Qui Rassemble

Il regarda les nouveaux venus approcher de son poste habituel, au sommet du monticule qui s'élevait au centre de la ville. Son « autel ». Il avait entendu plusieurs fois les autres donner ce nom au lieu en question, ce qui lui paraissait absurde. Les bâtisses qui se dressaient un peu plus loin avaient beau avoir acquis le sobriquet de « sanctuaire », son perchoir n'avait rien d'un autel. C'était un carré de briques à même le sol, renforcé par un mur de taille moyenne, sans fioritures et dont la forme doucement incurvée assurait, sur trois côtés au moins, une certaine protection.

Par cette journée claire et ensoleillée, il avait repéré le cortège bien avant qu'il atteigne les portes, alors qu'il s'engageait à peine dans la traversée du lac Pontchartrain. Il avait fait venir Davidia pour la prévenir de leur venue.

« Ce n'est pas un piège de Transcendance, par hasard ? » avait-elle demandé, inquiète, en le rejoignant au sommet de la colline.

La main en visière, elle avait scruté la longue voie sur le lac, mais les chariots étaient encore trop éloignés pour l'œil nu – l'œil humain.

« Non, ce n'est pas Transcendance, avait-il dit. Au contraire, des amis, je pense. »

Elle avait baissé le bras et hoché lentement la tête, perdue dans ses pensées.

« Ça fait longtemps que nous n'avons pas reçu un tel contingent, avait-elle remarqué.

— C'est vrai. »

Il savait quelle question était venue à l'esprit de sa capitaine.

« C'est bon, avait-il ajouté.

— Pardon ? »

Était-ce bon ou mauvais ?

« Je crois que c'est une bonne chose, avait-il insisté. Cela veut dire qu'ils sont plus nombreux, ceux qui veulent se souvenir. »

Une fois l'ouragan vaincu, il n'avait pas été difficile de transformer l'ancienne clinique du docteur Zadeh en ce que l'on appelait désormais le sanctuaire. L'ouragan avait balayé l'immeuble. Les toits s'étaient effondrés et l'intérieur de la bâtisse avait été pulvérisé ; n'en était resté que sciure et poudre de béton, hormis un des murs qui bordaient le patio de la clinique, au-dessus de l'abri anti-ouragan.

Lorsque les vents s'étaient calmés, les résidents avaient aidé le corps de l'amnésique à s'extraire des décombres ; son ombre suivait, rampant silencieuse sur les amis de pierre et de verre. Lorsqu'ils découvrirent la paroi intacte, au pied de laquelle serpentait une allée de briques, l'ombre de l'amnésique se dirigea vers le mur : oui, l'ombre s'étirait tandis que le corps restait immobile, deux objets parfaitement indépendants l'un de l'autre, à l'exception de ce qui les liait encore aux pieds – pieds d'ombre et pieds de chair. L'ombre se dressa sur le mur, silhouette sombre et dense sur la surface lisse et vide du mur. Et regarda les résidents.

« Ça fera l'affaire », dit-elle.

Le corps s'approcha du mur et s'assit sur le sentier de briques, dos à la paroi. Oui, ça irait, se disait-il, lui aussi : c'est du moins ce que l'ombre perçut. À la suite de ce nouvel accident, l'amnésique n'y voyait plus du tout – du moins, pas directement, mais son ombre avait des yeux. Ce qui leur permettait de voir ce qui se passait autour d'eux. Ils faisaient un, l'ombre et le corps – et beaucoup plus.

Il n'y avait plus de plafond, au-dessus de ce mur. Mais grâce aux sans-ombre et à l'ouragan qui cerclait désormais la ville comme les remparts d'une forteresse, La Nouvelle-Orléans ne connaîtrait plus de températures extrêmes. Les décombres de la clinique fournissaient un appréciable point de vue sur tous les quartiers. L'ombre de l'amnésique pourrait s'étendre et se contracter sur toutes les surfaces, toutes les formes en contrebas sans autre encombre, aussi loin que son regard portait – et beaucoup plus.

« Je vais rester ici, annonça l'ombre aux résidents. Nous pourrons reconstruire et nous agrandir. »

Personne, peut-être, ne s'en était rendu compte avant ce jour (l'Oubli avait été un si terrible corrupteur du tissu social que ses victimes s'évitaient toutes les unes les autres), mais l'ouragan avait donné raison à l'ombre de l'amnésique. Il en allait des humains comme des éléphants. Le pouvoir généré par un seul sans-ombre était déjà assez puissant : mais lorsque tout un groupe se mettait à oublier la même chose, ses capacités magiques croissaient de manière exponentielle. Il y avait de la force dans le partage. Assez de force pour que la nature les aide à sauver une ville – et à transformer une ruine en sanctuaire, s'ils acceptaient d'en payer le prix.

« Nous agrandir ? » s'étonna le docteur Avanthikar.

Ils échangèrent un regard : dans les yeux de la doctoresse, une lueur d'incompréhension. Une ombre qui parlait, qui bougeait ? Plus encore, une ombre qui ressemblait davantage aux souvenirs de son possesseur qu'à sa forme matérielle ? L'ombre d'une *créature* plutôt que celle d'un homme.

« Oui, car d'autres vont venir. Ils vont percevoir ce que nous accomplissons, dit l'ombre en tendant le bras vers la ville, et bien au-delà. Tous les sans-ombre ne sont pas intéressés par leurs pouvoirs magiques – ou du moins ne les désirent pas autant que leurs souvenirs. Nombreux sont ceux qui cherchent de l'aide pour ne pas y céder. Pour s'en libérer, pour réapprendre à se souvenir. C'est pour les accueillir que nous devrions nous préparer. »

La doctoresse porta la main en visière à son front, pour se garder du soleil qui commençait à percer derrière les nuages fragmentés.

« J'ai travaillé avec Hemu depuis le jour de son arrestation et n'ai jamais vraiment pu lui enseigner comment résister à la tentation. Un jour, peut-être, nous saurons comment faire. Pour l'heure, c'est hors de notre portée. Et je ne parle même pas d'une quelconque guérison. »

L'ombre, sur son mur, se rapprocha lentement de la doctoresse. Elle sentit son corps pencher la tête, saisi par la même méditation.

« J'ai une idée », dit-elle.

Les sans-ombre reconstruisirent le sanctuaire après s'être concertés sur les plans. Ce devait être un temple, en quelque sorte. L'ombre et son corps, installés à l'entrée, surveilleraient les environs. Derrière l'autel se dresseraient deux grandes salles en enfilade, raccordées par un long couloir. Dans la première de ces salles, les sans-ombre qui arriveraient en ville pourraient se reposer et patienter – prendre soin les uns des autres. Le docteur Avanthikar et les résidents sans-ombre auxquels il restait assez de force pourraient s'ils le souhaitaient y demeurer aussi et contribuer à la protection de tous. Dans la seconde salle, les sans-ombre que l'ombre espérait guérir seraient conviés individuellement. Elle s'étendrait sur l'enceinte du bâtiment et entrerait à leur rencontre par une vaste ouverture pratiquée dans le toit.

« Ce n'est pas trop haut ? demanda Centre-Ville.

— Une ombre n'agit pas comme un corps, répondit l'ombre. D'ici, je peux me déplacer jusqu'à l'autre bout de la ville, pour peu que j'aie de la lumière pour le contraste et des surfaces pour m'étendre. »

La remémoration des deux immenses salles fut achevée en une journée. Une semaine plus tard arrivèrent les premiers sans-ombre, attirés par ce qu'ils avaient perçu des événements de la ville. Ce ne fut tout d'abord qu'un mince flot. Puis, dès qu'ils la virent – l'ombre aux singuliers contours, qui bougeait et parlait tandis que l'humain à laquelle elle était attachée était assis immobile et muet sur son carré de briques –, le ruisseau se fit torrent. Ensuite fleuve. Et océan. Des indemnes, ayant retrouvé l'espoir grâce à ces sans-ombre si longtemps agrippés à la vie, quittèrent La Nouvelle-Orléans pour retrouver leurs propres parents sans-ombre dans les villes où ils étaient peut-être restés pour les ramener à l'amnésique.

Et les cohortes arrivèrent d'autres villes, mêlant sans-ombre et indemnes – car ils avaient entendu parler de l'ombre qui avait un corps, eux qui avaient ou avaient eu une ombre –, et l'ombre de l'amnésique comprit ce qu'il fallait faire pour les sauver.

Un sans-ombre pouvait encore apprendre, et garder quelque temps à l'esprit ce qu'il avait appris. Une heure, pour les plus affaiblis – pour les plus forts, un jour ou une semaine. Au-delà, le savoir les abandonnait. Sans ombre, rien ne restait. Erreur que tous avaient commise dès le départ, à la lointaine époque de Hemu Joshi. On avait voulu fabriquer des souvenirs pour lui redonner une ombre. C'était tout le contraire, songea l'ombre de l'amnésique. Il fallait lui redonner une ombre pour qu'il ait des souvenirs.

Ce n'est malheureusement pas en l'exprimant qu'on rendait la chose possible – ni même compréhensible, disait le docteur Avanthikar. Oui, le concept était excellent, mais comment le mettre en œuvre ? Les sombres moitiés des sans-ombre – elles s'étaient évanouies à jamais. Comment créer à partir du rien ?

Ce n'était cependant pas la fin de leurs espérances. Il y avait autre chose. Forcément.

L'ombre conduisit son corps et le docteur Avanthikar dans la première salle. Elle les fit s'asseoir l'un en face de l'autre au centre, sur le lisse carrelage. La main de son corps, docile, posa une petite branche entre eux.

« Ramassez son ombre », dit l'ombre à la doctoresse, qui n'y parvint pas.

Bien sûr : un corps ne peut toucher une ombre. Qu'il essaie de poser sa main dessus, de la prendre entre ses doigts, et l'ombre s'enfuira, sous le corps et sur lui. Seule une ombre peut en toucher une autre. Et encore : une ombre qui sait ce qu'elle fait et ne se contente pas d'imiter.

Lentement, l'ombre se mit au travail. Elle s'empara de l'ombre de la branche – non de la branche elle-même, si précise – et tira. Elle sentait le corps à son côté frémir sous l'effort. Ce n'était pas chose aisée que de demander à un objet de renoncer à son ombre. Elle se raidit ; le monde soupira. La branche, son ombre : c'était diviser un objet qui n'aurait jamais dû avoir deux parties et qui ne comprenait pas bien où passait la ligne de fracture.

« Bonté divine », murmura la doctoresse, en extase.

Elle ramassa la branche sans ombre et la fixa longuement. Puis elle tendit la main vers sa jumelle séparée, plongea les doigts dans la silhouette fine perchée, toute raide, au sommet de la paume de l'ombre, intouchable, obscure. Sa chair pénétra sans encombre et l'ombre de l'amnésique et celle de la branchette : une main perçant la fumée.

L'amnésique sourit de cet émerveillement. Il songea au classeur de Hemu. À Peter Pan, pauvre jeune

Peter qui, retrouvant son ombre perdue dans une commode, pensa que ses problèmes allaient prendre fin.

L'ombre avait pendant trop longtemps cru que Hemu avait ajouté ces extraits parce qu'il espérait l'impossible – retrouver son ombre, d'une manière ou d'une autre. Le caractère incontestablement magique de cette idée n'avait jamais fait bon ménage avec le reste de ses fébriles recherches. Même les rumeurs qui couraient sur les pouvoirs de mémorisation quasi mystiques de l'éléphant Gajarajan contenaient quelques fragments de vérité. Il y avait des photos de l'animal, des interviews de témoins qui l'avaient rencontré, qui avaient travaillé avec lui. Mais *Peter Pan*... C'était un conte pour enfants.

Ce ne fut pas avant son éveil que l'ombre comprit enfin ce que Hemu avait commencé à saisir avant sa mort. Cela ne concernait pas le retour des ombres, dont l'absence était définitive, mais plutôt leur matérialité. Elles étaient bien plus solides que ce qu'on avait jamais pensé, pour peu qu'elles soient en de bonnes mains. Il en découlait ceci, tout aussi vrai : on pouvait transplanter à qui n'en avait plus l'ombre d'une autre chose.

L'ombre de l'amnésique posa sur le carré de briques la petite ombre sans maître, où elle demeura immobile et solitaire.

« En êtes-vous donc capable ? fit le docteur Avanthikar d'une voix à peine plus forte qu'un souffle. Pourriez-vous l'attacher à un autre objet ? »

Elle ramassa la branchette mutilée.

« Je ne sais pas. Mais je crois. »

Ils entreprirent des expériences. Qui échouèrent toutes.

Le problème n'était pas le manque d'ombres, mais leur nombre excessif et leur incompatibilité. L'ombre d'un moineau guérissait le sans-ombre – mais le rendait fou, le conduisait au sommet des arbres ou des maisons : et les autres le poursuivaient en tous lieux pour le sauver. Trop tard, il sautait, il se tuait. Les ombres d'arbre ne se fixaient pas du tout – et l'on ne pouvait les rendre à leur tronc. Les branches mouraient quelques semaines plus tard, frappées de chagrin. L'ombre d'une pierre plongeait son nouveau maître dans la catatonie, même s'il recouvrait la capacité d'apprendre. L'ombre d'une maison lui perçait les os de douleurs atroces, incessantes : il rampait à genoux pour qu'on l'en débarrasse.

Ce fut la pire de leurs erreurs et cela leur fit comprendre les dangers que les expériences faisaient courir aux habitants. Si la transplantation échouait en cours de route, si l'ombre ne voulait pas rester ou si le corps cherchait à s'en débarrasser de force, le transplanté mourait.

« C'est peut-être vraiment impossible », murmura l'ombre de l'amnésique après leur dernier échec en date.

Même si elle répugnait à l'admettre, le succès n'était encore qu'une perspective lointaine. Un moteur de voiture gisait sur le carré de briques, à leurs pieds, sombre forme dont l'ombre avait commencé à pâlir dès qu'elle avait été arrachée à son objet. Elle s'évaporerait. Pour la première fois depuis le début de ses recherches, l'ombre de l'amnésique sentit l'espoir la quitter.

« Ne laissez pas tomber, la supplia le docteur Avanthikar.

— Je ne sais même pas pourquoi les gens perdent leur ombre, pour commencer. »

Elle essaya de lui poser la main sur l'épaule. Pas facile – elle finit par plaquer la paume sur le mur, au-dessus de sa silhouette.

« Ça n'a pas d'importance, ça.

— Mais si.

— Mais non. »

L'ombre sentait la paume répandre sa chaleur dans la pierre.

« Regardez-moi dans les yeux », ordonna la doctoresse.

L'ombre s'exécuta lentement.

« Ce n'est plus cela qui compte. Ce qui compte, c'est ce qu'on fait maintenant. »

L'ombre baissa la tête. Il fallait essayer de la croire.

« Gajarajan, je compte sur vous, dit-elle en l'appelant d'un nom qui, pour une fois, lui sembla convenir. S'il y en a un qui peut guérir ce mal, c'est vous. »

En ce jour si douloureux, Gajarajan promit au docteur Avanthikar qu'il trouverait un moyen, même s'il n'avait pas la moindre idée sur la marche à suivre. Il poursuivit ses expériences, toujours aussi vaines. Il lui fallut près de deux ans pour honorer le serment fait au docteur, quelques jours avant l'arrivée de Zhang aux portes de la ville. Quel dommage qu'elle ne soit plus là pour le voir.

Ils s'étaient disputés, une fois de plus, après avoir endommagé l'ombre d'un lustre, si mal prélevée qu'elle s'était évanouie dès sa liberté trouvée. Gajarajan faisait les cent pas devant le mur, le docteur Avanthikar lui tournait le dos, le regard fixé sur la ville endormie, pour ne pas retomber dans de vains débats.

« Regardez », fit-elle soudain.

L'ombre se retourna, tremblement sur le mur, et fixa le point qu'elle désignait – de l'autre côté de la ville, près des portes.

« Il me semble voir quelqu'un là-bas », poursuivit-elle.

L'ombre plissa les yeux et opina du chef. La doctoresse avait vu juste – un sans-ombre s'était frayé un chemin jusqu'à eux. Le premier depuis des semaines. À présent, il errait sans but sur la chaussée du lac Pontchartrain, visiblement égaré.

« Il va falloir l'aider à franchir les quelques mètres qui le séparent de nous, dit-elle.

— Son état est trop grave, répondit l'ombre. Et puis la nuit est tombée déjà. Les morts-volantes sont de sortie. »

Les morts-volantes évitaient soigneusement de survoler la ville depuis l'érection des remparts. Elles y sentaient un potentiel magique aussi intense que le leur. Hors les murs, cependant, la nuit restait leur domaine.

« Gajarajan, dit le docteur Avanthikar, ces gens viennent parce que vous le leur demandez. Vous ne pouvez pas les laisser tomber lorsqu'ils finissent par vous entendre. Tous ceux qui veulent retrouver leur mémoire méritent le même traitement.

— J'aimerais bien, mais le danger est trop grand. »

L'ombre soupira. Les huit sans-ombre de la clinique

apprenaient encore à travailler ensemble, sous sa direction. Ils n'étaient pas prêts à affronter les morts-volantes, à moins d'y être contraints.

« En voulant sauver celle-ci, nous risquons trop de vies. »

Mais le docteur Avanthikar n'écoutait jamais Gajarajan. Elle avait cessé de le suivre aveuglément depuis qu'ils essayaient de guérir les victimes de l'Oubli. Avaient-ils jamais pu discuter sans que leurs échanges s'enveniment ? Chaque échec les rendait un peu plus susceptibles.

« Et vous, alors ? Et Marie, et Centre-Ville, et Bouclettes, et Buddy ? Aurais-je dû vous laisser au rez-de-chaussée au plus fort de l'ouragan, sous prétexte qu'il fallait protéger ceux qui étaient descendus à l'abri ?

— Oui », répondit l'ombre, mais la doctoresse se dirigeait déjà d'un pas têtu vers les grandes portes, pour commander à une patrouille de l'accompagner dans sa mission de sauvetage.

« Je dois sortir, déclara-t-elle aux sentinelles de nuit qui escortaient Davidia près des portes. C'est urgent.

— Arrêtez-la », siffla l'ombre au capitaine, du mur qui la surplombait.

Surprise par cette apparition subite, elle sursauta. Les jambes de Gajarajan s'étendaient en deux longues lignes noires sur les toits de La Nouvelle-Orléans.

La doctoresse feignit de n'avoir pas entendu.

« C'est une mission de sauvetage.

— Ne l'écoutez pas, dit Gajarajan. C'est trop dangereux. »

Les sentinelles n'ouvrirent pas. Mais avant qu'ils puissent s'emparer de la doctoresse, elle se jeta dans la muraille toute proche – la muraille-ouragan.

Elle fut sur-le-champ giflée à contre-courant par les tendrons de l'eau. Mais la muraille avait été conçue par les sans-ombre pour protéger la ville. La doctoresse fut propulsée avec délicatesse de l'autre côté et se retrouva dans l'herbe, au milieu d'une flaque d'eau. Elle s'élança vers le pont.

« Ouvrez les portes, s'écria Davidia. Faites-la rentrer avant que les morts-volantes ne se mettent en chasse. »

Le docteur Avanthikar avait une longueur d'avance. Gajarajan, en un éclair, se retira du mur pour rejoindre la chambre obscure de la première salle du sanctuaire et mobiliser les sans-ombre. Le temps qu'il les réveille et les conduise aux portes afin qu'ils interviennent au péril de leur vie, le docteur Avanthikar avait déjà pratiquement perdu la sienne.

Gajarajan et Davidia regardèrent les chariots approcher dans un tonnerre de sabots. L'ombre venait de remarquer le détail suivant, lequel suscita en elle un frisson d'excitation tel qu'elle n'en avait pas éprouvé depuis un certain temps. La jauge des chariots était très basse, comme s'ils étaient lourdement chargés. L'ombre s'adossa contre le mur et se tourna vers son capitaine. Avait-elle remarqué, elle aussi ? Les nouveaux venus avaient dû entendre les rumeurs. Les rumeurs sur les objets qu'il rassemblait.

« Leurs chariots sont pleins, dit Gajarajan à la capitaine. Je n'ai encore jamais vu cela.

— Des armes, pour une embuscade ?

— Je ne le pense pas. »

L'ombre était fascinée. Quel était donc ce mystérieux chargement ? Et que signifiait une telle abondance ?

« Dès que j'en sais plus, déclara Davidia, je vous enverrai quelqu'un pour vous tenir au courant. C'est peut-être ce dont vous avez besoin. »

Elle disparut au bas de la colline. Il resta à son poste d'observation. Depuis la mort du docteur Avanthikar, il n'avait pas ressenti un tel espoir. Le cortège des nouveaux venus arrivait à bride abattue, comme si la mort en personne les poursuivait. Il n'y avait pourtant personne sur leurs talons.

Et toutes ces ombres ! Tous, lui sembla-t-il, avaient encore la leur. Gajarajan sentit le cœur de son corps battre plus vite. Ce que ces chariots contenaient pouvait bien se révéler d'une grande utilité.

Orlando Zhang

À peine le soleil s'était-il couché que Zhang fut conduit dans une chambre, au premier étage d'une vieille bâtisse en bois rebaptisée Maison 33. C'était ainsi que l'on vivait désormais à La Nouvelle-Orléans. Des maisons étaient divisées en petits appartements, leurs occupants partageant la cuisine et la salle de bains. Ahmadi s'était vu attribuer la chambre voisine. Vienna, Malik et les deux Smith qui restaient emménagèrent à Maison 32 ; les autres soldats eurent droit à des lits dans les dortoirs des Maisons 34 à 45.

Il y avait quelque chose dans cette organisation qui rappelait Elk Cliffs à Zhang. Membres d'une même communauté où l'on partageait les corvées et où les sons inopinés faisaient sourire plutôt que sursauter. Chaque fois qu'il allait chercher un bout de pain dans la cuisine – chaque Maison recevait de la ville une demi-miche par locataire, tous les deux jours – ou qu'il allait remplir son verre (ils faisaient bouillir l'eau et la gardaient dans de grands seaux), son cœur s'emplissait de joie, à voir tant de gens occupés à des tâches aussi ordinaires – faire la vaisselle, lessiver les parquets.

Lorsque Zhang, après cette première nuit, entra

dans la cuisine, il y trouva Ahmadi penchée sur le tiroir des couverts.

« Tu sais où sont les cuillères ? » demanda-t-elle.

Ils échangèrent un long regard. Puis Zhang éclata en sanglots, ce qui causa une telle émotion à Naz qu'elle en lâcha le tiroir. Les couteaux et les fourchettes furent catapultés de tous côtés. Merde, merde – c'était si ordinaire qu'il ne pouvait plus s'arrêter de pleurer.

Lorsqu'ils avaient constaté l'état de Vienna, Zhang avait été saisi par l'inquiétude : et si les gens de la ville lui refusaient l'asile ? S'ils le refusaient à tous ceux de l'Iowa, peut-être contaminés ? Non – ils furent tous accueillis. Et Vienna eut droit au même traitement que le reste de l'armée de Zhang.

« Je vais avoir besoin de votre aide », avait déclaré Davidia à Zhang dès qu'ils eurent garé les chariots près des portes et détaché les chevaux.

« Je ne peux pas quitter mes soldats, avait-il dit.

— Celui Qui Rassemble… Il veut vous rencontrer. »

Ce qui sembla pétrifier la troupe. Zhang et ses lieutenants échangèrent un regard.

« Celui Qui Rassemble… Il existe donc bel et bien ? finit par demander Zhang.

— Oui », répondit Davidia.

Ce qui paraissait impossible, soudain. Mais cette femme ne propageait aucune rumeur. Elle avait répondu sur le ton de celle qui a vu de ses yeux le possesseur de tous les noms.

« Le Patient, bredouilla Zhang. Celui Qui A Un

Milieu Mais Pas De Commencement. Celui Qui Ne Rêve Pas.

— Celui-là même », opina Davidia, le sourire aux lèvres.

Le silence ébahi qui les enveloppait sembla durer des heures. Or donc, tous ces racontars, tous ces graffitis sur les murs... Ils ne mentaient pas.

« Vas-y, parvint à articuler Ahmadi. On ne bougera pas avant que tu reviennes.

— Surveillez les chariots », dit-il à ses lieutenants.

Il sentit les doigts d'Ahmadi se refermer sur les siens, les serrer quelques secondes. Il lui rendit sa poignée de main en guise d'encouragement avant d'emboîter le pas à Davidia.

Le chemin était long. Elle marchait toujours devant.

« Ne faiblissez pas », dit-elle à Zhang, par-dessus son épaule.

Mais son ton était affable.

Zhang s'efforça de ne pas s'étonner de tout – mais comment s'en empêcher ? Il ne comprenait rien à La Nouvelle-Orléans. À chaque coin de rue, son ébahissement croissait. Il y avait encore des décombres, mais d'autres immeubles avaient été reconstruits – par la magie ou le travail humain. Zhang bondit de joie lorsqu'il crut distinguer de la lumière derrière une fenêtre – comment en être vraiment certain ? Et partout dans les rues des gens qui se parlaient, plutôt que de s'entretuer ou de fuir. Certains avaient leur ombre et d'autres pas. Le plus surprenant était ceci : les sans-ombre semblaient aller sans peur, même si certains, visiblement, oubliaient en plein geste la tâche qui les occupait. Avant qu'ils puissent s'en émouvoir, d'autres, avec ou sans ombre, leur venaient en aide, avec de joyeux rires de tous côtés.

« Celui Qui Rassemble a accompli ce que j'ai sous les yeux ? demanda Zhang.

— Oui, et bien plus », répondit-elle.

Comment croire qu'il n'osait même pas, deux ans plus tôt, quitter son refuge de montagne de peur de se faire assaillir par un sans-ombre cannibale – ou par un bandit de grand chemin, prêt à le tuer pour faire ses poches ? Ici, on pouvait aller dans les rues sans rien prévoir et se sentir en parfaite sécurité. Et dire qu'il avait traîné les pieds pour se mettre en route. Ah, mais la raison était simple. Max – il n'avait pas voulu partir sans Max.

« Zhang, déclara soudain Davidia lorsqu'ils eurent atteint le sommet de la colline. Voici Celui Qui Rassemble. Ici, à La Nouvelle-Orléans, nous lui donnons simplement le nom de Gajarajan. »

À quel type d'individu s'était attendu Zhang ? Certainement pas à l'homme qui était devant lui. Il écarquilla les yeux, bouche bée. Ce n'était pas le Rougeroi, ni même le Général Imanuel aux traits de médaille. Mais un homme, sans plus – d'âge indéfinissable – la quarantaine, peut-être ? – mince, portant des vêtements ordinaires et passablement usés. Il était assis sur un carré de briques, au pied d'un petit mur que la nature n'avait pas ébranlé, par pur hasard. Il portait sur les yeux un bandeau d'épais tissu lâchement noué sur la nuque.

« Vous… »

Zhang se reprit.

« Vous êtes aveugle ?

— Oui et non », répondit l'homme.

Sans bouger les lèvres, ce qui fit sursauter Zhang. Il leva les yeux vers Davidia, qui lui répondit d'un signe de tête et d'un geste. Le mur, derrière Gajarajan.

Zhang se retourna vers l'homme, qui ne disait plus rien. Et lui, Zhang, ne devait-il pas reprendre la parole ? Mais les mots continuaient à lui manquer. L'ombre de l'homme s'était mise à glisser sur le sol, sur les briques, jusqu'à la jointure avec le mur ; à présent elle rampait sur la paroi lisse. Elle monta, monta, jusqu'à mesurer la taille sans doute de son propriétaire – lequel n'avait pas bougé d'un centimètre.

« Seigneur, finit par chuchoter Zhang.

— J'aimerais bien », répondit… l'ombre – c'était manifeste –, et non le corps.

L'ombre et Davidia éclatèrent de rire tandis que Zhang restait planté devant eux, ébahi, son regard affolé hésitant sans cesse entre le corps assis tranquillement contre son mur et l'ombre qui se mouvait et s'exprimait à la surface de ce même mur.

Zhang pour finir se mit à vaciller et Davidia le rattrapa avant qu'il ne s'effondre. Elle l'aida à s'agenouiller puis à se redresser comme il le put sur son séant. Le monde se mit à clapoter sous ses yeux. *Impossible*, ne cessait-il de se répéter. Mais chaque fois qu'il lançait un regard vers le mur, le même phénomène s'offrait à lui. Les rumeurs ne se trompaient pas. Mais elles ne disaient pas ceci pourtant : Celui Qui Rassemble était une *ombre* et non pas un homme.

Et ce n'était pas tout. Zhang plissa les paupières. L'ombre assurément appartenait à l'homme : les deux formes se joignaient aux pieds et aux hanches, le corps étant assis sur les briques. Mais la forme de cette ombre… ne ressemblait pas au corps. Non, à bien y regarder, elle avait l'apparence… de celle d'un éléphant.

« Je vous demande pardon », fit Gajarajan.

Elle sembla se pencher légèrement vers Zhang, comme pour se mettre à son niveau. Oui, indubitablement, cette ombre avait de grandes oreilles pareilles à des éventails et un troisième bras qui lui descendait du visage – autrement dit, une trompe. D'éléphant.

« Je ne pensais pas vous troubler à ce point. Les nouveaux arrivants de ces derniers mois avaient entendu parler de mon apparence.

— Et donc… »

Mais par quoi commencer ? se demanda Zhang, muet de confusion.

« L'homme… Le corps assis… est bien vivant, je ne me trompe pas ?

— Mais naturellement, fit l'ombre. Nous ne faisons qu'un, lui et moi.

— Vous en êtes le maître ?

— Pas plus qu'il n'est le mien. »

Ce qui semblait exact. L'ombre parlait, bougeait sur son mur tandis que le corps n'avait pas été tenté une seconde de l'imiter. Si l'homme voulait bouger, peut-être le pouvait-il sans entraîner l'ombre dans ses mouvements.

« Nous aurons le temps d'en rediscuter, dit l'ombre. Revenez quand vous voulez. Je ne veux pas priver vos gens de votre compagnie. Et j'ai été bien impoli de vous faire venir si vite. C'est qu'on m'a dit que vos chariots étaient lourdement chargés. Vous m'apportez des choses.

— Nous avons entendu dire que vous… rassembliez des choses. Qui ont un rapport avec les souvenirs et les ombres, répondit Zhang. Mais nous ne savions pas quoi.

— Moi non plus », dit Gajarajan.

Et voyant l'expression du visage de Zhang, il haussa doucement ses immenses oreilles.

« Mais je le trouverai un jour, c'est important. Et cela se trouve peut-être dans ce que vous avez apporté.

— Mais quel est son usage ? demanda Zhang.

— Je veux guérir les sans-ombre », répondit l'ombre avec ce que l'on pouvait décrire comme un sourire.

Zhang fixa longuement Gajarajan – le corps et l'ombre. L'un et l'autre à présent presque dépourvus d'expression, le corps comme en transe, l'ombre car elle n'avait pas de visage, contrairement aux humains et même aux éléphants. Mais tout en la scrutant telle qu'elle était étalée sur le mur, profonde et noire, Zhang le sentit sans risque de se tromper – l'ombre était sincère.

« Vous en êtes capable ? demanda le Général avec ferveur.

— J'y suis arrivé, oui. Une fois. »

Ces deux syllabes vibrèrent un instant dans les airs, solides. Puis Zhang comprit ce que signifiaient ces mots.

« Une fois et pas deux ? »

L'ombre éléphantesque le considéra, placide.

« Une fois et pas deux, vous avez raison. Mais je suis en mesure de recommencer, j'en suis certain. Il me faut les bons outils, c'est tout. Le bon matériau dont je pourrai tirer des ombres. Tout ne convient pas. Et j'ai épuisé mes provisions. »

Zhang baissa les yeux vers le bas de la colline. Les chariots n'étaient plus que des formes indistinctes dans le lointain.

« Nous avons apporté des livres. Des milliers de livres. En fait, ce n'est pas moi qui… Je ne suis pas à l'origine de cette collecte. C'est Imanuel qui a eu cette idée. À sa mort, j'ai pris la suite. Je voulais finir le travail commencé par lui. »

Zhang inspira, lèvres tremblantes, pour éviter les effusions.

« C'est ce que vous cherchez, Gajarajan ?

— Je ne sais pas, répondit l'ombre. Mais il est probable que non. J'en suis navré. »

Zhang attendit que l'ombre en dise plus : comment pouvait-il imaginer une seconde qu'ils aient pris autant de risques, parcouru un tel chemin, pour finir par échouer ? Mais Gajarajan resta muet. *Il est probable que non*. Un coup dur à digérer. Imanuel s'était trompé. Ce n'étaient que des livres, rien de plus.

« J'en suis vraiment navré, répéta Gajarajan.

— Mais non, dit Zhang en tripotant furieusement le bas de son manteau, ce dont il prit alors conscience. Ne soyez pas désolé. C'est nous. Nous n'avons pas compris. »

L'ombre de l'éléphant examinait placidement Zhang de son mur. Elle glissa jusqu'au bord pour s'approcher de lui.

« Mais ce n'est pas un échec. Vous êtes tous arrivés parmi nous. Vous nous avez rejoints. Nous trouverons une façon d'utiliser ces livres, même si ce n'était pas l'usage que vous leur aviez prévu.

— Oui, dit Zhang, c'est vrai, nous sommes arrivés à bon port. »

Gajarajan s'écarta lentement et réintégra le centre du mur.

« Pourquoi ne sont-ils pas exactement ce que vous cherchez ? s'enquit Zhang. Je suis certain que nous n'avons entendu qu'une partie de la rumeur. Nous, ce que nous pensions utile, c'étaient des objets pourvus à la fois d'ombres et de souvenirs. Les livres répondent à cette description, tant physiquement que métaphoriquement. »

L'éléphant tendit ses mains humaines, lent signe de résignation.

« Des ombres, oui. Mais c'est le cas de bien des choses. De tout ce que le monde compte de choses. Sauf les humains.

— Et les souvenirs ?

— Les souvenirs des livres ne sont pas vrais, dit l'ombre. Ce sont des histoires qui parlent de personnages imaginaires. Je ne pense pas que… »

Il ne finit pas sa phrase.

« Si je cherche à ce que les sans-ombre se souviennent de nouveau de leur passé, je ne peux pas vraiment leur offrir une ombre qui contient des souvenirs imaginaires. Ils ne récupéreraient rien de ce monde – ils se remémoreraient des vies que personne n'a vécues. »

Soit, songea Zhang. Ça n'était pas absurde – si tant est qu'il avait compris les propos de Gajarajan.

« Mais je vous en prie, n'y pensez plus. Votre périple

a pris fin. Vous avez été rassemblés. Nous sommes heureux de vous accueillir à la maison. Votre maison. »

Gajarajan s'inclina.

Ce terrible pincement à la gorge – Seigneur, pour l'heure, il lui était impossible de parler. La maison. C'était un mot qu'il avait eu peur de ne plus jamais entendre.

« Venez, lui dit Davidia d'une voix douce. Je vais vous raccompagner auprès de vos amis avant qu'ils ne s'inquiètent. »

Zhang commença à lui emboîter le pas avant de se raviser.

« Gajarajan ! Davidia m'a dit que vous saviez déjà que Transcendance était en route. »

Les contours de l'éléphant se firent plus précis sur le mur. L'ombre se retourna vers Zhang.

« Oui, nous le savons. Un sans-ombre que nous avons accueilli il y a quelques mois nous a fourni cette information. Nous nous y préparons. »

Ce qui fit sourire Zhang. Cette ombre était certainement parée du même mystère que la disparition de ses congénères et les pouvoirs magiques qui les remplaçaient, mais du moins avait-elle appris la venue de Transcendance par le plus ordinaire des moyens – un message passé de bouche à oreille, comme la rumeur qui avait fait prendre à ceux de l'Iowa la direction de La Nouvelle-Orléans.

« Je le sais, nous ne disposons que d'une fraction infime de vos moyens humains, Gajarajan. Mais sachez que nous avons combattu un de leurs bataillons et l'avons vaincu. Nous serions honorés de joindre nos forces aux vôtres pour vous aider à défendre la ville.

— Ce dont je vous remercie », fit l'ombre avec bienveillance.

Elle se leva et étendit sur le mur ses oreilles et sa trompe, absorbant presque toute la lumière.

« L'offre est généreuse et je vous en suis reconnaissant. Mais nous n'en aurons pas besoin.

— C'est-à-dire ?

— Les sans-ombre se chargeront de Transcendance. Le groupe des Huit. »

Après le toit et le couvert, ils reçurent même un emploi. Ahmadi fut affectée aux patrouilles des remparts en compagnie de Davidia, ce qui lui convenait à merveille. Elle entreprit d'apprendre le tir à l'arc à ses nouveaux collègues. La Nouvelle-Orléans avait réussi à accumuler une jolie réserve de munitions. Mais quant à en fabriquer, c'était une tâche encore trop complexe. Gajarajan ne pensait pas que le coût humain du souvenir puisse en valoir la chandelle. Les flèches étaient bien plus faciles à confectionner ; de plus, lancées sur leur trajectoire, elles ne devenaient ni foudre ni tonnerre. La plupart des hommes de l'Iowa furent affectés aux travaux de reconstruction. Il fallait réparer des maisons en plus grand nombre, car l'armée de Zhang avait pris tous les lits vacants. Excellente occasion : ces tâches leur fournissaient un but. Non que Zhang ait jamais craint l'émeute, mais il n'était peut-être pas facile de renoncer à la vie de soldat. Ils se battaient depuis longtemps, avaient perdu l'habitude de la paix. Certes, le but ultime d'Imanuel était de les mener en lieu sûr – en temps sûr. Mais s'étaient-ils attendus à une démobilisation aussi rapide ? La veille, ils exterminaient encore les Rouges et galopaient plein sud. À présent, ils avaient tous un toit, le couvert – et une vue directe sur le jardin municipal.

De fait, la plupart d'entre eux furent très heureux de ne plus guerroyer. Aucun ou presque n'était militaire de vocation. À Washington, on n'avait pas le choix.

Quant à Malik, la ville lui accorda un congé pour enfant malade – qu'il puisse profiter de la compagnie de sa fille tant qu'elle se souvenait encore de lui.

Zhang fut le dernier à se voir accorder un poste. Il avait pris le raccourci par les buissons, pour se rendre de Maison 33 aux chariots, comme il le faisait tous les jours, pour se rassurer sur la bonne conservation des livres. Les intempéries et les curieux : telles étaient ses deux sources d'inquiétude. Le soleil matinal scintillait sur les toits, de plus en plus blanc et aveuglant dans sa course. L'ombre de Zhang sautillait dans les mauvaises herbes, en lambeaux. Elle percuta une autre ombre et se désagrégea – comme un ruisseau qui en rencontre un autre. Zhang s'immobilisa. Sous ses yeux, dans l'herbe, une autre paire de bottes juste devant les siennes. Il releva la tête.

« Bonjour, fit Yoshikawa – le jeune garde que Davidia avait envoyé à Gajarajan le jour où ils étaient arrivés avec leurs livres, ce qui avait fait partie du message.

— Désolé, dit Zhang. J'avais la tête ailleurs et je ne vous ai pas vu.

— Pas de problème. J'aurais dû vous prévenir. »

Les traits du jeune homme se crispèrent quelques secondes dans la chaude lumière.

« Je suis porteur de bonnes nouvelles. Nous avons

pu dégager de l'espace dans l'une des boutiques que nous avions rénovées. Vous allez pouvoir y installer vos livres. Une nouvelle bibliothèque. Ce n'est pas extraordinaire, mais vous aurez un toit, une porte et un cadenas. Nous aimerions lui donner le nom de la personne dont vous nous avez parlé. Paul. Gajarajan espère que vous apprécierez cette initiative. »

Les espérances de l'ombre étaient fondées. Zhang l'appréciait à tel point qu'il ne fut capable pendant quelques secondes que de cligner des yeux, pour ne pas pleurer, et d'opiner frénétiquement du chef. Démonstrations qui prirent fin lorsque Yoshikawa se mit à rire.

« Suivez-moi. Je vais vous montrer les lieux. »

Ils passèrent devant Maison 33 et se dirigèrent vers le nouveau et modeste centre-ville.

Lafayette Street, ils entrèrent dans une boutique qui avait dû être une pharmacie. La partie gauche était totalement nue, hormis quelques rangées de rayonnages désormais vides – pas le moindre médicament. L'autre partie du local était devenue l'officine du seul et unique tailleur de La Nouvelle-Orléans. Des ouvriers s'y relayaient jour et nuit pour confectionner ce dont la ville avait grand besoin – draps, chaussettes, sous-vêtements.

Zhang n'avait jamais construit de bibliothèque dans sa vie. Mais il eut pléthore d'assistants. Les volontaires faisaient la queue, comme pour le jardin, comme pour le tailleur. Certains lui apportèrent même des livres qu'ils avaient pu sauver dans les premiers jours.

Le jour où Zhang commença à disposer les étagères

en rayonnages, comme dans une vraie bibliothèque, il vit se joindre à lui deux nouveaux assistants.

« Surprise du jour ! fit Vienna en passant la tête par l'embrasure de la porte. »

Zhang sursauta et poussa un petit cri qui se transforma en rire.

« Tu as réussi à t'évader ?

— Encore mieux, Zhang ! »

Malik surgit sur ses talons.

« Libérée sous caution. Et franchement, ajouta-t-il en désignant le sol clair entre les pieds de Vienna, si on ne le savait pas, il n'y aurait aucun moyen de… Ah, *ces ados*. »

Il eut droit à un grand sourire de Zhang.

« Vous me manquiez, tous les deux. »

Il n'avait guère plus adressé la parole à Vienna depuis leur arrivée à La Nouvelle-Orléans. Malik se montrait férocement protecteur, écartant tout ce qui aurait pu la surprendre, l'effrayer, la blesser. Tout ce qui pouvait provoquer un oubli traumatique, quelle qu'en soit la portée. Mais Zhang n'eut aucun mal à comprendre qu'à partir du moment où elle avait demandé à voir la bibliothèque, Malik n'avait pas pu dire non.

« Par ici, les amis. »

Qu'il était content de la faire travailler !

« Tu vas pouvoir… »

Gêné, il ne finit pas sa phrase.

« Mais oui, je sais encore lire, renâcla Vienna, comme s'il venait de sortir une énormité. Hé, je ne suis pas en sucre, Général. Tu veux savoir quelque chose ? Tu demandes.

— Général, Général… Ici, c'est Zhang tout court. Si tu veux bien commencer à trier, qu'on voie de quel espace ont besoin les différentes catégories ? »

Il était tout sourires. Vienna se fendit d'un joyeux salut militaire et se dirigea vers les caisses entassées.

« Elle pense que je lui fais du mal en la surprotégeant, soupira Malik en la regardant fouiller dans la première caisse. Elle préfère oublier et s'en souvenir – tant que ça marche comme ça. »

« Comment va Vienna ? » lui demanda Ahmadi en se dirigeant vers sa table basse, au centre de laquelle trônait un sac en papier.

Zhang avait frappé à sa porte après dîner pour lui dire que Vienna s'était portée volontaire à la bibliothèque.

« Elle n'a pas changé d'un iota ! Malik était heureux de la voir égale à elle-même, et moi de même. Une journée à marquer d'une pierre blanche. »

Ça faisait un bon moment qu'il ne s'était pas senti aussi joyeux.

« Comme tu dis. »

Ahmadi souleva le sac. Qui devait contenir un bocal, lequel bocal contenait un liquide clapotant.

« Devine quel secret de La Nouvelle-Orléans j'ai découvert aujourd'hui.

— Oh ! C'est de l'alcool ? fit Zhang, des picotements dans la langue. Du vrai alcool à plus de cinq degrés ?

— De l'eau-de-vie de contrebande, sourit Ahmadi. C'est l'une des sentinelles qui fabrique ça.

— Qu'on le fasse immédiatement général, fit

Zhang en bondissant vers la commode pour récupérer une tasse.

— Tu ferais mieux de le goûter avant. »

Ahmadi, méfiante, sortit la bouteille de son sac.

« La seule chose qui n'ait pas changé, c'est le nom.

— Bah, tant que ça fait son œuvre... »

Il n'y avait qu'une chaise dans la chambre. Et le lit. Ils s'installèrent en tailleur par terre, l'un en face de l'autre, à côté de la lanterne. Ahmadi versa dans la tasse la moitié du liquide. Ils trinquèrent, bouteille contre tasse.

« Doux Jésus, c'est dégueulasse, éructa Zhang, hilare. On dirait de l'essence.

— Si seulement on pouvait oublier à quoi ressemblait la vraie bibine. »

Elle avala une deuxième gorgée et fut prise d'une quinte de toux.

Il en fit autant. Ce qui ne l'empêcha pas d'avaler une troisième gorgée. Cette sensation presque oubliée qu'il avait de flotter dans un monde tiède titillait doucement les recoins de son cerveau. C'était loin d'être suffisant, mais c'était un début... Qui l'aidait à se souvenir des ivresses d'autrefois. Il parla de sa journée à la bibliothèque. Naz souriait de plus en plus béatement. Ils finirent lui sa tasse et elle sa bouteille en s'étranglant à chaque gorgée.

« T'as raison », finit-elle par dire.

Elle leva la bouteille dans les airs et la scruta.

« La Nouvelle-Orléans a besoin d'un nouveau bouilleur de cru.

— Tu sais faire ?

— Pas du tout. Moi, c'est le tir à l'arc. »

Ses yeux se firent plus vagues. Leurs regards transpercèrent les murs de Maison 33, se posèrent au lointain. Ils luisaient doucement à la lueur de la lanterne.

« Téhéran me manque. »

Arlington me manque, songea Zhang. Mais était-ce bien encore le cas ?

« Portland me manque », répondit-il, ce qui n'était pas complètement exact.

Elk Cliffs me manque. Ça, oui, c'était sincère. *Et Max, et Paul, et Imanuel.*

« C'est marrant de faire vraiment ta connaissance, déclara Ahmadi.

— Hein ?

— En personne, je veux dire. »

Elle sourit sous cape.

« Paul nous racontait des tas d'anecdotes sur vous deux. Quand vous étiez gosses ou ados. Le bal de fin d'année. Ton premier accident de voiture. Quand vous avez été pincés tous les deux alors que vous emballiez la maison de votre prof de sciences nat dans du PQ. »

Le spectre du Rougeroi avait erré dans Maison 33 pendant quelques secondes, mais le sourire d'Ahmadi et sa joie si visible le chassèrent. Elle ne connaissait que le Paul d'avant, ce nounours irascible dont on disait toujours « Il aboie plus fort qu'il ne mord ».

« Et ne suis-je pas tel que Paul m'avait fait, maintenant que tu me connais ?

— Non, dit-elle. Tout le contraire. »

Ahmadi s'interrompit, avec l'expression de quelqu'un qui vient d'en dire un peu trop. Puis le sourire lui revint, non sans inquiétude.

« Tu pourras trouver ça bizarre, mais après tout ce temps passé avec Paul, toutes ces histoires qu'il racontait sur toi... Quand tu nous as retrouvés... J'avais presque l'impression que tu revenais, en fait. »

Elle osa lui lancer un regard.

« J'avais l'impression que tu rentrais chez toi. »

C'était peut-être l'alcool, se dit-il en regardant Ahmadi à la lumière sourde du feu de bois. Sauf que l'alcool du soldat tenait vraiment de l'eau de vaisselle. Il se pencha vers Ahmadi sans une once de cette hébétude émerveillée que suscite l'ivresse. Au contraire : il se sentait concentré, comme si tout ce qui les entourait était devenu plus précis, dans un temps soudain ralenti. Il sentait dans leurs moindres détails les formes d'Ahmadi que deux brassées d'air pourtant séparaient de lui, comme si elle lui avait envoyé des ondes épousant les courbes de son corps. Les bruits du monde se contractèrent. Ahmadi ne disait plus un mot, le regard fixé sur la gorge de Zhang.

Elle est si petite, songea-t-il.

Des fourmis lui couraient sous la peau. Il ne s'était jamais rendu compte de cette différence de taille. Même accroupi, il lui fallut se voûter de quelques centimètres pour se mettre à sa hauteur.

Elle n'avait pas tort, Ahmadi. C'était comme un retour chez soi. En un lieu familier qu'il connaissait, qu'il comprenait. Un lieu qui lui rendait ses souvenirs.

Cette nuit-là, Zhang se retourna sur le matelas : ô surprise ! Il n'était pas seul. Un corps tiède était allongé près de lui. Il ouvrit les yeux et contempla dans le noir le dos d'Ahmadi par-dessus la couverture. Il n'avait pas le même aspect que celui de Max. Couleur de peau différente, courbe de la cage thoracique différente, doux contours des muscles différents. La peau de son bras droit était couverte de cicatrices – des brûlures, des lignes sombres qui lui cerclaient l'épaule. Pour la première fois depuis des mois, Zhang ressentit quelque chose qui ressemblait fort à de l'espoir, à du bonheur – près de cette femme qui, peut-être, saurait plus tard lui parler d'eux. Avec laquelle, peut-être, il pourrait partager encore – des moments, des gestes – et puis se souvenir, à deux.

Il referma les yeux. Sans l'éclat pâle de sa peau, sans le contour étroit de ses épaules, comment savoir qu'elle était là, près de lui, que ce n'était pas une autre ? La douce chaleur que dégageait son corps n'était pas si différente, elle.

Max, songea-t-il, *es-tu arrivée là où tu voulais aller avant de tout oublier ? As-tu trouvé ce que tu cherchais ?*

Il n'avait pas réussi à la sauver, en fin de compte. Mais couché près d'Ahmadi dans l'obscurité, et sachant que cette nuit n'était pas la dernière de son espèce – qu'elle n'était peut-être que la première, s'il en avait le désir –, il eut l'impression d'avoir reçu une réponse, bien que sa forme ne soit pas telle qu'il l'avait souhaitée. Max avait dû finir par l'oublier, comme ils l'avaient craint. Ou du moins une partie de lui. Assez importante pour qu'il ait pu quitter Washington et rejoindre La Nouvelle-Orléans. Qu'il ait pu abandonner sa recherche, qu'il ait pu éprouver des sentiments pour une autre personne. Oui, tout cela ne pouvait signifier qu'une chose : Max n'était plus.

Zhang posa le bras sur les épaules d'Ahmadi et

enfouit son visage contre la nuque de l'archère, puis lui donna un doux coup de tête. Pour donner plus de réalité à cette étreinte. Elle murmura, encore immergée dans ses rêves – puis sombra de nouveau.

« Bleu », murmura-t-il.

Il ne prononça jamais plus ce mot de cette manière ; le souvenir, en revanche, resta.

Torture suprême : non pas le départ de Max, mais son enlisement dans l'Oubli. Ce n'était pas sa faute, bien sûr, ce qui n'ôtait rien à la cruauté de la chose. Zhang ne voulait pas que Max l'oublie. Cela s'était quand même produit. Et c'était lui maintenant qui aurait voulu l'oublier, ce qui ne se produirait pas.

Malik ne s'opposa pas à ce que Vienna revienne à la bibliothèque le lendemain. Ni le surlendemain ni les jours qui suivirent : cela faisait tant de bien à la jeune fille qu'il finit par céder. Ahmadi permuta quelques-uns de ses tours de garde sur les remparts pour les rejoindre de temps à autre. Quelle joie pour Zhang de les avoir tous dans sa bibliothèque, une petite famille au complet. Lui, cependant, restait inquiet. Quand Vienna venait, il avait peur de se détendre, de détourner le regard ne serait-ce que quelques secondes. C'était chose terrible de ne pouvoir faire confiance à la fille de Malik : mais la seule autre sans-ombre que Zhang avait connue et aimée avait disparu dès que l'Oubli l'avait atteinte. Oui : volatilisée, sans laisser de traces. Il avait peine à croire que Vienna ne prendrait pas le même chemin. Chaque fois qu'elle allait regarder le travail des tailleurs, juste à côté, ou qu'elle annonçait son intention de se dérouiller les jambes, ou d'aller chercher à manger au jardin municipal, Zhang trouvait une bonne excuse pour la suivre.

« Moi aussi, j'ai besoin de prendre l'air », bredouillait-il, peu convaincant, en filant vers la porte trois secondes après Vienna.

Une fois les rayonnages construits et les livres répartis par genres, ils fabriquèrent des panneaux, des tables, des chaises et une cloison qui séparait la bibliothèque de la boutique des tailleurs. Il leur fallut une bonne semaine pour ces ultimes préparatifs, ce qui ne dérangeait pas Zhang, bien au contraire. Vienna et lui auraient travaillé jour et nuit si Malik et Ahmadi ne s'étaient pas présentés tous les soirs pour leur signifier l'extinction des feux – comme à l'époque où il comptait et recomptait les livres dans leurs chariots.

Enfin la bibliothèque fut inaugurée. Tous les exilés de Washington se rassemblèrent pour voir les livres enfin présentés comme il se devait : non pas cachés sous des bâches, mais fièrement disposés sur des rayonnages. Ils lurent chacun son tour les poèmes de Paul tandis que les tailleurs suspendaient à la cloison d'immenses pièces de tissu qu'ils secouaient pour les dépoussiérer. Les mots de Paul étaient accompagnés par le doux froissement des ciseaux tranchant le fil de la toile. Sereines intrusions qui faisaient sourire Zhang. Elle était peu ordinaire, cette bibliothèque. Et, en vérité, elle dépassait les espérances du défunt Imanuel.

Ah, bien sûr, il y avait Transcendance, son arrivée imminente, la nécessité de l'affronter. Mais cela faisait longtemps qu'ils ne s'étaient pas tous sentis chez eux. *Chez eux.* Un sentiment que Zhang avait craint de ne plus pouvoir éprouver sincèrement.

Le lendemain, Vienna oublia qui était Ahmadi.

Et cette dernière le prit si mal que lorsque Zhang, la nuit suivante, se réveilla et l'entendit qui pleurait de l'autre côté du mur, ce fut la peur qui le saisit. Ce n'était pas la première fois : elle avait pleuré, déjà, lorsqu'ils avaient perdu le chariot, après l'attaque des Rouges. Mais ces sanglots étouffés, étranglés, c'était nouveau. Et pourquoi pleurait-elle ? Le lendemain, elle se présenta un peu maladroitement à Vienna, qui lui serra la main. Et recommença, chaque fois que Malik accompagnait sa fille à Maison 33 ou à la bibliothèque. Et chaque fois qu'elles se « rencontraient » de cette manière, Ahmadi, le soir suivant, pleurait en secret dans sa chambre ; et Zhang l'entendait.

Les changements s'accélérèrent. Vienna devenait plus confuse. Ahmadi et Malik évitaient désormais de lever les yeux au ciel lorsque Zhang, jugé si longtemps trop protecteur, emboîtait le pas à Vienna en vadrouille. Ils se joignirent à la surveillance, de fait, pour qu'elle ne soit jamais seule.

« Je sais que tu me suis, Zhang », lui dit Vienna un jour qu'il l'épiait, du vestibule de la cuisine municipale.

Zhang, un soupir aux lèvres, la rejoignit.

« C'est que je suis tellement inquiet, lui avoua-t-il. J'ai peur que tu te sentes seule, que tu paniques. »

Elle se tenait devant l'évier, les mains posées sur le rebord de céramique écaillée. Elle n'avait pas touché au seau d'eau. Son verre était vide. Et son ombre s'étendait, solitaire, sur le plan de travail, sans la compagnie de celle des mains de Vienna.

« Je ne suis pas comme elle, murmura Vienna.

— Elle ? »

Une douleur diffuse lui serra le cœur, une vieille blessure.

« Cette autre, répondit Vienna, qui a oublié et qui a disparu. »

Ils restèrent silencieux un moment. Le verre brillait dans la lumière de l'après-midi avec un tel éclat qu'il était presque impossible de le fixer. Vienna était-elle venue boire, avait-elle oublié son intention en chemin ? Ou s'était-elle réfugiée dans la cuisine pour échapper à la pression constante de l'amour qu'ils lui démontraient tous, au point de l'étouffer ?

Ce n'est pas notre faute, aurait-il voulu lui dire. *Tu ne sais que ce que tu vas oublier. Mais notre perte à nous, tu ne la mesures pas.*

« C'est un curieux sentiment, reprit-elle.

— C'est-à-dire ?

— L'idée que je maîtrise pleinement mes motivations tout en sachant que, la seconde d'après, tout deviendra peut-être complètement incohérent. Tu sais, je me suis peut-être précipitée ici en panique, parce que quelqu'un a tiré sur papa et que j'ai besoin d'un torchon pour lui faire un garrot ? »

Son regard s'était posé sur le bout de tissu qui pendait mollement à la poignée du four.

« Honnêtement, c'est peut-être pour ça que je suis ici : mais comment veux-tu que je me rappelle quoi que ce soit, si j'ai oublié ?

— Ton père se porte à merveille, dit Zhang.

— Je sais. Ce n'est pas le sujet. »

Ils regardèrent par la fenêtre. Ahmadi et Malik se tenaient de dos, de l'autre côté de la véranda. Le soleil poursuivait sa course lente dans le ciel. De blanche sa lumière se fit plus jaune. Enfin Vienna poussa de quelques centimètres le verre, dont l'éclat se fit plus supportable.

On va te récupérer, faillit dire Zhang, mais ce n'était pas vrai.

Ou plutôt, ce n'était pas certain. Gajarajan s'était targué de pouvoir y parvenir, mais les conditions n'étaient pas encore toutes remplies. Ce qui justifiait les rumeurs, du reste : la quête de l'ombre n'était pas achevée, il ne savait pas exactement ce qu'il cherchait. L'ombre étrangement vivante de Gajarajan témoignait d'un début de compréhension de l'Oubli qui n'avait pas d'équivalent en ce monde : mais rien n'était encore accompli. Et comment pourrait-il réellement parvenir à ses fins ? se demandait Zhang. Si Gajarajan n'arrêtait pas ses recherches, s'il cessait les essais d'ombres nouvelles, comment savoir quel type d'ombre ou d'objet lui fournir pour l'aider ? Ces tentatives pourtant se soldaient par des coûts terribles. À chaque échec, un sans-ombre mourait.

« Je voudrais bien y aller », dit soudain Vienna.

Zhang fit volte-face.

« Au sanctuaire. Dès que possible, en fait, poursuivit-elle, comme si elle avait lu dans les pensées du Général. J'aimerais me porter volontaire. »

Mahnaz Ahmadi

Lorsque Ahmadi vint prendre son tour de garde du petit matin, Yoshikawa se trouvait déjà sur la tour.

« Capitaine Ahmadi, murmura-t-il d'une voix douce tandis qu'elle finissait de gravir l'échelle.

— Yoshikawa ! Que fais-tu là ? Et où est passée Davidia ?

— Elle est avec Gajarajan. Il nous a rendu visite il y a quelques minutes et l'a convoquée à l'autel. »

Le moment était venu, donc.

« Transcendance, articula Naz.

— Ils se trouvent à une journée de marche au nord, soit trente kilomètres environ. Gajarajan les a repérés ce matin, aux premières lueurs du jour, depuis son autel. »

Pendant quelques secondes, Naz sentit contre sa peau la chaleur des flammes qui avaient dévoré le chariot de Zhang, son brasier de livres. Et l'éclat de son arc, un torrent de lave noire, tandis qu'elle se baissait, forçant sa monture à approcher du chariot – tant et si bien que le bout de ses cheveux avait failli prendre feu. Oh, cette nuit où, plongeant le regard dans les flammes, à la recherche d'un signe de vie, il lui avait fallu quelque temps avant de distinguer Zhang…

« Nous sommes prêts, à ton avis ? Zhang m'a dit qu'il avait proposé l'aide de nos troupes, mais que Gajarajan n'en avait pas voulu. Il prétend que les sans-ombre vont s'en charger. Seulement huit d'entre eux, en fait. »

C'était bel et bien ce que Zhang lui avait rapporté, même si elle n'y comprenait rien.

« Exactement, approuva Yoshikawa. On les appelle les Huit. »

Donc Zhang ne se trompait pas. Combien y avait-il de sans-ombre à présent dans le sanctuaire ? La salle était immense. Il fallait y ajouter les quelque quatre cents sans-ombre qui vivaient en ville, avec les autres habitants.

« Huit contre des milliers ? Et pourquoi pas tous les sans-ombre, y compris ceux qui se souviennent à peine du maniement des armes ?

— Les sans-ombre n'en auront pas besoin dans cet affrontement, répondit Yoshikawa. Et c'est le nombre nécessaire. Cela fait un moment que nous procédons de cette sorte, avec Gajarajan. Depuis que les premiers sans-ombre ont commencé à nous rejoindre, sur la vertu des rumeurs. Nous avons essayé de nombreuses méthodes. C'est toujours huit qu'il nous faut. Si c'est plus ou si c'est moins, ils ne sont pas aussi puissants.

— Je n'y comprends rien, dit Naz, perplexe.

— De même que la plupart d'entre nous. À part, j'imagine, Gajarajan et les Huit. Mais le fait est que ça marche. »

Elle hocha lentement la tête.

« Est-ce qu'on peut faire quelque chose pour les aider ?

— Oui, ne t'inquiète pas. Les Huit livreront bataille demain. Mais Gajarajan te demande ainsi qu'à Zhang et qu'à Malik de bien vouloir vous rendre à l'autel pour rencontrer les combattants. Ils sont prêts à affronter l'ennemi ; maintenant que Transcendance est pratiquement dans la place, il vous demande à tous les trois d'expliquer à nos Huit tout ce que vous savez des méthodes de Transcendance. Leur nombre, leurs stratégies, leur apparence, la manière dont vous les avez vaincus.

— Hein ? Il faudrait qu'on leur donne un cours en accéléré alors que l'ennemi est à nos portes ? »

Elle leva les bras au ciel.

« Je croyais qu'ils étaient déjà parfaitement au courant. Pourquoi ne pas avoir travaillé la question dès notre arrivée ? Bon sang, on aurait pu y consacrer toutes ces semaines. Là, au dernier moment… »

Yoshikawa eut un sourire navré. Et Naz comprit son erreur.

« Capitaine, les Huit sont des sans-ombre. Si nous nous y étions pris plus tôt, ils auraient tout oublié le jour du combat. »

Naz s'en fut d'abord trouver Zhang à la bibliothèque. Lorsqu'ils se rendirent à Maison 32, chez Malik, ils trouvèrent porte close. Mais, avant que Naz puisse toquer sur le battant, Malik ouvrit.

« Je vous ai vus de la fenêtre, expliqua-t-il. C'est l'heure de Transcendance ?

— Gajarajan les a repérés à trente kilomètres. Il

nous reste vingt-quatre ou trente-six heures au plus. Il souhaite que tu te joignes à Zhang et à moi pour discuter avec un groupe de personnes qu'il appelle les Huit. Que nous leur fassions part de notre expérience de Transcendance.

— Bien, bien. Entrez, le temps que je mette mes godasses. »

Zhang et Ahmadi se frayèrent un chemin dans la petite chambre de Malik. Il y avait un trognon de pomme sur la table.

« Où est Vienna ? demanda Zhang.

— Dans l'alcôve, sur son lit. Elle relit le bouquin que tu lui as prêté. »

Malik d'un geste du menton désigna le couloir qui donnait sur la pièce principale.

« Enfin, relire… Elle a oublié qu'elle l'avait déjà lu.

— Et si j'oublie une deuxième fois, s'exclama Vienna de sa cachette, rends-le à Zhang, qu'il puisse le ranger dans la bibliothèque. »

D'une voix plus tranquille, elle ajouta :

« Ça ne sert à rien de le garder. »

Malik soupira.

« Vienna, on va…

— Attendez-moi ! Je ne retrouve pas mon fusil, papa. »

Elle n'avait toujours pas fait son entrée dans la chambre. Ceux de l'Iowa avaient confié leurs armes des semaines plus tôt aux autorités de La Nouvelle-Orléans, qui les avaient ajoutées à l'arsenal des patrouilleurs des remparts.

« Vienna, tu n'as pas besoin d'une arme dans l'immédiat », finit par répondre son père.

Elle se montra enfin à eux.

« Mais si, papa. »

Elle adressa un signe de tête à Zhang avant de s'absorber dans la contemplation de Naz, pour la centième première fois.

« Oh, elle vient... du commissariat, non, papa ? Madame, vous êtes venue nous aider, Zhang, papa et moi, à retrouver ma mère, non ? Voir si elle n'est pas quelque part vers le centre-ville, du côté de la Maison-Blanche ?

— Vienna, fit Malik avec un rictus amer, on ne... Non, pas aujourd'hui.

— Il faut que nous allions discuter avec Gajarajan, maintenant, Vienna, ajouta Zhang d'une voix plus douce.

— Ah, d'accord. Mais c'est très bien, ça, aussi. »

Elle traversa la petite chambre et se baissa pour enfiler ses chaussures. Sous le regard de Naz, elle commença à nouer ses lacets, de mains qui ne tremblaient pas. Puis ses doigts s'immobilisèrent, hésitants. Elle venait de se rendre compte qu'elle savait qui était Gajarajan, mais ne se souvenait pas de la manière dont elle en avait eu connaissance. Qu'elle avait oublié un certain nombre de choses entre sa mère et cette nouvelle vie.

« Vienna, dit son père. Tu n'es pas censée venir. C'est seulement nous trois. »

Elle leva les yeux vers Malik, son godillot à la main.

« Mais... »

Elle les regarda tous les trois, décontenancée.

« Ce n'est pas pour m'accompagner au sanctuaire que vous allez le voir ? »

Malik se laissa lentement tomber sur la chaise.

« Non, Vienna. Pas aujourd'hui. »

Ah, donc Malik savait, comme Zhang, qu'elle voulait aller au sanctuaire. Elle avait dû le lui demander plusieurs fois, à lui aussi. Ce n'était visiblement pas la première fois qu'ils discutaient de cette question. Le cœur de Naz se serra : Malik n'aurait pas éternellement gain de cause. *Rojan, ne mets pas les pieds à Boston. Tu m'entends ? Ne viens pas.* Combien de fois avait-elle déconseillé formellement à sa sœur de quitter Téhéran ? Ça n'avait servi à rien. Rien n'aurait pu arrêter Rojan. Rien n'arrêterait Vienna.

« Mais pourquoi, pas aujourd'hui ? insista la jeune fille. Vous, vous y allez, non ? Emmenez-moi. Je veux me porter volontaire pour recevoir une nouvelle ombre.

— Pas aujourd'hui, Vienna.

— Je veux postuler, papa.

— J'ai dit pas aujourd'hui », vociféra-t-il.

Elle ne répondit pas. Ni ne reposa sa chaussure. Elle lança un regard suppliant à Zhang. Mais ce fut Naz qui vola à son secours.

« Malik », murmura l'archère.

L'ancien flic finit par lever les yeux.

« Ahmadi, je me disais qu'en attendant un peu…

— Je sais », dit Naz.

Elle savait, en effet. Elle se serait conduite de la même manière avec une Rojan sans ombre.

« Mais si tu attends que Vienna oublie qu'elle veut aller au sanctuaire, ça ne te donne pas la permission de décider à sa place. Ce ne serait pas honnête. »

Malik se cacha le visage dans le creux de ses bras.

Naz posa la main sur son épaule, si puissante. Si voûtée.

« Laisse-la décider, Malik. Avant qu'elle oublie. Ne lui vole pas la dernière liberté qu'elle aura vis-à-vis d'elle-même. »

Davidia avait déjà rejoint le corps assis, silencieux, près de l'autel. Elle discutait à voix basse avec l'ombre sur le mur. Lorsqu'ils eurent gravi la colline, Naz vit les oreilles de Gajarajan frémir légèrement, comme un animal qui perçoit le bruit que lui porte le vent.

« Vienna, dit l'ombre, cordiale. C'est un honneur de pouvoir enfin faire ta connaissance. Je suis heureux que tu sois venue me voir. »

C'était la première fois que Vienna rencontrait celui qui les gouvernait. Elle le considéra, bouche bée. L'homme aux yeux bandés, immobile, presque absent, à peine vivant. Et l'ombre sur le mur, semblable à un homme, certes – même taille, mêmes mouvements – mais dans sa forme bien peu humain.

« Bonjour », finit-elle par souffler.

Malik fut submergé par le désir de la protéger. Cette expression sur son visage – n'était-ce pas de l'effroi ? Naz, elle, ne le pensait pas. Vienna était pleine d'espoir, bien au contraire. C'était pour cela qu'elle s'était portée volontaire : que Gajarajan puisse faire usage avec elle de ses dangereux pouvoirs, sans écarter la possibilité d'un échec. Elle n'avait pas peur, elle connaissait les risques. Les mains de Naz se mirent à trembler. Elle aurait voulu prendre la jeune fille dans ses bras, pleurer avec elle. Vienna cependant ne l'aurait pas voulu, elle qui ne se souvenait plus de l'avoir connue. D'ailleurs, Naz n'aurait pas dû s'en mêler. Malik était là ; ce chagrin lui appartenait. *Vienna n'était pas Rojan.*

« Ce moment n'est pas facile pour vous, dit l'éléphant, mais je me réjouis que vous veniez partager avec les Huit ce que vous savez de Transcendance.

— Ce n'est pas la raison de ma venue », protesta Vienna.

Malik se dressa devant elle. Elle se pencha, pour le contrer.

« Oh, bien sûr, ça ne veut pas dire que je ne vous parlerai pas d'eux, bredouilla-t-elle. Si je peux vous être utile… »

Contournant son père, elle se campa devant Gajarajan.

« Mais j'ai un autre motif. »

L'ombre se déplaça sur le mur.

« Et quel est-il, je te prie ? »

Malik allait s'interposer, Naz en avait la certitude. Elle lui empoigna le bras pour l'empêcher de parler – mais c'était plus une étreinte qu'un coup de semonce. Il posa sa main libre sur celle de l'archère, machinalement. Naz s'en empara avec toute la chaleur dont elle était capable.

« Je veux me porter volontaire, dit Vienna. Je veux être la prochaine sans-ombre sur la liste à laquelle vous essayiez de redonner une ombre. Je sais que vous êtes sur le point de réussir, mais que vous avez peur de vous tromper, de faire du mal à quelqu'un – tant que vous n'avez pas de certitude. Mais tant que vous ne pouvez pas essayer, vous n'arriverez à aucune conclusion. Alors je suis volontaire. »

Naz attendit, frémissante. Le mur s'obscurcit – Gajarajan croissait en taille. Ses oreilles se déployèrent, sa trompe se leva en une courbe puissante et gracieuse. Était-il blessé, était-il heureux ? Impossible de le savoir, songeait Naz, qui le trouvait avant tout terrifiant.

Enfin la trompe se replia sous son menton.

« Tu es d'un grand courage, dit Gajarajan.

— Ça veut dire que vous acceptez ?

— Oui. »

Malik sursauta comme si quelqu'un l'avait giflé. Avant qu'il puisse protester, l'éléphant s'interposa.

« Mais, en échange, tu devras me donner quelque chose.

— Gajarajan, ce n'est qu'une enfant, murmura Davidia, les yeux fixés sur le mur.

— C'est une sans-ombre, répliqua Gajarajan, et la seule qui ait vu Transcendance de ses yeux. »

Naz aurait voulu déchiffrer l'expression de Malik – ne le put pas, incapable de bouger, fascinée par l'ombre immense étalée sous leurs yeux.

« Vienna, murmura son père.

— Quel est ce prix ? demanda Vienna au mur.

— Vienna ! »

Malik la prit par les épaules.

« Ma chérie, la supplia-t-il d'une voix tremblante.

— J'accepte, fit la jeune fille, le regard fixé sans peur aucune sur la noire silhouette de l'éléphant.

— Ne veux-tu pas savoir quel est le prix, avant toute chose ? dit Gajarajan.

— Dis-moi, fit-elle en hochant la tête.

— Intègre les Huit. »

Ils se récrièrent tous, incrédules.

« Vous plaisantez, s'écria Naz.

— Je crains que non. Il est fort possible que nous soyons voués à l'échec sans elle.

— Mais vous avez déjà vos huit sans-ombre !

— Certes. Mais peut-être pas les bons. Transcendance est puissante. Vienna en sait plus sur eux que n'importe lequel de mes huit du moment. »

Gajarajan baissa la tête.

« Certes, prendre la place d'un des huit, combattre, cela lui coûtera des souvenirs. Mais sa présence peut signifier la victoire. Et son absence la défaite. »

Zhang, au côté de Naz, secouait la tête.

« Et c'est ça que vous expliquez aux Huit chaque fois que vous avez besoin d'eux ? Chaque fois que vous leur demandez un oubli volontaire ? fit-il.

— Jamais je ne forcerais qui que ce soit à agir contre son gré, répondit Gajarajan. Les Huit sont tous là de leur plein gré. Ils veulent aider La Nouvelle-Orléans. »

Il fit doucement bouger les immenses pavillons de ses oreilles.

« Vous avez vu ce que nous avons accompli ici, avec leur aide. Sans eux, cette ville ressemblerait à toutes les autres, en pire, peut-être. À votre avis, comment avons-nous pu bâtir nos remparts ? D'où venait la nourriture, avant les premiers fruits de nos plantations ? Comment croyez-vous que nous combattions contre toutes les petites distorsions du souvenir ?

— Même si cela signifie la mort lente pour ces huit ? répliqua Naz. C'est cher payé.

— Vous trouvez ? fit l'éléphant. Pourtant, tous autant que vous êtes, vous étiez prêts à mourir pour défendre l'Iowa contre les Rouges. Les Huit ne font pas autre chose. À cette différence près : dès que j'aurai trouvé le moyen de leur redonner des ombres qui veuillent bien rester… »

L'ombre eut comme un sourire.

« L'addition que vous vouliez régler pour l'Iowa était, en réalité, beaucoup plus élevée.

— Papa, dit Vienna en caressant le bras de son père, Gajarajan a raison. J'y perdrai peut-être, mais si Transcendance gagne la bataille, la catastrophe sera totale. Pour moi, pour nous tous.

— Je ne comprends pas, Gajarajan, fit Malik, qui avait du mal à maîtriser ses nerfs. Pourquoi ne pas nous avoir prévenus plus tôt de la gravité de la situation ? »

Gajarajan fit bouger ses oreilles.

« Je vous l'ai dit. Jamais je n'aurais demandé quoi que ce soit à votre fille. L'appartenance au sanctuaire est un choix. Il doit être fait en toute liberté. »

Naz aurait préféré être d'un autre avis que l'éléphant – mais ce dernier, elle le sentait bien, avait gagné cette bataille-là. Même si cela engageait la vie de Vienna – leur Vienna. Il en aurait été de même avec Rojan. L'ombre avait raison. Sans Vienna, ils risquaient de perdre. Et tant pis si elle y laissait toute une partie de ses derniers et précieux souvenirs – puisque c'était pour sauver la ville.

Orlando Zhang

Les premières lueurs de l'aube leur semblèrent bien précoces, le lendemain matin. Tandis que le ciel s'éclairait peu à peu, Zhang s'installa dans la tour des gardes, avec Ahmadi, Malik et Gajarajan, en chair et en ombre. Le corps s'était assis dans un recoin de la petite plateforme. En contrebas, le monde offrait un aspect bien différent de celui de la veille. Au pied des remparts et sur le pont du lac s'étendait une immense foule blanche, comme si le monde s'était enneigé dans la nuit. Transcendance était aux portes de la ville.

« Je me demande comment ils ont pu faire avec les morts-volantes », murmura Ahmadi, pensive.

Aucun de ses compagnons ne répondit. Quelle que soit la méthode de Transcendance, le résultat était là : il n'y avait plus une mort-volante dans le ciel. Plus une seule de ces immenses formes bariolées capturant la lumière, plus une ombre anguleuse planant sur les flots et l'herbe aux cent parfums à la recherche d'une proie.

« Il faut peut-être en parler aux Huit », dit Malik, sur les nerfs.

Du regard, il chercha la colline, la première salle du sanctuaire où patientaient les sans-ombre.

« Ça pourrait leur servir. La moindre bribe d'information stratégique… »

Il ne finit pas sa phrase. Le sanctuaire était si loin ! Zhang, qui n'avait pas songé aux téléphones depuis des mois, porta la main à sa poche, comme pour en sortir le sien.

Gajarajan les dévisagea, pensif, lui aussi. Soudain le mur de la tour s'illumina, ne contenant plus que la pâle lumière de l'aube. Puis, aussitôt, y réapparut la forme grise et familière. L'éléphant agita les oreilles.

« Voilà, c'est transmis.

— Oh, bredouilla Malik, surpris. C'était… Merci, vraiment.

— Bah, répliqua l'éléphant. L'effort requis pour se transporter au fil de la lumière est si léger. Il valait mieux que ce soit moi qui y aille que vous.

— Ou que lui », fit Ahmadi en tendant la main vers la silhouette aux yeux bandés.

Le corps ne semblait pas avoir entendu cette remarque.

« Pourquoi l'avoir emmené ?

— Je ne sais pas trop, Ahmadi. Il ne sert pas à grand-chose, c'est vrai. Pour manipuler les choses, il est plus commode, certes, étant de chair. Mais à part ça… »

Zhang ne put s'empêcher de secouer la tête. Pouvoir parler avec autant de nonchalance d'un corps humain – surtout s'il vous appartenait ! Il était difficile de ne pas être amusé de temps à autre par l'étrange manière dont Gajarajan comprenait les humains. Un éléphant, vraiment ? Ou l'ombre d'un éléphant ? Pour Zhang, il tenait plus du robot – esprit sans corps qui considérait sa chair, et les leurs, comme des véhicules interchangeables. Zhang avait toujours trouvé une considérable humanité chez les éléphants – ils avaient des personnalités distinctes, des identités, des vies de famille. La différence résidait essentiellement dans leur taille. Et leur trompe. Mais n'était-ce pas parce qu'il cherchait à les comprendre ? Peut-être n'avaient-ils à leurs yeux rien de l'homme.

Ahmadi se pencha prudemment aux remparts, embrassant des yeux tout ce blanc.

« Qu'est-ce qu'ils… fichent ?

— Ils prient », répondit Gajarajan.

Qui eut droit à un regard tranchant de Zhang.

« Et que prient-ils ?

— Leur chef. »

L'ombre s'avança de quelques centimètres, comme pour mieux voir.

« Un sans-ombre qui se trouve au milieu des troupes. »

Pur délire, songea Zhang. Une armée de survivants pourvus de leur ombre, guidés par un sans-ombre qui voulait débarrasser le monde de toute ombre humaine – et, en face, un conseil de huit sans-ombre, menés par une ombre vivante qui voulait que chacun puisse récupérer la sienne.

« Huit contre un, ce n'est pas mal », dit Malik avec tout l'optimisme dont il était capable.

Zhang se demanda si son ancien lieutenant se

posait la même question que tous les autres. Pourquoi Transcendance n'avait besoin que d'un sans-ombre ?

« N'ayez aucune crainte, dit Gajarajan, comme pour répondre à leurs interrogations. Les Huit sont puissants, eux aussi.

— Pourquoi huit ? demanda Ahmadi. D'après Yoshikawa, c'est le meilleur nombre. Pourquoi cela ?

— Huit, c'est le nombre de versets qui parlent de Surya dans le Rigveda, expliqua l'ombre.

— Surya ?

— Le dieu du Soleil », répondit Gajarajan, comme si cela devait avoir du sens pour ses interlocuteurs.

Ce fut alors qu'une ondulation légère fit trembler l'armée de neige. Le drame allait bientôt se jouer.

« Les Huit sont prêts ? » demanda Zhang en luttant de toutes ses forces contre la tentation de fuir, de s'enterrer dans le trou le plus proche.

Gajarajan hocha la tête.

« Vienna conduira les souvenirs relatifs à Transcendance, car elle sait à quoi ils ressemblent et quelle est leur manière de combattre. Centre-Ville et Bouclettes mèneront ce qui concerne la défense de notre ville. Les autres se mettront à leur diapason, pour les aider à supporter l'Oubli, tâche difficile, et à rendre plus intense chaque geste. »

Centre-Ville et Bouclettes. Zhang avait entendu ces noms dans les bouches d'autres gens de La Nouvelle-Orléans, de même que ceux de quelques résidents qui n'étaient plus là – Marie, Buddy et une doctoresse, une indemne du nom d'Avanthikar. Bouclette et Centre-Ville étaient les deux représentants du Huit originel qui soient encore en mesure de servir. Les autres avaient entamé depuis longtemps leur attente sans fin. Ne restaient plus que leurs corps. Plus un soupçon d'esprit. Tout avait été consumé, jusqu'au dernier souvenir.

Mais que ces deux-là puissent soutenir Vienna, cela donnait un grand espoir à Zhang. La jeune fille ne savait pas encore ce qu'elle faisait, à l'inverse des Huit, à l'immense pouvoir. Ne faisaient-ils pas partie de ces Huit qui se souvenaient du tout premier – et du plus colossal – accomplissement magique des sans-ombre ? Ils avaient réinventé l'ouragan mortel qui avait failli rayer La Nouvelle-Orléans de la carte. Ils avaient transformé la tempête en cette muraille géante qui frémissait sous leurs pieds. Zhang contempla les scintillements du soleil à sa surface cristalline. Comment ne pas la comprendre, la tentation. Sans guide, qu'il était facile de céder d'autres souvenirs. Pour accomplir des choses plus formidables encore.

« Doucement, dit l'éléphant à Malik tandis que les blancs se remettaient à bouger.

— C'est de la folie, fit Malik, les poings serrés. Ils sont des milliers.

— Doucement, Malik. Ce n'est pas votre bataille. »

La veille au soir, Gajarajan avait rassemblé tous les habitants de La Nouvelle-Orléans pour leur répéter qu'il n'y aurait pas de combat. Que les Huit se chargeraient de tout. Quant aux autres, qu'ils suivent les ordres de Vienna, qui les ferait accourir dans le centre-ville, et qu'ils y attendent la suite des événements, quoi qu'il advienne. Que Transcendance entre ou non dans la ville, qu'ils passent à l'attaque ou restent cois.

Simple comme bonjour, songea Zhang. *Simple et terrifiant.*

Mais où étaient les Huit ? Ils ne s'étaient toujours pas montrés. L'armée des blancs commençait à onduler en grandes vagues, comme une mer de lait.

« Ça s'agite », prévint Ahmadi.

Ses doigts se crispaient, à la recherche de l'arc. Elle craignait autant que Zhang d'avoir dû confier à une tierce personne le sort de tous les siens. Zhang se retourna de nouveau. Il n'y avait toujours personne sur la colline lointaine, en face du sanctuaire. *Mais où étaient les Huit ?*

« Les voilà », hoqueta Malik.

Tous suivirent la direction qu'indiquait son geste. De l'autre côté de la ville, huit petites silhouettes venaient de sortir de la grande salle du sanctuaire. Sous le soleil, à cette distance, et sans l'aide des ombres, on aurait pu croire que ces Huit-là flottaient.

« Vienna, Centre-Ville, Bouclettes, De-la-terre-aux-cent-lacs, Tout-maigre, Vieux-gars, Cuistot, Survivant-de-la-tempête », marmonna Zhang pour lui-même.

Et de les imaginer qui se dirigeaient vers les portes de la ville, en contrebas, pour se persuader qu'ils en étaient capables. Que leur stratégie, quelle qu'elle soit, était la bonne. *Vienna, Centre-Ville, Bouclettes, De-la-terre-aux-cent-lacs, Tout-maigre, Vieux-gars, Cuistot, Survivant-de-la-tempête...*

« Gajarajan », articula Vienna lorsqu'ils arrivèrent sous l'échelle de la tour de garde.

Leur petit groupe formait un triangle : Vienna

devant, Bouclettes et Centre-Ville juste derrière et les cinq autres au troisième rang.

« Il est temps, dit Centre-Ville. Il se passe quelque chose de leur côté. »

Un frisson parcourut Zhang, qui s'était retourné vers la ville. Les rues étaient désertes, silencieuses. Tous, indemnes ou sans-ombre, se cachaient chez eux, près des fenêtres et des portes, au pied des murs – et prêts, Zhang le savait, à commettre ce que Vienna leur demanderait, si suicidaire que cela pourrait leur paraître. Effrayante, cette vision d'une ville si complètement morte.

« Il se nommera Lucius, dit Gajarajan à Vienna. Le chef de Transcendance. »

Comment l'ombre l'avait-elle appris ? Aucune idée. Vienna hocha doucement la tête, comme perdue dans le lointain.

Sous leurs yeux, les vagues blanches brisèrent la surface lisse de l'armée en centaines, en milliers de petites formes tremblantes : ces femmes et ces hommes recouverts des pieds à la tête d'étranges tuniques blanches. Peut-être espéraient-ils oublier parce qu'ils n'avaient plus conscience de leur individualité.

« Faux prophète ! finit par tonner une voix venue des profondeurs de l'armée blanche. Montre-toi ! »

Lorsque leurs portes frémirent en guise de réponse, Zhang faillit hurler. Ahmadi plongea des ongles aussi acérés que des lames de rasoir dans le gras de son bras. Malik dut se forcer à exécuter l'ordre que Gajarajan, d'un signe de la tête, lui avait intimé. Il fallait actionner le mécanisme qui ouvrirait ces portes.

« Mais pourquoi ? siffla Zhang. Pourquoi, pourquoi leur ouvrir ? »

L'ombre ne répondit pas. Zhang s'agrippa à la rambarde de la tour avec une telle force que ses phalanges blanchirent.

La surprise de Transcendance égalait largement la leur : on leur livrait donc passage dans la ville ? Les soldats du premier rang baissèrent leurs armes, hésitants. De l'autre côté du seuil, les Huit les regardaient, impérieux.

Un de ces êtres blancs finit par se frayer un chemin vers le premier rang de ses congénères.

« Nobles transcendés, nous vous saluons. »

L'homme s'inclina et son ombre en fit autant.

« Rejoignez nos rangs. Nous vous offrons protection pendant la bataille et miséricorde après notre victoire. Vous serez acceptés au sein de Transcendance en tant qu'invités de marque.

— Nous voudrions parler à Lucius », déclara Vienna.

L'homme en blanc ne répondit pas immédiatement. Il était assez proche pour que Zhang, de son poste d'observation, le voie plisser des yeux, non sans méfiance.

« Votre chef à vous ne se montre pas. Quel droit auriez-vous d'exiger de parler au nôtre ?

— Celui Qui Rassemble a une ombre », répliqua froidement Vienna.

Elle leva la main vers les remparts, tempête vivante et condamnée à l'immobilité dont les hauteurs scintillantes se dressaient de part et d'autre du grand portail. Œuvre dont était incapable quelqu'un qui possédait encore son sombre jumeau.

« À votre avis, qui règne ici ? »

L'homme en blanc s'inclina de nouveau. Sous les voiles et les écharpes, il n'était pas facile de voir son visage : mais n'avait-il pas souri ?

« Notre chef a demandé à vous rencontrer avant même que nous soyons arrivés. Je suis heureux de constater que vous êtes digne de cet honneur. »

Zhang se redressa tandis que la foule ivoire se fendait de nouveau sur un autre de ses pans frémissants. Un groupe émergea en rangs serrés. Une dizaine de disciples escortait le grand messie sans ombre, un homme grand, assez beau, auquel il était difficile de donner un âge. De chaque côté, un accompagnateur le tenait bras dessus, bras dessous, chaîne humaine que complétaient de chaque côté de cette escorte un quatrième et un cinquième disciple. *C'est qu'ils essaient de l'empêcher d'anéantir la ville avant qu'ils ne soient prêts*, songea Zhang avec effroi. Le messie portait des tuniques blanches plus longues que celles des autres, plus composites encore ; c'était aussi le seul à avoir la tête complètement découverte.

Lucius.

Ce fut l'expression de son visage qui surprit le plus Zhang. Elle n'avait rien à voir avec celle des sans-ombre que Gajarajan accueillait au sanctuaire. Ceux-là avaient le regard absent – sans colère ni crainte, comme si leurs souvenirs s'étaient temporairement éclipsés, avec quelque espoir de retour. Rien à voir non plus avec les Rouges et leur souverain : masques furieux, avides, que la perte des souvenirs privait de tout contrôle. Lucius – c'était bien pire.

Le néant. Un vide que rien ne pouvait combler. Son regard n'était ni vague ni obscurci : juste mort.

Le messie et son escorte parvinrent à la hauteur de l'homme qui avait pris la parole au nom de Transcendance. Lucius fixa les Huit pendant un certain temps, dans le plus grand silence. Zhang de son promontoire le dévorait du regard. Il y avait quelque chose de presque familier dans son visage – ne l'avait-il pas rencontré en un autre temps, dans un autre monde ? Mais où, il ne le savait pas. Les disciples se collaient à lui, comme s'ils voulaient se fondre dans ses chairs. Leurs ombres torves convergèrent derrière eux en une masse grotesque.

« Vous guidez ceux de La Nouvelle-Orléans ? » finit par demander Lucius.

Sa voix était douce et suave, détail désarmant.

« Une ville où les gens ont leur ombre ?

— Nous accueillons aussi nombre de sans-ombre, rétorqua Vienna. La Nouvelle-Orléans accueille tous ceux qui préfèrent se souvenir plutôt qu'oublier.

— Lorsqu'un homme transcende, dit Lucius, il ne peut rebrousser chemin.

— Faux », déclara Vienna avec un grand sourire.

Les disciples qui entouraient Lucius le tirèrent à eux avec encore plus de force. Zhang tressauta – mais rien ne se produisit. Lucius se contenta de hocher la tête.

« Vous n'avez pas perdu votre ombre depuis assez longtemps, remarqua-t-il. Plus tard, vous comprendrez.

— J'ai compris, répondit Vienna. Les premières fois que j'ai eu vent de ces rumeurs, je ne les ai pas crues, pour la plupart. Puis je suis venue à La Nouvelle-Orléans et…

— Vous y êtes venue ? demanda Lucius. Ce n'est pas là que vous viviez ?

— J'ai fait le voyage de Washington », répondit Vienna.

L'homme plissa les yeux, interrogeant ses souvenirs lacunaires à la recherche d'informations rattachées à ces mots.

« Auriez-vous vu, au cours de votre voyage, un… une sorte de grand véhicule dans lequel on peut se déplacer – une grosse voiture ?

— Une grosse voiture ? fit-elle, les sourcils froncés. Non. Il n'y a plus d'essence nulle part.

— Oh ! »

Lucius garda les yeux baissés quelques instants. Fixés sur l'herbe qui frôlait les multiples ourlets de sa tunique. Zhang attendit une autre remarque, une explication sur ces questions, peut-être. En vain. Lucius attendait sans rien dire. Mais quoi ? Ou qui ?

Plus la scène durait, plus elle semblait singulière à Zhang. Lucius était venu, comme Gajarajan l'avait prévu. Il n'avait pas d'ombre et Transcendance, de toute évidence, le vénérait. Mais tout donnait l'impression d'un décalage avec la réalité. Comme si Zhang était celui qui avait oublié ce qu'il devait comprendre, et non pas tous ces sans-ombre.

« Nous sommes venus dans des chariots tirés par des chevaux », suggéra Vienna, comme si cela pouvait avoir un rapport avec les interrogations de Lucius.

Il secoua la tête et balaya d'un geste de la main la question restée sans vraie réponse.

« Aucune importance », dit-il.

Puis, d'une voix plus douce encore :

« Je ne me souviens plus pourquoi je vous ai posé cette question.

— Assez bavardé », s'interposa le premier des disciples, celui qui avait déjà pris la parole.

Puis, l'index tendu vers Vienna :

« Joignez-vous sur-le-champ à nous, gronda-t-il, ou bien attendez que nous ayons détruit votre faux prophète. Alors nous vous libérerons. »

Du coin de l'œil, Zhang vit l'ombre de l'éléphant bouger sur le mur tout proche.

« Ne les affrontez pas directement, chuchota-t-elle. N'en combattez aucun – est-ce compris ? »

Puis elle s'arracha à la tour en un éclair et se projeta sur terre, à la gauche des Huit ; et sa forme se détachait sur l'herbe comme un grand feu noir. Une ombre sans corps.

Et lorsque les disciples les plus proches la virent, un cri d'épouvante s'éleva au cœur de l'armée d'albâtre.

« Le blasphémateur ! hurla le porte-parole. Le monstre ! »

Leurs cris se réverbérèrent dans la ville. Les hommes qui escortaient Lucius courbèrent l'échine et se mirent à gémir. Lucius lui-même sembla surpris par cette vision contre nature, impensable. Pendant ce temps, le corps de Celui Qui Rassemble restait assis hors de leur vue, tout en haut de la tour, en compagnie de Malik, de Zhang et d'Ahmadi.

« Tuez-les tous », hurla un des disciples.

Et les blancs se précipitèrent vers les portes, vers la ville – une avalanche assourdissante.

Vienna leva la main droit vers le ciel. Le signal !

« Partez ! » dit-elle.

Zhang dévala l'échelle et se mit à courir sans même s'en rendre compte. Malik et Ahmadi atterrirent sur l'herbe avec un choc sourd.

« Partez ! » relaya Zhang, ce qui n'était pas nécessaire.

Elle avait sacrifié un souvenir et sa voix, de ce fait, résonnait dans toute la ville avec la même intensité. Partout, les habitants qui n'étaient pas confinés dans la première salle couraient à toutes jambes vers la grande place du centre-ville, où les avaient attendus les Huit, avant qu'ils ne soient assiégés par Transcendance. Zhang et ses compagnons se heurtèrent à un autre flot humain provenant d'une rue adjacente et furent absorbés par le courant. Zhang cherchait Ahmadi du regard – et ne voyait que des bras, des nuques, des chevelures déployées dans le vent.

Ne pas se battre, surtout, se répétait-il tandis que la panique s'accroissait. Ils couraient droit vers les blancs, dont ils finirent par percuter les lignes.

« Zhang ! » hurla Ahmadi.

Il se retourna, en proie à l'affolement. Il ne la voyait plus nulle part. Non, pas voir, mais distinguer, simplement. Car soudain tous avaient le même visage.

« Putain, je… », s'exclama un de ses voisins.

Un silence effaré s'empara des deux armées.

Vienna avait métamorphosé des milliers d'habitants de La Nouvelle-Orléans en soldats de Transcendance. Tous portaient à présent les mêmes tuniques tourbillonnantes, les voiles qui dissimulaient les bas des visages. Zhang regarda son voisin – aucun moyen de savoir de quel camp il était réellement.

Sa stupéfaction était si complète qu'il ne se demanda pas immédiatement ce que cela avait coûté à Vienna.

« Mélangez-vous aux blancs, ordonna un Néo-Orléanais. Mélangez-vous à eux ! Ils ne pourront plus attaquer.

— Retraite ! gronda un général de Transcendance. Retraite ! »

Partout dans la foule blanche, des cris, des tiraillements – bouger, certes : mais il fallait éviter de blesser celui ou celle qui pouvait être un allié et non un ennemi. La foule se précipita dans toutes les directions : trop tard. L'armée de Transcendance s'était introduite au complet dans la ville, furieuse d'avoir dû contempler la forme monstrueuse de Gajarajan. Les grandes portes de bois et de fer se refermèrent sur elle tandis que ses soldats essayaient de se séparer des Néo-Orléanais.

Finalement, il sert à quelque chose, comprit Zhang en levant les yeux vers la tour.

Que Gajarajan devait avoir réintégrée. Son corps, lui, finissait de tourner la roue qui actionnait les portes. Et lorsqu'ils comprirent que les deux armées étaient maintenant prisonnières des remparts, tous se figèrent.

« Zhang ? fit une voix familière dans ce court répit.

— Ahmadi, souffla Zhang. Ahmadi ! »

Il se faufila dans la foule indistincte. Tout le monde était encore sous le choc.

« Ahmadi ! »

Mais la forme vêtue de blanc qu'il faillit percuter dans l'agitation générale n'était pas Ahmadi.

Lucius.

Zhang recula d'un bond, horrifié. Le sans-ombre se contenta de l'envelopper d'un regard impassible tandis que les gardes de son escorte, sans le lâcher d'un pouce, battaient l'air de leur main libre, s'efforçant sans grand succès de faire reculer ceux qui approchaient trop du messie. Certes, l'épouvante de Zhang pouvait trahir sa qualité d'ennemi – mais il pouvait aussi bien être un disciple terrifié d'avoir touché la main de son dieu. Le fait que cette incertitude n'ait pas semblé émouvoir Lucius était en soi inquiétant. Était-il donc si puissant, ce messie des blancs, pour qu'il ait même perdu la capacité à se rebeller contre l'éventualité d'un poignard ennemi lui pénétrant les côtes ?

Ce fut alors que le disciple à gauche de Lucius lui tira sur le coude, tant et si bien que le sans-ombre se tourna vers lui. Le disciple de droite suivit – et le petit groupe s'enfonça dans la foule. Zhang les suivit du regard, fasciné. Ceci expliquait l'étrangeté de la scène. Le regard mort de Lucius, la manière dont les disciples l'encadraient lorsqu'ils s'étaient dirigés vers les portes. Ils ne retenaient pas Lucius – ils cherchaient à le maintenir sur place.

Zhang se tourna vers Lucius, dont le regard clair et résigné croisa le sien. Lucius n'avait jamais été le chef de Transcendance – ou du moins, ne l'était plus depuis longtemps. Il était son otage.

« Lucius », prononça Zhang.

Il tendit le bras vers le sans-ombre tandis que les disciples se retournaient, dégainant des coutelas cachés dans les plis de leurs tuniques.

« Attendez…

— *Marie !* »

C'étaient les voix de Centre-Ville et de Bouclettes, parfaitement audibles dans le vacarme.

Monta de toutes parts un gémissement assourdissant, presque un grognement – celui qu'aurait pu pousser une immense bête qui se réveille en entendant son nom. *Marie – qui était-ce ?* Zhang, qui se creusait, paniqué, la cervelle, se souvint qu'elle faisait partie des Huit des origines. Il comprit simultanément d'où venait la plainte.

C'était celle qui connaissait le plus de choses sur les ouragans.

La vague s'abattit sur la ville dans un vacarme retentissant.

Ils ne fonctionnaient plus qu'à l'instinct. Zhang ferma les yeux et se boucha le nez et les lèvres avant de retenir sa respiration, dans l'attente de la vague immense. Libérée de ses entraves, elle s'abattit sur la ville avec la rage affamée d'un raz-de-marée.

Ils y sont arrivés, songea Zhang vacillant. Centre-Ville et Bouclettes – *L'ouragan !*

Les Huit avaient attiré tous les bataillons de Transcendance avant de lâcher sur eux la tempête prisonnière des remparts, lui ordonnant de se déchaîner vers l'intérieur de la ville.

Les poumons désormais lui brûlaient. Partout, il entendait le bruit des corps jetés à terre, l'air qui quittait, étranglé, les bronches pour être remplacé par un froid liquide. Sans cesse ces bruits… Et Zhang qui, par tous les moyens, cherchait à garder sa dernière gorgée d'air dans les poumons. Pourtant, il était encore…

Il rouvrit les yeux.

Les vagues déferlaient les unes après les autres. Immenses, inévitables, submergeant la ville. Zhang s'attendait à être consumé par ce grondement assourdissant : mais les gouttes se détournaient de lui. Il baissa les yeux sur ses fausses tuniques blanches, sur l'herbe à ses pieds, stupéfait. Il était sec. Absolument sec.

Et dans les tourbillons du raz-de-marée, il aperçut d'autres individus qui, comme lui, accroupis, se retrouvaient chacun dans son cylindre d'air. Des habitants de La Nouvelle-Orléans. Tous sains et saufs. Incroyable ! L'ouragan faisait la différence entre ceux qu'il avait protégés lorsqu'il était rempart et ses ennemis.

Ailleurs, alentour, l'issue de la guerre se décidait. Sous les yeux de Zhang, frappé d'horreur et de stupéfaction, d'autres formes blanches se débattaient au ralenti, prises dans des courants de petites bulles – une mort claire, pétillante. Ils avaient beau chercher de toutes leurs forces à crever les tunnels d'air, l'ouragan les ramenait toujours en son sein le plus liquide, comme autant de poissons pris à l'hameçon. Et bien que les Néo-Orléanais soient tous voilés, Zhang put avancer, trébuchant entre les tourbillons, jusqu'à la forme affaissée qui devait être Ahmadi. Oui, c'était bien elle. Il la prit dans ses bras tandis que les autres, les vrais blancs, se tordaient dans les ultimes douleurs de l'asphyxie – puis, leurs voiles étendus comme de gracieuses nageoires, s'immobilisaient entre deux eaux.

« Du vent ? Ou du brouillard ? suggéra Davidia d'une voix douce.

— Peut-être, fit Gajarajan. Le moment venu, les Huit sauront en quel élément fabriquer les nouveaux remparts. »

Zhang se frotta le visage. L'ouragan s'était déchaîné sur la ville avec toute la violence emmagasinée au moment de sa transformation. Ses derniers torrents se répandaient lentement autour des portes fermées – puisqu'il n'y avait plus de mur – pour se déverser dans le lac Pontchartrain. Les habitants de la ville erraient en tous sens, désorientés, mais bien vivants. Les pouvoirs magiques de Centre-Ville et de Bouclettes leur avaient permis non seulement d'épargner leurs concitoyens, mais également de protéger les bâtiments de la ville. De l'ouragan, il ne restait qu'un signe – une vague bruine suspendue dans les airs qui donnait à toute chose un éclat brumeux. Ah, et tous les noyés. L'herbe semblait toujours couverte de neige. Mais Transcendance, cette fois-ci, ne bougerait plus, avant que La Nouvelle-Orléans ne l'enterre ou ne la brûle.

Voilà, fini, songea Zhang sans vraiment y croire, *tout en regardant les noyés. La guerre est gagnée. Transcendance n'existe plus.*

« Bon, j'espère que Gajarajan va trouver rapidement ce qu'il cherche. On aura du mal à défendre la ville, maintenant.

— Le pire est passé, je crois », répondit ce même Gajarajan.

Il se tourna vers le champ de bataille silencieux.

« Jusqu'à ce que les Huit nous trouvent quelque chose, nous serons en sécurité. »

Zhang considéra l'éléphant.

« Vous pensez que…

— Non, je ne sais pas. »

Ils ne sauraient jamais, sans doute, songea Zhang. Lucius n'avait-il donc pas assez de pouvoir pour stopper ou du moins ralentir le raz-de-marée qui avait privé ses disciples de vie ? Ou avait-il décidé de ne rien tenter ? Avait-il si profondément souhaité sa propre libération qu'il avait laissé Centre-Ville et Bouclettes précipiter l'armée de Transcendance, et lui avec, dans leur tombe aquatique ?

« Vienna ! » s'écria Malik.

Zhang vit une forme blanche s'élancer, ses tuniques claquant, trempées, dans l'air humide et chaud. Une autre forme blanche ouvrit grands les bras et ces deux-là s'étreignirent avec force.

« Papa, dit Vienna.

— Oh, Dieu soit loué », chuchota Malik.

La gorge de Zhang se noua. Il ne connaissait que trop bien ce soulagement. *Dieu soit loué, ce n'est pas moi qui t'ai été retiré. Dieu soit loué, tu ne m'as pas oublié.* Zhang sentit la main d'Ahmadi se poser sur son bras, hésitante, inquiète. Il se pencha vers elle.

« Tu as vu ? » demanda Vienna, que son père ramena vers les autres en la tenant par la main.

Les sept autres lui emboîtèrent machinalement le pas, comme hébétés. Gajarajan les approcha les uns après les autres. Et plutôt que d'apparaître sur quelque surface, devant leurs yeux, il matérialisa son ombre directement sur leurs corps. N'était-ce pas sa manière d'étreindre les amis ? se demanda Zhang.

« Tu as vu… ce que j'ai fait ? »

Zhang souleva le bord de sa tunique blanche.

« Eh oui, je l'ai vu. »

C'était si incroyable. Essayer d'admettre que Vienna – oui, Vienna, si innocente à certains moments qu'elle semblait plus enfant que jeune adulte – avait fait œuvre de magie dans toute la ville et sauvé des milliers de vies en quelques minutes…

« Vienna, je crois qu'on peut dire sans risquer de se tromper que tu es, indubitablement, le meilleur soldat que l'Iowa ait jamais eu. Et cela vaut pour l'avenir. »

Malik et Ahmadi éclatèrent de rire – Malik était au bord de l'hystérie. Vienna les regarda, perplexe, et tendit la main, d'instinct, comme pour se protéger du bruit. Malik surprit le geste en s'essuyant les yeux. Il ne souriait plus, soudain. Il serra sa fille contre lui, de nouveau. *Oh, non*, comprit Zhang.

« Vienna, ce n'est pas grave. Tout le monde se fiche de l'Iowa. Ne t'en fais pas. Ce n'est pas grave du tout. Oublie.

— Pourtant, j'ai l'impression qu'il a vraiment compté, dit-elle, les sourcils froncés. Cet endroit.

— Mais tu vis ici maintenant. C'est ça qu'il faut retenir. »

Elle leva les yeux vers Zhang.

« Et toi… Je sais que je te connais, mais je ne sais plus d'où. Tu étais à l'Iowa, toi aussi ?

— Oui, Imanuel était mon ami.

— Je vois. »

Elle hocha la tête, heureuse d'avoir trouvé un repère auquel se raccrocher.

« Ory. »

Zhang se mit à glousser. Ory : cela faisait si longtemps qu'il n'avait pas entendu son prénom qu'il lui semblait sonner faux. Gajarajan quant à lui venait d'exécuter une curieuse pirouette. Il avait quitté la compagnie des Sept, debout dans l'herbe, pour apparaître sur un poteau devant Zhang et Vienna en une aveuglante seconde, comme si quelqu'un avait pressé sur un interrupteur.

« Il s'appelle Zhang », dit-il à Vienna.

Il y avait dans sa voix un doute – ou une interrogation.

« Zhang ? répéta Vienna, confuse.

— Oui. Zhang, pas Ory, insista Gajarajan.

— Mais non, c'est bel et bien Ory, rectifia Zhang. Orlando est mon prénom et Zhang mon nom de famille. Quand nous étions à l'Iowa, nous avions décidé, comme de vrais soldats, de nous appeler par nos noms de famille. Pour nous donner du courage. »

Il adressa un signe de tête approbateur à la jeune fille.

« Elle a oublié Zhang mais se souvient d'Ory. Et de qui je suis, n'est-ce pas ?

— Oui, je me souviens », dit Vienna.

Gajarajan resta un long moment sur le poteau, perdu dans ses pensées. Pourquoi une si intense sidération ? Zhang en était décontenancé. Mais il ne comprenait presque jamais pourquoi ce qui importait à Gajarajan lui importait et pourquoi certaines choses le laissaient insensible. Il se retourna vers Ahmadi, désireux de laisser l'éléphant à ses pensées moroses.

Les grandes oreilles étaient repliées. Et pour la première fois, elles ne bougeaient absolument pas. Vision encore plus déstabilisante que les formes et les hauteurs extravagantes qu'il adoptait parfois.

« Je ne savais pas », finit par murmurer l'éléphant avec ce qui ressemblait presque à de l'admiration.

Celui Qui Rassemble

Ce soir-là, Gajarajan rentra au sanctuaire bien après minuit. Il avait fallu s'occuper des habitants de la ville. Et des morts. Et, pour finir, des sans-ombre qui avaient remporté la bataille pour eux tous. Ils se portaient mieux que Gajarajan ne l'avait craint, hormis Survivant-de-la-tempête, dont le temps était venu de quitter les Huit et d'entamer sa longue attente dans la première salle, tandis que l'éléphant lui cherchait une ombre qui lui convienne. Il avait consacré toutes ses forces à la lutte et il aurait été moralement répréhensible d'exiger qu'il oublie davantage. Vienna et lui seraient remplacés au sein du groupe.

Aujourd'hui, Gajarajan emmènerait dans la seconde salle la courageuse enfant du capitaine Malik, comme ils l'avaient prévu. D'ici là, une autre tâche l'attendait.

La lune était presque pleine, illuminant le sanctuaire de ses rayons d'argent. Gajarajan put s'y mouvoir librement sans que son corps quitte l'autel. Il s'étala sur le toit ouvert et lança un regard dans la salle. Là, sur un lit sans ornements, reposait une fluette créature. Il s'allongea sur le mur et bientôt glissa dans la salle, jusqu'au plancher, sans un bruit. Sous les couvertures, un léger bruit de respiration se faisait entendre, régulier, imperturbable. L'ombre se redressa sur le mur opposé, contre lequel se dressait une table. Y étaient posés quelques objets qu'elle étudia un moment : des vêtements propres et quelques accessoires pédagogiques apportés par Gajarajan. Une feuille d'arbre, une fleur séchée, une cuillère. Et les affaires personnelles de la créature. Lorsque les patients arrivaient dans la seconde salle, ils ne venaient pas les mains vides. Dans les premiers temps, certains étaient même richement pourvus. Créature n'avait plus grand-chose. Ou plutôt, elle n'avait plus qu'une chose. De laquelle Gajarajan avait été capable d'extraire la première ombre qui se soit fixée définitivement à une victime de l'Oubli.

Il n'y avait personne dans la seconde salle lorsque le docteur Avanthikar avait péri. Et cela avait été le cas pendant des semaines, car Gajarajan avait échoué tant de fois qu'il craignait de réitérer sa funeste expérience. Faire miroiter à un sans-ombre l'espoir de guérison – quelle torture ! – et les condamner à l'échec ou à la mort. Ou devoir les tuer. C'était le sujet de la conversation que le docteur Avanthikar avait interrompue lorsqu'elle avait pris le risque insensé de franchir les portes à la nuit et de se livrer aux morts-volantes pour sauver un sans-ombre.

Les gardes de Davidia avaient récupéré la doctoresse et le sans-ombre sans qu'aucun perde la vie, en fin de compte. Les hurlements des morts-volantes s'étaient assourdis, une fois le portail refermé.

« On a tout tenté… Tout tenté… », bredouillait l'un des soldats, affolé par le spectacle de la doctoresse au corps ensanglanté, couvert de plaies quasi chirurgicales.

À La Nouvelle-Orléans, elle était aussi aimée que l'éléphant.

« On a tout tenté…

— Mais pourquoi ? » demanda à voix basse l'éléphant à la doctoresse.

Il s'était laissé glisser sur l'herbe pour se coucher près d'elle.

Elle tourna la tête vers lui.

« Mais c'est parce que ça se passe toujours comme ça. En médecine. C'est ce que j'ai fini par comprendre. Ceux qui découvrent de grands remèdes, c'est toujours parce qu'un *gandoo* du diable avec lequel ils travaillaient les harcèle pour qu'ils ne renoncent pas à une piste… apparemment sans intérêt. »

Elle fut traversée par une vague de douleur.

« Par exemple, moi. Avec notre équipe, on a tout essayé. Absolument tout. Et puis il y avait Hemu qui continuait à en faire des tonnes avec son éléphant à la noix. Et vous vous êtes réveillé. »

Gajarajan lui sourit. Sa ligne de jonction avec la lumière de la lampe torche palpitait d'une douleur immense, accablante.

Le docteur Avanthikar déglutit avec peine. Ses yeux s'emplirent d'une lueur vitreuse.

« C'est la première fois que je me fie plus à vos pouvoirs que vous-même, depuis que nous travaillons sur la transplantation des ombres. Cet homme est peut-être le bon, et je suis l'insupportable collègue qui vous supplie de ne pas abandonner. »

Gajarajan ne lui révéla pas que le sans-ombre avait succombé à ses blessures. Les morts-volantes l'avaient dépecé si proprement qu'il s'était ouvert comme une rose, organes et muscles tels des pétales fixés à son épine dorsale. La doctoresse eut un hoquet sifflant. Il tendit la main vers l'ombre de sa main, sur l'herbe, tout contre sa paume suppliciée. Et son double corporel, là-haut sur la colline, se pencha, frémissant de douleur, tandis que le visage du docteur Avanthikar s'apaisa, libéré.

« Continuez, dit-elle. Pour moi.

— Je vous le promets. »

Le corps au lointain se tordait de douleur. Gajarajan laissa faire. Il pouvait supporter cette souffrance à sa place. L'agonie de toute façon serait très brève.

L'homme que la doctoresse avait voulu sauver n'avait pas survécu, mais Gajarajan avait juré d'obéir à sa vieille amie. Après sa mort, tous ceux qui venaient en ville sur la vertu des rumeurs furent accueillis, quelles que soient les circonstances de leur venue. La première personne qui survint après l'enterrement du docteur Avanthikar était celle qui dormait dans la seconde salle. Il ne lui ferait pas défaut, à celle-là, avait-il juré devant la stèle de la doctoresse.

Était-ce grâce à elle ou le hasard enfin l'avait-il récompensé ? Il ne le sut jamais. Toujours est-il qu'il tenait avec ce cas sa première et seule guérison. Et peu importait la raison. Car il avait enfin réussi.

Les murs de la seconde salle craquaient doucement

pour s'ajuster au poids des poutres. Gajarajan se laissa glisser jusqu'à la table. La nuit, c'était plus difficile. Il n'avait pour l'aider que le clair de lune, ni soleil ni torches pour un meilleur contraste. Il progressa sur la table et sentit enfin ce qu'il cherchait. Cet objet qui lui avait fourni de quoi fabriquer une ombre.

Un magnétophone à cassettes.

Dans le vieux monde, il y aurait eu des photographies, des papiers, pour établir des comparaisons. Les gens auraient possédé des portefeuilles dans lesquels se trouvaient des permis de conduire dont on aurait pu analyser les données – c'est ce qu'on avait fait dans son cas, après l'accident de voiture qui l'avait fait naître. Ce monde n'était plus. La femme était arrivée à pied, seule. Elle ne se souvenait de rien et n'avait sur elle que ce magnétophone et les pensées éparses qui y étaient enfermées.

Zhang n'avait jamais rien dit de sa vie avant l'Oubli, ni même de ce qui lui était arrivé jusqu'à La Nouvelle-Orléans, d'ailleurs. Pour Gajarajan, Zhang était Zhang, le Général, l'homme aux trois mille livres. Les enregistrements le désignaient toujours par son prénom, Ory. Il n'était pas fait mention des autres membres de son groupe, ni de Washington, ni de ce qu'il y avait fait. Et lorsque la sans-ombre s'était présentée devant les grandes portes, elle n'avait pas pu dire un mot. Il ne lui restait presque plus de mémoire. Gajarajan avait passé des semaines à analyser minutieusement la cassette pour en extraire le nécessaire et transformer la petite ombre carrée de l'appareil en une silhouette bien plus détaillée, bien plus complète qu'aucune de celles qu'il avait pu jusqu'ici fabriquer à partir d'autres objets. Il faudrait ensuite détacher l'ombre du magnétophone et la joindre à la femme. Le processus était presque achevé au moment où Zhang et son armée survinrent.

Sans doute aurait-il dû inciter Zhang à parler davantage de lui-même. Mais Gajarajan, à vrai dire, n'avait jamais eu la mémoire des noms. Il n'avait même pas remarqué que les hommes de l'Iowa ne s'appelaient que par leur nom de famille, à quelques exceptions, avant que Vienna n'oublie le patronyme de Zhang et l'appelle Ory.

« Ory », répéta-t-il d'une voix douce.

Il remonta vers le toit. La dormeuse ne broncha pas. Demain, il aurait tout loisir de leur apprendre à tous deux la bonne nouvelle.

« J'ai retrouvé ta femme, Ory, dit Gajarajan à la lune. Max est à La Nouvelle-Orléans. »

Mahnaz Ahmadi

Pour une surprise, ce fut une surprise. Qui parmi eux aurait pu imaginer un tel dénouement ? Impossible, tout bonnement.

Le lendemain du jour où Vienna et les Huit sauvèrent la ville de Transcendance parut à tous hors du temps. Les habitants erraient au hasard, contemplant leurs rues, leurs biens, toujours là, toujours leurs. Les commerçants gardèrent le rideau baissé. Les sentinelles ne prirent pas leur tour de garde. Zhang n'ouvrit pas la bibliothèque – mais qui avait le cœur à lire ? Tout le monde était trop occupé à vivre. À regarder les lampadaires, les brins d'herbe, la tache de boue qu'avait laissée sur un mur un soulier. Et à s'émerveiller d'avoir survécu, comme tous dans la ville.

Ce fut l'estomac de Naz qui lui rappela qu'il fallait quand même faire quelque chose. À la fin de cette journée, elle retrouva Zhang dans la cuisine de Maison 33, à découper en rondelles des pommes de terre du jardin municipal. Il fallait ensuite attendre leur tour de cuisson. La cuisinière était inutilisée, mais comme il n'y avait pas eu d'orage ces derniers temps, les fils qui montaient au ciel ne recueillaient pas de courant. Il fallait avoir de nouveau recours à la bonne vieille marmite sur feu de camp. Ce qui n'était pas un problème pour Naz. Elle s'était passée d'électricité pendant deux ans. C'était déjà follement magique de pouvoir en profiter quelques heures par semaine.

Rires des colocataires autour de la table de la cuisine, pour une raison ou pour une autre. Zhang tronçonnait ses patates d'une main experte, quoique mutilée. Ses brûlures s'étaient si bien cicatrisées.

Il avait voulu reprendre une des recettes de Max. Aux yeux de Naz, c'était un bon signe. Max visiblement n'avait rien d'un cordon-bleu – ce qui n'était pas le cas de Naz. Comment allait-elle procéder ? Leur préparer une bonne soupe – en serait-il impressionné ? Blessé ? – ou la rater un peu, à la Max ? – en serait-il réconforté ? Encore plus déprimé ?

« Je meurs de faim, lui dit-elle au moment même où l'on frappait à la porte de Maison 33.

— C'est peut-être Malik, dit Zhang en cessant de jouer du couteau. Il est venu dîner, qui sait ? »

Peu probable, songea-t-elle. Malik n'était pas passé les voir depuis que Vienna s'était installée au sanctuaire pour que l'éléphant lui prépare une nouvelle ombre – si elle avait bien compris. Puis les colocataires poussèrent des cris surpris.

« Oh, mais… !

— Gajarajan ! Quel honneur ! »

Naz leva les yeux vers Zhang. Dont le front s'était plissé d'étonnement.

« Je ne savais pas qu'il lui arrivait de quitter la

colline, chuchota une colocataire à l'autre. La partie humaine, je veux dire. »

Elles traversèrent la cuisine pour réintégrer leur chambre.

« Zhang. »

C'était la voix de Gajarajan, en effet. Le corps entra dans la cuisine avec un bon sourire. Derrière lui, sur le mur, Gajarajan aperçut Naz. Et le sourire s'atténua quelque peu. Sans doute pensait-il trouver Zhang seul.

« Bonjour », dit Naz.

Gajarajan s'inclina légèrement avant de s'étaler sur le mur et le plan de travail.

Ils attendirent. Mais, hésitant peut-être sur son entrée en matière, Gajarajan se contenta de fixer Zhang. Et le corps attaché à l'ombre se tenait entre eux, patient – et légèrement de biais par rapport à Naz, qui s'efforçait de ne pas le dévisager.

« Ne soyez pas gênée, finit par lui dire Gajarajan. C'est tout de même assez curieux, cet homme aux yeux bandés qui se déplace comme s'il voyait.

— Je suis désolée », bredouilla Naz.

Elle parvint enfin à détourner le regard et sourit à Gajarajan.

« Il n'y a qu'hier, avec la venue de Transcendance, que je vous ai vu le faire », dit-elle.

Du reste, ce qui la gênait le plus n'était pas le fait de faire marcher le corps, mais de ne jamais prendre le soin de l'orienter dans la bonne direction, que ce soit dans leur cuisine ou devant l'autel.

« Ce n'est pas grave. J'en use si rarement qu'il est devenu presque étranger. C'est tellement rare d'en avoir besoin maintenant.

— Tout va bien, Gajarajan ? » s'enquit alors Zhang.

L'ombre hocha la tête. Le corps ne bougea pas.

« Oui, bien. Mieux que bien, si je puis dire.

— Voulez-vous partager notre soupe ? s'enquit le Général, qui s'était détendu. Elle sera prête d'ici à quelques minutes.

— Non, je vous remercie. Le corps a déjà mangé, répondit Gajarajan en secouant la tête. Si je suis venu vous voir, c'est que… j'ai fait une découverte des plus inattendues. »

Zhang posa le couteau près de la planche à découper et se retourna vers l'ombre. Naz les regardait. Allaient-ils se décider à poursuivre ? L'eau blanchâtre, amidonnée des patates coulait lentement sur la lame et se coagulait sur les dents du couteau.

« Si nous pouvions discuter dans votre chambre, ce serait formidable », poursuivit Gajarajan.

Naz posa la main sur l'épaule du Général.

« Je crois cependant qu'il serait préférable que je m'entretienne d'abord en tête à tête avec Zhang, Ahmadi. C'est un sujet… délicat. »

Ce qu'entendant, Zhang se pressa un peu plus contre elle, d'une manière qui lui fit battre le cœur plus vite.

« On y va tous les trois », annonça le Général d'une voix ferme.

La réunion ne dura que quelques minutes. Des minutes qui parurent une éternité, sur le moment. Mais les rondelles de pomme de terre n'avaient pas fini de dégorger lorsque Naz redescendit dans la cuisine, bien que ni elle ni Zhang n'aient envie d'avaler quoi que ce soit maintenant.

Gajarajan avait encore besoin de quelques jours pour que les conditions soient optimales, leur dit-il. Dès terredi prochain (depuis la méprise de Marié-à-jane-sans-enfant, qui datait déjà d'un moment, les semaines de La Nouvelle-Orléans comprenaient huit jours), Zhang pourrait passer quand il voudrait. Gajarajan l'attendrait.

Plus tard, dans la soirée, Naz et Zhang s'installèrent dans la véranda, à regarder la rue déserte. Ils ne touchèrent pas à leur soupe. Tous les autres étaient rentrés dîner. Les autres colocataires descendirent un par un dans la cuisine, traînèrent un moment puis, sentant la tension, remontèrent dans leurs chambres respectives.

« À quelle heure iras-tu, terredi ? finit-elle par demander. Tu devrais peut-être ne pas laisser traîner. Faire ça dès le matin.

— Ahmadi », fit Zhang, suppliant.

Elle ne l'avait jamais vu aussi las.

« Je sais qu'il va falloir qu'on en parle. Mais pas maintenant. C'est trop tôt. »

Elle hocha la tête et se retourna vers ce qui restait du coucher de soleil. Ils restèrent au même endroit quelques heures encore, à goûter simplement le plaisir d'être assis l'un à côté de l'autre. Elle essaya de ne pas penser au fait que ce serait peut-être la dernière fois.

Ils ne se disputèrent pas avant d'être remontés à l'étage, bien après minuit.

Celui Qui Rassemble

Dans la cour du sanctuaire, les épées s'entrechoquèrent. Puis les volontaires se remirent immédiatement en garde.

« Attention à vos angles morts, leur conseilla Malik. Il faut être plus rapides.

— Vous les avez bien formés », dit Gajarajan, à plat contre le mur, tandis que les volontaires reprenaient le combat, les uns attaquant, les autres parant les coups.

Un peu plus loin lui venaient les sensations de son corps – les soubresauts de muscles longtemps négligés, infimes imitations qui répondaient aux joutes que l'œil de l'ombre contemplait.

« Ils sont endurcis, fit Malik. Il le fallait bien. À Washington, pas de place à l'erreur. Ni sur la route qui nous a menés ici.

— Et vous voudriez y retourner. »

Malik scruta les volontaires en plein exercice d'un œil sévère, les bras croisés.

« Vous disiez vous-même que c'était une bonne idée. »

Gajarajan hocha la tête, songeant au docteur Zadeh.

« Mais je le pense toujours. C'est que… Autrefois, un homme plein de sagesse m'a appris ceci : parfois, parce que les temps sont difficiles, les gens prennent des décisions drastiques. Une sorte de mécanisme de compensation. Je me demande si cette mission n'est pas une de ces occasions.

— Bien sûr que c'en est une, dit Malik. Et alors ? »

Gajarajan resta muet. Que Malik poursuive sur cette lancée, s'il le voulait. Il le comprenait très bien. Malik ne se dérobait pas au chagrin. Il préférait le comprendre, l'affronter, même si cela lui faisait encore plus mal. Signe d'un caractère bien trempé.

Malik baissa les yeux.

« C'est que… c'est que je ne sais pas comment occuper les quelques mois qui viennent. Si je ne peux pas la voir. Et si… si elle… disparaît à jamais.

— Vienna est… », commença l'ombre.

Malik l'interrompit d'un geste, comme s'il ne voulait pas entendre que ce que l'ombre allait dire.

« J'ai compris qu'il y avait des règles, Gajarajan. Que les activités du sanctuaire n'étaient pas sans danger.

— Ces règles ont été instituées pour votre bien et celui de la ville comme pour celui de Vienna.

— Je sais… Et ça me rend fou. Mais j'ai donné mon accord en vous la confiant. »

Il se pencha pour scruter l'ombre épaisse de Gajarajan d'un regard insistant.

« Mais je ne peux pas rester ici à La Nouvelle-Orléans à me tourner les pouces. Il faut que je trouve quelque chose à faire. »

Ce que Malik avait proposé à l'éléphant tenait de la mission-suicide. Si quelqu'un pourtant pouvait la mener à bien, c'étaient Malik et ses volontaires. Le lendemain du jour où Vienna était entrée au sanctuaire, Malik était monté revoir Gajarajan. Il avait hurlé comme un possédé le nom de l'éléphant jusqu'à ce que l'ombre se pose sur le mur incurvé de l'autel pour lui parler. Le corps était déjà perché sur son carré de briques, pour l'empêcher de passer au cas où la fantaisie de s'introduire de force dans le sanctuaire le prendrait. Maintenant qu'il a compris que sa fille était vraiment partie, se disait Gajarajan, il va peut-être essayer de la faire sortir. L'éléphant se trompait. Malik était porteur de la requête inverse. Il voulait quitter la ville. Il souhaitait, avec une petite équipe, ratisser les nouvelles étendues sauvages du pays pour y retrouver des survivants, indemnes ou sans-ombre, et les rapatrier à La Nouvelle-Orléans.

Gajarajan se propulsa à la gauche du mur pour se rapprocher de Malik.

« Ce n'est pas sans danger, quand même, et cela m'inquiète. De savoir que vous allez, vous et vos hommes, retourner là-bas. Là où les sans-ombre succombent à la tentation, sans personne pour les contrebalancer.

— Je sais. Mais ça ne nous fait pas peur. »

Malik chassa une mouche d'un geste de la main tandis que les soldats faisaient une pause, en nage, le souffle court. Son visage s'assombrit. Le fantôme du premier général de l'Iowa, se demanda Gajarajan, ne lui rendait-il pas visite en cet instant ? Ou ce terrifiant sans-ombre qu'ils appelaient le Rougeroi, et les monstres en blanc qui avaient poursuivi leurs chariots des flambeaux à la main ?

« On a connu bien pire.

— Vous ne craignez donc pas qu'il vous arrive un accident ? Que vous ne puissiez pas rentrer ni revoir Vienna ?

— C'est certain, dit Malik. Mais j'aurais encore plus de mal à rester. »

L'ombre scruta le visage de Malik. Il ne parviendrait pas à le faire changer d'avis, constata-t-il. Derrière le masque farouche, il y avait une tension. Et la pleine conscience du fait que la meilleure chose à faire pour aider sa fille était de ne rien faire pour elle. Et qu'il fallait combler ce manque avant d'y sombrer. Mais au fond, la proposition de Malik n'était-elle pas on ne peut plus raisonnable ? Il y avait en ce monde des sans-ombre à secourir qui, peut-être, ne pouvaient trouver la ville par eux-mêmes ni entendre les rumeurs qui s'y rapportaient.

« Très bien, dit l'éléphant. Mais si vous voulez que votre mission ait du poids, il va falloir que vous montriez à ces gens une preuve indiscutable de l'existence de ce lieu et de mon pouvoir. Sans quoi, vous ne leur semblerez pas plus convaincant que la rumeur.

— Si je trouve la preuve en question, vous me laisserez partir ? Nous sommes d'accord ?

— Si vous la trouvez, eh bien…

— Je la trouverai, le coupa Malik, catégorique. À Washington, j'ai écouté les légendes dont vous étiez le héros pendant un an avant d'arriver ici. Avec espoir, mais sans vraie certitude, car je n'avais que ces racontars à me mettre sous la dent. Et si les racontars se révélaient mensongers, je mettais non seulement ma vie en danger, mais aussi celle de ma fille. À cette époque, j'avais tellement envie que ceux qui propageaient ces rumeurs puissent montrer, plutôt que parler. Montrer quelque chose que je puisse voir de mes yeux, toucher de mes mains, pour me prouver votre existence. S'il y a quelqu'un ici qui peut trouver ce genre de preuve, c'est moi.

— Mais que peut-elle être, cette preuve – cet objet ? s'enquit Gajarajan.

— J'en sais rien, répondit Malik. Je vous le dirai quand je l'aurai sous les yeux. »

Mahnaz Ahmadi

Naz déménagea.

Après son tour de garde, elle monta dans sa chambre et entassa toutes ses possessions dans un drap qui lui servit de baluchon. Oh, elle n'avait pas grand-chose : l'arc, quelques vêtements et les deux ou trois bibelots de famille que Rojan et elle avaient embarqués au début de leur périple.

Il y avait une chambre disponible au dernier étage de Maison 47. Non seulement c'était l'immeuble le plus récent de la ville, mais c'était aussi le plus éloigné de Maison 33. Zhang ne voulait pas la laisser partir ; elle ne pouvait pas rester. Pas maintenant qu'elle savait que la sans-ombre que Gajarajan avait réussi à guérir était la Max de Zhang. Et que cette ressuscitée était prête à revenir au monde dans vingt-quatre heures. Comment était-elle censée réagir ? S'installer à la table de la cuisine de Maison 33, voir Zhang et Max franchir le seuil pour monter discuter dans la chambre ? La chambre qu'un mur seulement séparait de celle de Naz ? Non, mieux valait partir. Elle avait besoin de temps pour réfléchir.

Dans les moments où elle se sentait du courage,

elle aurait voulu ressentir de la joie pour Zhang. Ça tenait du miracle, pas moins, ce retour de Max, après tout ce qui était arrivé. Qu'aurait-elle donné pour que revienne Rojan ? Ce n'était pas la même chose, pourtant. Zhang avait ajouté quelque chose à la vie de Naz. Naz s'était contentée de prendre la place de Max dans la sienne.

Maison 47 était occupée pour partie par un groupe d'étudiants de Memphis. Ils avaient fait le voyage de La Nouvelle-Orléans car certains d'entre eux avaient de la famille à Metairie. Ils étaient tous très proches et laissaient Naz à sa solitude volontaire. Excellente chose. Elle accepta quelques tours de garde supplémentaires et décida de passer un peu de temps avec Malik avant son départ, qu'il pensait imminent, en dépit du fait que toutes les preuves qu'il apportait à Gajarajan avaient jusqu'ici été jugées largement insuffisantes. Il n'avait toujours pas de feu vert. Elle faillit même, une fois ses vêtements entreposés dans Maison 47, se porter volontaire pour son absurde mission. En chemin, elle renonça à cette idée. Ses raisons n'étaient pas les bonnes. Elle voulait punir Zhang, lui forcer la main. Pour qu'il choisisse.

En vérité, elle aurait tout de même dû partir, se disait-elle. Lui forcer la main, en effet. Max était sa femme. Si Naz partait cinq ou six mois, quel soulagement. Quand elle reviendrait, tout serait fini. D'ailleurs, elle repartirait peut-être – chaque fois qu'une de ces missions se préparerait. Simplement, le courage lui manqua. Ou bien était-ce un excès d'espoir ? D'impossible espoir ? Mais ce qui se passait sous ses yeux tenait de l'impossible.

N'était-ce pas la plus touchante des histoires d'amour ? Un couple, la femme perd la mémoire, s'enfuit ; le mari traverse tout un pays à sa recherche, affronte les grands espaces, la guerre, alors qu'il a une chance sur un million d'arriver à ses fins. Zhang, elle en était certaine, devait prier tous les soirs pour que Max soit encore en vie et qu'il puisse la retrouver un jour, sans penser une seconde que cette prière puisse être exaucée. Sinon, il n'y aurait rien eu entre lui et Naz. C'était lui qui s'était penché sur elle, un soir, dans sa chambre, pour l'embrasser. Max ne reviendrait pas. Il fallait l'oublier, maintenant, se disait-il alors.

Mais Max était revenue. Et elle avait retrouvé la mémoire.

Orlando Zhang

À la grande surprise d'Ory, le sanctuaire n'avait pas de porte.

« C'est ce qu'on imagine quand on ne sait pas », dit-il à Gajarajan.

Ils se trouvaient dans la première salle, Ory au complet et la moitié de Gajarajan. Le corps de ce dernier était resté dehors, de l'autre côté de l'autel. L'ombre, telle une bande de fin tulle noir, drapait la façade et redescendait de l'autre côté, dos à l'entrée, à côté d'Ory.

« En général, les maisons des humains ont des portes. »

Gajarajan méditait.

« Oui, mais pas celles où vivent les éléphants. »

Il fit bouger ses oreilles.

« Il n'y a que deux portes dans tout le sanctuaire. »

L'idée continua à lui trotter dans la tête. Puis son énorme tête se tourna vers Ory, et ses défenses, encore visibles de trois quarts, disparurent.

« Vous vous sentez bien ? s'enquit-il gentiment.

— Oui », mentit Ory.

Qui esquissa un sourire, même s'il se sentait

nauséeux. Il faisait froid dans la grande salle, lui semblait-il, froid et humide : rien à voir avec la chaleur torride du dehors.

Garde ton calme, s'encouragea-t-il.

Il parvint à ne plus claquer des dents. Du bout des doigts, il se mit à caresser son portefeuille, au fond de la poche de son jean. Pour se redonner du courage : là gisait le fossile du portrait de Max. Il ne s'en était jamais séparé, malgré les kilomètres parcourus, les mois écoulés. Le Polaroïd pourtant avait depuis longtemps perdu presque toutes ses couleurs. Ory avait franchi des États, combattu dans trois batailles ; il était tombé dans des lacs migrants – et le portrait n'était plus qu'un petit carré de carton avec, en son milieu, une tache qui avait vaguement la forme d'une tête. Le portrait de l'ombre de Max, plutôt que de Max elle-même.

« Je n'ai pas de peine à croire que ce moment… puisse être intense, dit Gajarajan. Revoir votre femme… »

Ory parvint à hocher la tête.

« Vous avez été marié, Gajarajan ?

— Non, répondit l'ombre. Pas vraiment. »

Ory baissa les yeux. Quelle drôle de façon d'en parler, se dit-il, avant de comprendre son erreur. Non, ça n'avait rien d'étrange. “Pas vraiment” signifiait “oui”.

« Oh, désolé.

— Mais non, dit Gajarajan en haussa doucement les épaules d'un geste si subtil, si humain. Je ne m'en souviens pas. »

Ory s'y habituerait-il jamais ? Il lui avait fallu des mois avant de pouvoir regarder les sans-ombre sans gêne. Et maintenant, une ombre qui se mouvait d'elle-même ?

« Je vais tout d'abord vous installer et m'assurer que vous êtes à votre aise et bien préparé. »

Ory se rendit compte que Gajarajan avait repris la parole.

« Après quoi, nous ferons entrer Max.

— Comment va-t-elle ? bredouilla-t-il.

— Très bien. Lorsqu'elle est arrivée, son enveloppe corporelle était en bien mauvais état. Exténuée, déshydratée. La transplantation a été très difficile. Vous savez à quel point ce peut être dangereux. Je n'étais pas sûr que cela prenne. Mais ça a marché. Et voilà Max en pleine santé, heureuse, et prête à vous revoir. Elle se souvient de vous. »

Ory opinait toujours d'un chef tremblant. Incroyable, que la seule personne sans ombre qu'ait pu guérir Gajarajan, parmi tous les candidats, soit justement Max – *sa* Max. Il avait trop peur pour y croire vraiment.

« Je vous en prie, après vous, dit Gajarajan en tendant son long, très long bras sur le mur pour désigner l'autre extrémité de la première salle. Ne vous inquiétez pas, je vous suis. »

Ils traversèrent la salle. Les sans-ombre, installés par petits groupes sur des matelas, les regardaient, d'abord Gajarajan puis Ory. Certains semblaient ne pas savoir qui il était. Ou s'ils l'avaient su, ils l'avaient oublié. D'autres cependant avaient entendu et retenu la nouvelle.

« Félicitations », chuchotaient-ils, avec dans la voix un bonheur qui confinait à la vénération.

Après toutes ces péripéties, ils se sont retrouvés, enfin. Il comprenait très bien ce que cela signifiait pour eux, ce que Zhang vivait sous leurs yeux. *Elle se souvient de nouveau. Ça a marché. C'est donc possible.*

Au bout de la première salle, il y avait un couloir. Au bout de ce couloir, une porte.

« La première », dit Gajarajan, ce qui signifiait : *La première de nos deux uniques portes.*

Ory la considéra, pensif. Que ressentait-on à vivre dans un endroit où il fallait faire tout ce chemin pour rencontrer un obstacle ? Quand on perd son ombre, s'était-il souvent dit, les portes sont beaucoup plus nombreuses, pas l'inverse.

Le bras de Gajarajan glissa sur le battant de la porte.

« La seconde porte est juste de l'autre côté. Elle conduit à la seconde salle.

— Mais ceci, alors ? Qu'est-ce ? »

La première porte s'ouvrait lentement, chose impossible, sous la pression de la main d'ombre. Le monde à trois dimensions le cédait au monde à deux dimensions.

« Le salon de visite », dit Gajarajan.

Il y avait là quatre chaises autour d'une table en bois, toute simple, sur laquelle était posé le magnétophone de Max.

« Oh, mon Dieu, murmura Ory.

— C'est le même, confirma Gajarajan.

— Le même », répéta Ory, en transe.

Il serra les poings pour ne pas se jeter sur l'appareil.

« Je peux le prendre dans mes mains ?

— Mais je vous en prie, dit Gajarajan. Il vous appartient, à Max et à vous. »

Ory resta immobile pendant quelques secondes. Puis il finit par s'asseoir. Et tendre la main vers le plastique, si frais. Avant de se rendre compte que l'appareil n'avait pas d'ombre.

« Est-ce qu'il…

— Ah, non, malheureusement, répondit l'éléphant dans un souffle. Il ne marche plus. J'ai dû les utiliser… Les bandes. Pour que son ombre ait la forme qui convient. Sinon, elle serait restée rectangulaire… Ce n'est pas vraiment ce qu'il faut à une femme. »

Il s'interrompit quelques secondes.

« Lorsqu'elle est arrivée, je ne savais pas ce qui vous était arrivé. Ni qui vous étiez. Ni si vous aviez survécu… C'est à Max que je devais penser d'abord. Pour reconstruire ses souvenirs, aussi fidèlement que possible.

— Non, vous avez… vous avez fait ce qu'il fallait faire. »

Gajarajan se rapprocha de lui.

« Vous devriez peut-être le laisser sur la table, quand elle viendra se présenter à vous. »

Il y avait de la bonté dans sa voix.

« Car c'est un objet qui vous appartient à tous les deux. »

Ory posa les mains sur les genoux en acquiesçant.

« Oui, c'est une bonne idée », s'entendit-il répondre.

Il leva les yeux vers la seconde porte, à l'autre bout du petit salon. Elle était bien plus lourde. Elle n'était peut-être même pas faite de bois.

« Celle-ci ne peut être ouverte que de l'extérieur de cette pièce, expliqua Gajarajan lorsqu'il perçut le regard scrutateur d'Ory. Une bonne amie me l'a rappelé, il y a bien longtemps. »

Il s'enroula sur la chaise, à côté d'Ory. Nul besoin de la tirer pour s'asseoir. Celle qui leur faisait face était vide : réservée à Max, songea Ory.

« J'aurais préféré qu'il en soit autrement, mais c'est mieux comme ça. La sécurité de tous reste assurée. Quand on travaille une ombre pour la transplanter, cela peut causer… des problèmes. Quand cela tourne mal, mieux vaut éviter que les ombres… ou ceux qui n'en ont plus puissent filer dans la nature.

— Dans ce cas, comment faites-vous pour aller et venir ? »

Gajarajan leva l'index vers le plafond.

« Le toit est ouvert. Je m'étale sur le mur extérieur et glisse de l'autre côté. »

Ory hocha la tête, engourdi. À quelle distance se trouvait donc le corps de Gajarajan ?

« Je… »

Gajarajan s'interrompit. Son torse se trouvait sur le dossier de la chaise et sa tête sur le mur, juste derrière eux.

« Je voudrais vous présenter mes excuses. J'aurais dû comprendre bien plus vite que vous étiez cet Ory dont Max parlait dans ces enregistrements. »

Ses immenses oreilles eurent un mouvement qui exprimait l'impuissance.

« Cela ne m'avait pas effleuré l'esprit. Je suis navré.

— Ne vous en faites pas », bégaya Ory.

À quoi bon se mettre en colère ? Il était trop tard.

« Maintenant, elle est là.
— Oui, elle est là. »

L'ombre se leva. Lorsqu'elle eut disparu, Ory rassembla son courage. Gajarajan devait soumettre Max à un ultime examen, pour s'assurer qu'elle aussi était prête, que le temps était venu d'ouvrir la porte. Ory attendit dans un silence douloureux. Quinze secondes ou quinze heures ? Elle était si proche, à présent. Il ne pouvait pas s'empêcher de traquer le moindre son dans ce si profond silence. Que lui dirait-il ? Se présenterait-il de nouveau ? Ou la saluerait-il comme si de rien n'était ? Lui serrerait-il la main ? La prendrait-il dans ses bras ? L'embrasserait-il – si elle le voulait bien ? En aurait-il le courage ? Le temps passa dans un flou confus.

Soudain, Gajarajan réapparut, ombre noire sur le mur, de l'autre côté de la table, les oreilles vibrantes d'excitation. Max était prête. Ory se mit à trembler. Il allait vraiment la revoir. Il était déjà en larmes.

Sous ses yeux, l'éléphant tendit la main vers la seconde porte, celle qui ne s'ouvrait que du petit salon. Ory s'aperçut qu'y étaient gravés, en lettres majuscules, deux mots. ATTENTION, OMBRES. Les agrémentait un sceau pyrogravé, représentant le visage d'un éléphant. Grandes oreilles, défenses jumelles, longue trompe pendante.

« Êtes-vous prêt à revoir Max ? » demanda Gajarajan.

« Respire, Max », m'a dit Gajarajan.

Ce sont aussi les premiers mots que j'ai compris une fois que je me suis rappelé ma langue et que j'ai reconnu mon nom. J'ai essayé d'inspirer sans trembler et j'ai fait oui de la tête. Il planait à côté de moi, sur le mur. Il était arrivé par le toit, pour être certain que j'étais bien prête. Il lui fallait ensuite repasser de l'autre côté pour ouvrir la porte, la porte qui ne pouvait être ouverte que de l'extérieur. Pour me réunir à toi, Ory.

« Je respire », lui ai-je dit.

Il a fait glisser sa trompe sur mon épaule. J'ai eu l'impression qu'il souriait.

Il fait bon vivre au sanctuaire. J'aime bien. Il m'a dit à quoi ressemblait la ville, avec les jardins, les chevaux, les vélos, les gens, et j'ai envie de sortir. Mais je voudrais aussi revenir de temps en temps dans la seconde salle. Sauf que c'est impossible. Quand on sort, c'est pour toujours. On ne peut perdre son ombre qu'une fois. C'est ce que dit Gajarajan.

Il a commencé à me parler de toi dès que je me suis souvenue d'assez de mots pour avoir une vraie conversation. Il m'a fait écouter les enregistrements. Mes enregistrements. L'appareil était si vieux, si abîmé que le son était devenu métallique, presque inaudible. Il fallait vraiment se forcer pour entendre. On attendait le soir, toujours, avec Gajarajan ; et quand tous les sans-ombre de la première salle s'étaient endormis, et que la ville avait retrouvé le silence, on écoutait la bande. Elle était si endommagée que je reconnaissais à peine ma voix. À peine, mais juste assez. La femme avait une voix douce, aiguë ; je comprenais presque tout ce qu'elle disait.

« Et tous mes souvenirs sont là ? avais-je demandé dans les premiers temps.

— Oui, avait dit Gajarajan. Vous avez enregistré ces récits avant de tout oublier. Quand nous vous avons recueillie, vous vous cramponniez à cet appareil. À vos souvenirs. »

C'est ce que disent tous les autres sans-ombre, m'a-t-il expliqué. Je « me suis cramponnée à mes souvenirs », même si j'avais perdu mon ombre. Toi, notre refuge d'Arlington, mon départ, le camping-car, l'horrible enlèvement par Transcendance et les derniers moments de lucidité de mon voyage vers le sud. J'avais vraiment voulu aller jusqu'au bout, savoir enfin si les rumeurs disaient vrai. C'est curieux, ça, quand on y pense. Mes souvenirs : je les avais encore, même si je pensais les avoir perdus.

Je ne devrais pas me plaindre. La plupart des sans-ombre arrivent ici sans rien. Ou perdent bien vite le peu qu'ils ont. Et nous sommes si peu nombreux à avoir gardé quelque chose qui a plus de sens que l'ombre claire d'une bouteille vide ou celle d'un vieux papier. Trouver une ombre qui convient à une personne, c'est bien plus difficile que ça en a l'air. D'autres objets procurent des ombres trop puissantes, ou trop différentes. Ou trop ténues, si l'objet est sans utilité. Et même s'il peut y avoir une correspondance, rien n'accompagne cette nouvelle ombre. Aucun souvenir. C'était le problème avec les livres que tu as apportés, m'a dit Gajarajan. Même si les tailles et les formes pouvaient convenir, les souvenirs appartenaient à des personnages de fiction. Pas à des êtres de chair et d'os. Ce n'est pas comme mon magnétophone. Ces ombres-là feraient de nous de nouvelles personnes. Nous ne redeviendrions pas qui nous étions.

C'est la raison pour laquelle mon ombre est la seule qui ait fonctionné. Gajarajan a extrait de nombreuses ombres, il a même pu en rattacher certaines – mais elles ne sont jamais vraiment restées. Elles n'allaient pas aux personnes. Je suis la seule, jusqu'ici, à laquelle son ombre convienne.

Et puis, hier, seulement, il m'a appris que tu étais toi aussi à La Nouvelle-Orléans. Contre toute attente, tu n'avais pas disparu au moment où je t'avais oublié. Et tu m'as retrouvée. Peut-être était-ce grâce au magnétophone. Parce que, tout ce temps, tu étais resté à l'intérieur de la machine.

La jeune fille sans-ombre m'a posé la question suivante :

« Gajarajan t'a vraiment fabriqué cette ombre ? »

Elle fixait l'ombre qui s'étendait sur le sol, à mes pieds – elle n'arrête pas de la contempler depuis le moment où elle est arrivée en compagnie de

Gajarajan, tôt ce matin. Oui, elle regarde ses longs bras, sa taille de guêpe, le nuage que font les centaines de bouclettes frisées qui lui hérissent la tête.

« Mais oui », lui ai-je répondu.

Elle était fascinée. Elle a la peau sombre et la même coupe afro exubérante et ouatée que mon ombre – je l'ai bien vu, quand je les ai eues toutes les deux sous les yeux.

« Ça t'a fait mal ?

— Je ne m'en souviens pas. »

J'ai souri. Je me suis accroupie à côté d'elle, qui s'était assise au bord de ce qui allait devenir son lit – moi, j'allais quitter le sanctuaire. Et mon ombre m'a suivie ! Parfaitement rattachée, parfaitement synchronisée.

« Mais je ne pense pas, de toute façon.

— Vienna a combattu auprès de votre mari contre un très grand danger – et cela en plus d'une occasion. C'est une de ses fidèles amies », a dit Gajarajan en se laissant glisser sur le mur pour nous rejoindre.

« Vraiment ? a demandé la jeune fille.

— Mais oui, a confirmé Gajarajan. Et j'espère être en mesure de vous aider à vous en souvenir. »

Je l'ai regardée, j'ai souri de nouveau. *Vienna.* Je ne sais pas combien d'autres personnes sans-ombre tu connais, Ory, mais en voilà déjà une. Tu as donc été ami avec quelqu'un comme moi. Pourvu que ça t'aide à supporter l'étrangeté de la chose – si tant est que tu la trouves étrange.

« J'espère que nous nous reverrons, Vienna. »

Elle m'a serré la main. Mon ombre, elle, a serré la main du vide.

« Moi aussi. Et si ça marche, si nous nous revoyons un jour, rappelle-moi comment nous nous sommes rencontrées, aujourd'hui. Pour que je sache. »

J'ai immédiatement mémorisé son visage. C'est facile : elle était là, gravée dans mon esprit. Gajarajan m'a appris des techniques de stimulation de la mémoire dès que la transplantation a fonctionné. Des jeux avec les lettres, des motifs, des comptines. C'est un vieux sage qu'il appelle le docteur Zadeh qui les lui a apprises il y a bien longtemps. Son professeur, dit-il. Maintenant que je peux fabriquer des souvenirs, Gajarajan pense que je me les rappellerai plus clairement que quelqu'un qui n'a jamais perdu son ombre.

« Maintenant, a dit Gajarajan à Vienna, il est temps que je fasse sortir Max, pour qu'elle rencontre son mari. »

Mon cœur s'est mis à battre avec grand bruit.

« Je reviens bientôt, Vienna. Et nous discuterons de la manière dont nous allons te confectionner une nouvelle ombre. »

Ses oreilles ont frémi, et j'ai eu l'impression qu'il avait fait un clin d'œil à Vienna.

« Ça ne te fera pas mal, a-t-il ajouté – puisqu'elle s'était posé la question. Je te le promets. Je m'améliore. Le cas de Max m'a fait grandement progresser.

— Tu verras, c'est simple comme bonjour », ai-je ajouté pour la rassurer, mais c'est un mensonge.

Je n'ai que des souvenirs très fragmentés de la transplantation. Des moments hors du temps, hors du monde, qui m'envahissaient en boucle comme des séquences de vieux films muets – toujours les mêmes. Mais qu'il me suffise de dire que cela n'a pas été facile pour Gajarajan. Pas facile du tout. C'est l'ombre qui lui a donné le plus de fil à retordre – oui, plus même que celle de l'alligator. Il a fallu qu'il la force à m'adopter, par la violence, comme si elle refusait de se joindre à un nouveau corps, elle qui venait d'un magnétophone. Jamais, m'a-t-il confié plus tard, jamais il n'avait été confronté à une telle résistance. Mais les ombres qu'il avait extraites auparavant étaient celles d'oiseaux, de souris, d'arbres, de pierres… C'était la première fois qu'il utilisait un matériau partiellement humain. Et aussi riche en souvenirs.

Peu importe. En fin de compte, ça a marché. Je me suis souvenue. Et j'ai espéré que les choses se passeraient bien pour Vienna. Mais même si c'est aussi dur pour elle que pour moi, elle sera certainement du même avis que moi : le jeu en vaut la chandelle. Je me souviens de qui je suis. Pour retrouver mon nom, j'aurais volontiers enduré de pires souffrances. Pour te retrouver.

« En attendant, a dit Gajarajan à Vienna, tu pourrais essayer de trouver un objet personnel qui t'est particulièrement cher. Ce n'est pas grave si tu ne te souviens pas. Mais, au cas où… Ce serait un excellent point de départ. »

Vienna a fourré la main dans l'échancrure de son chemisier pour en sortir quelque chose. Un médaillon accroché à une chaîne en métal terni.

« Ça pourrait aller ? »

Le médaillon s'ouvrait sur deux petites photographies représentant des visages usés – une femme aux cheveux courts et au doux sourire, un homme à l'air sévère. Ils lui ressemblaient diablement.

« Mon père et ma mère, a dit Vienna. Quand nous avons perdu maman, papa me l'a confié. Je ne me souviens pas de son nom, mais je sais que le médaillon lui a appartenu. »

Gajarajan s'est rapproché en glissant du mur au sol, pour remonter sur le lit et regarder les portraits.

« Mais oui, ça pourrait faire l'affaire, a-t-il murmuré, pensif. On va regarder ça de plus près quand je serai de retour, Vienna. »

Puis il est revenu à mon côté, sur le mur, la trompe incurvée en un arc gracieux. Il m'attendait.

Respire, Max. J'ai traversé la seconde salle, en effleurant de la main les murs familiers qui m'avaient, naguère, semblé contenir le monde entier. Avant que je me souvienne de tout ce qu'il y avait au-dehors.

Et nous nous sommes retrouvés devant la porte qui ne peut être ouverte que de l'autre côté. Gajarajan planait sur le battant, à hauteur de mes yeux. Et je distinguais à travers la forme sombre de ses oreilles, de sa tête, les marques qui avaient été laissées sur la porte – écrites, brûlées, gravées, pendant ces deux années où il avait essayé de redonner des ombres à ceux qui n'en avaient plus. Marques de peur, de colère, sillons tracés par des griffes ou des dents, traces du feu ou de quelque autre substance corrosive – mais aussi de belles choses. Des formes simples, des mots, des dessins représentant des maisons, des gens, des fleurs, à mesure que les souvenirs revenaient. Je me suis demandé l'effet que cela faisait d'oublier tout une seconde fois, ce qui arrivait lorsque les ombres ne pouvaient plus être contraintes. Ou lorsqu'elles se remémoraient n'importe quoi – qu'oiseau, par exemple, vous aviez volé. Et non pas le nom de votre amour.

Soudain, j'ai eu peur. J'ai glissé la main dans ma poche – le magnétophone n'y était plus.

« C'est Ory qui l'a, m'a rassurée Gajarajan. Il vous le rendra.

— Je sais », lui ai-je répondu.

Je me souvenais. Mais j'avais les nerfs à vif.

« Je n'ouvrirai pas la porte avant que vous vous sentiez prête, Max.

— Oui. Lui aussi, il est nerveux ? »

Ce qui a fait rire Gajarajan.

« Terriblement. Il vous aime tant. »

Il me semble étrange, Ory, de t'aimer, moi aussi, même si, en un sens, je ne t'ai jamais rencontré. Mais tel est le cas. Je l'éprouve avec la même certitude que j'ai de me connaître. J'ai essayé de nous imaginer tous deux, ensemble, de nouveau, en train de faire quelque chose dont je peux enfin me rappeler. Le résultat est curieux. Je t'ai revu en esprit, au mariage de Paul et d'Imanuel, dans ton smoking, mais je ne me suis pas vue.

« Max ? » a prononcé Gajarajan d'une voix douce.

J'ai souri aussi calmement que possible.

« Je suis prête. »

Il a disparu.

Respire, *Max*, me suis-je dit. *Max*, *Max*, *Max*.

Puis la porte s'est ouverte de l'extérieur.

Un homme, beaux yeux sombres, cheveux noirs, était assis à l'unique table de cette petite pièce. Il regardait le magnétophone posé sur la table. Lorsque la porte s'est ouverte, il s'est redressé brusquement. Nos regards se sont croisés et il a poussé un cri étranglé. Son corps s'est figé en plein mouvement.

« Ory », ai-je dit.

C'était toi. Je le savais sans doute possible. Enfin, je t'avais sous les yeux, toi, entier, au lieu d'un simple souvenir. Tout cela était si rapide. Tu étais l'homme du magnétophone. Mon mari. L'homme que j'avais aimé, l'homme que j'aimais à nouveau. L'homme qui connaissait tous mes souvenirs, aussi. Ory.

Mais tu n'as pas prononcé le nom de Max.

Les yeux écarquillés, tu as murmuré :

« *Toi.* »

Et j'ai compris que quelque chose n'allait pas. Il n'y avait pas une once de joie dans ce *toi*. Uniquement de l'épouvante.

Puis tu m'as appelée d'un autre nom.

Ursula.

CINQUIÈME PARTIE

M

Ce que j'ai appris de plus important en quittant le sanctuaire, c'est que les ombres avec lesquelles les gens naissent leur ressemblent exactement.

Je ne trouvais pas singulier le fait que la mienne ne soit pas ma parfaite jumelle. La seule autre ombre que je connaissais avant de quitter la seconde salle était celle de Gajarajan, qui n'avait rien de très humain alors que, disait-il, son corps était celui d'un homme. Je n'ai même pas pensé à regarder si la tienne, Ory, correspondait à ton corps, au moment où je t'ai retrouvé.

Et j'ai vraiment eu du mal à comprendre ce qui t'a fait tant frémir quand tu as regardé la mienne, après tous ces cris, toutes ces discussions. Pourquoi est-ce l'ombre qui, dans ce malheureux incident, a fini par te terrasser, te faire fondre en larmes.

Maintenant, oui, je comprends. Mon ombre ne me ressemble pas parce qu'elle ressemble à Max. Puisqu'elle est faite de ses souvenirs.

« Qu'est-ce que tu en dis ? » m'a demandé Malik, perché sur le chariot.

J'ai reculé pour examiner son œuvre. Flottait sous mes yeux l'immense visage d'un éléphant peint en noir. Oreilles déployées, longues défenses et la trompe tendue vers l'avant, comme une main. Les yeux brillaient comme des diamants d'un blanc pur, paupières légèrement plissées sur un regard pensif.

« Bien, ai-je dit en hochant la tête. Très bien, même.

— Bon, il me reste à faire le même de l'autre côté, et de recommencer avec l'autre chariot, a soupiré Malik.

— Réjouis-toi que Gajarajan soit un éléphant et non pas un porc-épic. Tu en aurais eu pour une semaine. »

J'affectais la désinvolture, mais je n'avais pas quitté des yeux cette créature immense et noire qui luisait sur les flancs du vieux chariot des hommes de l'Iowa. Et de voir Malik un pinceau à la main, en train de décorer un véhicule… Ah, ce rappel.

« Hé », a-t-il ajouté.

J'ai levé les yeux vers lui. Son visage l'exprimait clairement. Il avait peur que ce rappel, cet écho, justement, réveille des souvenirs douloureux.

Je lui ai souri, pour le rassurer, avant qu'il ne pose la question. Ça n'était pas grave. Il ne fallait vraiment pas s'inquiéter. Nulle coïncidence malheureuse dans cette scène, en fait. C'était moi qui lui avais donné l'idée de la fresque.

« Finis ton chariot, je vais m'occuper du deuxième », lui ai-je proposé en empoignant un de ses pinceaux.

Il m'a passé le pot de peinture noire et j'ai plongé les poils épais dans le sombre liquide ; j'ai touillé. La peinture tournoyait lentement, comme du goudron. Je n'avais pas souvenir d'avoir jamais peint

– les enregistrements ne parlaient que du travail de Zachary. Mais comme j'avais longuement observé Malik, je me suis dit que ça ne devait pas être bien dur.

Je ne sais pas où nous avons abandonné le camping-car, en fin de compte. J'espère qu'il n'a pas été amoché. Pour Zachary, cela importe peu. Une fresque n'a pas le même sens de son intégrité corporelle qu'un être humain. Mais pourvu qu'il soit encore intact, parfaitement immortalisé sur le flanc de notre camping-car, aussi intense, aussi élaboré qu'au moment où il s'est fait peinture. Et si des sans-ombre de passage pouvaient le voir, et s'il pouvait leur indiquer notre chemin !

En attendant que la peinture sèche, nous nous sommes assis sur l'herbe, Malik et moi, et nous avons partagé une pomme que lui avait donnée le chef des volontaires du jardin municipal. Il a mangé sa moitié en deux bouchées. J'ai fait durer la mienne. Je voulais en savourer la douceur et le croquant. Et puis j'ai senti sur moi le regard de Malik.

« Je peux faire quelque chose pour t'aider ? a-t-il demandé. Bon, je sais que je ne serai jamais en mesure de t'être utile pour… »

Pour qu'un jour Ory puisse te considérer comme Max, c'est cela qu'il veut dire. Parfois, j'ai le sentiment que c'est toi, Ory, qui a perdu la mémoire. Pas moi.

J'ai haussé les épaules d'une manière que je voulais nonchalante. Moi aussi, j'en étais incapable. Personne ne peut rien pour toi – sauf toi.

« Mais sur d'autres points…, a poursuivi Malik. Tu m'as donné un coup de main décisif. Je voudrais te rendre la pareille, si je peux. »

J'ai laissé tomber le trognon dans l'herbe et, du talon, je l'ai recouvert d'une petite couche de terre.

« Effectivement, je pense à quelque chose. »

Ce n'était pas grand-chose et c'était un peu idiot. Je voulais m'en occuper toute seule la veille, mais j'avais manqué de courage. Et je me rendais compte en fait que j'avais besoin de compagnie, pour cette chose. Oh, c'était si simple au début, lorsque j'étais moi et que je comprenais le monde. Mais après la scène du sanctuaire, je ne me fais plus confiance. J'ai besoin d'un être humain qui m'explique les nouvelles choses et qui me rassure sur les anciennes. Ou qui, tout simplement, me prouve par sa présence que j'existe vraiment.

Pour ça aussi, j'ai besoin de quelqu'un qui puisse me dire si je fais bien, qui me rassure sur le fait que j'ai raison de me souvenir que j'ai su le faire. Quelqu'un qui n'est pas toi. Car même si tu es celui auquel je pense automatiquement dans presque toutes les situations, l'inverse n'est pas exact.

« N'hésite pas », a dit Malik.

J'ai souri.

« Tu veux bien me montrer comment me servir d'une carte ? Je veux être certaine que j'en suis encore capable, avant demain. »

C'est curieux de ne plus avoir le magnétophone.

Je te l'ai laissé, même s'il n'y a plus rien sur ces bandes sans ombre. Ce qui reste du petit appareil est à toi. Je pouvais au moins faire ça pour toi, Ory. J'ai peine à imaginer la sensation qui s'est emparée de toi quand tu as eu sous les yeux la personne qui avait accompagné ta femme dans son dernier voyage. Et cette personne ne pouvait répondre à aucune de tes questions sur ces derniers mois, parce qu'elle était persuadée *d'être* ta femme.

Tu m'as quand même dit comment tu connaissais mon nom. Après les cris.

« Tes cheveux ont poussé. »

C'est la première chose que tu as dite.

Tu m'as expliqué que quand tu m'avais croisée à Arlington, en Virginie – j'étais Ursula à cette époque et non pas Max –, j'avais les cheveux très courts. La boule à zéro, ou tout comme. Ils ont sans doute poussé pendant le voyage ; et soit je m'en fichais, soit je n'avais pas le temps, soit j'ai complètement oublié de les couper. Quand je suis arrivée à La Nouvelle-Orléans, je devais avoir une sorte de carré duveteux, hirsute. En écoutant les enregistrements de Max, dont le son n'était pas fameux, Gajarajan n'a certainement pas compris que j'étais la femme aux cheveux très courts dont elle parlait si souvent. Et non Max.

L'ombre a frémi sur le mur près de nous. Il a confirmé mes dires. Mais nous a avoué ceci : même s'il avait su que je n'étais pas Max, il aurait quand même essayé de me donner son ombre.

Nous nous sommes quittés là-dessus, Ory. Je ne t'ai pas revu pendant des jours. Et quand je t'ai recroisé, de l'autre côté de Carondelet Street, à la tombée de la nuit, nous n'avons pas échangé un mot. Il a fallu du temps avant que nous nous reparlions.

Quand Gajarajan m'a laissée partir, j'ai quitté le sanctuaire et suis allée m'égarer en ville. Je voulais être loin de lui et loin de toi. C'est Davidia qui m'a remis la main dessus. J'ai accepté qu'elle me trouve une chambre et me confie à un indemne qui veillerait sur moi, jusqu'à ce que je comprenne comment on vit hors de la seconde salle. Même si je ne voulais pas de l'aide de Gajarajan, il avait eu raison de faire intervenir Davidia. Je ne savais même pas où trouver à manger. Ce sont des voisins qui m'ont donné un coup de main. Je ne voulais surtout pas voir l'éléphant surgir devant moi sur les murs pour voir comment j'allais et me rappeler ce qu'il avait commis.

Les semaines ont passé. J'étais libre, mais sans but. Je n'avais ni travail ni amis, et je ne comprenais rien à ce nouveau monde. Je passais un après-midi sur deux dans le quartier situé juste derrière la colline de Gajarajan, au milieu des maisons que les vétérans de ton armée retapent. Ils me disaient que la ville avait besoin de plus en plus de logements.

Tu ne voulais toujours pas me parler. Souhait que je respectais. Que je comprenais, même si c'était difficile, même si je me sentais seule. Jamais je ne t'aurais harcelé dans la rue pour te supplier de finir le travail commencé dans le salon des visiteurs de la seconde salle. Mais je ne pouvais quand même pas laisser tomber cette affaire. Chaque fois que je me rendais derrière la colline de Gajarajan, j'attendais derrière les maisons, je surveillais les environs. Tout ce que je voulais, c'était te revoir.

Et mon vœu a été exaucé. Je n'ai pas vu que toi, d'ailleurs. Il y avait une femme à la peau dorée et aux longs cheveux noirs, en pleine rue, comme si elle attendait, elle aussi, que tu descendes de l'autel de Gajarajan. Vous vous voyiez souvent ces derniers temps, toi et l'éléphant. Pour parler de moi ? Ou de quelqu'un d'autre ? Je ne savais pas, sur le moment. Quand vous vous êtes aperçus, toi et la femme, vous vous êtes raidis, tous les deux. Et tes mouvements se sont ralentis mais tu as continué à marcher vers elle, et tu lui as parlé d'un ton à la fois farouche et tendre. Tu ne l'as pas touchée, tu ne lui as pas souri, mais il y avait une familiarité entre vous. Vous étiez comme en miroir ; quand l'un respirait, l'autre se rapprochait imperceptiblement – et l'inverse. Comme des aimants constants.

C'est Ahmadi, sans doute, me suis-je dit.

Au moins, vous vous reparliez, tous les deux. Et plus si affinités ? Pas sûr. De toute façon, je ne voulais pas savoir.

Un homme adossé à une échelle, marteau à la main, m'a posé cette question :

« Vous ne seriez pas… ? »

Vous ne seriez pas Max ?

« Et vous, qui êtes-vous ? » ai-je répliqué.

Il a toussoté, gêné.

« Oh, désolé. Je suis curieux comme une pie, comme dit Malik. Je suis arrivé avec eux – je suis de l'Iowa. Je m'appelle Smith le Premier. Enfin, le Premier, on peut laisser tomber. Smith Dos est morte il y a un moment. Mais c'est vrai que nous sommes encore deux Smith. L'autre, c'est Smith Tres. »

J'ai regardé au pied de l'échelle. Son ombre avait la même parfaite ressemblance avec son corps que la tienne avec ton propre corps. Je ne comprenais pas.

« Vous existez en plusieurs versions ?

— Mais non, a répondu Smith le Premier. Nous

sommes différents, tous les trois. C'est juste le nom qui est le même. »

Je suis retournée dans ma chambre de Maison 55 et je ne suis pas revenue près de la colline au sanctuaire pendant un long moment. Autant que faire se pouvait, je voulais éviter de te revoir en compagnie d'Ahmadi. Pas tant pour *te* préserver que pour *nous* préserver, elle et moi. Je me sentais une sorte de lien avec elle, même si nous n'avions jamais discuté. Elle était aussi innocente que moi dans cette affaire. Et je crois qu'elle avait peur de ce terrible et inévitable triangle sentimental qui nous hanterait quel que soit ton choix. Je suis restée à l'écart. De toute façon, aucune importance, car il y avait quand même un triangle dans son existence. Elle, toi et Max. Pas moi, l'autre. La première.

Dans la journée, je traînais. Je ne parlais qu'aux sans-ombre. J'avais peur des regards des indemnes. Ils étaient tous au courant. Et je voyais luire dans leurs yeux l'épouvante, le dégoût, la compassion. J'en voulais à l'éléphant. C'était sa faute. Mais plus j'observais la ville, plus je comprenais la relative injustice de cette accusation. Gajarajan avait peut-être songé à l'hypothèse selon laquelle le magnétophone ne m'appartenait pas, que je l'avais pris à quelqu'un ou que quelqu'un me l'avait donné. Mais lorsqu'il a décidé de me sauver la vie, il n'y avait aucune duplicité dans ses choix. C'est une triste question de nature : Gajarajan se fiche plus ou moins de savoir à qui sont ces bandes. Les éléphants n'ont pas la même vision du monde que les humains. Les ombres, c'est pire encore. Étant ombre et éléphant, il n'a pas compris que c'est important, pour les humains, ces histoires de corps. Il n'y a pas que l'esprit.

Gajarajan a commis une grave erreur – et il a également remporté un succès. La transplantation a marché, en dépit des souffrances, qu'il ne voulait pas infliger. Mais s'il n'a pas pu réitérer cette réussite, c'est qu'il avait seulement compris le *quoi* – et non le *pourquoi*.

J'ai entendu dire quelques jours plus tard que tu t'en étais rendu compte, toi aussi.

Gajarajan avait enfin découvert qu'il fallait utiliser un matériau qui contenait déjà des souvenirs humains pour créer une ombre qui ait la profondeur et la force nécessaires pour bien vouloir être attachée à une personne. C'est la raison pour laquelle toutes ses autres expériences avaient raté. Moineau, moteur de voiture, lustre, brique... Il n'y avait que le magnéto qui avait marché. Mais les raisons de son succès étaient celles aussi qui l'avaient fait échouer.

Gajarajan ne comprenait pas ce que les souvenirs signifiaient pour les êtres humains. En revanche, il pouvait les leur rendre. Toi, tu comprends ce qu'ils signifient, mais tu ne sais pas comment les réparer. À deux, vous aurez assez de sagesse.

La clef qu'attendait Gajarajan, c'est toi et ton armée, en fin de compte. Car dans toute La Nouvelle-Orléans, il n'y a qu'une sorte d'objet qui contienne des souvenirs et qui ne puisse causer d'accident comme le mien. Tes livres, Ory.

Ce n'est pas aussi bien que de rendre au corps ses souvenirs d'origine – la chose est impossible désormais,

Gajarajan ayant démontré que le résultat peut être plus atroce qu'un deuil. Mais donner à un sans-ombre des souvenirs, n'importe lesquels – qu'il puisse, pour recommencer sa vie, s'appuyer sur une idée d'individualité, c'est quand même quelque chose. L'ombre provenant d'un passé imaginaire et la source de cette ombre n'ayant pas connu d'existence dans le monde réel, il n'y a donc aucun risque de découvrir, un jour ou l'autre, que ces souvenirs sont une perversion accidentelle de la nature – une matière recyclée provenant d'une personne qui a réellement vécu.

Et j'ai été heureuse d'apprendre que Gajarajan avait accepté d'être aidé par un être humain. Que personne ne souffre ce que j'ai souffert – tortures involontaires. La Nouvelle-Orléans restera La Nouvelle-Orléans, une maison restera une maison, le soleil restera le soleil. Personne ne deviendra qui que ce soit d'autre par erreur. Personne n'aura à perdre un être aimé deux fois.

La bibliothèque ayant été installée dans le sanctuaire, Vienna a dû être la première patiente à se voir transplanter cette nouvelle sorte d'ombre. Ory, tu l'as sauvée à temps, ai-je compris en rendant visite plus tard – finalement ! – à Gajarajan. Il avait projeté d'utiliser le médaillon qu'elle lui avait proposé. Une idée des plus innocentes, de la part de l'éléphant, mais qui aurait eu pour résultat de transformer Vienna en une relique de sa propre mère. Quand je pense à l'effet que cela aurait eu sur Malik, j'en ai le frisson. Vienna ne sera plus jamais Vienna, mais elle ne sera pas non plus cette horrible chose.

Et le jour où un sans-ombre m'a dit, au jardin municipal, qu'une ombre tirée d'un livre avait été transplantée à Vienna et qu'elle lui était restée liée, j'ai ressenti en même temps le bonheur et le désespoir. Je ne souhaite à personne – et surtout pas à Vienna – de souffrir comme moi. Mais maintenant que vous avez trouvé la clef, Gajarajan et toi, maintenant que les ombres des livres tiennent, je resterai seule en mon genre. Seule à être la copie d'une autre, plutôt qu'une créature originale.

Ce soir-là, seule dans ma chambre, je me suis surprise à parler toute seule, un bout de savon de ma ration municipale à la main. Que je tenais comme si mon pouce appuyait sur un bouton. Et j'avais dirigé le bord du savon vers mes lèvres, comme s'il avait été pourvu d'un micro.

« Oh, Ory, ai-je soupiré. Pourquoi m'as-tu donné ce magnétophone ? »

Je savais ce qui m'était impossible : revivre avec toi, être Max, oublier. Je ne savais pas ce qui m'était possible.

Sur le tapis usé, à mes pieds, se trouvait une silhouette sombre, imitant ma position, tenant à la main l'ombre de ce même savon, lèvres ouvertes sur des mots tout autant chargés de désir. Mais elle n'était pas ma semblable. J'étais plus grande, plus âgée. Elle était mince, les hanches étroites, les seins petits, et une coupe afro aux frisottis innombrables, si doux, si souples : on aurait dit, sous certains angles, un fruit de pissenlit.

C'est exactement la tête qu'avait Max quand elle s'enregistrait, ai-je pensé.

Je me souviens : j'appuyais sur le bouton, je chuchotais tout contre la grille métallique du petit micro. Souvenir si vif : comment penser qu'il appartenait à une autre ? Tout cela avait une telle réalité. Et pourtant, j'en avais la preuve sur le tapis. Elle, c'était Max. Pas moi.

Et c'est ce jour-là que j'ai compris ce que je pouvais faire.

Le lendemain, dès l'aube, je me suis rendue jusqu'à une certaine maison. Suis montée au dernier étage, ai frappé à la porte au bout du couloir, tremblante. Me forçant à ne pas dévaler l'escalier dans l'autre sens.

« Oh », s'est exclamé Malik, surpris, en ouvrant la porte.

Il est resté muet quelques secondes.

« Max. »

Ma gorge s'est serrée. Depuis mon départ du sanctuaire, c'était le premier en ville à avoir la gentillesse de me donner ce nom.

« Ça va ? »

J'ai hoché la tête, non sans gêne.

« Appelle-moi M, si tu veux bien. »

J'avais changé de nom la veille au soir, Ory. Tu n'en démordras jamais : c'est le magnétophone qui contient la vraie Max. Moi, je suis quelqu'un d'autre. Qu'à cela ne tienne. M, même si c'est assez proche, ce n'est pas la même chose que Max, j'espère. Et ça suffit à faire de moi quelqu'un de plus qu'une mauvaise imitation, une traduction incomplète. À mes yeux comme aux tiens.

Malik a eu un sourire triste. Son visage en a été

transformé. Que de gentillesse dans ces traits sévères, effrayants.

« M, que puis-je faire pour toi ?

— On m'a parlé de ta mission. Tu veux porter la bonne parole sur ce qui se passe à La Nouvelle-Orléans, donner aux gens la force de venir chez nous.

— Pas seulement porter la bonne parole, a rectifié Malik. Je veux pouvoir leur montrer ce que nous faisons. Leur donner une preuve indiscutable de l'existence de Gajarajan et de ses pouvoirs. Sinon, autant se faire propagateur de rumeurs.

— C'est la raison de ma venue, ai-je dit.

— Je ne comprends pas. »

J'ai tendu la main vers mes pieds. Y était attachée une ombre qui ne me ressemblait pas.

« Je suis ta preuve indiscutable, Malik. »

L'éléphant a accepté cette proposition, tout en nous expliquant que nous devions trouver un nom qui mette en valeur l'importance du symbole de notre mission. Je suis désormais la Main de Gajarajan. La première ex-sans-ombre du monde. Il a bien voulu également que nous ornions les chariots de fresques. Il a reconnu que, sur ce point, je savais ce dont je parlais. Les sans-ombre auraient plus de facilité à comprendre ce colossal visage d'éléphant peint à flanc de chariot qu'une série de lettres.

Je ne pouvais pas vivre à ton côté, mais nous pouvions tout de même, d'une certaine manière, nous retrouver. Je serais la Main de Gajarajan et toi son bibliothécaire. Les deux parties d'un même diptyque. Tu avais eu une idée de génie pour sauver ta femme

– le seul problème, c'est que celui qui avait réalisé ton plan s'était trompé. Max s'était construit une nouvelle ombre dans un objet : mais comment pouvait-elle être certaine que cette ombre, extraite de la machine, rejoindrait la bonne personne ? Gajarajan a agi par amour, par espérance – et de là est né cet accident. Qui nous a coûté Max, mais aussi Ursula.

J'espère, moi aussi. J'espère qu'avec notre nouvelle méthode, nous allons recevoir et réparer plus de sans-ombre – et plus de livres. J'espère que nous aurons assez des uns et des autres pour que tous ceux qui veulent une nouvelle ombre puissent en obtenir une de notre bibliothèque, si sagement administrée : que nul ne naisse jamais d'une imitation, que tous restent uniques.

La veille du départ de la mission, je t'ai rencontré une dernière fois. Malik est un vétéran des expéditions, il est fort. Si quelqu'un peut nous ramener sains et saufs, c'est bien lui. Mais notre retour n'est pas certain. C'est la dernière fois peut-être que tu auras l'occasion d'entendre ce qui est arrivé à ta femme – la dernière, vraiment. Si je meurs, il n'y aura pas d'autres versions d'elles, pâles copies de ma copie. Mais tu le savais.

J'ai partagé avec toi tous les souvenirs que j'ai pu – les miens, ceux de Max. Pas ce que tu avais vécu avec elle : tu connaissais déjà, ça. Non, tout ce qui se trouve dans les enregistrements et que tu n'as jamais pu entendre. Le camping-car, nos compagnons de route, les périls surmontés durant le voyage. Ce que nous avons perdu, ce que nous avons gagné. Nos pouvoirs magiques et leurs résultats. J'ai répondu de la manière la plus détaillée possible aux questions que tu posais, comme si chaque souvenir était la clef d'une énigme dont la résolution pouvait signifier soit la mort, soit la vie. Ce qui était le cas pour nous deux, je pense. À l'opposé. Pour toi, la mort. Pour moi, la vie.

Étais-tu là, Ory, quand nous sommes partis avec nos deux chariots pleins, nos sept juments et nos six volontaires, sous les vivats de la foule ? Elle était si nombreuse et les chevaux galopaient si vite ! Je ne t'ai pas vu. La liesse était si bruyante que les nouveaux Huit – dont six qui nous avaient sauvés de Transcendance et, pour remplacer Vienna et Survivant-de-la-tempête, Ramirez et Violoniste – sont sortis en hâte de la première salle, craignant une catastrophe. Du siège du cocher du premier chariot, j'ai vu la ville rapetisser dans le lointain à mesure que la chaussée du lac s'allongeait entre elle et nous. Me séparant de tout ce que j'aimais. Curieux détail : lorsque je suis arrivée à La Nouvelle-Orléans, je ne savais pas qui j'étais. Mais je la quittais dans un tout autre état. J'en étais si profondément convaincue que j'avais du mal à croire que j'avais jamais pu être une autre personne que moi-même. Le vent picotait mes yeux pleins de larmes.

« Ça va aller ? m'a demandé Malik, si gentiment.

— Oui, c'est juste que je me souviens. »

Après quoi nous avons poursuivi le chemin en silence. D'après les registres de ces huit derniers mois, La Nouvelle-Orléans a accueilli treize survivants, douze sans-ombre et un indemne, tous originaires de Baton Rouge. C'est, depuis votre arrivée, la ville qui nous a envoyé le plus de monde. Sans doute y en a-t-il d'autres sur place. Et tandis que les chevaux avançaient, j'ai longuement regardé Malik en m'imaginant que tu étais là à sa place. L'homme que j'aimais avait été transféré dans cette nouvelle enveloppe. J'ai scruté son visage au teint sombre, buriné, ses yeux las, ses lèvres fines. Les rides inconnues qui marquaient ces traits sévères. Je t'ai imaginé qui parlais non de ta voix habituelle, mais avec le timbre rauque, rude et sourd de Malik. T'aimerais-je autant que je t'aime aujourd'hui ? Ou te perdrais-je de vue dans ce corps, comme tu m'as égarée dans celui d'Ursula ?

Sous mes pieds, ma nouvelle ombre frémissait au rythme des écarts de l'attelage ; la route était mauvaise. Elle était parfaitement synchronisée avec moi, cette ombre qui contient tous les souvenirs que j'ai. Ceux du refuge, ceux du mariage de Paul et d'Imanuel, d'événements plus anciens – et du camping-car, d'amis qui ne sont plus, de la longue et mystérieuse route qui nous a conduits vers le sud. Tous les souvenirs que j'ai fini par partager avec toi, et celui que j'ai gardé pour moi.

Lorsque nous nous sommes revus, je t'ai dit tout ce que tu voulais savoir. Il y a une chose pourtant dont je ne t'ai pas parlé, dont je ne te parlerai jamais, parce que je ne le peux pas. Ce n'est pas quelque chose que l'on dit. C'est une réponse que l'on donne. Et tu ne m'aurais jamais posé la question. Pourtant, même si la chose n'est pas dite, elle existe quand même. On peut exister sans être dit. Il suffit juste d'être remémoré.

Je m'en souviendrai, donc. Pour moi, pour toi et pour Max.

Cinquante-deux.

REMERCIEMENTS

Merci tout d'abord à Katy Darby et à Emily Pedder, les premiers écrivains à m'avoir donné à penser que je pouvais l'être aussi. Sans vous deux, je n'aurais jamais fait tout ce chemin, parce que, tout simplement, je ne l'aurais jamais trouvé.

Merci à Sathyaseelan Subramaniam, pour qui je n'ai jamais été qu'un écrivain et qui m'a donné la force de continuer. Merci à Jillian Keenan, qui me regarde griffonner des nouvelles depuis plus de vingt ans et qui a toujours su que je publierais. Et merci à Rahul Kanakia, qui m'a aidée plus que quiconque à approfondir cette histoire, merci à Marsha Sasmor, qui a, dans sa bonté, lu plus de versions qu'il n'est humainement possible. Je suis également reconnaissante à David Lipsky, à Darin Strauss, à Emily Barton et à Jonathan Safran Foer pour les conseils qu'ils m'ont prodigués au long de mes études à la NYU et plus tard, ainsi qu'à la Elizabeth George Foundation, dont le généreux soutien m'a permis de terminer ce manuscrit.

Merci à mon agent, Alexandra Machinist, qui croit encore plus que moi en ce *Livre de* M. Je suis éternellement redevable aux éditrices incroyables que j'ai eues chez

William Morrow et chez Harper Fiction, Emily Krump et Natasha Bardon. Elles m'ont aidée à faire de ce manuscrit le plus beau roman possible. Merci à l'extraordinaire équipe de HarperCollins. Quel bonheur que cette maison puisse être le port d'attache de mon livre.

PAPIER À BASE DE FIBRES CERTIFIÉES

Le Livre de Poche s'engage pour l'environnement en réduisant l'empreinte carbone de ses livres. Celle de cet exemplaire est de :
650 g éq. CO_2
Rendez-vous sur www.livredepoche-durable.fr

Composition réalisée par Soft Office

Achevé d'imprimer en août 2022 en Espagne par Liberduplex
Dépôt légal 1re publication : septembre 2022
LIBRAIRIE GÉNÉRALE FRANÇAISE
21, rue du Montparnasse – 75298 Paris Cedex 06

86/7183/1